Edward S.

Tom und

GW01402838

Edward Side

Tom und Martin

Bibliografische Information der Deutschen
Nationalbibliothek: Die Deutsche Nationalbibliothek verzeichnet diese Publikation
in der Deutschen Nationalbibliografie; detaillierte bibliografische Daten sind im
Internet über http://dnb.dnb.de abrufbar.

Die automatisierte Analyse des Werkes, um daraus Informationen insbesondere
über Muster, Trends und Korrelationen gemäß §44b UrhG („Text und Data
Mining") zu gewinnen, ist untersagt.

Umschlaggestaltung: Ingolf Erler
Umschlagfotos: Edward Side
Verlag: BoD · Books on Demand GmbH, In de Tarpen 42, 22848 Norderstedt
Druck: Libri Plureos GmbH, Friedensallee 273, 22763 Hamburg
ISBN: 978-3-7693-0646-0

Inhalt

Es geschehen Dinge in unserem Leben,
die wir nicht beeinflussen können,
die uns aber zu dem machen, was wir sind.

Realität und dichterische Erzählung
liegen mitunter so nahe beieinander,
dass man sie nicht unterscheiden kann.

Vorwort

Oftmals konnte ich über viele Monate hinweg an diesem Buch nicht weiterschreiben. Erinnerungen an das einst Geschehene haben mich immer wieder in die Vergangenheit zurückversetzt, an meinen Kräften genagt und an meiner Seele gezehrt. Unzählige schlaflose Nächte, spontane Gedanken, welche mich, wie aus dem Nichts heraus aus dem Schlaf gerissen haben und schnell zu Papier gebracht werden mussten, ehe sie aus meinem Kopf wieder entschwunden waren.

Abendliche Spaziergänge durch Wälder, um meine Unruhe in den Griff zu bekommen, um meine Gedanken zu sammeln, zu ordnen, um mich umgänglich für die Menschen zu machen, die mich umgeben haben in der Zeit des Schreibens, das immer wieder Aufsuchen der Orte, die mit dieser Geschichte zu tun haben, all das hat viele Jahre ins Land vergehen lassen und ich bin erleichtert, dieses Werk endlich beendet zu haben.

Personen

Schloss

Tom Parker	
Martin Burk	
Colonel Benjamin Smith	Schulleiter
Captain Dr. Susan Johnson	Lehrerin Psychologie, Sicherheitchefin
Major Dr. med. Herry Dix	Arzt
Sergeant Katie Adams	Krankenschwester
Captain Callum Steel	Lehrer Informatik, Haustechnik
Captain John Palmer	Lehrer Nachrichten, Aufklärung
Lieutenant Oliver Forker	Fuhrpark, Nachrichten und Aufklärung
Lieutenant Anny Brown	Versorgungsoffizier
Sergeant Lauren Tilley	Hauswirtschafterin
Sergeant Aidan Carver	Sicherheitszentrale
Sergeant Robert Fletscher	Sicherheitszentrale
Luke Cumberland,	Lieutenants, Studenten
Daniel Lennon,	
Harry Baxter, William Miller	
Ethan Holmes, James Lincoln	
Lewis Richard, George Clarks	
Adam Taylor, Jack Conner	
StanleyDuvall, GilbertEvan	

Polizeischule

Oberstleutnant Max Friedrich	Schulleiter
Major Dr. med. Maik Lehmann	Arzt
Krankenschwester	Lazarett
Hauptmann Jochen Wehnert	Sportoffizier
Leutnant Ralf Naumann	Technikoffizier
Hauptmann Werner Schmitt	OvD
Hauptwachtmeister Jens Wedisch	UvD
Wachtmeister Jens Kalich	Ordonnanz
Oberwachtmeister Michael Beier	Toms Freund
Wachtmeister Frank Ahlbach	Schüler
Dirk Heinrich	
Unterwachtmeister Jens Kutter	Schüler

London

Major Herry Corner	Lehrer
Major Dr. med. Thomas Braiten	Arzt
Lieutenant Tim Damon	Sportoffizier
Lieutenant Kai Johnson	Student
Lieutenant Austin Frigg	Student
Sergeant Evan Christopher	Militärpolizei
Sergeant Kyle Brandon	Militärpolizei
Lars Schumann	Student
Emely Trix	Studentin

weitere Personen

Ella Burk	Mutter
David Burk	Vater
Irmgard Beier	Michaels Mutter
Sabine Freudenreich	Toms Freundin
Grit Hofrat	Blumenscheune
Captain Stones	britische Botschaft
Oberleutnant Frank Fischer	OvD, Polizeidienststelle
Dr. med. Vera Matthes	Ärztin, Krankenhaus
Oberin	Krankenhaus

Der Beginn meiner Erzählung liegt mitten in der Geschichte all der Ereignisse, über die ich in diesem Buch
schreiben werde.
Wir haben das Jahr 2011 und ich bin im Frühjahr eben
dieses Jahres 26 Jahre alt geworden. Es ist ruhig in
unserem Schloss. Die Studenten dieser Einrichtung haben
Ferien. Ich genieße die Ruhe und denke an ihn, nur an ihn,
warte sehnlichst darauf, dass er endlich zurück kommt,
warte auf ein Lebenszeichen von ihm, einfach mal so
zwischendurch, während er abwesend ist, und sei es noch
so klein. Aber es wird keins kommen, weiß ich ganz genau.

Verträumt sitze ich auf der großen Terrasse vor dem
Wintergarten und schaue in die Weiten des Schlossparks
hinaus. Die Sonne, die bereits blutrot am frühen Abend
ein eigenartiges Licht wirft, geht allmählich unter, den
Hang hinab, dort, wo sich auf dem Schlossteich die Enten
und Schwäne auf die Nacht vorbereiten und in der
Dämmerung ein letztes Schnattern veranstalten. Es ist an
jedem Abend immer das gleiche Schauspiel am Teich,
selbst im Winter. Auch die Krähen kreisen bereits über
den großen alten Bäumen des Parks. Sie machen viel
Geschrei dabei. Ob sie sich um die besten Plätze auf den
Ästen und Zweigen streiten? Ich weiß es nicht, und sie
werden es mir nichtsagen können. Denn ich verstehe ihre

Sprache nicht, und sie nicht die meine. Aber eines ist gewiss, sie werden es auch morgen, übermorgen und immer wieder so tun, denn es gehört zu ihrer Natur, das abendliche Kreisen über den Bäumen und das Geschrei dazu.

Weitab von der nächsten großen Stadt steht unser Schloss in einem kleinen unbedeutenden Ort in Deutschland. Gerade einmal dreihundert Menschen wohnen in dieser kleinen idyllischen Gemeinde. Fast könnte man denken, die Zeit, der Tagesablauf und das alltägliche Treiben seien stehen geblieben. Aber dem ist nicht so. Die Eigenheime sind im tadellosen Zustand, die Vorgärten penibel gepflegt, und es gibt keinen einzigen Gartenzaun, an dem die Farbe abblättert. Eben eine kleine heile Welt, eine Welt für sich, kleinbürgerlich eben, umgeben von Wäldern und Bergen, ohne Industrie und ohne Landwirtschaft.

Ich schenke mir noch einen Schluck The Glenlivent in mein schweres Kristallglas. Natürlich ohne Eis, das wäre eine Sünde für diesen edlen Single Malt Whisky. Achtzehn Jahre im Fass gereift, hat er einen leicht malzigen Geschmack mit einem Hauch von Passionsfrucht. Aber sein Nachklang ist für mich das Entscheidende. Mit lang anhaltender süßer Vanillenote, einem entfernten Rauch und mit trockenherbem Ingwercharakter. Ein wahrer Genuss für jeden Liebhaber dieses schottischen Getränks. Langsam nur nehme ich das Glas an meine Lippen, lass es dort ruhen und atme tief durch meine Nase ein. Ein kleiner Schluck nur, der in meinem Mund verweilt, bis ich die aufkommende Hitze im Rachen spüre. Ich schlucke ihn hinunter, diesen kleinen Schluck der edlen Köstlichkeit, und genieße den Nachklang.

Von dem kleinen Tisch neben mir nehme ich meine Pfeife in die Hand und beginne sie zu stopfen. Schon vor einigen Jahren, als ich hierher kam, habe ich mir das Pfeiferauchen angewöhnt. Ich mag dieses Ritual. Wie hektisch ist dagegen der Genuss einer Zigarette, wie um so öfters der Griff danach, weil es wesentlich schneller geht, eine Zigarette aus der Schachtel zu nehmen, als eine Pfeife zu stopfen.

Plötzlich spüre ich eine Hand auf meiner Schulter. Ganz sanft nur, aber ich spüre sie, so empfindlich bin ich für Berührungen geworden. Das war nicht immer so, nicht in meiner Jugendzeit, nicht in meiner Kindheit. Aber nun ist es so und ich kann es nicht mehr ändern. Beachtlich diese Person, so leise, ohne einen Laut, steht sie plötzlich an meiner Seite. Major Dr. Susan Burk. Medizinerin der Psychiatrie, Dozentin im Fachbereich Psychologie und zudem unsere Sicherheitschefin im Schloss. Sie ist eine wunderschöne Frau. Braune Haare, blaue Augen, schlank und geradezu graziös sind ihre Figur und ihre Bewegungen. Fast als würde sie zerbrechen, und mit einer sanften Stimme, wie Engel sie nur haben können. Susan gehört seit einigen Jahren zu unserer Familie.

„Er ist gestartet, das Flugzeug befindet sich in der Luft."
Ein kalter Schauer durchfährt mich und ich weiß nicht, ob es nur Freude darüber ist, dass er auf dem Heimweg ist,

weg von seinem Auftrag, den er endlich erledigt hat. Ich könnte Susan danach fragen, aber lieber nicht.

Es ist ein angenehmer kalter Schauer, der mir über den Rücken fährt, und ich will ihn genießen.

„Danke, Susan", antworte ich und blicke sie lächelnd an.

„Bitte richte Anny aus, dass wir gegen zweiundzwanzig Uhr im Wintergarten speisen wollen. Bis dahin müsste er das Schloss erreicht haben."

Sie will gehen, hat sich bereits umgedreht, um in der Küche Bescheid zu geben. Ich beeile mich zu sagen: „Und noch etwas Susan: bitte komme anschließend zurück zu mir. Ich möchte die verbleibende Zeit bis zu seiner Ankunft mit dir verbringen, anstatt alleine hier zu sitzen, nur in Gesellschaft von Whisky, Tabak und dem Zirpen der Grillen in den Wiesen."

Susan lächelt mich an, beugt sich zu mir herunter und gibt mir einen Kuss auf die Stirn.

„Bis gleich, Tom", sagt sie und ist genauso leise wieder in der Dunkelheit des Schlosses verschwunden, wie sie vor einigen Minuten gekommen ist.

Anny kocht leidenschaftlich. Allzu oft kommt es vor, dass sie in der Küche den Kochlöffel schwingt. Dabei müsste sie es gar nicht tun. Dafür haben wir Küchenpersonal. Aber im Schloss ist sowieso alles etwas anders, als in anderen Dienststellen. Zu weit weg sind wir in unserer kleinen Bergwelt von der Zentrale Londons.

Vor vielen Jahren haben die Studenten dieser Einrichtung

einiges an Geld zusammengelegt und in einem Antiquariat ein Kochtopfset aus Messing gekauft. Ein Dankeschön für Anny, für das gute Essen und ihre mütterliche Güte. Nur haben sie in ihrer Begeisterung nicht daran gedacht, dass Messing um ein vieles mehr an Reinigungs- und Pflegeaufwand benötigt als Chromstahltöpfe. Auch Anny wollte sich nicht zusätzliche Arbeit damit machen, sie hat schon genug Aufgaben zu erledigen. Also hängte sie die schönen Kochtöpfe im Rittersaal, in dem wir an zwei langen Tafeln unsere Mahlzeiten einnehmen, an die Wand. Jeden Abend geht sie seitdem mit einem kleinen Messinghammer, den sie sich selber noch dazu gekauft hat, Punkt zwanzig Uhr in den Rittersaal und lässt ihren kleinen Hammer über die Töpfe gleiten, als sei es die Tastatur eines Klaviers. Es klingt wirklich melodisch, da alle Töpfe eine andere Größe haben. Und spätestens dann sind auch die Schüler wieder munter, die bei den abendlichen Studien eingeschlafen oder anderen Beschäftigungen nachgegangen sind. Das allgemeine Zeichen, dass Abendbrotzeit ist.

Die Studenten in dieser Einrichtung des königlich britischen Geheimdienstes sind alle schon Lieutenants, zwischen zweiundzwanzig und dreiundzwanzig Jahre alt. Sie werden von der Zentrale in London zu einer einjährigen Weiterbildung in das Schloss geschickt, um hier den letzten Schliff für ihren Einsatz im operativen Bereich zu erhalten. Keiner kennt den anderen. Sie kommen alle von verschiedenen Dienststellen aus dem ganzen Land.

Zurückhaltend bewegen sie sich in den ersten Wochen im Schloss. Der Beruf beim Geheimdienst bringt es mit sich, dass freundschaftliche Kontakte nur sehr langsam entstehen und Vertrautheit eher eine Seltenheit ist. Und es ist auch in diesem Beruf nicht erwünscht. Es ist eine Gefahr für unser eigenes Leben. Dennoch raufen sie sich mit der Zeit, die sie hier im Schloss sind, zusammen und werden mitunter eine recht lustige und stimmungsvolle Gruppe. Es sind pro Jahrgang nur zwanzig Teilnehmer, nicht mehr und nicht weniger.

In diese Gedanken versunken steht Susan wieder neben mir, mit einem Glas Rotwein in der Hand. Als ich sie bemerke, sage ich: „Susan, setze dich zu mir, genieße diesen wundervollen Sonnenuntergang und die Windstille an diesem Abend. Lausche dem Zirpen der Grillen auf den Wiesen. Das ist ein Klang, den ich besonders mag. Und die Vögel im Park machen ebenfalls wieder eine Menge Lärm."

„Gern, Tom, nun kann auch ich aufatmen und entspannen." Dabei lächelt sie mir zu und setzt sich.

„Viel zu selten sind diese Momente geworden. Seit Martin wieder häufiger operativ tätig ist, mit all seinen Auslandseinsätzen, bin ich immer wieder aufs Neue beunruhigt, wenn er uns verlassen muss."

„Das ist nun mal unser Beruf, dafür haben wir uns entschieden", entgegne ich und Susan wird wieder still.

Mir ist klar, dass es nicht stimmt, was ich sage. Nur ein

kleiner Teil der Mitarbeiter, die beim Geheimdienst tätig sind, haben jemals eine Bewerbung eingereicht. Man wird entdeckt, man wird ausgesucht, weil man nützlich erscheint, aus diesem oder jenem Grund, weil man diese oder jene Qualifikation mit Bravour abgeschlossen hat, weil das soziale Umfeld das Richtige ist. Das beginnt, ohne dass es der Auserwählte überhaupt merkt, bereits in den Internaten der Eliteschulen, später beim Studium an den Universitäten oder viel später erst im Berufsleben, wenn man eine für den Geheimdienst interessante Position erreicht hat.

An einem Sommertag 2006, mit einundzwanzig Jahren, kam ich in diesem Schloss an. Ausgestattet mit einem Dienstreiseauftrag im Gepäck, die Waffe im Holster und den Dienstausweis in der Innentasche meines Anzuges. Ich wusste nicht, was mich hier erwarten würde. Dennoch freute ich mich auf dieses mir vertraute Land und war bester Stimmung. Groß und kräftig in der Statur, mit blondem Haar und grünen Augen, so hatte Mutter Natur mich ausgestattet. Die Mädels schauten hinter mir her und oftmals kam es vor, dass sie kichernd tuschelten, wenn ich auf der Straße an ihnen vorbei gegangen war.

Der Flug von Großbritannien nach Deutschland war schnell vergangen. Nun standen allerdings noch ungefähr anderthalb Stunden Autofahrt vor mir. Die Zentrale hatte mir mitgeteilt, dass am Flughafen ein Wagen auf mich warten würde. Ich musste ihn nur noch finden.

Am Ausgang der großen Flughalle stand ein junger Mann, sportlich und leger gekleidet. Automatisch lief ich auf ihn zu.

„Guten Morgen. Möchten Sie zum Hotel am See?", fragte er mich.

„Nein danke, ich habe schon eine Hütte in den Bergen gemietet", gab ich zurück.

Das waren kurz und bündig die zwei Sätze zur Kontaktaufnahme. Ich wusste es, er wusste es.

„Dann mal los, Sir, oder möchten Sie hier Wurzeln schlagen?", meinte er ziemlich lässig, seinen Kaugummi von der rechten nach der linken Mundseite kauend und wieder zurück. Nicht gerade britisch, eher amerikanisch. Und die Amerikaner mochte ich überhaupt nicht.

Eigentlich war ich verärgert über seinen schlottrigen Ton und eben diesen Kaugummi in seinem Mund, aber ehe ich etwas erwidern konnte, nahm er mir mein Gepäck aus der Hand und lief auf den Parkplatz zu. Also blieb mir nichts anderes übrig, als ihm zu folgen. Plötzlich blieb er stehen, drehte sich um, sodass ich beinah auf ihn auf-gelaufen wäre, musterte mich in meinem schwarzen Anzug von oben bis unten, sodass es mir schon peinlich wurde, grinste mich an und sagte: „Da drüben stehen die Parkautomaten."
Im gleichen Moment drückte er mir die Parkkarte in die Hand. Reflexartig hatte ich ihm meine Hand entgegen gestreckt. Nun konnte ich nicht mehr ausweichen. Ich blieb sprachlos vor ihm stehen und schaute ihn eine Weile an. Irgendwie gefiel er mir. Eben locker drauf und nicht so verkrampft, wie die meisten Mitarbeiter in London. Zudem war er kaum älter als ich selbst.
„Gehen Sie mal bezahlen und kommen nach. Sie werden mich schon finden", sagte er, machte kehrt und lief einfach davon.
Stimmt, der Parkplatz war ja auch voller Autos. Dieser Mistkerl, doch nicht so nett. Sollte mein erster Eindruck

ein falscher Eindruck gewesen sein?

Ich trabte los und löste den Parkschein ein. Es war ein ständiges Ankommen und Abfahren der Autos. Wie sollte ich ihn hier wiederfinden? Zumal ich nicht wusste, was für ein Auto er fuhr. Ich hielt nach einer Limousine Ausschau. Das hätte ich von der Dienststelle erwartet.

Nun ja, dachte ich bei mir, ohne dich kann er nicht zurückfahren. Und wenn er denkt, dass ich hier umherlaufe, wie ein kleiner Schuljunge und ihn suche, dann hat er sich in mir geirrt. Ich blieb einfach am Parkautomaten stehen, zündete mir eine Zigarette an und schaute in das Getümmel der Touristen.

Nicht viel später hielt ein Sportwagen neben mir, die Beifahrertür wurde von innen aufgeschlagen und ein grinsendes Gesicht reckte sich mir entgegen.

„Einsteigen oder wollen Sie hier übernachten, Sir?" Ich stieg ein.

„Lieutenant Forker, zuständig für den Fuhrpark des Schlosses", stellte er sich vor. Dabei streckte er mir seine Hand zum Gruß entgegen. Ich nahm sie und antwortete: „Lieutenant Tom Parker. Empfangen Sie eigentlich alle Gäste auf diese Art und Weise?"

„Klar doch, solange es sich um die Studenten handelt. Nur sind nicht alle so abgebrüht wie Sie. Die meisten laufen auf dem Parkplatz hin und her und suchen mich, ohne zuvor gefragt zu haben, nach was für einem Wagen sie denn Ausschau halten müssen. Eine Weile lang lasse ich sie suchen, dann mache ich mich bemerkbar. Aber los nun, wir haben noch eine weite Strecke vor uns."

Er ließ das Verdeck des Sportwagens herunter, schaltete den CD-Player ein und ab ging die Fahrt.

Vielleicht kann man sich diesen tollen Flitzer mal ausborgen für eine Tour durch die Umgebung, ging es mir durch den Kopf. Das wäre sicher nicht schlecht und würde eine Menge Spaß bereiten.

„Können die Studenten sich den Wagen auch mal ausleihen?", fragte ich, nachdem er den Player wieder etwas leiser gestellt hatte. War wohl einer seiner Lieblingslieder gewesen, der da gerade lief. Mir gefiel er nicht. Ich höre gern Beethoven, Bach, Callas und so weiter. Aber auch Led Zeppelin, AC/DC, Depeche Mode und Rammstein mag ich sehr. Schon irgendwie komisch, diese Zusammenstellung. Eine Antwort bekam ich nicht.

„Ich höre auch Klassik", sagte Lieutenant Forker zu mir gewandt. Ich war inzwischen mit meinen Gedanken ganz woanders, weit weg von diesem Auto und dem Lieutenant. Verärgert sagte ich: „Und was haben Sie noch so für Überraschungen auf Lager, Lieutenant Forker?"

Zu scharf, viel zu scharf, ging es mir sofort durch den Kopf. Warum gleich so aggressiv, Tom? Ich wusste es nicht. Am liebsten wäre ich im Erdboden versunken oder aus dem Wagen gesprungen. Während ich noch überlegte, wie ich die Situation wieder hinbiegen konnte, klopfte er mir mit seiner rechten Hand auf die Schulter, sodass ich noch tiefer in den Sitz gedrückt wurde, und meinte trocken: „Du wirst gut ins Schlossleben passen, Tom."

„Wie meinen Sie das, Lieutenant Forker?", fragte ich erstaunt.

Zögerlich antwortete er: „Ich, meinte deine Leistungen. Du gehörtest bei dem Studium in London immer zu den Besten." Ich wusste, dass es so war. Aber das wollte ich für mich persönlich nicht hervorheben.

Erst viel später sollte ich erfahren, dass er in Wirklichkeit etwas ganz anderes angesprochen hatte, ohne es zu sagen. Er meinte gar nicht meine Leistungen beim Studium.

Sofort schlugen die Alarmglocken bei mir an, ich korrigierte meine etwas runtergerutschte Sonnenbrille, damit er meine Augen nicht sehen konnte und blickte nach rechts in die an uns vorbeifliegende Landschaft. Was sollte diese Bemerkung, was meinte er damit? Was hatte meine Dienststelle alles über mich erzählt und wem, wenn selbst der Fuhrparkverantwortliche solche Bemerkungen macht? Und wieso das vertraute „Du" zu mir? Soweit waren wir eigentlich noch nicht gekommen in unserem Kontakt.

Auch Lieutenant Forker war still geworden. Er hatte bemerkt, dass er einen Fehler gemacht hatte. Jeder hing seinen eigenen Gedanken nach - jedem von uns war auf seine Art und Weise unwohl zumute.

Ich hörte auf das gleichmäßige Dröhnen des Motors, auf

das Röhren am Endrohr der Auspuffanlage. Ein Sound, bei dem ich am liebsten selber Gas gegeben hätte. Nach ungefähr einer viertel Stunde drehte er sich zu mir und sagte: „Danke." Weiter nichts.

„Lassen Sie uns eine Cola trinken, Lieutenant Forker, ich habe Durst. In fünf Kilometern kommt eine Tankstelle, stand da eben auf dem Schild am Straßenrand. Außerdem möchte ich mir die Beine etwas vertreten."

„In Ordnung, Lieutenant, ich bin dabei und ich bezahle", entgegnete er. Wenig später genoss ich meine kalte Cola und die tiefen Züge an meiner Zigarette, blies den Rauch ganz langsam wieder aus und blickte in den blauen Himmel.

Lieutenant Forker kramte im Handschuhfach des Autos herum. Allzu gerne hätte ich ihn gefragt, ob er mich mal ans Steuer lässt. Aber die Situation, in der wir uns befanden, war gänzlich ungeeignet dafür. Ich ging zurück zum Wagen und fragte: „Wollen wir weiterfahren?"

„Ja, fahren wir weiter", war seine Antwort.

Er ließ den Motor an und schaltete den CD-Player ein. Johann Sebastian Bach, Tokata und Fuge erklang. Eines meiner Lieblingswerke von Bach. Also hatte er vorhin nach dieser CD gesucht. Wie schnell er sich auf andere einstellen kann. Und dabei kannten wir uns nicht mal eine Stunde lang. Oder er mich doch schon länger? Nein, ich wollte diesen Gedanken jetzt nicht aufkommen lassen. Ich konnte jetzt Bach hören, im Rausch der Geschwindigkeit und dem Wind in meinem Gesicht. Ich griff zum Player, stellte die Musik lauter und zwinkerte ihm zu. Er quittierte mit einem Lächeln. Und so fuhren wir weiter, auf der Autobahn, über Bundes- und Landstraßen, durch Täler und über Berge. Die Gegend wurde einsamer, immer seltener durchfuhren wir Ortschaften.

In welche Einöde fahren wir nur, ging es mir im Kopf herum. Ich war bisher nur die Großstadt gewohnt mit ihrem Lärm, dem quirligen und hektischen Leben. Andererseits liebe ich die Natur und die Ruhe. Und ganz tief in meinem Inneren wusste ich, dies ist meine Welt. Hier bin, ich zu Hause, hier würde er gerne leben wollen.

„Wir haben es gleich geschafft", hörte ich Lieutenant Forker sagen, als die letzten Töne der Bach-CD verklungen waren. Er stellte den Player aus. Schon lange hatten wir keinen Ort mehr durchfahren, nur noch Wiesen und Wälder, soweit man blicken konnte. Mein Herz schlug etwas schneller, nun, da wir unser Ziel bald erreichen würden. Ich bin immer aufgeregt, wenn ich in eine neue Umgebung komme. Und schüchtern, fast ängstlich, wenn ich auf Menschen treffe, die ich nicht kenne. Dann kam ein kleines Dorf. Lieutenant Forker bog bald von der Straße rechts in eine von hohen Bäumen gesäumte schmale Allee ein. Die Bäume hatten dicke Stämme und waren sicher schon sehr alt. Das Geäst dieser traf sich über der Mitte der Fahrbahn, sodass wir ein Dach aus Zweigen und grünen Blättern über uns hatten. Es war herrlich anzusehen, wie vereinzelte Sonnenstrahlen durch das

Blätterwerk schimmerten.

Nach einer langgezogenen Rechtskurve hielten wir vor einem großen schmiedeeisernen Tor. Es war zu beiden Seiten von einem sehr hohen Zaun, ebenso schmiedeeisern, umgeben. Er endete jeweils an den Seitengebäuden. Direkt vor uns sah ich ein Schloss. Das Tor öffnete sich automatisch, nachdem Lieutenant Forker einen Peilsender auf dieses gerichtet hatte. Er legte ihn wieder in die Mittelkonsole des Wagens und wir fuhren langsam in den gepflasterten Schlosshof hinein. In der Mitte ein Rondell bepflanzt mit roten Rosen, rechts und links im Hof jeweils ein großer Kastanienbaum, größer noch als die Bäume auf der Allee. Noch ehe wir vor dem Haupteingang zum Halten kamen, schloss sich das Tor geräuschlos wieder hinter uns. Ich war angekommen, ich war am Ziel.

Ich saß noch im Auto und sah zu der Fassade hinauf, wollte den Eindruck von der Größe des Schlosses auf mich wirken lassen, als Lieutenant Forker sagte: „Aussteigen, wir sind da."

Ich öffnete die Autotür, stieg aus und blieb stehen. Währenddessen nahm Lieutenant Forker mein Gepäck aus dem Kofferraum, ging die Stufen zur zweiflügeligen Eingangstür hinauf, blieb vor ihr stehen und drehte sich zu mir um.

„Willkommen", sagte er und ich sah, dass sein sonst übliches Lächeln plötzlich aus seinem Gesicht verschwunden war.

Die große Tür ging auf und heraus trat ein älterer Herr. Straff war seine Haltung, der Anzug war maßgeschneidert und saß akkurat. Ein leichter Stoff, keine einzige Falte darin, und seine Schuhe waren auf Hochglanz poliert. Unwillkürlich schaute ich an mir herab. Meine Schuhe blitzten nicht so blank, wobei ich eigentlich großen Wert darauf lege. Aber die Reise hatte eben ihre Spuren hinterlassen. Das schon weiße und volle Haar ließ ihn ehrwürdig erscheinen. Er schaute mich an, mit seinem scharfen aber dennoch nicht unfreundlich blickenden Augen. Dann drehte er sich wieder um und ging, ohne ein Wort der Begrüßung zu sagen, hinein. Lieutenant Forker und ich folgten ihm schweigend. Die Tür schloss sich hinter uns, wie von Geisterhand geführt.

„Bitte bringen Sie die Sachen von Tom Parker in sein Zimmer, Lieutenant Forker", erklang die Stimme des Mannes in tiefem Bass, aber dennoch von einer Sanftheit, die ich nicht vermutet hätte. Zu mir gewandt sagte er: „Colonel Benjamin Smith, ich bin der Leiter dieser Einrichtung. Herzlich willkommen, Lieutenant Parker. Ich freue mich sehr, dass Sie endlich bei uns sind."
Automatisch schoss ich die Hacken meiner Schuhe zusammen. - es hallte in der gesamten großen Eingangshalle - straffte meine Haltung und brachte kein Wort heraus. Ein echter Colonel stand da also vor mir.
Zu laut war mein Auftritt, ich war selber darüber erschrocken. Aber woher sollte ich auch wissen, dass es hier

eine derartige Akustik gibt. Nachdem ich mich gefangen hatte, stellte ich mich vor, nannte meinen Dienstgrad, meinen Namen und die Dienststelle, welche mich hierher geschickt hatte. Ich griff in die Innenseite meines Jacketts, holte den Dienstreiseauftrag heraus und übergab ihn Colonel Smith.

„Das ist noch nicht alles, was ich von Ihnen haben möchte. Bitte folgen Sie mir in mein Büro."

Langsam löste ich mich aus meiner Starre und lief dem Colonel hinterher. Instinktiv oder geschult eben habe ich noch die große Eingangshalle wahrgenommen. Der Fußboden war mit dunklem Parkett ausgelegt, auf Hochglanz poliert. Die Wände waren ebenfalls mit dunklem Holz getäfelt. An der rechten und linken Seite führte jeweils eine elegant geschwungene Holztreppe in die obere Etage. Im hinteren Bereich der Halle befand sich, wie ich später erfahren sollte, ein lichtdurchfluteter Wintergarten, mit schwerem Bleiglas in der Tür und in den Fenstern. Bevor man ihn erreichte konnte, ging in der Mitte von der Halle nach rechts und auch nach links ein dunkler Gang ab. Sie waren nur dämmrig beleuchtet. Dennoch konnte man Türen in den beiden Gängen sehen.

Ich blickte nach oben. An der Decke der Eingangshalle hing ein großer Lüster, so wunderschön, wie ich zuvor noch keinen gesehen hatte.

Plötzlich erschrak ich. Da oben stand ein Junge am Geländer. Ich schätzte ihn auf mein Alter. Er war schlank und dennoch kräftig, so groß wie ich ungefähr, mit blonden Haaren und schwarzen Augen. Fast war mir, als würde ich selber da oben stehen. Aber das konnte nicht sein, ich stand ja unten in der großen Halle. Noch ehe ich mich so richtig besinnen konn-te, war er wieder hinter dem Geländer verschwunden. Ich folgte Colonel Smith in sein Büro, den linken Gang entlang.

Auch in dem Büro waren alle Wände mit dunklem Holz getäfelt, vor dem Kamin standen ein großes schwarzes Ledersofa und zwei Ledersessel rechts und links davon. Eine Anrichte mit Flaschen, edle Tropfen, wie ich gleich erkannte. Schwere Gläser aus Kristall standen bereit.

Vor dem Fenster ein großer Schreibtisch und ein Sessel dazu. Eigenartig daran war, dass sie zum Fenster aufgestellt waren. Wer sitzt schon gerne mit dem Rücken zur Tür, ging es mir durch den Kopf. Und erst recht in unserem gefährlichen Beruf.

„Die Bürotür schließt sich automatisch. Hier kommt nur herein, wer autorisiert ist oder wen ich darum bitte", vernahm ich die Stimme des Colonels, als hätte er meine Gedanken beim Anblick des Schreibtisches erraten.

Der Colonel strich über einen Teil seines Schreibtisches. Für mich sah es aus, als würde er den Tisch streicheln. Doch dann öffnete sich ein Teil der holzgetäfelten Wand.

„Ihren Dienstausweis, Ihre Dienstwaffe und das Ersatzmagazin bitte, Lieutenant Parker."

Ich schnallte das Holster mit meiner Waffe und dem Ersatzmagazin ab, zog meinen Dienstausweis heraus und überreichte es ihm. Mit meinen Sachen verschwand der Colonel in der geöffneten Wand.

Einen leichten Luftzug verspürte ich in meinem Nacken und ich drehte mich um. Vor mir stand eine wunderschöne Frau in einem Kostüm, welches dem Anzug des Colonels in nichts nachstand.

„Das ist Captain Dr. Susan Johnson. Sie lehrt im Fachbereich Psychologie und ist zudem die Sicherheitschefin in dieser Einrichtung", sagte Colonel Smith, der auch wieder im Büro stand und über seinen Schreibtisch strich, sodass sich die Tür in der Wand wieder schloss.

Ich war verblüfft. Noch so jung, ich schätzte sie auf Mitte zwanzig, und schon im Rang eines Captains.

Sie lächelte mich an, streckte mir ihre schlanke Hand entgegen und sagte: „Willkommen, Lieutenant Tom Parker. Ich hoffe, Sie hatten eine gute Reise. Ich freue mich sehr, dass Sie bei uns sind, und wünsche Ihnen eine schöne Zeit bei uns."

Was für eine zarte Haut, was für warme Hände. Mir raste das Herz, meine Knie wurden weich. Ich musste rot geworden sein und erst ihr: „Sie können mich wieder los lassen", brachte mich auf den Boden der Realität zurück.

„Ich begleite Sie jetzt auf Ihr Zimmer. Es liegt in der oberen Etage. Da können Sie sich erst einmal frisch machen und etwas ausruhen. Einige der anderen Studenten sind schon eingetroffen. Die, die noch fehlen, werden in den nächsten Tagen erwartet. Sie haben also noch genügend Zeit, sich mit Ihrer neuen Umgebung vertraut zu machen. Abendbrot gibt es um zwanzig Uhr im Ritter-saal. Er befindet sich gleich rechts neben dem Winter-garten. Das ist der Raum mit den wunderschönen Blei-glasfenstern. Diesen haben Sie sicher schon wahrgenom-men. Mit einem Lächeln fügte sie hinzu: „Und sollten Sie einschlafen, so verpassen Sie das Abendbrot dennoch nicht. Sie werden geweckt."

Von ihnen lasse ich mich gerne wecken Captain, dachte ich und stellte fest, dass ich bisher noch keine einzige Antwort gesagt hatte.

„Wir läuten, wenn es so weit ist."

„Jawohl, Captain Johnson", antwortete ich nun, sichtlich verlegen. Ganz bestimmt hatte sie bemerkt, dass ich mich nicht ganz unter Kontrolle hatte. Es war mir peinlich, aber was sollte ich tun? Ich war nun mal ein junger Mann von Anfang zwanzig Jahren.

Was Läuten bedeutet, habe ich ein paar Stunden später erfahren. Ich war auf meinem Bett eingeschlafen. Der Flug, die lange Autofahrt, das war doch schon ganz schön anstrengend gewesen, zumal ich in London noch bis zum Mittag gearbeitet hatte. Hinzu kam Lieutenant Forker, mit seinem eigenartigen Verhalten und seinen rätselhaften Äußerungen, die nicht gerade einfach zu verstehen waren. Und Captain Johnson, von der ich intensiv geträumt hatte. Ich schreckte hoch, als eine Melodie durch das Schloss hallte. Kurz nur und von einem schönen Klang. Mir brummte der Kopf, mir wurde schwindlig. Zu schnell war ich aus dem Schlaf hochgefahren. Ich wollte gerade sterben, als es etwas zu essen geben sollte. Und dabei verspürte ich schon großen Hunger.

Noch etwas benommen taumelte ich zur Tür, drehte den Kopf nach beiden Seiten, sodass meine Halswirbel knackten, reckte mich und lief ins Bad zurück, ließ mir kaltes Wasser über den Nacken laufen, bespritzte mein Gesicht mit dem kühlen Nass und spülte mir den Mund. Danach ging ich auf den Gang hinaus. Es war still im Schloss, aber dennoch vernahm ich Stimmen und Schritte im Erdgeschoss. Also stieg ich die Treppe hinunter und sah mir dabei noch einmal den nun wunderschön erleuchteten Lüster an. Romantisch, wie ich nun einmal veranlagt bin, dachte ich dabei: hier gibt es bestimmt auch eine Bibliothek mit Tausenden alten und uralten Büchern, Lesetischen und auf ihnen drauf Bankers Lamps. Ich mag diese edlen und teuren Stücke, am liebsten mit einem Schirm aus grünem Glas.

Als ich unten an der Treppe angekommen war, noch immer auf den Lüster schauend, hörte ich: „Guten Abend, Lieutenant Parker, haben Sie gut geschlafen?"

Da stand sie, Captain Dr. Susan Johnson, wieder vor mir, in einem roten Abendkleid, bis zu den Fußgelenken reichend, mit ihrem anmutigen Lächeln. Dieses Mal wurde ich nicht wieder verlegen und sicher auch nicht rot. Ich glaubte es zumindest, wusste es aber nicht genau.

„Ja, Captain Johnson, das habe ich. Die Anreise war doch etwas anstrengend."

„Dann begleiten Sie mich, ich führe Sie in den Rittersaal und stelle Sie den Anwesenden vor", sagte sie, lächelte mich an und reichte mir ihren Arm, damit sie mich führen konnte. Bereitwillig schlug ich meinen Arm unter und wir liefen los.

Wir gingen auf den Wintergarten zu. Er war jetzt ebenfalls erleuchtet und ich hörte das leise Plätschern von Wasser. Bevor wir die Tür des Wintergartens erreichten, bogen wir in den rechten Gang hinein. Und schon die nächste Tür links war der Rittersaal.

Wie alle anderen Räume, die ich bisher gesehen hatte, war auch dieser Saal ehrwürdig eingerichtet. In der Mitte standen zwei lange Tafeln mit weißem Damasttischtuch, silbernem Besteck und Kristallgläsern. An den Tafeln daran, hohe Lehnstühle.

„Meine Herrschaften, dies ist Lieutenant Tom Parker. Er kommt direkt von der Londoner Dienststelle zu uns", begann Captain Johnson.

„Lieutenant Parker, das ist Colonel Benjamin Smith, unser Schulleiter. Ihn haben Sie ja bereits kennengelernt."

Colonel Smith nickte mir zu. Ich nickte zurück.

„Der Herr neben Colonel Smith, das ist Major Dr. med. Herry Dix."

Auch ihm nickte ich zu und er sagte: „Wenn Sie sich mal weh getan haben, dann kommen Sie zu mir und zu Sergeant Katie Adams. Sie ist unsere Krankenschwester hier im Schloss. Wir heilen Ihren Schnupfen und für kleine

Operationen sind wir auch ausgerüstet. Der OP-Saal befindet sich im ersten Kellergeschoss."

Sicher ein ruhiger Geselle, der Doktor, dachte ich. Er ist gut beleibt und hat ein rosiges Gesicht. Ja, so stelle ich mir gutmütige Herren vor.

„Gepflegt werden die Patienten in ihren Zimmern, wir haben keine Krankenstation." Hatte jetzt eine Maus gesprochen? Solch eine piepsige Stimme und dabei dennoch so scharf im Klang wie eine Rasierklinge. Nein, es war eine Gouvernante, die ganz bestimmt keine Widerrede duldete. Runde Nickelbrille, dürr wie eine Bohnenstange und dann auch noch die Haare zu einem Dutt gesteckt. Ich starrte sie an, den Mund halb offen. Das ist also Sergeant Katie Adams, ein Albtraum sicher für alle Studenten. Nur nicht krank werden, die würde dir das Leben zur Hölle machen. Sie saß aufrecht neben Major Dix, so als hätte sie einen Kleiderbügel unter ihrem eng anliegenden Kleid im Rücken stecken. Aus strengen Augen sah sie zu mir hinüber, als hätte ich die Masern mitgebracht.

„Keine Bange", vernahm ich die sanfte, wohlklingende Stimme von Captain Johnson. „Wenn Sie erst einmal krank sind, kümmert sich Sergeant Adams rührend um Sie, bis Sie wieder gesund sind."

In diesem Moment konnte ich nicht so recht daran glauben.

„Lieutenant Oliver Forker haben Sie ja schon kennengelernt. Er ist für den Fuhrpark zuständig und kümmert sich um unser kleines Pub. Sie finden es draußen im Hof, im linken Seitengebäude vom Schloss aus gesehen. Es stehen vom Frühjahr bis zum Herbst ein paar Tische mit Stühlen davor, gleich neben der großen Kastanie. Feste Öffnungszeiten gibt es bei uns nicht. Wenn offen ist, ist offen, wenn geschlossen ist, ist eben geschlossen."

Eine verblüffende und doch so einleuchtende Logik. Will mich hier jemand auf den Arm nehmen? Mir wurde es langsam zu viel. Mir dröhnte der Kopf und mir war eher nach einem kühlen Pint in Lieutenant Forkers Pub zumute als an diesem Anstandsprogramm weiter teilzunehmen. Allerdings ist das Pub jetzt leider geschlossen, denn Lieutenant Forker ist ja in dieser Runde anwesend.

„Da drüben sitzt Captain Callum Steel, Fachbereich Informatik. Zudem ist er für die Haustechnik im Schloss verantwortlich."

Ich war nicht mehr bei der Sache, wollte einfach nicht mehr bei der Sache sein. Ich sah zu Captain Johnson und meine Leisten regten sich sofort. Bloß das nicht, auf keinen Fall. Du kannst jetzt nicht nach draußen verschwinden. Aber da hörte ich schon die Stimme von Captain Steel. „Wenn mal eine Glühlampe bei Ihnen im Zimmer defekt ist, wenden Sie sich an mich. Aber im Unterricht will ich dafür nur beste Leistungen von Ihnen sehen."

Na toll, klarer konnte er seine Ansage gar nicht machen, ging es mir durch den Kopf und ich antwortete gehorsam: „Jawohl, Captain Steel."

„Die Dame neben Captain Steel ist Lieutenant Anny Brown. Sie ist unser Versorgungsoffizier. Sie ist eine vorzügliche Köchin, kocht auch gerne selber, wenn es ihreZeit zulässt. Und ich kann Ihnen sagen, es schmeckt hervorragend, was sie zubereitet. Sie ist die Seele unseres Schlosses. Aber das werden Sie schon noch mitbekommen."

Was Captain Johnson mir die Knie erweichen ließ, verschreckte mich Lieutenant Browns Aussehen in Entsetzen. Eine Matrone von einer Frau, rund wie ein Weinfass, dicke Pausbäckchen und Hände so groß wie bei einem Schmied.

Wenn die dich zu packen bekommt, dann ist es um dich geschehen, Tom Parker. Dennoch hatte sie etwas Gutmütiges in ihrem Gesicht.

„Ein Geschenk ehemaliger Studenten", sagte Lieutenant Brown und zeigte voller Stolz auf mehrere Messingtöpfe, die der Größe nach an einer Wand des Rittersaales hingen. Wie um meine Beobachtung mit der Wirklichkeit zu bestätigen, stand sie auf, ging um die Tafel herum und strich mit einem Hämmerchen, an den Töpfen entlang.

Ein klare Melodie erklang. Mir war augenblicklich klar, das war der Ruf zum Abendessen.

„Sie werden es nicht verpassen, wir läuten zum Abendessen", erinnerte ich mich an Captains Johnsons Worte. Das war also der Ruf, der Ruf, der auch den Abend im Schloss einläutete.

„Zum Schluss möchte ich Ihnen einige Studenten vorstellen, die sich bereits seit einer Woche bei uns aufhalten. Dies sind die Lieutenants William Miller, Jack Conner, Ethan Holmes, und Daniel Lennon. Und der junge Mann, den Sie bei ihrer Ankunft bereits kurz gesehen hatten, ist Lieutenant Martin Burk. Die anderen vierzehn Studenten werden in den nächsten Tagen erwartet. Aber nun nehmen Sie erst einmal Platz. Da, neben Lieutenant Burk ist ein Stuhl frei. Sie werden sich übrigens sicher recht gut verstehen, wenn Sie sich etwas besser kennengelernt haben." Captain Johnson lächelte mich wieder an und ließ meinen Arm los. Sie nickte mir zu und ich ging langsam auf den mir angedachten Platz zu.

Wieso nur diese Vertrautheit, und woher wollen sie alle wissen, wie ich mich einfügen werde, mit wem ich gut auskommen werde und mit wem nicht? Was war hier nur im Gange? Wohin war ich hier geraten? Fragen über Fragen, die mich sehr skeptisch werden ließen. Allzu gern hätte ich Antworten gehabt auf die Dinge, die hier auf mich einströmten.

„Bevor wir mit dem Essen beginnen noch etwas zur Erklärung für Sie, Lieutenant Parker", hörte ich Colonel Smiths Stimme. Ein Rotweinglas in der Hand, sprach er zu mir: „Wir sind hier eine kleine Außenstelle Londons in einem befreundeten Land. Die deutschen Kollegen wissen, dass es uns hier gibt. Morgen früh kommen Sie bitte in mein Büro. Dann werde ich Ihnen Ihren neuen Pass aushändigen. Er wird auf das Diplomatische Corps ausgestellt sein. Also verhalten Sie sich auch entsprechend diplomatisch, wenn Sie das Schloss verlassen, und machen Sie unserem Namen alle Ehre. Am Eingangstor werden Sie bei Ihren ersten Spaziergängen ein Messingschild sehen. Darauf steht geschrieben: „Bundesverwaltungsfachschule", mehr nicht.

Im Schloss ist die gängige Umgangssprache Englisch. Aber wenn wir uns außerhalb dieser Mauern bewegen wird deutsch gesprochen. Die Studenten dürfen sich untereinander duzen und mit dem Vornamen anreden."

Etwas außergewöhnlich dachte ich bei mir. Aber andererseits war ich erleichtert. Also bin ich in keiner dekadenten Spießerhöhle gelandet, sondern in einem Umfeld des Geheimdienstes mit seinen ganz eigenen Gepflogenheiten und Gesetzen, weitab vom Schuss, wie man so schön sagt.

„Und nun allen guten Appetit." Kurz und bündig, so gefiel mir der Colonel. Er erhob leicht sein Glas und prostete allen mehr oder weniger zu.

„Hallo Tom, ich bin der Martin. Ich habe das Zimmer gleich neben dir. Wenn du willst, kann ich dich durch die Verbindungstür, die unsere beiden Zimmer trennt, besuchen kommen oder du mich."

Das war also der Junge, den ich am Nachmittag schon gesehen hatte, als ich mir den Lüster in der großen Eingangshalle anschaute und dabei nach oben sah. Der Junge, der am Geländer gestanden hatte und auf mich hinab blickte mit seinen schwarzen Augen.

„In Ordnung", entgegnete ich kurz angebunden, „dann auf eine gute Nachbarschaft."

Mir war nicht an einem tiefgründigeren Gespräch gelegen, ich hatte Hunger, ich wollte essen. Außerdem war ich schon wieder müde und würde sicher nach dem Abendbrot beizeiten schlafen gehen. Aber dazu kam es nicht. Nach dem Essen erstellte Susan ein bionisches Daktylogramm von meinem rechten Zeige- und auch Mittelfinger. Zwei Fingerkuppen, das hatte ich noch nicht erlebt und im Studium wurde auch nicht erwähnt, dass es diese Möglichkeit gibt. Entweder man nahm einen Finger oder die ganze Hand dafür. Ist denn hier alles anderes? Da kann ich ja gespannt sein, was es noch so für Überraschungen gibt, dachte ich bei mir, als ich ihre Stimme hörte: „Lieutenant, ich gebe Ihre Daten in meinen Sicherheitsrechner ein und lege fest, für welche Türen Sie autorisiert werden. Ein paar Einschränkungen wird es geben. Aber alle wichtigen Türen werden Sie öffnen können."

„So, wir sind fertig", sagte sie nach einer Weile. „Und nun machen Sie sich noch einen schönen Abend. Wir sehen uns morgen zum Frühstück."

Dank meines Daktylogramms konnte ich nun die schwere, sicher aus Eichenholz bestehende Eingangstür öffnen, besser gesagt, der Rechner in Susans Büro gab mir die Genehmigung dazu. Ich brauchte einfach frische Luft und wollte noch etwas für mich alleine sein.

Ich legte meine zwei Finger auf den Sensor im Türrahmen, ein leises Klicken, kaum zu hören, und die Tür ging auf. Endlich war ich draußen, konnte tief durchatmen und mir eine Zigarette anzünden. Langsam ging ich zu den Tischen und Stühlen, die vor dem kleinen Pub standen und setzte mich hin, lehnte mich auf einem Stuhl zurück und blickte in den schwarzen Himmel der Nacht, sah dem Rauch meiner Zigarette nach, wie er sich nach oben wand, immer mehr ausbreitete und sich schließlich auflöste.

„Na, noch ein Pint vor dem Schlafengehen?", fragte mich Lieutenant Forker. Ich hatte ihn gar nicht bemerkt.

„Sie müssen nicht verbittert sein, Lieutenant Parker. Ihr Offizierspatent haben Sie doch schon. Das kann Ihnen keiner mehr wegnehmen. Und diese Schule ist nur eine weitere Qualifikation für besonders gute Absolventen des Studiums. Aber glauben Sie mir, fernab von allen anderen Dienststellen und dem Hauptquartier in London, geht es hier recht locker zu. Sie müssen sich entspannen. Und damit fangen wir am besten jetzt an. Ich hole uns zwei Pints."

Und wieder war dieses Grinsen in seinem Gesicht zu sehen. Wie gut mir das jetzt tat, wie wohl ich mich fühlte.

Er erzählte mir, dass der kleine Ort nur dreihundert Einwohner hat, eine wunderbare Bäckerei mit frischen Brötchen und herrlichem Landkuchen.

Er sei selber in einem Dorf, in der nördlichsten Grafschaft von England, in Northumberland, geboren und groß geworden. Während der Armeezeit ist man auf ihn zugekommen und hat gefragt, ob er sich einen Dienst beim britischen Geheimdienst vorstellen könne. Das Übliche eben, man wird gefunden, man wird auserwählt. Diese Verfahrensweise ist bei allen Geheimdiensten in der Welt gleich. Er habe zugesagt, als er sich schon im Studium zum Nachrichtenoffizier befand. Nach seinem Abschluss sei er direkt nach Deutschland versetzt worden. Im Schloss sei er nicht nur für den Fuhrpark und das Pub zuständig. Aber was er noch für Aufgaben habe, sagte er mir nicht. Und ich fragte nicht danach. So ist es nun mal bei uns. Du musst nur so viel wissen, wie du zur Erledigung deiner Aufgabe wissen musst. Ich finde das gut so, ich kann damit leben. Es dient der eigenen Sicherheit und der Sicherheit der anderen Agenten, und man kann sich besser auf seine ganz speziellen Aufgaben konzentrieren. So zu leben ist nicht einfach, es ist sogar verdammt schwer.

Es hat schon vielen Agenten das Leben gekostet, die bei Feiern im Rausch des Alkohols redselig wurden, sich und andere Agenten dadurch in Gefahr und in den Tod gebracht, ganzen Operationen dadurch geschadet haben. Es ist die psychische Last, die immer und immer wieder von einem Agenten getragen werden muss. Bei all der Anspannung, der Umsicht, der Vorsicht und des Vorausdenkens; irgendwann ist jeder menschliche Akku leer. Und spätestens dann sollte sich ein Agent einen sehr ruhigen Ort für sich ganz allein suchen, um neue Energie zu tanken.

Es gibt beim Geheimdienst ein Sprichwort und es ist völlig egal, in welchem Geheimdienst dieser Welt man tätig ist. Es trifft für jeden zu: 'Ein Agent lebt einsam, und ein Agent stirbt einsam.'

„Im ersten Kellergeschoss des Schlosses befindet sich ein Panik Room, die Waffenkammer, ein zweiter Tresorraum und das Archiv sowie der OP-Saal. Aber das wurde ja schon zum Abendbrot erwähnt, als wir Ihnen vorgestellt wurden. Es gibt noch ein zweites Kellergeschoss darunter. Dort befinden sich ein Schießstand, eine Sauna, ein Fitnessraum und eine Schwimmhalle. All dies kann von jedem zu jeder Zeit genutzt werden. Außer des Schieß-standes natürlich, der nur tagsüber. Nachts herrscht Ruhe im Schloss. Das erste Kellergeschoss erreicht man übri-gens auch über das Büro von Colonel Smith."
Dahin war er also mit meiner Dienstwaffe, meinem Dienstausweis und dem Dienstreiseauftrag entschwunden, dahin führt in seinem Büro die in die Wand eingelassene Tür.
„Und nun kommt es", erklärte mir Lieutenant Forker weiter, nachdem er sich eine neue Zigarette angezündet hatte. Auch ich griff automatisch nach meiner Schachtel, die auf dem Tisch lag, und zündete mir ebenfalls eine Zigarette an. Nachrichten und Aufklärung sei seine eigent-liche Aufgabe. Nach außen hin versteckt hinter dem Ver-antwortlichen des Fuhrparks und dem Wirt.
Nirgendwo lassen sich besser Nachrichten vermitteln als

bei einem Pint und Informationen erfahren, wenn sich erst die Zunge des anderen zu lockern beginnt. Alte Schule eben, sie gilt auch hier im Schloss.

„Mit dem Lastenaufzug, der sich in der Küche befindet, kommt man in die Kellergeschosse. Wenn Sie den Fahrstuhl betreten, sehen Sie auf der rechten Seite die Knöpfe für Erdgeschoss und die obere Etage. Auf der linken Seite befindet sich ein Sensor für die Zeige- und Mittelfinger. Berühren Sie den oberen Bereich davon, gelangen Sie in das erste Kellergeschoss. Das ist somit der zweite Eingang dorthin. Berühren Sie das untere Feld, kommen Sie in das zweite Kellergeschoss. Bedenken Sie stets, einen zweiten Ein- oder Ausgang gibt es hierfür nicht."

„Können Sie uns noch zwei neue Pints holen, mein Glas ist leer?", fragte ich ihn. Ich wollte einen Moment alleine sein, um das Gehörte in Ruhe in mich aufzunehmen.

„Na klar doch", entgegnete er und kam kurze Zeit später mit dem Bier zurück.

„In diesem Seitengebäude des Schlosses sind die Garagen und die Abstellräume für die Gartengeräte untergebracht. Wir haben zwei Jeeps, den Sportwagen, den Sie ja schon kennen, eine Limousine und fünf Motorräder. Die Motorräder sind besonders geeignet für das Gelände hier. Wer mal ein Gefährt braucht, wendet sich einfach an mich. Das geht ziemlich formlos vonstatten. Ich muss nur wissen, wohin die Fahrt gehen soll und wann die Rückkehr erfolgt. Das gilt übrigens auch für die Schüler." Ich war erstaunt, prostete ihm zu und nahm einen großen

Schluck von meinem kühlen Pint. Eigenartig, obwohl ich mich in Deutschland befand, fühlte ich mich dennoch irgendwie, als sei ich im Herzen von England.

„Das gegenüberliegende Seitengebäude beherbergt im Erdgeschoss die Räume für die Lehrer und den Unterrichtsraum. In der oberen Etage befinden sich die Sicherheitszentrale, die Wachräume und weitere Zimmer für Gäste. Insgesamt können wir im Schloss fachtzig Personen beherbergen. Sergeant Aidan Carver und Sergeant Robert Fletscher sind die Jungs, die uns beschützen. Die beiden werden Sie noch kennenlernen. Ich kann Ihnen versichern, Lieutenant Parker, dass sie zurzeit ihre Arbeit tun. Ansonsten könnte ich mich nicht hier draußen mit Ihnen über die Gegebenheiten im Schloss unterhalten."
Ich schaute mich nach allen Seiten um und sah auch zuden Dächern auf. Da war kein Sergeant Carver oder Sergeant Fletscher zu sehen, niemand. Andererseits hatte ich mich schon seit einiger Zeit darüber gewundert, dass Lieutenant Forker im Hof des Schlosses, im Freien also, solch ein Gespräch mit mir führt. Aber nun war mir klar, warum er sich das leisten konnte. Sie waren da draußen, unsichtbar, aber sie waren da. Und auch dieses Gespräch war so geplant gewesen. Wie sollte es auch anders sein.

„Ich habe gar keine Kameras entdeckt", sagte ich. Ein schwacher Versuch, ihn aus der Reserve zu locken. Natürlich gelang es mir nicht. Wieder mit seinem typischen Lä-

41

cheln entgegnete er mir: „Die sind schon da, ganz gewiss. Und wenn Sie sich einige Zeit im Schloss aufgehalten haben, werden Sie sie auch sehen können. Captain Johnson und Captain Steel haben da gute Arbeit geleistet, um sie für den Laien unsichtbar zu machen. Wie Sie sehen, ist das Schloss mit den Seitengebäuden, dem Zaun und dem Tor zum Hof umfriedet. Der Park auf der anderen Seite ist fünf Hektar groß. Wenn man aus dem Wintergarten hinaustritt, kommt man auf eine große, breite Terrasse, die an der linken Seite durch eine niedrige, und an der rechten Seite durch eine hohe Mauer begrenzt ist. Wenn man die Terrasse verlässt, gelangt man über ein paar Stufen in den Park mit seinen Wiesen und alten Bäumen. Am südlichen Ende des Parks, einen leichten Hang hinab, befindet sich ein Teich mit einer kleinen Insel mittendrin. Da wachsen sogar ein paar junge Bäume darauf. Im Winter, wenn es richtig kalt ist, ist er zugefroren. In der Mitte des Parks befindet sich ein Tennisplatz. Auch ein kleines Fußballfeld ist vorhanden."

„Ich werde mir das morgen ansehen, der Unterricht beginnt erst, wenn alle Schüler angereist sind. Für heute würde ich gerne noch einen Scotch trinken, so zum Abschluss des Tages. Danach werde ich schlafen gehen. Haben Sie welchen da?"

„Na klar habe ich Scotch", antwortete er und ging, um welchen zu holen.

Ein großes Zimmer hatte ich bekommen, mit Kamin,

einem Ledersofa und einem Klubtisch davor. Parkett auch hier. Ein Schreibtisch vor dem Fenster mit Laptop, Drucker, Telefon und einem Stuhl. Ein großes breites Bett und ein in die Wand eingelassener großer Schrank aus dunklem Holz.

Was mir am meisten Freude bereitete, war eine Bankers Lamp mit grünem Schirm. Da hat jemand genau meinen Geschmack getroffen. Zwei große Fenster gehörten zu diesem Zimmer, mit Blick in den Park hinaus zu dem Tennisplatz, dem Fußballplatz und den großen Bäumen. Zur rechten Seite des Zimmers ging es in ein geräumiges Bad.

Ich wollte mich gerade auf das Ledersofa vor den Kamin setzen und mir noch einen Whisky einschenken, als an der anderen Seite meines Zimmers die Tür aufging und Martin hereinkam.

„Darf ich oder störe ich dich, Tom?"

„Komm ruhig rein", entgegnete ich und ging ihm entgegen, nicht ohne ihn noch einmal genauer zu betrachten. Da muss doch jedes Mädel schwach werden bei diesem Kerl, dachte ich mir, als er mich auch schon fragte, ob ich morgen Lust hätte, mit ihm gemeinsam den Park zu erkunden.

„Gerne", antwortete ich, „das habe ich sowieso vorgehabt. So nach dem Frühstück?"

„Ja", gab er zurück. „Wir werden sehr viel gemeinsam unternehmen, du und ich. Schlafe gut die erste Nacht in diesem wunderschönem Schloss."

Dabei gab er mir die Hand. Ein weicher Händedruck nur. Das hätte ich nicht erwartet. Und ein Blick mit seinen dunklen Augen, welcher Traurigkeit und Freude in einem innehatte. Ein eigenartiger Kerl, dachte ich mir, als er aus meinem Zimmer verschwunden war und die Verbindungstür hinter sich geschlossen hatte. Dieser Händedruck, der passte gar nicht zu diesem kräftigen jungen Mann. Nun gut, ich würde ihm schon noch auf den Zahn fühlen. Ich rauchte noch eine Zigarette und ging danach schlafen.

Endlich wurde ich achtzehn Jahre alt. Es war das Jahr 2003, im Monat April. Ich konnte es schon lange Zeit kaum erwarten. Für einen Beruf bei der Polizei hatte ich mich entschieden. Dies war in meiner Jugendzeit mein sehnlichster Traum gewesen. Nicht, dass ich mich begeistern konnte für Gewalt, Mord und Totschlag. Im Gegenteil, ich verabscheue Hass, Neid, Habgier und dem unweigerlich damit verbundenem Hang zur Kriminalität. Aber dennoch waren das nun mal Dinge, die es schon immer in der Geschichte der Menschheit gegeben hat, und die auch in der Gegenwart Bestandteil unseres Lebens bleiben würden. Eine eigenartige Entwicklung, die der Mensch genommen hatte. Wenn man ihn nur verbannen könnte auf immer und ewig, diesen Weg der menschlichen Entwicklung.

Ich glaube an die sogenannten sieben Todsünden, die im Christentum gelehrt und immer wieder gepredigt werden. Allerdings bin ich Atheist und werde es auch bleiben.

Ich glaube nicht an Jesus Christus im Himmel als den einzig wahren Gott. Wenn, dann hat jede Glaubensrichtung ihren eigenen Gott. Und jede Religion sollte auch so respektiert werden, wie sie nun mal ist. Schade nur, dass sich die Menschheit mit der Annäherung der verschiedenen Religionen seit jeher bis in die Gegenwart hinein schwer tut. Papst Johannes XXIII sagte in seinem

Sterbebett: Es muss einen Dialog geben zwischen allen Religionen, für den Frieden auf Erden.` Danach schlief er für immer ein.

Ich bin der Meinung, alle Religionen haben einen entscheidenden Fehler in ihrem Glauben. Da oben gibt es keinen einzigen Gott und die Menschen sind auch nicht die Herde des Hirten. Vielmehr ist jeder Mensch göttlich. Gott ist ein Begriff des Gemeinwesens.

Es ist Ende April und ich hatte die Aufnahmeprüfungen für die Polizeischule bestanden. In meiner Freizeit hatte ich immer viel Sport getrieben. Kaum war bei uns die Schule aus, konnten wir nicht schnell genug nach Hause kommen. Die Schulsachen in die Ecke geschmissen, die Sportsachen übergestreift, den Fußball unter den Arm geklemmt, und schon ging es wieder zum Sportplatz hinaus. Und zwei mal in der Woche zum Leichtathletiktraining. Sprint, Ausdauerlauf und Hochsprung waren meine besonderen Stärken.

Die Polizeischule lag in einiger Entfernung von der nächstgrößeren Stadt, gelegen zwischen Feldern und ausgedehnten Wäldern.

An dem großen Eingangstor angekommen, schaltete ich den Motor meines Motorrades ab und blickte den Wachmann, der über die Mauer neben dem Tor hinwegschaute, an. Und er mich.

„Da kannst du nicht stehen bleiben, du versperrst die Einfahrt", raunte er mich an.

Na toll, das beginnt ja gut, dachte ich für mich.

„Nun komm schon reingefahren, ich sehe ja an deiner Uniform, dass du hierher gehörst, bist sicher einer von den Neuen."

Ich startete meine Maschine und donnerte durch das inzwischen geöffnete Tor. Plötzlich hörte ich den schrillen Klang einer Trillerpfeife und sah im Rückspiegel in meine Richtung weisende Wachleute. Ich trat kräftig auf die Bremse. Eben so, dass eine schöne Gummispur auf dem Asphalt zurückblieb. Ich war jung und ich mochte es, wild mit meinem Motorrad zu fahren. Als ich zum Wachhaus zurück gerollt kam, stand der Unteroffizier vom Dienst vor mir, mit hochrotem Kopf.

„Das ist mir hier noch nie passiert, eine Unverschämtheit, was bilden Sie sich ein!", schrie er mich an.

Aber ich bin auch nicht gerade auf den Kopf gefallen und an Respekt fehlte es mir ohnehin noch sehr. „Alles wird einmal zum ersten Mal, Herr Unteroffizier", entgegnete ich ihm.

„Stehen bleiben! Ich hole den Offizier vom Dienst!", sagte er und verschwand im Wachgebäude, um zu telefonieren.

Also blieb ich auf meinem Motorrad sitzen, nahm den Helm ab und blickte in das Gelände hinein. Viel gab es von hier aus nicht zu sehen. Einen Garagenkomplex weiter vorn die Einfahrtstraße entlang und viel Wald.

Dann sah ich den OvD auf mich zukommen, mit einer bedrohlicher Miene im Gesicht. Ich stieg von meinem Motorrad ab. Ein Hauptmann, wie ich an seinen Schulstücken erkannte, als er vor mir stand.

„Zwanzig Uhr Sturmbahn. Wir wollen mal sehen, ob es da auch so zügig vorangeht mit Ihnen, wie auf dem Asphalt. Melden Sie sich pünktlich auf dem Sportplatz. Übrigens: Ich bin Ihr Sportoffizier, Hauptmann Wehnert."

„Jawohl, Herr Hauptmann", meldete ich in straffer Haltung zurück.

„In Felduniform." Seine Augen leuchteten vor Freude. Der UvD ging in das Wachhaus zurück. Der musste sich wohl erst einmal erholen, von so viel Unverfrorenheit, die er hier noch nie erlebt hatte.

„Das ist der Parkschein für dein Motorrad. Der Parkplatz für die Schüler ist geradeaus und dann links abbiegen, den Berg halb hinab. Du bist im Haus B untergebracht. Das liegt ganz unten im Tal. Aber zuvor musst du dich im Lehrerhaus anmelden. Immer weiter geradeaus fahren, an den Garagen vorbei. Nach einer leichten Linkskurve siehst du es."

Ich nahm Haltung an und sagte: „Jawohl, Herr Wachtmeister."

Er grinste mich an und sagte: „Nun hau schon ab, du wirst heute Abend noch genug zu stöhnen haben."

Wie ich am nächsten Tag erfuhr, waren die Wachmannschaften auch Schüler dieser Polizeischule. Jede Woche hatte ein anderes Haus Dienst. Dafür hatten sie keinen Unterricht und keine Ausbildung in dieser Zeit.

Ich ließ meine Maschine röhrend anspringen und fuhr los,

langsam dieses Mal. Links von mir gleich hinter der Mauer sah ich das Lazarett mit dem großen roten Kreuz auf dem Dach und einer Rotkreuz-Flagge vor dem Ein-gang an einem hohen Fahnenmast.

Etwas weiter im Gelände konnte ich auf der linken Seite den Kantinenkomplex sehen und kurz darauf die Abfahrt ins Tal zum Parkplatz und den Unterkünften. Aber ich fuhr weiter geradeaus an den Garagen vorbei. Die Tore waren offen bei diesem herrlichen Wetter. Drinnen standen die Mannschaftswagen, einige Jeeps und da, an der Seite die Motorräder. Ich freute mich auf die Maschinen, hatte ich mich doch für die Motorradstaffel als Krad-melder einschreiben lassen. Auf dem großen Garagen-vorplatz wurde die Technik gepflegt und gewartet und er diente, wie ich später noch erfahren sollte, für Appelle jeder Art, für Anlässe jeder Art.

Ich fuhr die schmale Straße weiter und kam zu einem großen Gebäude. `Schulleitung` stand auf einem Schild neben der Eingangstür und im Gebäude ein Wegweiser mit der Aufschrift `Anmeldung bei Hauptmann Wehnert`. Bloß das nicht, ging es mir durch den Kopf. Aber ich kam nicht umhin, mich anzumelden.

Ich klopfte an. Und von drinnen war zu hören: „Herein."

„Polizeischüler Tom Parker meldet sich zum Dienst."

„Rühren", war die knappe Antwort. „Wieso haben Sie denn einen so komischen Namen, klingt gar nicht deutsch?"

„Das weiß ich auch nicht, Herr Hauptmann, ich habe ihn

so bekommen."

„Geben Sie mir den Dienstreiseauftrag. Die Waffe bringen Sie anschließend in die Waffenkammer zum Waffenwart. Sie befindet sich im Haus F. Dort verbleibt Ihre Waffe, bis Sie sie für die schulische Ausbildung oder für Einsätze in Empfang nehmen dürfen. Sie sind im Haus B unter-gebracht. Das sind die Schüler aus Sachsen. Wir wollen hier keinen Ärger. Und deshalb sind die Schüler aus den verschiedenen Bundesländern jeweils in einem anderen Haus untergebracht. Alles Weitere erklärt Ihnen der Hausverantwortliche."

„Jawohl, Herr Hauptmann", antwortete ich.

„Und vergessen Sie nicht: zwanzig Uhr auf der Sturmbahn in Felduniform!"

„Jawohl, Herr Hauptmann."

Die Frage, wo sich die Sturmbahn befindet, hatte ich mir in diesem Moment nicht getraut zu stellen. Ich würde einen Schüler danach fragen.

Nachdem ich die Anmeldung erledigt hatte, fuhr ich zum Garagenplatz zurück und bog kurz danach nach rechts ab, den Berg hinunter ins Tal. Überall Kiefern und Tannen, mitten im Wald. Ich hatte das Ziel meiner Jugendträume erreicht.

Unten im Tal konnte ich mehrere Gebäude sehen, auch das Haus B. Aber da würde ich mich später melden, erst einmal umsehen hier. Eine Sporthalle mit angrenzender Kegelbahn gab es, eine Schwimmhalle und zu meinem großen Erstaunen auch ein Gebäude mit dem Schild: `Kneipe`.

Ein eigenes Heizhaus gab es ebenfalls in dieser ehemaligen Kuranlage. An der Sporthalle vorbei kam ich zum Schießplatz. Umgeben von hohen Erdwällen auf der linken und rechten Seite. Wohl als Lärmschutz und als Auffang für die verirrte Munition gedacht, von der es hier sicher reichlich geben wird. Gut einhundert Meter lang schätzte ich die Schießbahn ein, furchteinflößend wirkte sie auf mich. Ich machte gleich wieder kehrt, startete mein Motorrad und fuhr hinauf zum Schülerparkplatz.

Dort war eben eine Gruppe Schüler aus Thüringen angekommen, wie ich am Kennzeichen ihres Autos erkennen konnte. Alle schon Polizeimeister. Ich stellte mein Motorrad ab und nahm den Helm vom Kopf.

Ein Junge von den Thüringern kam auf mich zu und sagte: „He, Sachse, hilf uns beim Ausladen. Dann wird auch für dich mal ein Schluck übrig sein. Wir waren alle schon beim Grundwehrdienst."

„Der hat ja noch völlig blanke Schulterstücke, der Grünschnabel. Los komm her und fasse endlich mit an, unsere Hochprozentigen aufs Zimmer zu tragen", sagte ein anderer. „Und das Ganze im Laufschritt, sonst gibt es was auf die Mütze", meinte wieder ein anderer.

„Das ist ein Motorradhelm, du Heini", entgegnete ich verärgert über ihren rauen Ton.

Er kam bedrohlich auf mich zu. Doch da ging der Junge dazwischen, der mich zuerst angesprochen hatte. „Lass ihn in Ruhe. Wenn du ihn jetzt windelweich klopfst, kann er uns nicht mehr beim Tragen helfen."

Der Kerl ging zu den anderen zurück, die inzwischen begonnen hatten, das Auto zu entladen.

„Ich danke dir, noch mehr Ärger kann ich mir heute nicht leisten."

„Noch mehr Ärger? Was hast du denn schon angestellt?" Fragend legte er seinen Kopf zur Seite, zog eine Augenbraue hoch und sah mich erwartungsvoll . Es steckte eine gewisse Neugierde in seinem Blick.

Verlegen blickte ich auf den Waldboden. „Ich habe die Einfahrt am Tor mit einer Gummispur von meinem Reifen verziert und den UvD nicht so richtig respektiert", antwortete ich.

„Und?"

„Was und?"

„Was hast du für eine Strafe bekommen?", wollte er wissen.

Ich seufzte und entgegnete: „Ich muss mich zwanzig Uhr bei Hauptmann Wehnert melden. Er will mit mir zur Sturmbahn. Wo ist eigentlich die Sturmbahn, ich habe sie noch nicht gesehen?"

„Die liegt hinter den Garagen. Dort ist auch der Sportplatz. Da werden wir uns morgen früh wieder treffen."

„Wieso denn das?".

„Weil hier jeder Tag mit Morgensport beginnt, fünf Runden um den Platz."

„Ich laufe gerne, ich war Leichtathlet. Aber so früh am Morgen? Ich weiß nicht, ob mir das Spaß machen wird."

Der Junge brach in schallendes Gelächter aus. Die anderen seiner Gruppe blieben mit ihren Kartons voller Schnaps in den Händen stehen und blickten zu uns hinüber.

Ein ganz entscheidender Augenblick, wie ich allerdings zu dieser Zeit noch nicht wissen konnte.

„Ich bin der Michael, Michael Beier. Und wer bist du?"

„Ich heiße Tom Parker."

„Klingt aber nicht gerade deutsch."

„Ich weiß und ich wäre um einiges glücklicher, wenn ich wüsste, wie ich zu diesem Namen gekommen bin."

„Aber Deutscher bist du, oder nicht?"

„Doch, ich habe ja einen deutschen Personalausweis und einen deutschen Pass."

„Ist ja auch egal. Ich freue mich, dich kennengelernt zu haben."

„Ich danke dir, einen guten Freund werde ich hier drin sicher brauchen. So, wie für mich alles begonnen hat."

„Wir sehen uns morgen zum Frühsport."

„Ja, bis morgen", sagte ich und schaute ihm hinterher.

Er ging den Hang weiter hinab zum Haus A, dem Haus der Thüringer. Die Kartons mit den Spirituosen waren von den anderen bereits ausgeladen und ich musste nicht mit tragen helfen.

Ich trabte los zu dem Haus der Sachsen und meldete mich beim Hausverantwortlichen. Er zeigte mir meine Stube in der oberen Etage.

„Hier sind noch alle Betten frei, du hast also freie Auswahl. Wir sehen uns später und dann sage ich dir etwaszum Leben an der Schule und den Tagesabläufen."

„Ich habe aber nicht viel Zeit", entgegnete ich.

„Und warum nicht?"

„Ich muss um zwanzig Uhr auf die Sturmbahn. Hauptmann Wehnert hat es so befohlen."

„Da kannst du dich aber frisch machen. Was hast du denn angestellt?"

Ich erzählte ihm, was vorgefallen war. Er lachte etwas verklemmt und sagte: „Ganz schön mutig, aber auch sehr unüberlegt und dumm von dir. Warst du denn schon einmal auf einer Sturmbahn?"

"Nein, noch nie", antworte ich.

„Oh Mann, du tust mir leid. Der Hauptmann schafft die Sturmbahn in einer Zeit, die von uns hier noch keiner erreicht hat. Ich lass dich erst mal allein, packe deine Sachen aus, wir sehen uns später."

„In Ordnung, mache ich." Etwas flau wurde mir im Magen. Aber ich konnte nicht rückgängig machen, was geschehen war. Durch einige Fenster konnte ich hinüber zum Haus A blicken.

Pünktlich meldete ich mich um zwanzig Uhr auf dem

Sportplatz bei Hauptmann Wehnert.

„Ich biete Leistung und ich erwarte von meinen Schülern ebenfalls Leistung." Mit diesen Worten begrüßte er mich.

„Jawohl, Herr Hauptmann", antwortet ich. Er erklärte mir die Sturmbahn. Es fing bereits an zu dämmern, einige Scheinwerfer waren eingeschaltet.

„Ich bin an ihrer Seite. Es kann also nichts schief gehen", sagte der Hauptmann zu mir.

Ich rannte los. Da war auch schon das Seil, an dem man sich zehn Meter entlang hangeln musste – geschafft. Erneuter Sprint. Ein Wassergraben, kein Problem für mich. Ein langgestreckter Sprung – geschafft. Erneuter Sprint. Die erste der beiden Eskaladierwände. Anlauf – Knall, und schon lag ich davor.

„Was ist denn das, darüber sollen Sie und nicht davor zusammensacken, wie ein nasser Sack Mehl!", hörte ich Hauptmann Wehnert rufen. „Zurück, das Ganze von vorn." Ich lief zum Start zurück.

Dann rannte ich wieder los, hangelte über das Seil, sprang über den Wassergraben und knallte erneut gegen die Wand. Ich kam nicht darüber.

„Und noch einmal von vorn", Hauptmann Wehnerts Stimme klang nun etwas anders, befriedigender. Er schien sich sichtlich daran zu erfreuen, wie ich immer aufs Neue versagte.

„Ich komme da nicht drüber, Herr Hauptmann. Wie wird das gemacht?", fragte ich ihn keuchend.

„Technik, Parker. Vielleicht kommen Sie ja noch heute

Abend dahinter, wie es geht."

„Sagen Sie mir, wie es geht, bitte."

„Schwatzen Sie nicht wie ein kleiner Schuljunge, los geht`s!"

Ich rannte erneut los, hangelte über das Seil, sprang über den Wassergraben und kam wieder nicht über diese verflixte Eskaladierwand. Ich schaute auf meine Armbanduhr. Mittlerweile war es zehn Uhr abends geworden. Meine Kräfte ließen spürbar nach. Meine Arme, meine Schulterblätter, der ganze Rücken, taten mir weh. Aber ich wollte es unbedingt schaffen. Noch heute Abend wollte ich es dem Hauptmann beweisen.

Ich hatte sehr wohl mitbekommen, dass sich am Rande der Sturmbahn einige Schüler zu uns gesellt hatten. Sie saßen im Gras, rauchten und unterhielten sich, ohne die Blicke von uns zu lassen. Ich konnte mich anstrengen, wie ich wollte, ich schaffte es an diesem Abend nicht mehr.

Als Erstes vertrat ich mich im Wassergraben. Mein Sprung war nicht mehr weit genug, die Sprungkraft fehlte. Ich stürzte in das Wasser. Mein linker Fußknöchel tat weh. Und als ich mich wieder aufrichtete, spürte ich, dass meine Felduniform um vieles schwerer geworden war, als sie es zuvor noch war. Meine Hände waren schon seit längerer Zeit blutig. Ein fast unbeschreiblicher Schmerz jagte von meinen Handflächen bis in den letzten Winkel meines Gehirns, sobald ich erneut nach dem Seil griff.

Beim nächsten Versuch humpelte ich bis zum Seil. Ich schaute kurz zur Seite und wollte wissen, wie sich die

Schüler amüsierten, über einen, der es nicht schafft. Doch die Situation hatte sich geändert.

Alle standen sie da, keiner redete ein Wort mehr, aus keinem Mund war Zigarettenrauch zu sehen. Mir wurde schwindlig. Ich ergriff das Seil, hangelte gut zwei Meter, schrie schmerzvoll auf und ließ das Seil los. Ich weiß nicht, wie lange ich geflogen bin, mir schien es als eine Ewigkeit und es war immer noch kein Boden unter mir zu sehen. Dabei hing es gerade mal zwei Meter über der Erde.

„Er kommt zu sich. Doktor sehen Sie nach ihm", vernahm ich eine weit entfernte Stimme. „Und Sie, Hauptmann Wehnert, sind dieses Mal zu weit gegangen!"

Als ich endlich die Augen öffnete und allmählich begann, meine Umwelt wieder wahrzunehmen, standen die Schüler um mich herum. Auch eine Krankenschwester war da. "Nun stehen Sie hier nicht so herum, meine Herren. Holen Sie eine Trage aus dem Lazarett", sagte sie.

Das war alles, was ich in diesem Augenblick hörte, sah und überhaupt wahrnahm, ehe ich in Ohnmacht fiel.

Als ich wieder zu Bewusstsein kam, war helllichter Tag. Ich vermutete, es sei schon gegen Mittag. Die Sonne schien in mein Krankenzimmer und ich konnte zwischen den Nadelbäumen hindurch den blauen Himmel sehen.

„Der Obermeister Beier war schon drei Mal hier und hat nach Ihnen gesehen. Er will nach der Schule wieder vorbei kommen."

Schon war die Krankenschwester wieder raus aus dem Zimmer. Mir sollte es recht sein. Bei der Armee wäre sie bestimmt Feldwebel oder so etwas in der Art gewesen. Ich wusste sofort: die kann ich nicht leiden. Sicher war sie eine in die Jahre gekommene Jungfer. Ich schlief wieder ein.

Es fing es bereits an zu dämmern, als ich munter wurde. Michael saß auf einem Stuhl an meinem Bett.

„Wie war dein Tag?", fragte ich ihn.

„Tage, mein Lieber. Du warst zwei Tage lang ohne Bewusstsein. Der Doktor und die Schwester waren in Sorge um dich. Man hatte bereits erwogen, dich in das Polizeikrankenhaus zu verlegen. Aber Major Lehmann, unser Arzt hier an der Schule, war der Meinung, dass dies nicht nötig sei. Der Hauptmann hat eine Rüge bekommen vom Schulleiter Oberstleutnant Friedrich. Auch er war schon hier und hat nach dir gesehen."

„Warum hat er mir nicht erklärt, wie man eine Eskaladierwand überwindet? Warum hatte er Freude daran gehabt, mich derart zu erniedrigen?"

„Er ist gar nicht so schlecht, nur hat er bei dir ganz schön übertrieben. Dein Auftritt, als du hier ankamst, hat ihm überhaupt nicht gefallen."

„Ich werde mich bei ihm entschuldigen."

„Tu das, das macht einen guten Eindruck. Wenn du wieder gesund bist, zeige ich dir, wie du über die Eskaladierwand hinüber kommst."

„Die Hilfe werde ich gerne in Anspruch nehmen."

„Ich schaue morgen noch mal bei dir rein, ehe ich in den Unterricht gehe.

Als Michael gehen wollte, fragte ich ihn noch: „Wie haben die anderen Jungs mein Versagen aufgenommen?"

„Sie haben dich bewundert, dass du so lange durchgehalten hast und nicht aufgeben wolltest."

Es dauerte noch weitere zwei Tage, ehe ich das Lazarett verlassen durfte. Am Unterricht konnte ich teilnehmen, Sport hatte der Doktor verboten. Hauptmann Wehnert besuchte mich auch im Lazarett. Er entschuldigte sich. Ich entschuldigte mich bei ihm.

„Wenn Sie wieder auf dem Damm sind, zeige ich Ihnen, wie Sie über die Eskaladierwand kommen."

„Danke, Herr Hauptmann, aber Michael, der Junge von den Thüringern, will es mir schon beibringen."

„Das ist prima von ihm. Also dann, gute Besserung."

„Danke, Herr Hauptmann", sagte ich und er ließ mich wieder alleine.

Als ich in das Haus B zurückkam, wurde ich von den Sachsen freudig begrüßt. Ich musste mich noch mit allen anderen bekannt machen. Viele Fragen stürmten auf mich ein.

„Jungs, was da auf der Sturmbahn gelaufen war, ist großer Mist. Ich möchte nicht mehr darüber reden."

Dies haben sie akzeptiert und der Alltag in der Polizeischule nahm auch für mich seinen Lauf. Als ich in den Hörsaal kam, stellte ich zu meiner Überraschung fest, dass es keine getrennten Klassen gab. Mir sollte es recht sein. Erst einmal in der Masse untergehen und still verhalten, keine Aufmerksamkeit erregen und ein guter Schüler werden. Ein paar Reihen vor mir saß Michael. In den Pausen trafen wir uns vor dem Schulgebäude, rauchten und unterhielten uns.

„Kommst du heute Abend in die Kneipe? Ein Junge aus unserem Haus hat Geburtstag. Den wollen wir feiern."

„Klar komme ich, aber Alkohol werde ich noch nicht trinken können. Der verträgt sich nicht mit den Medikamenten, die der Doktor mir gegeben hat."

„Das musst du auch nicht. Die Hauptsache, du bist da. Ich würde mich sehr darüber freuen, Tom."

„Ich mich auch, das kannst du mir glauben."

Nach dem Abendbrot wollte ich in das Haus A gehen. Dort befinden sich die Duschräume für alle Schüler. Aber ich konnte mir ja nicht einmal die Hände waschen. Sie waren immer noch verbunden. Nur meine Finger lugten aus den schmutzig gewordenen Binden heraus. Also ging ich den Berg hinauf ins Lazarett. Der Doktor war da. Die Krankenschwester, wie er mir sagte, hatte dienstfrei und war im Ort bei ihrem Mann und den Kindern.

„Doktor, können Sie bitte nach meinen Händen sehen?

„Na, da wollen wir mal schauen", entgegnete er und nahm meine Verbände ab. „Sieht schon recht gut aus, ein Schorf hat sich gebildet. Die Binden können wir weglassen, aber seien Sie vorsichtig und denken Sie immer daran, dass sich unter dem Schorf erst neue Haut bilden muss. Wenn Sie sich duschen, passen Sie auf, dass der Schorf nicht ganz aufweicht. Sonst müssen Sie noch länger warten, bis die Hände wieder geheilt sind. Und da Sie einmal hier sind, wie geht es Ihrem Rücken und was machen die Arme?"

„Im Rücken und in den Armen habe ich fast keine Schmerzen mehr."

„Gut so, dann sind Sie bald wieder in Ordnung. Und nun raus, ich habe noch zu tun."

„Jawohl Doktor, gute Nacht", entgegnete ich und verließ das Lazarett.

Ich schnappte mir Duschzeug und Badetuch und ging zu den Duschräumen. Keiner war um diese Zeit hier. Ich war alleine, und ich war froh darüber. Das Ausziehen aus den Kleidungsstücken war gar nicht so einfach. Aber als ich es dann doch geschafft hatte und unter dem warmen Wasserstrahl stand, war ich glücklich.

Die Kneipe war gut besucht an diesem Abend, als ich sie betrat. Die Thüringer waren schon in fröhlicher Stimmung und sangen Lieder, Volkslieder vom Rennsteig. Mein Gott, was für ein Schwachsinn, in diesem Alter Volkslieder zu singen, dachte ich mir. Aber bald bekam ich mit, dass sie die Texte umgedichtet hatten. Mitunter kamen somit lustige aber auch recht anzügliche Lieder heraus.

Kein einziger sprach mich wegen meines ersten Tages an der Schule an. Ich war erstaunt darüber. Aber wenn die meisten schon bei der Armee gedient haben, dann wissen sie natürlich, wie der Hase läuft.

„Komm, Tom, lass uns vor der Tür eine Zigarette rauchen", sagte Michael zu mir.

„Gute Idee, ich komme eh nicht so richtig in Stimmung. Mein ganzer Körper schmerzt noch, was ich dem Doktor aber nicht gesagt habe, und ich bin schon wieder müde. Ich will eigentlich nur schlafen, schlafen und nochmals schlafen."

„Du bist noch geschwächt. Aber das kommt mit der Zeit wieder in Ordnung." Michael legte seinen Arm um meine Schulter, so, als wolle er sagen: seht her, der Tom steht unter meinem Schutz. So gingen wir zur Tür hinaus.

„Na, ihr Süßen, wo wollt ihr denn hin?", fragte uns der Schüler, der im Objekt auf Streife ging und eben an der Kneipe vorbei kam.

Michael hielt mich mit einem festen Druck seines Armes an der Schulter fest, als ich einen Schritt auf den Schüler zugehen wollte.

„Du kannst ja nachkommen und spannen. Wir gehen zum Schießstand", meinte er trocken.

„Idioten", sagte der Schüler und setzte seinen Streifengang durch das Objekt fort.

„Ich bin nicht so schlagfertig, wie du es bist. Allerdings bin ich stark genug, um mich verteidigen zu können."

„Das mag schon sein. Aber sieh dich doch mal an. Du kannst dich ja im Moment kaum auf den Beinen halten. Der Ahlbach hätte dich umgepustet, wie einen Grashalm im Sommerwind." Er hatte recht. Wir zündeten uns eine Zigarette an und liefen zum Schießstand.

Wie jedes militärische Objekt war auch die Polizeischule nachts nicht völlig im Dunklen. Vereinzelte Laternen leuchteten uns den Weg. Nach kurzer Zeit waren wir am Schießstand angekommen. Er wirkte auf mich noch bedrohlicher als am Tag. Und da jetzt niemand trainierte, waren die Laternen entlang der Schießbahn ausgeschaltet. Absolute Dunkelheit.

„Du bist der jüngste Schüler, Tom. Beim Antrittsappell auf dem Garagenhof vor zwei Tagen wurden alle neuen Schüler namentlich verlesen. Und bei deinem Namen sagte der Schulleiter, dass du vor einigen Wochen erst achtzehn Jahre alt geworden bist. Meinen Glückwunsch nachträglich zum Geburtstag."

„Danke."

„Der hat dich ganz schön fertiggemacht, der Hauptmann."

„Warum hat er das getan?"

"Er musste extra wegen dir zur Wache laufen, weil der UvD ihn angerufen hatte."

„Ich werde ihm noch zeigen, was in mir steckt."

„Aber vorher wirst du erst einmal wieder gesund, Tom."

„Ich werde mich beeilen, mein Motorrad wartet auch schon auf mich."

„Hör bloß damit auf. Der Gummi ist immer noch auf dem Asphalt zu sehen. Jeder wird an den Vorfall erinnert. Die einen feixen darüber, die anderen legen ihre Stirn in Falten, wenn sie daran vorbei kommen. Aber alle wollen es eigentlich vergessen."

„Ich will es auch. Nur wird es mir nicht gelingen; zu groß war die Demütigung auf der Sturmbahn." Schweigend gingen wir weiter.

„Die Schießbahn ist einhundert Meter lang", riss Michael mich aus meinen Gedanken. „Hier wird auch die Handhabung der Maschinenpistolen und Maschinengewehre gelehrt und geübt.", sagte er, als wir ein gutes Stück in die Schlucht gegangen waren.

„Ich mag nicht auf Menschen schießen", entgegnete ich nach einem tiefen Zug aus meiner Zigarette.

„Das wirst du aber müssen, du bist Polizist. Wenn Gefahr im Verzug ist für Leib und Leben eines bedrohten Menschen, und du diese nicht mit anderen Mitteln abwenden kannst, musst du es tun."

„Ich werde keinen Menschen töten!", antwortete ich.

„Musst du auch nicht. Du wirst lernen, in die Gliedmaßen des Täters zu schießen, um ihn außer Gefecht zu setzen."

„Ich bleibe dabei, ich werde nicht auf Menschen schießen."

„Tom, du machst es mir nicht leicht. Was willst du denn für ein Polizist werden?"

„Ein guter, ein verdammt guter Polizist. Das werde ich allen hier beweisen."

„Stell dir vor, ich wäre die bedrohte Person und du

müsstest mich aus der Gewalt von Geiselnehmern befreien. Was würdest du tun?"

„Ich will es mir gar nicht vorstellen."

„Komm schon, sage es. Was würdest du tun?", hakte Michael energisch nach. Er wollte einfach nicht locker lassen und unbedingt eine Antwort von mir hören.

„Ich würde nicht schießen", antwortete ich trotzig. Ich wollte mir solch eine Situation nicht vorstellen, wollte gar nicht daran denken.

„Mein Leben hängt aber davon ab."

Wir waren stehengeblieben und standen uns gegenüber. Was sollte das, warum musste er mich so quälen? Und ich dachte, er sei ein Freund.

„Los Tom, antworte mir! Was würdest du tun?"

„Ich würde die Pistole durchziehen und schießen bis alle sechzehn Schuss raus sind aus dem Magazin!", schrie ich ihn an. „Ist es das, was du hören willst?"

Ich war außer mir, konnte gar nicht begreifen, was das sollte. Michael sagte nichts mehr. Er war einfach still.

„Lass mich ein paar Minuten alleine. Ich laufe weiter. Du findest mich dann am Ende der Schießbahn", sagte ich zu ihm und lief einfach los. Keine zwanzig Meter weiter setzte ich mich hin. Wie sollte ich in die Richtung meines Freundes schießen, ohne zu wissen, ob ich ihn dabei nicht aus Versehen auch erschießen würde. Da merkte ich, wie er sich neben mir ins Gras setzte.

"Hast du eine Zigarette für mich, meine Schachtel ist leer."
Michael hielt mir seine Schachtel hin und ich nahm mir

eine heraus.

„Sei mir nicht böse. Ich wollte dich nur aus der Reserve locken. Nun wirst du darüber nachdenken und dich auch mit diesem Teil der Polizeiarbeit beschäftigen, ehe er im Unterricht vermittelt wird."

„Komm, Michael, gehen wir zurück. Ich bin müde und will schlafen gehen."

Als wir wieder bei der Kneipe ankamen, war diese schon geschlossen. Es war weit nach Mitternacht.

Es sollte zur Regel werden, dass wir uns nachts, wenn alle schon zur Ruhe gegangen waren, am Ende der Schießbahn trafen, den Himmel und die Sterne beobachteten und uns über Gott und die Welt unterhielten.

Die Wochen vergingen. Der Schulalltag hatte uns voll im Griff und der Doktor hatte mir gestattet, wieder am Sportunterricht teilzunehmen. Die ersten Erfolge stellten sich bei mir ein. In den theoretischen Fächern gehörte ich mit zu den besten Schülern. Nur drei absolute Streber waren besser als ich. Aber zu ihnen wollte ich nicht gehören. Mir fiel das Lernen einfach leicht.

Auch im Sport erzielte ich die ersten Höhepunkte. Beim Sprint und auch beim Ausdauerlauf war ich mit Abstand der Schnellste. Hauptmann Wehnert war sehr erstaunt und zufrieden mit mir. Und ich einfach nur glücklich.

Der Hauptmann hatte auch hin und wieder den Morgensport zu überwachen. Punkt sechs Uhr war allgemeines

Wecken in der Schule. Das bedeutete: rein in die Sportsachen, den steilen Berg hinauf hasten und sofort mit dem Lauf um den Sportplatz beginnen. Hauptmann Wehnert stand dann schon mit der Stoppuhr bereit und manchmal hörte man ihn brüllen.

Da gab es die Jungs, die morgens nicht so schnell aus dem Bett kamen. Und es gab die Jungs, die vor ihren Häusern erst einmal eine Morgenzigarette rauchen mussten. Letztere hatte Hauptmann Wehnert als strikter Nichtraucher besonders auf dem Kieker. Aber das ging mich nichts an, ich rauchte morgens nicht. Ich drehte einfach meine Runden um den Sportplatz.

Einige Schüler versteckten sich hinter den Eskaladierwänden, rauchten dort eine Zigarette und reihten sich in der nächsten oder übernächsten Runde wieder ein. Der Hauptmann wusste das natürlich und nahm diese Schüler später im Sportunterricht um so mehr ran.

Noch eine Woche sollte vergehen, dann konnte ich endlich wieder mit meinen Armen und Händen richtig zupacken. Im Judounterricht zeigte sich, dass ich recht geschickt war, schnell in meinen Bewegungen und in der Aufnahme dessen, was mein Trainingspartner mit mir vorhaben könnte. Ich schmiss einfach jeden auf die Matte. Außer den Schülern, die schon Vorkenntnisse hatten, gar einen grünen oder braunen Gürtel besaßen. Und außer Hautmann Wehnert natürlich. Der besaß sogar den zweiten Dan, keine Chance gegen ihn anzukommen.

Ich merkte, wie es mir Spaß machte. Man kann dies sportlich tun. Man kann es aber auch mit Gewalt ausführen. Und eben diese Gewalt wurde für mich regelrecht zum Rausch, zur Notwendigkeit, um mich glücklich zu fühlen. Es dauerte auch nicht lange, da wollte keiner mehr mit mir trainieren.

Ich war erschrocken über mein neu erwachtes Ich, über das bösartige Ich in mir, welches ich zuvor noch nicht kennengelernt hatte. Ich hatte Angst vor mir selber, und je größer meine Angst wurde, desto mehr Härte legte ich in meinen Rausch, anderen Schmerzen zuzufügen.

Ich traute mich nicht, mit Michael darüber zu reden, ich dachte, es würde vorübergehen, ein Ende haben und wünschte mir so sehr, lieber heute oder morgen als erst in ein paar Monaten oder gar nicht mehr. Unruhe zog in mir auf, Unruhe darüber, dass ich mir nicht erklären konnte, warum ich mich so entwickelte.

Eines Nachts traf ich mich wieder mit Michael am Ende der Schießbahn. Ich rauchte weniger als Michael, und wenn wir gemeinsam unsere nächtlichen Gespräche begannen, so fingen wir jedes Mal schweigend mit einer Zigarette an. Nach einer Weile sagte ich: „Ich spüre etwas Böses in mir, und ich weiß, dass es sich stetig weiterentwickelt. Ich habe noch nicht mit dir darüber gesprochen, weil ich mich davor fürchte."

„Was ist das, was du da in dir aufkommen spürst?"

„Ich weiß es nicht, ich weiß nur, dass es sich innerhalb

weniger Wochen entwickelt hat und ich habe Angst davor."

„Du musst das weiter beobachten, Tom. Auf keinen Fall darfst du das so einfach hinnehmen, es muss eine Ursache haben."

„Lass uns das Thema wechseln. Ich bin nun soweit, dass ich über diese verdammte Eskaladierwand kommen möchte. Kannst du mir das beibringen?"

"Was hältst du von morgen nach der Schule?"

„In Ordnung. Da ist die Sturmbahn frei, so wie ich weiß. Und die Jungs aus dem Haus E können nebenan ungestört Fußball spielen."

„Auf die Technik kommt es an. Du bist ein Sprinter und Ausdauerläufer. Aber vor der Eskaladierwand musst du Stopp machen, mit den Händen die obere Kante erfassen und dich an der Wand seitlich hochziehen. Das ist der ganze Trick dabei. Es ist so einfach, wenn man es weiß. Aber nun komm, lass uns in die Betten gehen. Morgen wollen wir ausgeruht sein."

Der nächste Tag war ein regnerischer Tag. In einer Schulpause fragte mich Michael: „Willst du auf die Sturmbahn? Es regnet heute."

„Ja, ich will. Wenn es dir nichts ausmacht bei diesem Wetter?"

„Mir nicht, ich war bei der Armee gewesen. Da sind wir auch nicht nur bei Sonnenschein hinaus auf den Truppenübungsplatz gezogen."

„In Ordnung, ich hole dich nach der Schule ab", entgegnete ich und die Sache war eine beschlossene Sache.

Der Regen hatte aufgehört, als wir am Nachmittag zur Sturmbahn gingen.

„Tom, wir können immer noch abbrechen, wenn du willst. Das Seil ist nass, die Bretter der Eskaladierwand kitschig."

„Hast du was dagegen, wenn ich meine Handschuhe hole? Damit wird es bestimmt besser gehen."

„Mach das."

„Gut, rauche eine Zigarette. Ehe du die aufgeraucht hast, bin ich wieder da." Und schon rannte ich los.

Michael war doch schon fertig mit seiner Zigarette, als ich zurückkam, und fragte mich: „Wo warst du so lange? Das hätte sogar ich schneller geschafft."

„Ich bin Hauptmann Wehnert begegnet. Er hielt mich an und fragte mich, wohin ich in der Felduniform wolle um diese Zeit. Ich sagte ihm, ich gehe mit Michael üben. Heute komme ich über die Eskaladierwand."

„Dann viel Erfolg dabei", antwortete er, machte kehrt und ließ mich stehen.

„Herr Hauptmann, wollen Sie nicht zusehen kommen?", rief ich ihm hinterher.

„Nein, keine Zeit. Ich habe noch anderes zu tun", war seine Antwort.

Die Jungs von Haus E spielten bereits Fußball. Wir gingen sofort zu der Eskaladierwand. Michael zeigte mir mit einer

Leichtigkeit, wie man über diese Wand kommt. Ich stand verblüfft daneben und sah ihm zu, wie er sich immer wieder aufs Neue mit einer sichtbaren Freude darüber schwang. Nach einigen Versuchen gelang es auch mir. So einfach ist das also.

„Und das ist alles?", fragte ich Michael.

„Das ist alles. Ich habe dir doch gesagt, dass du es schaffen wirst."

„Zeig mir den Rest der Sturmbahn. Ich will die gesamte Strecke kennenlernen."

„Also, nach der ersten Eskaladierwand kommt nach zehn Metern eine Zweite. Weiter geht es durch diese Röhre. Da musst du hindurch."

„Kein Problem", sagte ich.

„Nach der Röhre geht es nach einem kurzen Sprint weiter zur Häuserwand. Hier musst du am Seil hochklettern und in der ersten oder zweiten Etage durch das Fenster steigen. Aber Vorsicht, auf der anderen Seite gibt es nur einen schmalen Balken. Der ist zirka zehn Meter lang. Wenn du den geschafft hast, musst du auf die obere Plattform vor dir springen und von da aus auf die nächste und dann auf den Boden."

Ich schätzte die Höhe der Häuserwand auf ungefähr sieben bis zehn Meter.

„Als Nächstes kommt der Fuchsbau. In das Erdloch rein und am anderen Ende wieder raus. Da bekommen es einige mit der Angst zu tun."

„Wieso denn das?"

„Sieh dir den Fuchsbau mal genauer an. Was fällt dir dabei auf?"

Ich blicke auf den Fuchsbau, von rechts nach links, von links nach rechts. Und da sah ich es. Eingang und Ausgang befanden sich nicht in einer Linie. Sie waren versetzt angelegt.

„Lass mich gleich mal hindurchkriechen. Und wenn ich in zwei Minuten nicht wieder draußen bin, dann komme mir zur Hilfe."

„Du wirst das schaffen."

Ich kroch in den Fuchsbau hinein. Es dauerte nicht lange, da war ich am anderen Ende wieder draußen.

"Von hier aus geht es wieder zurück zum Ausgangspunkt. Zum Schluss also ein längerer Sprint bis zum Ziel."

Ohne Hast gingen wir Element für Element durch. Es klappte prima. Ich war zufrieden mit mir.

„Michael, sieh auf deine Uhr und stoppe die Zeit."

„Mache ich"."

Und schon eilte ich voran. Kurzer Sprint, Seil zum Hangeln, kurzer Sprint, Wassergraben mit einem langen Sprung, kurzer Sprint, Stopp, Eskaladierwand oben ergreifen, seitlich hochziehen und drüber schwingen, kurzer Sprint, die zweite Wand, das gleiche noch einmal, kurzer Sprint, ab durch die Röhre, kurzer Sprint, am Seil hochklettern – ich nehme gleich die zweite Etage –, durch das Fenster, auf der anderen Seite auf den Balken – nur nicht nach unten sehen –, Sprung von Plattform zu Plattform und auf den Boden, kurzer Sprint, ab in den Fuchsbau, zwei Mal abbiegen, rechts, links, und da wird es wieder hell, raus hier, langer Sprint zum Ziel, ich bin außer Atem. „Wie war ich? Nun sage schon", keuchte ich, die Hände auf meine Oberschenkel gestützt, den Oberkörper nach vorn gebeugt.

„Du bist heil wieder hier angekommen. Das ist gut. Aber deine Zeit lässt noch zu wünschen übrig."

Das war mir egal. Ich hatte es geschafft und nur das zählte in diesem Augenblick.

„Ja", schrie ich über den gesamten Platz, „ich habe es geschafft!"

„Siehst du, so einfach ist das."

Wir lachten herzlich. Von nebenan war ein lautes Klatschen zu hören. Die Jungs standen alle da, hatten aufgehört mit ihrem Fußballspiel. Standen einfach da und klatschten.

Ich riss die Arme in die Höhe und schrie den Jungs entgegen: „Ich habe es geschafft, ich werde es immer schaffen!" Und an Michael gewandt: „Jetzt brauche ich eine Zigarette."

Wir setzten uns auf den Rasen und rauchten. Danach machten wir weiter.

Es war schon dunkel geworden. Ich rannte immer noch über die Sturmbahn, es war wie ein Rausch für mich geworden. Meine Zeit wurde nicht besser. Im Gegenteil, sie verschlechterte sich mit jedem Mal. Aber das war mir an diesem Abend egal.

„Nun ist aber Schluss, übertreiben Sie es nicht", hörten wir plötzlich die Stimme von Hauptmann Wehnert.

„Seit wann sehen Sie uns zu, Herr Hauptmann?", fragte ich.

„Schon lange. Ich habe vor einer Stunde auch das Licht angeschaltet, damit sich keiner auf der Sturmbahn verläuft. Aber das haben Sie gar nicht mitbekommen. Die Fußballer sind auch schon lange fort. Ehe ich es vergesse: meinen herzlichen Glückwunsch, und danken Sie Ihrem Freund."

„Das habe ich schon, Herr Hauptmann", entgegnete ich freudestrahlend.

„Dann machen Sie Schluss für heute. Das ist ein Befehl. Ich bin wieder einmal OvD."

Wir machten kehrt und gingen ins Tal hinunter zu den Quartieren.

„Treffen wir uns bei den Duschen, Michael?"

„Klar doch", entgegnete er.

Ich ging in mein Haus, holte das Duschzeug, neue Kleider und trabte wieder zurück zum Haus A.

Als wir uns das heiße Wasser über die Körper laufen ließen, drehte ich mich Michael zu und sagte: „Das wird bestimmt ein ordentlicher Muskelkater."

„Das glaube ich auch, du wolltest einfach nicht aufhören."

„Dafür habe ich einen Sieg errungen, einen ganz persönlichen für mich. Und du hast mir dabei geholfen. Ich möchte dir nochmals dafür danken."

Als wir unsere Sachen anzogen, sagte Michael: "Die Thü-

ringer machen heute einen Hausabend. Du bist eingeladen."

Eine halbe Stunde später empfing er mich vor seinem
Haus. „Die Jungs haben eine Überraschung für dich,
komm rein."

Als wir reinkamen standen sie vor uns. Jeder von ihnen
hatte ein Bierglas in der Hand und sie fingen an, eines von
ihren Liedern zu singen. Sie beglückwünschten mich zu
meinem Erfolg. Das hatte ich nicht erwartet. Ich freute
mich darüber.

Wie an jedem Abend, der derart gesellig begonnen wurde,
floss reichlich Alkohol, hier besonders die Kräuterliköre
aus der thüringischen Heimat. Ich merkte sehr schnell,
dass mir der Kopf schwer wurde. Erst Schule, dann Sturmbahn und nun dies. Jetzt fiel mir auch auf, dass ich das
Abendessen verpasst hatte. Mir knurrte der Magen.

Kurz nach Mitternacht verabschiedete ich mich, ging zu
meinem Haus B, und spürte dabei sofort, wie es mir an der
frischen Luft noch schwindeliger wurde. Ich war geschafft
von diesem Tag, und betrunken.

Am nächsten Morgen verpasste ich sogar den Frühsport.
Der Gang den Berg hinauf zur Kantine wurde mir zur
Qual. Als ich ins Haus der Sachsen zurückkam, rannten
alle in Felduniform herum.

„Wo wollt ihr hin, haben wir denn keine Schule?"

„Heute steht Schießen im Stundenplan, Tom. Beeile dich,
wir müssen los."

Und von da an wusste ich: das wird nicht mein Tag. Mir brummte der Schädel und der Muskelkater machte sich inzwischen auch schon bemerkbar. Ich zog mich um, nahm meinen Gehörschutz, Schirmmütze, Schießbrille, und lief hinüber zum Haus F in die Waffenkammer. Dort angekommen reichte ich dem Waffenwart meine Waffenbesitzkarte und meine Waffenberechtigungskarte. Die Erste berechtigt mich zum Besitz eben dieser Waffe und der dazugehörigen Munition. Die andere Karte erlaubt mir, diese Waffe in der Öffentlichkeit oder hier in der Polizeischule zu tragen.

Er gab mir meine Pistole und ein Paket mit Patronen. Ich trabte zum Haus B zurück. Wenig später formierten wir uns und marschierten geschlossen zum Schießstand. Ich wartete geduldig, bis ich an der Reihe war. Und dann war es soweit.

„Gehörschutz auf, Waffe laden, Waffe sichern!", kam der Befehl.

Mit zittrigen Händen lud ich das Magazin mit fünf Patronen. Als ich damit fertig war, meldete ich: „Waffe geladen, Waffe gesichert!"

„Waffe entsichern, Feuer frei!", ertönte der nächste Befehl. Als ich die fünf Schuss abgefeuert hatte und sah, dass der Verschluss in der hinteren Stellung arretierte, wusste ich, dass ich mich nicht verzählt hatte.

„Waffe sichern, ablegen und Gehörschutz ab!"

Ich zog das Magazin aus der Waffe, legte es vor mir auf den Tisch und die Pistole daneben. Mit dem offenen Verschluss nach oben, damit der Waffenoffizier sehen konnte, dass sich auch wirklich keine Patrone mehr im Lauf befand. Ich nahm den Gehörschutz ab und hörte ihn sagen: „Sicherheit, Trefferaufnahme." Wir liefen los. Schon aus einiger Entfernung konnte ich sehen, dass meine Schießscheibe kein einziges Loch hatte, weder im weißen und erst recht nicht im schwarzen Bereich. Beide blieben wir fassungslos davor stehen und betrachteten meine jungfräuliche Scheibe.

„Wo haben Sie denn hingezielt."

„Auf diese Scheibe hier, Herr Oberleutnant."

„Aber da ist nichts angekommen."

„Ja, Herr Oberleutnant, das sehe ich auch."

„Gleich noch einmal", sagte er sichtlich sauer. „Und denken Sie an die Atemtechnik. Luft holen, anhalten, zielen, schießen, ausatmen."

„Jawohl, Herr Oberleutnant."

Von den nächsten fünf Schüssen kamen zwei Patronen auf der Scheibe an. Aber nicht im Bereich der sieben bis zehn, auch nicht in dem Bereich der eins bis sechs, sondern am unteren rechten Rand.

„Geht doch", sagte der Oberleutnant. „Immer schön üben, dann kommen Sie auch mal im Schwarzen an. Das wollen Sie doch?"

„Ich will es nicht, aber die Patronen müssen es."

Er wurde rot im Gesicht. „Wegtreten, Parker, für Sie ist heute Schluss mit Schießen!"

„Danke, Herr Oberleutnant", sagte ich.

Mit offenem Mund blieb er stehen. Er wusste nicht, dass er mir damit einen Gefallen erwiesen hatte. Ich ging in die Waffenkammer, reinigte meine Pistole, gab sie dem Waffenwart zurück und erhielt meine beiden Karten. Bis zum Mittagessen war noch genügend Zeit. Ich entschied mich für mein Bett und schlief sofort ein.

„He, Kleiner, aufwachen. Kommst du mit zum Essen?" Michael rüttelte mich wach.

„Ich bin nicht klein."

„Warum gleich so grillig, Tom? Hast du immer noch Kopfschmerzen?"

„Nein, die sind weg. Entschuldige, es sollte nicht so schroff ankommen. Ja, ich habe Hunger", antwortete ich und wir gingen den Berg hinauf zur Kantine.

„Willst du eine Zigarette?"

„Nein danke. Aber eine kalte Cola werde ich dann trinken."

Als wir den Berg nach dem Essen wieder hinunterliefen, fragte ich Michael: „Was haben wir heute Nachmittag eigentlich für ein Thema bei der Vorlesung?"

„Die maßvolle Gegenwehr zur Rettung bedrohter Personen."

„Toll, das passt ja so richtig zu meinem missratenen Vormittag."

„Locker bleiben, Tom. Du bist heute am besten ganz ruhig im Unterricht und meldest dich gar nicht erst zu Wort.

Und beteilige dich bitte nicht an der anschließenden Dis-
kussionsrunde. Ich kenne deine Meinung. Und die passt
nicht hierher."

Im Tal angekommen, rauchten wir noch gemeinsam eine
Zigarette in Michaels Zimmer, ich trank eine weitere Cola
und dann verabschiedeten wir uns bis zum Nachmittag im
Hörsaal.

Dort lauschte ich still der Vorlesung und nahm, wie es
Michael mir geraten hatte, nicht an der Diskussion teil.
Den Abend verbrachte ich im Haus der Sachsen und ging
beizeiten schlafen. Die Tage vergingen. Meine Zeit auf der
Sturmbahn wurde besser. Aber zu den Besten gehörte ich
nie.

Eines Tages herrschte bereits am Vormittag eine gewisse
Unruhe in der Schule. Es lag nicht an den Schülern, vielmehr liefen einige Offiziere leicht genervt durch das
Schulobjekt. Natürlich stellten wir uns die Frage, was
denn los sei, aber danach gefragt hatte von uns keiner und
der Schulalltag nahm seinen Lauf.

Plötzlich kam der OvD in den Hörsaal geeilt, ging zum
Fachlehrer und redete kurz mit ihm. Zwei andere Jungs,
ebenfalls als Kradmelder eingeschrieben, und ich wurden
aus dem Unterricht geholt. Vor dem Schulgebäude ging
der OvD in Grundstellung. Wir strafften unsere Körper
daraufhin ebenfalls.

„Ziehen Sie sich die Motorradsachen an, melden Sie sich
auf dem Garagenhof bei dem Technikoffizier und machen

Sie Ihre Maschinen startklar!", lautete der Befehl.

Wir quittierten mit: „Jawohl, Herr Leutnant!" und trabten los. Keine halbe Stunde später eilte ich den Berg hinauf zum Garagenplatz.

Der Schulleiter kam.

„Achtung!", rief der Technikoffizier und wir standen alle stramm.

„Hier sind Ihre Marschbefehle und die Kurierbriefe. Geben Sie diese am Zielort dem wachhabenden Offizier und warten Sie auf eine Antwort. Danach kommen Sie zurück. Sie tanken an keiner öffentlichen Tankstelle, sondern in einem Objekt der Polizei, welches an Ihrer Wegstrecke liegt. Näheres dazu erklärt Ihnen der Leutnant Naumann."

„Jawohl, Herr Oberstleutnant!", erschall es im Chor.

Oberstleutnant Friedrich nahm mich am Arm und wir gingen etwas Abseits von den anderen. „Tom, passen Sie auf sich auf. Ich möchte nicht, dass Ihnen etwas zustößt. Sie müssen nach Straußberg fahren. Gehen Sie keine Risiken bei der Fahrt ein und auf der Autobahn müssen Sie auch nicht der Schnellste sein. Wichtig ist, dass Sie ihr Ziel erreichen und die Kurierpost unversehrt abgeben können", sagte er zu mir.

„Keine Sorge Herr Oberstleutnant, was soll mir denn schon passieren? Ich bin ein ausgezeichneter Motorradfahrer und werde ganz bestimmt als Erster wieder zurück sein."

Er nickte nur, eher nachdenklich als erfreut, drehte sich um und ging. Ich machte mir keine Gedanken darüber. Sicher war er nur besorgt, weil ich der Jüngste an der Schule war.

Leutnant Naumann erklärte uns, dass die Navigationsgeräte für jeden programmiert seien. Sie enthielten auch die Daten des Objektes mit der Tankstelle.

Ich hatte knapp zweihundert Kilometer zu fahren und fing an zu rechnen. Jetzt ist es elf Uhr. Drei Stunden wird die Hinfahrt dauern, eine Stunde Aufenthalt vielleicht, drei Stunden für die Rückfahrt. Da bin ich zum Abendessen wieder in der Schule. Zudem ist diese Fahrt eine schöne Abwechslung vom Alltag. Schon lange hatte ich keine Gelegenheit mehr gehabt, mit meinem eigenen Motorrad eine weitere Fahrt zu unternehmen, als nur bis zum nächsten Ort.

Ein letzter Check der Polizeimaschinen, dann fuhren wir los. Jeder hatte ein anderes Ziel. Ich war der Letzte, der startete und das Objekt verließ.

Meine schöne Gummispur am Eingang war übrigens nicht mehr zu sehen. Es hatte mehrmals geregnet. Und irgendwer wird wohl auch noch etwas nachgeholfen haben an ihrer Beseitigung. So konnte ich es mir nicht verkneifen. Ich zog die Handbremse an, ebenfalls die Kupplung, legte den ersten Gang ein, gab Gas und lies die Kupplung bis zum Schleifpunkt frei. Noch etwas nachgeben, noch etwas Gas ...

...Gas drosseln, Kupplung ziehen, Handbremse lösen, Kupplung kommen lassen und langsam aus dem Tor fahren. Was zurückblieb, war ein kleiner schwarzer Punkt auf dem Asphalt. Ich konnte mir regelrecht vorstellen, wie die Jungs an der Wache wieder fluchten. Aber das war mir egal. Ich war draußen, ich saß auf einem Motorrad, ich war glücklich.

Wir hatten schönes Wetter diesem Tag. Sonnenschein, blauer Himmel, windstill und trockene Straßen. Aber dennoch kam ich zu meinem Bedauern nur mäßig voran. Zu viele Traktoren mit schwer beladenen Hängern kamen von den Feldern auf die Bundesstraße gefahren. Und sie fuhren langsam. Dazu kam oftmals der weiße durchgezogene Strich in der Mitte der Fahrbahnen – Überholverbot. Ich konnte nichts riskieren. Ich durfte mit meiner vertraulichen Kurierpost nicht in einen Unfall verwickelt werden. Ich rechnete erneut die Zeit nach. Vier Stunden für die Hinfahrt, eine Stunde warten, vier Stunden für die Rückfahrt.

Ein Unfall, zirka hundert Meter vor mir.

Was nur tun? Unfallstelle sichern, nach Verletzten sehen, Notruf absetzen und Erste Hilfe leisten? Soweit die Theorie. Nur durfte ich meine Maschine mit der Post in der Satteltasche nicht verlassen. Ich fuhr ein mattgrün lackiertes Motorrad mit Polizeikennzeichen. Zudem trug ich die Uniform der polizeilichen Kradmelder. Ich konnte und durfte hier nicht einfach weiterfahren.

Langsam schlängelte ich mich langsam an den bereits im Stau stehenden Fahrzeugen vorbei. An der Unfallstelle stellte ich meine Maschine aus und bockte sie auf den Ständer. Danach nannte ich den aufgeregten Menschen meinen Dienstgrad, Namen und Dienststelle und erkundigte mich nach dem Sachverhalt.

Ein Traktor war von einem Feldweg gekommen, hatte einen Motorradfahrer auf der Bundesstraße übersehen und ihn umgefahren. Die Maschine sah ganz schön lädiert aus, der Motorradfahrer lag regungslos auf dem Asphalt. Der Traktorfahrer saß immer noch, kreidebleich, hinter seinem Lenkrad. Ich versuchte meine Gedanken zu ordnen. Der Fahrer hat also einen Schock. Das ist eine lebensbedrohliche Situation. Den Motorradfahrer muss ich mir auch noch ansehen.

Sekunden später war ich ganz der Polizist.

„Sie nehmen Ihr Warndreieck aus dem Auto, laufen einhundert Meter zurück und stellen das Dreieck an den rechten Fahrbahnrand! Aber gehen Sie am Straßenrand entlang und nicht auf der Bundesstraße! Wenn Sie das getan haben, informieren Sie die Insassen der dort stehenden Fahrzeuge darüber, dass ein Unfall geschehen ist. Haben Sie mich verstanden?"

„Ja, habe ich", sagte der von mir angesprochene Mann und trabte los.

„Und Sie, junge Frau, haben Sie ein Handy bei sich?"

„Ja." Sie zitterte am ganzen Körper.

„Setzen Sie einen Notruf ab! Sagen Sie in der Zentrale:

Unfall mit einem Schwerverletzen unter Schockeinwir-
kung und wahrscheinlich ein schwer verletzter Motorradfahrer dazu!"

„Wo sind wir denn hier?", fragte sie mich und blickte wirr
um sich.

Ich ging zu meinem Motorrad und schaute auf mein Navigationsgerät, lief wieder zurück und nannte ihr die Nummer der Bundesstraße und die Namen der Orte, die vor
beziehungsweise hinter uns lagen.

„Ich kann kein Blut sehen", sagte sie und zitterte immer
noch am ganzen Körper.

„Und deshalb gehen Sie da rüber und setzen in aller Ruhe
den Notruf ab. Haben Sie alles verstanden, was ich Ihnen
gesagt habe?"

„Ja, habe ich." Sie drehte sich um, lief ein paar Schritte
aufs Feld und fing an zu telefonieren.

„Und Sie", sagte ich zu den restlichen umherstehenden
Leuten, „machen mir bitte Platz und gehen zu Ihrer eigen-
en Sicherheit auch auf das Feld hinüber, runter von der
Bundesstraße."

Eine Frau zögerte. „Soll ich Ihnen einen Sanitätskasten
holen, Herr Wachtmeister?"

„Ich bin Polizeischüler gute Frau, nicht mehr und nicht
weniger. Ja bitte, wenn Sie so gut sein möchten."

„In Ordnung, Herr Wachtmeister, ich hole einen."

Zwecklos, meinen Dienstgrad noch einmal richtig zu stellen. Sie würde es in dieser Situation doch nicht verstehen.
Um einen Sanikasten zu bitten, hatte ich vergessen. Das

wäre wohl keine Eins in der Klassenarbeit geworden. Ich ärgerte mich. Aber so ist das nun mal. Einerseits die Theorie und da die Realität mit einem in die Höhe geschossenen Adrenalinspiegel.

Ich ging zu meinem Motorrad zurück, nahm es vom Ständer und schob es direkt zu dem verletzten Motorradfahrer. So hatte ich es immer im Blickwinkel.

Danach fühlte ich den Puls an der Halsschlagader des verunglückten Motorradfahrers. Zum Glück war er da. Ich beruhigte mich daraufhin ein wenig. Ich kniete mich an das Kopfende des Verunglückten und wollte ihm den Helm abnehmen, fachlich völlig richtig, wie wir im Unterricht gelernt hatten und auf dem Garagenplatz immer und immer wieder praktisch geübt hatten.

„Lassen Sie das sein, das dürfen Sie nicht!", rief mir ein Mann entgegen.

Nun platze mir der Kragen. Nur herumstehen, nicht einmal fragen: „Kann ich helfen?", und dann alles besser wissen wollen.

Ich schrie ihn an: „Oh doch, das kann ich, denn es ist fachlich richtig und ich werde es jetzt tun!"

Mit dieser Schärfe hatte er nicht gerechnet. Er drehte sich um und ging zu seinem Auto zurück.

Ich begann damit, den Helm des Verunglückten nach hinten abzuziehen. Aus der Ferne hörte ich das erste Sirengeheul. Unwillkürlich schaute ich zu der Frau hinüber, die ich mit dem Notruf beauftragt hatte. Sie lächelte mir zu, als hätte sie eine Heldentat vollbracht und sei über sich hinausgewachsen. In diesem Moment war sie es auch. Ich nicke ihr dankend zu.

Als ich den Helm ablegte, blieb mir fast der Atem weg. Was ich da sah, konnte ich einfach nicht fassen. Ich kam ins Taumeln und fiel auf meinen Hintern. Ein junges Mädchen, nur wenig älter als ich, vermutete ich. Blondes langes Haar umrahmte ein schönes Gesicht. Ich konnte nicht anders und strich ihr zart mit meiner Hand darüber. Danach tätschelte ich leicht ihre rechte Wange und rief: „Können Sie mich hören, verstehen Sie mich?"

Keine Reaktion. Ich beugte mich mit meiner Wange über ihren Mund. Ich wollte wissen, ob sie atmet. Und da spürte ich ihn, den leichten Hauch aus ihrem Mund. Nun öffnete ich ihre Lederkombi, damit sie leichter atmen konnte. Als ich kurz aufblickte, konnte ich schon die ersten Blaulichter leuchten sehen. Zum Glück; ich konnte Unterstützung gut gebrauchen. Mein Herz raste wie verrückt, so aufgeregt war ich. Als ich wieder zurück sah, hatte sie die Augen geöffnet, braune Augen. Sie sah einfach wunderschön aus.

„Ich bin Polizeischüler Parker. Können Sie mich hören?"

Ein zaghaftes Lächeln bekam ich zurück und sie antwortete mit leiser, kaum vernehmlicher Stimme: „Ja, ich kann Sie hören. Was ist passiert?"

„Sie hatten einen Unfall. Ich möchte jetzt nachsehen, ob Sie eine offene Kopfverletzung haben. Ich werde Sie jetzt berühren. Aber versuchen Sie nicht Ihren Kopf zu drehen.

Lassen Sie ihn so, wie er jetzt liegt." Ich konnte keine offenen Verletzungen erkennen. Im nächsten Moment war ich umringt von Sanitätern, Rettungsassistenten und einen Arzt. Ich war befreit von meiner Pflicht.

„Sie können jetzt beiseite treten, wir übernehmen", hörte ich einen Sanitäter sagen. Ich war froh darüber, bockte meine Maschine ab und machte dem medizinischen Personal Platz.

Ich hatte die Gummispur ihres Reifens vom Hinterrad auf der Fahrbahn gesehen. Sie sah also, dass es zum Unfall kommen würde, hatte rechtzeitig reagiert und noch abgebremst, ihre Geschwindigkeit gedrosselt. Vielleicht war die Kollision ja doch nicht so schlimm. Ich wünschte es mir so sehr.

Am Feldrand nahm ich eine Zigarette aus meiner Packung, zündete sie an, nahm einen tiefen Zug, legte meinen Kopf in den Nacken, blickte in den blauen Himmel hinauf und stieß den Rauch ganz langsam wieder aus. Ein Rettungshubschrauber kam angeflogen. Erst als ganz kleiner Punkt nur, dann auch hörbar. Und immer größer wurde dieser kleine Punkt, bis man schließlich erkennen konnte, dass es ein Hubschrauber ist, der da am blauen Himmel immer näher kam und in der Nähe des Unfalls auf dem Feld landete. Ich spürte einen kurzen aber schmerzhaften Stich in meiner Brust.

Die örtlichen Polizeibeamten waren inzwischen eingetroffen. Sie kamen nach einem kurzen Gespräch mit dem Arzt zu mir und stellten sich vor. Ich tat es ihnen gleich und ergänzte, dass ich ein Kurierfahrer mit vertraulicher Post sei und dass ich so schnell wie möglich weiterfahren müsse.

„Erst müssen Sie mir noch ein paar Fragen beantworten", sagte einer der Polizisten.

„Selbstverständlich", gab ich zurück und spürte, wie ich doch unruhig wurde. Die Befragung zog sich eine halbe Stunde hin. Für mich kostbare Zeit, zumal ich am Zielort erwartet wurde. Zu meinen Stiefeln lagen bereits drei Zigarettenstummel. Eindeutig zu viele Zigaretten.

Als ich mich umblickte, sah ich, wie das Rettungspersonal mit einer Trage zum Hubschrauber lief. Das wird bestimmt das Mädchen sein, ging es mir durch den Kopf. Ich musste sie unbedingt noch einmal sehen, ehe sie abtransportiert wurde. Also ließ ich kurzerhand den Polizeibeamten einfach stehen und rannte los. Am Hubschrauber angekommen, fragte ich den Arzt: „In welches Krankenhaus wird sie gebracht?"

„Wir fliegen sie in die Uniklinik nach Dresden."

„Wie heißt sie und wie alt ist sie? Bitte sagen Sie es mir, Doktor."

„Sie heißt Sabine Freudenreich und ist zwanzig Jahre alt." Sabine Freudenreich, was für ein paradoxer Name in dieser Situation. Wie kann ihr ein derartiges Unglück widerfahren, wenn sie solch einen schönen Familiennamen hat. Das ist einfach ungerecht. Eine Träne lief mir über die rechte Wange. Ich war achtzehn Jahre alt, hatte noch nie eine Freundin gehabt und wusste augenblicklich, dass ich meine Liebe gefunden hatte, dass sie vor mir im Schmerz auf der Krankentrage lag.

„Wie schwer sind ihre Verletzungen, Doktor?"

„Äußere Verletzungen konnten wir keine feststellen. In der Klinik werden wir weitere Untersuchungen durchführen. Dann wissen wir mehr. Aber im Moment ist ihr Zustand stabil."

Ich suchte nach ihren Augen, wollte ihren Blick unbedingt noch einmal sehen. Einerseits war ich aufgeregt und andererseits fasziniert von diesem Mädchen. So konnte ich sie nicht gehen lassen. Sie musste ihre Augen einfach noch einmal für mich öffnen, und sei es nur für einen kurzen, oder von mir aus auch nur für einen ganz kurzen Moment. Der Bruchteil einer Sekunde hätten mir genügt, um glücklich zu sein.

Ihre Augenlider fingen an zu zucken, ganz leicht nur, aber sie zuckten. Allmählich gelang es ihr, ihre Augen zu öffnen. Dann blickte sie mich an und ein Lächeln lag in ihrem Gesicht. Ich strich ihr über die Wange und sprach zu ihr: „Ich komme Sie besuchen, versprochen!"

Nach diesen Worten schloss sie die Augen wieder, aber das Lächeln blieb auf ihrem Antlitz ruhen. Einen Augenblick später wurde sie von den Sanitätern in den Hubschrauber geschoben.

Auf dem Weg zurück zur Straße blieb mir das Herz fast

stehen. Ich spürte schon wieder diesen heftigen Schmerz in meiner linken Brust. Abrupt machte ich stopp und schaute wie versteinert zu meinem Motorrad, drehte mich um, und sah zu dem aufsteigenden Hubschrauber, dann wieder zu meinem Motorrad. Mir wurde schwindlig. Langsam ging ich in die Knie, richtete meinen Oberkörper auf und atmete mehrmals tief durch.

Ich hatte das Motorrad mit der vertraulichen Kurierpost alleine gelassen! Ein nicht wieder gut zumachender Fehler. Langsam richtete ich mich auf und ging zu meinem Krad, schloss die Satteltasche auf und sah hinein. Die Post war noch da. Ich war erleichtert, verschloss die Tasche wieder und blickte in den blauen Himmel, wo der Hubschrauber mit der Liebe meines Lebens nur noch ein kleiner Punkt am Horizont war.

Was die Liebe meines Lebens betrifft, so habe ich nicht übertrieben. Aber ich will den Ereignissen, die noch folgen werden, an dieser Stelle nicht vorweggreifen.

Neben mir stand wieder der Ortspolizist. Ich fragte ihn: „Benötigen Sie mich noch?"
„Nein, es ist alles erledigt. Sie können weiterfahren."
Ich schaute auf meine Uhr und stellte fest, dass ich weit über eine Stunde an Zeit verloren hatte und begann sofort mit dem Rechnen. Enttäuscht stellte ich fest, dass ich erst abends in die Schule zurückkommen würde. Ich nahm all meinen Mut zusammen und fragte den Polizisten: „Ich

habe sehr viel Zeit verloren, kann mich einer von Ihnen ein Stück eskortieren, damit ich schneller vorankomme?"

„Die Straßen sind doch frei vor Ihnen, da ist die ganze Zeit kein Auto langgefahren."

„Aber aus dem Stau auf der Gegenfahrbahn haben sich viele Fahrzeuge herausgelöst, gewendet und sind zurückgefahren. Und das tun sie auch jetzt noch, sehen Sie doch hin. Wie soll ich da zügig fahren können?" Ich war der Verzweiflung nah. Wie konnte ihm ein Kollege nur so gleichgültig sein. Ich verstand es nicht.

„Ich habe hier zu tun, da kann ich Ihnen leider nicht helfen."

Enttäuscht wollte ich mich auf meine Weiterfahrt vorbereiten, als eine andere Maschine neben mir zum Halten kam, ein richtiges Polizeimotorrad. Der Polizist, nicht mehr so jung wie ich, sagte: „Ich werde dich ein Stück führen. Wohin musst du denn?"

„Nach Straußberg."

„Das sind fast noch einhundertvierzig Kilometer. Ich bin kein Bundespolizist. Soweit kann ich dich nicht begleiten."

„Aber ich besitze einen bundeshoheitlichen Marschbefehl."

„Mag ja sein. Aber ich nicht."

„Ein kleines Stück würde mir dennoch etwas nutzen", sagte ich und sah ihn flehend an. Ich war noch so jung und unerfahren.

„Gut, ich bringe dich zur nächsten Stadt, durch diese noch hindurch und dann trennen sich unsere Wege wieder."

„Ich danke Ihnen", sagte ich, setzte meinen Helm auf, zog die Handschuhe an und startete meine Maschine. Er startete seine ebenfalls. Nur dass seine kurz darauf mit blauem Licht flackerte, als hätte er eine Lichtorgel dran. Dann schaltete er die Sirene an und schon fuhren wir los.

Bei seinem Erscheinen machte wirklich jeder Platz. Es war fantastisch. Er fuhr schnell und riskante Manöver, die ich mir nicht gewagt hätte.

Als wir die Stadt durchquert hatten, hielt er an, schaltete die Sirene aus, ließ aber sein Blaulicht eingeschaltet. Ich fuhr neben ihn und er sagte zu mir: „Du musst ein verdammt wichtiger Mann sein. Ich hatte unterwegs über Funk meine Begleitfahrt angemeldet und erhielt die Order, dich noch ein Stück auf der Autobahn bis zur Staatsgrenze Sachsens zu begleiten. Ab Brandenburg musst du selber klarkommen."

„Ich bin kein wichtiger Mensch", gab ich zurück, „ich bin nur ein Polizeischüler."

Und wir rasten weiter mit viel Licht und lautem Geheul. An der Staatsgrenze fuhren wir auf den Randstreifen und verabschiedeten uns. Ich dankte ihm noch einmal und fuhr alleine weiter.

Ich erreichte mein Ziel erst am Nachmittag, meldete mich in der Dienststelle beim Offizier vom Dienst, Oberleutnant Fischer, und händigte ihm die Kurierpost aus.

„Wenn Sie wollen, können Sie in die Kantine gehen, sich stärken und etwas ausruhen."

„Danke, Herr Oberleutnant, das werde ich gerne tun", antwortet ich und ließ mir von ihm den Weg zur Kantine beschreiben. Als ich mich gestärkt hatte, ging ich wieder zum Eingang und fragte einen wachhabenden Polizisten, ob er wisse, wie lange ich noch warten müsse. Er wusste es nicht, griff aber zum Telefon und rief jemanden an. Dann sagte er zu mir: „Wie es aussieht, wird es sich noch hinziehen."

„Gut, ich fahre zur Bereitschaftspolizei. Dort soll ich mein Motorrad betanken."

„Tun Sie das. Sie befindet zirka fünf Kilometer von hier entfernt."

„Ich weiß, mein Navigationsgerät hat es mir schon so angezeigt. Trotzdem vielen Dank. Und falls mich jemand sucht, ich bin tanken gefahren."

Nach einer halben Stunde war ich wieder da.

„Wie schaut es aus", fragte ich Oberleutnant Fischer, der mir im Korridor über den Weg lief.

„Es wird leider noch eine Weile dauern."

„Ich bin in der Kantine, falls mich jemand sucht."

„In Ordnung, da weiß ich Bescheid, bis dann."

Es dauerte noch bis zum späten Abend, ehe ich wieder starten konnte. Meine Stimmung war nun doch betrübt. Außerdem waren meine Gedanken bei Sabine Freudenreich: wie mag es ihr wohl gehen?

Ich werde sie auf jeden Fall besuchen, wenn ich das nächste Mal dienstfrei habe, nahm ich mir vor.

Weit nach Mitternacht erst erreichte ich die Schule, passierte nach kurzem Warten die Wache und fuhr direkt zum Verwaltungsgebäude. Dort übergab ich dem Offizier vom Dienst, Hauptmann Schmitt, die Post aus Straußberg.

„Ich habe im Büro nebenan etwas zu Essen für Sie bereitstellen lassen. Essen Sie in Ruhe, fahren Sie anschließend Ihr Motorrad in die Garage und gehen danach schlafen. Sie haben morgen keinen Unterricht, sondern dienstfrei. Wir haben von dem Unfall erfahren. Sie haben gute Polizeiarbeit geleistet an der Unfallstelle."

Ich lächelte ihn leicht müde, leicht verkrampft entgegen und sagte: „Danke, Herr Hauptmann."

„Eines möchte ich Ihnen dennoch mit auf den Weg geben, Parker: bitte hören Sie auf, überall den Gummi Ihrer Reifen auf dem Asphalt zuhinterlassen. Irgendwann ist auch unsere Geduld zu Ende. Da wird Ihnen auch nicht die schützende Hand helfen können, die ..."

„Schützende Hand? Was meinen Sie, Herr Hauptmann?"

Verwundert sah ich ihn an und hätte gern gewusst, was er damit meinte. Hauptmann Schmitt wurde sichtlich verlegen und mir war mit einem Mal klar, dass er sich verplappert hatte. Dass er etwas sagen wollte, was er aber nicht sagen durfte.

„Sie haben doch einen Freund hier in der Polizeischule oder etwa nicht?"

„Ja, habe ich, den Michael von den Thüringern. Meinten Sie ihn mit ihrer Andeutung?"

„Ja, ja, genau den meinte ich", gab er mir zur Antwort und

ich wusste, dass er log.

„Was den Gummi auf dem Asphalt betrifft, Herr Hauptmann, das kommt nicht wieder vor, ich verspreche es Ihnen."

„In Ordnung, und nun ab, Sie müssen doch hungrig und müde sein."

„Sehr müde sogar, Herr Hauptmann, und etwas hungrig auch. Gute Nacht."

„Gute Nacht."

Nachdem ich das Motorrad in der Garage abgestellt hatte, lief ich zu meiner Unterkunft, duschte im Haus A und zog mir frische Sachen an. Ich war müde, aber die Ereignisse des Tages wollten mir nicht aus dem Kopf gehen und ließen mich nicht so schnell einschlafen, wie ich gewollt hätte. Es zog einfach keine Ruhe in mir ein. Ich entschied mich, noch für einen Spaziergang zum Schießstand, eine Flasche Bier in der Hand, die Zigaretten in der Hosentasche.

Ich ging an das Ende der Schießbahn, dort, wo ich mich immer mit Michael traf, trank mein Bier und rauchte eine Zigarette dazu. Mit den Gedanken an Sabine Freudenreich und der komischen Bemerkung von Hauptmann Schmitt schlief ich ein.

Ich wurde munter, als mich jemand kräftig an der Schulter rüttelte. Der Junge, der im Objekt Streifendienst versah, hatte mich gefunden.

„He Tom, was machst du denn hier? Ich habe in der

Stille der Nacht dein Schnarchen gehört. Es ist ja sonst keiner unterwegs außer mir. Und so habe ich dich hier gefunden. Du solltest eigentlich schon längst im Bett sein."

„Ja, ich weiß, aber ich wollte noch etwas in Ruhe nachdenken, so ganz für mich allein", sagte ich zu ihm.

„Geh jetzt in dein Haus, es ist kalt geworden. Merkst du das denn nicht?"

„Nein, das habe ich nicht gemerkt. Danke, dass du mich geweckt hast. Ich gehe jetzt zurück. Bis morgen dann."

„Bis morgen, Tom. Übrigens: du hast gute Arbeit geleistet bei dem Unfall. Morgen wird es die ganze Schule wissen."

Ich lächelte ihn an, tippte zum Gruß an meine rechte Stirn und ging in Richtung Haus B.

Als ich am nächsten Tag erwachte, war der Mittag schon vorbei. Ich schrieb einen Zettel für Michael.

Lieber Michael,
mache dir keine Sorgen, ich bin in Ordnung. Wir sehen uns heute Abend. Ich werde nicht im Objekt sein, wenn du aus der Schule kommst und diese Zeilen liest. Bitte sorge dich nicht.
Gruß Tom

Die Haustüren der einzelnen Häuser wurden nie verschlossen. Die Zimmer konnten von ihren Bewohnern zugesperrt werden, nur tat dies auch niemand.

Ich ging in Michaels Zimmer und legte den Zettel auf sein Bett. Danach duschte ich, zog meine privaten Motorradsachen an und lief zum Parkplatz. Am Tor hinterließ ich keine Gummispuren und fuhr nach Dresden, wohin die Sanitäter und der Doktor Sabine geflogen hatten.

„Sind Sie ein Angehöriger", fragte mich die Schwester am Empfang.

„Nein, bin ich nicht."

„Dann dürfen Sie Frau Freudenreich auch nicht besuchen", gab sie mir energisch zurück und, um ihren Worten gebührenden Respekt zu geben, blickte sie mich scharf über das Gestell ihrer mit dicken Gläsern versehenen Brille an.

„Ich bin der Polizist, der Erste Hilfe geleistet hat."

„Kommen Sie dienstlich?"

„Nein."

„Tut mir leid, dann kann ich Sie nicht hineinlassen." Abrupt vertiefte sie sich wieder in die Unterlagen auf ihrem Schreibtisch, um mir zu signalisieren, das Gespräch sei damit beendet. Ich blieb stehen. Sie wurde zunehmend nervös, bis sie schließlich doch wieder den Kopf hob und mich anblickte.

„Ich möchte bitte mit dem behandelnden Arzt sprechen dürfen."

Mal sehen, ob ich ihn erreiche und ob er gerade Zeit hat." Ich hatte gewonnen, sie gab auf. Erleichtert zwinkerte ich ihr zu, worauf sie besonders energisch ihre Lippen schloss. Nach einiger Zeit kam der Arzt. Er teilte mir mit, dass

Frau Freudenreich eine Gehirnerschütterung erlitten, aber ansonsten keine weiteren Schäden davongetragen habe.

„Ich kann Sie nicht zu ihr lassen, Sie sind kein Angehöriger. Aber sie bat mich, Ihnen den Zettel hier mit ihrer Adresse zu geben."

Ich dankte dem Arzt, sagte ihm, er solle ihr ausrichten, dass ich da war und dass ich sie besuchen werde, wenn sie aus dem Krankenhaus entlassen sei. Und er solle sie grüßen von mir, ich wünsche ihr gute Besserung.

Nun war ich doch eher wieder zurück, als ich geplant hatte. Michael traf ich dennoch erst zum Abendbrot in der Kantine. Ich setzte mich zu ihm.

„Ich habe gestern ein Mädchen kennengelernt. Sie ist wunderschön", begann ich das Gespräch.

„Wir haben schon gehört von deinem Pech, welches du unterwegs hattest. Es ist Tagesthema in allen Klassen."

„Hörst du mir überhaupt zu?", fragte ich voller Begeisterung. „Ich möchte nicht immer im Mittelpunkt stehen. Benehme ich mich daneben, bin ich im Gespräch, und tue ich mal etwas Gutes, wird auch über mich geredet. Warum immer ich? Und eigentlich will ich dir von etwas ganz anderem berichten."

„Weil du der Jüngste an der Schule bist. Wie steht es denn um die Gesundheit deiner Geretteten?", fragte er mich schelmisch ansehend. Also hatte er mir doch zugehört.

„Der Arzt sagte, sie hat eine Gehirnerschütterung, sonst

nichts. Er hat mir ihre Adresse gegeben. Und wenn sie aus dem Krankenhaus raus ist, werde ich sie besuchen fahren."

„Dich hat es ja ganz schön erwischt. Wird das deine erste Freundin sein?"

„Ja, und ich mag sie. Das weiß ich schon jetzt."

Der Schulalltag nahm wieder seinen Lauf. Wir Sachsen hatten eine Woche Wachdienst, die Thüringer nach uns. Und dann schloss sich der Kreislauf mit den anderen Klassen, bis wir selber wieder an der Reihe waren. Wache haben war keine schöne Zeit, denn man durfte das Objekt nicht verlassen. Ich hoffte nur, dass Sabine nicht gerade zu solch einem Zeitpunkt entlassen wurde.

Einige Wochen später lernten wir uns kennen. Wir liebten uns mit allen Dingen, die zu einer jungen Liebe dazu gehören. Und wenn ich über das Wochenende dienst-frei hatte, blieb ich bei ihr. Es war eine schöne Zeit, ich war erwachsen geworden. Auch die, allerdings seltener gewordenen Anspielungen einiger Jungs, in Bezug auf meine Freundschaft zu Michael, berührten mich nicht mehr.

Eines Nachts sagte ich zu Michael, als wir wieder einmal im Gras saßen und in die Sterne blickten: „Ich möchte nicht, dass du traurig bist, weil ich nun eine Freundin habe und in meiner Freizeit oft zu ihr fahre. Du bist der Freund, den ich mir immer gewünscht habe. Und du bist mein einziger Freund. Ich habe sonst keinen. Das sollst du wissen. Aber die Sabine, nun ja, das ist eben etwas anderes."

„Ich mag dich auch, Tom. Mache dir keine Gedanken. Auch ich habe zu Hause meine Freundin. Ich wäre viel öfter bei ihr, wenn der Weg nicht soweit wäre."

„Einige Schüler an der Schule denken, wir hätten ein andersartiges Verhältnis zueinander. Ich möchte nicht, dass sie so über uns sprechen. Kannst du mal mit ihnen reden, dass sie damit aufhören sollen?"

„Das werde ich tun, versprochen."

Als ich an einem Sonntagabend in die Polizeischule zurückkam, ich hatte das Wochenende bei Sabine verbracht, gab es große Aufregung in der Schule. Die Thüringer hatten Wachdienst gehabt. Ein Saufgelage hatte stattgefunden und ein Thüringer, der sich in der ersten Etage in einen offenen Fensterrahmen gesetzt hatte, ist betrunken hinabgestürzt und hatte sich einen Arm gebrochen.

Am Montagmorgen gab es auf dem Garagenplatz einen Appell. Der Schüler wurde um einen Dienstgrad degradiert. Andere Schüler erhielten einen Tadel.

Bloß gut, dass mir das nicht passiert war. Das wäre für mich eine Katastrophe gewesen. Während ich noch darüber nachdachte und der Schulleiter von Verantwortung und Pflichterfüllung sprach, schepperte ein Stahlhelm laut klirrend zu Boden. Fast zeitgleich war ein Geräusch zu hören, als sei ein Sandsack umgekippt. Aber es war kein Sandsack, sondern der Schüler, der zuvor seinen Stahl-

hatte fallen lassen. Wie sich später herausstellte, war er immer noch betrunken.

Das Maß war nun voll gewesen bei der Schulleitung, wenn es nicht gar in jenem Moment übergeschwappt war. Viele Schüler fingen laut an zu lachen und konnten kaum noch an sich halten, andere wurden puderrot im Gesicht und versteiften sich zu eisernen Säulen. Ich gehörte zu der ersteren Gruppe. Es dauerte eine ganze Weile, bis wieder Ruhe und Ordnung ins Glied einzog. Oberstleutnant Friedrich beendete kurz darauf den Appell, nicht ohne seinen Lehroffizieren vor versammelter Mannschaft noch entsprechende Befehle zu erteilen.

Die diensthabende Wachmannschaft musste in Begleitung des OvD`s, Hauptmann Schmitt, und des UvD`s, Hauptmeister Wedisch, sowie einigen Lehrern, Zimmerkontrollen durchführen und alle Flaschen mit Alkohol einsammeln. Die Thüringer verloren ihre gesamten Bestände. Die Kneipe im Objekt wurde auf unbestimmte Zeit geschlossen. Die allgemeine Stimmungan in der Schule sank. Aber es war wohl die richtige Entscheidung gewesen. Jeder, der aus dem Ausgang kam, wurde kontrolliert, ob er Alkohol in die Schule schmuggeln wollte. Keiner wagte auch nur den Versuch. Die Jungs waren einfach zu weit gegangen. So etwas hätte nie passieren dürfen. Nach einem Monat wurde das Alkoholverbot etwas gelockert. Die Kneipe wurde wieder geöffnet, es gab aber keinen Schnaps mehr, nur noch Bier.

Zu dieser Zeit gab es große Aufregung bei mir. Ich war ganz aus dem Häuschen.

„Michael, wir müssen uns heute Nacht unbedingt auf der Schießbahn treffen. Ich möchte dir etwas erzählen", sagte ich freudestrahlend, als wir die Vorlesung verließen und an der frischen Luft standen. Sie tat mir gut, diese frische Luft. Im Unterricht konnte ich mich kaum konzentrieren.

„Was hast du denn nun schon wieder angestellt, Tom?"

„Nur Gutes, mein Lieber, nur Gutes."

Nach Mitternacht liefen wir zum Schießstand und setzten uns an unserer gewohnten Stelle ins Gras.

„Nun erzähle schon, was ist los?", begann Michael. Er wirkte schon sichtlich nervös, denn ich hatte ihn absichtlich den ganzen Abend über zappeln lassen.

„Ich bekomme ein Kind, nein, wir bekommen ein Kind. Na ja besser gesagt, Sabine bekommt ein Kind."

„Meinen Glückwunsch, Tom, dann wirst du bald Papa."

„Ja, das werde ich. Und ehe wir auf die Offiziersschule gehen, werde ich sie heiraten."

„Du legst ja ein ganz schönes Tempo vor."

„Aber bitte sage es keinem hier. Es soll noch eine Weile ein Geheimnis bleiben. Nur du sollst davon wissen."

"Ich schweige wie ein Grab, versprochen."

Ich holte eine kleine Flasche Sekt und zwei Gläser aus meiner Felduniform. Zum Glück hatte die Uniform große Taschen, und in die konnte man so einiges hineinpacken oder auch mal verstecken.

„Bist du wahnsinnig, Tom? Wenn sie uns damit erwischen, können wir die Offiziersschule vergessen. Du weißt doch ganz genau, dass zurzeit nur Bier erlaubt ist! Wie hast du denn den Sekt in die Schule geschmuggelt?"

„Ich habe den Sekt gestern gekauft, als ich nach der Schule zu Sabine gefahren bin, weil sie mich unbedingt sprechen wollte, wie sie am Telefon sagte. Als ich zurückkam, habe ich ihn außen an der Mauer von der Südseite versteckt. Und vorhin, ehe wir uns getroffen haben, bin ich über die Mauer geklettert, so wie an einer Eskaladierwand eben, und habe die Flasche ins Objekt geholt."

„Du bist ja völlig verrückt, Tom", sagte Michael zu mir und sah mich strafend an.

„Uns wird schon keiner erwischen."

Ich öffnete die Flasche, sodass der Korken nicht knallte in der Stille der Nacht, und schenkte Sekt in die beiden Gläser ein. Mit einem leisen Stoß unserer Gläser prosteten wir uns zu und tranken auf mein Kind.

„Wie soll er oder sie denn heißen?"

„Das wissen wir noch nicht, dafür haben wir noch acht Monate Zeit. Aber Felix klingt nicht schlecht."

„Und wenn es ein Mädchen wird?"

„Darüber soll sich Sabine Gedanken machen, ich habe mir schon einen Namen für den Jungen ausgesucht, sollte es einer werden."

„Mein kleiner Papa", sagte Michael und sah mich gedankenverloren an.

„Lass uns morgen in die Kneipe gehen. Der junge Papa

gibt ein Bier aus. Außerdem sollten wir jetzt lieber leiser machen, sonst wird die Wache auf uns aufmerksam."

„Die wissen doch sowieso, dass wir es sind, wenn um diese Zeit noch Stimmen in dem Bereich der Schule zu hören sind."

„Das ist aber nicht gut. Gleichgültigkeit und Unachtsamkeit könnten sich bei den Wachgängern einschleichen. Eigenartig, dass es uns noch keiner verboten hat."

„Du bist eben etwas Besonderes."

„Wieso das?"

„Lassen wir das Thema für heute."

„Eines Tages möchte ich es aber wissen, was es damit auf sich hat."

„Das wirst du auch. Kommst du noch mit duschen, wenn wir wieder unten angekommen sind?"

„Ja, auf jeden Fall. Aber danach gehe ich sofort schlafen. Ich bin ganz schön müde."

Auf dem Weg zu unseren Häusern rauchten wir jeder noch eine Zigarette, gingen duschen und danach zu Bett. Ich erinnere mich sehr gut, dass ich tief und fest schlief und von Sabine träumte und von unserer kleinen Familie, die es bald geben würde.

Und so zogen wir, wie besprochen, am nächsten Tag nach der Schule in die Kneipe ein und verbrachten einen lustigen und schönen Abend mit den anderen Schülern. Ohne, dass sich wieder einer danebenbenahm, die Stufen beim Verlassen der Kneipe herunterfiel und sich irgendetwas brach. Von meiner zu erwartenden Familie fiel kein einziges Wort.

Die Wochen vergingen mit Schule, Sport und Wachdienst. Der Sommer würde bald beginnen. Noch immer schoss ich zu tief. Die Täter wären bei mir weiterhin an ihren Verletzungen qualvoll gestorben, an zerfetzten Organen und inneren Verblutungen. Für mich war diese Vorstellung grauenvoll. Ob schlechter oder ganz schlechter Mensch, aber das verdient keiner.

„Du solltest mal zu einem Optiker fahren und deine Sehschärfe testen lassen", sagte Michael in einer Schulpause zu mir.

„Ich möchte keine Brille tragen."

„Dann werden sich deine Leistungen beim Schießen auch nicht verbessern."

„Da hast du sicher recht. Ich werde es mir überlegen", antwortete ich ihm und wusste ganz genau: keinen Optiker, keine Brille.

„Lass uns über etwas Schönes reden. Ich habe am kommenden Wochenende dienstfrei und würde dich gern mit zu Sabine nehmen, damit du sie endlich einmal kennenlernen kannst."

„Ich würde gern mitkommen, aber unser Haus hat ab Freitag Wachdienst. Und da dürfen wir die Schule nicht verlassen. Aber nächste Woche könnte es klappen. Da haben wir beide keine Wache und somit dienstfrei. Lass uns diese Gelegenheit nutzen. Ich bin schon ganz gespannt auf deine Sabine."

Es war Mitte der Woche, als Michael mir auf dem Weg zur Kantine mitteilte, dass er am Wochenende nicht mit - kommen könne. Die Thüringer mussten bei einem Fußballspiel der Regionalliga einen Einsatz durchführen. Es wird mit größeren Auseinandersetzungen zwischen den Fangruppen der beiden Vereine gerechnet, und die Polizeidirektion Dresden hatte von der Schule Unterstützung angefordert. Darüber war ich nicht gerade erfreut.
„Tom, wir schaffen das noch. Und dann machen wir vier uns ein schönes Wochenende", sagte Michael zu mir. Wir vier hatte er gesagt. Ich war so froh über seine Worte.
„Ja, ab April sind wir zu viert, da hast du recht."
Ich vertiefte mich in meine Gedanken und dachte daran, was für ein großes Fest wir feiern würden.

Also fuhr ich am Freitagnachmittag allein zu Sabine. Es war herrliches Wetter.
Vor dem Haus, in dem sie wohnte, stellte ich mein Motorrad ab, nahm den Helm ab, zog die Handschuhe aus und griff in meine Lederjacke. Ich hatte unterwegs einen Blumenstrauß für sie gekauft. Mit einem Lächeln im Gesicht eilte ich die Treppe hinauf und klingelte an ihrer Wohnungstür. Zu meiner Überraschung öffnete sie nicht. Aber sie weiß doch, dass ich sie an diesem Wochenende besuchen kommen würde, ging es mir durch den Kopf. Sie weiß, wann ich freitags Dienstende habe, wann mein freies

Wochenende beginnt.

Ich klingelte erneut, wieder keine Reaktion. Mein Herz begann schneller zu schlagen, das Lächeln verschwand aus meinem Gesicht. Ich klingelte nun Sturm, nahm meinen Finger nicht mehr vom Klingelknopf. Nichts. Stattdessen öffnete sich die Tür ihrer Nachbarin. Ganz langsam, so, als überlege die alte Dame, ob sie die Tür weiter öffnen oder doch wieder schließen sollte. Ich blickte in den Türspalt hinein und drückte leicht mit meiner Hand gegen die Tür. Ich wollte ihr nicht die Wahl überlassen, die Wohnungstür wieder zu schließen.

„Die Sabine ist nicht da, junger Mann", sagte sie, als sie vor mir stand. Sie hatte mich schon oft gesehen. Eine liebenswürdige kleine rundliche Frau. Einmal hatte sie sogar einen Kuchen für uns gebacken, als ihr Sabine angekündigt hatte, dass ich am Wochenende zu ihr kommen würde.

„Wo ist sie denn hingegangen?", fragte ich sie. Und da kullerten der Frau auch schon die Tränen aus den Augen.

Ich erschrak, ein stechender Schmerz zucke durch mein Herz. „Was ist denn los? Wo ist Sabine? Geht es ihr gut? Nun sagen Sie schon!" Die Fragen schossen nur so aus mir heraus.

„Ich kenne Sie ja gar nicht so richtig. Ich weiß nicht, ob ich Ihnen das sagen darf."

„Na klar kennen Sie mich. Ich bin der junge Polizist, der Sabine damals bei ihrem Motorradunfall Erste Hilfe geleistet hat. Ich bin ihr Freund, ich liebe sie, wir bekommen ein Kind, ich bin der Tom. Sie müssen sich doch an mich erinnern."

„Ja, ich weiß", sagte sie und schluchzte nun erst recht.

Selber voller Unruhe dachte ich mir: wenn sich die Frau nicht beruhigt, dann kann sie dir erst recht keine Antwort auf deine Fragen geben.

„Beruhigen Sie sich doch." Ich nahm sie in meine Arme und drückte sie sanft an meine Brust. Sie ließ es sich gefallen und nach einer Weile wurde sie ruhiger, schluchzte noch einmal tief und sagte mir: „Sie sind ein so lieber Mensch. Ich weiß sehr wohl, wer Sie sind, Tom. Und ich mag Sie wirklich. Sie beide eigentlich, Sabine und Sie. Also will ich Ihnen erzählen, was passiert ist.

Sabine kam heute Mittag zu mir und klagte über Schmerzen im Bauch. Sie war kreidebleich, fast grau schon ihre Gesichtsfarbe. Ich bat sie, reinzukommen und sie legte sich auch sogleich auf das Sofa. Ich ging zum Telefon und rief den Notarzt an. Es dauerte nicht lange, bis er da war. Kaum eine Minute später hielt noch ein Krankenwagen vor dem Haus. Der Notarzt schaute sich Sabine nur kurz an und sagte dann zu den Sanitätern: „Die Frau ist schwanger. Sie atmet nicht mehr. Atemgerät, schnell! Teilen Sie dem Krankenhaus mit, dass wir einen Herzstillstand haben. Keine zehn Minuten später fuhren sie mit lautem Sirenengeheul davon."

Als sie mit ihrem Bericht zu Ende war, fing die alte Dame erneut an zu weinen und zu schluchzen. Ich stand wie versteinert vor ihr, bekam kein Wort mehr heraus und starrte einfach nur auf die Frau. Ich weiß nicht mehr, wie lange ich so dagestanden hatte. Aber als ich wieder zur Besinnung kam, drückte ich ihr die Blumen in die Hand, sagte: „Das wird schon wieder", und rannte die Treppe hinab.

Am Motorrad angekommen fiel mir ein, dass ich gar nicht gefragt hatte, in welches Krankenhaus man Sabine gefahren hatte. Ich eilte die Treppe wieder hoch, klingelte stürmisch bei der Nachbarin. Sie öffnete die Tür.

„Wohin? In welches Krankenhaus sind sie gefahren?", fragte ich hastig.

Sie nannte mir das Krankenhaus. Ich dachte nach und rechnete. Mit deinem Motorrad kannst du in zirka einer halben Stunde dort sein. Erneut rannte ich die Treppe runter, immer drei Stufen mit einem Mal nehmend. Ich sprang regelrecht hinab und es kam mir vor, als würde ich fliegen, fliegen in der Schwerelosigkeit, einer Ohnmacht entgegen, ohne Sinne und Bewusstsein.

Eine besonders schwarze und lange Gummispur hinterließ ich vor dem Haus und raste los. Auch vor der Unfallstation ging es beim Bremsen nicht ohne diese. Mir war dies egal, völlig egal. Fast wäre mir die Maschine außer Kontrolle gekommen, ich gestürzt, so sehr kam ich ins Schleudern. Aber ich konnte das Motorrad noch auffangen, stellte es ab und rannte los.

„Hier können Sie Ihr Motorrad aber nicht stehen lassen." vernahm ich eine Stimme.

Abrupt blieb ich stehen, drehte mich um und schrie die Frau im weißen Kittel an: „Ich kann, gute Frau, und ich werde!" Schon eilte ich weiter und ließ sie einfach stehen.

Als ich vor der Aufnahme stand, merkte ich, dass mein Herz immer noch raste, dass ich angestrengt nach Luft rang. Ein erneutes Stechen in meinem Herz ließ mich innehalten, ehe ich in der Lage war, ein einziges Wort herauszubekommen.

„Wo finde ich Sabine Freudenreich?", fragte ich die Schwester.

„Nun mal immer mit der Ruhe, junger Mann. Das ist ein Krankenhaus", antwortete sie mir.

„Ich will nicht ruhig sein, ich möchte zu Sabine Freudenreich!" Mein Ton wurde schärfer.

„Wenn Sie keine Ruhe geben, rufe ich die Polizei."

„Ich bin die Polizei! Also, Schwester, wo finde ich Sabine Freudenreich?"

Ich hatte in meiner Erregung nicht mitbekommen, dass eine andere Schwester zum Telefon gegriffen und telefoniert hatte. Von hinten packten mich vier kräftige Hände und drehten mich dennoch nicht gewaltsam herum. Zwei Pfleger hatten mich ergriffen. Und da stand sie, die Frau von vorhin, vom Eingang. Die Frau, die mir gesagt hatte, dass ich mein Motorrad nicht vor der Tür abstellen könne. Ganz ruhig sagte sie zu mir: „Ich bin Doktor Matthes. Bitte beruhigen Sie sich. Die beiden Pfleger werden Sie in mein Büro begleiten, dort können wir uns unterhalten."

Erneut stand ich starr da und konnte nichts mehr sagen.

„Haben Sie mich verstanden?", fragte sie mich. Nun erst bekam ich mit, dass sie mit mir sprach.

„Ja, ich höre sie," antwortete ich mit zittriger Stimme.

„Ich bin Doktor Vera Matthes, die Chefärztin in der Unfallaufnahme."

„Ja, Doktor Matthes, ich habe Sie verstanden", sagte ich und nahm sie nun auch wirklich wahr.

„Können die Pfleger Sie jetzt loslassen, ohne dass Sie erneut einen Wutanfall bekommen?"

„Das war kein Wutanfall, Doktor, das war Schmerz. Ich spüre Schlimmes auf mich zukommen. Und das tut weh. Das lässt mein Herz rasen und schmerzlich stechen."

„Kommen Sie, begleiten Sie mich in mein Büro."

Die Pfleger ließen mich los, aber ich war nicht in der Lage, mich zu bewegen. So sehr ich auch wollte, es gelang mir nicht, einen Fuß vor den anderen zu setzen.

„Schock!", rief einer der Pfleger. „Holen sie eine Krankentrage, wir müssen ihn hinlegen", sagte Doktor Matthes.

Während die Pfleger mich wieder festhielten, dieses Mal, damit ich nicht stürze, kam die Schwester, die ich zuvor so angeschrien hatte, hinter ihrem Anmeldetresen hervor und holte eine fahrbare Trage.

„Fahren Sie ihn in den Behandlungsraum drei. Der ist frei. Hallo, hören Sie mich?", wandte sie sich an mich. Aber sie war schon weit weg von mir, meilenweit entfernt, am Horizont verschwunden, aufgelöst in der Unendlichkeit, im ewigen Nichts.

111

Als ich wider zu mir kam, fragte Doktor Matthes, ob ich ein Angehöriger von Sabine Freudenreich sei.

„Nein, das bin ich nicht. Ich bin ihr Freund, und wir wollen heiraten, und Sabine bekommt ein Kind von mir."

„Sabine Freudenreich ist heute Nachmittag um vierzehn Uhr dreiundzwanzig gestorben. Wir konnten sie nicht mehr retten."

Ich presste eine Hand auf meine Brust. Ich konnte nicht mehr atmen, schloss die Augen und spürte nichts, als endlose Leere. Ich schwebte durch die Luft, zum Himmel hinauf in die unendlichen Weiten des Alls. Sterne zogen an mir vorbei, tausende Sterne. Und sie leuchteten so schön. Und es war so still hier oben, so wunderbar still. Aber kalt, sehr kalt, und ich spürte, wie die Wärme meinen Körper verließ.

Als ich meine Augen wieder öffnete, hing neben mir ein Tropf und über einen Schlauch floss eine Flüssigkeit in die Vene meines linken Armes.

„Hören Sie mich."

„Ja, Doktor Matthes, ich höre Sie."

Sie hatten mich zurückgeholt. Für mich sollte das Leben weitergehen; weitergehen in einer Welt, in der ich nicht mehr sein wollte. Und ich war ihnen nicht dankbar dafür.

„Woher kennen Sie Frau Freudenreich, wenn Sie kein Angehöriger sind?"

„Ich bin der Polizist, der vor zwei Monaten als erster

Retter an der Unfallstelle angekommen war. Ich habe damals Erste Hilfe geleistet und den Notarzt rufen lassen."
Meine Augen füllten sich mit Tränen.

Doktor Matthes und die Pfleger standen wie versteinert vor mir und blickten mich an.

„Sie sind das? Es hat damals in allen Zeitungen gestanden: „Polizist Tom Parker rettet junger Motorradfahrerin das Leben." Ihre Augen bekamen einen feuchten Glanz. „Ich bin gleich wieder da", sagte sie zu den Pflegern und ging hinaus. Die beiden Schwestern von der Anmeldung erschienen im Zimmer, standen da und blickten mich an. Die eine Schwester mit einem Taschentuch vor den Augen, dann vor ihrer Nase – sie schnaubte hinein in das Taschentuch. Die andere Schwester kam zu mir, nahm meine Hand in ihre Hand, blickte mich traurig an und schüttelte nur mit dem Kopf.

„Tom, wir werden sie zur Beobachtung hierbehalten", sagte Doktor Matthes, als sie wieder in das Behandlungszimmer kam. Ihre Augen waren gerötet.

Am nächsten Tag hatte sich mein Gesundheitszustand stabilisiert. Aber Doktor Matthes meinte, ich solle noch eine weitere Nacht im Krankenhaus bleiben. Ich hatte nichts dagegen. Was sollte ich in der Schule.

„Sollen wir irgendjemanden verständigen, dass Sie hier im Krankenhaus sind?"

„Nein, das ist nicht nötig, auf mich wartet niemand", entgegnete ich. Michael war eh nicht da. Er war bei diesem verdammten Fußballspiel. Ausgerechnet jetzt, wo ich ihn so gern bei mir gehabt hätte.

Am Sonntag wurde ich entlassen. Die Schwestern und Pfleger wünschten mir Kraft und alles Gute. Doktor Matthes sagte, ich solle mich bei ihr melden, wenn es mir wieder schlechter ginge. Ich betrat das Krankenhaus nie wieder.

Langsam fuhr ich in die Schule zurück, an diesem Tag war ich bestimmt der beste Verkehrsteilnehmer auf allen Straßen der Gegend. Ich hielt vor dem verschlossenen Tor der Polizeischule. Als es aufging, fuhr ich langsam hinein, stellte mein Motorrad auf dem Parkplatz ab, ging hinunter ins Tal und legte mich in mein Bett. Die Gedanken bei Sabine, bei ihrem Unfall, an unsere kurze und dennoch so wunderschöne Zeit, an unser Kind, welches nie den blauen Himmel gesehen und die warme Sonne gespürt hatte, und nie mit mir gemeinsam in den Sternenhimmel gesehen hat.

Am Abend rüttelte mich Michael wach.

„He, Tom, was ist denn mit dir los? Die Jungs haben gesagt, du benimmst dich so eigenartig."

„Bitte lass mich noch etwas schlafen. Wir treffen uns heute Nacht auf dem Schießplatz und ich werde dir erzählen, was geschehen ist."

„Aber jetzt ist bereits Abendbrotzeit, Tom."

„Ich habe keinen Hunger."

„Soll ich dir aus der Kantine etwas mitbringen? Du musst

doch etwas essen?"

„Nein danke, wirklich nicht."

„Gut, dann lasse ich dich in Ruhe. Wir sehen uns heute Nacht."

„Ja, das tun wir."

Kurz vor Mitternacht zog ich mich an, wärmer als sonst, obwohl wir eine warme Sommernacht hatten. Ich ging bis zum Ende der Schießbahn. Michael war schon da, stand da und blickte mir entgegen.

„Komm, setzen wir uns ins Gras, ich fühle mich so schwach", sagte ich.

Ich erzählte ihm, dass Sabine gestorben sei. Danach blieben wir lange still, endlos lange still. Keiner sagte etwas. Die Zigarettenkippen vor unseren Füßen wurden immer mehr. Es fiel kein einziges Wort. Erst als die Morgendämmerung begann und die Sonne langsam aufging, sagte Michael: „Komm, lass uns gehen. Es wird schon hell, der Tag beginnt."

„Ja, du hast recht." Ich lächelte ihm schmerzvoll zu und wir gingen mit gesenkten Köpfen zu unseren Häusern.

Na, hattet ihr Streit, ihr beiden Süßen?"

Ich war wie vom Schlag getroffen. Frank Ahlbach, der uns immer noch wegen unserer Freundschaft aufzog, sie uns neidete, stand vor uns und grinste uns an. Ich merkte, wie Michael mich noch festhalten wollte, aber ich war schneller, es war zu spät; es war zu spät für Frank

Ahlbach. Mit einer mir bis dahin noch nicht bekannten Brutalität stürzte ich mich auf ihn, schlug ihm mit einem Faustschlag die Nase blutig, schlug immer wieder auf ihn ein, immer wieder.

„Tom, was soll das? Lass ab von dem Frank. Bist du denn völlig verrückt geworden?", vernahm ich Michaels Rufe. Aber es waren Rufe, die mich nicht erreichten, die mich nicht erreichen konnten, weil ich gänzlich abgeschaltet hatte, aufgehört hatte, meinen Geist zu benutzen. In mir herrschte nur die blanke Gewalt, die Lust am Zerstören. Und es gab für mich keinen Grund damit aufzuhören, denn ich erfuhr keine Gegenwehr, nicht die geringste. Frank Ahlbach lag am Boden und bewegte sich schon einige Zeit nicht mehr. Natürlich spürte ich, wie ich mir die Knöchel an beiden Händen aufschlug, aber das war mir egal, im Gegenteil, er tat gut, dieser eigene Schmerz.

Andere Schüler, die bereits auf dem Weg zum Frühstück unterwegs waren, versuchten mit vereinten Kräften mich von Frank Ahlbach loszulösen. Es dauerte lange, bis es ihnen schließlich gelang. Frank Ahlbachs Gesicht war nur noch eine unförmige geschwollene und blutverschmierte Masse Fleisch, in der die Andeutung eines Auges zu ekennen war. Das andere Auge bekam er gar nicht mehr auf. Er sagte keinen Laut und sein Atem ging nur noch flach.

Sie hielten mir die Arme auf den Rücken gedreht, so wie wir es im Unterricht gelernt hatten. Ich bäumte mich immer wieder auf und wollte erneut nach vorne springen.

Immer höher zogen sie meine Arme zu den Schulter-
blättern hinauf, bis der Schmerz mich fast betäubte. Dann
gab ich auf. Ich ging in die Knie, legte meinen Kopf in den
Nacken und blickte in den blauen Himmel, der aufge-
henden Sonne entgegen.

Michael stand fassungslos neben mir. „Jungs, ihr könnt
jetzt wieder locker lassen", sagte er zu den anderen Schülern mit leiser Stimme. „Der Tom ist überwältigt."

Sie lockerten ihren Griff. Ich sah um mich. Und da kam er
angerannt, begleitet von zwei Wachschülern. Hauptmeister Jens Wedisch, er war wieder UvD.

Ich fühlte mich nicht wohl für das, was ich eben angerichtet hatte, aber dennoch erleichtert, etwas zumindest.
Frank Ahlbach lag am Boden und rührte sich nicht. Ich
stand über ihn und blickte ihn verächtlich aber zugleich
nachdenklich an. Was hatte ich da nur getan? Was ist nur
mit diesem bösen Ich in mir, warum habe ich es in mir,
warum kann ich es nicht unter Kontrolle halten, es beherrschen, anstatt, dass es mich beherrschte?

„Hole den Doktor und bringt eine Trage mit!", befahl
Hauptmeister Wedisch einem seiner Wachschüler. „Und
Sie legen Tom Parker Handschellen an!", zu dem anderen.
„Bringen Sie ihn in die Arrestzelle! Und Sie, Obermeister
Beier, begleiten den Wachschüler!"

In der Arrestzelle sagte Michael zu dem Wachschüler:
„Kannst du mich bitte einem Moment alleine mit Tom
lassen?"

„In Ordnung." Er zog die Tür hinter sich zu, lehnte sie aber nur an.

„Muss ich jetzt sterben, Michael? Werde ich jetzt gerichtet, erschossen?"

„Komm zu dir, Tom, keiner wird dich deswegen erschießen. Aber du wirst sicher eine harte Strafe bekommen."

Als er die Zelle verließ, kam der Wachschüler noch einmal rein, nahm mir die Handschellen ab und sagte: „Kopf hoch, Tom, sicher hattest du einen Grund dafür gehabt. Aber du bist zu weit gegangen, viel zu weit. Sei dir dessen bewusst."

„Ich hatte einen Grund. Frank Ahlbach hat unsere Freundschaft geneidet und in den Dreck gezogen. Seit ich an der Schule bin, war er stets eifersüchtig."

„Du hast recht, wir alle haben es gewusst, aber keiner ist ihm gegenüber für euch eingetreten." Danach verließ er die Arrestzelle und schloss sie von außen zu.

Frank Ahlbach wurde noch am Vormittag in das Polizeikrankenhaus nach Dresden gefahren und in den folgenden Wochen gesund gepflegt.

Ich wurde am Mittag von Hauptmeister Wedisch und einem Wachschüler ins Büro von Oberstleutnant Friedrich geführt.

„Lassen Sie uns alleine", sagte Oberstleutnant Friedrich an den UvD gewandt.

„Jawohl, Herr Oberstleutnant", war die Antwort und sie verliesen das Büro.

„Setzen Sie sich, Tom."

Ich nahm auf einem Stuhl Platz und wunderte mich. Warum dieser versöhnliche Ton? Bei dem, was ich mir geleistet hatte, bei der Schwere meiner Tat? Und ohne mich mit Dienstgrad und Familiennamen anzusprechen, sondern mit meinem Vornamen? Ich verstand es nicht.

„Sie machen es mir sehr schwer", sagte er zu mir, nachdem er sich ebenfalls gesetzt hatte. „Was ist aus ihrer Sicht vorgefallen? Erzählen sie es mir. Ohne etwas auszulassen."

„Der Ahlbach hat mich gehänselt, seit ich in dieser Schule angekommen bin. Er hat mir eine Freundschaft geneidet." Von Sabine erzählte ich ihm nichts. Und auch nicht, dass ich eigentlich todmüde war.

„Sie meinen die Freundschaft zu Obermeister Beier?"

„Jawohl, Herr Oberstleutnant."

„Es ist gut, einen Freund zu haben. Aber was heute Morgen vorgefallen ist, das ist zu viel des Guten. Ich kann als Schulleiter nicht darüber hinwegsehen. Eigentlich müsste ich Sie von der Polizeischule verweisen. Ohne es zu wissen, haben sie mich in eine sehr schwierige Situation gebracht. Ich weiß nicht, wie ich Ihnen helfen kann und ob es überhaupt möglich ist. Aber es wird einen Appell geben und ich werde Ihnen vorerst einen Verweis aussprechen müssen. Ich kann Sie nicht von der Schule werfen. Sie sind etwas Besonderes, Tom. Nur wissen Sie es nicht."

„Ich bin nichts Besonderes, ich bin nur Tom Parker, ein Deutscher mit einem fremdländischen Namen. Und das ist nicht gerade einfach für mich."

„Ich lege Ihnen ans Herz, reißen Sie sich zusammen und sorgen Sie für keine weiteren negativen Vorkommnisse. Ansonsten werden Sie nicht zur Offiziersschule delegiert." Ich fühlte mich wie von einem Hammer getroffen, einem sehr großen, einem sehr schweren Hammer. Die Offiziersschule, da wollte ich mit Michael hin, gleich nach unserem Abschluss hier. Das durfte mir keiner nehmen und ich mir selber auch nicht, soviel war mir urplötzlich klargeworden!

„Jawohl, Herr Oberstleutnant. Ich werde mich zusammenreißen. Und wenn Sie mich bestrafen müssen, dann müssen Sie es halt tun. Meine Tat ist nicht umkehrbar. Aber ich habe mich wohlgefühlt, als ich es tat."

Strafend sah er mich an und sagte: „Ruhen Sie sich aus und nehmen Sie heute Nachmittag ganz normal am Unterricht teil. Morgen früh ist Appell. Und nun verlassen Sie mich, ich muss telefonieren." Daraufhin rief er den UvD ins Büro.

„Sie können abtreten, Hauptmeister Wedisch. Organisieren Sie für morgen früh einen Appell. Tom Parker wird offiziell für seine Tat bestraft. Und der Wachschüler soll Tom Parker ins Lazarett begleiten, damit sich Doktor Lehmann um seine Hände kümmern kann."

„Jawohl, Herr Oberstleutnant Friedrich."

Hacken hörte ich knallen, eine Kehrtwendung auf dem Laminat und draußen war der UvD.

„Gehen Sie jetzt, Tom. Wir sehen uns morgen."

Jawohl, Herr Oberstleutnant." Ich stand auf, machte

kehrt, verließ sein Büro und ging mit dem Wachschüler zu unserem Doktor.

Am nächsten Morgen standen alle Offizier und Schüler aufdem Garagenplatz. Ich musste vortreten und erhielt für mein Verhalten einen strengen Verweis. Zudem eine Ausgangssperre von vier Wochen. Ich durfte die Schule nicht verlassen. Mir war es recht, wohin sollte ich auch gehen. Ich wollte sowieso alleine sein mit meiner Trauer, mit dem endlosen Schmerz um Sabine und unseren ungeborenen Sohn. Denn ich bildete mir ein, dass es auf jeden Fall ein Junge geworden wäre.

In der folgenden Zeit war ich sehr still geworden, suchte keinen Kontakt zu den anderen Schülern und ging ihnen regelrecht aus dem Weg, wenn ich sie nahen sah und merkte, sie wollten genau den Weg nehmen, den ich in entgegengesetzter Richtung eingeschlagen hatte. Meine schulischen Leistungen verbesserten sich mehr und mehr. Schließlich wollte ich ein guter Polizist werden. Oftmals blieb ich nach dem Unterricht im Hörsaal sitzen und vertiefte mich weiter in meine Bücher und Schriften. Wenn ich merkte, dass ich müde wurde, ging ich in mein Zimmer, zog die Sportsachen oder die Felduniform an, je nachdem wie mir zumute war, und ging zum Sportplatz hinauf. Dort lief ich Runde um Runde, als wolle ich vor etwas wegrennen. Nur wusste ich nicht, wovor ich weg-rennen wollte. Meistens blieb ich dann dort, wo mich meine Kräfte gerade verlassen hatten, stehen, setzte mich ins Gras und starrte in den Wald oder hinauf in den Himmel.

Oder ich jagte über die Sturmbahn, immer und immer wieder. Ich wollte mich verausgaben, bis ich tot umfiel. Nur gelang mir das nicht. Auch hier blieb ich einfach an der Stelle stehen, an der mich meine Kräfte verlassen hatten. Blieb einfach in der dunklen Röhre liegen, oder setzte mich auf dem Balken der Häuserwand. Einmal wollte ich mich auf den Balken legen und in den Himmel schauen, ohne an etwas denken zu müssen. Aber das gelang mir nicht. Schnell verlor ich das Gleichgewicht und fiel hinunter. Zum Glück hatte ich mich dabei nicht verletzt und gesehen hatte mich in diesem Augenblick auch niemand. Mein Verhalten war schon recht eigenartig geworden für die anderen. Da in der Schule jeder zu jeder Zeit zu wissen schien, wo sich das Sorgenkind gerade aufhielt, kam Michael meist am Abend, wenn es dann schon dunkel wurde und ich immer noch nicht aufhören wollte, auf den Sportplatz. Mitunter stellte er sich mir einfach in den Weg, um mich zu stoppen, was ihm auch immer gelang. Wenn ich ihn auf meiner Bahn stehen sah, verlangsamte ich meine Geschwindigkeit, lief aus und kam vor ihm zum Stehen. Dann setzten wir uns ins Gras. Michael rauchte eine Zigarette und ich fuhr meinen Puls wieder herunter.

„Tom, so kannst du nicht weitermachen."

„Warum nicht? Mir tut der Sport gut."

„Aber du findest keinen seelischen Frieden dabei."

„Wieso nicht?"

„Weil du in dem Moment, in dem du dich körperlich verausgabst, dich nicht geistig mit dem Geschehenen auseinandersetzt, sondern es nur verdrängst."

„Was soll ich denn tun?"

„Du musst darüber reden. Sonst machst du dich völlig kaputt und wirst doch keinen Ausweg finden."

„Mag sein, vielleicht hast du recht."

„Ich habe in diesem Punkt recht, mein Freund, glaube mir."

„Es fällt mir aber so schwer. Und außerdem weißt nur du, dass es Sabine überhaupt in meinem Leben gegeben hat, wenn auch nur für kurze Zeit."

„Du kannst dich auch anderen gegenüber öffnen."

„Nein, das will ich nicht, das ist meine, das will ich mit niemandem teilen, außer mit dir."

„Gib acht, dass der Schmerz dich nicht zerfrisst. Du musst ein Ventil finden, wo du deinen Kummer heraus lassen kannst. Verstehst du, was ich meine?"

Ich gab keine Antwort.

„Tom?"

„Ja?"

„Du kannst jederzeit zu mir kommen, auch nachts. Die Türen sind sowieso nicht verschlossen. Also, ehe du nicht mehr weiter weißt, melde dich bei mir."

„Ja."

„Versprich es mir, dass du es tun wirst."

„Ich verspreche es dir", antwortete ich, ohne mir im Klaren darüber zu sein, ob ich es wirklich tun würde. Aber ich war mir zu diesem Zeitpunkt relativ sicher, dass ich mein Versprechen nicht halten würde. Innerlich kochte in mir eine Gewalt, die sich weiter entfalten wollte und es nicht durfte, ohne anderen Menschen zu schaden. Und ich war mir ziemlich sicher, dass ich mich nicht unter Kontrolle halten kann.

„Ich lasse dich jetzt noch etwas alleine", sagte Michael und wollte sich eben erheben, um zu gehen.

„Nein, bitte nicht. Bleib bei mir, du störst mich nicht. Im Gegenteil, ich entspanne mich in deiner Gegenwart, auch wenn es nach außen hin nicht sichtbar ist."

„Ich merke es aber sehr wohl."

„Danke. Du bist ein guter Freund. Vor dir habe ich keine Geheimnisse und ich hoffe, du auch nicht vor mir."

Michael blieb stumm. Ich schaute ihn erschrocken an.

„Was, hast du? Warum antwortest du mir nicht? Du hast doch keine Geheimnisse? Oder doch?"

Wir waren beide aufgestanden und standen uns nun gegenüber.

„Ja, ich habe ein Geheimnis, Tom. Ich werde es dir in den nächsten Tagen erzählen."

„Warum nicht jetzt?", brauste ich auf. Ich merkte, wie ich mich wieder erregte. Und wie ich momentan in solchen Situationen reagiere, wusste ich nur zu gut. Michael auch. Er ging zwei Schritte rückwärts.

„Tom, um Gottes willen, beruhige dich doch bitte. Ich bin

dein Freund."

„Bist du das wirklich?", schrie ich ihn an.

„Ja, das bin ich. Komm` zu dir Tom, mache jetzt keine unüberlegten Handlungen. Und schreie nicht so laut, du machst ja die ganze Schule auf uns aufmerksam."

Ich bemerkte sehr wohl das Zittern in seiner Stimme. Aber es war nicht nur die Angst vor einem Angriff von mir darin. Da war noch etwas anderes - Sorge. Ich musste zur Ruhe kommen, unbedingt, ich durfte ihn nicht schlagen. Jedes Geheimnis hat sicher einen Grund. Sonst wäre es kein Geheimnis. Und Michael hat gesagt, dass er es mir anvertrauen will. Ich steckte meinen rechten Arm zu ihm aus, ganz langsam, damit er es nicht missverstehen konnte.

„Gib mir deine Hand, Michael."

Er zögerte, dachte wohl an die Judostunden in der Sport-halle. Er wusste, dass aus dieser Geste Böses geschehen kann."

„Vertraue mir, Michael. Ich werde dir nichts antun."

Er kam auf mich zu und reichte mir seine Hand, und ich drückte sie.

„Lass uns ins Tal gehen, ich bin müde geworden", sagte ich nach einer Weile.

Als wir uns auf den Weg gemacht und uns noch eine Zigarette angezündet hatten, sagte Michael zu mir: „Eben aus diesem Grund."

„Was meinst du mit: eben aus diesem Grund?"

„Du bist psychisch weit davon entfernt, was man als Normal bezeichnen kann. Zu schlimm sind die Ereignisse für dich gewesen und deine Taten dazu."

„Da hast du recht, ich fühle mich auch nicht besonders gut, ganz im Gegenteil. Ich merke es selber."

„Mein Geheimnis würde dich zusätzlich erregen und belasten. Du würdest es momentan nicht verkraften und erst recht nicht verstehen."

„Willst du nicht mehr mit mir auf die Offiziersschule gehen?", fragte ich wieder etwas ruhiger.

„Doch. Das ist beschlossene Sache. Aber du wirst nie wieder so werden, wie wir uns kennengelernt haben, vor ein paar Monaten."

„Meinst du, dass das wirklich nicht mehr möglich ist?", fragte ich. Und mit einem Mal war mir bewusst, dass meine schöne, sorgenfreie und unbeschwerte Jugendzeit unwiederbringlich zu Ende war.

„Ja, Tom. Was einmal geschehen ist, kann man nicht rückgängig machen. Es prägt dich, so, wie es jeden anderen Menschen ebenfalls prägen würde."

„Aber wir können den Moment, als wir uns auf dem Parkplatz das erste Mal gesehen hatten, wir uns unterhielten, als du mich das erste Mal in Schutz genommen hattest vor den anderen Jungs, für immer in uns speichern."

„Das habe ich schon längst getan, Tom. Ich wollte dich vorhin auch nur abholen, sonst kommst du noch auf die Idee und übernachtest auf dem Sportplatz."

Ich lachte ihn an und sagte: „Ich habe gar kein Bettzeug

hier oben."

„Als ob dich das davon abhalten würde, hier zu übernachten."

Wieder im Tal angekommen, ging Michael ins Haus der Thüringer und ich ins Haus der Sachsen. Ich raffte mich nicht noch einmal auf, um duschen zu gehen, sondern fiel todmüde in mein Bett.

Dann, schon zwei Wochen nach meinem Verweis und Ausgangsverbot, wurde morgens nach dem Frühsport, ein weiterer Appell angekündigt.

Alle schauten sofort zu mir und fragten sich untereinander: „Was hat denn der Tom nun wieder angestellt?" Aber angesprochen hatte mich keiner diesbezüglich.

Mit Michael traf ich mich zum Mittag in der Kantine. „Tom, was hast du denn nun schon wieder gemacht?"

Ich war nicht besonders überrascht wegen dieser Frage, blickte ihn an und entgegnete sichtlich gereizt und so laut, dass es die anderen Schüler auch hören konnten: „Nichts, wirklich nichts. Alle an der Schule leben noch und im Lazarett hat es auch keinen Neuzugang wegen mir gegeben."

Die Augen der Schüler waren mit einem Mal auf uns gerichtet, es wurde still in der Kantine. Die Jungs spitzten die Ohren, vielleicht um zu erfahren, was sie noch nicht wussten. Aber da gab es einfach nichts.

Wieder leiser sprach ich zu Michael: „Vielleicht hat ja ein anderer Schüler etwas angestellt."

„Mir ist nichts bekannt."

„Dann wird es sich um etwas völlig anderes handeln, etwas ganz harmloses, was eben zum Alltag an der Polizeischule gehört. Es muss ja nicht immer etwas Schlimmes passiert sein."

„Mag sein, Tom. Also du hast nichts verbrochen?", stocherte er nach.

„Nein, ich nicht. Sage es den anderen, damit sie mich nicht mehr so anstarren."

„Ich mache gleich hier in der Kantine die Runde, dann sind alle beruhigt und können sich wieder mit ihrem Essen beschäftigen", entgegnete Michael.

Der Appell fand Anfang der Woche nachmittags nach dem Unterricht statt. Alle waren gespannt, um was es wohl gehen würde. Unter den Schülern gab es kein Ereignis, welches Anlass zur Klage gegeben hätte.

Oberstleutnant Friedrich erklärte uns, worum es ging. Die ganze Schule sollte am Freitag ausrücken. Außer den Thüringern, die hatten Wachdienst. Unser Auftrag lautete, bei einer Großveranstaltung die örtliche Polizei zu unterstützen.

Wir Kradmelder erhielten den Befehl, den Fahrzeugkonvoi zu eskortieren und für eine schnelle und reibungslose Fahrt zu sorgen. Die Abfahrt wurde für um sieben Uhr morgens festgelegt und die Rückkehr für einundzwanzig Uhr geplant.

Am Mittwoch war ab Mittag schulfrei. Die Zeit sollte

genutzt werden, um die Ausrüstung zu überprüfen und in Ordnung zu bringen. Die Fahrer der Mannschaftswagen und die Kradmelder sollten neben ihren persönlichen Sachen gemeinsam mit den Technikern den technischen Zustand ihrer Fahrzeuge überprüfen.

An diesem Abend war unsere kleine Polizistenkneipe voller als sonst. Auch vor der Kneipe saßen einige Schüler auf den Stufen. Die Jungs hatten ihr Bier in der Hand, rauchten und unterhielten sich ganz aufgeregt wegen des geplanten Einsatzes. Die Fahrer hatten striktes Alkoholverbot erhalten, so auch ich.

Sie grüßten Michael und mich, als wir an ihnen vorbeikamen. Wir wollten heute schon eher zum Schießstand gehen, und gemeinsam. Es war ja eh kein Geheimnis mehr in der Schule. Und das erste Mal, seit Sabines Tod, wandte ich mich an sie und sagte: „Euch auch einen guten Abend Jungs, und trinkt nicht so viel."

Keine Antwort, sie waren sprachlos. Als wir ein paar Schritte von ihnen weg waren, hörte ich einen Schüler uns hinterherrufen: „Und nicht so lange machen, Tom, wir werden morgen einen anstrengenden Tag haben." Es war einer der anderen Kradmelder.

Wir liefen nicht direkt zum Schießstand. Mir war im Gelände etwas aufgefallen. Ich wollte es Michael zeigen und mit ihm darüber reden.

„Hast du schon gesehen, dass es hier verschiedene Eingänge in die hügelige Landschaft gibt?", eröffnete ich das Gespräch. „Lass uns da lang laufen, ich zeige dir einen davon."

„Das sind Bunker, Tom."

„Wofür sind die und was ist in den Bunkern?", wollte ich wissen.

„Früher war die Polizeischule ein Sanatorium und die einzelnen Häuser waren unterirdisch durch Tunnel miteinander verbunden. So konnten die Patienten von einem Haus zum anderen gebracht werden, von den Patientenzimmern zu den Behandlungen eben."

„Ich würde gern mal in solch einen Bunker hineingehen und mir das ansehen. Das ist sicher interessant. Was wird jetzt in den Tunneln und Bunkern sein?"

„Ich weiß es nicht. Lass uns zum Schießstand gehen, sonst vermisst uns gar noch jemand. Übrigens, das war gut vorhin. Du darfst dich nicht abkapseln. Du brauchst den Kontakt zu anderen Personen, du musst dich mit ihnen unterhalten."

„Ich weiß. Aber es fällt mir so schwer. Ich werde wohl noch lange brauchen, ehe ich heilwegs wieder normal bin."

„Lass dir diese Zeit, aber arbeite auch an dir, sonst wird es dir nicht gelingen."

Wir gingen nicht bis an das Ende des Schießstandes, sondern ließen uns am Eingang nieder. Dort konnten uns auch die Jungs noch sehen, die vor der Kneipe auf den Stufen saßen, schwatzten, rauchten und tranken.

„Bist du schon soweit, dass du diese anstrengende Fahrt machen kannst, Tom?"

„Ich denke schon", antwortete ich.

„Das reicht nicht aus, Tom. Du hast gemeinsam mit den anderen Kradmeldern die Verantwortung für den gesamten Konvoi. Du musst dich auf den Verkehr konzentrieren und von deinem Krad aus den Verkehr regulieren."

„Es wird schon gehen, Michael. Vielleicht tut mir ja diese Abwechslung gut."

„Lass uns zurück gehen", sagte ich nach einer Weile, „ich möchte schlafen gehen."

„In Ordnung, es muss ja nicht immer so spät werden."

Wir gingen zurück und einige Schüler saßen immer noch auf den Stufen beziehungsweise standen schwatzend und rauchend vor der Kneipe.

„Gute Nacht, Jungs", sagte ich im Vorbeigehen.

„Dir auch.", „Dir auch eine gute Nacht", „Wir sehen uns morgen, Tom."

Nachts wurde ich wach gerüttelt.

„Tom, hattest du einen schlechten Traum?"

Es war ein Schüler aus meinem Zimmer. Ich hatte im Schlaf geredet und dann hatte ich geschrien, erklärte er mir.

Ich brauchte einige Zeit, um mir darüber klar zu werden, was passiert war, ehe ich begriff, dass ich geträumt hatte.

„Ja, ich hatte wohl einen schlechten Traum. Es tut mir leid, dass ich euch geweckt habe."

„Wer ist Sabine und warum willst du nicht wieder ins Krankenhaus?", fragte er mich.

Ich erschrak. Darüber hatte ich im Traum gesprochen?

„Ich weiß nicht. Jetzt, wo ich munter bin, kann ich mich an nichts erinnern."

„Kann ich etwas für dich tun?"

„Nein, aber danke. Ich gehe noch mal rüber ins Haus A. Ich bin völlig nassgeschwitzt. Ich werde duschen gehen. Ich hole mir nur noch ein neues Shirt und eine neue Shorts aus meinem Spind, dann bin ich auch schon fort. Tut mir leid, schlaft weiter."

Vor unserem Haus setzte ich mich auf die Eingangstufen und überlegte. Was war passiert? Was hattest du alles im Traum erzählt? Aber ich konnte mich an nichts erinnern, an gar nichts. Ich hatte bisher Angst davor, dass dies eines Tages geschehen könnte, und wusste sogleich: es ist geschehen. Du kannst es nicht steuern und erst recht nicht kontrollieren. Und du kannst nicht rückgängig machen, was eben geschehen ist.

„He, Tom, was machst du denn hier draußen?", sprach mich der Wachschüler an, der gerade auf Streife unterwegs war und an den Unterkünften vorbei kam.

Ich erschreckte derart, dass ich aufsprang, einen Schritt machte, ohne im geringsten daran zu denken, dass ich auf einer Treppe saß. Ich vertrat mich, knickte mit meinem rechten Fuß um und stürzte hinab auf den weichen Waldboden.

„Man, Tom, was machst du denn, bist du verrückt?"

Er legte seine Maschinenpistole neben mich auf den Boden und wollte mir behilflich sein.

„Du darfst deine Mpi nicht ablegen", sagte ich. „Das wird bestraft."

„Das ist mir jetzt egal. Los, Kleiner, hoch mit dir. Hast du dich verletzt?" Angst lag in seiner Stimme. „Tom, stehe endlich auf, sonst muss ich den UvD informieren."

Als er mir beim Aufstehen helfen wollte, spürte er mein schweißdurchtränktes Shirt.

„Kommst du vom Duschen? Warum hast du dich nicht abgetrocknet? Und warum bist du so nass im Gesicht?"

Das waren eindeutig zu viele Fragen auf einmal für mich. Mir drehte der Kopf. Als ich endlich wieder stand, taumelte ich sofort an die Hauswand, um irgendeinen Halt zu finden, so schwindlig war mir.

„Ich hole Michael, warte hier."

„Nein, bitte nicht. Es geht schon wieder. Lass ihn schlafen."

„In Ordnung. Ich muss zum nächsten Kontrollpunkt, die Stechuhr verlangt nach mir. Oder soll ich doch Hilfe aus der Wachstube holen?"

„Nein danke, es geht schon wieder. Aber hast du mal eine Zigarette für mich? Meine sind im Zimmer."

„Klar doch." Er reichte mir seine Schachtel. Ich nahm eine Zigarette heraus und er gab mir Feuer.

„Ich danke dir."

„Ist schon in Ordnung, Tom. Mache nur nicht immer solchen Ärger."

„Das ist nicht gewollt, da kannst du dir sicher sein. Mir geht es eben nicht gerade gut zurzeit, mir geht es sogar verdammt schlecht."

„Dann rede mit jemandem, sonst kann dir keiner aus deinem Stimmungstief helfen."

„Ja, ich weiß, ich werde es mir vornehmen."

„Gut. Ich komme auf dem Rückweg vom Streifendienst nicht wieder hier vorbei. Ich muss an den Bunkern entlang gehen. Die nächste Streife kommt erst in einer Stunde. Du kommst also klar?"

„Ja. Ich rauche eine von deinen Zigaretten, dann gehe ich duschen und anschließend ins Bett", sagte ich schmunzelnd, obwohl mich der stechende Schmerz in meinem Fußgelenk plagte. Aber ich wollte ihn beruhigen, ich wollte, dass er weitergeht, ich wollte wieder alleine sein.

„Noch etwas, Tom."

„Was?"

„Du sagst doch keinem, dass ich die Maschinenpistole abgelegt habe?"

„Nie und nimmer, versprochen."

„Prima, dann gehe ich weiter, meine Zeit drängt, ich bin schon überfällig. Bis morgen."

„Ja, bis morgen, danke dir. Und wenn du doch Ärger bekommst wegen deiner Streifenzeit, dann sage ehrlich, dass ich daran schuld war. Ich kann das verkraften, bin es ja inzwischen gewohnt", sagte ich scherzhaft, damit er wirklich endlich weiterging. Er hatte schon viel Zeit verloren, und man würde ihm ohnehin Fragen stellen.

Ich lehnte an der kühlen Hauswand und rauchte die Zigarette zu Ende. Bloß nicht den Fuß verletzen, dachte ich bei mir, übermorgen musst du Motorrad fahren. Aber es ist ja der rechte Fuß, der muss nur die Fußbremse betätigen … Und beim nächsten Zug an der Zigarette schoss es mir wie ein Blitz durch den Kopf: … und das Krad abstützen, wenn du auf der Kreuzung stehst und vom Motorrad aus den Verkehr regelst.

Mir wurde übel bei den Gedanken an den Einsatz. Ich wollte nun schnell zur Dusche, um den Fuß wenigstens etwas zu kühlen, warf die restliche Zigarette weg und wollte zum Haus A laufen.

Aber als ich mit dem rechten Fuß richtig auftrat, spürte ich, dass das nicht so einfach werden würde. Er tat sehr weh. Ich humpelte hinüber, zog in der Dusche meine verschwitzten Sachen aus und schmiss sie in eine Ecke des Duschraumes, so verärgert war ich. Da stand ich nun splitternackt da und verglich immer wieder aufs Neue meine Füße. Zum Glück war der umgeknickte Fuß nicht besonders stark angeschwollen. Ich nahm mir für den Morgen vor, den Frühsport ausfallen zu lassen und statt dessen ins Lazarett zu gehen, um mir eine Salbe und einen festen Verband geben zu lassen.

Ich drehte das Wasser auf. Es tat mir gut, dieses Wechselbad zwischen heißem und kaltem Wasser. Zum Schluss kühlte ich noch einmal besonders den verletzten Fuß, zog mir neue Shorts und das neue Shirt an und humpelte wieder zurück. Als ich im Bett war, schlief ich sofort ein. Einen weiteren Albtraum hatte ich nicht gehabt, sonst

135

hätten mich die Jungs in meinem Zimmer bestimmt erneut geweckt.

Am nächsten Morgen lief ich zum Frühstück. Es ging einigermaßen, aber ich spürte, dass mein Fuß noch nicht in Ordnung war.

„Was ist denn mit dir los, Tom? Ich habe dich vorhin den Berg hinaufhumpeln gesehen und beim Frühsport warst du auch nicht."

Das war also Michaels Gruß für diesen Tag. Na toll, immer nur Sorgen um mich machen. Aber ich freute mich, dass er da war.

„Ich bin gestürzt", sagte ich.

„Wie ist denn das passiert?"

„Ich hatte einen Albtraum, du weißt schon worüber. Ein Junge aus meinem Zimmer hat mich reden gehört und mich dann geweckt, weil er nicht mehr schlafen konnte. Verschwitzt wollte ich duschen gehen, habe mich vertreten und bin die Treppe an unserem Haus hinuntergefallen."

„Ist es schlimm, hast du dir etwas gebrochen oder geprellt?"

„Ich glaube, zum Glück nur leicht gestaucht. Ich habe den Fuß noch ordentlich gekühlt unter der Dusche. Nach dem Frühstück werde ich ins Lazarett gehen."

„Soll ich dich begleiten?"

„Michael, du kannst nicht immer mein Kindermädchen sein! Das muss aufhören. Kein Wunder, dass die Jungs über uns reden und sonstwas denken. Ich muss endlich auch mal alleine mit einer Sache klarkommen."

„Gut, das verstehe ich. Aber überlege dir genau, ob du morgen fahren kannst."

„Es geht schon einigermaßen."

„Ich möchte dir noch etwas sagen, falls du es noch nicht gehört hast", sprach Michael nun im ernsten Ton.

„Was?"

„Der Frank Ahlbach ist gestern aus dem Krankenhaus entlassen worden."

„Ich weiß es schon. Ich bin ihm bereits begegnet. Er ging mir aus dem Weg, machte einen großen Bogen um mich. Aber ich bemerkte seinen hasserfüllten Blick sehr wohl."

„Er wird dir nie verzeihen, dass du ihn verprügelt hast."

„Ich passe schon auf mich auf, keine Angst, Michael."

„Du kannst ja nicht mal eine Treppe herunterlaufen", gab er mir zurück und wir mussten schallend lachen.

Sofort war erneut absolute Ruhe in der Kantine und alle Blicke waren auf uns gerichtet. Ich genoss diesem Moment. Ich hatte mal wieder herzlich gelacht.

Ich ging übrigens nicht auf Frank Ahlbach zu und entschuldigte mich bei ihm. Nicht an diesem Tag und auch nicht an den folgenden Tagen.

Dass dies aber ein großer Fehler war, konnte ich zu diesem Zeitpunkt nicht wissen und auch nicht ahnen. Ich war stolz auf meine Tat, und ich erfuhr dadurch etwas Erleichterung von meinem eigenen innerlichen Schmerz.

Nach dem Mittagessen traf ich mich vor den Garagen mit

den anderen drei Kradmeldern. Gemeinsam mit dem Technikoffizier kontrollierten wir unsere Motorräder. Anschließend unternahmen wir noch eine kleine Ausfahrt. Der Weg führte uns auch auf die Autobahn. Dort sollten wir die schweren Maschinen auf Touren bringen. Es war für mich ein herrliches Gefühl, das Gefühl der Geschwindigkeit, des Rausches. Ich fühlte mich frei. Mir war zumute, als ob ich abheben wollte. Am liebsten hätte ich den Lenker losgelassen und die Arme in die Luft gestreckt.

Unterwegs bemerkten wir, dass sich der Himmel mit Wolken zuzog. Bereits im Wetterbericht hatten wir gehört, dass sich das Wetter in den nächsten Tagen verschlechtern sollte. Pünktlich zum frühen Nachmittag waren wir wieder zurück und rollten gemächlich in die Garagen hinein.

Nach dem Abendessen ging ich zuerst in die Waffenkammer und ließ mir meine Pistole geben. Ich reinigte sie noch einmal, obwohl sie sauber war, ölte sie ein und gab sie dem Waffenwart zurück. Danach wandte ich mich meinen persönlichen Sachen zu.

Anschließend traf ich mich in der Garage mit den anderen Fahrern. Hauptmann Wehnert, der verantwortliche Offizier für diesen Einsatz, zeigte uns die Fahrtroute. Unsere Navigationsgeräte waren bereits programmiert worden.

An diesem Abend war unsere kleine Kneipe geschlossen. Oberstleutnant Friedrich hatte über die gesamte Schule Alkoholverbot verhängt. Was dies bewirkte, zeigte sich am späteren Abend. Es herrschte eine Stille in der Schule, die es lange nicht gegeben hatte. Die meisten Jungs hatten sich auf ihre Zimmer zurückgezogen, spielten Karten oder lasen ein Buch. Am frühen Abend war weit und breits Nachtruhe, eine absolute Seltenheit an der Schule. Wie wir am nächsten Morgen feststellen mussten, hatte es in der Nacht geregnet. Der Frühsport fiel zur Zufriedenheit der meisten Schüler aus. Nach dem Frühstück setzte ich mich mit Michael auf die Stufen vor der Kantine. Wir wollten die Ruhe noch einmal genießen, ehe ich fort und Michael mit dem Wachdienst beginnen musste.

„Wir haben in fünfzehn Minuten Wachappell", sagte er zu mir.

„Dann lass uns die verbleibende Zeit unsere Zeit sein. Mir geht es nicht gut, Michael. Das sage ich dir ganz ehrlich."

Erschrocken sah er zu mir und fragte: „Dein Fuß?"

„Nein, nicht der Fuß. Es ist irgendetwas anderes. Ich kann es nicht erklären."

„Versuche es, Tom, jetzt sofort, ehe du losfährst."

„Du wirst nicht bei mir sein, du wirst mir fehlen unterwegs."

„Ihr kommt ja heute Nacht wieder zurück."

„Ja", antwortete ich und war eigentlich gar nicht richtig anwesend.

„Tom?"

„Ja?"

„Du musst nicht um jeden Preis mitfahren. Ich kann dem Schulleiter von Sabine erzählen. Dass es sie für dich gegeben hat und ihm erklären, was passiert ist und dass du nicht in der Lage bist, an diesem Einsatz teilzunehmen.

Er wird dich dann bestimmt nicht rauslassen aus dem Objekt."

„Nein, bitte nicht. Er muss von Sabine nichts wissen. Außerdem brauche ich diese Abwechslung. Nur hätte dich gern in meiner Nähe gewusst."

Schweigen stellte sich ein. Jeder hing seinen eigenen Gedanken nach. Es war schwer, in dieser Situation etwas zu sagen.

„Wie geht es eigentlich deinem Fuß?", fragte er mich nach einer Weile.

„Geht schon. Ich habe ihn heute Morgen noch einmal gesalbt und mir eine feste Binde um das Fußgelenk gebunden. Der müsste durchhalten."

„Lass uns noch eine Zigarette rauchen. Danach muss ich zum Appell."

Als wir unsere Zigaretten aufgeraucht hatten, verabschiedeten wir uns. Michael ging zum Wachhaus und ich zu den Garagen.

Wir starteten unsere Maschinen. Die Mannschaftswagen ließen ihre Motoren an. Der Krankenwagen mit dem Doktor und unserer reizenden Krankenschwester war ebenfalls dabei. Übrigens das einzige Fahrzeug, welches über ein hoheitliches Sondersignal verfügte.

Ich fuhr zum Tor vor und schaltete die Warnblinkanlage an meinem Motorrad ein. Die Wachen öffneten das Tor und ich fuhr langsam auf die Straße hinaus. Es war nur wenig Verkehr zu sehen. In der Mitte der Straße blieb ich stehen, kuppelte den ersten Gang aus und hob den rechten Arm.

Und da kamen auch schon die anderen drei Kradmelder herausgefahren und rasten los. Einer zur nächsten Kreuzung, der andere zur übernächsten Kreuzung. Der dritte blieb vor dem Fahrzeugkonvoi. Es folgten die fünf Mannschaftswagen mit den Schülern und der Krankenwagen.

Ich nahm meinen Arm runter, legte den ersten Gang ein, schaute nach dem Verkehr, gab Gas und jagte den Fahrzeugen hinterher.

Das Wetter verschlechterte sich. Dunkle Wolken zogen über uns auf und bald fing es an zu regnen.

Hautmann Wehnert teilte uns über Funk mit: „Geschwindigkeit drosseln. Ich möchte nicht, dass etwas passiert."

Es folgten Landstraßen mit relativ wenig Verkehr. Und dann kamen wir auf eine Autobahn. Das bedeutete für uns Kradmelder ein wenig Entspannung. Zwei Kradmelder setzten sich vor dem Konvoi an die Spitze und zwei bildeten das Schlusslicht. Wir kamen gut voran.

Als wir die Autobahn verließen, hatten wir wieder mehr zu tun. Als wir in die nächste Stadt einfuhren, war ich wieder das Führungskrad. Die nächste Kreuzung gehörte mir. Ich fuhr langsam, mich nach allen Verkehrsrichtungen umblickend auf die Kreuzung, stoppte, kuppelte den Gang aus und hob meinen rechten Arm. Alle Fahrzeuge mussten stehenbleiben. Sie taten es auch.

Ich merkte, als ich mich mit dem rechten Fuß abstützte, einen leichten Schmerz. Aber nicht schlimm. Der Fuß war bandagiert und die Lederstiefel gaben ihm einen zusätzlichen festen Halt.

Als Erster kam der Kradmelder, der die kommende Kreuzung blockieren musste, langsam angefahren. Er schaute sich nach dem Verkehr um. Als er sich vergewissert hatte, dass alle Fahrzeuge standen, gab er kräftig Gas und raste los.

Es fuhren die fünf Mannschaftswagen an mir vorbei und der dritte Kradmelder, der nach vorne musste. Dann kam unser Krankenwagen und der Schlussfahrer. Ich verließ die Kreuzung ebenfalls und der normale Autoverkehr konnte weiter seinen Lauf nehmen.

Und in dieser Stadt geschah es. Als ich wieder einmal an unseren Fahrzeugen vorbei preschte, kam ich in einer von Regen und Staub glitschigen Schiene der Straßenbahn mit meinem Vorderrad ins Schleudern. Ein nicht zu korrigierender Fehler. Bei trockener Fahrbahn vielleicht mit etwas Glück und Können, aber nicht an diesem nassen Tag. Ich fiel auf die rechte Seite und rutschte über die Fahrbahn. In solchen Momenten geht einem nur eines durch den Kopf: hoffentlich nicht in den Gegenverkehr hineingeraten. Ich hatte Glück. Ich rutschte nicht in den Gegenverkehr.

Der Fahrer des Mannschaftswagens neben mir, der den Unfall mit eigenen Augen ansehen musste, gab das Geschehene an alle anderen Fahrzeuge durch. Unser Konvoi kam zum Stehen. Als Erste waren zwei der anderen Kradmelder bei mir und sicherten die Unfallstelle ab. Als ich schon wieder aufstand, sah ich Hauptmann Wehnert auf mich zugeeilt kommen. Unser Krankenwagen kam mit eingeschaltetem Blaulicht vorgefahren. Der Doktor und die Krankenschwester stiegen aus. Als Hauptmann Wehnert bei mir eintraf, fragte er: „Tom, haben Sie sich verletzt?"

„Ich glaube nicht, Herr Hauptmann. Es ist nicht das erste Mal, dass ich so von einem Motorrad absteige."

Er spürte meinen leichten Humor in meiner Antwort und war sichtlich erleichtert.

„Sie müssen sich untersuchen lassen", sagte der Doktor, und die Krankenschwester, die ich sowieso schon nicht leiden konnte, fing an, meine Glieder abzutasten.

„Hören Sie auf, an mir herumzufummeln!", blaffte ich sie an und sie ließ erschrocken von mir ab.

„Folgen Sie meinem Finger!"

Ich folgte mit meinen Augen dem Finger des Doktors.

„Ist in Ordnung. Machen Sie eine Kniebeuge."

Ich machte eine Kniebeuge, spürte ein Stechen in meinem rechten Fuß und antwortete: „Das geht, kein Problem, Doktor Lehmann."

„Sind Sie in der Lage weiterzufahren?"

„Jawohl, Herr Major, das geht."

Einige Schüler waren von den Mannschaftswagen gesprungen und hatten mein Motorrad wieder aufgehoben. Einer fragte: „Schau mal, Tom, kannst du damit weiterfahren?"

Ich besah mir das Motorrad. Die rechte Fußleiste war leicht nach oben verbogen, ein paar Kratzer hier, ein paar Kratzer dort, aber ansonsten schien sie in Ordnung zu sein. Gemeinsam mit einem anderen Kradmelder kontrollierte ich die Teleskopgabel. Wäre sie verbogen gewesen, hätte ich mit dem Motorrad nicht mehr fahren können. Zum Glück war sie nicht verbogen. Ich startete die Maschine wieder, legte den ersten Gang ein und fuhr ein Stück vor. Sie war in Ordnung, es konnte weitergehen mit der Fahrt. Ich drehte mich um und rief über meine Schulter: „Sie können aufsitzen lassen, Herr Hauptmann, ich bin in Ordnung und mein Motorrad auch."

„Aber wenn wir angekommen sind, untersuche ich Sie genauer. Das ist ein Befehl, Parker!", hörte ich den Doktor noch sagen.

„Jawohl, Herr Major."

Hautmann Wehnert ließ aufsitzen und die Fahrt ging störungsfrei weiter. Als wir am Ziel ankamen, hatten wir Kradmelder frei, wir hatten unsere Arbeit getan und waren bei dem eigentlichen Einsatz nicht dabei. Auch die Fahrer der Mannschaftswagen blieben bei ihren Fahrzeugen. Ich meldete mich im Krankenwagen und musste mich, sicher sehr zur Freude der Krankenschwester, gänzlich ausziehen. Der Doktor stellte fest, dass ich mir den rechten Beckenknochen geprellt hatte.

„Da wir Sie einmal hier liegen haben, wie geht es Ihrem Fuß, Tom?"

„Es wird schon wieder besser, Doktor."

„Schwester, bitte neu einsalben und verbinden."

Mit sichtlicher Freude machte sie sich über meinen Fuß her und streichelte ihn mehr, als dass sie ihn einrieb. Ich wurde wütend. Das hat nur Sabine gedurft, mich derart zuliebkosen. Instinktiv streckte ich meinen angewinkelten Fuß aus und gab der Krankenschwester einen kräftigen Tritt. Sie flog gegen die hintere Tür des Krankenwagens und blickte mich erschrocken an.

„Na, was soll denn das?"

„Ein Reflex, Doktor Lehmann, es hatte so gekitzelt an meinem Fuß", entgegnete ich und blickte die verdutzte Krankenschwester böse an.

„Reißen Sie sich zusammen, Schwester. Sie machen das doch nicht zum ersten Mal. Und für Tändeleien ist später auch noch Zeit", ermahnte sie der Major.

Er musste mitbekommen haben, wie sanft sie meinen Fuß verarztete. Ich musste unwillkürlich lächeln. Und die Krankenschwester nahm dieses für sich in Anspruch, als Entschuldigung. Sie lächelte zurück. Ich schloss die Augen und drehte meinen Kopf zur Seite. Ich wollte sie nicht sehen.

Als ich wieder entlassen wurde, ging ich in einen der Mannschaftswagen, wo sich die anderen Fahrer versammelt hatten und ausruhten. Wir holten uns Kaffee an einem Kiosk und die Welt war wieder in Ordnung für uns Fahrer. Und so gemütlich verging der Tag. Auch die Schüler hatten einen relativ ruhigen Einsatz hinter sich.

Ein paar Tage später sprach Michael auf dem Weg vom Frühstück ins Tal zu mir: „Tom, wollen wir heute nach der Schule ein Stück mit dem Motorrad fahren? Ich möchte dir von meinem Geheimnis erzählen. Kannst du dich daran erinnern?"

„Ich kann mich sehr wohl daran erinnern, und nun da du es erneut ansprichst, bin ich schon ganz gespannt darauf. Also dann, lass uns diese Ausfahrt machen."

Ja, das Geheimnis, Michael hielt also sein Wort. Den ganzen Schultag über war ich aufgeregt. Was sollte das wohl für ein Geheimnis sein? Ich überlegte hin und her, kam aber zu keiner Erkenntnis. Nach der Schule zogen wir gingen zum Parkplatz zu meinem Motorrad.

„Wohin wollen wir fahren?", fragte ich Michael.

„Einfach die Landstraße entlang. Wir werden schon einen ruhigen Ort finden, wo uns keiner zuhören kann."

„In Ordnung."

Wenig später passierten wir das Tor und fuhren los. Schon bald erreichten wir auf dem Weg in die nächstgelegene Großstadt dichten Wald. Rechts und links der Straße nur Wald und vereinzelte Parkplätze für die Autos der Spaziergänger und Pilzsammler.

Michael beugte sich zu mir vor und sagte: „Nimm den nächsten Parkplatz, Tom."

Ich nickte und steuerte den kommenden Parkplatz an. Wir stellten das Motorrad ab und liefen ein Stück tiefer in den Wald hinein. Dort setzten wir uns ins Gras und die Minuten vergingen, ohne dass einer von uns beiden etwas sagte.

Ich hatte den Eindruck, dass es Michael schwer fiel, einen Anfang zu finden. Aber ich drängte ihn nicht, ich ließ ihm Zeit.

„Tom?"

„Ja?"

„Ich werde dir jetzt von meinem Geheimnis erzählen. Du musst mir aber versprechen, dass du es für dich behältst und mit niemandem darüber redest."

„Ich verspreche es dir", sagte ich, obwohl ich mir nicht so sehr im Klaren darüber war, ob ich mein Versprechen einhalten würde. Es war eine komische Situation entstanden, eine gewisse Spannung lag zwischen uns und ich fühlte mich nicht wohl. Am liebsten hätte ich zu Michael gesagt, er solle sein Geheimnis für sich behalten, da ich nichts Gutes ahnte. Aber ich war viel zu neugierig und sagte nichts.

„Tom, ich arbeite eigentlich bei einem Geheimdienst. Ich habe vor einigen Tagen von meiner Dienststelle die Genehmigung bekommen, mit dir darüber zu reden zu dürfen."

„Aber wir wollten doch gemeinsam auf die Offiziersschule gehen. Du hast es mir versprochen."

„Das werden wir auch. Ich benötige für meine Arbeit noch viel mehr Fachkenntnisse über den Polizeidienst, als ich hier bei der Grundausbildung erlangen kann. Nur der Schulleiter, Oberstleutnant Friedrich, weiß, dass ich bereits Leutnant bin und warum ich diese Ausbildung an der Polizeischule absolviere."

„Du wirst mich eines Tages verlassen, Michael, ich spüre es", sagte ich.

„Ich verliere dich nicht aus den Augen. Aber zuvor absolvieren wir gemeinsam die Offiziersschule."

Ich wurde immer nachdenklicher und wusste in diesem Moment, als plötzlich mein Herz wieder anfing zu stechen, so, wie damals, als ich die Nachricht erhielt, dass Sabine gestorben sei, ich ruckartig meine linke Hand auf die Brust presste, ich mich mit dem Oberkörper aufrichtete, damit ich besser atmen konnte, ich die Luft in tiefen Zügen einatmete, um sie dann langsam wieder aus meinen Lungen entweichen zu lassen, dass unsere Freundschaft ein Ende haben wird. Nur wusste ich nicht, wann. Ich legte meinen Kopf in den Nacken und blickte in die dunkelgrünen Baumwipfel empor, zu der zwischen den Baumkronen hindurch blinzelnden Sonne.

Michael kannte diese Stellung schon sehr gut und leise sprach er mich an.

„Tom, ich wollte dir nicht wehtun. Bitte komme wieder zu dir, komme zurück auf diese Welt und versuche nicht immer, wenn dir das Leben Kummer bereitet, diese doch so herrliche Welt verlassen zu wollen. Du bist noch nicht so weit dafür, dein Leben hat erst begonnen."

„Ich weiß, aber du hast mir soeben große Schmerzen bereitet und ich weiß, dass wir uns eines Tages verlieren werden und ich wieder alleine auf deiner herrlichen Welt sein werde. Und davor habe ich Angst und würde dieser Welt lieber entfliehen wollen zu Gott und all den anderen

Seelen da oben im Himmel."

„Tom, du bist Atheist. Für dich gibt es keinen Gott im Himmel. Und Menschen, die gestorben sind, haben keine Seele mehr und sie ist auch nicht aus ihnen herausgegangen, als sie gestorben sind. Das sind doch alles Dinge, an die du gar nicht glaubst."

„Aber leben denn die Menschen, die einen Glauben haben, egal, welcher Religion er angehört, nicht um vieles glücklicher, zufriedener und mehr mit sich selber im Einklang, als ich es als Ungläubiger bin?"

„Da hast du recht. Sie leben glückseliger als du und sind auch ausgeglichener als du es bist und vielleicht je sein wirst. Ich wollte dir nicht wehtun.

Ich brauchte noch einige Zeit, bis ich mich wieder im Griff und mich so weit beruhigte hatte, dass ich Motorrad fahren konnte. Am frühen Abend fuhren wir in die Schule zurück und gesellten uns zu den anderen Schülern in unserer kleinen Kneipe. Wir hatten keine gute Stimmung an diesem Abend. Ich brauchte Ablenkung, suchte sie, fand sie aber nicht, und betrank mich hemmungslos. Michael war das gar nicht recht.

Ich hatte sehr wohl bemerkt, dass es Michael schwergefallen war, über dieses Thema am Nachmittag zu sprechen und wir unterhielten uns nie wieder darüber.
Ich hielt mein Versprechen, bis auf eine Ausnahme. Viele Jahre später sprach ich mit Michaels Mutter darüber.

Es war später Abend geworden, besser gesagt, es war wieder einmal mitten in der Nacht. Ich hatte mich von Michael nicht im Guten verabschiedet und mit den Jungs aus meinem Zimmer noch etwas Karten gespielt. Als dann einer nach dem anderen müde wurde, gingen wir in die Betten und legten uns schlafen. Ich fand allerdings keinen Schlaf. Meine Gedanken waren wieder bei Sabine. Nach einer Weile beschloss ich, noch einmal rüber ins Haus A zu gehen und zu duschen.

Unter dem Strahl der Dusche hörte ich nicht, dass die Türen geschlossen wurden. Blinzelnd, weil ich Seife in die Augen bekommen hatte, nahm ich Bewegungen im Duschraum wahr. Noch ein Spätduscher, ging es mir durch den Kopf, als ich auch schon einen Schlag in meinen Kniekehlen spürte. Automatisch knickte ich in den Knien ein, fiel nach vorn und konnte mich gerade noch mit dem Händen abfangen, sonst wäre ich mit dem Gesicht auf die Fliesen gefallen. Als ich mich am Boden kniend um die eigene Achse drehte, konnte ich drei paar Beine ausmachen, die um mich herum standen. Und dann traf mich schon der nächste Schlag, von hinten, genau zwischen die Schulterblätter.

Ich streckte meinen Rücken vor Schmerz. Und im gleichen Moment folgte ein Schlag von vorn in meinen Magen. Ich krümmte mich wieder nach vorn und rang nach Luft. Ich wusste, es wird eine Weile dauern, ehe ich wieder richtig atmen konnte, sollte kein weiterer Schlag in meine Magengrube erfolgen. Und dann musste ich auf jeden Fall meine

Situation erkennen, sonst könne ich ihr nichts entgegensetzen.

Die Dusche lief immer noch und ich konnte mir, am Boden liegend, meine Augen ausspülen. Und da sah ich ihn. Frank Ahlbach, den ich verprügelt hatte, der wegen mir drei Wochen im Krankenhaus zubringen musste, Frank, der meine Freundschaft zu Michael geneidet hatte.

Er hatte noch zwei andere Schüler mitgebracht, Dirk Heinrich und Jens Kutter. Ich konnte sie nicht sonderlich leiden. Sie mich auch nicht, aber wir waren noch nie miteinander in Konflikt geraten. Wir hatten uns einfach gegenseitig in Ruhe gelassen.

„Na, Parker, so sieht man sich wieder", sagte Frank zu mir. Ich schwieg. Was hast du jetzt zu erwarten? Was wird er mit dir anstellen? Wie wird seine Rache aussehen? Ich konnte es nur ahnen.

„Damit hast du wohl nicht gerechnet? Aber ich werde dir nie verzeihen oder dachtest du etwa, ich würde das vergessen, was du mir angetan hast?"

„Das habe ich auch nicht erwartet", gab ich zurück.

„Jetzt bekommst du eine Lektion, die du nicht vergessen wirst."

Ich schwieg wieder. Drei Kerle und schon zu Anfang war ich durch die ersten Schläge geschwächt. Ich wollte aufstehen, unbedingt musste ich auf die Beine kommen. Aber es gelang mir nicht.

„Dreht das kalte Wasser auf, Jungs", hörte ich Frank Ahlbach lachend sagen. Und ich spürte mit einem Mal das kalte Wasser auf meinem Körper, spürte es unendlich lange auf mich herabfließen. Als ich dann doch auf meinen Beinen stand, wollte ich dem Strahl des Wassers ausweichen. Aber ich konnte nicht entkommen. Allmählich spürte ich, wie sich meine Muskeln vor Kälte verkrampften, wie mir das kalte Wasser schmerzte, wie meine Glieder immer steifer wurden.

Dann wurde das Wasser abgestellt. Ich stand am ganzen Leib zitternd da. Da trafen mich Schläge mit meinem nassen Badetuch im Rücken, auf dem Brustkorb, am Bauch und den Beinen. Ich wollte nach dem Tuch greifen, es festhalten, damit die Schläge aufhörten. Aber meine Bewegungen waren schon viel zu langsam dafür. Ich hatte keine Chance, es zu fassen, es festzuhalten. Ich sackte wieder in mich zusammen.

„Los, Parker, anziehen! Wir machen einen kleinen Spaziergang", sagte Frank Ahlbach zu mir.

Ein wenig Hoffnung kam in mir auf. Draußen ist die Wache unterwegs. Vielleicht entdeckt der Wachschüler uns und kann mir helfen. Aber viel zu gut wussten die Drei sicher über die Zeiten der Streifen im Objekt Bescheid.

„Und wehe du lässt dir einfallen, zu schreien. Du kannst hier nicht entfliehen."

„Ich schreie nicht", gab ich zurück.

Ein Schlag in mein Gesicht traf mich und mir platzte die Unterlippe auf. Auch meine Nase blutete. Ich spürte mein warmes Blut aus der Wunde fließen, etwas Warmes auf meinem unterkühlten Körper. Es tropfte auf meine Brust und lief mir den Bauch hinunter, tropfte auf die Fliesen, vermischte sich mit dem nassen Boden und floss in den Abfluss, als hätte es in diesem Duschraum nichts zu suchen.

Das kann doch nicht wahr sein. Ist das alles nur wieder ein schlechter Traum? Nein, es war leider Realität, wurde mir bewusst, als ich den nächsten Schlag in den Magen erhielt. Erneut blieb mir die Luft weg und ich krümmte mich nach vorn.

„Zieh dir endlich deine Sachen an!"

Ich zog mir die Shorts und das Shirt über, nahm das nasse Badetuch, welches auf dem Boden lag und betupfte damit meine geplatzte Lippe und meine Nase. Es wurde vom Blut durchtränkt. Ich ließ es zu Boden fallen.

Du weißt nicht, was sie noch mit dir vorhaben, wohin siedich bringen wollen. Also hinterlasse wenigstens eine Spur. Vielleicht kommt ja doch noch jemand nach dir duschen, dachte ich. Und es hatte geklappt. Sie gaben dem Badetuch keine weitere Aufmerksamkeit.

„Beeile dich, Parker!", drängten sie mich.

Logisch, sie mussten ja ihren Zeitplan einhalten, wegen des Wachpostens. Wenn ich nur langsam genug sein würde, könnte ich ihren Zeitplan durcheinanderbringen. Ich musste es versuchen.

Unbemerkt liefen wir in den nordöstlichen Teil der Schule, zu der Mauer, die das Objekt zur Landstraße hin umfriedete. Hier war der Streifenposten vor wenigen Minuten vorbeigelaufen. Erst in einer Stunde würde hier wieder jemand vorbeikommen. Mir wurde nicht besser zumute. Mein Shirt war inzwischen mit Blut durchtränkt und klebte nass an meinem Körper.

„Dirk, Jens, dreht ihm die Arme auf den Rücken und dann in die Knie mit dem Kerl!"

Ich wollte mich diesen Griffen entziehen, aber es gelang mir nicht. Zu schnell waren die beiden und ich zu langsam. Erneut bekam ich Schläge. Dieses Mal mit einem Schlagstock. Ich hörte das Knacken in meinem Brustkorb, die anderen auch. Ich warf den Kopf in den Nacken vor Schmerz. Es herrschte Stille. Eine entscheidende Grenze hatten sie soeben überschritten. Würden sie jetzt von mir lassen, nachdem sie dir eine oder gar zwei Rippen gebrochen hatten? Ich hoffte es so sehr. Aber da traf mich ein Faustschlag unter das Kinn. Ich taumelte zurück. Dirk und Jens ließen meine Arme los und ich fiel auf den Waldboden.

„Na, Parker, wie fühlt sich das an? Bekommst du schon einen Orgasmus?"

„Du könntest mir nie einen Orgasmus bieten", gab ich außer mir vor Wut und Hilflosigkeit zurück.

„Falsche Antwort. Du wirst gleich sehen, wie gut das möglich ist. Zieht ihn aus!"

Mir wurde übel bei dem Gedanken, was mich jetzt erwarten würde. Dirk und Jens rissen mir die Sachen vom Körper.

„Kniet ihn wieder nieder und haltet seine Arme hinter seinem Rücken fest."

Sie taten es. Und in mir zog Scham auf. An eine Gegenwehr war nicht zu denken. Ich war zu sehr geschwächt und
meine Brust dröhnte vor Schmerz, das Atmen fiel mir
schwer. Bloß nichts mehr riskieren, keine falsche Bewegung machen, sonst sticht dir deine gebrochene Rippe in
die Lunge oder in das Herz. Mir wurde nicht besser bei der
Vorstellung dieser Möglichkeiten.

Als ich wieder vor ihm kniete, von Dirk und Jens erneut
festgehalten, urinierte er mir ins Gesicht.

„Na, das ist doch schön, Parker. Oder sollte ich mich
irren?"

Ich warf den Kopf nach links und rechts, um seinem Strahl
auszuweichen. Aber es gelang mir nicht. Er folgte meinen
Kopfbewegungen.

„Reicht das nicht langsam?", fragte Dirk.

Hoffnung, dachte ich. Dirk wurde weich. Die Schläger-
allianz fängt an zu bröckeln.

„Schnauze! Es ist erst Schluss, wenn ich es sage!"

Stille, keine Antwort. Aber die Griffe an meinen Armen
lockerten sich etwas.

„Jungs, ihr habt euch bereits jetzt alle strafbar gemacht",
sagte ich. „Lasst von mir ab, ehe es noch schlimmer wird.
Bald kommt der Streifenposten vorbei und dann sieht er
uns und wird Alarm schlagen."

„Da bist du nicht mehr hier, Parker, glaube mir." Franks
Augen glühten vor Hass.

„Mache den Mund auf und lecke ihn mir sauber!"

Sofort presste ich meine Lippen zusammen und spürte

erneuten Schmerz. Das Blut fing wieder an zu fließen.

„Mache deinen Mund auf, sonst schlage ich dir die Zähne aus!"

Ich wusste, er würde es tun, er hatte nichts mehr zu verlieren. Es gab kein zurück mehr für ihn. Und er wusste es auch. Da wurde mir eines klar: du würdest ihn töten, wenn du könntest. Du würdest ihn deine neun Millimeter Parra an die Stirn halten, genau zwischen die Augen, wo du auf der Schießscheibe nie angekommen bist, und du würdest abdrücken. Sein Kopf würde vor dir auseinander platzen und sein mieses Gehirn wäre das Letzte, was dir von ihm ins Gesicht spritzen würde.

„Man, höre endlich auf, Frank. Ich denke, das reicht. Der Parker hat genug", sagte Jens mit zitternder Stimme.

„Das entscheide ich, wann der genug hat! Erst will ich ihn vor mir kriechen sehen. Ich hasse ihn!"

„Nie werde ich vor dir kriechen! Lieber würde ich sterben, aber nicht ohne dich zuvor getötet zu haben! Zu feige für einen Kampf Mann gegen Mann bist du. Was bist du nur für ein Waschlappen, Frank!"

„Parker, du verkennst immer noch deine Situation!"

Frank Ahlbach war sichtlich erregt und wirkte verwirrt. Ihm war sicher nicht mehr wohl in seiner Haut. Ein weiterer Schlag auf meine ohnehin schon geplatzte Lippe ließ sie noch weiter aufreißen.

„Die Streife kommt bald vorbei. Wir müssen hier weg", sagte Jens. „Lass endlich ab, das bringt doch nichts weiter. Sieh ihn dir an. Der Tom ist fertig, das muss reichen. Höre auf mit diesem Wahnsinn!"

Frank ließ von mir ab und schloss seine Hose. Ein harter Schlag traf mich nochmals am Kopf.

Nicht mehr viel nahm ich von meiner Umgebung wahr. Aber ich spürte noch, wie meine rechte Augenbraue aufplatzte und es warm wurde vom Blut in meinem Auge. Ich wollte mich ein letztes Mal aufbäumen, streckte meinen Rücken und wollte nun doch schreien, irgendjemanden auf uns aufmerksam machen. Aber ein weiterer Schlag in meinen Magen nahm mir dafür die nötige Luft. Ich wollte aufrecht bleiben in den letzten Augenblicken meines Lebens. Erhobenen Hauptes und mit Stolz wollte ich diese Welt verlassen. Ich warf meinen Kopf in den Nacken und blickte in die schwarze Nacht hinein, blickte zu den leuchtenden Sternen hoch oben am Himmel auf. Ich dachte an Sabine und an unseren ungeborenen Sohn. Bei diesen letzten Gedanken und meinem Blick immer noch zu den Sternen gerichtet, schloss ich die Augen. Ich hatte keine Kraft mehr zum Kämpfen.

Wo ist Tom Parker? Hat jemand Tom Parker gesehen? Kein Tom in seinem Bett, kein Tom beim Morgensport, und zum Frühstück war er auch nicht erschienen.

Der UvD wurde informiert und wenig später der OvD alarmiert. Es herrschte Ratlosigkeit in der gesamten Schule.

„Wir können nicht anders", sagte Hauptmann Schmitt zu Hauptmeister Wedisch. „Wir müssen dem Oberstleutnant

Friedrich Meldung erstatten."

„Herein!"
„Herr Oberstleutnant, gestatten Sie Meldung zu machen!"
„Ich höre."
„Tom Parker ist verschwunden", meldete Hauptmann Schmitt.
Der Schulleiter wurde kreidebleich. Nachdem er sich gefangen hatte, sagte er zum OvD: „Nehmen Sie die Schüler aus Sachsen-Anhalt aus dem Unterricht und organisieren Sie eine Suchaktion im gesamten Objekt. Lassen Sie in zehn Minuten auf dem Garagenhof antreten! Ich habe nur noch ein Telefonat zu führen. Danach komme ich auch."
„Jawohl, Herr Oberstleutnant!"
Hauptmann Schmitt verließ das Büro und eilte in den Hörsaal. Er ging nicht zu dem Lehrer, der eben eine Vorlesung hielt. Dafür knallte er die Eingangstür laut zu, um Aufmerksamkeit zu erlangen. Alle blickten sich zu ihm um.
„Befehl von Oberstleutnant Friedrich! Die Schüler aus Sachsen-Anhalt sollen sich in zehn Minuten auf dem Garagenhof einfinden. Im Laufschritt, meine Herren, beeilen Sie sich!"
Eilig erhoben sich die Schüler und liefen dem Ausgang zu. Es war ruhig im Hörsaal. Keiner sagte ein Wort. Allen war das Verschwinden von Tom Parker bekannt; alle wussten nun, mit dem Erscheinen des OvD`s und dem Befehlston, indem er gesprochen hatte: da ist etwas Schlimmes

geschehen.

Als die Schüler auf dem Garagenhof Aufstellung genommen hatten, kam der Schulleiter.

„Wie Sie ja bereits wissen, ist Tom Parker verschwunden. Ihre Aufgabe ist es, im Objekt nach ihm zu suchen. Sie werden von der diensthabenden Wachmannschaft unterstützt. Die Wachmannschaft wird vom UvD, Hauptmeister Wedisch, geführt. Für Sie ist Hauptmann Schmitt verantwortlich. Ihm erstatten Sie Meldung, wenn Sie eine Spur von Tom Parker gefunden haben."

„Jawohl, Herr Oberstleutnant!", erschallte der Chor der Stimmen über dem Garagenhof.

„Rühren. Hauptmann Schmitt, übernehmen Sie."

Der Schulleiter wandte sich ab und ging zurück in sein Büro. Dort sollten alle Meldungen der Suchaktion eingehen. Der OvD teile seine Schüler ein. Der UvD zog mit seiner Wachmannschaft ab. Die Suche begann. Im Duschraum waren alle Spuren beseitigt. Toms Sachen waren nicht mehr da, das Badetuch auch nicht mehr, die Dusche gründlich gereinigt. Auch an der Umfriedung des Objektes befanden sich die Kleidungsstücke von Tom nicht mehr. Nach mehreren Stunden war die Suche immer noch erfolglos geblieben. Selbst die Bunker im Objekt wurden geöffnet und durchsucht. Obwohl die Wahrscheinlichkeit, dass er dort gefunden wurde, eher nicht möglich sein konnte, da die Bunker hinter den schweren Eingangstüren mit Laserstrahlen gesichert waren. Aber Oberstleutnant

Friedrich wollte keine Möglichkeit außer Acht lassen. Und so ließ er seit vielen Jahren die Bunker erstmals wieder öffnen.

Gegen Mittag ertönte Geschrei, ein Geschrei voll endlosem Entsetzen. Ein lange anhaltendes und schrilles Schreien war es gewesen. Alle blicken sich an; alle blickten sich um. Und bei diesem Geschrei lief es vielen Schülern kalt über den Rücken. Aber woher kam das Klagen? Und es war auch nicht der Schrei eines Mannes. Ratlosigkeit. Woher kam sie nur, hier in einer Schule voller Männer? Die Krankenschwester vielleicht, eine Köchin aus der Kantine?

„Alle Mann Ruhe, keiner sagt ein Wort!", kam der Befehl vom Hauptmann Schmitt.

Auch die andere Gruppe unter der Führung von Hauptmeister Wedisch verharrte an anderer Stelle, wo sie sich gerade befand in ihren Bewegungen. Es war still im Gelände. Und dann wussten es fast alle zugleich. Das Geschrei kam von außerhalb, von jenseits der Mauer. Hauptmeister Wedisch fing sich zuerst.

„Wachmanschaft! Zum Wachhaus - im Laufschritt!"

Und schon konnte man die Jungs von der Wache in Richtung Tor eilen sehen. Noch im Rennen gab der UvD seinen nächsten Befehl. Er galt den zwei Wachschülern, die am Tor geblieben waren.

„Das Tor öffnen - sofort!"

Als er und seine Mannschaft das Tor erreichten, war es bereits geöffnet. Sie rannten durch. Ein Blick nach links, ein Blick nach rechts.

Da stand das alte Mütterchen, klagend, schreiend, die Hände vor dem Mund, die Augen voller Tränen. Sie bebte am ganzen Körper, ihre dünnen, krummen Beinchen zitterten wie Espenlaub im Wind.

„Gehen Sie zurück und holen Sie den Doktor und die Krankenschwester!", erklang der nächste Befehl.

Ein Schüler setzte sich in Bewegung. Inzwischen war auch Hauptmann Schmitt und seine Gruppe am Tor angekommen und sie rannten ebenfalls durch dieses hinaus.

Und dann standen sie alle da, wie versteinert, nicht in der Lage, auch nur ein Wort von sich zu geben. Sie starrten auf den Graben zwischen der Mauer und der Straße, in dem das Regenwasser abfließen konnte. Einige wurden bleich, manche drehten sich kopfschüttelnd weg, ein paar Schüler mussten sich übergeben. Da war Tom Parker, da lag Tom. Mit dem Gesicht nach unten im Graben, splitternackt. Offene Wunden, wohin man auch sah, blutverschmiert und übersät mit Blutergüssen am ganzen Körper.

„Das Blut fließt. Wo bleibt der Doktor? Er soll sich beeilen!"

Hauptmann Schmitt war der Erste, der es wahrgenommen hatte.

„Er lebt! Begreift ihr denn nicht?", wandte er sich an die Umherstehenden. Die Schüler standen da und versuchten das Unfassbare zu verstehen. Allmählich hatte es jeder begriffen: Blut fließt nicht mehr, wenn ein Körper tot ist, wenn sich kein Leben mehr in ihm befindet. Das hatten sie im Unterricht gelernt.

„Holen Sie eine Krankentrage", wandte der Hauptmann sich an einige Schüler.

„Und bringen Sie die Frau ins Lazarett. Ich werde mich dann gleich um sie kümmern", ergänzte der inzwischen eingetroffene Doktor. „Sie hat einen Schock."

Manche Schüler waren erleichtert darüber, dass sie diesen Ort des Schreckens, des Entsetzlichen, verlassen konnten. Sie waren froh, mit einer Aufgabe betraut worden zu sein.

„Ich erstatte jetzt Meldung an Oberstleutnant Friedrich. Hauptmeister Wedisch, übernehmen Sie!", sagte der OvD und eilte in das Objekt zurück.

„Er ist bewusstlos. Heben wir ihn ganz vorsichtig auf die Trage", sagte Major Lehmann.

Die Schüler sprachen kein Wort. Alle wussten es. Das war noch viel schlimmer, als das, was Tom einst Frank Ahlbach angetan hat. Aber keiner wagte sich, einen Verdacht auszusprechen.

Der Krankenschwester rollten die Tränen über ihre Wangen. Manche Schüler baten den Doktor, den Ort des Grauens verlassen zu dürfen. Sie erhielten die Genehmigung. Zwei Schüler hatten schon von sich aus, ohne den Befehl dazu erhalten zu haben, den Autoverkehr auf der Landstraße entlang der Mauer bis hin zum Eingangstor gestoppt. Ganz vorsichtig nahmen vier andere Schüler die Trage auf. Schweigend passierten sie mit Tom das Tor. Es wurde anschließend sofort wieder geschlossen, der Autoverkehr wieder freigegeben. Allerdings hatte der UvD vier seiner Wachschüler am Ort des Geschehens postiert, um den möglichen Tatort abzusichern.

Wie bei einem Spalier standen nun auch die Jungs am Weg zum Lazarett, die gerade noch Vorlesung hatten. Bis in den Hörsaal hinein war der Schrei der alten Frau zu hören gewesen. Keinen hielt es auf seinem Stuhl zurück und der Lehrer hatte keine Anstrengungen unternommen, die Schüler zurückzuhalten. Ganz vorn am Tor stand Michael, das Entsetzen auch in seinen Augen.

Hauptmann Schmitt benannte einen Schüler aus seiner Gruppe, Jens Kalich, zu seiner Ordonnanz. Er selbst wählte das Wachhaus als Stützpunkt.

„Holen Sie die drei Kradmelder. Sie sollen sich auf dem Garagenhof melden. Dort erhalten sie weitere Befehle von Leutnant Naumann."

Die Ordonnanz rannte hinaus, der OvD griff zum Telefon.

„Hier ist der Hauptmann Schmitt. Die Kradmelder kommen gleich", sagte er zu Leutnant Naumann. "Erteilen Sie ihnen den Befehl, die gesamte Landstraße vor der Schule, von einer Kreuzung bis zur anderen Kreuzung abzusperren. Vielleicht gibt es da draußen brauchbare Spuren für die Ermittler der Kriminaltechnik."

„Jawohl, wird erledigt", gab der Technikoffizier zurück.

Der OvD griff erneut zum Telefon.

„Herr Oberstleutnant, ich lasse jetzt die Landstraße vor der Schule absperren."

„In Ordnung. Das Gleiche auch an der Innenseite der Mauer", antwortete der Schulleiter.

„Zu Befehl, Oberstleutnant Friedrich."

Die Ordonnanz kam erneut angerannt.

„Gehen Sie hinüber ins Lazarett. Zwei Wachposten sollen dort bleiben und nicht von Tom Parkers Seite weichen. Die restlichen Wachschüler und der UvD sollen zur Wache zurückkommen."

Jens Kalich rannte los. Die Kradmelder erreichten das Tor mit ihren Motorrädern. Hauptmann Schmitt trat zu ihnen heran.

„Haben Sie Ihren Befehl erhalten und verstanden?"

„Jawohl, Herr Hauptmann."

Sie fuhren raus. Zurück blieben auf dem Asphalt drei schwarze Gummispuren. Jens Kalisch kam zurück.

„Befehle ausgeführt. Und hier ist noch eine Meldung von Major Lehmann."

„Ich höre."

„Der Doktor schafft das nicht alleine. Tom muss in ein Krankenhaus."

„Ich informiere den Schulleiter. Bleiben Sie an meiner Seite."

„Ja", antwortete Jens Kalich, nahm sich mit zitternden Händen eine Zigarette aus seiner Schachtel und fing an zu rauchen. Der OvD ließ ihn schweigend gewähren und griff zum Telefon.

„Hier ist Hauptmann Schmitt, Herr Oberstleutnant. Ich habe eben die Information erhalten, dass Tom Parker in ein Krankenhaus gebracht werden muss, sofort."

„Ist sein Zustand derart schlimm?"

„Ja, das ist er, Herr Oberstleutnant. Tom Parker ist immer

noch bewusstlos und hat schwerste Verletzungen davongetragen."

„Ich muss noch einige Telefonate führen, Hauptmann,
danach melde ich mich bei Ihnen."

„Jawohl, Herr Oberstleutnant."

Einige Wachschüler wandten sich an den Hauptmann.

„Was ist hier geschehen?"

„Wir haben noch keine genauen Erkenntnisse der Umstände. Die Untersuchungen des Vorfalles werden erst
noch eingeleitet."

„Aber wie ist Tom völlig nackt und so schwer verletzt an
den Wachen vorbei gekommen und im Straßengraben
gelandet?"

„Ja, in dem Zustand, wie wir ihn vorhin gesehen haben?",
ergänzte ein anderer Schüler.

Alle wussten es sofort, allen war es urplötzlich klar geworden. Hauptmann Schmitt griff zum Telefonhörer.

„Gibt es etwas Neues?", fragte Oberstleutnant Friedrich.

„Allerdings. Tom Parker ist ganz bestimmt in seinem Zustand nicht an den Wachen vorbei marschiert und hat das
Gelände verlassen, um sich im Straßengraben schlafen zu
legen."

Kurze Stille in der Leitung.

„Ich verstehe. Wäre esmöglich, dass er selbst über die
Mauer geklettert ist?"

„Kaum vorstellbar in dem Zustand, wie wir ihn gefunden
haben. Zudem ist die Mauer zwei Meter fünfzig hoch. Aber

ausschließen können wir es nicht gänzlich.", antwortete der OvD.

„In Ordnung. Gibt es sonst noch etwas?"

„Wie haben Sie sich bezüglich der ärztlicher Hilfe entschieden? Major Lehmann drängt auf eine schnelle Entscheidung. Tom Parkers Zustand ist mehr als kritisch."

„Wir werden Tom Parker in das Armeekrankenhaus nach Bad Saarow fliegen. Zwei Wachschüler sollen sich am Helikopterlandeplatz bereithalten. Dort wird in Kürze ein Sanitätshubschrauber der Bundeswehr landen. Sorgen Sie für den Schutz von Tom Parker."

„Aber Herr Oberstleutnant, ich gebe zu bedenken, dass ..."

„Das ist ein Befehl, Hauptmann Schmitt. Wer ist von den Schülern außerhalb des Geländes?"

„Nur die drei Kradmelder."

„Lassen Sie alle anderen Schüler auf dem Garagenhof antreten und überprüfen Sie die Vollzähligkeit."

Die Zählung der Schüler ergab, dass sich alle im Gelände befanden. Wenige Minuten später erschien Oberstleutnant Friedrich.

„Stillgestanden!", rief der OvD und die angetretenen Schüler nahmen Haltung an.

„Rühren", sagte der Schulleiter, als er vor der versammelten Mannschaft stand.

„Auf Tom Parker ist in der letzten Nacht ein Gewaltverbrechen verübt worden. Wenn jemand von Ihnen etwas damit in Verbindung Stehendes aufgefallen ist, so kann er sich jetzt zu Wort melden."

Die Polizeischüler sahen sich gegenseitig an und fingen an, sich leise zu unterhalten.

„Ich habe eine Ermittlungsgruppe und die Kriminaltechnik bestellt. Sie werden entsprechende Untersuchungen aufnehmen. Die Vermutung liegt nah, dass der oder die Täter sich unter Ihnen befinden. Ich gebe Ihnen letztmalig die Gelegenheit sich zu äußern."

Stille in den Reihen der angetretenen Schüler. Die kurzen scharf gesprochenen Worte des Schulleiters waren eindeutig. Einige drehten sich in die Richtung von Frank Ahlbach. Er stand da und sagte nichts. Aber eine gewisse Unsicherheit war ihm anzusehen. Auch die Offiziere hatten die Reaktion des Jungen bemerkt. Sie warteten allerdings noch ab.

„Du bist doch in der letzten Nacht noch einmal rausgegangen. Ich konnte nicht schlafen und habe dich aus dem Zimmer gehen sehen", sagte einer der Schüler aus seinem Haus.

„Stimmt das?", fragte Oberstleutnant Friedrich sofort mit schneidiger Stimme, um Frank Ahlbach keine Zeit zum Nachdenken zu geben.

„Ja, ich war mal kurz auf Toilette."

Da gab es einen dumpfen Knall auf dem Garagenhof. So, als sei ein voller Sack mit Kartoffeln umgefallen. Doch umgefallen war Schüler Jens Kutter. Ihm war übel geworden bei dem Gedanken, dass sie als Täter ermittelt und dafür bestraft werden könnten. Nun lag er auf dem

Garagenhof. Die engen Reihen der Schüler lockerten sich auf.

„Schauen Sie mal nach, was in den hinteren Reihen los ist", sagte der Schulleiter zu Hauptmann Schmitt.

Dieser ging in den Block der Jungs und kniete sich zu Jens Kutter hinab. Er war schon wieder zu sich gekommen, und als er den OvD sah, fing er an zu stammeln: „Wir waren es. Der Frank, der Dirk und ich. Es tut mir leid. So schlimme Ausmaße sollte es nicht annehmen."

Er fing jämmerlich an zu heulen und vergrub sein Gesicht in den Händen, vor Scham und vor lauter Angst vor der zu erwartenden Strafe.

Sofort wurden Frank Ahlbach und Dirk Heinrich von den anderen Schülern umringt. Sie konnten nicht mehr weg. Auch Dirk zitterte nun am ganzen Körper, sah unruhig auf die umstehenden Schüler und sagte: „Ich wollte das nicht. Ich hatte noch zu Frank gesagt: es reicht, lass ab von ihm. Der hat genug für heute. Aber er hat nicht von Tom abge-lassen."

Hauptmann Schmitt wandte sich an seine Ordonnanz: „Holen Sie vier von den Wachposten her. Der UvD und die Wachschüler sollen die Drei in Gewahrsam nehmen."

Jens Kalich rannte los.

„Wer war noch an dieser Tat beteiligt, außer Sie?", fragte Oberstleutnant Friedrich die Jungs, als er zu ihnen herangetreten war.

„Keiner", antwortete Frank Ahlbach trotzig.

„Wir waren alleine", gab Dirk Heinrich hinzu.

„Können Sie das bestätigen?", fragte der Schulleiter und wandte sich an Jens Kutter.

„Jawohl, Herr Oberstleutnant", war seine Antwort mit leiser Stimme.

„Ihr Waschlappen! Ihr verdammten Verräter! Kein Verlass ist auf euch!", schrie Frank seine beiden Kumpels an.

„Der Waschlappen sind Sie. Sie hatten nicht den Mut dazu Tom Parker alleine gegenüberzutreten. Sie brauchten Unterstützung für ihre schlechte Tat", sagte Oberstleutnant Friedrich.

Nun kamen auch Stimmen von den anderen Schülern, die dieses Verbrechen verurteilten. Michael drängte sich durch die Reihen und stellte sich Frank Ahlbach gegenüber.

„Wenn Tom an seinen Verletzungen stirbt, wirst du für immer und ewig im Gefängnis bleiben, Frank. Dort kannst du dir für den Rest deines Lebens Gedanken darüber machen, ob es das wirklich Wert war."

Ein hasserfüllter Blick von Frank Ahlbach war die Antwort, sonst nichts. Michael hatte seine Hände in die Hosentaschen gesteckt. Dort waren sie zu Fäusten geballt.

„Wenn Tom stirbt, dann ..."

Zwei Schüler mussten ihn an den Armen festhalten, andere klammerten sich an seinem Oberkörper fest.

„Schuss jetzt!", sagte Oberstleutnant Friedrich. Er merkte, dass die Situation sich zuspitzte, und wollte weitere Handgreiflichkeiten vermeiden. Das Geschehene war schlimm genug. Er musste wieder etwas Ruhe in die aufgeheizten

Gemüter bringen.

Der UvD und seine inzwischen eingetroffenen Wachposten führten die drei Schüler ab. Alle blickten ihnen hinterher, als sie den Berg verließen und ins Tal hinuntergingen, wo sich die Arrestzellen befanden.

„Alle anderen Schüler haben heute Nachmittag schulfrei. Versuchen Sie sich durch sinnvolle Freizeitgestaltung etwas abzulenken. Allerdings bleibt das Ausgangsverbot bestehen, bis die Ermittlungen abgeschlossen sind. Hauptmann Schmitt lassen Sie abtreten."

„Jawohl, Herr Oberstleutnant."

„Und Sie, Schüler Michael Beier, folgen mir bitte in mein Büro. Sofort!"

Kurze Zeit später ertönte vor dem Tor ein kurzes Sirenengeheul. Viele Schüler blieben stehen, wo sie gerade standen und blickten gespannt zum Eingang. ein Wachposten öffnete das tor und kontrollierte die Ausweise, als die beiden Zivilwagen der Kriminalpolizei zum Stehen kamen.

„Leutnant Beier, Sie wissen, warum Sie an dieser Schule sind. Können Sie mir sagen, was da passiert ist?"

„Nein, das kann ich nicht. Ich bin nicht dabei gewesen. Aber ich werde eigene Ermittlungen anstellen."

„Wie konnte das nur geschehen? Sie waren doch unmittelbar für Tom Parkers Sicherheit verantwortlich."

„Das stimmt, aber ich kann nicht mit ihm zusammen schlafen gehen. Das ginge dann doch zu weit."

„Und was sind das dann für Gerüchte, die in der Schule über sie beide zu hören sind?"

„Die entsprechen nicht der Wahrheit. Allerdings muss ich eingestehen, dass sich über meinen Dienstauftrag hinaus eine Freundschaft zu Tom Parker entwickelt hat."

„Das ist ein Fehler, Leutnant."

„Ich weiß."

„Wie konnten Sie das zulassen? Wieso habe ich bis jetzt noch keinen einzigen Bericht darüber erhalten?"

„Weil es eben ein Fehler war."

„Vielleicht hätten wir die Gefahr, welche von jenem eifersüchtigen Frank Ahlbach ausging, erkennen und dagegensteuern können."

„Herr Oberstleutnant! Tom Parker wäre an dieser Schule jämmerlich untergegangen, wenn er nicht einen wirklichen Freund an seiner Seite gehabt hätte! Nicht nur einen, der so tut. Ich schätze ihn. Ich schätze seine natürliche Art und Weise. Ich bedauere, dass er manchmal explodiert und sich nicht unter Kontrolle hat."

Wortlos setzte sich Oberstleutnant Friedrich auf seinen Stuhl. Einige Zeit verging.

„In unserem Job ist eine Freundschaft gefährlich und mitunter tödlich. Das solltest du im Studium gelernt haben, Michael. Bitte reiche mir den fertigen Abschlussbericht ein, sobald du mit deinen Ermittlungen fertig bist. Der Direktor wird ihn so schnell wie möglich haben wollen. Aber komme den Kriminalpolizisten nicht in die Quere. Nicht, dass du noch enttarnt wirst. Dich gibt es

171

nicht. Du bist nur ein Schüler an dieser Schule hier. So, wie jeder andere auch."

„Keine Sorge, das wird nicht passieren."

„Bete mit mir zu Gott, dass Tom Parker überlebt."

„Ich bin Atheist, Max. Das weißt du doch. Aber ich würde lieber selber sterben, als dass Tom diesen Anschlag auf ihn nicht überlebt. Dessen kannst du gewiss sein, egal, was du davon hältst."

Beide nickten sich zu und Michael verließ das Zimmer.

Nach einem anschließenden kurzen Gespräch mit dem Schulleiter nahmen die Kriminalisten ihre Arbeit auf. Als Erstes untersuchten sie den Straßengraben und die äußere Mauer, damit der öffentliche Verkehr wieder freigegeben werden konnte. Danach gingen die kriminaltechnischen Untersuchungen im Schulgelände weiter. Gleichzeitig wurden Frank Ahlbach, Dirk Heinrich und Jens Kutter getrennt voneinander verhört. Auch Frank gestand nun in allen Einzelheiten seine Tat. Er war wohl immer noch stolz darauf. Die Aussagen aller deckten sich miteinander. Bereits am frühen Abend konnte der gesamte Tathergang rekapituliert werden. Die Kriminalisten verfassten einen Abschlussbericht für ihre Dienststelle und übergaben auch Oberstleutnant Friedrich ein Exemplar davon. Frank Ahlbach, Dirk Heinrich und Jens Kutter wurden nach Dresden in die Untersuchungshaftanstalt überführt. Wenige Tage später wurde in der Schule bekanntgegeben, dass sie alle drei aus dem Polizeidienst entlassen wurden.

Die alte Frau, die Tom im Graben gefunden hatte, wurde ebenfalls von den Kriminalisten befragt, nachdem sie von Doktor Lehmann behandelt wurde und ihren Schockzustand überwunden hatte. Danach wurde sie dennoch zur weiteren Behandlung in ein Krankenhaus gefahren.

Major Lehmann und die Krankenschwester behandelten Toms äußere Wunden, klammerten die Platzwunden an den Augenbrauen und verbanden seinen Kopf. Um den Brustkorb bekam er einen festen Verband. Zum Glück ging sein Atem nicht zu flach und es war auch kein fiependes Geräusch zu vernehmen.

„Da ist wohl die Lunge heil geblieben", sagte der Doktor erleichtert. „Aber ohne zu röntgen, wissen wir nichts Genaues. Auch das Herz kann noch in Gefahr sein und andere innere Organe."

Doktor Lehmann hatte gedrängt, nicht so viel Zeit vergehen zu lassen. Intensivere Untersuchungen müssten umgehend eingeleitet werden, um Schäden, besonders im Kopf- und Brustbereich, frühzeitig zu erkennen und behandeln zu können.

Michael war bis zu diesem Zeitpunkt nicht von Toms Seite gewichen. Manchmal erwachte Tom für eine kurze Zeit aus der Bewusstlosigkeit. Dann fiel er wieder in sie zurück. Doktor Lehmann registrierte, dass die Wachphasen immer länger wurden. Dennoch könne sich der Gesundheitszustand noch weiter verschlechtern.

Tom Parker wurde eine Stunde später vorsichtig auf eine Vakuumtrage umgebettet und in den Sanitätshubschrauber der Bundeswehr geschoben. Im Schulgelände war eine Mischung aus verhaltener Ruhe und Unbehagen aufgekommen. Die kleine Kneipe war geöffnet, aber die fröhliche und augelassene Stimmung, wie sie sonst herrschte, wollte sich nicht einstellen. Auch für den folgenden Tag war noch schulfrei. Die Schüler brauchten Zeit, um das Geschehene zu verarbeiten. Die Ausgangssperre wurde wieder aufgehoben. Aber niemand nahm davon Anspruch. Keiner der Schüler wollte mit seinen Gedanken jetzt woanders sein, als hier an der Schule. Sie wollten hier sein, um eine eventuelle Nachricht über den Gesundheitszustand von Tom zu erfahren. Aber eine solche Nachricht kam nie an.

„Hauptmeister Wedisch", sagte dieser, als er den Telefonhörer von dem klingelnden Apparat abgenommen hatte.
„Oberstleutnant Friedrich. Ich erwarte einen Herren. Er kommt in einem Auto mit dem amtlichen Kennzeichen ..."
Der UvD notierte sich das Kennzeichen, stutzte, sagte aber nichts.
„Lassen Sie den Wagen ohne Kontrolle des Fahrzeuges und der Personen zu mir durchfahren."
„Jawohl, Herr Oberstleutnant."
„Danke."
Der Schulleiter erwartete einen Besucher, den er eigentlich nicht im Schulgelände antreffen wollte. Aber unter den gegebenen Umständen ließ sich dies nicht vermeiden. Zum Glück im Unglück war es ein Streit zwischen Tom

und diesem Frank Ahlbach gewesen. Soviel stand zweifelsfrei fest. Er hatte den Bericht der Kriminalisten vor sich auf dem Schreibtisch liegen und bereits mehrmals durchgelesen. Dabei wurde ihm nicht wohler zumute. Schließlich hatte er die Verantwortung für Tom Parker übernommen, als dieser die Schule zum ersten Mal mit seinem Motorrad befahren hatte.

Spät in der Nacht klingelte sein Telefon. Er nahm den Hörer von der Gabel.

„Herr Oberstleutnant?"

„Ich höre."

„Das Auto ist jetzt am Tor der Wache", meldete der UvD.

„Lassen Sie es bitte durchfahren."

„Jawohl, Herr Oberstleutnant."

Hauptmeister Wedisch legte den Telefonhörer auf und ging hinaus vor das Wachgebäude.

„In Ordnung, Sie können durchfahren. Immer geradeaus, an den Garagen vorbei direkt auf das Verwaltungsgebäude zu."

„In Ordnung, danke."

Die Wachposten strafften ihre Körper und salutierten.

Der Oberstleutnant erwartete seinen Gast vor dem Hauseingang.

„Guten Abend, Max."

„Guten Abend, Benjamin." Sie standen sich gegenüber und gaben sich die Hände.

„Gehen wir in mein Büro. Dort können wir uns ungestört unterhalten", sagte der Oberstleutnant.

„Gut, lass uns gehen."

Nach einer Viertelstunde sagte Colonel Smith: „Max, wir werden Tom mitnehmen."

„Aber laut Bericht unserer Kriminalisten war es doch nur ein Streit zwischen zwei Jungen."

„Nur ein Streit, Max? Tom liegt halb tot im Militärkrankenhaus. Wir sind einen Umweg gefahren, rasen quer durch Deutschland, kommen gerade aus Bad Saarow. Und du sagst, es war nur ein Streit? Max, du hast definitiv nicht aufgepasst auf Tom, so, wie es dein Auftrag war. Major Dix und Sergeant Adams sind eben bei ihm und die deutschen Militärärzte leisten ihr Bestes. Tom hat in einem wachen Zustand die Namen der drei Schüler bestätigt, die ihm das angetan haben. Der Tathergang stimmt auch mit dem Ermittlungsbericht der Kriminalisten überein, welchen du mir gefaxt hast. Nur eines weiß er noch nicht: wie er über die Mauer gekommen ist."

„Habt ihr es ihm erklärt?"

„Ja. Ich habe ihm gesagt, dass die drei Jungs ihn über die Mauer geworfen haben, als sie vermuteten, dass er tot sei. Das Computertomogramm hat keine Verletzungen der inneren Organe bestätigt. Alle Verletzungen im Kopfbereich sind somit Platzwunden. Auch sein Hirn hat von den Schlägen auf seinen Kopf keine größeren Schäden davongetragen. Aber er hat eine Gehirnerschütterung. Zwei Rippen sind gebrochen worden. Er hat viele Prellungen,

Schnittwunden und Blutergüsse am gesamten Körper. Aber die sind nicht lebensbedrohlich. Eines macht mir allerdings große Sorge. Tom fällt immer wieder in die Bewusstlosigkeit zurück."

„Sollten wir ihm nicht endlich sagen, wer er ist? Er ist inzwischen volljährig geworden, Benjamin."

„In diesem Zustand ganz bestimmt nicht, Max. Wir halten die Zeit allerdings auch allmählich reif dafür. Nur müssen wir überlegen, wie und zu welchem günstigen Zeitpunkt wir ihm was erzählen. Das wird nicht einfach werden.

So, nun muss ich wieder los. Ein Jet auf dem ehemaligen Militärflugplatz Fürstenwalde wartet auf uns."

„Aber dieser Flughafen ist doch nachts geschlossen, Benjamin."

„Nicht für uns."

„Alle Angelegenheiten, die mit Toms Abgang hier an der Schule zu tun haben, erledige ich."

„In Ordnung, Max, wir bleiben in Verbindung."

Die Männer verabschiedeten sich voneinander. Gedankenversunken sah Oberstleutnant Friedrich dem davonfahrenden Autos hinterher.

Im schnellen Tempo war der Colonel in Richtung Fürstenwalde unterwegs. Zur gleichen Zeit wurde Tom Parker in einen Krankenwagen der Bundeswehr gelegt und dieser nahm mit langsamer Geschwindigkeit die zehn Kilometer Fahrt nach Fürstenwalde auf. Man wollte größere Erschütterungen auf dem zum Teil mit Kopfsteinpflaster gepflasterten Straßen vermeiden. Begleitet wurde der Wagen von einem Fahrzeug der Militärpolizei.

Als die schwarze Limousine ihr Ziel erreicht hatte, stand sie vor einem Schlagbaum. Der Wachposten kam herangetreten. Er blickte kurz auf den Ausweis des Colonels, straffte seine Haltung und sagte: „Es ist alles vorbereitet, Colonel Smith. Sie können direkt zur Start- und Landebahn Nummer zwei durchfahren. Die Fahrzeuge der Bundeswehr sind schon vor einer halben Stunde eingetroffen und Tom Parker wurde in den Jet gebracht."

„Danke, Sergeant."

Der Wachposten salutierte und der Schlagbaum wurde geöffnet. Auf der Start- und Landebahn Nummer zwei stand ein kleiner Jet des königlich britischen Geheimdienstes. Mit diesem würden sie Deutschland verlassen.

„Haben Sie Tom Parker schon ein Schlafmittel gegeben, Major Dix?", wandte sich Colonel Smith an seinen Arzt als er den Jet betrat.

„Ja, er schläft bereits."

„Wie lange wird das Medikament anhalten?"

„Ich denke bis morgen früh, vielleicht auch bis zum Mittag. Sein Körper ist sehr geschwächt. Es ist fast ein Wunder, dass er diese Qualen überlebt hat. Wahrscheinlich ist er zur richtigen Zeit in Ohnmacht gefallen. Für die drei Übeltäter war er somit nicht mehr von Interesse."

„Lassen Sie mich einen Augenblick allein mit ihm."

„Jawohl, Sir."

Der Colonel sah sich Tom lange an. Mein Gott, was ist da bloß vorgefallen? Wie konnte das nur geschehen? Wie sollte er das Geschehene zu Hause erklären? Sie waren der Meinung, in der Polizeischule sei Tom in Sicherheit, dort könne ihm nichts passieren. Und nun das. Ein Streit zwischen zwei Jungen. Aber mit diesem Ausmaß...? Die seelische Erniedrigung, diese perversen Handlungen und die Schmerzen, die Tom ertragen musste – unvorstellbar. Sicher hatte er Todesangst. Ja, er musste mit dem Ende seines Lebens gerechnet haben, sonst wäre er nicht in Ohnmacht gefallen, sonst hätte er sich nicht aufgegeben. Er wird nicht mehr der fröhliche Junge sein, wie er es immer aus den Berichten herauslesen konnte. Berichte, die er in größeren Abständen über all die Jahre von Toms Kindheit und Jugendzeit erhalten hatte.

Der Pilot wandte sich an seine Passagiere: „Colonel Smith, wir haben soeben die Starterlaubnis erhalten. Wir können sofort starten, wenn Sie den Befehl erteilen."

„Gut, Captain, dann lassen Sie die Triebwerke an. Wir starten, unverzüglich."

„In Ordnung, Sir."

Und im nächsten Moment begann der Jet zu vibrieren. Der Colonel erkundigte sich bei seinem Arzt erneut nach dem Gesundheitszustand von Tom.

„Der Zustand ist stabil, Benjamin", antwortete Major Dix. „Es wird ein ruhiger Flug für ihn werden."

„Gut, ich danke dir, Herry."

Am nächsten Tag erwachte der kleine Flugplatz beim Aufgehen der Sonne als Flugplatz für verschiedene Vereine der Sportfliegerei, als hätte es keine nächtliche Betriebsamkeit gegeben.

Ich wachte am nächsten Morgen auf. Die Sonne schien bereits in mein Zimmer. Ein Zimmer mit weißen Wänden und duftender Bettwäsche. Blinzelnd öffnete ich immer wieder meine Augen, bis die Augenlider munter genug waren, die Augen ganz offen zu halten. Und da sah ich ihn, den Mann an meinem Bett.

„Guten Morgen. Wie geht es Ihnen? Ich bin Doktor Thomas Braiten."

„Wo bin ich? Ich kann mich an dieses Krankenzimmer nicht erinnern."

„Sie sind in ein anderes Lazarett verlegt worden. Ich und mein Team übernehmen ab jetzt die weitere Behandlung."

„Warum? Wo ist Major Lehmann? Ich will meinen Doktor wieder haben."

„Ich sagte ja schon, Sie sind verlegt worden."

Ich schloss die Augen und schlief wieder ein. Es vergingen über drei Wochen, in denen nicht klar war, ob ich am Leben bleiben oder sterben würde. Doch dann entschied sich mein Körper für das Leben. Eines Tages stellte sich ein gewisser Major Herry Corner vor.

„Wieso haben Sie hier alle englische Namen, so wie ich? Wohin haben Sie mich gebracht?"

„Um es vorwegzunehmen, Sie befinden sich auf einem britischen Luftwaffenstützpunkt in England."

Weiter sagte er nichts. Er wollte, dass ich diese Informationen erst einmal aufnehme, auf eine Reaktion von mir warten. Auch Doktor Braiten war im Zimmer und sah gespannt auf mich.

Nach einer Weile sagte ich: „Erklären Sie mir das, bitte."

„Tom, Sie besitzen eine doppelte Staatsbürgerschaft, eine deutsche und eine britische. Von der Zweiten haben Sie allerdings bis jetzt nichts gewusst."

Er griff in die Innentasche seines Jacketts und holte einen Pass heraus.

„Das ist Ihr Pass. Sicher werden Sie sich schon lange die Frage gestellt haben, warum Sie mit einem fremdländischen Namen in Deutschland leben."

„Allerdings, das frage ich mich schon viele Jahre, und ich bin bisher zu keinem Ergebnis gekommen."

„Wir werden es Ihnen erklären. Aber alles zu seiner Zeit. Jetzt müssen Sie erst einmal wieder gesund werden."

„Behandeln Sie mich nicht wie einen kleinen Jungen, Mister Corner", entgegnete ich verärgert. „Ich will nach Deutschland zurück in die Polizeischule. Und danach will ich auf die Offiziersschule gehen!"

„Beruhigen Sie sich doch, Tom, ich ..."

„Sie haben ihn soeben seelisch aufgespießt", sagte Dr. Braiten sichtlich verärgert. „Sie haben sich aufgeführt, wie eine Axt im Walde, Herry."

Er hatte inzwischen schon die Spritze mit einem Beruhigungsmittel in den Infusionsschlauch gesteckt, der mit einer Nadel in meiner Vene endete. Ich schlief wieder ein.

„Das war zu viel für ihn. Er muss das erst einmal verdauen. Das wird nicht einfach und wird noch lange dauern. Stellen Sie sich vor, Sie erwachen, sind in einem anderen Land und Ihnen wird erklärt: und nun gehören Sie hierher."

„Stimmt. Sie haben ja recht, Doktor Braiten."

„Ich habe Ihnen aber gesagt, dass wir in erster Linie an seine Gesundheit denken müssen. Letztendlich hat Tom auch eine nicht zu verachtende Gehirnerschütterung davongetragen."

Ich erwachte an einem Nachmittag. Als ich die Augen öffnete, saß Doktor Braiten auf einem Stuhl vor meinem Bett.

„Doktor, bitte sagen Sie mir, was hier vor sich geht. Erklären Sie es mir in Ruhe und nicht so plump, wie der Major."

„Es ist so, wie es Major Corner bereits sagte. Sie sind in Ihrer frühen Kindheit von Ihrer Familie getrennt worden und kamen nach Deutschland zu einer Pflegefamilie. Dort sind Sie aufgewachsen. Allerdings ganz so einfach ist es nun auch wieder nicht gewesen. Aber auf diese Erklärung müssen Sie noch etwas warten. Sie müssen erst einmal wieder gesund werden und vor allem zu Kräften kommen. Sonst wird das alles zuviel für Sie. Sie haben eine Gehirnerschütterun, Tom."

„Warum bin ich auf einem Luftwaffenstützpunkt, Doktor Braiten?"

„Sie wollten gerne Polizist werden und ein Studium zum

Offizier aufnehmen. Wir bieten Ihnen hier etwas Ähnliches."

„Aber warum so plötzlich? Das verstehe ich nicht."

„Sie waren in Gefahr, Tom. Wir mussten schnell reagieren und handeln."

„Das war ich nicht, Doktor! Das war nur eine Auseinandersetzung zwischen zwei Halbstarken, die sich nicht leiden konnten."

„Das wussten wir zu dem Zeitpunkt noch nicht. Wir mussten davon ausgehen, dass ein Anschlag auf Sie verübt wurde."

„So ein Quatsch!" Ich erregte mich bereits wieder, ich spürte es ganz genau.

„Tom, bitte bleiben Sie ruhig. Sie dürfen sich nicht aufregen. Das schadet Ihrer Genesung."

„Ich rege mich nicht auf."

„Doch, das tun Sie. Ich merke es an Ihrem Ton."

„Entschuldigung, Doktor Braiten. Aber wer soll denn einen Anschlag auf mich verüben wollen?"

„Das erfahren Sie später. Für heute soll es genug sein."

„Doktor?"

„Ja."

„Wem kann ich hier vertrauen?"

Der Doktor blieb eine Weile unschlüssig an meinem Bett stehen und sah mich ruhig an. „Allen können Sie vertrauen. Sie sind hier zu Hause."

Meine Gedanke verließen das Krankenzimmer. Michael. Weiß er, dass ich nicht mehr in Deutschland bin?

Einige Zeit war vergangen, seit ich in meine Gedanken versunken war. Doktor Braiten sah mich fragend an.

„Ist da jemand in Deutschland, der Sie vermissen wird, Tom?"

"Nein, da ist niemand."

Ich wusste noch nicht einmal, wer diese Leute hier in England eigentlich waren. Ich wusste nur, dass sie mich in einer übereilten Aktion von Michael getrennt hatten; ohne mich zu fragen, ob mir das recht sei. Nie und nimmer würden sie das Privileg erhalten, von unserer Freundschaft zu erfahren.

„Ich bin müde Doktor, ich möchte schlafen."

„Dann lasse ich Sie jetzt in Ruhe. Und wenn Sie wollen, können wir morgen einen kleinen Spaziergang machen."

Ich gab keine Antwort mehr. Ich war sauer. Ich schloss einfach meine Augen. Ich wollte nichts mehr sehen und nichts mehr hören. Ich wollte einfach nur meine Ruhe haben. Mit welchem Recht hatten die mich so einfach entführen dürfen? Britischer Pass. Was sollte das? Und warum nur? Meine Gedanken schweiften noch einmal zu Sabine, zu Michael, und dann schlief ich wieder ein.

„Guten Morgen", zwitscherte anderentags eine junge Schwester in Englisch.

Die konnte wohl kein Deutsch!? Abgesehen davon, war ich von ihrer Fröhlichkeit angewidert. Wusste die eigentlich, wie es um mich stand und was man mir angetan hatte? Wie es seelisch in mir aussah?

Sie zog die Gardinen auf und wollte sich an meinem Bettzeug zu schaffen machen. Nie würde ich ihr gestatten, mich zu berühren. Soviel stand für mich fest. Ich konnte sie vom ersten Moment an nicht leiden.

„Raus!", schrie ich auf Englisch, und auf Deutsch hinterher.

Erschrocken hielt sie in ihrer Bewegung inne und sagte: „So ein schöner junger deutscher Mann und dann so böse. Das verstehe ich nicht."

„Das sollen und werden Sie auch nicht verstehen! Raus aus diesem Zimmer!", schrie ich sie erneut an.

Verwirrt verließ sie mein Zimmer. Zwei baumstarke Pfleger erschienen und blickten mich böse an. Nun war ich endgültig wütend. Was bildeten die sich hier ein?

„Raus! Alle raus!"

Doch die beiden Pfleger ließen sich nicht von mir beeindrucken, im Gegenteil, sie kamen auf mich zu.

„Ich übernehme das, meine Herren. Bitte verlassen Sie das Zimmer und lassen Sie mich mit dem Patienten alleine."

Doktor Braiten. Er hatte mich gerettet. Oder war es doch die Schwester gewesen, die ihn gerufen hatte? Egal, ich war froh, den Doktor zu sehen.

„Tom", sagte er und blieb mitten im Zimmer stehen.

Er sagte dieses eine Wort, nicht etwa vorwurfsvoll, sondern mit einer sanften Stimme. Das war zu viel für mein angeschlagenes Gemüt. Ich schloss die Augen, und als ich sie wieder öffnete, waren sie mit Tränen gefüllt. Der Doktor kam näher und nahm meine Hand in die Seine. Im ersten Moment wollte ich meine Hand zurückziehen. Aber zu spät. Er hielt sie fest. „Tom, in Ihnen steckt etwas, was Sie nicht loslassen können oder wollen. Solange dieser Zustand anhält, werden Sie keinem Menschen an sich heranlassen, werden keine Liebe geben können, einsam bleiben und sich seelisch zerfressen. Sie werden ein bösartiger Mensch."

„Ich weiß, Doktor Braiten. Ich spüre es schon einige Zeit in mir aufkommen. Aber woher wissen Sie das?"

„Ich bin Arzt, Tom. Frühstücken Sie erst einmal. Aber lassen Sie die Krankenschwester, die Ihnen das Essen bringt, am Leben. Ich hole Sie in einer Stunde ab. Dann zeige ich Ihnen den Stützpunkt."

„Dürfen wir denn da herumlaufen?"

„Ich, ja. Und Sie werden es auch dürfen. Also bis dann", sagte er, drehte sich um und verließ mein Zimmer.

Eine andere Schwester brachte mir das Frühstück und überlebte den Aufenthalt bei mir. Gegen neun Uhr kam Doktor Braiten zurück.

„Das ist Ihr Ausweis für den Stützpunkt, Tom. Hängen Sie sich ihn um den Hals und tragen Sie ihn über Ihrer Kleidung. Es kennt Sie hier noch keiner."

Als wir draußen waren, sagte ich: „Ich will nach Deutschland zurück zu meinem ..."

„Zu wem wollen Sie zurück, Tom?"

Mir war, als würde mir das Herz in die Hosentasche fallen. Es pochte heftig und ziemlich schnell in meiner Brust. Es schmerzte, ich musste mich krümmen und rang nach Luft. Doktor Braiten griff besorgt nach mir und sagte: „Aufrichten, Tom und ganz langsam die Luft ein- und ausatmen. Kommen Sie weg von Ihren Gedanken."

Ich wusste selber allzu gut, wie ich mich in solchen Situationen verhalten musste. Sie waren mir sehr wohl bekannt. Ich richtete mich auf, sah in den blauen Himmel und nahm tiefe Atemzüge in mich auf.

„Wir gehen lieber wieder zurück", sagte er zu mir.

„Nein, kein Zurück. Ich will weitergehen, ich möchte sehen, wohin Sie mich gebracht haben. Ich will einen Fluchtweg finden."

„Damit ist nicht zu scherzen, Tom."

„Das war kein Scherz, Doktor Braiten", antwortete ich und blickte ihm ernst in die Augen. Und er wusste, dass ich es ernst damit meinte.

Wir liefen weiter, kamen aber nicht weit. Ich war noch allzu sehr geschwächt. Auf einer Bank vor dem Lazarett ließen wir uns nieder und der Doktor erklärte mir die einzelnen Gebäude, die wir von unserer Bank aus sahen. Einen Hubschrauberlandeplatz gab es, einen Sportplatz und manches mehr.

„Ich bin so schwach. Wo kann ich hier später Sport treiben, um zu Kräften zu kommen, wenn ich wieder gesund bin?"

„Sie können um den Sportplatz laufen. Und im Fitnessraum können Sie sich auch austoben."

„Das werde ich, auf jeden Fall."

Zwei Wochen später versuchte ich meinen ersten Lauf um den Sportplatz. Es ging sehr mühsam mit mir voran und nach einer halben Runde musste ich eine Pause machen. Ich bekam keine Luft mehr, dafür hörte ich ein Fiepen in meine Lunge, und meine Beine wurden weich wie Gummi. Schon von Weitem hatte ich eine Gruppe Soldaten wahrgenommen, die auch liefen und nun bei mir angekommen waren.

„Na, Kleiner, den Milchbrei am Morgen nicht aufgegessen?", fragte einer der Soldaten und die anderen lachten laut.

Ich war wie vom Blitz getroffen und rief ihnen entgegen: „Ich bin nicht klein!", worauf das Gelächter noch stärker wurde. Und schon waren sie weitergelaufen.

Ich ging in die Mitte des Sportplatzes, legte mich auf den warmen Rasen und schaute in den blauen Himmel hinauf, der Sonne entgegen. Die Zeit verging.

„He, Germanboy."

Ich war eingeschlafen und öffnete nun meine Augen.

Da war der Soldat, der mich zuvor geärgert hatte, stand vor mir und sagte: „Ich wusste nicht, dass du es bist."

„Wieso?"

„Du bist vor fünf Wochen auf den Stützpunkt gekommen. Wir wurden über dich informiert. Aber keiner wusste, wie du aussiehst. Tut mir wirklich leid."

„Ihr wisst, was mir in Deutschland widerfahren ist?"

„Nicht alle hier, aber diejenigen in deinem engeren Umkreis schon."

„Dann sage deinen Soldaten, sie sollen mich nicht Kleiner nennen, sonst breche ich ihnen die Nasenbeine, wenn ich wieder gesund und bei Kräften bin."

Ich stand auf und ging in mein Zimmer zurück.

„Es war ein Versuch, Kontakt zu dir aufzunehmen, als er zu dir kam und sich entschuldigte", erklärte mir Doktor Braiten am Abend, als ich ihm von der Geschichte mit dem Sportplatz erzählte. „Keiner konnte wissen, dass du auf das Wort „Kleiner" empfindlich reagierst."

„Sie haben zu mir gesagt: wir kennen deine Geschichte. Das ist nicht wahr. Gar nichts wissen Sie von mir, Doktor; von meinen Schmerzen, die ich in mir trage."

„Du kannst dich gerne öffnen, Tom."

„Dazu brauche ich Vertrauen. Können Sie das verstehen, Doktor Braiten? Da muss dieses gewisse Etwas vorhanden sein, und zwar von Anfang an. Wenn das nicht gegeben ist, dauert es sehr lange, ehe ich einem Menschen gegenüber zumindest etwas Vertrauen aufbaue."

„Das kann ich verstehen."

„Wer ist eigentlich der Soldat, der mich beim Laufen geärgert und dem ich am liebsten an den Hals gegangen wäre?"

„Das ist Lieutenant Tim Damon, dein Sportoffizier."

„Wieso mein Sportoffizier?"

„Du bist hier an einer Akademie des britischen Geheimdienstes."

„Geheimdienst!? Wieso denn das? Was soll ich hier!?"

Meine Gedanken schossen zu Michael. Auch er hatte mir diesen Fakt lange Zeit vorenthalten. Wie sich die Dinge doch gleichen.

„Ja, hier werden Offiziere für den britischen Geheimdienst ausgebildet. Du wolltest doch so gerne Offizier werden."

„Polizeioffizier!", sagte ich erbost. Ich konnte einfach nicht verstehen, was hier mit mir passierte. Wie sollte ich auch.

„Tom, lass dir Zeit, das alles zu verstehen. Irgendwann wirst du auch alle Informationen haben, die du gerne haben möchtest."

„Wann wird das sein, Doktor Braiten?"

„Wenn du soweit bist. Ich weiß nicht, wann das sein wird. Übrigens Lieutenant Damon ist mehrfacher Karatemeister. Also Vorsicht beim Projekt: Nase brechen."

„Ich denke, das Projekt ist soeben gestorben, Doktor."

„Du musst deine Gewaltgelüste in den Griff bekommen, Tom."

„Ich weiß. Aber es fällt mir so schwer, zu viel Leid habe ich erfahren. Und das in so kurzer Zeit."

Ich lief nun täglich und bald schaffte ich eine ganze Runde um den Sportplatz, ohne außer Atem zu kommen, lief zwei Runden, drei Runden, und wurde immer schneller dabei.

Eines Tages kam Major Corner zu Besuch in mein Zimmer.

„Na, Tom, wie geht es Ihnen?", begrüßte er mich.

„Schon besser."

„Ich bin übrigens einer der verantwortlichen Lehrer und

ihr persönlicher Betreuer."

„Dann sagen Sie mir bitte, warum ich an diese Akademie gekommen bin. Warum Sie mich hierher gebracht haben."

„Das ist eine lange Geschichte, Tom. Wir werden sie Ihnen nach und nach erzählen. Alles auf einem Mal wäre zu viel für Sie."

„Gut, ich werde warten. Ich komme ja hier eh nicht wieder weg, oder doch?"

„Lassen Sie uns etwas spazieren gehen. Draußen scheint die Sonne."

„Ich möchte nur noch duschen gehen, Major Corner. Danach können wir gern spazieren gehen."

Ich zog meine Sachen aus und ging unter die Dusche. Mein rechtes Auge hatte nun eine gelbe Farbe angenommen, die Platzwunden an den Augenbrauen waren bereits recht gut verheilt. Ich trug keine Sonnenbrille, um dies zu verbergen. Auch die Blutergüsse auf dem Rücken, den Beinen und den Armen würden sicher nicht mehr lange zu sehen sein. Aber schlaff war mein Körper geworden. Wenn ich bedenke, welch ein Muskelpaket ich vor nicht allzu langer Zeit noch gewesen bin. Ich würde viel Sport treiben müssen, um meine Statur wiederzubekommen, wie sie einst mal war. Ich werde Lieutenant Damon fragen, ob er mir ein Trainingsprogramm aufstellen kann. Als ich wieder angezogen war, ging ich mit Major Corner im Stützpunkt spazieren.

„Wie geht es Ihnen inzwischen gesundheitlich, Tom?"

„Es geht schon."

„Aber mager sind Sie geworden. Sie müssen wieder zu Kräften kommen, die Ausbildung wird hart. So wie Sie momentan aussehen, werden Sie die Anforderungen nicht schaffen."

„Woher wollen Sie denn wissen, wie ich vorher ausgesehen habe?"

„Wir haben Fotos von der Zeit, als Sie auf der Polizeischule in Deutschland waren. Sie sind ein sehr sportlicher junger Mann gewesen."

„Was Sie so alles haben", gab ich leicht verärgert zurück.

„Und dennoch kennen Sie mich kein bisschen."

„Oh doch, wir kennen Sie, Tom."

„Sie wissen aber nicht im geringsten, wie es in meinem Inneren aussieht, wie ich mich seelisch fühle."

„Dann erzählen Sie es mir."

„Nein, das werde ich nicht tun."

Ich merkte, wie sich mein Puls bereits wieder beschleunigte. Kein gutes Zeichen. Nervös blickte ich mich in alle Richtungen um, einen Ausweg aus diesem Gespräch suchend, einen Fluchtweg. Du musst ruhig bleiben Tom, darfst nicht wieder ausrasten, das ist nicht gut, sagte eine innere Stimme zu mir.

„Ich werde mir von Lieutenant Damon ein Trainingsprogramm aufstellen lassen", sagte ich, nachdem ich erkannt hatte, dass es keinen Ausweg gibt, und auch keinen Fluchtweg.

„Das ist gut so", entgegnete Major Corner.

Wir gingen weiter und kamen am Mannschaftskasino

des Stützpunktes vorbei. Ich schlug dem Major vor, ein Bier trinken zu gehen. Er stimmte zu. Als wir hineinkamen, blickten die Soldaten zu uns. Das Pub, wie man hier sagt, war gut besucht. Ich blieb wie erstarrt stehen. So viele fremde Menschen konnte ich nicht ertragen. Damit hatte ich schon immer ein Problem, auch jetzt. Ich machte wieder kehrt und wollte gehen.

„Tom, komm her und trinke ein Pint mit uns", hörte ich die Stimme von Lieutenant Damon.

Ich war überrascht, blieb stehen und drehte mich erneut um. Die lockere Art und Weise, wie sich die Offiziere bei den Mannschaftsdienstgraden bewegten, war mir neu. Da ging es in Deutschland wesentlich steifer zu. Dennoch war ich mir unsicher, ob ich seiner freundlich gemeinten Aufforderung nachkommen sollte.

„Nun komm schon, du kannst uns doch in den nächsten drei Jahren nicht immer aus dem Weg gehen."

„Keiner hat mich gefragt, ob ich das überhaupt will."

Da kam er auf mich zu. Ich blickte angstvoll zu Major Corner. Immer näher kam der Lieutenant auf mich zu und streckte seine Hand nach mir aus. Ich ging zwei Schritte zurück. Er folgte mir. Es war still geworden im Pub. Eine Situation, die ich kannte, die ich nicht wollte. Immer, wenn es wegen mir still wurde, gab es Ärger. Nun blickten auch noch alle in unsere Richtung, gespannt, wie diese Szene sich entwickeln würde. Der Sportoffizier und der schwächliche Deutsche.

Lieutenant Damon blieb ungefähr einen Meter vor mir

stehen. Ich starrte ihn an und meine Beine wurden immer weicher. Ich hatte Angst, große Angst. Aber das konnte hier keiner verstehen. Keiner wusste, was ich vor wenigen Wochen in Deutschland erleiden musste. Würde der Major mir helfen? Während ich noch darüber nachdachte, hörte ich eine andere Stimme.

„Tom, trinkst du ein Pint mit mir?"

Ich horchte auf und sah zum Bartresen. Da saß Doktor Braiten. Erleichterung überkam mich, meine Rettung in der Not. Langsam, ganz langsam lief ich los und bahnte mir einen Weg durch die Soldaten. Lieutenant Damon zog seine Hand zurück und machte mir Platz. Ich lief ungehindert weiter, bis zum Tresen.

„Das ist ein großer Erfolg, Tom", sagte der Doktor, als ich endlich bei ihm angekommen war. Er bestellte uns drei Pints, eins für mich, eins für den Major und eins für sich. Wir stießen mit den Gläsern an und prosteten uns zu. Und es schmeckte verdammt gut. Lange hatte ich schon kein Bier mehr getrunken und nun dieses Pint von Stout. Es war so wunderbar. Im Pub war die übliche Geräuschkulisse wieder eingetreten. Nach dem dritten Stout nahm ich all meinen Mut zusammen und mein Bierglas in die rechte Hand. Ich blickte mich um und sah nicht weit von mir entfernt den Lieutenant mit einer Gruppe Soldaten stehen. Sie tranken ein irisches Murphy`s und unterhielten sich. Langsam ging ich auf ihn zu. Mir raste das Herz wie wild. Er sah mich kommen, blickte mich an und die Gespräche in seiner Umgebung wurden leiser.

Und dann wurde es ganz still. Als ich vor ihm stand, drehte ich mich noch einmal zum Doktor und dem Major um. Beide nickten mir zu. Der Doktor lächelte.

„Lieutenant Damon, ich wollte Sie nicht beleidigen. Ich hatte Angst vor Ihnen, vor Ihrer ausgestreckten Hand. Sie erinnerte mich an eine andere Situation. An ein schlimmes Erlebnis. Aber mein Bierglas reiche ich Ihnen nun gern entgegen."

Er sah mich an und nahm auch sein Bierglas in die Hand.

„Dann lassen wir mal die Gläser klirren, Tom."

Wir stießen an und die anderen Soldaten und Offiziere stimmten mit ein.

„Da ist ein entscheidender Knoten geplatzt, Herry", sagte Doktor Braiten zu Major Corner.

„Ja, Doktor, endlich und zum Glück."

Es wurde noch ein schöner Abend für mich. Lieutenant Tim Damon versprach mir, ein Trainingsprogramm für mich aufzustellen und mir beim Training behilflich zu sein. Darüber freute ich mich sehr, diese Hilfe konnte ich gut gebrauchen.

Nach zwei weiteren Wochen wurde ich aus dem Lazarett entlassen. Ich bezog ein Zimmer mit zwei anderen Studenten, mit Kai und Austin. Meine sportlichen Leistungen verbesserten sich. Im Laufen erreichte ich meine alte Bestform wieder. Und auch das zusätzliche Training mit Lieutenant Damon tat mir gut. Ich kam wieder ordentlich zu Kräften.

„Ich danke Ihnen, Lieutenant", sagte ich eines Tages.

196

„Sag Tim zu mir und lass den Lieutenant weg, Tom. Schließlich trennt uns nur ein Buchstabe im Namen."

Ich musste schmunzeln und entgegnete: „In Ordnung Tim, dann soll es so sein."

Das Studium hatte noch im gleichen Jahr, im November 2003, begonnen. Es machte mir Spaß. Ich hatte nicht die allerbesten Leistungen, schließlich wurde in Englisch unterrichtet. Aber ich konnte dennoch zufrieden sein. Und die Lehrer waren es auch.

Oft dachte ich abends, wenn ich in meinem Bett lag, an Michael. Ich hatte große Sehnsucht nach meinem Freund und überlegte, wie ich Kontakt zu ihm aufnehmen könne ohne dass es jemand erfuhr. Das würde nicht einfach werden, soviel war mir klar. Schließlich studierte ich hier bei einem Geheimdienst. Dennoch musste ich einen Weg finden, irgendwie.

Mitte Dezember durfte ich den Stützpunkt zum ersten Mal verlassen. Unter dem Vorwand etwas für mich alleine sein zu wollen, durchstreifte ich Hereford. Ich ging kreuz und quer durch die Stadt, blieb oft stehen und wechselte urplötzlich meine Richtung. Ich wollte mir sicher sein, dass mir keiner aus dem Stützpunkt gefolgt war. Dabei sah ich mich nach Internetcafés um und entdeckte auch bald einige. Michaels E-Mail-Adresse kannte ich. Zum Glück hatte ich sie mir damals nicht auf einen Zettel geschrieben und in meine Geldbörse gesteckt, wie man es eigentlich tut. Ich hatte sie mir einfach eingeprägt. In einer abgelegenen Seitenstraße ging ich in eines dieser kleinen Internetcafé hinein und setzte mich an einen Rechner. Ich schrieb einen Brief an Michael.

Lieber Michael, lieber Freund
Ich bin noch am Leben. Ja, im Ernst ich lebe noch. Aber etwas anderes hättest du sicher auch nicht von mir erwartet. Und ich bin auch wieder gesund, meine Wunden sind verheilt und dennoch bin ich seelisch ein gebrochener junger Mann. Ich weiß nicht, ob sich mein Geisteszustand jemals wieder erholen wird, ob ich noch einmal so sein werde, wie du mich einst kennengelernt hast. All diese Gedanken und Überlegungen drücken auf mein Herz und wenn mir besonders schwermütig zumute ist, weil ich zulange an all das Geschehene in der Polizei-schule denke, dann sticht es auch wieder und tut mir weh. Aber davon darf ich mir nichts anmerken lassen, denn dann müsste ich mich früher oder später den Menschen gegenüber erklären, die mir so viel verheimlichen und andererseits alles von mir wissen wollen, was sie noch nicht über mich wissen.
Du fehlst mir sehr. Es vergeht kein Tag, an dem ich nicht an dich denke und ich mich an unsere Zeit in der Polizei-schule zurückerinnere. Diese Gedanken stimmen mich froh und traurig zugleich. Immer wieder stelle ich mir aufs Neue die Frage: warum hat man uns getrennt; und finde doch keine Antwort darauf. Wenn du wüsstest, wo

ich bin, würdest du aus allen Wolken fallen. Es ist einfach unbegreiflich und du würdest es mir vielleicht nicht einmal glauben, wenn ich dir schreiben würde, wo ich mich befinde. Ich werde dir in einer nächsten Nachricht davon berichten, aber nicht heute.

Ich möchte nach Hause zurück, möchte bei dir sein und mit dir zusammen die Schulbank der deutschen Offiziersschule drücken, möchte mit dir herumalbern, mit dir im Gras sitzen, mit einer Zigarette in der Hand und über Gott und alle Welt reden. Ich möchte Sabine wieder haben, ich möchte meinen Sohn in den Arm nehmen können und glücklich sein. Aber ich weiß sehr wohl, dass dies auf immer und ewig nicht möglich sein wird.

Michael, mein Puls rast schon wieder wie verrückt. Ich kann mich nicht beruhigen. Und nun werden mir die Augen feucht, ich kann die Schrift nicht mehr erkennen. Ich wollte dir doch noch einiges schreiben, aber es geht nicht.

Tom

Ich konnte nicht mehr, ich war am Ende meiner Kräfte. Ich drückte auf „Senden", griff in meine Geldbörse, entnahm ihr eine Pfundnote, warf sie auf die Tastatur und rannte hinaus. Zielstrebig ging ich in das nächstgelegene Pub und bestellte mir einen Whisky, noch einen und noch einen. Danach blieb ich an der Bar sitzen und starrte in die Spiegelwand des Tresens und dachte an nichts - an gar nichts.

„Sir." „Sir, wollen Sie noch einen Whisky oder soll ich Ihnen ein Taxi rufen?", fragte mich nach geraumer Zeit der Wirt.

Erst nahm ich ihn gar nicht richtig wahr. Aber als ich ihm in die Augen blickte, sah ich seine Besorgnis. Ich hatte Kopfschmerzen bekommen und die taten mir überhaupt nicht gut.

„Nein danke, weder einen Drink noch ein Taxi. Ich zahle und gehe dann heim. Ich danke Ihnen."

Ich bezahlte, verabschiedete mich und lief mit gesenktem Kopf durch die Straßen von Hereford, den niederfallenden kalten Regen in meinem Nacken.

Einige Tage nach diesem Ereignis ging ich nach Schulschluss in ein anderes Internetcafé, weil ich mich für so clever hielt. Dort schaute ich in mein E-Mail-Postfach. Es war keine Antwort von Michael da.

Wie konnte das sein, fragte ich mich. Warum hatte er mir nicht geantwortet? Ich konnte es einfach nicht verstehen. Betrübt ging ich an diesem Tag in den Stützpunkt zurück, legte mich auf mein Bett und überlegte. Aber so sehr ich mir auch Mühe gab, Klarheit in meinen Kopf zu bringen, schaffte ich es dennoch nicht. Dies hatte zur Folge, dass ich unruhig wurde, ständig in Sorge um den Freund. Die Ungewissheit, nicht zu wissen, was los ist, was geschehen ist in der Zeit meiner Abwesenheit, zermürbte mich von Tag zu Tag mehr. Meine schulischen Leistungen sackten gewaltig ab. Ich zog mich immer mehr zurück und mied, so gut es ging, das gesellige Zusammensein mit den anderen Studenten.

„Tom, was hast du?", fragte mich Tim eines Tages beim Schießtraining. „Deine schulischen Leistungen haben nachgelassen und wir machen uns große Sorge um dich."

„Nichts, es ist alles in Ordnung", entgegnete ich.

„Das glaube ich dir nicht. Inzwischen kenne ich dich schon ein wenig und kann recht gut einschätzen, dass eben etwas nicht in Ordnung ist, dass dich etwas bewegt und in große Unruhe versetzt. Hast du Liebeskummer? Hast du eine Freundin in Hereford kennengelernt und kommst bei ihr nicht weiter?"

Fast jede Frage hätte er mir stellen können, nur nicht diese. Das war zu viel. Unwillkürlich musste ich an Sabine denken und daran, dass sie und unser Sohn nicht mehr am Leben sind.

„Nein, ich habe keine Freundin", sagte ich, drehte mich schnell um, damit er meine Tränen nicht sah, und ging auf den Sportplatz. Obwohl es kurz zuvor geregnet hatte, legte ich mich auf den nassen Rasen, blickte in die Wolken und den immer noch verhangenen Himmel. Da waren keine leuchtenden Sterne zu sehen, kein einziger, kein Hoffnungsschimmer, der auf mich hinab blickte. Ich holte mir eine Lungenentzündung und kam erneut insLazarett.

„Tom, du musst dich öffnen. Ich habe es dir schon vor Monaten gesagt", meinte Doktor Braiten eines Abends mit besorgter Stimme, als er vor seinem Dienstende noch einmal nach mir sah.

„Nein, Doktor, das werde ich nicht tun."

„Das ist nicht gut."

„Ich weiß. Aber ich bleibe dabei."

Er schüttelte mit dem Kopf, ging aber nicht weiter auf mich ein. Doktor Braiten sah müde aus, er hatte bestimmt einen anstrengenden Tag hinter sich und wollte heute einfach nicht mehr kämpfen. Als er sich von meinem Bett entfernte, um das Krankenzimmer zu verlassen, sagte ich: „Danke für ihre Fürsorge."

Er drehte sich an der Tür noch einmal um. Danach verließ er das Zimmer.

Im Frühjahr 2004 geschah etwas für mich Entscheidendes. Ich hätte es nie vermutet und war somit umso überraschter. Aller vierzehn Tage mussten wir für zwei Wochen nach London, um in der Zentrale des Geheimdienstes praktischen Einblick in die dortige Stabsarbeit zu bekommen. Wir Studenten bewohnten ein eigens dafür vorgesehenes Haus in der Stadt. Ich bezog ein Zimmer mit Kai. Es war gar sein eigener Vorschlag gewesen. Er mochte mich irgendwie, mit all meinen Problemen und Launen und schwankenden schulischen Leistungen. Mir war es recht, dass wir uns ein Zimmer teilten, denn ich hatte schon seit einiger Zeit gemerkt, dass ich mit ihm am besten von allen Studenten auskam.

„Willst du das Bett am Fenster oder das da drüben an der Wand?", fragte ich ihn, als wir unser Zimmer inspizierten.

„Mir ist das egal Tom, aber so, wie du mich gefragt hast, ich habe den Eindruck, dir nicht. Also, welches Bett möchtest du haben?"

Wie gut er mich doch schon kannte aber es wiederum nie zum Ausdruck brachte.

„Ich würde das Bett am Fenster nehmen. Da gibt es gewisse Erinnerungen an die Zeit in Deutschland."

Kai legte seinen Kopf etwas schief und zog die Augenbrauen hoch.

„Gut, dann soll es so sein. Und ich nehme das Bett an der Wand."

Kai hatte eine besondere Art an sich. Ich hatte das Gefühl, dass er sofort spürte, wenn ich über etwas nicht reden wollte. Dann hakte er auch nicht nach, sondern betrachtete den für mich brenzligen Moment einfach für erledigt. Das tat gut. Es half mir, mich nicht aufzuregen und in Gedanken und Erinnerungen zu fallen, die ich nicht wollte. Das war etwas ganz anderes, als Tim, Doktor Braiten und all die anderen, die in mich einzudringen versuchten.

Endlich in der Großstadt zu sein, war für mich wunderbar. Hier in London war es wesentlich einfacher abzutauchen als in Hereford. Zudem war ich eine Sorge los. Ich musste mir nicht weiter Gedanken machen, wie ich die 145 Meilen von Hereford nach London bewältigen könnte, um dies oder jenes erledigen zu können. Zudem wäre es bei allen Überlegungen und zeitlichen Berechnungen eigentlich gar nicht realisierbar gewesen. Allein die Fahrt hin und zurück

hätte über sechs Stunden in Anspruch genommen, bei flie-
ßendem Verkehr, ohne Staus unterwegs. Hinzu wäre noch
der Aufenthalt in London selbst gekommen. Nein, nie und
nimmer hätte ausgerechnet ich mich für solch eine lange
Zeit unbemerkt aus dem Stützpunkt entfernen können.
Ich war also zufrieden über die neu entstandene Situation,
welche mir die Chance gab, meine Pläne zu realisieren.

Schon am nächsten Tag nach unserer Ankunft in London
sah ich in einem Internetcafé erneut nach Post. Ich hoffte
so sehr, dass Michael mir geschrieben hätte. Keine Post.
Ich schrieb eine neue Nachricht an ihn und verließ das
Café nach kurzer Zeit wieder. Im Studium strengte ich
mich wieder an, schließlich wollte ich mein Offizierspatent
haben, und zwar mit sehr guten Abschlüssen in allen
Fächern.

Fast ein Jahr war vergangen, seit ich nach England gebracht wurde. Nicht mehr lange, und der Sommer würde
vorüber sein und der Herbst Einzug halten. In meiner
Freizeit fuhr ich immer wieder zum Flughafen. Auch zum
Bahnhof, wo die Züge nach dem europäischen Festland
abfuhren. Der Eurotunnel machte es ja möglich. Aber
schon bald war ich zu dem Ergebnis gekommen, dass es
nicht möglich sein würde, einen Brief nach Deutschland
an Michael zu schicken. Ich wollte den Brief eigentlich
einem Reisenden mitgeben. Aber wusste ich denn, ob der
Betreffende auch wieder nach London zurückkommen
würde, und wenn ja, wann? Würde ich diesen Reisenden
wieder treffen können, sodass er mir wiederum einen Brief

von Michael aushändigen konnte? Nein, das wusste ich nicht.

Ich überlegte mir eine Variante mit einem Dienstreisenden, der in einem Hotel wohnt, wenn er in London ist. Aber auch dies erwies sich als nicht günstig. Eine Kontaktaufnahme zu einem Hotelgast würde nicht unbemerkt bleiben. Zudem müsste sich derjenige auch dazu bereit erklären, die Rolle eines Kuriers zu übernehmen. Jugendherbergen, ging es mir als Nächstes durch den Kopf. Aber kurze Zeit später wurde mir bewusst, auch die Jugendlichen kommen nicht nach London zurück, wenn sie einmal hier gewesen waren, sich alles angesehen und das Taschengeld ihrer Eltern erfolgreich ausgegeben haben.

Wir waren wieder einmal für zwei Wochen in Hereford, da fiel es mir wie Schuppen von den Augen: Universitäten. Ja, das war es. Ich musste einen deutschen Studenten finden, der in England studiert. Der wäre über Jahre hinweg hier und würde hin und wieder nach Hause fahren. Am liebsten hätte ich einen Freudensprung machen können. Dass ich nicht schon eher auf diese Idee gekommen war ...

An diesem Tag war ich so glücklich gewesen, so voller Freude, weil ich endlich eine Lösung gefunden hatte, dass ich all meine Mitstudenten ins Mannschaftskasino einlud und wir uns zum Ärger der Soldaten hemmungslos betranken, bis wir nicht mehr konnten, beziehungsweise, um ehrlich zu sein, bis wir nichts mehr ausgeschenkt bekamen und die Soldaten uns an die frische Luft setzten. Nicht gerade verärgert darüber, weil, wir bekamen ja eh nicht mehr allzu viel mit, schwankten wir lauthals über den Sportplatz zu unseren Quartieren.

Austin musste sich unterwegs übergeben. Wir standen um den Armen herum, dem es dadurch die Stimmung verschlagen hatte, und feuerten ihn an, bis er alles aus sich herausgebracht hatte. Aber fairerweise wurde er danach von zwei Studenten in die Mitte genommen, damit er sich auf dem kurzen Heimweg nicht auch noch verliefe.

Natürlich ernteten wir am nächsten Tag, müde und verschlafen, wie wir in den Schulbänken saßen, böse Blicke von der Lehrerschaft, und allen war klar, oder besser gesagt, es hatte sich bereits herumgesprochen: der Tom war daran schuld. Mir war es egal, ich fühlte mich glücklich. Zumindest gab es hier in England nicht gleich einen Appell.

Wieder in London suchte ich mehrere Universitäten auf und machte mir ein Bild von deren Tagesabläufen, ging auch mal zum Mittagessen in eine Mensa oder wenn eine Studentenveranstaltung stattfand, zu dieser. Schließlich besaß ich, wie wir alle aus Hereford, einen offiziellen und gültigen Studentenausweis. Er war ausgestellt auf den Namen einer Verwaltungsfachschule, die es aber in Wirklichkeit nicht gab. Eine gute Tarnung, denn kein Mensch in der Bevölkerung interessierte sich für zukünftige Büromitarbeiter des Staatsdienstes. Sie wurden als Langweiler abgestempelt, als Menschen, die man nicht unbedingt kennen musste. Nur war es bei uns eben doch anders. Unsere Studentenausweise enthielten auf der Rückseite eine Telefonnummer. Wenn man diese wählte, meldete sich die Verwaltungsfachschule, die ihren Sitz natürlich wo ganz anders hatte, nur nicht in London.

Ende November lernte ich auf einer Studentenparty den deutschen Studenten Lars Schumann kennen. Er stammte aus Bayern und studierte hier in London Chemie. Nachdem ich mich etwas mit ihm unterhalten und etwas getrunken hatte, erklärte er sich bereit, einen Brief von mir mit nach Deutschland zu nehmen. In diesem, so hatte ich mir vorgenommen, würde ich Michael die deutsche Adresse von Lars mitteilen. Dann konnte er dorthin zurückschreiben. Ich versprach Lars zehn Pfund für jeden Brief, den er befördern würde. Er zeigte sich zufrieden über das zusätzliche Taschengeld und teilte mir mit, dass er zu Weihnachten das nächste Mal nach Hause fahre, um das Fest bei seiner Familie zu verleben. Ich war einverstanden damit.

Ziemlich zum Ende der Party sagte ich zu Lars, dass ich ihn noch in sein Wohnheim zurückbringen würde, als Dank für den tollen Abend, den wir uns gemacht hatten. Er stimmte zu. Als wir bei ihm angekommen waren, tranken wir noch eine Flasche Lager. Nun wusste ich auch, wo er wohnt. Das war es, was ich wissen wollte. Danach ging ich in unser Haus zurück. Als ich in mein Zimmer kam, sah ich Kai und Austin am Computer sitzen. Sie spielten irgendein Spiel. Kai sagte zu mir: „Tom, wir haben dich in der Stadt gesehen."

„Ja, auf dieser Studentenparty, da waren wir nämlich auch", ergänzte Austin.

Mir wurde schwindlig. Das konnte doch nicht wahr sein. Ausgerechnet zu dieser Party waren die beiden gegangen und hatten dich auch noch gesehen. Ich muss die Briefübergabe noch einmal neu überdenken. So, wie ich es mir vorgestellt hatte, ging es auf keinen Fall.

„Und dann bist du mit so einem Typ verschwunden und nicht wieder gekommen. Du bist doch nicht etwa ..."

„Nein, bin ich nicht", fiel ich Austin ins Wort, damit er den Satz gar nicht erst aussprechen konnte; drehte mich zu ihm um und nahm eine bedrohliche Haltung ein. Kai sprang sogleich von seinem Stuhl auf, sodass er laut polternd umkippte und stellte sich mit ausgestreckten Armen zwischen uns.

„Jungs, beruhigt eure Gemüter", sagte er und blickte hektisch und abwechselnd zu uns.

„Ich habe doch gar nichts gemacht", verteidigte sich Austin.

Er hatte noch gar nicht mitbekommen, was für eine Situation er mit seiner Frage heraufbeschworen hatte. Mir war klar, dass ich die beiden in einem gewissen Maße mit ins Boot nehmen musste. Dann würden sie am ehesten Ruhe geben, dachte ich mir und sagte: „Das hättet ihr mir eher sagen können, dass ihr ausgerechnet zu dieser Party wollt, dann wären wir gemeinsam dort hingegangen. Aber Anfang Dezember ist da die nächste Studentenparty. Dann können wir zusammen hingehen und uns einen schönen Abend machen."

„Das ist eine gute Idee, Tom", freute sich Kai und Austin ergänzte: „Klar doch, wir sind dabei. Und dann schauen wir uns nach Bräuten um."

„Genauso werden wir es machen, Jungs. Lasst uns noch ein Stout trinken, ehe wir schlafen gehen", entgegnete ich. Ich hatte das Schlimmste abwehren können. Sie waren zufrieden mit dem Ausgang des Gesprächs. Aber ich musste vorsichtiger werden, viel vorsichtiger.

In den nächsten Tagen schrieb ich einen Brief an Michael. Ich las ihn mir immer wieder durch, korrigierte ihn, schrieb ihn neu, verbrannte den zuvor geschriebenen Brief, bis ich mit dem Ergebnis zufrieden war.

Der Tag der Studentenparty rückte näher und ich wurde immer aufgeregter. Hoffentlich geht alles gut, hoffentlich gelingt mir die Briefübergabe, hoffentlich sind meine Begleiter nicht zu neugierig. Lars traf ich am Tresen, als ich mir ein neues Pint holen wollte.

„He, Tom, wie geht es dir?", fragte er mich.

„Gut, danke. Ich habe auch den Brief dabei. Aber ich kann nicht mit dir zusammen in das Wohnheim gehen, um ihn dir dort zu übergeben."

„Warum denn nicht?"

„Ich habe zwei meiner Kommilitonen im Schlepp und außerdem ein Mädel da drüben stehen, welches auf mich wartet. Ich habe sie vorhin kennengelernt und ihr versprochen, dass ich sie nach der Party nach Hause bringe. Aber ich würde dann anschließend noch bei dir vorbeikommen und dir den Brief geben."

„Dann gib ihn mir doch gleich. So kannst du dir einen Weg sparen."

„Und was wird dann mit unserem gemeinsamen Abschlussbier? Nein, ich komme später noch mal bei dir vorbei. Bier bringe ich mit", sagte ich schmunzelnd und in der Hoffnung, dass ihn das Bier locken würde und er einverstanden sei mit meinem Vorschlag.

„In Ordnung, das ist eine gute Idee, mein Kühlschrank ist nämlich schon wieder leer."

„Na, siehst du. Ich weiß doch, wie es Studenten geht, die bald auf Heimaturlaub unterwegs sind. Da wird der Kühlschrank zuvor leer gemacht und nicht einmal ein Bier ist noch darin zu finden."

„Da hast du recht, Tom. Also dann bis später. Ich werde so gegen zwei Uhr im Wohnheim sein."

„Gut, dann habe ich noch genügend Zeit für mein Mädel."

Ich ging wieder zu Kai und Austin, und während ich auf sie zulief, überlegte ich fieberhaft: wo nur so schnell ein Mädel hernehmen?

„Wie schaut es mit den Bräuten aus, habt ihr schon etwas gefunden für uns?", fragte ich, als ich bei ihnen angekommen war.

„Ja, da drüben sind ein paar recht nette Mädels", meinte Austin und zeigte in Richtung Tanzfläche, wo ein paar

Mädels schüchtern herumstanden und sicher darauf warteten, dass sie jemand zum Tanz aufforderte.

„Dann lasst uns keine Zeit verlieren, ran an die Bräute", antwortete ich und lief einfach auf die Mädels zu. So konnten mir Kai und Austin nicht widersprechen oder gar kneifen. Sie hatten die Wahl, entweder mir zu folgen oder es sein zu lassen. Aber dadurch würden sie sich eine Chance vergehen lassen. Ich hörte sie hinter mir laufen, blieb kurz stehen und gemeinsam zogen wir los, und es gestaltete sich recht gut mit den Mädels.

Ich lernte Emely Trix kennen, eine Biologiestudentin. Beim Tanzen versprach ich Emely, dass ich sie nach Hause bringen würde. Sie war begeistert von meinem Vorschlag und schmiegte sich gleich noch enger an mich heran.

Wir verbrachten den restlichen Abend mit unseren Mädels und zum Schluss verließ ich Arm in Arm mit Emely Trix die Party. Ich brachte sie wirklich nach Hause, vermied es aber, noch einmal mit zu ihr hochzukommen. Sie war leicht enttäuscht. Ich sagte ihr, dass wir am kommenden Tag eine Klausur schreiben würden und ich dafür ausgeruht sein müsse. Als Studentin verstand sie das und lächelte mir noch einmal zu, ehe sie die Haustür hinter sich verschloss.

Um zwei Uhr stand ich mit einem Sechserpack Lager vor der Tür von Lars. Er öffnete, wir unterhielten uns und tranken Bier. Dann gab ich ihm den Brief an Michael und dazu zwanzig Pfund.

„Aber das ist doch viel zu viel, Tom", meinte er.

„Das geht schon in Ordnung, Lars. London ist teuer, und für einen Studenten erst recht. Kaufe ein kleines Geschenk für deine Familie. Darüber werden sie sich garantiert freuen."

Er stimmte mir zu und wir verabredeten uns für die Studentenparty, die im Januar 2005 stattfinden sollte. Danach ging ich wehmütig in unser Haus zurück. Als ich im Morgengrauen ankam und in mein Zimmer ging, schlief Kai tief und fest.

Beim gemeinsamen Frühstückstisch fragte mich Kai später: „Na, Tom, alles gutgegangen mit der Braut?"

„Ja", antwortete ich, „es war noch eine erfolgreiche Nacht geworden, aber schon ganz schön kalt auf dem Heimweg."

„Du bist ja ein Wüstling, der Kleinste hier und der größte Draufgänger noch dazu. Das hätte ich nicht von dir gedacht."

„Ich lasse eben nichts anbrennen, wenn es um Mädels geht", sagte ich und überhörte das: der Kleinste.

Kai berichtete nun seinerseits von seinem Abenteuer. Damit war die Sache für mich erledigt, ich hatte es geschafft, Kai zu überzeugen. Nun musste ich nur noch auf Januar warten. Hoffentlich kommt Lars mit einer Antwort von Michael nach London zurück. Ich wünschte es mir so sehr.

Das Weihnachtsfest war für mich eine Zeit der Unruhe, der Ungewissheit, der seelischen Qual. Austin war zu seiner Familie nach Kent gefahren und Austin zu seiner

Familie nach Leicestershire. Genauso wie all die anderen Studenten auch. Sie kamen aus den verschiedenen Grafschaften Englands. Ich fühlte mich einsam und verlassen. Aber wo sollte ich auch hingehen? Ich hatte kein zu Hause mehr, keine eigene Heimat. Für mich gab es nur den Stützpunkt und dieses Haus in London, welches aber über die Weihnachtstage für mich nicht erreichbar war. Dementsprechend deprimiert vergingen für mich die Tage in Hereford, in Gedanken weit fort von hier.

Am Heiligen Abend gab es für die Soldaten und Offiziere, die im Stützpunkt bleiben mussten, im Offizierskasino einen geselligen Abend. Ich betrank mich mit einem guten schottischen Whisky und ging beizeiten schlafen. Mir war nicht nach Fröhlichkeit zumute.

Am nächsten Tag wachte ich mit großen Kopfschmerzen auf und ärgerte mich über mich selbst. Ich zog meine Sportsachen an und lief mehre Runden um den Sportplatz. Das hatte mir gut getan, die frische Luft, die Bewegung, den Kreislauf hart beanspruchen. Als ich in mein Zimmer zurückkam, ging ich duschen und kleidete mich um. Ich nahm mir ein Buch von Hermann Hesse zur Hand „Das Glasperlenspiel", legte mich auf mein Bett und las. Mein Lieblingsbuch von Hermann Hesse ist allerdings „Narziß und Goldmund". Kein Wunder, so wie mein eigenes Leben bisher verlaufen war. Schon in Deutschland bin ich als Einzelkind aufgewachsen und wurde an einer kleinen Privatschule unterrichtet und streng erzogen.

Auch zu Silvester gab es eine Feier im Stützpunkt. Ich ging

hin und zum Ärger meiner selbst, betrank ich mich wieder. Nur, dass ich dieses Mal in Konflikt mit einem Soldaten geriet. Es ging um Mädels, die, so seine Meinung, nur dafür da seien, sie so richtig glücklich zu machen, mit dem was Mann eben zu bieten hat. Ich war sehr erbost über seine Abfälligkeit den Frauen gegenüber. Ich war sowieso schon in schlechter Stimmung. Den ganzen Abend über hatte ich nur an Sabine gedacht und wie schön es gewesen wäre, gerade heute mit ihr zusammen sein zu können, mit unserem Sohn Felix und anderen glücklichen Menschen, bei einem leuchtenden Feuerwerkam dunklen Himmel.

Ich zog dem Soldaten mein Bierglas über den Kopf und er bekam dadurch eine Schnittwunde und blutete. Aber so ein richtiger kampferprobter Soldat lässt sich so etwas natürlich nicht gefallen, nicht von mir. Er stürzte sich auf mich und schon war es vorbei mit der guten Stimmung im Offizierskasino. Ich musste ordentlich einstecken, bekam erneut ein blaues Auge und eine Augenbraue war mir auch wieder aufgeplatzt und blutete. Ich war sauer, wusste nur nicht so richtig auf wen eigentlich. Auf den Soldaten oder auf mich selber. Als die anderen uns getrennt hatten, wurde ich von zwei Militärpolizisten in die Arrestzelle gesteckt. Dort konnte ich mich die ganze Nacht über nicht beruhigen.

Am nächsten Morgen kam Doktor Braiten zu mir.

„Tom, warum hast du dich mit einem Soldaten geprügelt, bei dem du schon von vornherein nicht die geringste Chance hattest?", fauchte er mich an.

Ich saß mit dem Rücken zur Wand auf meiner Pritsche. Hemd und Hose immer noch blutbefleckt, starrte ich geradeaus und sagte nichts.

„Tom, ich rede mit dir!"

Ich schwieg weiter.

„Es wird darüber einen Bericht an die Schulleitung geben. Die Militärpolizisten, Sergeant Christopher und Sergeant Brandon haben ausgesagt, dass du bei deiner Abführung auch gegen sie noch gewalttätig geworden bist. Das kannst du doch nicht machen! Was hast du dir nur dabei gedacht?"

„Mein Rücken tut weh, Doktor Braiten."

„Dann solltest du dich an die Wand anlehnen. Das entspannt deinen Rücken."

„Das geht aber nicht."

„Wieso geht das nicht?"

Ich stand auf, zog mein Hemd und das T-Shirt aus, und drehte Doktor Braiten meinen Rücken zu.

„Mein Gott, das darf doch nicht wahr sein. Was ist bloß passiert, Tom!"

„Die Militärpolizisten haben mich mit den Gummiknüppeln geschlagen, immer und immer wieder, selbst als ich schon hilflos auf dem Boden gelegen hatte. Es tut so weh Doktor Braiten, mein ganzer Rücken tut weh."

„Ich muss kurz telefonieren gehen, Tom. Ich komme gleich zurück."

„Nein! Bitte lassen Sie mich nicht alleine in der Arrestzelle zurück. Ich habe Angst."

„Ich bin in deiner Nähe. Vertraue mir, Tom."

„Ich versuche es, Doktor."

Knapp über ein Jahr war erst vergangen, seit ich die Polizeischule in einer Nacht- und Nebelaktion verlassen hatte, und diese schrecklichen, mir Angst einflößenden Erinnerungen an Frank Ahlbach hatten mich wieder eingeholt, mich fest umschlungen und wollten mich nicht mehr loslassen. Erneut hatte ich Schläge einstecken müssen in einem Maße, welches zuviel des Guten war. Warum konnten die Menschen nicht einfach aufhören mit der Gewalt, mit dieser Ekstase, diesem Rauschzustand, diesem Machtgefühl jemanden gegenüber, der sich sowieso schon nicht mehr wehren konnte. Was ist das für ein Phänomen, was da in uns Menschen steckt?

Und eben bei diesen Überlegungen erschrak ich; erschrak ich vor mir selbst, der ich doch genauso bin, wie all die anderen. Auch ich konnte damals in meinem Rausch nach Gewalt und Erniedrigung des anderen nicht von Frank Ahlbach ablassen. Mir fuhr es kalt über den Rücken, Gänsehaut überzog meine Arme, die Härchen richteten sich auf. Ich war entsetzt von der Erkenntnis und noch vielmehr von mir selbst. Nun wusste ich endgültig: es steckt in dir, es wird nicht heilbar sein, denn dieses Sein kommt von dem Erlebten, von dem was man an Leid erfahren hat. Ein Gewaltmensch wird immer ein Gewaltmensch bleiben, auch wenn er mal eine Ruhephase hat, eine Phase der Harmonie und Glückseligkeit.

Wenig später konnte ich auf dem Gang laute und auf-

geregte Gespräche hören. Dann wurde meine Zelle auf-
geschlossen und Major Corner stand in der Tür. Neben der
Doktor und eine Krankenschwester. Der Major war rot im
Gesicht - fast wie eine reife Tomate. Und er kochte vor
Wut.

„Das darf doch nicht wahr sein!", schrie er einen Offizier
der Militärpolizei an, der nun auch die Zelle betreten
hatte. „Können wir nicht einmal hier in diesem Stützpunkt
für Tom Parkers Unversehrtheit sorgen!?"

„Der Soldat, mit dem sich Tom geprügelt hat, ist erst vor
ein paar Tagen in unseren Stützpunkt verlegt worden. Er
war in Afghanistan im Einsatz gewesen. Ich möchte nicht
wissen, was er dort an Untaten und Leid gesehen und
erfahren hat. Zudem wusste er nicht, wer Tom Parker ist.
Und Tom hat mit dem Streit angefangen."

„Aber da waren doch so viele andere Soldaten und auch
Offiziere anwesend, die über ihn Bescheid wussten!"

„Es ging alles ziemlich schnell. Der Soldat hat nur wenige
Schläge auf Tom Parker ausführen können, dann wurde er
schon von den anderen zurückgerissen."

„Und die Schläge haben Tom auch gleich im Gesicht derart
zugerichtet?"

„Es ist ein Soldat aus einer operativen Kampfeinheit und
laut Aussagen hat sich Tom nicht gewehrt, weil er schon so
betrunken und auch gar nicht mehr in der Lage dazu war."

„Um so schlimmer. Aber was haben ihre Militärpolizisten
anschließend mit ihm angestellt? Sagen Sie es mir!"

„Unsere ersten Untersuchungen haben ergeben, dass sie

zu weit gegangen sind. Sie werden sich dafür verantworten müssen."

„In Ordnung. Wir nehmen Tom jetzt mit ins Lazarett. Bitte geben Sie mir eine Kopie von Ihrem Abschlussbericht zu diesem Vorfall."

„Zu Befehl, Herr Major."

Der Major klopfte dem Offizier der Militärpolizei auf die Schulter und meinte versöhnlicher: „Was ist nur los mit diesem Tom Parker? Was wissen wir nicht? Was ist da drüben in Deutschland mit ihm geschehen, worüber wir keine Kenntnis haben? Sein unterschiedliches Verhalten passt einfach nicht zusammen. Das kann nicht nur von dem Konflikt mit diesem Frank Ahlbach herrühren. Es gibt ganz bestimmt eine Informationslücke. Und das ist sehr schlecht."

Ich konnte mir das Ausmaß der Wut von Major Corner zu diesem Zeitpunkt nicht erklären, war aber sehr verwundert darüber.

Am nächsten Tag kam mich Lieutenant Tim Damon besuchen.

„Na, Tom, wie geht es dir", begrüßte er mich.

Ich freute mich über seinen Besuch.

„Danke, Tim, es geht so einigermaßen. Mein Rücken tut sehr weh. Die anderen Verletzungen sind halb so schlimm. Die bin ich ja nun schon fast gewohnt, fügte ich etwas säuerlich hinzu. „Komm, setze dich auf einen Stuhl zu mir."

Er wusste sehr wohl, woraufhin ich anspielte. Meine damalige nächtliche Ankunft auf dem Stützpunkt war tagelang Gesprächsstoff gewesen.

Er setzte sich und wir unterhielten uns einige Zeit über meine Zeit in London, wie es mir in der Zentrale gefallen würde, ob ich London schon erkundet hätte, und über Neuigkeiten, die es auf dem Stützpunkt gab. Dann sagte ich zu ihm: „Tim, bitte reiche mir deine Hand."

Er war etwas verwundert über meine Bitte, reichte sie mir aber dennoch. Es tat gut, ich schloss die Augen.

Als ich sie wieder öffnete, sagte ich: „Tim, ich reiche dir heute die Hand, die ich dir einst nicht geben konnte. Für mich hat das eine große Bedeutung. Nur wenige Menschen bekommen meine Hand als Zeichen einer beginnenden Vertrautheit."

„Ich danke dir, aber bitte erkläre mir, wie ich zu dieser Ehre komme."

„Es ist ein inneres Gefühl, welches mich dazu bewegt. Und wenn mein Gefühl mir dies sagt, dann ist es auch richtig so. Kannst du etwas für mich organisieren?", fragte ich ihn nach einigen Atemzügen.

„Was soll es denn sein?"

„Gehe bitte zu Major Corner und sage ihm, dass ich den Soldaten und die zwei Militärpolizisten sprechen möchte."

Tim erschrak leicht und meinte nach einer kleinen Weile des Überlegens: „Das ist keine gute Idee, Tom."

„Ich denke doch. Ich werde sie schon nicht verhauen. Ich

kann mich ja kaum bewegen."

„Also gut, ich spreche mit dem Major. Aber, ob er das zulässt, kann ich dir nicht versprechen. Ich denke eher, er wird davon nicht begeistert sein."

Noch am gleichen Tag kam der Major zu mir ins Krankenzimmer.

„Was hat das zu bedeuten, Tom? Was willst du damit bezwecken?"

„Sie werden es mir nicht glauben Major Corner, aber ich möchte mich entschuldigen."

Er blieb sprachlos vor meinem Bett stehen. Nach einer Weile sagte er: „In Ordnung, heute Nachmittag", drehte sich um und verließ das Zimmer.

Am Nachmittag klopfte es an meiner Tür. Major Corner und Doktor Braiten traten ein, nachdem ich „herein" gesagt hatte.

„Sie sind da. Sie stehen draußen vor der Tür. Noch kannst du es dir anders überlegen. Willst du das wirklich tun?", fragte Major Corner.

„Ja, ich will."

„Das ist gut", vernahm ich den Doktor. Er war sichtlich zufrieden mit mir.

„Dann hole ich sie jetzt herein."

„Danke. Aber ich möchte erst einmal alleine mit ihnen reden, nur in Gegenwart des Doktors."

Major Corner stimmte etwas unwillig zu, nachdem Doktor Braiten ihm durch ein Nicken signalisierte, dass mein Anliegen so in Ordnung sei.

Kurz darauf erschienen die sie. Ich wollte sie nicht erst zu Wort kommen lassen.

„Ich möchte mich bei Ihnen, Sergeant Brandon und Sergeant Christopher, entschuldigen. Es tut mir leid, was in der Silvesternacht geschehen ist."

Doktor Braiten stand regungslos an der Tür und hörte aufmerksam zu.

„Uns tut es ebenfalls leid. Wir hätten dich nicht so lange und so hart schlagen dürfen."

„Ich weiß."

„Und ich als Soldat, gerade erst aus dem Krieg zurückgekommen, habe eben eine etwas lockere Einstellung zu den Mädels. Wir sind ja froh, wenn wir in unserer Freizeit mal eins zu Gesicht bekommen. Das sind andere Verhältnisse da draußen als hier in der Heimat."

„Ich verstehe Sie und ich möchte nicht mit Ihnen tauschen, ständig die Kampfeinsätze in den Krisengebieten dieser Welt. Das ist garantiert eine große Belastung. Ich wollte Ihnen eigentlich nicht zu nahe treten, aber ich war an diesem Tag in schlechter Stimmung. Ich war in Gedanken weit fort von hier."

Ich sah, wie Doktor Braiten die Ohren spitzte und sogar einen Schritt näher kam. Aber mehr sagte ich nicht. Stattdessen fragte ich ihn: „Doktor, können Sie bitte Major Corner hereinbitten?"

Die Militärpolizisten wurden unruhig. Ihnen war unbehaglich zumute, das konnte ich sehen. Der Major erschien.

„Major Corner, ich möchte, dass bei dem Strafmaß für die

Sergeanten Christopher und Brandon Milde angewandt wird. Können Sie dafür sorgen?"

„Ja, das kann ich."

„Und dem Soldaten, der gerade erst aus Afghanistan zurückgekehrt ist, trifft keine Schuld. Ich habe die Schlägerei angefangen, nicht er. Ich war betrunken."

„Ich habe verstanden."

„Danke, Major."

Alle im Zimmer schienen sichtlich erleichtert. Der Doktor lächelte und die Polizisten dankten mir. Ich bekam eine Woche später, als ich das Lazarett wieder verlassen hatte, vor allen Studenten einen Tadel für meinen Angriff auf den Soldaten ausgesprochen. Damit konnte ich leben. Den Soldaten sah ich übrigens nie wieder. Er war erneut zu einem Einsatz geschickt worden. Mit den beiden Militärpolizisten befreundete ich mich sogar. Wir sahen uns oft auf dem Stützpunkt und ich ging mit ihnen hin und wieder ins Mannschaftskasino, um mit ihnen das eine oder andere Pint zu trinken und einen Scotch dazu. Manchmal gingen wir sogar gemeinsam in die Stadt, wenn es ihr Dienst zuließ. Sie waren zwei ganz aufgeweckte Burschen, kaum älter als ich selber, gerade mal zweiundzwanzig Jahre alt.

Im Januar ging ich nicht zu der Studentenparty, auch wenn ich so auf einen Brief von Michael hoffte. Wie hätte ich Emely meine Wunden und die Blutergüsse auf dem Rücken erklären sollen, die mich immer noch zierten. Sie hätte sie unweigerlich gesehen, wenn wir im Bett gelegen hätten. Und ohne dem ging es nicht, ich brauchte sie für meine Zwecke und musste sie bei guter Stimmung halten. Anfang März war ich wieder soweit in Ordnung. Gemeinsam mit Kai und Austin ging ich zur Studentenparty. Emely freute sich riesig, als sie mich sah. Meine Jungs hatten ihr im Januar gesagt, dass ich zu einem Praktikum unterwegs sei und erst im März zurückkommen würde.

Lars war auch da. Ich traf ihn an der Bar und meine Freude war riesengroß.

„Tom, wo warst du denn so lange? Ich habe einen Brief für dich mitgebracht", flüsterte er mir ins Ohr.

Mir stockte der Atem, mir blieb fast das Herz stehen, bei dieser Information. Ich war so froh darüber, dass ich meinen Arm um Lars legte und sagte: „Lass uns trinken Lars, der Abend gehört uns. Du hast mich soeben sehr glücklich gemacht."

Nach einigen Pints mit Lars wurde mir bewusst, dass ich Emely völlig vergessen hatte. Sie stand bei den anderen Mädels und Jungs und blickte etwas sauer drein.

Ich verabredete mich mit Lars zu gewohnter morgendlicher Stunde in seinem Studentenzimmer und lief zu Emely. Es dauerte nicht lange, bis sich ihre Stimmung wieder besserte. Ich ging mit ihr nach Hause und schlief mit ihr. Sie war glücklich - ich nicht.

Zwei Uhr war ich bei Lars. Er gab mir den Brief und ich riss ihn sofort auf und erschrak kurze Zeit später. Es war kein Brief von Michael. Es war ein Brief von seiner Mutter. Mir lief es eiskalt über den Rücken, mir wurde schwindlig. Und nach einer Weile begann ich zu lesen.

Lieber Tom,

ich sitze bei einer Tasse Kaffee und einer Zigarette und weiß nicht, wie ich schreiben soll.

Habe Ihren Brief schon drei Mal gelesen. Da Sie sehr auf Antwort warten, schreibe ich Ihnen. Ich bin die Mutter von Michael.

Leider muss ich Sie enttäuschen. Michael kann Ihnen nicht mehr antworten, er ist tot.

Er hatte einen Verkehrsunfall in Berlin. Leider ist der Autofahrer mit kleineren Verletzungen davongekommen und unser Michael war so schwer verletzt, dass er auf dem Weg ins Krankenhaus verstarb. Er war nicht ange- schnallt. Das war für uns, seine Eltern, etwas Unfass- bares. Jetzt, wo ich davon schreibe, wühlt es alles wieder auf. Aber Sie wollen ja von Michael eine Antwort und das tue ich als seine Mutter. Wenn ich so überlege, glaube ich, dass Michael auch mal was von einem Tom erzählte. Also seid ihr beide zusammen in der Polizeischule gewesen. Was war damals eigentlich passiert? Michael hatte uns einiges erzählt, den Rest reime ich mir zusammen.

Ich habe mein Liebstes verloren. Nun sind Sie sicher auch sehr traurig. Warum haben Sie uns damals nicht mal besucht?

Entschuldigen Sie meine schlechte Schrift, ich bin sehr aufgeregt, aber ich würde mich freuen von Ihnen mal was zu hören. Alles, was mit Michael zusammenhängt, interessiert mich. Oder wollen Sie mich mal anrufen? Oder schreiben, bitte! Am besten abends, da bin ich immer zu Hause. Tagsüber bin ich viel auf dem Friedhof.

Ich verbleibe Ihnen mit herzlichen Grüßen, Frau Irmgard Beier.

PS: Ich warte!

Dem Brief hatte sie die Traueranzeige aus der Tageszeitung beigelegt.

Anfangs glaubt man zu verzagen und man denkt, man trägt es nie.
Trotzdem müssen wir es ertragen, fragen darf man nur nicht wie.
Du hast ein gutes Herz besessen, nun ruhe still und unvergessen.
Unfassbar durch einen tragischen Verkehrsunfall,
musste uns unser über alles geliebter Sohn, lieber

Enkel, Neffe, Cousin, Patenkind und Freund

     Michael Beier

für immer verlassen.
In unsagbarem Schmerz:...

Was zu viel ist, ist zu viel. Ich schrie auf, schrie meinen Schmerz in die Welt hinaus und konnte mich nicht mehr beruhigen. Lars nahm den Brief und las ihn durch. Ich ließ ihn gewähren.

„Was für ein Unglücksbote ich doch bin", stammelte er und ließ sich auf das Sofa fallen.

„Ja, das bist du. Aber du kannst nichts dafür, du wusstest nicht, was in dem Brief steht. Lars, ich muss raus hier, darf ich später wieder kommen? Ich würde mich gern bei dir etwas schlafen legen, wenn du in der Uni bist."

„Klar doch", sagte er und überreichte mir den Zweitschlüssel seiner Studentenwohnung.

„Kannst du mir noch einen Gefallen tun, Lars?"

„Wenn ich dazu in der Lage bin?"

„Bitte erzähle niemanden von diesem Brief, nie und nimmer."

„In Ordnung", antwortete er mit zitternder Stimme.

Auch er musste die Situation erst einmal begreifen, in die er so unverhofft geraten war, für die er nichts konnte, die er nie und nimmer geahnt hatte, als er sich einst bereit erklärte, der Bote für mich zu sein.

„Wenn ich allerdings ein für alle Male aus deinem Leben verschwinden soll, dann sage es jetzt. Ich würde es dir nicht übel nehmen."

„Ich kann dich doch jetzt nicht alleine lassen, du bist ja völlig aufgewühlt. Wer war denn der Michael eigentlich, der dir wohl so viel bedeutet hat?"

„Er war mein allerbester Freund. Der einzige Freund, den

ich in meinem Leben je hatte. Wir haben zusammen in Deutschland die Polizeischule besucht, bis zu dem Tag, an dem eine Katastrophe über uns hereinbrach."

Bei all meinem Schmerz und Kummer musste ich Lars wieder auf die Beine bringen. Er durfte nicht durchdrehen, ich brauchte ihn, ich brauchte ihn sogar um vieles mehr als Emely. Nun sogar ganz besonders. Nach einer Stunde verließ ich sein Zimmer. Er hatte zwei Schlaftabletten genommen und sich schlafen gelegt. Zumindest wollte er es versuchen. Ich selber lief auf die Tower Bridge. Nein, ich wollte nicht runterspringen. Ich wollte nur das fließende Wasser sehen. All die Zeit an der Polizeischule ging mir wieder durch den Kopf. Die Zeit mit Michael, die schöne Zeit mit Sabine und die Momente des Kummers, die ich hatte.

Der Morgen kündigte sich an, die Sonne ging auf und die Nacht verabschiedete sich von mir, als ich mich vom Brückengeländer löste und in das nächste Lokal ging, dass schon offen hatte. Dort trank ich zwei große Scotch und lief danach ins Wohnheim zurück. Lars war schon auf dem Weg in die Universität, bald würde für ihn in einem der vielen Hörsäle die erste Vorlesung beginnen. Ich duschte und legte mich schlafen. Ich war erschöpft, müde und kraftlos.

Am Nachmittag kam Lars zurück und ich fragte ihn erneut: „Lars, soll ich verschwinden? Es sind nicht deine Probleme und es sollen auch nicht deine werden. Ich bin ein sehr unglücklicher Mensch und ich möchte nicht, dass du darunter leidest, nur weil du mich kennengelernt hast."

„Ich kann dich doch jetzt nicht alleine lassen. Nein, bleib da. Du kannst auch auf dem Sofa schlafen, wenn du willst. Ich organisiere noch ein zweites Bettzeug von der Studentenverwaltung. Das ist ganz normal hier."

„Danke, Lars. Aber wenn es doch zu viel für dich wird, dann sage es mir ehrlich. Ich werde es dir nicht übel nehmen."

„Ja, mache ich."

Ich seufzte und sagte: „Komm, lass uns essen gehen. Ich will dir eine Geschichte erzählen."

Geld spielte für mich keine Rolle. Anders als all die anderen Studenten bezog ich ein recht ordentliches Gehalt. So steuerten wir ein sehr teures Restaurant an. Ich wollte keinen Trubel um mich herum haben, ich brauchte Ruhe. Und die findet man in teuren Restaurants, in die die Menschen nicht nach einem langen Arbeitstag einfach hineingehen, um das Feierabendbier zu trinken, ehe sie nach Hause gingen.

Der Oberkellner wollte uns, so wie wir aussahen, so leger, wie wir gekleidet waren, nicht in das Restaurant hineinlassen. Lars in seine für Studenten üblichen Kleidung und ich mit dem Eindruck, als hätte ich in einem der unzähligen Londoner Parks auf einer Bank übernachtet.

„Hier ist meine Kreditkarte, wenn Sie wollen, können Sie gerne fünfzig Pfund als Sicherheit davon abziehen. Aber geben Sie bitte mir und meinem Freund einen ruhigen, abseits gelegenen Tisch. Wir wollen bei Ihnen speisen und möchten uns ungestört unterhalten."

Der Oberkellner nahm meine Kreditkarte, sah sie an, und ein Lächeln legte sich auf sein Gesicht. Ich reagierte nicht. Zu beschäftigt war ich mit mir selbst. Ich nahm sein freundliches Lächeln einfach hin, ohne mir Gedanken zumachen, warum er das tat.

Es war eine Kreditkarte, die ich von Major Corner bekommen hatte. Eine, wie ich sie außerhalb des Stützpunktes noch nie gesehen hatte. Nun ja, der Geheimdienst besaß eine eigene Bank, für diese und jene Geschäfte, welche der Öffentlichkeit verborgen bleiben sollten. Aber das war mir im Moment völlig egal. Die Karte hatte ihren Zweck zu erfüllen - und sie tat es.

„Sehr wohl, Sir. Bitte folgen Sie mir."

„Ich danke Ihnen", sagte ich und wir folgten dem Oberkellner an einen Tisch. Er lag wirklich abseits an einer Wand, von wo aus man allerdings das gesamte Restaurant übersehen konnte. Gleich neben unserem Tisch befand sich eine Tür.

Ich erzählte Lars meine ganze bisherige Geschichte. Er war ein aufmerksamer Zuhörer, stellte zwischendurch Fragen und ich beantwortete sie ihm und die Zeit verging. Ich fühlte mich wohl und erleichtert, obwohl der Schmerz in mir stärker war, als je zuvor. Als es draußen auf den Straßen zu Dunkeln begann, erschien der Oberkellner mit einem anderen Kellner.

„Darf ich Sie kurz stören, meine Herren?"

„Natürlich dürfen Sie das", entgegnete ich.

„Ich habe jetzt Feierabend. Wenn ich Ihnen den dienst-habenden Oberkellner für diesen Abend vorstellen darf? Er wird Ihre weiteren Wünsche gern erfüllen."

Lars und ich hatten die ganze Zeit über keinen Alkohol getrunken. Aber nun nahmen wir zum Abschluss einen Scotch. Mir ging es wirklich gut. Mir war, als hätte ich eine große Last abgelegt. Oder hatte ich sie nur weitergegeben, an Lars? Ich wusste es nicht.

Ins Wohnheim zurückgekommen, besorgte Lars eine weitere Garnitur Bettzeug, wir tranken noch einen Whisky und gingen schlafen. Allerdings konnte ich nicht ein-schlafen. Zu bestürzt war ich von dem Brief, den Michaels Mutter mir geschrieben hatte. Ich nahm ihn immer wieder zur Hand und las ihn mir durch. Ich konnte dessen Inhalt nicht fassen. Das durfte einfach nicht wahr sein. Erst habe ich Sabine und Felix verloren und nun Michael. Ich wollte auch eine kleine Familie - wollte glücklich sein. Ich wollte einen festen Freund haben, mit dem ich durch dick und dünn gehen konnte, und dem ich alles anvertrauen kann, was mich beschäftigt, was mich bewegt in diesem Leben. Und nun war ich wieder allein auf dieser Welt.

Nach dem gemeinsamen Mittagessen in der Mensa ging Lars in eine Vorlesung und ich fuhr, mit einem Tag Ver-spätung, mit dem Zug nach Hereford zurück.

Im Stützpunkt herrschte Aufregung. Tom Parker war

überfällig. Major Corner war ratlos. Die Militärpolizisten stellten sich die Frage, ob sie etwas falsch gemacht, etwas versäumt hatten. Aber das hatten sie nicht. Ich war nur nicht pünktlich wiedergekommen. Kai und Austin wussten, dass es Lars gibt und auf welchem Campus er in einem Studentenwohnheim wohnt. Sie wussten auch von Emely Trix.

Bereits an der Wache stellte sich Erleichterung ein, als ich das Tor passierte. Sofort fingen die Telefone an zu klingeln. Es wurde dort und da angerufen und mitgeteilt, dass ich wieder da sei.

„Tom, wo bist du denn nur gewesen? Hier war die Hölle los. Glaube mir, wir hatten nichts zu lachen", sagte Sergeant Kyle Brandon mit verkrampfter Stimme zu mir, und dennoch erleichtert, dass ich vor ihm stand.

Dafür lachte ich und sagte: „Ich habe bei meinem Mädel übernachtet und verschlafen. Davon geht doch die Welt nicht unter."

Und während wir uns begrüßten, Kyle sich aus seiner Verkrampfung lockerte, kam in einem Jeep Major Corner angerast. Bremsen quietschten, eine dicke Gummispur schmückte den Asphalt. Ich musste schmunzeln - es ging nicht anders.

„Parker, wo waren Sie denn nur!?"

Er war nicht einmal ausgestiegen vor Aufregung, sondern hatte sich nur aufgerichtet und sprach mich über die Windschutzscheibe hinweg an. Kyle und der andere Militärpolizist hatten Haltung angenommen.

„Ich habe bei meinem Mädel übernachtet und verschlafen. Tut mir leid, Herr Major."

„Das kann doch nicht wahr sein, kaum zu fassen! Das nächste Mal rufen Sie an, wenn Sie bei Ihrem Mädel bleiben! Wozu haben Sie denn sonst die Telefonnummer auf Ihrem Studentenausweis! Dann bräuchten wir uns keine Sorgen zu machen!"

„Ihr Befehlston gefällt mir überhaupt nicht", entgegnete ich. „Und wenn es Ihnen nicht passt, kann ich ja gehen. Dann hätten Sie sicher eine große Sorge weniger in Ihrem wunderschönen Hereford." In mir stieg Wut auf.

Kyle und der andere Militärpolizist senkten die Köpfe.

Major Corner ließ sich auf seinen Sitz fallen, drehte den Jeep und raste davon. Kyle und ich rauchten heimlich noch eine Zigarette, weil Kyle ja im Dienst war. Danach ging ich weiter.

Es gehört nun mal zu unserem Beruf dazu, Menschen zu täuschen und zu belügen. An dieser Akademie erlernten wir das bis zu Perfektion. Ich war zufrieden mit meiner Leistung.

Ein paar Schritte weiter wurde meine Mimik wieder ernst und verschlossen. Den Brief von Michaels Mutter hatte ich bei Lars gelassen. Zu unsicher war die Aufbewahrung hier im Stützpunkt. Ich ging in mein Zimmer und legte mich in mein Bett. Am Abend kamen Kai und Austin von der Vorlesung.

„Tom, wo warst du denn? Hier haben sich alle Sorgen gemacht. Der Major wusste nicht mehr ein noch aus und

hat uns alle verrückt gemacht. Wir haben ganz schön gelitten unter seiner schlechten Laune."

„Ich war bei Emely, habe bei ihr übernachtet und verschlafen."

„In deren Busen würde ich auch gerne mal verschlafen",
sagte Austin verträumt.

Aber Kai kaufte mir meine Antwort nicht ab. Ich sah es an
seinem Blick, ich spürte es dadurch, dass er nichts antwortete, sondern nur im Zimmer stand und mich anblickte. Und wie sich so unsere Blicke trafen, wusste er,
dass ich wusste, dass er meine Geschichte nicht glaubte.
Mir war in diesem Moment nicht klar, ob ich ihn fürchten
musste und ich mich in Acht vor ihm nehmen musste,
oder ob da ein Verbündeter stand. Aber eines war mir
klar: ich würde ihn gnadenlos bekämpfen, wenn er ein
Hindernis für mich darstellen würde. Und auch dies war
ihm bewusst. Ein leichter Schauer, der durch ihn fuhr,
hatte ihn verraten.

Austin spürte nicht, was da zwischen uns vorging, er war
und blieb etwas trottelig.

„Ihr habt doch jeder selber ein Mädel abbekommen, damals auf der Party. Nur traut ihr euch nicht, die ganze
Nacht über bei ihnen zu bleiben, ohne es zu melden", gab
ich an Austin gewandt zurück. Kai grinste nun in sich
hinein.

Die Wochen vergingen. Ich nahm am Studium teil, hatte
aber gar nicht mehr die richtige Lust, mein Ziel zu erreichen.

„Reden Sie doch mal mit Tom", sagte eines Tages Major Corner zu Lieutenant Damon. Irgendwas stimmt nicht mit ihm. Sie sind ihm doch schon ein Stück näher gekommen. Wenn das nicht hilft, müssen wir den psychologischen Dienst einschalten. Aber das will ich vermeiden."

„Ich kann es versuchen. Aber Sie wissen ja, wenn Tom sich verschließen will, dann tut er das auch und keiner kommt an ihn heran."

„Ja, das ist ja eben. Vielleicht haben Sie etwas Glück."

Nach einem Sportunterricht kam Tim auf mich zu.

„Tom, ich möchte mich noch etwas mit dir unterhalten. Magst du oder störe ich dich gerade?"

„Nein, du störst nicht Tim, leg los. Was liegt an?"

Ich wusste ganz genau, was er wollte.

„Wir machen uns alle Sorgen um dich. Hast du ein Problem, bei dem du nicht weiter weißt? Hast du Ärger außerhalb des Stützpunktes bekommen oder hast du dich wieder geprügelt? Dieses Mal mit Erfolg, sodass man keine Spuren an dir erkennen kann?"

Ich war gerührt. Er versuchte wirklich alles, um die angespannte Situation zu lockern.

„Nein, Tim. Ich bin nur traurig, weil ich so weit weg von Deutschland bin."

„Tom, ich werde dir jetzt etwas verraten. Aber verpetze mich nicht bei dem Major."

Ich wurde hellhörig. Denn eines wusste ich: alle wussten mehr über mich, als ich selber.

„Du wirst eines Tages nach Deutschland zurückkehren."

Das traf mich ganz unerwartet. Ich war regelrecht geschockt über diese Offenbarung. Aber warum? Wieso? Mit welchem Auftrag? Was hatten sie bereits jetzt mit mir vor, von dem ich nichts ahnte?

„Warum das?", fragte ich.

„Weil du dorthin gehörst."

„Wieso? Was soll ich in Deutschland? Da gibt es niemanden, der auf mich wartet."

„Doch, da gibt es Menschen, die auf dich warten."

„Wer sind diese Menschen, Tim? Sag es mir, bitte."

Mein Herz schlug schneller. Wenn das so weiter ging, würde es nicht lange dauern, und mein Herz würde wieder anfangen zu stechen.

„Das darf ich dir nicht sagen."

Ich war sehr verblüfft. Wer konnte das sein? Wer sollte in Deutschland auf mich warten? Dort gab es niemanden mehr. Aber ich brauchte Tim nicht weiter danach zu fragen. Er würde mir keine Antwort auf meine Frage geben.

„Gut, ich warte, auch wenn in Ungeduld. Aber lasst mich bitte nicht so lange warten. Ich fühle mich einsam. Meine Liebsten habe ich schon verloren."

„Wer waren deine Liebsten?"

Durchaus eine ehrlich gemeinte Frage von Tim. Aber woher sollte ich wissen, ob sie auch von ihm persönlich kam.

„Ich hatte Haustiere."

Natürlich glaubte Tim mir das nicht, aber er fragte nicht

weiter nach. Unser Gespräch war mit dieser Antwort beendet. Ich wusste es und Tim hatte mich sehr wohl verstanden. Ich ging quer über den Sportplatz zurück in mein Zimmer.

Ich besuchte weiterhin Emely, wenn ich in London war. Nicht mehr auf eine Studentenparty wartend, sondern, wenn ich gerade Lust dazu hatte bei ihr daheim. Ich musste einen Schein wahren und merkte zudem, dass mir etwas Abwechslung durchaus gut tat. Außerdem, beziehungsweise vordergründiger, hatte ich so die Gelegenheit, Lars zu besuchen. Meinen wichtigsten Anlaufpunkt in dieser Zeit, den ich vor dem Major geheim halten wollte, wenn dies überhaupt möglich war.

„Du siehst nicht gerade besser aus", war die Begrüßung, als ich Lars wieder besuchte.

„Ich weiß, ich fühle mich auch noch nicht viel besser. Ich möchte heute gern einen Antwortbrief an Michaels Mutter schreiben."

„Das kannst du tun, ich lass dich alleine."

„Nein, so war das nicht gemeint. Du störst mich nicht, du musst wegen mir nicht deine Studentenwohnung verlassen. Das will ich nicht."

„Tom?"

„Ja?"

„Ich gehe jetzt. Ich bin in zwei Stunden wieder da, ohne Widerrede."

Lars zog sich an und ging zur Tür.

„Lars?"

„Ja."

„Ich danke dir."

„Ist schon in Ordnung, bis dann."

Was hätte ich nur ohne ihn gemacht. Er gab mir Halt in dieser Zeit. In seiner Gegenwart fühlte ich mich wohler, als in Hereford.

Ich nahm mir den Brief von Michaels Mutter zur Hand und las ihn mehrmals durch. Danach griff ich zu Schreibpapier und Füller. Aber ich wusste nicht so recht, wie ich ihn beginnen sollte. Ich holte mir ein Bier aus dem Kühlschrank, setzte mich vor das weiße Blatt und überlegte. Die Zeit verging und meine Bierflasche war inzwischen leer. Dann fing ich doch an zu schreiben.

Originaltext

Liebe Irmgard,

darf ich Sie so nennen?

Wie auch immer, für Sie bin ich Tom und „du". Uns verbindet Michael. Und das in einem Maße, wie Sie sich es nicht vorstellen können.

Wenn Sie in der nächsten Zeit diesen Brief erhalten, so möchte ich Ihnen mein herzliches Beileid zum Ausdruck bringen. Und grüßen Sie Michael von mir, wenn Sie an seinem Grab stehen. Er fehlt mir so sehr.

Nur einem Menschen habe ich vor kurzen, als ich die Nachricht von Michaels Tod erfahren hatte, erzählt, was damals passiert ist.

Sie sollen als Mutter alles erfahren, über die Zeit, die ich Michael gekannt habe. Eine Zeit, die, wie Sie mitbekommen werden, viel zu kurz für uns beide gewesen ist. Aber dazu später. Ich muss erst einmal Kraft finden, um am Anfang der Geschichte beginnen zu können.

Irmgard, wenn Sie Fotos von Michael haben, bitte schicken Sie mir eins.

Wenn die bewegten Tage vorüber sind, werde ich Sie auch mal anrufen. Denken Sie immer daran, Sie hatten einen unglaublich guten Sohn.

Es gibt Dinge, die mental, also geistig und gedanklich im Gehirn vor sich gehen, die wir uns nicht erklären können. Ich glaube an die geistige Verbindung zu den Menschen, die man liebt.

Als wir uns das erste Mal in der Polizeischule gesehen haben, blickten wir uns für Sekunden länger in die Augen, als es eigentlich üblich ist. Es war ein fester und tiefgehender Blick, bei mir und bei Michael. Ich war verwirrt. Ob in der Judohalle, beim Unterricht, in der Freizeit, mit oder ohne andere Polizeischüler, oder bei Einsätzen - wir haben uns immer verbunden gefühlt. Wenn wir nicht gerade unmittelbar miteinander zu tun hatten, so spürte ich allgegenwärtig Michaels Geist. Als ich ihn darauf angesprochen habe, sagte er mir, dass es ihm ebenfalls so geht. Mit unseren jungen Jahren standen wir vor einem Phänomen. Wir haben es uns nicht erklären können. Es war, als hätten wir uns schon immer

gekannt.
Viele liebe Grüße, Tom

Als Lars wieder nach Hause kam, war ich bereits auf dem Sofa eingeschlafen.

Er weckte mich und sagte: „Tom, wach auf, es ist bereits dreiundzwanzig Uhr."

„Dann werde ich mal gehen, nicht dass ich wieder Ärger bekomme. Aber zuvor rufe ich noch in der Akademie an und teile mit, dass ich mich auf dem Weg ins Wohnhaus befinde."

Nach dem Telefonat zog ich mich an und wir verabschiedeten uns.

Zuvor hatte ich ihm noch den Brief gegeben, den ich geschrieben hatte. Und zehn Pfund dazu. Lars sträubte ich dagegen, das Geld anzunehmen. Aber ich wusste, dass er es gut gebrauchen konnte und ich konnte es mir leisten. Allerdings würde er erst wieder in einem viertel Jahr nach Deutschland fahren, sagte er mir.

Auf dem Heimweg rasten mir viele Gedanken durch den Kopf. Die arme Frau. Sie wusste nicht, dass ich in England bin, dass es mir schwer fällt, mit ihr in Kontakt zu bleiben. Ich musste nach Deutschland, irgendwie. Aber wie? Ich dachte an ein Flugzeug, gab den Gedanken aber schnell wieder auf. Zu viele Kontrollen durch die Flughafenpolizei. Sehr schnell wüsste die Akademie, nach wohin ich unterwegs sei, und würde sich an meine Fersen heften oder mich gar nicht erst abfliegen lassen.

Per Auto, bei irgendjemandem mitfahren, den ich dafür gut bezahlen würde. Aber das ging auch nicht. Zu langsam käme ich voran. Blieb nur noch die Eisenbahn übrig.

Einige Wochen später wollte ich es einfach versuchen. Es war an einem Freitag, die letzte Vorlesung war beendet. Ich fuhr mit einem Taxi zum Bahnhof Hereford und wollte mir eine Fahrkarte nach Erfurt kaufen. Gerade als ich meinen Wunsch der Verkäuferin äußern wollte, klopfte mir jemand auf die Schulter. Ich zuckte zusammen, drehte ich mich um und sah in das Gesicht von Lieutenant Damon. Ich erschrak zutiefst und sagte nichts.

„Tom, wohin willst du fahren?"

Aufgeflogen. Du hast dich verhalten, wie ein blutiger Anfänger, ging es mir durch den Kopf. Dennoch versuchte ich mein bestes, als ich den ersten Schreck überwunden hatte.

„Ich will einen Ausflug nach Irland, nach Belfast, machen. Sozusagen in die Hochburg der IRA und der UVF. Vielleicht kann ich ja mal die Eindrücke von dort für den Unterricht verwenden." Ich wollte locker wirken, merkte aber selber, dass es mir nicht im geringsten gelang.

Er sah mich mitleidig an und sagte: „Tom, ich soll dich zurückholen."

„Nein. Tim, bitte lass mich fahren! Du weißt ganz genau, wohin ich will. Ich muss unbedingt nach Deutschland!"

„Dann sage uns, was du in Deutschland zu erledigen hast, wohin du dort willst, zu wem du fahren willst. Dann bekommst du jede Unterstützung von uns, die du brauchst für deine Reise. Und das ist eine Aussage von Major

Corner. Ich soll sie dir übermitteln."

Ich sah ihn an und spürte, dass meine Augen feucht wurden.

„Das kann ich nicht. Bitte bringe mich nicht wieder zurück, lass mich fahren. Ich gehe zugrunde auf eurem Stützpunkt."

„Armer Tom", sagte er und wir verließen den Bahnhof, begleitet von zwei Militärpolizisten in Zivil.

Wir fuhren in den Stützpunkt zurück. Ich sagte kein Wort, Tim sagte kein Wort, keiner sagte kein Wort. Am Eingangstor empfing uns Major Corner. Sichtlich zufrieden, mich zu sehen.

„Tom, wohin sollte denn die Reise gehen?", fragte er mich.

„Nach Irland, ich werde Terrorist!", schrie ich ihn an.

Auch er wusste sehr wohl, wohin meine Fahrt gehen sollte. Nur hatte er keine Kenntnis über meinen genauen Zielort und warum ich unbedingt dorthin wollte. Und dieser Aspekt ärgerte ihn sehr.

„Damit ist nicht zu spaßen."

„Und mir macht es keinen Spaß, dass Sie mich hierher entführt haben, Major!"

„Wir haben dich nicht entführt. Du bist vorerst hier zu Hause."

„Nie und nimmer werde ich hier zu Hause sein! In Deutschland wart ..."

„Wer wartet in Deutschland auf dich, Tom?"

Ich blickte zu Tim. Seine Miene war wie versteinert.

„Lieutenant Damon hat mir in Ihrem Auftrag erzählt, dass

in Deutschland jemand auf mich warten würde, dass dort mein zu Hause sei."

„Das stimmt auch, nur musst du erst dein Studium beenden."

„Wieso ist denn das Studium so wichtig? Erklären Sie es mir, Major! Warum gerade dieses Studium?"

„Du hast meine Frage nicht beantwortet. Zu wem wolltest du in Deutschland? Sage es uns endlich."

Ich ging die zwei Schritte, die uns voneinander trennten, auf den Major zu und schlug ihm meine Faust ins Gesicht. Sofort hielten mich Tim und ein Militärpolizist fest. Major Corner betupfte sich mit einem Taschentuch seine blutige Nase.

„Ich möchte jetzt bitte gern in mein Zimmer gehen", sagte ich.

Der Polizist und Tim sahen den Major fragend an. Sie wollten eine Entscheidung von ihm.

„Lassen Sie ihn gehen."

Ich lief weiter, aber zufrieden war ich nicht mit dem, was ich gerade getan hatte. Das war respektlos und untergrub die Autorität des Majors.

Wir machten uns gegenseitig das Leben schwer. Ich wollte nach Deutschland und erzählte Major Corner nicht, wohin ich wollte und der Major wollte mich auch wieder nach Deutschland schicken und sagte mir seinerseits nicht, wohin ich sollte. So würden die Spannungen zwischen uns, dieses nervige Katz-und-Maus-Spielen, ewig weitergehen, ohne dass einer von uns zufrieden sein würde.

„So geht das nicht weiter. Wir müssen Kontakt zu Colonel Smith aufnehmen. Wir verlieren mehr und mehr die Kontrolle über Tom. Wir sind nicht in der Lage ihn zu bändigen. Wenn wir ihm doch endlich sagen könnten, was er wissen möchte und auch sollte. Es täte ihm gut und würde uns die Arbeit erleichtern. Zumal mir das sogar selber ans Herz geht. Ich halte das nicht länger aus. Wir quälen ihn, wir quälen uns selber", sagte Tim nach diesem Vorfall zu Major Corner.

„Reißen Sie sich zusammen, Lieutenant Damon!"

Der Major blickte ihn böse an, betupfte weiter seine Nase, drehte sich um und ging.

„Bei euch liegen ja die Nerven aber ganz schön blank", sagte der Militärpolizist zu Tim. Er hatte in diesem Moment ganz vergessen, dass er einen Offizier vor sich stehen hatte. Lieutenant Damon sah darüber hinweg.

„Ja, verdammt blank. Ich wünschte es hätte endlich ein Ende. Warum tun wir ihm das nur an?"

Dann ging auch er seiner Wege.

Ich lag auf meinem Bett. Aber dann stand ich doch wieder auf, setzte mich an meinen Schreibtisch, nahm Papier undFüller zur Hand und schrieb auf:

Michael, ich werde an dich denken, solange ich atmen kann. Unsere geheimnisvolle Entdeckung in der Polizei-

schule werde ich mit in den Tod nehmen, so wie wir es uns gegenseitig versprochen haben. Auch Lars habe ich nichts davon erzählt. Du hast dich daran gehalten, sonst würde ich heute vielleicht auch nicht mehr so sein. Ich möchte zu gern wissen, was passiert ist, bei dieser Autofahrt nach Berlin, bei der du den Tod gefunden hast und der Fahrer nur leichte Verletzungen davon trug. Das geht doch irgendwie nicht auf. Wieso war der Fahrer angeschnallt und du nicht? Wie konntest du durch das Seitenfenster aus dem Wagen geschleudert werden? Ich meine: da muss ein Mensch erst einmal durch passen. Ich verstehe es nicht. Es gibt doch im Türrahmen so viele Möglichkeiten, wo man sich festhalten kann, um ein Herausfallen zu verhindern. Ich wünschte, ich käme an den Unfallbericht heran, um eine Erklärung zu finden. Aber vielleicht entspricht dieser ja auch nicht der Wahrheit. Ich möchte auch wissen, ob dir eben diese Entdeckung zum Verhängnis wurde. Ich möchte wissen, ob ich aus diesem Grund das Land verlassen musste. Ich möchte wissen, warum sie uns nicht zusammen auf die Offiziersschule haben gehen lassen. Ich möchte wissen, warum sie uns getrennt haben. Was haben wir da nachts gesehen, was wir hätten nicht sehen dürfen? Was haben wir erfahren, was wir hätten nicht erfahren dürfen?

All das sind Fragen, die mich bewegen und für die ich keine Antwort weiß, und sicher nie erhalten werde. Und das ist es, was mich zermürbt.

Tom

Diese schriflichen Gadanken und Fragen, die ich mir selber stellte, deponierte ich bei Lars.

Meine Schießergebnisse wurden auch hier nicht besser. Daran änderte auch meine neue Dienstwaffe nichts. Ich hatte nun eine kleinere Pistole. Diese konnte man gut unter dem Jackett verstecken, Kaliber 22, nicht mehr so groß und schwer, wie das Modell, welches ich als Polizist hatte. Immer noch traf ich die Schießscheibe zu niedrig. Meine Gegner wären auch weiterhin qualvoll an inneren Verletzungen gestorben.

In der Schule riss ich mich wieder zusammen. Ich wollte doch einen guten Abschluss erzielen, schon um sagen zu können: Michael, ich habe es geschafft.

Ich beteiligte mich am geselligen Leben im Stützpunkt. Denn mir war klar geworden: wenn du für dich alleine bleibst, wird dein Gemütszustand nicht besser. Du brauchst mehr Ablenkung als Emely dir mit ihrem reizenden Körper bieten konnte, andere Ablenkung eben.

Ich begann mich zu fürchten, vor den Stunden, die ich alleine war, die ich alleine sein wollte, mit meinen Gedanken. Denn sofort verfiel ich wieder in Trauer um meine Liebsten, die es nicht mehr gab. Ich begann mehr und mehr die Finsternis zu lieben, die Stille in den Straßen Londons, die Ruhe in den dunklen Parks, nachts allein auf der Tower Bridge zu stehen und auf den Fluss hinab zu sehen, der Fluss, der viele Geschichten zu erzählen wusste, manchmal flüsternd, wenn das Wetter ruhig war, manchmal deutlicher zu mir sprechend, wenn es regnete oder fast schreiend, wenn er aufgewühlt war von heftigen Winden. Bis in den Morgen war ich unterwegs auf meinen Streifzügen der Ungewissheit, bis der Morgen anfing zu dämmern, die Sonne am Horizont Londons aufging, die Stadt wieder zu pulsieren begann mit all ihrem stockenden Verkehr und den Menschen, die sich als Tagmenschen bezeichnen durften. Und niemand verwehrte mir diese nächtlichen Ausflüge.

„Tom, kannst du heute bitte mal zu mir ins Lazarett kommen?", fragte mich Major Braiten beim Mittagessen.
„Ich bin aber nicht krank und habe auch keine Wunden von irgendeiner Schlägerei", antwortete ich.
Ich wusste nun, dass der Doktor nicht mein Freund ist, sondern derjenige, über den Major Corner versuchen wollte, in mein Inneres zu sehen, dass er derjenige war, von dem der Major seine Informationen über mich bekam.
„Das ist auch gut so. Die letzten Monate waren aufregend genug mit dir."
„Was wollen Sie dann von mir, Major?" „Ich möchte mich mit dir unterhalten."
Diese Art und Weise kannte ich nun schon zur Genüge. Es kam meistens nichts Gutes dabei heraus.
Mürrisch antwortete ich: „Wenn es sein muss, Doktor Braiten."
„Ja, es muss sein, Tom."
„In Ordnung, nach der letzten Vorlesung komme ich zu Ihnen."

„Gut. Bis dann."

Am frühen Abend klopfte ich an Doktor Braitens Tür.
„Herein."
Ich ging hinein, blieb aber an der Tür stehen. Eine reine
Trotzreaktion auf das, was auf mich zukommen würde.
„Da bin ich."
„Nimm Platz, Tom. Es dauert etwas länger."
„Ich möchte mich nicht setzen."
„In Ordnung. Wenn du dich im Laufe des Gesprächs doch
noch setzen möchtest, dann tu es einfach."
Ich gab keine Antwort.
„Was ist eigentlich mit Lars Schumann? In welchem Ver-
hältnis stehst du zu ihm?"
Mir kam es vor, wie ein Faustschlag ins Gesicht. Im tiefen
Grollton, die Stirn in Falten gelegt und den Kopf leicht
nach vorn geneigt, fragte ich den Doktor: „Was wissen Sie
von Lars Schumann?"
„Tom, meine Frage sollte dich eigentlich nicht mehr ver-
wundern. Ja, wir wissen von Lars Schumann."
„Bitte lassen Sie ihn in Ruhe. Wir trinken ab und zu mal
ein Pint oder einen Scotch zusammen, gehen essen oder
treffen uns zu den Studentenpartys, wir unterhalten uns
und er lässt mich auf seinem Sofa schlafen, wenn ich
müde bin. Er ist der Ruhepol, den ich brauche."
„Das kann ich verstehen. Es ist gut, dass du so jemanden
gefunden hast. Hast du dich ihm gegenüber geöffnet?"
„Ja, das habe ich und es tat mir gut. Aber ihnen gegenüber

werde ich mich nicht öffnen, nie und nimmer! Und wenn Sie ihm jemals zu nahe treten, Sie oder Major Corner, dann beten Sie zu Gott, dass Sie es lieber nicht getan hätten!", schrie ich den Doktor an.

„Willst du uns drohen, Tom?", fragte dieser im ruhigen Ton.

„Ja, und ich habe es eben deutlich zum Ausdruck gebracht. Ich werde Sie töten, wenn Sie Lars Schumann auch nur ein Haar krümmen. Das verspreche ich Ihnen."

Eine längere Pause entstand. Major Braiten sah mich ruhig an - ich ihn mit glühenden Augen.

„Dann halte daran fest, Tom", sagte er nach einer Weile zu mir.

„Doktor Braiten?"

„Ja?"

„Versprechen Sie mir, dass Sie Lars in Ruhe lassen und ihn auch nicht zwingen etwas zu auzusagen, was ich ihm anvertraut habe?"

„Ja, ich verspreche es."

„Das genügt mir nicht und das wissen Sie ganz genau. Warum versuchen Sie immer wieder, mit mir zu spielen? Und Sie wollten einst mein Vertrauen erlangen? Ich möchte dieses Versprechen von Ihnen im Namen aller, die so sehr um mich besorgt sind."

„Wir werden ihn nicht bedrängen und befragen, versprochen."

„Danke, Doktor. Sollten Sie oder jemand anderes jemals gegen dieses Versprechen verstoßen, dann wünschen Sie sich, dass Sie nie angefangen hätten zu leben. Denn ich werde mein Wort halten."

Ich drehte mich um und verließ die Tür knallend das Zimmer.

Auf dem Weg zu meinem Zimmer traf ich Major Corner. Ich trat ihm entgegen. Er schreckte kurz zurück und betastete sich automatisch seine Nase.

„Major Corner, kann ich Sie kurz sprechen?"

„Ja, Tom, was gibt es?"

„Lassen Sie Lars Schumann in Ruhe! Er hat mit dieser ganzen Sache nichts zu tun", zischte ich ihn an. „Ansonsten töte ich Sie."

„Und was bekomme ich im Gegenzug?"

„Einen Tom Parker, der Ihnen keine Schwierigkeiten mehr bereitet. Ich werde mich nicht mehr prügeln und auch keinen Anlass geben, dass ich verprügelt werde. Ich werde nicht mehr versuchen, hier wegzukommen und werde mein Studium beenden. Ich bin müde, ich möchte meine Ruhe haben."

Er blickte mich nachdenklich an und sagte: „Das klingt gut."

„Nein, das ist ein Angebot! Und ich meine es ernst!"

„Wir wollen es versuchen."

Ich packe ihn mit beiden Händen an seinem Jackett und zog ihn dicht an mich heran.

„Das reicht mir nicht, Major! Ich möchte Ihr Versprechen, dass Sie Lars Schumann in Ruhe lassen! Und zwar jetzt und für immer geltend!"

Von weitem sah ich drei Soldaten in unsere Richtung gerannt kommen. Ich musste mich beeilen, sonst würde es erneuten Ärger geben.

„Versprechen Sie es Major!", schrie ich ihn an. „Jetzt!"

„Aber Tom, nun reagieren Sie sich doch mal ab."

„Das ist die falsche Antwort, Major, und das wissen Sie ganz genau!"

„Lassen Sie mich auf der Stelle los, ich bekomme kaum noch Luft zum Atmen."

„Wenn ich nicht sofort die Antwort bekomme, die ich möchte, werden Sie auch keine Luft mehr zum Atmen benötigen!"

„In Ordnung, ist ja gut Tom, du hast es."

Augenblicklich ließ ich ihn los und ging drei Schritt zurück, sodass auch die Soldaten sehen konnten, dass sich die Lage entspannte.

„Danke, Major. Und denken Sie immer daran: wir haben eine Vereinbarung. Ich werde sie einhalten. Tun sie es auch."

Ich ließ ihn einfach stehen und ging weiter, noch ehe die Soldaten uns erreicht hatten.

Die Monate vergingen. Im April hatte ich meinem zwanzigsten Geburtstag gehabt. Ich war ein braver Student geworden. Ich ging mit Kai und Austin wieder zu den Studentenpartys, traf mich weiterhin mit Emely, und nun ohne Heimlichkeit ganz offen, mit Lars. Aber ich ließ nie zu, dass sich jemand vom Stützpunkt mit ihm unterhielt.

An den Wochenenden unternahm ich mit Lars Ausflüge in andere Grafschaften. Wir hatten ja keinen Grund mehr, uns zu verstecken. Wir besuchten die Universitätsstädte Cambridge und Oxford, die Hafenstadt Bristol, und unternahmen auch einen Trip nach Edinburgh in Südschottland. Dort gefiel uns am besten die Bar im Grassmarket. Wir verbrachten dort den ganzen Abend.

Ich meldete mich jedes Mal ab und sagte auch, wohin ich mit Lars unterwegs war. Es wurde immer genehmigt. Natürlich war ich nie alleine mit Lars unterwegs. Wir hatten immer jemanden im Schlepptau. Aber das störte mich nicht und Lars bekam es gar nicht mit.

Im Frühjahr 2006 fuhr Lars wieder nach Deutschland zu seiner Familie. Er nahm meinen Brief an Irmgard mit und brachte mir einen Brief von ihr zurück.

Originaltext

Lieber Tom,

herzlichen Dank für deinen ausführlichen Brief. Ich habe jeden Tag auf Antwort gewartet. Wenn nicht bald eine Antwort gekommen wäre, hätte ich es aufgegeben. Ja, Tom, so eine tolle Freundschaft verbindet sehr. Ich hätte nächste Woche die Auskunft angerufen und deine Telefonnummer erbeten.

Ich habe mich gefreut, von dir und über die Freundschaft zu Michael etwas zu erfahren. Den Brief habe ich schon vier Mal gelesen. Es tut mir auch leid für dich, dass du einen guten Freund verloren hast. Warum hast du so lange gewartet? Warum hast du dich nicht einmal früher gemeldet?

Ich habe eben alle Fotoalben nachgesehen, um ein paar schöne Bilder von meinem lieben Michael herauszusuchen. Aber die meisten sind nur ein Mal vorhanden und davon möchte ich mich nicht trennen.

Die beiden Schwarz-Weiß-Fotos, die ich dir sende, sind aus Michaels Armeezeit, als er in Erfurt bei der Bereitschaftspolizei seinen Dienst absolvierte. Und ein Bild von seinem Grab sollst du auch haben.

Morgen, wenn ich wieder zum Friedhof gehe, werde ich Michael grüßen von dir und von deinem netten Brief erzählen. An die geistige Verbindung glaube ich auch.

Michaels Wohnung, oben in unserem Haus, ist und bleibt so, wie er sie verlassen hat. Bitte komme mich mal besuchen. Dann können wir gemeinsam Michael besuchen gehen.

Für heute liebe Grüße von Irmgard.

Ich warte auf Antwort.

PS: herzlichen Dank für deine Bilder, so habe ich eine Vorstellung von dir, eine angenehme natürlich.

Lars saß an seinem Schreibtisch und bereitete sich auf eine Klausur vor.

Als ich den Brief das zweite Mal zu Ende gelesen hatte, fragte ich ihn: „Darf ich mal dein Telefon benutzen?"

„Klar doch. Soll ich aus dem Zimmer gehen?"

„Nein, das muss nicht sein."

Ich wählte eine Telefonnummer.

„Zentrale der Verwaltungsfachschule London", meldete sich eine Frauenstimme.

„Hier ist Tom Parker", sagte ich und machte eine Pause. So hatte sie Zeit für die Stimmenidentifizierung. Gleichzeitig stellte sie eine Verbindung zu Major Corner her.

„Sie können jetzt weiter sprechen", sagte sie kurze Zeit später.

Die Identifizierung war in Ordnung.

„Bitte richten Sie im Wohnheim aus, dass ich heute nicht in die Akademie zurückkommen werde. Ich bin morgen Vormittag wieder da."

„In Ordnung, Mister Parker. Ich werde der Heimleitung Bescheid geben", sagte sie.

„In Ordnung, Tom, aber mache bitte keinen Ärger", vernahm ich im nächsten Moment die Stimme des Majors.

„Nein, mache ich nicht. Ich habe es Ihnen versprochen."

Damit war das Telefonat beendet. Ich legte den Hörer wieder auf.

„Bei euch geht es aber streng zu", sagte Lars zu mir.

„Ich war nicht immer ein guter Student und da habe ich diese Auflagen erhalten. Die Staatsschulen sind eben keine freien Universitäten, wo die Studenten machen können, was sie wollen."

Wir lachten und nahmen uns einen Scotch.

„Und wo willst du wirklich hin, Tom?"

Er kannte mich schon ziemlich gut. Und mir war es recht so.

„Ich gehe auf die Tower Bridge. Ich möchte auf das Wasser sehen, was drunten durchfließt und alleine sein mit meinen Gedanken. Ich komme in den Morgenstunden zurück und würde dann gern noch ein paar Stunden auf deinem Sofa schlafen."

„Das kannst du gerne tun. Ich verschwinde beizeiten, ich habe um acht Uhr eine Vorlesung."

„Danke, Lars." Ich zog mich an und verließ seine Studentenwohnung.

Drei Jahre waren fast vergangen, seit ich nach London gebracht wurde. Es war Sommer 2006 und ich hatte meinen einundzwanzigsten Geburtstag hinter mir. Ich traf mich mit Emely in einem Café. Wir unterhielten uns und dann kam, was kommen musste. Ich hatte es schon einige Zeit erwartet.

„Tom, ich möchte mich gern mit dir verloben", sprach sie zu mir.

„Emely, meine kleine zarte Emely, das geht nicht. Du würdest mit mir nicht glücklich werden."

„Aber ich bin doch glücklich mit dir."

„Das ist etwas anderes. Wir sind Freunde."

„Dann lass uns einen Schritt weiter gehen im Leben. Ich möchte eine Familie haben, mit dir, und Kinder dazu, viele Kinder."

„Nein, Emely, das geht nicht. Ich weiß nicht einmal, wer

ich bin."

„Aber ich weiß es. Du brauchst also keine Heimlichkeiten mehr vor mir haben."

Ich sah sie verdutzt an.

„Ich weiß, dass du an dieser Militärakademie studierst, du und Kai und Austin. Ich bin euch einmal nachgefahren, ihr habt es gar nicht gemerkt. Es ist doch nicht schlimm, dass du Soldat werden willst."

„Du bist uns nach Hereford nachgefahren? Aber das sind doch über 145 Meilen. Warum hast du solch eine lange Fahrt auf dich genommen? Ich wäre in Sorge um dich gewesen."

Sie blickte mich mit ihrem warmen Lächeln an. Einem Lächeln, welches mir bewusst machte, dass sie zu meinem Geist vordringen wollte und dennoch immer wieder aufs Neue vor dieser Schranke des Unerklärlichen stehen bleiben und darüber hinaus nicht weiterkommen würde. In ihrem Kaffee rührend blickte sie mich liebevoll an, bittend, flehend gar, und ich wusste, ich würde ihr wehtun, würde ihr Liebesschmerz bereiten, und wünschte mir so sehr, dass sie mit der Zeit die Kraft aufbringen würde, gegen ihn anzukämpfen, um in ferner Zukunft mit einem anderen jungen Mann ihr Leben zu beginnen, so, wie sie sich es wünschte.

„So einfach ist das nicht, Emely. Es ist nicht so, wie du es dir vorstellst."

„Dann erkläre es mir bitte, Tom."

„Wenn ich dir alles erklären könnte, dann wüsste ich, wer

ich bin. Aber eben das weiß ich nicht. Nein, Emely, für uns gibt es keine gemeinsame Zukunft."

Sie sah mich nachdenklich an und ich fühlte mich so unwohl. Ich dachte zurück an die glückliche Zeit mit Sabine und an den Tag, als sie von mir gerissen wurde. Mir war schwindlig zumute, ich wollte hier weg. Aber ich konnte Emely nicht einfach so sitzen lassen.

„Emely, es geht nicht. Ich möchte, dass du glücklich wirst. Lass uns Freunde bleiben, wenn du das kannst, suche dir einen guten Mann und berichte mir eines Tages von deinen Kindern. Das würde mich glücklich machen."

Sie weinte nicht, sie schluchzte nicht und rastete nicht aus. Was für ein bemerkenswertes Mädchen. Ich bewunderte sie in diesem Augenblick.

„Nun gut", sagte sie dennoch traurig, „dann soll es so sein. Ich habe dich geliebt, Tom, und ich werde dich bestimmt nicht vergessen."

Ich nahm ihren Kopf in meine großen Hände, zog ihre Stirn an meine heran und sagte: „Ich wünsche dir alles Gute im Leben, Emely. Du wirst auch mir immer in Erinnerung bleiben."

„Ja, Tom", entgegnete sie, stand auf und verließ das Café. Ich war fertig, total fertig, starrte hinaus auf die Straße und sah dennoch nichts.

Die Vorbereitungen zu den Abschlussprüfungen hatten begonnen. Ich war gut im Studium und ging entsprechend entspannt auf die Prüfungen zu. Ich brachte sie auch mit sehr guten und guten Noten hinter mich.

An einem Nachmittag lief ich wieder meine Runden um den Sportplatz, als plötzlich Tim vor mir stand und mir den Weg versperrte. Ich blieb verdutzt stehen und urplötzlich schoss ein Gedanke durch mein Gehirn, ein rasend schneller Gedanke, der mich sofort ins Wanken brachte. Wie versteinert stand ich vor ihm, sah ihn mit entsetzten Augen an und blickte doch durch ihn hindurch. Er hielt mich fest und fragte mich besorgt dreinblickend: „Tom, was hast du?"

Als ich wieder zu mir kam, antwortete ich: „Solch eine Situation habe ich schon einmal erlebt, damals an der Polizeischule in Deutschland."

Tim war ein intelligenter Kerl. Er merkte sofort, dass er in das Wespennest meiner Gedanken und Gefühle gestochen hatte, ganz unverhofft, ohne es zu wollen. Er war an einem Punkt angekommen, den sie in den drei Jahren nie erreicht hatten und dennoch soviel über ihn wissen wollten. Er legte mir seine Hand auf die Schulter. Ich ließ ihn gewähren, rastete nicht aus, und nahm ihn nun auch wahr. Minuten vergingen, ohne dass wir uns bewegten, ohne, dass einer von uns beiden etwas sagte. Dann brach Tim das Schweigen doch.

„Ich werde Major Corner und dem Doktor nicht berichten, was eben geschehen ist, darauf kannst du dich verlassen, Tom."

Allmählich fasste ich mich wieder und mit fester Stimme fragte ich: „Was gibt es, Tim? Warum hast du meinen Lauf gestoppt?"

„Wir möchten dich heute Abend in die Offizierskasino einladen."

„Aber ich bin noch kein Offizier."

„Das spielt keine Rolle. Major Corner, der Doktor und die anderen Dozenten möchten sich mit dir unterhalten."

Mir wurden die Knie weich.

„Was habt ihr mit mir vor?"

„Drei Jahre Studium sind vorüber."

„Was soll das bedeuten?" Ich merkte die Aufregung in meiner Stimme. Tim ebenfalls.

„Tom, bleibe ruhig, rege dich nicht auf."

„Tim, bitte schickt mich nicht wieder woanders hin. Ich möchte hier bleiben. Ich will nicht wieder fort."

Mir wurde schwindlig. Ich griff nach seiner Hand. Er war versucht, sie wegzuziehen. Aber ich merkte, dass er es nicht konnte.

„Tom, lass uns im Mannschaftskasino einen Scotch trinken."

„Nur wir beide?"

„Nur wir beide."

„In Ordnung."

Ich ließ ihn wieder los und wir liefen quer über den Sportplatz ins Kasino.

„Das wird ein schwerer Abend werden", sprach Major Corner zu Doktor Braiten. Sie standen an einem Fenster des Schulgebäudes und blickten auf den Sportplatz hinaus.

„Mir ist schon lange unwohl auf diesen Moment. Tom hat sich so gut gefangen in den letzten anderthalb Jahren und nun wühlen wir sein Gemüt aufs Neue auf."

„Aber dafür wird er dann endlich am Ziel angekommen sein, Herry."

„Es wird auch höchste Zeit für ihn."

Der Major seufzte und sah nachdenklich hinaus.

„Wir nehmen zwei doppelte Scotch", sagte Tim zu dem Barmann und wir setzten uns an einen Tisch.

„Nun sag schon, Tim, was kommt heute Abend auf mich zu?"

Ich hatte mich wieder etwas gefangen und wollte das, was mich erwartete, mit Fassung aufnehmen.

„In ein paar Wochen werden die Offizierspatente feierlich überreicht. Und dann geht auch für dich die Reise weiter."

Wir stießen mit unseren Gläsern an und nahmen einen Schluck.

Dann fragte ich: „Und wohin wird es mich verschlagen?"

„Du gehst nach Deutschland zurück, in eine Außenstelle des britischen Geheimdienstes."

„Muss ich dann wieder alle Kontakte, die ich hier in London hatte, abbrechen, so für immer und ewig?"

„Nein, wir bleiben in Verbindung. Und du wirst uns auch besuchen dürfen. Dann zeige ich dir die Tower Bridge."

Ich musste lächeln und sagte: „Ihr habt mich die ganze Zeit über bewacht und nicht aus den Augen gelassen. Selbst nachts auf der Brücke nicht."

„Ja, Tom, so ist es gewesen."

„Und, wie hat dir Cambridge gefallen?", fragte ich. „Ich habe mich jedes Mal gefreut, wenn ich mitbekommen habe, dass du in meiner Nähe warst, bei meinen Ausflügen mit Lars. Nur das mit der Tower Bridge habe ich nicht gemerkt."

„Da schienst du auch sehr weit weg gewesen zu sein mit deinen Gedanken."

„Ja, Tim, das war ich. Lass uns Schluss machen damit. Mir geht es wieder gut, wirklich. Außerdem möchte ich mich noch etwas ausruhen."

„Da fällt mich noch etwas ein: heute Abend bitte in Ausgangsuniform erscheinen."

„Zu Befehl, Lieutenant Damon!", antwortete ich und wir lächelten uns an.

Am Abend machte ich mich schick und ging los. Ich hatte meine Schuhe auf Hochglanz poliert. Ich kam mir sehr komisch vor in meiner Ausgangsuniform. Inzwischen fühlte ich mich wohl auf dem Stützpunkt, aber solch einen Auftritt musste ich noch nicht absolvieren.

An einem feierlich gedeckten Tisch saßen Major Corner, Major Braiten, Lieutenant Damon und andere Dozenten. Als ich eintrat, standen sie auf, kamen auf mich zu und begrüßten mich. Ein Ordonnanzsoldat kam mit einem Tablett Sektgläser herein und reichte jedem von uns ein Glas. Danach verschwand er wieder.

„Guten Abend, Lieutenant Parker, wir begrüßen Sie",

eröffnete Major Corner die Begrüßung.

„Mit Verlaub, Major, ich bin noch kein Lieutenant."

Der Major und ein anderer Dozent drehten sich um und stellten ihre Sektgläser auf den Tisch. Als sie sich mir wieder zuwandten, hatte Major Corner eine Mappe in der Hand und der Dozent eine Schachtel.

„Tom Parker, wir gratulieren Ihnen zum erfolgreich bestandenen Studium an der Akademie und ernennen Sie hiermit zum Lieutenant", sprach der Major.

Ich war überrascht. Davon hatte Tim am Nachmittag nichts gesagt. Ich freute mich riesig. Ich war richtig glücklich. Der Major gab mir mein Offizierspatent und der Dozent öffnete die Schachtel. Nun trat Doktor Braiten vor mich und entfernte meine Schulterstücke. Er griff in die Schachtel und befestigte die neuen Schulterstücke an meiner Uniform. Ich schwebte auf Wolke sieben.

„Ich danke Ihnen recht herzlich. Das ist einer der schönsten Tage in meinem Leben."

Sie griffen wieder nach ihren Sektgläsern: „Dann lasst uns darauf anstoßen", sagte der Doktor.

„Nein", antwortete ich.

Alle verstummten und sahen sich verwundert an.

„Ich brauche jetzt einen Scotch, meine Herren", sagte ich lachend.

Die Sektgläser wurden abgestellt und der Ordonnanzsoldat brachte uns kurze Zeit später Tumbler mit Scotch. Wir setzten uns an eine lange Tafel und ließen uns das Abendbrot schmecken.

Höhepunkte und Niederlagen der vergangenen drei Jahre eines Tom Parkers wurden wieder aufgerollt. Es herrschte eine gute Stimmung an diesem Abend.

Nach dem Essen verabschiedeten sich die anderen Dozenten von uns. Major Corner, der Doktor, Tim und ich gingen in den Rauchersalon. Als wir uns vor dem Kamin niedergelassen hatten, wurde es still.

„Ich bin bereit. Fangen wir an. Also, wie geht es weiter mit mir?", eröffnete ich das Gespräch, welches sie ohnehin mit mir führen wollten. Ich sah ihnen an, dass sie über meinen eigenen Beginn sichtlich erleichtert waren. Major Corner übernahm das Wort.

„Tom, Sie sind nicht irgendwer, nur wissen Sie es noch nicht." Er schaute sich zu den anderen beiden um. Ich wartete ganz gespannt. „Sie werden heute Abend nicht erfahren, wer Sie sind. Aber wie Sie bereits wissen, werden Sie in Deutschland stationiert und dort erfahren Sie alles andere über sich."

Ich merkte, wie seine Stimme angefangen hatte zu zittern. Als er ausgesprochen hatte, stand er auf und drehte sich um. Ich sagte nichts und ich fragte nichts. Ich wartete einfach nur ab, bis sich der Major wieder gefangen hatte. Es dauert nicht lange. Dann setzte er sich wieder zu uns und Tim übernahm das Gespräch.

„Tom, du kommst in einen kleinen Ort. Dort haben wir in einem Schloss eine Dienststelle. In dieser wirst du für ein Jahr eine weitere Qualifizierung abschließen."

„Und wann werde ich erfahren, wer ich bin? Wann werde

ich zu Hause ankommen? Wann werde ich zu meiner Familie zurückkommen? Ich weiß schon seit meinem vierzehnten Lebensjahr, dass mich Pflegeeltern großgezogen haben, dass es nicht meine richtigen Eltern sind."

Stille, absolute Stille. Jeder der drei Offiziere schien sich in seine Gedanken zu vertiefen. Ich wollte ihnen helfen und tat es.

„Sie haben mir heute einen meiner glücklichsten Tage bereitet. Ich bin heute über nichts böse. Ja, ich weiß es schon lange, dass es nicht meine richtigen Eltern sind. Und ich weiß auch, dass Sie die Antworten auf all meine Fragen haben. Nur halten Sie die Zeit für noch nicht gekommen, sie mir zu geben. Das kenne ich, daran habe ich mich gewöhnt. Ich bitte Sie nur um eines..."

Ich sprach nicht weiter, damit sie sich der Bestimmtheit meines Anliegens bewusst werden konnten.

„Sprechen Sie weiter, Tom", fasste sich Major Corner als Erster.

„...warten Sie in Deutschland nicht zu lange damit."

Sie fühlten sich sichtlich unwohl. Mir wurde klar, dass sie darauf keinen Einfluss hatten. Ich sah es ihnen an.

„Dann nehmen Sie bitte Kontakt mit der Dienststelle in Deutschland auf und teilen Sie mit, woran mir liegt, bitte", sagte ich.

„Das werden wir tun, gleich morgen", gab Doktor Braiten zurück.

„Haben Sie sonst noch etwas auf den Herzen", fragte Major Corner.

„Nein, lassen Sie uns den Abend ausklingen, wie er begonnen hat. Das wäre schön."

Alle waren erleichtert. Der Doktor freute sich ganz besonders über meinen Gemütszustand und lobte mich für meine Erfolge. Es wurde noch ein schöner Abend und ich hatte dienstfrei bis zu meiner Abkommandierung nach Deutschland.

Bei der nächsten Studentenparty gab ich großzügig Drinks aus und verabschiedete mich von Emely, versprach ihr, dass ich mich wieder melden würde, aber sie solle nicht auf mich warten.

Als ich mich von Lars verabschiedete, sagte ich: „Nimm dir kommendes Wochenende nichts vor. Ich will mit dir nach Irland fahren, ich will Terrorist werden", boxte ihm leicht auf die Brust und schmunzelte.

„Du und Terrorist? Nie und nimmer, und wenn, dann wirst du einer von den Guten, solltest du es immer noch nicht sein."

Ich stutzte und blickte tief in seine Augen. Er grinste mich an und sagte: „Der Tim ist auch ein prima Kerl."

Ich schüttelte den Kopf. Wie konnte ich nur so naiv sein und daran glauben, dass sie nicht mit Lars in Verbindung treten würden. Aber zumindest haben sie ihn wohl, laut ihrem Versprechen, in Ruhe gelassen, eben nur Kontakt zu ihm aufgenommen, um zu erfahren, wer er ist.

„Komm her, Lars, lass dich drücken."

Er kam auf mich zu, ich nahm ihn in die Arme und

flüsterte in sein Ohr: „Du Misthund, du Verdammter."
Dann trennte ich mich lächelnd wieder von ihm und wollte gehen.

„Aber ich bin wirklich nur ein Chemiestudent aus Bayern. Das ist die Wahrheit", rief er mir freudig hinterher.

„Dann grüße das nächste Mal die Kühe auf der Alm von mir."

Ich hob meine Hand zum Gruß und draußen war ich.

Am folgenden Wochenende fuhr ich mit Lars nach Irland. Begleitet wurden wir von einigen Militärpolizisten aus dem Stützpunkt und Mitarbeitern aus der Zentrale. Insgesamt umfasste unser kleiner Konvoi drei Fahrzeuge verschiedener Typen mit Kennzeichen von verschiedenen Städten Englands.

Bereits am späten Freitagabend fuhren wir nach Pembroke und von dort aus mit der Fähre nach Rosslare. Mir schien es, als würden die vier Stunden der Überfahrt nie vergehen. Soweit man über die Reling hinaus blickte, überall nur Wasser und sonst nichts. Mir wurde bewusst, dass die Seefahrt nichts für mich wäre. Schnell wurde ich müde, zog mich in die Kabine zurück und schlief ein. Als wir in den frühen Morgenstunden wieder Land unter den Füßen hatten, fuhren wir in die Grafschaft Wicklow, in den Nationalpark. Ich wollte unbedingt einen Eindruck von den Wicklow Mountains haben und wollte auf hohe Berge hinaufwandern.

Mit Wandern wurde nichts, dafür war die Zeit zu knapp,

aber wir erreichten auch mit den Fahrzeugen die eine oder andere Höhenlage und ich konnte in die unendlich scheinende grüne Ferne blicken. Auch ein kurzer Besuch der Klostersiedlung Glendalough war noch möglich gewesen. Aber danach ging die Fahrt schon wieder weiter nach Dublin.

Ich wollte unbedingt das Trinity Collage besuchen. Königin Elisabeth I. hatte es 1598 für protestantische Studenten gegründet. Stundenlang hielten Lars und ich mich im Long Room auf, überwältigt von dieser einzigartigen Bibliothek. Ab und zu strich ich auf meinen Streifzügen durch die Korridore über das Holz der Regale und über die ledernen Buchrücken. Ich wusste, dass dies nicht gestattet war, aber ich konnte es einfach nicht unterbinden. Wir hatten eine Sondergenehmigung erhalten, uns auch über die Absperrungen hinweg aufhalten zu dürfen. Ich war wie in einem gigantischen Rausch, in einem Traum, der nie enden sollte. Meine Augen leuchteten vor Ehrfurcht und Freude. Nun befand ich mich also in einer Hochburg der Protestanten und ich fühlte mich wohl, geborgen in all dem Wissen, welches in diesen Büchern steckte, geborgen in der Macht und Erhabenheit des Geistes.

Nach einer mir unendlich scheinenden Zeit kam Lars auf mich zu und sagte: „Tom, wir müssen weiterfahren."

„Sieh dir das nur an, Lars. Ich kann hiervon nicht einfach von einer Minute auf die andere Abschied nehmen. Stell dir einmal vor, all dieses Wissen, was in den Büchern geschrieben steht, könnte man in sich aufnehmen, in seinen eigenen Geist. Wäre das nicht wunderbar?"

„Es wäre nicht möglich. Du bräuchtest mehrere Leben, um alle Bücher zu lesen."

„Ich weiß, es wäre schier unmöglich. Aber stell dir mal einen Menschen vor, der es könnte. Was wäre das für ein Mensch? Wie würde er sein? Wie würde er sein Wissen in der Gesellschaft anwenden? Was könnte er uns sagen, was wir nie erfahren werden?"

„Tom, träumen ist schön, aber höre auf zu träumen. Wir müssen weiterfahren, du musst jetzt Abschied nehmen von all diesen Schätzen."

„Ein Gedanke noch. Ich glaube, dass hier das Wissen, der Ursprung des jahrhundertelangen Konfliktes zwischen den Katholiken und den Protestanten verborgen ist. Warum gibt es niemanden, der sich dessen annimmt, um Frieden zu schaffen, ewigen Frieden?"

„Du fängst an zu philosophieren. Aber du bist kein Philosoph, du bist ein Agent der britischen Krone."

„Und warum haben wir nicht das Recht, uns mit diesen Dingen der Zeitgeschichte auseinanderzusetzen, sie verstehen zu wollen und sie verstehen zu können? Ich kann doch nicht der einzige Mensch auf dieser Welt sein, der das Verlangen hat zu erkennen und zu verändern, was so viel Leid gebracht hat."

„Tom, bitte sprich leiser. Du wirst immer lauter und du regst dich schon wieder auf. Du steigerst dich in eine Sache hinein, die nicht deine Sache ist, die du nicht beeinflussen kannst und auch nie beeinflussen wirst."

„Ja, du hast recht, auch wenn mich dieser Umstand sehr schmerzt. Lass mich noch einige Minuten alleine sein. Ich komme dann nach."

Ich erkannte sehr wohl, dass Lars recht hatte, dass ich erneut an einem Punkt angekommen war, der mir Sorge und Schmerz bereitete und dass ich nicht imstande sein würde, jemals etwas daran zu ändern. Aber alleine schon das Wissen über diesen Verlauf der Geschichte musste doch eine unheimliche Bereicherung sein. In diesem Augenblick meiner Gedanken wollte ein Zeitreisender sein. Ich würde in der Zeit hin und her reisen. Neu erworbenes Wissen mit der Vergangenheit vergleichen, mir ein Bild davon machen, inwieweit der Geschichtsverlauf ein anderer gewesen wäre, wenn dies oder jenes anders stattgefunden hätte, wenn zu dieser oder jener Zeit andere Menschen gelebt hätten, als gelebt haben.

„Tom."

„Ja", antwortete ich nur kurz. Ich wollte meine Welt nicht verlassen, ich wollte in ihr verweilen, bis ich alles wusste über die Protestanten und die Katholiken. Aber das war unrealistisch.

„Tom, wir müssen weiter. Du hast jetzt fast eine Stunde nur dagestanden und auf die Bücherregale gestarrt."

„Nein, Lars, das habe ich nicht. Ich war gar nicht da. Ich war auf einer Reise und bin eben erst wieder zurückgekommen."

Allmählich nur wurde ich wach, fand mich hinein in die Gegenwart und nahm Lars wahr. Es dreht mir leicht im

Kopf, aber es war ein angenehmes Drehen, ein Drehen und zugleich ein Schweben über dem Lauf der Zeit.

„In Ordnung, lass uns gehen", sagte ich, als ich gänzlich erwacht war.

Draußen standen die Fahrzeuge bereit, wir stiegen ein und verließen in zügiger Fahrt Dublin in Richtung Norden. Eigentlich wollte ich noch einmal auf die alte gusseiserne Halfpenny Bridge, aber ein Mitarbeiter aus der Zentrale, der mehr oder weniger für den Zeitplan zuständig war, meinte, dazu wäre nun keine Zeit mehr. Es war bereits früher Nachmittag geworden. Ich fügte mich, ohne etwas zu entgegnen, nahm mir allerdings vor, dies bei meinem nächsten Besuch in Irland nachzuholen.

In Belfast durften wir die Fahrzeuge nicht verlassen, aber wir führten, eingesperrt in unseren Blechkarossen, eine Stadtrundfahrt durch. Erneut stellte ich keine Fragen und ließ einfach geschehen, was wohl sicher im Protokoll stand. Bereits nach einer Stunde fuhren wir weiter in Richtung West. Unser Tagesziel war das Mount Falcon Estate in der Nähe von Ballina.

Ich war froh, als wir endlich im Hotel angekommen war-en. Es war doch ein recht anstrengender Tag geworden. Lars und ich bewohnten ein Zimmer, unsere Begleiter, wie üblich, die anderen Zimmer drumherum. Es war immer das gleiche Spiel. Nachdem wir uns etwas eingerichtet hatten, gingen wir in die Schwimm- und Badelandschaft des Hotels. Hier konn-ten wir in aller Ruhe im Whirlpool sitzen und in den Park hinausschauen oder es uns in den

Liegestühlen bequem machen.

Tim, Keyle und Evan, hielten sich ständig in unmittelbarer Nähe von uns auf, sie umzingelten uns bei diesem Ausflug regelrecht, kaum, dass wir einige Meter Bewegungsfreiheit hatten. Das Abendessen nahmen wir alle gemeinsam ein, und da wir keine Eile hatten, blieben wir bis in die Nachtstunden hinein im Restaurant sitzen. Bereits als wir in Mount Falcon Estate angekommen waren, bat ich Tim darum, jegliche Dienstgespräche zu unterbinden und den Aufenthalt einfach nur zu genießen. Alle in unserer Runde hielten sich daran und mehr und mehr lockerte sich die Anspannung, welche sonst durch den Dienst gegeben war. Es wurde ein recht gemütlicher Abend und ich stellte fest, dass auch die Jungs aus der Zentrale aus Fleisch und Blut waren und nicht nur intelligente Befehlsempfänger der Krone.

Am Sonntagmorgen stand auf dem Landeplatz des Hotels ein Hubschrauber für uns bereit. Wir flogen zurück nach England und machten in dem Städtchen York der Grafschaft Yorkshire noch einen letzten Zwischenstopp. Wir stiegen im Lady Anne Middletons ab, ein kleines und gemütliches Hotel. Unsere Gruppe hatte sich wieder verkleinert. Nun begleiteten uns nur noch Tim, Keyle und Evan.

Tagsüber besuchten wir das York Minster. Besonders beeindruckend für mich war die lange Bauzeit von ungefähr zweihundertfünfzig Jahren. Heidnische Sachsen hatten sich hier nach der römischen Herrschaft niedergelassen, das Christentum sich nach Irland und Schottland zurückgezogen. Ab dem achten Jahrhundert wurde dieses Gebiet immer wieder Mal von den Wikingern erobert, die Kirche durch Kriege und Brände beschädigt und auch gänzlich zerstört. Erst im elften Jahrhundert zog etwas Ruhe in diese Region ein und die Kirche wurde nach und nach ausgebaut und erweitert. Aber Brände gab es aufgrund der Holzkonstruktionen der Gewölbe auch weiterhin – der letzte 1984 im südlichen Querschiff.

Besonders hatten mich auch die Geschichten zu den zehn Fenstern beeindruckt. Ich merkte sie mir allerdings nicht. Zu groß war die Flut an Informationen gewesen.

An diesem letzten Abend unseres Ausfluges fragte mich Lars, als wir vor dem Kamin der Hotelbar saßen: „Werden wir uns jemals wiedersehen, Tom?"

„Ja, das werden wir. Ich werde dafür sorgen. Ich verspreche es dir und wünsche es mir auch sehr."

Als wir am Montagmittag wieder in Hereford waren, verabschiedete ich mich von Lars. Ein Wagen der Fahrbereitschaft brachte ihn nach London zurück. Ich organisierte meine Abschiedsfeier, die in dieser Woche noch stattfinden sollte.

Drei Jahre waren ins Land gegangen. Drei Jahre, die mir anfangs zur Ewigkeit wurden und dann doch wie im Fluge vergangen waren, dank der Hilfe und Unterstützung von Emely und Lars.

Ich traf Martin am nächsten Morgen bereits zum Frühstück im Rittersaal. Er schien gut gelaunt.

„Wo sind denn all die anderen?", fragte ich ihn verwundert, da er alleine an der großen Tafel saß.

„Es ist Wochenende, Tom. Da kann jeder zum Frühstück
kommen, wann er will."

„Ich bin Frühaufsteher."

Martin legte sich zwei neue Toast in den Toaster und
sagte: „Dann lass uns nach dem Essen in den Park gehen,
am Morgen ist er immer am schönsten. Da ist es noch so
ruhig und im Herbst liegt der Nebel über den Wiesen. Das
sieht fantastisch aus."

„Gut, ich hole mir noch eine Jacke aus dem Zimmer, es ist
kühl draußen", sagte ich, als ich mit dem Frühstück fertig
war, stand auf und ging nach oben in mein Zimmer.

Als ich wieder runter kam, war Martin mit seinem Frühstück ebenfalls fertig und erwartete mich bereits an der
Tür zum Wintergarten. Wir durchquerten ihn und kamen
auf die große Terrasse. Auch hier hatte sich zu dieser
morgendlichen Stunde noch niemand an einen der Tische
niedergelassen.

„Da gehen sie", sagte Susan zu Benjamin. Sie standen
beide am Fenster von Benjamins Büro und blickten in den
Park hinaus.

„Endlich. So viele Jahre habe ich auf diesen Augenblick

gewartet. Es ist eine Tragödie mit diesen beiden. Sieh sie dir nur an, wie sie nebeneinander gehen."

„Aber nun wird alles gut und auch Tom wird seinen Frieden finden."

„Ich hoffe es so sehr, Susan. Wann wollen wir mit Tom die ersten Gespräche führen?"

„Martin will das übernehmen. Er hat mich darum gebeten. Und es ist sein gutes Vorrecht."

„Da gebe ich dir recht. Komm lass uns frühstücken gehen."

Susan und Benjamin gingen in den Rittersaal.

„Soll ich euch frischen Kaffee brühen oder wollt ihr Tee?", fragte Anny Brown.

„Wir nehmen Tee, Anny, und leiste uns doch bitte Gesellschaft, heute ist Sonnabend und so viel gibt es in der Hauswirtschaft nicht zu tun ."

Anny setzte sich zu den beiden und sie begannen mit dem Frühstück.

Ich lief mit Martin durch den Park. Er zeigte und erklärte mir die alten Bäume. Manche hatten kleine Schilder vor sich stehen, so wie in einem Botanischen Garten. Als wir fast am unteren Ende des Parks die Allee erreichten, konnten wir auf den Schlossteich sehen. Er hatte eine kleine Insel und Bäume standen darauf. Auf einer Bank, die am oberen Hang stand, ließen wir uns nieder und blickten auf den Teich hinab, betrachteten die Enten und Schwäne bei ihrer Morgentoilette und warteten auf den Sonnenaufgang.

„Tom, ich will dir etwas erzählen", unterbrach Martin die Ruhe, und griff nach meiner Hand.

Ich zog sie sofort weg und sagte: „Lass das, ich mag es nicht von Fremden angefasst zu werden."

„Aber ..."

„Ohne aber. Merke dir das, Martin, sonst geraten wir eines Tages gewaltig aneinander. Und ich möchte keinen Ärger mehr."

Verblüfft sah er mich an, sagte aber nichts mehr.

„Wollen wir weitergehen? Ich mag nicht auf dieser Bank sitzen", unterbrach ich die entstandene Stille zwischen uns.

„Gut, Tom, gehen wir weiter."

Den Sonnenaufgang hatten wir uns nicht angesehen. Dafür war es noch zu früh. Martin hatte durch sein Handeln diesen Moment verdorben. Wir standen auf und gingen sie Schlossallee entlang bis wir in das kleine Dorf kamen. Selbst dort war es um diese Zeit noch ruhig, keine Menschen waren unterwegs.

„Auf der anderen Seite des Dorfes beginnen die Berge", nahm Martin das Gespräch nach einer Weile wieder auf.

„Ja, ich sehe sie. Ich mag Berge und Wälder. Zu lange habe ich darauf verzichten müssen, als ich in England war. In diesen Bergen kann man sicher gut wandern und klettern gehen. Und jetzt im Herbst sind die Hänge bestimmt bis zum Mittag in Nebel gehüllt, so wie jetzt. Ich mag Nebel. Der hat so etwas Unheimliches und Romantisches an sich, er umgibt seine Umgebung mit Angst und Ruhe zugleich."

„Ich mag diese Berge auch", sagte Martin. „Und in diesen da kenne ich mich sehr gut aus."

„Wie lange bist du denn schon hier?"

„Seit meinem dritten Lebensjahr wohne in dem Schloss."

Ich blieb stehen und blickte Martin an. Auch er blieb stehen und wandte sich zu mir.

„Du bist also gar kein Schüler? Wer bist du dann?"

Und dann beging Martin einen Fehler. Wieder wollte er nach meiner Hand greifen.

„Ich habe dir vorhin gesagt: lass das! Hörst du mir gar nicht zu, Martin?"

Ich merkte, dass ich wütend wurde. Es ist so lange her, dass ich das letzte Mal ausgerastet bin. Und seitdem hatte ich eine gute und sorgenfreie Zeit.

„Lass mich bitte alleine, Martin, es ist besser so. Ich gehe ins Schloss zurück. Du brauchst dich auch heute nicht in meinem Zimmer blicken zu lassen. Und ich rate dir von Herzen: halte dich daran. Du magst ein guter Kerl sein, aber komme mir nicht auf diese Art und Weise zu nah. Ich mag das nicht und es würde böse für dich enden. Du kennst mich nicht, du weißt nicht, wozu ich in der Lage bin."

Ich drehte mich um und lief los.

Martin rief mir hinterher: „Aber ich wollte doch nur mit dir reden."

Ich machte kehrt und baute mich vor ihm auf, schon sichtlich erregt, ich spürte es.

„Verstehst du es nicht oder willst du es nicht verstehen,

Martin!", schrie ich ihn an. „Ich will mich nicht auf diese Art mit dir unterhalten!"

„Aber ...", war sein letzter Versuch.

Ich packte ihn am Kragen.

„Na Jungs, schon den ersten Streit nach so kurzer Zeit?"

Ich blickte mich um und sah Sergeant Carver, unseren Sicherheitsmann, und starrte ihn einfach nur an.

„Nun lassen Sie den Martin schon los, Tom. Er hat Ihnen doch gar nichts getan", sagte er.

Ich ließ Martin los, machte kehrt und ging verärgert ins Schloss zurück. Und mir wurde bewusst, dass ich wieder in einem Gefängnis gelandet war. Hört denn das nie auf? Meine Gedanken wollten sich einfach nicht ordnen lassen.

„Was ist denn passiert, Martin?", fragte Aidan.

„Ich wollte es ihm sagen."

„Tom hat eine sehr schwere Zeit hinter sich. Überstürze nichts."

„Er muss es aber wissen."

„Ja, das muss er. Da hast du recht. Aber nach all dem, was in den letzten Jahren geschehen ist, kommt es auf ein paar Tage nicht drauf an. Lass dir Zeit damit."

Sergeant Carver klopfte an die Tür von Colonel Smith. Die Tür wurde geöffnet.

„Und, wie ist es verlaufen, Aidan?"

„Nicht gut. Da ist irgendetwas schief gegangen. Tom hat Martin am Kragen gepackt. Da bin ich sofort dazwischen gegangen, ehe Schlimmeres passiert wäre."

„Wir müssen die Sache mit Bedacht angehen. Tom wird also wirklich, wie in all den Berichten geschrieben steht, sehr schnell aggressiv und gewalttätig, wenn ihm etwas nicht passt."

„Ja, Benjamin. Ich habe die Berichte aus London auch studiert. Aber aus denen von Deutschland bin ich bis heute nicht schlau geworden."

„Ich auch nicht. Bitte behalte die Jungs im Auge, es darf ihnen auf keinen Fall etwas zustoßen."

Die Tage vergingen, die restlichen jungen Offiziere waren angereist und der Schulalltag nahm seinen Lauf. Ich suchte vorerst keinen näheren Kontakt zu den anderen, trat ihnen aber freundlich entgegen. Die Einzigen, mit denen ich mich abends bei einem Bier in unserer kleinen Schlosskneipe unterhielt, waren die Sergeanten Robert Fletscher und Aidan Carver, sowie Lieutenant Oliver Forker. Wir spielten Karten und die beiden Sicherheitsmänner erzählten von vergangenen Einsätzen, bevor sie hier stationiert wurden. Bei Lieutenant Forker stellte sich heraus, dass er ein ganz schöner Weiberheld war.

An Michaels Mutter schrieb ich nicht mehr. Ich hatte hier keinen toten Briefkasten und keine neutrale Kontaktperson außerhalb des Schlosses. Aber ich nahm mir vor, sie anzurufen, wenn ich einmal in der nächst größeren Stadt alleine unterwegs sei.

Wir bekamen einen zeitigen Winter 2006. Bereits im November fiel Schnee und wir hatten tagsüber Temperaturen von unter acht Grad minus. Nachts wurde es noch kälter. Martin grüßte ich inzwischen wieder, wenn wir uns begegneten. Aber mehr auch nicht. Genauso wie draußen war zwischen uns eine gewisse frostige Stimmung entstanden.

„Tom, kommst du mit zum Teich runter? Wir wollen Schlittschuh laufen", stürmte Ethan Holmes in mein Zimmer. Ich hatte meine Tür zum Gang offen stehen gelassen. Das tat ich oftmals so. Ethan war einer der Lieutenants im Schloss, so wie ich.

„Heute nicht, Ethan, ich möchte mich auf die Arbeit morgen vorbereiten. Sicher werde ich dann noch einmal in die Bibliothek gehen."

„In Ordnung, Tom, dann sehen wir uns um fünf Uhr zum Tee."

„Gut, ich werde pünktlich im Wintergarten sein."

Ethan winkte mir zum Gruß, ich zurück, und schon war er wieder draußen, eingehüllt in dicke Wintersachen.

Ungefähr zwei Stunden später ertönte die Alarmglocke im Schloss. Einen Moment verharrte ich, dann legte ich das Buch, in dem ich gerade gelesen hatte, auf den Tisch und verließ die Bibliothek. Als ich zum Gang hinaus kam, sah ich Major Dix, unseren Arzt, und Katie Adams, die Krankenschwester, in Richtung Wintergarten eilen. Gefolgt von Captain Susan Johnson und zwei Schülern, die ebenfalls im Schloss geblieben waren, um zu lernen, Lewis Richard und Stanley Duvall. Sie hatten bereits ihre Jacken übergezogen. Also war die Aufregung nicht im Wintergarten, sondern außerhalb, im Park. Und der kürzeste Weg dahin war eben durch den Wintergarten. Ich ging in mein Zimmer hinauf und schaute aus dem Fenster. Alle rannten in Richtung Teich. Ich sah Lieutenant Forker mit einem der Jeeps angerast kommen. Auch er war zum Teich unterwegs. Ich drehte mich um, lief zu meiner Bar und goss mir einen Scotch ein, nahm einen Schluck und ging erneut zum Fenster und blickte hinaus. Kurze Zeit später sah ich den Jeep zurückkommen. Wie in einem auf Show gemachten billigen Kriminalfilm standen rechts und links einige Jungs auf den Trittbrettern und hielten sich an der Dachreling fest. Aber der Jeep fuhr nicht auf den Wintergarten zu, sondern an der Stirnseite des Schlosses vorbei.

Sie kommen zum Tor hereingefahren, dachte ich mir. Nun hielt mich auch nichts mehr in meinem Zimmer. Ich rannte runter, legte meine beiden Finger auf den Sensor und die Eingangstür ging auf, als der Jeep gerade zum Stehen kam. Die Jungs sprangen ab und rissen die Türen auf und aus der Hecktür kam unser Doktor herausgesprungen.

Williams Miller wurde aus dem Jeep gezogen und in die Eingangshalle getragen. Und dann noch Martin.

„Was ist denn passiert, Jungs?", fragte ich.

„Der William ist in das Eis eingebrochen und der Martin wollte ihn retten. Dabei ist er selbst eingebrochen. Erst Robert war besonnen genug, zu den Eingebrochenen hinzukriechen. Und als dann noch Aidan kam, haben sie den William und den Martin aus dem kalten Wasser gezogen."

Ja, die beiden guten Seelen um uns herum. Wer weiß, wie das geendet hätte, wären Sergeant Carver und Sergeant Fletscher nicht im Schloss für unsere Sicherheit da und so schnell vor Ort gewesen. Aber andererseits: sind wir denn gar nicht mehr in der Lage, für uns selber zu sorgen und alleine durchs Leben zu kommen?

William und Martin wurden vom Doktor und der Krankenschwester noch in der Eingangshalle, unter unserem schönen großen Lüster, von ihren nassen Sachen befreit und in warme Decken gehüllt. Anschließend mussten sie sich im Salon vor den Kamin setzten. Es brannte zu dieser Jahreszeit immer ein Feuer in ihm. Da sah ich Anny aus der Küche herbeigeeilt kommen.

„So, Jungs, nun trinkt erst einmal einen schönen heißen Grog, damit euch wieder warm wird."

Nachdem die beiden ihre Gläser in den Händen hielten, richtete Anny sich auf, atmete kräftig durch und sagte, zu Doktor Dix gewandt: „Die Natur hilft viel besser als Ihre Medizin."

Dabei sah sie den Doktor an, als hätte sie den ersten Platz gemacht, in der Rettung der beiden Jungs. Es war schon drollig anzusehen, wie die korpulente Anny mit ihren in die Hüften gestemmten Händen dastand. Ich musste darüber lauthals lachen. Alle wurden still und sahen mich an, als hätte ich eine Trauerfeier gestört. Ich ging zu Williams und Martin und stieß mit ihren Groggläsern an. Ich hatte immer noch mein Whiskyglas in der Hand. „Gute Besserung, ihr beiden."

Auch in ihre Gesichter trat ein Lächeln, der Schreck war überwunden. Zu Anny gewandt sagte ich: „Ich will der Nächste sein und mich von Ihnen gesundpflegen lassen." Trotz des Ereignisses wurde es im Schloss noch ein lustiger Abend. Alle blieben im Salon, schwatzten und scherzten. Ich mittendrin, und ich fühlte mich wohl und geborgen dabei.

In dieser Nacht ging ich zu Martin hinüber. Er lag in seinem Bett und hatte Fieber bekommen. Er glühte regelrecht und seine Stirn war schweißnass. Telefonisch rief ich den Doktor.

„Gut, dass Sie noch mal in sein Zimmer gegangen sind, Tom", sagte er zu mir. „Wären Sie bereit, dem Martin kalte, nasse Waschlappen auf die Stirn zu legen? Wenn er Fieber bekommen hat, dann hat bestimmt auch Williams Fieber. Ich würde mich um ihn kümmern und ab und zu nach dem Rechten schauen kommen."

„Ja, Doktor, gehen sie ruhig, ich bleibe hier."

Aus Martins Bad holte ich eine Schüssel mit kaltem Wasser und einen Waschlappen dazu. Dann begann ich ihm den nassen Lappen auf die Stirn zu legen, ihn nach einer Weile erneut in das kalte Wasser zu tauchen, und so weiter. Martin wachte nicht auf und ich war froh darüber.

Als der Morgen dämmerte, sagte der Doktor zu mir: „Tom, gehen Sie in Ihr Zimmer und legen Sie sich schlafen. Ich habe eben Fieber gemessen. Die Temperatur ist wieder in den Normalbereich gesunken. Sie haben dem Martin sehr geholfen."

„Wie geht es William?"

„Sein Fieber ist ebenfalls wieder gesunken."

„In Ordnung, dann gehe ich jetzt schlafen."

„Und ich melde Sie für heute in der Schule ab."

„Danke, Doktor", sagte ich und ging in mein Zimmer, zog meine Sachen aus, ging kurz duschen und fiel anschließend in mein Bett. Ich hatte nicht einmal die Verbindungstür zu Martin geschlossen. Der Major auch nicht.

Gegen zehn Uhr wachte ich wieder auf. Das Wetter hatte umgeschlagen. Es war draußen trüb und es schneite. Ich duschte und zog neue Sachen an. Da bemerkte ich die offene Verbindungstür. Ich ging hin, blieb aber im Türrahmen stehen. Martin war munter, schaute zu mir und sagte: „Danke, Tom."

„Keine Ursache, gern geschehen. Soll ich dir etwas vom Frühstück mitbringen?"

„Ich habe schon gefrühstückt, aber lass du es dir schmecken."

Frühstück war in der Woche um zehn Uhr natürlich schon längst vorbei. Also näherte ich mich vorsichtig der Küche. Lauren Tilley, unsere Hauswirtschafterin, lief mir über den Weg und sagte: „Nur zu, Mister Parker, Lieutenant Brown erwartet Sie schon."

Ich ging in die Küche und sah einen schön gedeckten Tisch für zwei Personen.

„Nehmen Sie Platz, Tom, der Doktor kommt auch gleich. Tee oder Kaffee?"

„Ich bin in Deutschland aufgewachsen, Kaffee bitte,

Lieutenant Brown", antwortete ich. „Sie sind eine gute Frau. Immer für uns da, das Essen steht pünktlich auf dem Tisch und Ihre Mädels kochen gut."

„Ich danke Ihnen, Tom. Das haben Sie schön gesagt."

„Und so gemeint, ehrlich", entgegnete ich und zwinkerte ihr zu.

Sie wiederum wurde leicht rosa im Gesicht. „Sie sind ein Charmeur, Tom, wissen Sie das?"

„Da täuschen Sie sich. Ich bin leider ein Grobian und neige eher zu Gewalttätigkeiten", entgegnete ich in Gedanken versunken. „Ich will aber nicht gewalttätig sein und ich war es auch nicht in meiner Kindheit."

„Sie haben eine gute Seele, Tom. Ich spüre es."

William und Martin wurden schnell wieder gesund. Auf das Eis des Teiches gingen sie in diesem Winter nicht mehr, die anderen Jungs auch nicht.

Das Schlossleben nahm wieder seinen gewohnten Lauf. An den langen, dunklen Wintertagen saß ich oft abends in der Bibliothek, suchte mir alte Bücher heraus und las. Auch andere Schüler taten das. Es wollte keiner alleine sein in seinem Zimmer.

Pünktlich um zwanzig Uhr schepperten im Rittersaal die Messingtöpfe. Das Abendessen dauerte nun länger als im Sommer. Keiner hatte etwas besonderes außerhalb des Schlosses zu erledigen. Wir jungen Offiziere halfen dann meist beim Abräumen der Tafel. Auch die Mädels sollten an unseren abendlichen Gesprächen teilnehmen können.

An einem dieser Wintertage ging ich zu Oliver.

„Oliver, ich möchte gern mal einen Jeep ausleihen. Ist das möglich?"

„Sage mir einfach, wann du ihn brauchst und du bekommst einen."

„Morgen, Oliver. Da ist Sonnabend und wir haben schulfrei."

„Morgen schon? Wer fährt denn noch mit?"

„Keiner, ich fahre alleine."

„In Ordnung, nur muss ich wissen, wohin du fahren willst und wann du wieder im Schloss sein wirst."

„Zum Abendbrot bin ich wieder da und wohin ich fahre, sagt dir der Peilsender im Wagen", entgegnete ich.

„Nun komm schon, Tom, du kennst die Vorschriften. Wohin willst du fahren?"

„In die nächstgrößere Stadt, einfach bloß mal raus hier und etwas anderes sehen, außer Schloss, Park, Berge und meine geliebte Bibliothek."

„Ja, die Berge. Ich habe euch Jungs oft in die Berge gehen sehen. Mit Martin habt ihr auch einen guten Führer."

„Stimmt, wir sind immer ohne Verluste wieder zurückgekommen", sagte ich und grinste ihn an. „Wollen wir noch eine Zigarette rauchen, ehe ich schlafen gehe?"

„Klar doch, können wir gerne tun."

Wir setzten uns auf die breite Motorhaube einer der Jeeps, das Garagentor stand noch offen, und rauchten. Danach verabschiedete ich mich von Oliver und ging in mein Zimmer.

Am nächsten Tag holte ich den Jeep ab. In der Nacht hatte es wieder geschneit.

„Pass gut auf die Straßen auf, Tom. Es gibt auf der Landstraße etliche Schneeverwehungen."

„Ich weiß, Oliver, mach dir keine Sorgen", antwortete ich und fuhr wenig später durch das schmiedeeiserne Tor.

Ich sah mir die Stadt an, aber sie hatte nichts Besonderes zu bieten. In einem Fotogeschäft kaufte ich mir zwei kleine Bilderrahmen. Einer sollte für das Bild von Sabine sein und der andere für ein Foto von Michael, welches mir Irmgard geschickt hatte. Ich wusste noch nicht, ob ich sie jemals in meinem Zimmer aufstellen würde oder ob ich die Fotos weiterhin in meiner Brieftasche verwahren würde.

In der Nähe einer Telefonzelle stellte ich den Jeep ab und lief zurück. Unschlüssig ging ich um die Telefonzelle herum. Ich konnte mich nicht entscheiden sie zu betreten, tat es dann aber doch. Ich steckte meine Telefonkarte ein und wählte Irmgards Nummer.

„Beier."

Ich hörte zum ersten Mal die Stimme von Michaels Mutter, konnte aber nichts sagen. Mir war der Hals wie ausgetrocknet, kein Wort kam mir über die Lippen. Ich war wie gelähmt.

„Beier, wen möchten Sie denn sprechen?"

Langsam legte ich den Hörer auf, hielt ihn aber noch fest in der Hand, als könnte ich etwas verlieren. Nach einer

Weile erst wurde ich mir dessen bewusst, und schaute mich irritiert um. Als ich mir wieder im Klaren darüber war, wo ich mich befand, trat ich aus der Telefonzelle heraus und ging in ein Café.

Als die Kellnerin nach meinen Wünschen fragte, bestellte ich eine Tasse Kaffee. Es dauerte nicht lange, bis sie ihn vor mir auf den Tisch stellte und mich dabei anlächelte. Ich nickte freundlich zurück und versank erneut in meine Gedankenwelt, ohne andere Gäste wahrzunehmen. Abwechselnd sah ich in die Tasse mit dem schwarzen Gebräu und durch die große Glasscheibe des Cafés hinaus auf die Straße. Ich sah sie nicht, die Menschen, die draußen vorbeiliefen.

Mit leicht besorgtem Blick sprach die Kellnerin zu mir. Ich hörte sie nicht. Als sie mich an der Schulter berührte, blickte ich zu ihr auf und sah sie fragend an.

„Möchten Sie zu Ihrem Kaffee noch ein Stück Kuchen?", fragte sie freundlich.

„Nein danke, aber noch eine Tasse Kaffee können Sie mir bitte bringen."

Sie blickte etwas verstohlen auf meine Tasse, die ich noch nicht einmal angerührt hatte. Sie stand noch genauso vor mir, wie sie die Kellnerin vor zehn Minuten hingestellt hatte. Deutlich war ihr anzusehen, ob sie mich auf meine volle Tasse aufmerksam machen solle oder nicht. Plötzlich drehte sie sich um und kam wenig später mit der zweiten Tasse Kaffee zurück. Etwas verlegen rückte sie meine Tasse mit dem kalten Kaffee etwas in die Tischmitte und den frisch aufgebrühten Kaffee direkt an die Tischkante zu mir, so als wolle sie damit sagen: „Nun trinken Sie aber auch, ehe er wieder kalt wird."

Ich dankte ihr, nahm den Kaffeelöffel in die reche Hand und fing an, in der Tasse herumzurühren. Nach einiger Zeit bezahlte ich und ging wieder in die Telefonzelle. Auch den zweiten Kaffee hatte ich nicht angerührt.

„*Beier.*"

Stille. Erneut konnte ich nichts sagen.

„*Ich freue mich, dass du anrufst, Tom*", sagte eine mütterlich klingende Stimme am anderen Ende der Leitung.

Mein Herz fing an zu rasen. Am liebsten hätte ich den Hörer in die Gabel gehängt und wäre aus der Telefonzelle gerannt.

„*Ja, ich bin es, Tom*", sagte ich mit unsicherer Stimme. „*Ich konnte vorhin nichts sagen. Es ging einfach nicht.*"

„*Wo bist du, Tom?*"

„*Ich bin wieder in Deutschland, fast in deiner Nähe.*"

„*Warst du fort?*"

„*Ja, ich war drei Jahre im Ausland. Und in dieser Zeit ist Michael gestorben, und ich war nicht bei ihm, konnte ihm nicht helfen und ich war auch nicht bei ihm, als er beerdigt wurde*", sagte ich erregt.

Ich merkte, wie mir die Knie weich wurden. Es würde nicht lange dauern, bis ich in mich zusammensacken würde. Mir wurde schwindlig. Obwohl ich sehr gut wusste, dass in solchen Situationen Rauchen das völlig Falsche war, griff ich in meine Jackentasche nach der Zigarettenschachtel. Ich wollte eine Zigarette herrausnehmen, mir sie mir zwischen die Lippen stecken, sie anzünden und einen tiefen Zug inhalieren, so, als könnte ich damit meine Aufregung einfach wegblasen.

„Es tut mir so weh und so leid um eure Freundschaft."

„Mir auch. Es vergeht kaum ein Tag, an dem ich nicht an Michael denke. Und meine Freundin und unser Sohn, den sie erwartete, ist auch gestorben. Es tut so weh, so unheimlich weh. Und der Schmerz lässt einfach nicht nach."

Nachdem mir die dritte Zigarette zerbrochen war, die ich aus der Schachtel nehmen wollte, weil meine Hand zitterte wie Espenlaub, warf ich wütend die Schachtel auf den Boden und trampelte darauf herum, bis sie völlig platt war. Ich öffnete die Tür der Telefonzelle und ging einen Schritt heraus, gerade soweit, wie es die Telefonhörerschnur zuließ. Die frische Luft tat gut. Mit einer Fußspitze angelte ich nach den Resten der Zigarettenschachtel und kickte sie auf den Bürgersteig, so als wolle ich alles Böse aus meinem kleinen Reich der Telefonzelle verbannen.

„Du hattest eine Freundin und ihr habt ein Baby erwartet?"

„Ja, so war es. Nur Michael hat überhaupt von meiner Sabine gewusst. Aber die Ereignisse folgten damals so schnell aufeinander, dass wir uns nicht einmal alle drei zusammen getroffen haben. Und dann war da noch der Frank Ahlbach, der uns ständig geärgert hatte und mich halb totgeschlagen hat. Und nun habe ich alle Menschen, die mir lieb waren, in so kurzer Zeit verloren."

„Willst du mich einmal besuchen kommen, Tom?"

„Ja, das möchte ich. Ich werde im Frühjahr zu dir kommen. Bis dahin rufe ich ab und zu an."

„Tue das, Tom. Und noch eins: Du bist immer herzlich willkommen."

„Danke, Irmgard, bis zum nächsten Anruf."

„Kann ich dich anrufen, Tom?"

„Nein, das geht leider nicht. Ich erkläre es dir, wenn wir uns sehen."

„In Ordnung. Alles Gute bis dahin. So habe ich endlich mal deine Stimme gehört."

„Ja, das hast du."

„Auf Wiederhören, Tom."

„Auf Wiederhören, Irmgard."

Ich legte auf und merkte erst jetzt, dass ich am ganzen Körper zitterte. Ich verließ die Telefonzelle, ging zu meinem Jeep und fuhr aus der Stadt. Unterwegs bog ich von der Landstraße in einen Feldweg ein, blieb stehen und schaltete den Motor aus. Danach starrte ich durch die Windschutzscheibe, ohne etwas zu sehen, ohne etwas wahrzunehmen. Nicht einmal Erinnerungen gingen mir durch den Kopf. Da war nur Leere, endlose Leere.

Pünktlich kam ich ins Schloss zurück und übergab Oliver den Jeep.

Das Leben im Schloss ging weiter mit Schule und geselligen Abenden im Wintergarten, im Salon oder in der Bibliothek. Martin kam mir nicht zu nahe, aber ich spürte, dass er es wollte. Und das hob meine Stimmung nicht gerade an. Ich hatte die Fotos von Sabine und Michael in die Bilderrahmen gesteckt und auf meinen Schreibtisch aufgestellt. Es tat mir gut, die Fotos betrachten zu können, wann immer ich es wollte. Wenn Lauren Tilley in das Zimmer kam, um sauber zu machen, legte ich die Bilderrahmen zuvor in die Schublade meines Schreibtisches und schloss sie ab.

Eines abends fragte mich Martin beim Abendbrot, ob er noch mal zu mir herüber kommen könne auf ein Glas Rotwein. Ich befand mich in einer Zwickmühle. Alle wussten von den Spannungen, die zwischen uns beiden entstanden waren. Und nun wollte er mir ganz öffentlich entgegen kommen, mit einem Glas Rotwein als Friedenspfeife. Ich sah mich an der Tafel um. Alle schauten zu mir. „Ja, kannst du tun. Du weißt ja, wo die Tür ist", antwortete ich etwas schroff.

„Tom, nun sei doch nicht so", sagte Susan. „Könnt ihr euch denn nicht vertragen, so wie du es auch mit den anderen Schülern tust?"

Noch so eine Bemerkung und sie hätten mich Schach matt gesetzt. Das wollte ich nicht zulassen. Ich stand auf und sagte, Martin ansehend: „Dann beeile dich. Ich will heute zeitig schlafen gehen."

Danach ging ich grußlos aus dem Rittersaal und drehte mich auch nicht noch einmal um. Ich wollte nicht, dass er zu mir kommt, aber was hätte ich in dieser Situation tun sollen?

Ich setzte mich vor den Kamin und stopfte mir eine Pfeife. Das Zigarettenrauchen hatte ich aufgegeben. Als die ersten Wolken des Vanilletabaks in die Luft stiegen, hörte ich Martin durch die Verbindungstür kommen. Er setzte sich neben mich auf das Ledersofa und zeigte mir die Flasche Rotwein, die er mitgebracht hatte. Als hätte er sich nicht auch in einen Sessel setzen können. Ich nahm ihm die Flasche ab, öffnete sie und schenkte in zwei Kristallgläser ein. Eins reichte ich Martin, setzte mich in einen Sessel und prostete ihm zu.

„Tom, ich muss dir was erzählen."

„Martin, fange nicht schon wieder damit an, sonst kannst du gleich wieder in dein eigenes Zimmer gehen."

„Aber es ist wichtig."

„Dann sage einfach, was du sagen willst und lass mich anschließend wieder in Ruhe!"

Ich merkte, dass ich mich bereits wieder erregte. Das durfte nicht schon wieder passieren. Ich wusste es, aber es war eben so. Um etwas Abstand zwischen uns zu bekommen, stand ich auf, ging zu einem meiner Fenster und schaute in den Park hinaus. Martin stand auch auf und kam zu mir. Aber kurz vor mir blieb er am Schreibtisch stehen. Was nun, dachte ich und drehte mich um. Mich traf der Schlag. Ich hatte vergessen die Fotos wegzustecken. Martin starrte darauf. Ich blickte abwechselnd auf die Bilder und zu Martin, sagte aber nichts.

„Was sind das für Menschen?", fragte er mich.

„Das geht dich nichts an. Aber da du sie nun mal gesehen

hast, kann ich dir sagen, dass es die liebsten Menschen waren, die es in meinem Leben je gegeben hat."

Er stellte sein Glas auf den Schreibtisch und verschwand durch die Verbindungstür in sein Zimmer.

Ich ärgerte mich über meine Unvorsichtigkeit, aber zu ändern war es nun auch nicht mehr. Sicher würde er es im Schloss herumerzählen. Ich brauchte meine Fotos also ab sofort nicht mehr zu verstecken. Aber zu Martin wurde die Stimmung immer frostiger. Er ging mir aus dem Weg, wo er nur konnte.

Der Frühling 2007 kam beizeiten und ich plante meine Fahrt zu Irmgard.

Kaum war der Tennisplatz von den letzten Schmelzwassern des Schnees getrocknet, wurde wieder Tennis gespielt oder nebenan Fußball. Alle schienen froh darüber zu sein, dass der Winter endlich vorüber war. Ich beteiligte mich an den Spielen, wobei ich beim Tennis allerdings nicht so gute Leistungen an den Tag legte, wie zum Beispiel Ethan, Martin oder William. Gar Stanley zeigte sich geschickter, obwohl er sonst für Sport nicht viel übrig hatte.

„Einen letzten Versuch geben wir Martin noch, dann müssen wir die Angelegenheit selber in die Hand nehmen, Benjamin", sagte Susan. Sie saßen in seinem Büro und überlegten, was sie tun sollten. Sie waren ratlos.

„Martin hat sich so gewünscht, selber mit Tom zu sprechen. Lassen wir ihm noch etwas Zeit."

„Das halte ich für sehr bedenklich. Du siehst doch, dass Tom ihn nicht an sich heranlässt."

„In Ordnung, einen Versuch hat er noch."

„Aber auf keinen Fall auch nur noch einen einzigen mehr. Wir haben die Sache nicht mehr unter Kontrolle und das weißt du ganz genau, auch wenn du es dir nicht eingestehen willst. Sieh der Realität ins Auge, Benjamin."

An einem Freitagnachmittag, wir hatten Dienstende für diese Woche, holte ich mir bei Oliver wieder einen der Jeeps ab und sagte ihm, dass ich nach Weimar fahren würde und erst am Sonntag zurückkäme.

„Was willst du denn solange in Weimar?", fragte er.

„Ich möchte mir die Sehenswürdigkeiten ansehen, und vor allem die Anna-Amalia-Bibliothek. Die muss wunderschön sein."

„Aber das geht nicht so spontan."

„Wieso das?"

„Um in die Anna-Amalia-Bibliothek zu kommen, musst du eine Eintrittskarte zuvor reservieren."

„Das habe ich doch getan, Oliver."

„In Ordnung, dann eine gute Fahrt und komme heil wieder."

Ich hatte meine beiden Bilderrahmen mit den Fotos von Sabine und Michael im Gepäck und fuhr los. Einhundertvierzig Kilometer Autofahrt lagen vor mir.

Kurz nach Nordhausen, wurde ich von einem Pkw überholt. Aus dem rechten Seitenfenster wurde eine Polizeikelle herausgehalten. Ich war mir keiner Verkehrssünden bewusst, wollte aber auch keinen Ärger mit der deutschen Polizei. Also folgte ich dem Wagen auf einen Parkplatz, stellte den Motor ab und blieb im Jeep sitzen.

„Führerschein und Fahrzeugpapiere bitte", sagte der eine Mann, der an mein heruntergelassenes Fenster getreten war. Der andere blieb vor dem Jeep stehen, in Blickrichtung zu mir.

„Und wer sind Sie, Dienstgrad, Name und Dienststelle?", fragte ich leicht verärgert.

„Sie haben doch unsere Polizeikelle gesehen."

„Ja, das habe ich, sonst wäre ich Ihnen auch nicht gefolgt." Ich erhielt keine Antwort auf meine Frage, reichte ihm aber dennoch meinen Führerschein und die Fahrzeugpapiere.

„Und Ihr Personalausweis!"

„Danach haben Sie nicht gefragt."

„Ihren Ausweis bitte."

Ich reichte meinen deutschen Pass hinaus.

„Tom Parker."

„Ja, so heiße ich."

Wo waren nur unsere Leute, ging es mir durch den Kopf. Die ließen mich doch sonst nicht aus den Augen. Aber es war keiner da. Unruhe kam in mir auf. Ich fühlte mich verlassen. Hatte ich mich all die Jahre schon so daran gewöhnt, nicht alleine unterwegs zu sein, ständig Begleiter um mich herum zu haben? In diesem Augenblick wurde mir bewusst, dass es genauso war. Wie oft hatte mich dies gestört, und nun? Nun stand ich alleine dem Leben gegenüber und war mir gar nicht sicher, ob ich es meistern würde. Die richtigen Umgangsformen waren das nicht, welche die beiden Männer an den Tag legten. Soviel hatte ich einst in der Polizeischule gelernt.

„Sie sind Ausländer?", fragte er mich im strengen Ton.

„Nein, ich bin Deutscher."

„Aber Sie haben keinen deutschen Namen."

„Dafür kann ich auch nichts, ich habe ihn mir nicht gegeben", erwiderte ich verärgert.

„Aussteigen!", befahl er mir und öffnete die Fahrertür selbst. Ich stieg aus und blieb an meinem Jeep stehen.

„Haben Sie Alkohol getrunken?"

„Nein, das habe ich nicht."

„Wir müssen eine Blutprobe nehmen."

„Das dürfen Sie erst, wenn sich der Verdacht auf Alkoholgenuss bestätigt hat. Und Sie haben mich noch nicht einmal in das Messgerät blasen lassen."

Nun platzte mir der Kragen. Ich war wütend und außer mir.

„Werden Sie nicht frech!"

Ich sagte nichts mehr, aber mein Gehirn fing intensiv an zu arbeiten. Irgendetwas stimmte hier nicht. Die völlig falsche Verfahrensweise bei der Verkehrskontrolle. Hier stinkt etwas zum Himmel, und zwar ganz gewaltig. Und meine Leute, die mich bisher auf Schritt und Tritt begleitet hatten, waren einfach nicht da. Ich blickte mich um, aber es war wirklich keiner zu sehen, kein Fahrzeug aus dem so vertrauten Fuhrpark des Schlosses. Nun war mir klar geworden, dass ich mich nicht so verhalten konnte wie ein lernender Polizeischüler, sondern wie ein Offizier des königlich britischen Geheimdienstes.

„Ist das Ihr Wagen?"

„Nein, der gehört der Verwaltungsfachschule des Bundes. Das steht in den Fahrzeugpapieren drin, welche Sie in der Hand halten und die sie sich doch sicher auch durchgelesen haben und nicht nur in der Hand halten. Zudem ist es am amtlichen Kennzeichen zu erkennen."

Er gab mir alle meine Dokumente zurück und sagte: „Machen Sie uns keinen weiteren Ärger. Wir haben schon genug von Ihnen. Den kleinsten Laut, und Sie können Ihrem Schloss ade sagen."

Ein Zucken ging durch meinen Körper. Nun war ich mir völlig sicher, wen ich vor mir hatte. Das waren keine Polizisten, das waren Kollegen einer deutschen Dienststelle. Ich kochte förmlich vor Ärger. Da sie genau wussten, wen sie vor sich hatten, musste ich auch bezüglich meiner Person kein Geheimnis machen.

Wütend sagte ich ihnen: „Ihr Dilettanten. Was sollte diese Aktion, dieser Schwachsinn. Wolltet ihr mich einschüchtern? Da hättet ihr euch geschickter anstellen müssen."

Böse Blicke trafen mich von beiden, als sie zu ihrem Wagen zurückgingen.

„Was sollte das denn, bist du völlig verrückt geworden?"
„Was meinst du?"

„Diese Kontrolle. Die war nicht abgesegnet und freigegeben. Wir sind während seiner Fahrt durch Thüringen zu seinem Schutz abkommandiert und nicht, um ihn einzuschüchtern. Zudem weiß er nun, dass wir um ihn herum sind."

„Na und?"

„Tom hat nun ein völlig falsches Bild von uns. Er denkt, wir wollen ihn bedrängen, aber genau das Gegenteil ist unser Auftrag. Zudem sind wir enttarnt. Oder dachtest du etwa, du hast einen kleinen dummen Jungen vor dir? Das hast du prima gemacht. Das wird großen Ärger geben."

„All die Jahre, die er sich in Deutschland aufhält, sind wir schon verantwortlich für ihn. Ich hasse ihn, hasse ihn für all die Zeit, die ich mit ihm verbringen musste anstatt mit meiner Familie. Ich war so froh, als er endlich auf die Polizeischule ging und wir uns nicht mehr um ihn sorgen mussten. Und nun ist er wieder da."

„Du bist ja völlig übergeschnappt. Befehl ist Befehl. Und außerdem, denke mal an den armen Kerl. Er weiß ja bis heute nicht einmal, wer er ist! Kannst du dich mal in seine Lage versetzen?"

„Nun sei mal nicht so, hast du nicht auch so manches Mal gestöhnt, als es wieder hieß: Überstunden fallen an?"

„Na klar habe ich das. Wir haben uns vor Jahren freiwillig bereit erklärt, diese Aufgabe zu übernehmen."

„Aber ich kann nicht mehr."

„Das hättest du ansprechen müssen und nicht so zum

Ich wollte eine Zigarette rauchen, hatte aber keine bei mir. Und für eine Pfeife war ich absolut nicht in Stimmung. Was sollte ich tun? Zurückfahren oder das Schloss anrufen und über den Vorfall berichten?

Michael! Das war der entscheidende Punkt. Michael hatte mir anvertraut, dass er beim deutschen Geheimdienst arbeitet. Aber was hatte das mit mir zu tun? Ich überlegte weiter. London! Ohne dass du es selber wolltest oder hättest beeinflussen können, wurdest du damals nach England geflogen und dir wurde gesagt: „Hier gehörst du hin." Wer bin ich? Warum habe ich keinen deutschen Namen? Hatte Michael etwas damit zu tun - ja oder nein? Oder anders überlegt ...

... Tödlicher Verkehrsunfall, nachdem ich in London war. Was war das für ein Unfall? War es ein richtiger Unglücksfall oder wurde er inszeniert? Michaels Mutter hatte geschrieben, dass der Fahrer nur leichte Verletzungen hatte, erinnerte ich mich jetzt. Aber Michael war so schwer verletzt, dass er auf dem Weg ins Krankenhaus verstarb. Warum war Michael damals nicht angeschnallt im Auto. Warum nur der Fahrer?

Mir wurde übel. Ich wusste nicht, ob ich heulen oder ob ich ausrasten sollte. Aber zum Ausrasten war keiner da. Ich stand immer noch allein auf dem Parkplatz. Die deutschen Kollegen waren längst davongefahren.

Ich warf meinen Kopf in den Nacken, blickte in den Himmel und schrie ihn an. Hass und Wut stiegen in mir hoch, obwohl ich wusste, dass sie zu den sieben Todsünden gehören und nicht in Ordnung sind. Ich konnte meine Fäuste einfach nicht öffnen. Sie waren verkrampft. Erneut spürte ich unsagbaren Schmerz.

Es dämmerte bereits, als ich mich beruhigt hatte. Auf dem Parkplatz war die ganze Zeit über kein Auto vorbeigekommen. Sie haben ihn abgesperrt und dich die ganze Zeit über weiter beobachtet, wurde mir bewusst. Wie kann man nur so grausam sein? Und was sollte dieses ganze Theater? Ich konnte mir keinen Reim darauf machen. Und was wollte mir Martin die ganze Zeit über erzählen? Was wusste er und kam nicht raus mit der Sprache? Eines stand aber bereits jetzt für mich fest: wenn er mir das nächste Mal über den Weg läuft, würde er es bereuen.

In meinem aufgewühlten Zustand konnte ich nicht zu Irmgard fahren. Also fuhr ich nach Erfurt und buchte in einem Hotel ein Zimmer, legte mich aufs Bett und schlief wenig später ein. Als ich wieder munter wurde, war es draußen dunkel. Ich ging in das Restaurant hinunter, aß zu Abend und lief dann wieder nach oben in mein Zimmer, um zu schlafen. Ich wollte am kommenden Tag frisch und munter sein.

Bei Irmgard kam ich am nächsten Tag zum späten Vormittag an. Ich hatte das Haus in Treffurt sofort gefunden. Gegenüber stand die Schule. Neben der Schule ging es einen steilen Berg hinauf zu einem Turm. Auf einem Weg durch den Wald konnte man ihn erreichen. So hatte es Michael mir einst beschrieben.

Ich ging in den Hof hinein. Ich brauchte gar nicht zu klingeln. Irmgard hatte mich durch das Stubenfenster bereits die Einfahrt zum Haus hinauf laufen gesehen und öffnete mir die Tür.

„Guten Tag, Irmgard, ich bin der Tom."

„Guten Tag, Tom, schön, dass du da bist. Komm herein."

Wir setzten uns in die Küche und Irmgard bot mir Kaffee an. Ich nahm ihn dankend an.

„Ich wollte eigentlich schon gestern kommen, aber ich war verhindert. Ich hoffe, du bist mir nicht böse."

„Ich habe bis spät in der Nacht auf dich gewartet."

„Entschuldige bitte, ich hätte anrufen sollen. Aber ich hatte es vergessen."

„Ist schon gut. Die Hauptsache, du bist jetzt da. Wie lange kannst du bleiben?"

„Eigentlich nur bis morgen, aber wenn du möchtest, bleibe ich auch länger bei dir."

„Tom, ihr ähnelt euch sehr in eurer Art und Weise, ich fühle es regelrecht."

„Wir haben uns auch sehr gut verstanden."

„Bitte fahre nicht so schnell wieder zurück", sagte sie zu mir und schaute mich mit einer mütterlichen Liebe an.

Wir unterhielten uns lange, tranken Kaffee, und Irmgard bot mir selbstgebackenen Kuchen an. Er schmeckte sehr gut. Als es draußen schon dämmerte, fragte mich Irmgard: „Möchtest du Michaels Wohnung sehen? Sie ist im oberen

Stockwerk."

„Ja, das möchte ich."

Wir gingen hinauf und sie zeigte mir Michaels Wohnung.

„Du kannst hier schlafen, wenn du möchtest. Wenn nicht, dann habe ich das Gästezimmer gleich nebenan für dich vorbereitet."

„Ich schlafe lieber im Gästezimmer, Irmgard. Das war und ist Michaels Wohnung."

„Ist gut, Tom."

Es war bereits später Abend, als wir wieder hinuntergingen.

„Ich werde uns Abendbrot machen und morgen Mittag gibt es Rouladen mit Rotkohl und Klößen. Oder magst du lieber Kartoffeln?"

„Ich würde mich für die Kartoffeln entscheiden und schäle sie auch, wenn ich darf."

„Du darfst."

„Dann gehe ich mal in die Küche. Du kannst gerne im Wohnzimmer bleiben, wenn du möchtest."

„Ich bin nicht zu dir gefahren, um alleine zu sein, Irmgard. Aber heute möchte ich dich zum Abendessen einladen. Habt ihr im Ort ein gutes Restaurant?"

„In den Ratskeller können wir gehen. Der hat offen."

„Gut, Irmgard, ich bin im Garten noch eine kleine Pfeife rauchen. Ich habe leichte Kopfschmerzen und brauche frische Luft."

„Ich komme gleich nach. Ich will mir nur etwas anderes anziehen, wenn ich mit dir ausgehe. Das ist doch ein besonderer Anlass."

„Bitte bleibe so, wie du bist und wie die Menschen dich
hier kennen. Ich bin nur Tom. Für mich musst du dich
nicht fein machen."

Sie lächelte mich an und ging ins Bad. Ich lief hinaus in
den Garten. Die frische Luft tat mir wirklich gut.

Es hatte angefangen zu regnen und wir fuhren, nachdem
Irmgard im Garten erschien, mit dem Jeep die fünf-
hundert Meter bis zum Ratskeller. Es war wenig Betrieb
und wir suchten uns einen ruhigen Tisch. Irmgard wurde
freundlich von der Inhaberin begrüßt.

„Ist das der Tom?", frage sie und sah mich mit einem
Lächeln an.

„Ja, das ist Tom. Er hat sich um einen Tag verspätet. Aber
nun ist er endlich da", antwortete Irmgard.

„Wir haben schon von Ihnen gehört, willkommen in unserem kleinen Städtchen", wandte sich die Inhaberin des
Restaurants an mich.

„Guten Abend, ich danke für die liebe Begrüßung."

„Sie sind Michael sehr ähnlich, die Gesichtszüge, die Art
zu lächeln, die Stimme gar..."

„Sie täuschen sich, gute Frau, ich bin um vieles anders als
Michael es je war", entgegnete ich.

Ich hatte Hunger und wollte diese Art der Unterhaltung
nicht.

„Lass uns in die Speisekarte schauen, Tom", rettete
Irmgard die entstandene Situation. Sie hatte sofort gemerkt, dass ich nicht über die Beziehung zu Michael reden

wollte.

Die Inhaberin schaute mich etwas erschrocken, aber nicht unfreundlich an. „Ich muss mich für meine Geschwätzigkeit entschuldigen. Aber in unserem kleinen Städtchen..." Sie lächelte verlegen, drehte sich um und ging in Richtung Küche. Ich konnte noch hören, wie sie für sich sagte: „Ganz der Michael, es ist kaum zu glauben. Welch ein Jammer."

Als wir wieder im Haus von Irmgard waren, fragte sie mich, ob ich am morgigen Tag mit auf den Friedhof kommen wolle, Michael besuchen. Ich sagte ihr zu.

In der Blumenscheune, gleich neben dem Friedhof kaufte ich einen Grabstrauß. Die Inhaberin fragte ich nach einer Visitenkarte mit der Bemerkung: „Das wird nicht der letzte Blumenstrauß sein, den ich bei Ihnen kaufe. Allerdings bin ich bin selten hier in der Stadt. Würden Sie auch mal einen Blumenstrauß für mich auf Michaels Grab legen, wenn ich Sie darum bitte? Ich würde Ihnen natürlich zuvor einen Geldbetrag überwiesen. Auf jeden Fall soll der Strauß oder das Gebinde stets eine weiße Schleife haben, mit der Aufschrift 'Tom'."

„Gerne würden wir das für Sie tun. Der Michael war in der ganzen Stadt sehr beliebt. Es ist tragisch, dass er auf solch eine Art und Weise ums Leben gekommen ist."

„Was wissen Sie denn von dem Unfall?", hakte ich in der Hoffnung nach, etwas anderes zu hören, als ich bereits wusste, irgendein Detail, welches mir noch nicht zu Ohren gekommen war, irgendeinen Hinweis, der mir neu war und wo ich vielleicht neu mit Recherchen anfangen konnte.

„Er war mit einem Arbeitskollegen im Auto unterwegs in Richtung Berlin. Und da gab es diesen Unfall bei dem Michael aus dem Wagen geschleudert wurde."

„Wissen Sie etwas mehr von diesem Arbeitskollegen, wie er heißt, wo ich ihn aufsuchen könnte?"

Verlegen blickte sie zu Irmgard, aber Irmgard sagte nichts. Sie war selbst für jede Information dankbar, um mehr über diesen Unfall erfahren zu können. Also sahen wir beide ganz gespannt die Blumenverkäuferin an.

„Nein, leider nicht. Eben nur, dass Michael mit einem Arbeitskollegen unterwegs war."

„Ich danke Ihnen trotzdem für Ihre Auskunft", sagte ich und wusste, dass ich keinen Schritt weiter gekommen war. Ein Schleier des Schweigens hing über diesem Unfall, wie eine sich nicht auflösen wollende Nebelwand. Sie gab mir eine Visitenkarte von ihrem Geschäft, ich sah darauf und sagte: „Ich danke Ihnen sehr, Frau Hofrat. Sie hören von mir."

In Gedanken versunken ging ich mit Irmgard zu Michaels Grab. Es war ein kleiner Friedhof, sehr gepflegt und mit vielen Laub- und Tannenbäumen. Wir hatten herrliches Wetter. Der am frühen Morgen mit Wolken bedeckte Himmel hatte sich aufgeklärt, die Sonne schien und es wurde sogar warm.

„Möchtest du einen Moment alleine sein, Tom", fragte

mich Irmgard nach einer Weile.

„Nein, bitte bleibe hier. Es ist dein Sohn und ich werde dich nicht von seinem Grab fortschicken."

Sie nahm meine Hand und so standen wir vor dem Grab. Einige Menschen kamen vorbei und grüßten uns, manche kamen zu uns. Sie waren neugierig auf mich, es hatte sich ja im Städtchen herumgesprochen, dass ich kommen würde. Die Menschen hier waren alle freundlich und unterhielten sich auf der Straße mit mir. Als wir wieder nach Hause liefen, sagte ich zu Irmgard, dass ich am kommenden Tag noch einmal nach Erfurt müsse, ich hätte im Hotel etwas vergessen.

„Fahre ruhig, Tom, ich bereite derweil das Mittagessen vor. Bis dahin wirst du doch sicher wieder zurück sein?"

„Ja, das werde ich", antwortete ich.

Am nächsten Tag fuhr ich nach dem Frühstück in das Hotel zurück und erkundigte mich nach einem separaten Telefonanschluss. Es gab eine Kabine in der Hotelhalle. Ich ging hinein und wählte die Telefonnummer vom Schloss. Captain Johnson war am anderen Ende an das Telefon gegangen.

„Guten Morgen, Captain. Hier ist Tom Parker", eröffnete ich das Gespräch.

„Guten Morgen, Tom. Wo sind Sie?"

„Ich bin in Erfurt, in einem Hotel. Den Namen werden Sie ja bald herausgefunden haben", sagte ich etwas gequält. Sie hörte es an meine Stimmung sofort heraus.

„Geht es Ihnen gut, ist alles in Ordnung?"

„Mir geht es gut, aber es ist nicht alles in Ordnung."

„Was ist passiert?"

„Die deutschen Kollegen haben mich auf der Fahrt hierher abgefangen und waren nicht gerade nett zu mir."

Stille in der Leitung. Ich hörte, wie sie eine Verbindungstaste drückte. Aufgezeichnet wurden die Anrufe sowieso schon automatisch, aber nun hatte sie mich garantiert zum Colonel verbunden.

„Erzähle."

„Sie haben mich kontrolliert, aber dann weiterfahren lassen."

„Nur kontrolliert? Dann ist doch alles in Ordnung."

„Nein. Sie hatten sich für Polizisten ausgegeben. Und dann fielen eigenartige Bemerkungen, die ich mir nicht erklären kann."

„Von welchen Bemerkungen sprechen Sie, Tom?"

„Sagen Sie es mir, Captain Johnson! Ich bin mir inzwischen sicher, dass Sie mir noch sehr viel verheimlichen."

„Tom, bitte bleiben Sie ruhig, Sie müssen sich nicht aufregen. Außerdem müssen wir das Gespräch jetzt beenden. Das ist eine öffentliche Leitung."

„Es ist Ihnen aber wieder einmal gelungen, dass ich mich aufrege. Das kommt alles nur wegen Ihrer Heimlichtuerei. Warum tun Sie das? Merken Sie denn gar nicht, dass Sie mich damit quälen? Spüren Sie gar nicht, dass ich all die Jahre über nach den Antworten suche, die Sie mir nicht geben wollen?"

„Tom, kommen Sie zurück. Wir schicken Ihnen Sergeant Fletscher entgegen", vernahm ich nun die Stimme von Colonel Smith.

„Nein, ich komme nicht zurück! Ich habe hier etwas zu erledigen. Sie werden es sowieso bald heraus bekommen, da es nun soweit gekommen ist."

„Sollten wir etwas wissen, was wir noch nicht wissen?", fragte nun Captain Johnson wieder.

„Nein, das ist meine Angelegenheit. Sie haben auch immer noch nicht all meine Fragen beantwortet. Also warum sollte ich Ihnen etwas erzählen, was Sie noch nicht wissen." Ich spürte, wie ich mich wieder erregte. „Ich rufe nur an, um Ihnen mitzuteilen, dass ich noch ein paar Tage länger als geplant unterwegs sein werde. Sie werden mich schon finden, wenn Sie wollen. Unsere Autos sind ja mit GPS ausgestattet."

„Tom ..."

Aber da hatte ich bereits aufgelegt.

Ich fuhr wieder zurück und auf der Fahrt fiel es mir wie Schuppen von den Augen. Wie dumm hatte ich mich doch angestellt. Ich hätte gar nicht mehr nach Erfurt zurückfahren müssen. Durch das GPS wussten sie sowieso, wo ich mich aufhalte.

Am Nachmittag kamen Verwandte und Bekannte von Irmgard. Wir setzten uns in den Garten, tranken Kaffee und unterhielten uns. Sie wollten mich einfach kennenlernen und ich konnte es ihnen nicht verdenken. Schnell lockerte ich mich wieder auf und all mein Ärger war vergessen. Es war später Abend geworden. Als ich die letzten Gäste zum Tor begleitete, sah ich schräg gegenüber auf der anderen Straßenseite einen Wagen vom Schloss stehen. Ich reagierte nicht, sondern ging ins Haus zurück. Eines stand allerdings durch mein impulsives und unüberlegtes Verhalten fest: im Schloss würde man von Michael erfahren.

Am nächsten Tag ging ich mit Irmgard an der Schule vorbei zu dem Turm hinauf. In der kleinen Gaststätte im Turm waren wir die einzigen Gäste. Der Wirt ließ uns alleine, um eine Warenlieferung entgegenzunehmen. Ich nutzte die Gelegenheit und fragte Irmgard: „Hast du gewusst, dass Michael beim Geheimdienst gearbeitet hat?" Erschrocken blickte sie mich an. „Nein, das habe ich nicht gewusst."

„So ist es aber, er sollte Verbindungsoffizier zwischen den Ministerien werden. Das war sicher auch der Grund, dass er nie auf meine E-Mails geantwortet hatte, als ich in England war. Er hat sie gar nicht bekommen. Ich hatte niemanden darum gebeten, mich nach England zu bringen. Ich habe es nicht einmal gewusst. Ich war sehr krank, als sie mich nach Hereford flogen. Ich habe es gar nicht mitbekommen. Und das Schlimme an der Sache ist, ich weiß bis heute nicht, warum man das mit mir gemacht hat."

„O Gott, Tom, nicht so schnell. Ich bin eine alte Frau. Du

sagst, Michael war beim Geheimdienst?"

„Ja, so ist es, Irmgard."

„Oh, Tom, das klingt ja entsetzlich. Das muss ich erst einmal verarbeiten, was du mir da erzählst. Bist du dir da absolut sicher?"

„Lass dir Zeit damit, ich habe um ein paar Tage länger Urlaub gebeten. Und ja, ich bin mir sicher. Er hat es mir selber gesagt."

„Und, hast du die Verlängerung bekommen?"

„So, wie es um mich steht, bekomme ich alles, was ich will. Mach dir da mal keine Sorgen. Außerdem kann ich dich mit all diesen neuen Erkenntnissen nicht einfach allein lassen. Du wirst niemand anderes haben, mit dem du darüber reden kannst. Jetzt nicht und in Zukunft auch nicht. Auch mit deiner Verwandtschaft kannst du darüber nicht reden."

„Michael hat uns nie etwas davon erzählt. Was ist das für ein Ort, von dem du gesprochen hast?"

„Er heißt Hereford. Dort befindet sich ein Lazarett der Armee und dort habe ich auch ein Studium absolviert."

„Du bist Arzt geworden?"

„Nein, Irmgard, ich bin kein Arzt geworden."

„Aber du hast doch gesagt, dass du in dem Lazarett warst und dann studiert hast."

„Ich war sehr krank. Und in diesem englischen Lazarett gab es spezielle Ärzte für meine Krankheit. Aber ich habe bei der Armee studiert und nun bin ich ein Lieutenant der englischen Krone."

„Kein Deutscher mehr?", fragte Irmgard mit verwirrter Stimme und mir wurde klar, dass ich zuviel von ihr verlangte. Außerdem hatte ich selbst noch keine Klarheit darüber, wer ich denn nun eigentlich bin und wo meine Heimat ist.

„Und Michael? Warum hat er uns nicht gesagt, wo er arbeitet?"

„So ist das nun einmal. Nur in den seltensten Fällen werden die Familien informiert. Und dann auch nur, wenn es wirklich unabdingbar ist. Wenn ein Mensch seine Lebensführung von heute auf morgen ändert, dann fragen sich nach einiger Zeit die Familienangehörigen, warum das so ist. Aber von dem Betreffenden selbst erhalten sie keine Antwort darauf. Agenten leben alleine und Agenten sterben alleine. Auch ich habe keine Genehmigung mit dir über dieses Thema zu reden. Sie werden mir im wahrsten Sinne des Wortes den Kopf abschlagen, wenn sie es je erfahren. Das Thema ist tabu. Du weißt nichts davon und wirst offiziell nie etwas davon wissen. Hast du mich verstanden, Irmgard?"

„Ich glaube schon."

Mir war klar, dass sie die Tragweite nicht begriffen hatte.

„Michael war ein Einzelkind, er hatte keine Geschwister."

„Ich bin auch ein Einzelkind, hätte mir aber gern einen Bruder gewünscht. Der Wirt kommt die Treppe herauf, reden wir von etwas anderem", sagte ich, als ich die Holzstufen knarren hörte.

Als wir wieder auf dem Weg zurück ins Tal waren, fragte ich Irmgard: "Ist dir etwas an Michaels Verhalten aufgefallen, dass er sich irgendwie verändert hat, als ich nicht mehr da war?"

„Ja, aber wir hatten keine Erklärung dafür. Er hat sich oft in seine Wohnung eingeschlossen, wenn er auf Urlaub zu Hause war, und ist abends alleine zum Turm hinauf gegangen. Wer weiß, was er da gemacht hat."

„Ich weiß es, Irmgard. Er hat in die dunkle Nacht gesehen und die Sterne betrachtet. Und er hat nachgedacht, hat sich Fragen gestellt, die ihm keiner beantwortet hat, die ihm keiner beantworten wollte."

„Woher weißt du das?"

„Ich weiß es eben. Denn genau das haben wir in der Polizeischule auch getan."

„Warum habt ihr das gemacht?"

„Wir haben so den Tag ausklingen lassen, haben uns über Gott und alle Welt unterhalten, über Lehrer, die wir nicht leiden konnten, über Lehrer, die uns gefielen in ihrer Unterrichtsführung, über Einsätze, die wir durchgeführt haben. Wir haben gestritten und philosophiert, gelacht und Zigaretten geraucht. Verstehst du das?"

„Ja, das kann ich gut verstehen. Ihr müsst euch gemocht haben."

„Das haben wir, Irmgard."

Ich blieb noch weitere drei Tage bei Irmgard. Wir verrichteten Gartenarbeiten, trafen uns mit Bekannten aus dem Städtchen und unternahmen Wanderungen in die nähere Umgebung. Nach und nach erzählte ich nun Irmgard von den Dingen, die ich wusste. Auf alle Fragen von ihr konnte ich nicht antworten, da ich die Antworten selbst nicht kannte. Ich hatte ja für mich selbst gehofft, hier diese oder jene Antwort auf meine Fragen zu bekommen. Aber diese Hoffnung hatte sich nicht erfüllt. Dafür hatte ich Michaels Mutter kennengelernt und sie war glücklich darüber. Ich ebenfalls.

Nach über einer Woche verabschiedete ich mich von Irmgard und fuhr zurück, gefolgt von dem anderen Wagen des Schlosses. Ich gab den Jeep bei Oliver ab und Segeant Fletscher fuhr seinen Wagen in die Garage.

Ethan war der Erste, der mir über den Weg lief. Ich fragte ihn, wo Martin sei. Er sagte mir, die Jungs würden im Park Fußball spielen. Martin wäre auch dabei. Ich lief durch den Wintergarten hinaus in den Park zu den Fußballspielern. Mit scharfem Schritt ging ich einfach mitten in das Spiel hinein auf Martin zu. Als er mich so bemerkte, schreckte er zurück, erstarrte und wurde kreidebleich. Ich packte ihn und mit einem Hüftwurf riss ich ihn zu Boden und legte ein Knie auf seine Brust.

„Was? Was nur wolltest du mir sagen und hast es nie getan!?", schrie ich ihn an.

Er machte sich frei, stand auf und rannte weg. Die anderen Jungs riefen mich zu Besonnenheit auf, ich solle nichts Unüberlegtes tun. Doch ich rannte Martin hinterher.

„Susan, sieh mal auf Monitor vier, was ist da los?", wandte sich Aidan in der Sicherheitszentrale an Captain Johnson.

Sie blickte auf den Monitor und erstarrte.

„Oh mein Gott, Tom ist hinter Martin her. Los, Aidan, nichts wie hin, ehe Schlimmes passiert!"

Und sie rannten beide los.

Ich hatte Martin eingeholt, stellte ihm ein Bein, damit er nicht weiterrennen konnte. Er überschlug sich und fiel zu Boden. Ich hob ihn hoch und schlug ihm meine Faust ins Gesicht. Seine Lippe platzte auf und fing an zu bluten.

„Sei endlich Mal ein Mann, Martin, stelle dich mir, du Waschlappen!", schrie ich ihn an.

„Ich schlage dich nicht, Tom, ich werde dich niemals schlagen", entgegnete er. „Von mir aus kannst du mit mir machen, was du willst, aber ich werde keine Hand gegen dich erheben."

Das reizte mich noch mehr. Ich sah aus meinen Augenwinkeln William, Daniel, Stanley, George und Lewis auf uns zukommen. Bald würden sie bei uns sein. Vom Schloss kamen Captain Johnson, Sergeant Carver und Oliver angerannt. Ich hatte nicht mehr viel Zeit.

„Warum? Sag es mir endlich!"

„Ich, ich ...", fing Martin an zu stottern.

Aber davon hatte ich nun genug. Ich wollte sein Gestammel nicht mehr hören. Mit einem kräftigen und gezielten Schlag boxte ich Martin in die rechte Niere. Er schrie kurz auf und sackte in sich zusammen. Schon im nächsten Moment stürzten sich Daniel, George und Lewis auf mich, drehten mir die Arme auf den Rücken, sodass ich in die Knie gezwungen wurde. Es schmerzte und ich dachte an die Situation mit Frank Ahlbach damals in der Polizeischule. Ich schaute genau auf den regungslosen Martin.

„Aufhören!", schrie Captain Johnson, als sie am Ort des Geschehens angekommen waren. „Lassen Sie den Tom los, meine Herren", im ruhigeren Ton.

Sergeant Carver stellte sich zwischen mich und Martin. Captain Johnson rief über ihr Sprechfunkgerät nach dem Doktor, der kurz darauf mit der Krankenschwester über den Rasen gerannt kam.

Sie sah mich zornig an und sagte: „Soweit hätte es nicht kommen müssen."

„Dann sagt mir endlich, wer ich bin! Wer bin ich? Und was wollt ihr von mir? Eines Tages werde ich Martin totschlagen, weil er mir nicht gesagt hat, was er weiß! Und euch werde ich das Leben hier im Schloss zur Hölle machen! Darauf könnt ihr euch verlassen!", schrie ich ihr entgegen.

„Aber er wollte es dir doch die ganze Zeit über schon sagen."

„Er hat mich immer nur angefasst und nichts gesagt."

„Weil du zu ungeduldig warst und ihn nie hast zu Wort kommen lassen."

„Jetzt soll ich noch der Schuldige sein für das, was Sie mir antun!? Ein Leben lang haben Sie mich beobachtet und nicht aus den Augen gelassen. Und wo waren Sie vor ein paar Tagen, als ich Ihre Hilfe brauchte? Ganz allein haben

Sie mich im entscheidenden Moment gelassen, völlig allein!"

„Tom, lass dir erklären..."

„Nein!"

„Aidan, bringe Tom bitte auf sein Zimmer. Tom, wir unterhalten uns später."

Der Doktor war ganz außer Atem angekommen und fragte an mich gewandt: „Was haben Sie mit dem Martin gemacht?"

„Ich habe ihm einen Schlag in die rechte Niere gegeben", antwortete ich.

Der Doktor schüttelte missbilligend den Kopf und sagte: „Ist Ihnen überhaupt bewusst, was Sie da angestellt haben?"

„Jawohl", gab ich trotzig zurück, „das weiß ich sehr wohl. Darin bin ich drei Jahre lang ausgebildet worden. Sie können froh sein, dass ich ihm nicht das Genick gebrochen habe. Keiner von Ihnen wäre schnell genug bei uns gewesen, um dies zu verhindern."

„Tom! Sag nicht so etwas. Er ist..."

„Was ist er? Sagen Sie es endlich, Captain!"

„Wir unterhalten uns später."

„Ich pfeife darauf. Lasst mich einfach in Ruhe. Lasst mich gehen, wohin ich will, damit ich meinen Frieden finde, der nichts mit euch zu tun haben wird."

„Aidan, bring den Tom bitte auf sein Zimmer."

Sergeant Carver brachte mich auf mein Zimmer. Ich hatte wieder keine Antworten bekommen.

Ich nahm mir ein Glas und füllte es mit Scotch, lief zum Fenster und schaute in den Park hinaus. Martin wurde in sein Zimmer gebracht und an einen Tropf angeschlossen. Der Doktor führte weitere Untersuchungen durch.

Am frühen Abend kam der Colonel in mein Zimmer, begleitet von den Sergeanten Carver und Fletscher. Ich ahnte nichts Gutes.

Dann begann Colonel Smith zu sprechen. „Tom, was heute passiert ist, hätte vermieden werden können. Es ist unsere Schuld, einzig und allein unsere. Wir kennen dein gewalttätiges Profil aus den Berichten von der Polizeischule und von London."

Ich stutzte. „Wieso von der Polizeischule?"

„Oberstleutnant Friedrich hat uns in Kenntnis gesetzt. Er ist für uns tätig."

Diese Erkenntnis verblüffte mich sehr. Ich war sprachlos. Andererseits wurde nun auch klar, warum er damals so mild mit meiner Bestrafung war, als ich Frank Ahlbach zusammengeschlagen hatte.

„Wir hätten nicht solange zögern dürfen", riss mich der Colonel aus meinen Gedanken. Ich merkte, wie sich die Sergeanten neben mir postierten.

Mit unruhiger Stimme fragte ich: „Was haben Sie mit mir vor? Wollen Sie mich bestrafen oder wieder woanders hinschicken?"

„Nein, Tom, ich möchte dir jetzt endlich wenigsten eine deiner vielen Fragen beantworten, auf die du solange gewartet hast."

„Und warum sind dann die beiden Sergeanten an meiner Seite, als würden sie sich jeden Moment auf mich stürzen wollen?"

„Weil es, so wie wir dich kennen, notwendig sein wird."

Ich dachte, mir platzt der Schädel. Ich wollte mir einen neuen Whisky holen, doch Sergeant Carver versperrte mir dezent den Weg. Stattdessen stellte ich ganz langsam mein Glas auf den Schreibtisch. Ich spürte ein aufkommendes Zittern in meinen Gliedern. Auch die anderen bemerkten es.

„Nun sagen Sie schon, Colonel, was wollen Sie mir sagen?"

„Martin ist dein Bruder, dein Zwillingsbruder. Aus diesem Grund ist er dir immer so sanft entgegengekommen. Verhängnisvollerweise war es der falsche Weg, dir näherzukommen. Das haben wir nun heute mit Entsetzen, allerdings zu spät, erkannt. Ihr wurdet kurze Zeit nach eurer Geburt getrennt und an verschiedenen Orten in Deutschland aufgezogen. Dein richtiger Name ist Tom Burk."

Und schon wollte ich explodieren. Aber die Sergeanten ergriffen mich. Sie taten mir aber nicht weh, sie hielten mich nur fest. Ich warf wie üblich meinen Kopf in den Nacken und rief: „Oh Gott, was habe ich bloß getan! Was haben Sie nur angerichtet mit Ihrem ewigen Schweigen, mit Ihrer Heimlichtuerei! Das kann doch nicht wahr sein! Was haben Sie sich nur dabei gedacht!?"

Ich hatte also einen Bruder, einen richtigen Bruder. Und ich habe ihn derart geschlagen, dass er vielleicht bleibende

Schäden davon trägt. Ich bat die Sergeanten im ruhigen Ton, mich loszulassen. Sie gaben mich frei und ich setzte mich in einen Sessel. Ich zitterte am ganzen Körper, mir wurde wieder schwindlig, nicht mehr lange und ich würde erneut ohnmächtig werden. Ich kannte mich.

„Warum haben Sie mir das nicht gleich gesagt, als ich hier ankam?", fragte ich. „Das hätte uns allen einige Sorgen erspart."

„Martin wollte es dir sagen. Er hatte sich so darauf gefreut, dich endlich zu sehen, nach all den vielen Jahren der Trennung", sagte Colonel Smith.

„Aber er hat es nicht geschafft", antwortete ich erschöpft.

„Nein, er hat es nicht geschafft."

„Wie geht es ihm, Doktor Dix?", fragte ich den Doktor, der auch in mein Zimmer gekommen war.

„Nicht gut."

„Ist er in seinem Zimmer?"

„Ja, er liegt nebenan. Aber die Verbindungstür ist von Martins Seite aus von der Zentrale versperrt worden. Das wird vorübergehend so sein, zu euer beider Schutz und Sicherheit", sagte Colonel Smith.

„In Ordnung, Colonel, ich habe nichts dagegen, aber nur für diesen Moment. Sobald er wieder aufwacht, sagen Sie ihm, dass es mir unendlich leidtut. Und dann will ich, dass diese Tür für mich wieder aufgeht, wann immer ich es will."

„Das werden wir entsprechend deinem Gemütszustand entscheiden."

„Nein! Das werden Sie nicht!"

Ich nahm das Glas vom Schreibtisch und schmiss es mit aller Kraft gegen diese ach so verhasste Verbindungstür. Danach sacke ich auf meinem Sessel zusammen.

Aber ich habe doch nicht gewusst, dass...", und mir liefen Tränen aus den Augen.

„Ist schon gut, Tom. Willst du eine Beruhigungsspritze?"

„Ja, bitte."

Der Doktor gab mir die Spritze. Als sich alle außer der Colonel von mir verabschiedet hatten, legte ich mich schlafen. Er blieb die ganze Nacht bei mir, saß auf dem Sessel und wachte über meinen Schlaf, ohne dass es mir bewusst war.

Am nächsten Morgen kam noch Captain Johnson in mein Zimmer.

„Tom, wir sind hier, um dir weitere Fragen zu beantworten. Hast du die Kraft dafür?"

„Ja, die habe ich, ich habe gut geschlafen. Dann nehmen Sie Platz und erzählen Sie. Was sollte mich schon noch erschüttern", erwiderte ich.

Sie setzten sich auf das Ledersofa, ich nahm in einem der Sessel vor dem Kamin Platz und wartete.

„Eure Eltern, David und Ella hießen sie, du wirst dich nicht mehr an sie erinnern können, waren Mitarbeiter des britischen Geheimdienstes."

„Wieso waren?", frage ich, „sind sie tot?"

Colonel Smith nickte mit dem Kopf und Captain Johnson

sagte: „Ja, Tom, sie sind nicht mehr am Leben."

„Sie waren viele Jahre in Irland im Einsatz", nahm der Colonel den Faden wieder auf. „Bei all der Gefahr, die sie umgab, war dennoch ihr eigener Kinderwunsch riesengroß und sie entschieden sich für ein Kind. Und eines Tages kamt ihr zur Welt. Ja, gleich zwei gesunde Knaben. Im Abstand von einer Viertelstunde seid ihr an einem Vormittag, es war in der neunten Stunde, geboren worden. Du bist der Ältere, Tom, Martin der Jüngere. David und Ella freuten sich sehr. Ungefähr zwei Jahre später sind dank der jahrelangen Arbeit von euren Eltern einige Führer der UVF verhaftet und auch verurteilt worden. Andere fanden ihren Tod. Die Reaktion seitens der UVF kam schnell. Durch andere Mitarbeiter, die wir in Irland im Einsatz hatten, erfuhren wir, dass David und Ella enttarnt wurden. Sie drohten, eure Familie zu zerstören. Erst solltet ihr getötet werden, um eure Eltern leiden zu lassen. Danach wollte man auch sie richten. In einer Nacht- und Nebelaktion, im wahrsten Sinne des Wortes, es herrschte nämlich wirklich dichter Nebel in dieser Nacht, wurdet ihr beide aus dem Land gebracht. David wollte sich bis zur letzten Minute nicht von euch trennen. Ich habe den Einsatz damals selber geleitet. Die Zentrale war der Meinung, dass ich Ella am ehesten dazu bringen könne, die Trennung einzusehen. Und so sprach ich lange mit meiner Schwester, bis sie die Notwendigkeit einsah."

Die ganze Zeit über hatte ich gedankenverloren in den brennenden Kamin gesehen. Nun hob ich langsam den

Kopf und drehte mich dem Colonel zu.

„Wollen Sie damit sagen, dass Sie mein Onkel sind?"

„Ja, Tom, so ist es. Ich bin der Bruder von deiner Mutter."

Dann herrschte Stille in meinem Zimmer. Ich stand auf, lief zu meiner Bar und fragte: „Möchte jemand einen Drink?"

„Ich nicht", sagte Captain Johnson sichtlich irritiert über meine Reaktion.

„Ich nehme gerne einen Scotch", entgegnete Colonel Smith.

Ich füllte die Gläser und reichte ihm ein Glas entgegen.

„Willkommen, Onkel", sagte ich und Captain Johnson zuckte in ihrer Ecke des Ledersofas zusammen, ehe sie zu mir sagte: „Tom, bitte bleibe ruhig."

Sie hatte sehr wohl meine Handlung sowie den Tonfall meiner Stimme einschätzen können. Aber nun, da ich zur Familie dieser Schlossbewohner gehörte, konnte ich auch alle Förmlichkeiten ablegen.

„Sie können gerne nach den Sergeanten Carver und Fletscher schicken, Captain, wenn Sie sich dadurch sicherer fühlen", sagte ich.

„Sie stehen vor der Tür."

„Dann hole Sie sie doch herein, es weiß ja sowieso jeder hier im Schloss Bescheid, außer mir. Und Sie können sich sicher fühlen vor meinem nächsten Wutausbruch!"

Meine Stimme war schärfer geworden. Captain Johnson fühlte sich wirklich nicht wohl in ihrer Haut, sie rief die Sergeanten herein.

„Nehmen Sie ruhig Platz", sagte ich zu ihnen, und setzte mich selbst wieder in den Sessel, ließ den Kopf auf meine Brust sinken und sagte: „Bitte weiter, Onkel Benjamin, erzähle weiter."

„Es wurde erwogen, dass ihr selbst in England nicht sicher sein würdet. Wir entschieden uns für Deutschland und nahmen Kontakt mit unseren hiesigen Dienststellen und auch den deutschen Kollegen auf. Schließlich arbeiteten wir eng zusammen mit den Deutschen im Kampf gegen den Terrorismus in Irland."

„Stopp, Benjamin. Du willst also damit sagen, dass die Deutschen von Anfang an wussten, wer ich bin, woher ich kam und warum ich nach hierher geschickt wurde?"

„Ja, Tom, so ist es."

Meine Gedanken gingen zu Michael. War er von Anfang an nur mein Aufpasser? Hatte sich über den möglichen Auftrag hinaus unsere Freundschaft entwickelt? Hatte er damit einen grundsätzlichen Fehler begangen? Oder war es doch die Sache, die wir in der Polizeischule entdeckt hatten? Wo ist das Verbindungsglied, wo sind die Antworten auf meine Fragen? Warum war der Fahrer des Autos nur leicht verletzt, warum Michael so sehr? Warum war Michael nicht angeschnallt, warum der Fahrer? Ich weiß, dass in irgendeinem Archiv der Deutschen die Antwort liegen muss, ob es wirklich ein Unfall war oder doch nicht.

Und Sabine? Warum ist sie so plötzlich gestorben? Nein, das geht zu weit Tom, du wirst ja Paranoia. Weg mit diesem Gedanken, ging es mir durch den Kopf. Da gibt es keine Verbindung. Sie war plötzlich in ihrer Schwangerschaft gestorben. Aber Michael...?

„Erzähle bitte weiter, Onkel", sagte ich und ging erneut zu meiner Bar. Sergeant Fletscher wollte mich daran hindern, aber Captain Johnson hielt ihn fast unmerklich mit einer Kopfbewegung zurück. Ich nahm meine Pfeife, Tabak, Pfeifenstopfer und Streichhölzer in die Hand und setzte mich wieder hin.

„Wir wollten David und Ella aus Irland abziehen, aber wir reagierten nicht schnell genug. Wenige Tage, nachdem wir euch beide fortgebracht hatten, wurden eure Eltern von UVF-Kämpfern ermordet."

Ich hielt meine Hand vor das Gesicht, stand auf und lief zum Fenster. Ich stand einfach nur da und feiner Vanillerauch stieg aus meiner Pfeife empor. Dann drehte ich mich um und fragte: „Wie sahen meine Eltern aus?"

Onkel Benjamin war ebenfalls aufgestanden und reichte mir ein Foto. Ich nahm es in die Hände und blickte darauf. Auf dem Foto war eine wunderschöne junge Frau zu sehen, mit langen welligem Haar. Neben ihr stand ein großer kräftiger Mann. Beide sahen sie lachend in die Kamera, hinter ihnen das Meer.

„Was hatte sie für eine Haarfarbe, Onkel? Das Foto ist schwarz-weiß."

„Ihr Haar war schwarz und seidenweich."

„Was hatte sie für eine Augenfarbe?"

„Ihre Augen waren fast schwarz, so wie bei deinem

Bruder."

„Ich habe keine schwarzen Augen."

„Nein, deine Augenfarbe hast du von deinem Vater. Er hatte grüne Augen, etwas ins Braun gehend. Und er hatte blondes Haar. Ihr seid keine eineiigen Zwillinge. Daher seht ihr etwas verschieden aus, aber eben nur etwas. Ist dir das nicht aufgefallen, Tom?"

„Ich möchte jetzt alleine sein."

„In Ordnung. Aber wir schicken dir noch Lauren vorbei, damit sie die Scherben aufräumt und das Parkett und den Teppich reinigt."

„Nein, das will ich nicht. Ich habe das angerichtet und ich werde es wieder sauber machen."

„Können wir dich wirklich alleine lassen, Tom?", fragte Captain Johnson vorsichtig.

„Ja, das könnt ihr. Ich bin jetzt müde, ich möchte nachdenken."

Sie verließen mein Zimmer und ich war alleine, alleine mit all den neuen Informationen über mich, über Martin, meine Eltern und der Unkenntnis darüber, was mit Michael wirklich geschehen ist.

„Susan, hörst du?", schon wieder dröhnt 'Kashmir', dieser Titel von Led Zeppelin, durch das gesamte Schloss."

„Ja, ich höre es, Benjamin", antwortete Susan. Sie saßen im Büro des Schulleiters, wie so oft, wenn es am Abend noch organisatorische Angelegenheiten zu besprechen gab, die sie tagsüber nicht geschafft hatten zu erledigen.

„Was hat das zu bedeuten, erkläre es mir, du bist die Psychologin."

„Dieses Lied ist eine Explosion für Tom. Es enthält einen klassischen Teil mit dem Streichorchester. Tom mag Klassik. Andererseits enthält es diese laute, fast klagende Stimme des Sängers. Wie ein Schrei will es mir erscheinen, der etwas ausdrücken möchte. Dieser Schrei soll Erlösung und Befreiung von etwas Erdrückendem suchen. Beachte bitte auch den Textdes Liedes. Der ist sehr bedeutend für Tom, er sagt mehr über ihn, über seine Gefühlswelt, als wir bisher wissen. Immer wenn er diese in sich versunkenen Phasen hat, unternimmt er den Versuch, seinen eigenen Schmerz herauszulassen, sich von ihm zu befreien."

„Und, wird es ihm gelingen?"

„Ich denke nicht. Er wird lediglich nur zeitweilige Erleichterungen finden. Nur wenn all diese Geschehnisse, die er erlebt hat, rückgängig gemacht werden könnten, würde er sich aus seinem Zustand befreien können. Aber Geschehnisse kann man nicht rückgängig machen. Sie sind nun Mal passiert."

„Was können wir tun, wenn wir ihm nicht helfen können?"

„Wir müssen ihm Zeit lassen, sehr viel Zeit. Es wird eine Milderung seines psychischen Aufgewühltseins eintreten. Eine Milderung, die allerdings keine Befriedigung auf Dauer mit sich bringen wird. Tom wird auch immer wieder zurückgeworfen werden in seine seelische Zerschlagenheit. Und er wird gewalttätig bleiben. Wir sollten auf der Hut sein."

„Wir können also nur für ihn da sein, dürfen ihn nicht bedrängen und müssen darauf warten und hoffen, dass er eines Tages wieder auf uns zukommt?"

„Ja, Benjamin, so ist es. Du weißt, dass er sich uns gegenüber verschlossen hat, seitdem wir ihm gesagt haben, wer er ist, dass Martin sein Bruder ist, dass du sein Onkel bist und, was mit seinen leiblichen Eltern passiert ist. Er macht uns den Vorwurf, dass wir es ihm nicht schon viele Jahre eher gesagt haben. Außerdem kann er sich nicht verzeihen, dass er Martin niedergeschlagen hat."

„Aber woher kommen seine Gewaltausbrüche nur? Martin ist doch auch nicht so geworden?"

„Benjamin, Tom ist in einem anderen Umfeld aufgewachsen. Ganz entscheidend für den Charakter eines Menschen ist das soziale Umfeld, in dem er aufgewachsen ist und die gesellschaftlichen Einflüsse, denen er ausgesetzt war."

„Aber Tom ist doch in einer guten Pflegefamilie aufgewachsen, Susan."

„Dort sehe ich auch nicht die Ursache für sein Verhalten. Seine Pflegeeltern waren unsere eigenen Mitarbeiter. Wir standen ständig mit ihnen in Kontakt, wir haben ihre Berichte. Da gibt es nichts, was auf Toms derzeitiges Verhalten hinweisen kann. Er ist ebenso behütet aufgezogen worden, wie Martin hier im Schloss. Es muss etwas danach geben haben, von dem wir noch nichts wissen. Vom Augenblick an, als er in die Polizeischule ging. Ich zerbreche mir schon lange den Kopf darüber. Fakt ist: wir wissen nicht alles über Tom. Und das ist schlimm, sehr schlimm. Denn dann wüssten wir, wo wir ansetzen könnten, um ihm zu helfen."

„Denkst du an die Angelegenheit mit diesem Frank Ahlbach?"

„Nein. Die ist durchaus zu bedenken und wir können sie nicht negieren. Aber ich bin der Meinung, da gibt es noch andere Sachen, von denen wir nichts erfahren haben."

„Also hat es auch keinen Sinn, ihm die laute Musik zu verbieten?"

„Nein. Jedes Mal, wenn er diese Musik hört, unternimmt er einen neuen Versuch, eine Lösung zu finden. Er ist dann gedanklich weit weg von uns. Kurz und einfach gesagt: er arbeitet an sich. Tom versucht, die Ereignisse zu ordnen und zu verstehen. Doch es gelingt ihm nur sehr langsam oder auch gar nicht. Ich weiß es nicht und ich möchte auch nicht in seiner Haut stecken. In unseren therapeutischen Sitzungen sitzt er meistens ganz apathisch auf seinem Stuhl und blickt mich an, als würde er durch mich hindurchsehen, direkt an die gegenüberliegende Wand, als wäre ich gar nicht im Zimmer anwesend. Oder er starrt hinaus in den Park, ohne auch nur irgendeine Regung draußen wahrzunehmen. Und dann plötzlich fragt er: warum ich?"

„Ich denke, hier im Schloss hat er die nötige Ruhe. Er ist abgeschirmt von der Außenwelt und doch nicht alleine. Er hat vertraute Gesichter um sich herum. Ich meine, er kennt uns, er akzeptiert uns."

„Akzeptiert er uns wirklich, Benjamin? Ich bin mir da nicht sicher. Es sind eher die anderen Schüler, Lehrer und das Personal, die er akzeptiert. Aber uns ganz bestimmt nicht."

Einige Zeit des Schweigens verging, ehe Colonel Smith mit sorgenvollem Gesicht sagte: „Tom wird wahrscheinlich nicht für den operativen Außendienst infrage kommen. Es wäre unverantwortlich, wenn er da draußen, auf sich allein gestellt und eine Aufgabe erledigen müsste. Wir hätten ihn nicht unter Kontrolle und können zum jetzigen Zeitpunkt schon gar nicht einschätzen, wie er auf diese oder jene Situation reagieren würde. Er bleibt hier bei uns im Schloss. Es wird sich eine Aufgabe für ihn finden. Seine Leistungen sind sehr gut. Er nimmt am Unterricht teil und ist da ein ganz anderer Mensch."

Erneut entstand eine längere Pause. Jeder war für sich in Gedanken versunken. Dann sagte der Colonel: „Wir brauchen Hilfe von außen."

„Das sehe ich auch so. Aber wie stellst du dir diese Hilfe vor?"

„Wir fangen mit England an. Es muss jemanden in Hereford gegeben haben, zu dem sich Tom besonders hingezogen fühlte. Außerdem werde ich Kontakt zu Max aufnehmen. Auch ihm muss etwas ganz Entscheidendes entgangen sein."

„Ich übernehme England, Benjamin, kümmere du dich um

die Polizeischule. Du hast die Verbindung zu Oberstleutnant Friedrich."

„Noch etwas anderes, Susan. Wohin geht Tom, wenn die Musik aufhört und er nachts das Schloss verlässt."

„Du wirst es nicht glauben. Er geht genau zu der Stelle, wo er Martin niedergeschlagen hat."

„Wie ist das zu deuten?"

„Er bereut seine Tat."

„Und was macht er dort?"

„Er setzt sich auf die Wiese oder er legt sich hin."

„Und dann?"

„Wie Robert mir berichtete, schaut er in den Himmel, hoch zu den Sternen. Er geht auch nur dann dorthin, wenn wir klare Nächte haben."

„Was sieht er dort, Susan? Erkläre es mir."

„Ich weiß es nicht, ich kann es dir nicht sagen."

Die Wochen vergingen. Ich hatte Zeiten, in denen es mir gut ging und ich hatte Zeiten, in denen es mir nicht sonderlich gut ging. Aber für mich war nun das Wichtigste, dass Martin auf dem Weg der Genesung war und dass ich ihn hin und wieder in Begleitung für kurze Zeit besuchen durfte. Nun war ich derjenige, der sich dem anderen ganz zaghaft annäherte. Auf keinen Fall wollte ich, dass ihm irgendetwas zustößt, irgendetwas Böses, was ihm schaden könnte. Die Verbindungstür zwischen unseren Zimmern blieb auch weiterhin von meiner Seite aus unpassierbar.

Ich mochte Susan. Aber auch Martin interessierte sich für diese schöne Frau. Es gab Momente, in denen ich sie glücklich machte. Aber es waren nur Momente in unserer Zweisamkeit außerhalb der Sitzungen. Mir erschien es schon eigenartig, dass sie sich darauf überhaupt eingelassen hatte. Oder mochte Susan mich gar nicht so sehr, wie ich sie? Wollte sie dadurch nur in ihrer Arbeit vorankommen? Diente diese Annäherung nur dazu, dass ich psychisch betrachtet, aus mir herauskommen sollte? Ich wusste es nicht genau. Auf jeden Fall kamen wir an einem bestimmten Punkt unserer aufkeimenden Beziehung an, und von da an keinen Schritt weiter.

Eines Tages sagte ich zu ihr: „Martin liebt dich, Susan. Das wissen wir beide, zumindest müsstest du es spüren. Nur will er mir nicht in die Quere kommen. Er steckt immer zurück, wenn wir uns für das eine oder andere zugleich interessieren. Immer lässt er mir den Vortritt. Susan, bitte lass von mir ab. Ich habe gemerkt, dass ich nicht mehr fähig bin, eine Frau wirklich zu lieben, so zu lieben, wie sie es verdient. Aber für mich wäre es eine Freude, Martin glücklich zu sehen. Und wenn es eines Tages so weit ist, könnt ihr mich ja als Trauzeuge benennen."

Susan lag neben mir im Bett und ihre Augen hatten sich mit Tränen gefüllt.

„Ich möchte jetzt gern bei dir liegen, Tom, dich umarmen und mit dir glücklich sein. Lass uns diesen Moment genießen."

Wir wussten, dass es morgen in der Früh das letzte Mal

sein würde, dass wir gemeinsam aufwachen und dass wir gemeinsam von meinem Bett aus den neuen Tag begrüßen würden, wenn die ersten Sonnenstrahlen in mein Zimmer leuchten. Der Frühling war fast vorbei und der Sommer würde beginnen.

„Colonel Smith, Captain Damon meldet sich zur Stelle."
„Captain Damon, ich begrüße Sie bei uns im Schloss. Wir sind eine Dienststelle auf deutschem Boden und wir haben eigene Gepflogenheiten, was den Umgang untereinander betrifft. Wir sprechen uns beim Vornamen an und lassen die Dienstgrade weg. Also sei willkommen, Tim."
„Guten Tag, Benjamin."
Beide verließen das Büro des Colonels und gingen auf die Terrasse hinaus. Nach einem Schluck Tee sagte Benjamin an Tim gewandt: „Susan hat dir bereits berichtet, dass wir ein großes Problem mit Tom haben?"
„Ja, das hat sie. Was habt ihr Tom alles erzählt?"
„Das Martin sein Zwillingsbruder ist, dass ich sein Onkel bin, dass seine Eltern Mitarbeiter des Geheimdienstes waren und in Irland getötet wurden."
„Ihr habt Tom alles mit einem Mal erzählt? Und seitdem verschließt er sich euch gegenüber? Tom ist nicht der harte Kerl, so wie er äußerlich scheint. Er ist überaus empfindlich und leicht verletzbar. Wusstet ihr das nicht?"
Benjamin sah erschrocken auf.
„Nein, das wussten wir nicht. Wir dachten, er sei eben ein, sagen wir es gelinde, etwas gewalttätiger junger Mann, ein

harter Brocken eben, den nichts erschüttern kann. Martin wollte es übernehmen, ihm mitzuteilen, dass er sein Bruder sei. Und danach wollten wir weitersehen."

„Tom ist aber kein harter Brocken. Wie hat er es versucht, wie, Benjamin?"

„Wie meinst du das?"

„Wie ist er an Tom herangetreten? Ich meine die Art und Weise, wie er es versucht hat."

„Eher ruhig und sanft, wir wollten ihn nicht verschrecken."

„Das war euer größter Fehler. Tom lässt keinen an sich ran, der ihm so entgegentritt. Warum habt ihr uns nicht vorher konsultiert? Wir haben ihn drei Jahre lang kennengelernt. Ihr hättet sofort, nachdem Tom ins Schloss gekommen ist, mit ihm reden müssen. Und so, wie Martin als ein Fremder auf Tom zugegangen ist, da könnt ihr froh sein, dass Martin überhaupt noch lebt. Schon ein mehr als normales Händegeben lässt bei ihm die Alarmglocken anschlagen, wenn er eine fremde Person vor sich hat. Mir ist es selber passiert, als er neu in Hereford war. Aber ich konnte die Situation beherrschen und entspannen."

„Aber warum ist er so?"

„Ich glaube diese Antwort kennt nur eine Person."

„Wer ist sie, Tim, sage es mir. Wir müssen Kontakt zu ihr aufnehmen und Befragungen durchführen."

„Vergiss es, Benjamin, ein für alle Male. Das ist eine Entscheidung des Direktors. Die ist unumstößlich."

„Des Direktors? Aber es gibt immer eine Hintertür."

„Nein, Benjamin, in diesem Fall nicht. Wir haben diese Person seinerzeit observiert – blütenreine Weste. Nach einiger Zeit haben wir Tom in einer seiner guten Phasen, die in den ersten Monaten, die er bei uns war, sehr selten waren, nach dieser Person befragt. Im Ergebnis dieses Gespräches haben wir mit Tom einen Kompromiss geschlossen: er macht keinen Ärger mehr und wir lassen diese Person unangetastet."

„Und?"

„Beide Seiten haben sich an den Kompromiss gehalten, bis heute. Wir haben uns gegenüber dieser Person lediglich zu erkennen gegeben. Schließlich kam Tom sogar auf die fixe Idee, einen Ausflug nach Irland zu machen mit besagter Person."

Colonel Smith blieb die Sprache weg. Als er sich wieder gefasst hatte, fragte er: „Und das habt ihr genehmigt?"

„Ja, das haben wir. Aber frage nicht nach dem personellen und technischen Aufwand, der dafür notwendig gewesen war."

„Und mich als seinen Onkel habt ihr nicht darüber informiert."

„So ist es. Du hättest diesen Ausflug unmöglich gemacht. Aber lass uns zum Anfang unseres Gespräches zurückkommen."

„Wo waren wir stehengeblieben?"

„Es gibt etwas in Toms Leben, von dem wir nichts wissen. Aber wir wissen, dass es ihn entscheidend geprägt hat. Er hat sich uns gegenüber nie dazu geäußert, aber es müssen schlimme Dinge gewesen sein. Für ihn noch viel trauriger als das Vorkommnis mit Frank Ahlbach."

„Ich weiß, ich habe ihn damals selbst aus Deutschland abgeholt. Ich habe seine Verletzungen gesehen. Eine schlimme Sache, die da passiert ist, dass sich die Jungs nicht vertragen konnten. Aber von seinem psychischen Zustand war mir nichts bekannt. Er war ja gar nicht ansprechbar, er war bewusstlos. Ich konnte mich gar nicht mit ihm unterhalten."

„Das ist es aber nicht allein. Es muss noch andere Vorkommnisse gegeben haben. Wieso wisst ihr nichts davon? Ich glaube fast, da ist Oberstleutnant Friedrich einiges entgangen. Aber soviel ich weiß, hatte er doch einen Kollegen unmittelbar in Toms Nähe im Einsatz."

„Ja, den hatte er. Aber wenn deine Vermutungen sich bewahrheiten, wäre das ja entsetzlich, Tim."

„Ich würde eher sagen: sehr peinlich. Wir müssen uns nichts vormachen oder versuchen eigene Fehler, die begangen worden sind, zu negieren. Die Fakten sprechen dafür, dass es so ist."

Beide schwiegen und sahen in den Park. Captain Damon steckte sich eine Zigarette an, der Colonel füllte erneut seine Tasse mit Tee.

Nach einer Weile fragte er: „Tim, kannst du versuchen mit Tom zu reden, in seine Gedankenwelt einzudringen? Aus diesem Grund haben wir dich hergebeten."

„Ich weiß. Ich habe eure Anfrage an die Zentrale mitgeteilt bekommen. Deswegen bin ich hier. Ich kann aber nichts versprechen. Es gibt nur einen Menschen, mit dem sich Tom über Vergangenes unterhalten hat. Das wissen wir mit Bestimmtheit."

„Ist das die Person, die du vorhin erwähnt hast?"

„Ja."

„Wirklich keine Chance?"

„Keine Chance, Benjamin. Nicht einmal erwähnen dürfen wir den Namen. Außerdem steht Tom nach wie vor mit dieser Person in Kontakt. Er würde es sofort erfahren, wenn wir uns nicht an das Versprechen halten würden."

„Uns ist nichts bekannt, dass er einen Kontakt nach draußen hat."

„Langsam komme ich mir vor, als wäre ich in einem Traumschloss und nicht in einer Dienststelle des englischen Geheimdienstes. Bitte verzeih mir diese harten Worte, aber so ist es wohl. Tom ist ein ausgebildeter Agent. Er hat seinen Abschluss mit Auszeichnung gemacht. Denkt ihr etwa, er hat gar keine Ahnung von der Arbeit? Wenn er Fehler macht, dann nur, wenn sein Gemütszustand nicht gut ist. Aber ansonsten besitzt er einen kristallklaren Verstand und versteht sein Handwerk durchaus. Du bist aufgrund deines verwandtschaftlichen Verhältnisses irritiert, du bist nicht objektiv in deinen Einschätzungen, du bist subjektiv und genau das ist dein großer Fehler, Benjamin. Eines noch: mit Tom kann man Klartext reden, aber er geht an Heimlichkeiten zugrunde und baut eben dadurch eine Blockade zu euch auf."

Nach einer Weile in Gedanken sagte Colonel Smith: „Gut,

versuche du dein Glück. Ich gebe dir Aidan und Robert mit."

„Ich gehe alleine in sein Zimmer. Mir wird er nichts tun."

„In Ordnung, wenn du meinst."

Es klopfte an meiner Zimmertür. Ich erhob mich aus dem Sessel, öffnete die Tür und schaute, wer da zu mir kommen wollte. Ich war erstaunt, Tim in der Tür stehen zu sehen.

„Darf ich herein kommen, Tom?"

„Lieutenant Damon", sagte ich und lächelte ihm entgegen.

„Captain inzwischen, mein Lieber", gab er mir zur Antwort und kam auf mich zu.

„Tim, ich freue mich für dich. Nimm meinen herzlichen Glückwunsch zu deiner Beförderung entgegen. Wollen wir darauf anstoßen?" Und schon war ich unterwegs zu meiner Bar.

„Aber nur mit Cola, Tom. Ich bin gekommen, um mit dir zu sprechen."

„Nimm bitte am vor dem Kamin Platz. Ich bringe gleich die Colas für uns."

Tim setzte sich in einen Sessel und ließ den Blick durch mein Zimmer schweifen, während ich die Colaflaschen öffnete.

„Glas oder Flasche?", fragte ich ihn.

„Gleich aus der Flasche, Tom, das Glas kannst du dir sparen."

Ich beugte mich zu Tim hinab und wir stießen mit unseren

Flaschen an. Danach setzte ich mich in den anderen Sessel, Tim gegenüber.

„Warum haben sie dich hierher geholt?", fragte ich ihn, nachdem wir uns eine Weile angesehen hatten.

„Die Schulleitung weiß nicht, wie sie sich dir wieder nähern kann."

„Tim, mein Lieber, du bist hier nicht in London. Wir unterhalten uns hier nicht so zugeknöpft und förmlich. Kein Mensch spricht im Schloss von einer Schulleitung", sagte ich schmunzelnd.

„Es war einfach zu viel für mich, Tim."

„Ja, ich weiß. Ich habe mich bereits bei Benjamin informiert. Auch war die Herangehensweise falsch."

„Ich habe meinen eigenen Bruder dadurch Schmerzen zugeführt. Das tut mit sehr leid."

„Ich habe dir beigebracht, dass ein Nierenschlag durchaus tödlich sein kann. Warum hast du ihn angewendet?"

„Ich war so wütend."

„Das ist nichts Neues, du hast deine Taten stets erst im Nachherein bereut. Immer erst dann, wenn es zu spät war."

„Ja, ich weiß. Aber so bin ich nun mal."

„Tom, wir wissen beide, dass du Dinge in dir verbirgst, über die du auch in London nicht gesprochen hast, außer zu einer Person außerhalb des Stützpunktes."

„Ja, zu Lars Schumann. Wie geht es ihm. Ihr habt ihn doch bestimmt nicht aus den Augen gelassen."

„Wir hatten dir versprochen, ihn in Ruhe zu lassen."

„Tim, ich ziehe mir die Hosen nicht mit der Kneifzange an. Also sag schon, wie geht es ihm."

„Wir beobachten nur, wirklich. Und ich kann dir sagen, dass es ihm gut geht. Er bereitet sich auf seinen Abschluss vor, treibt sich in den Studentenklubs herum, läuft aber auch nachts stundenlang alleine durch London ohne ein richtiges Ziel zu haben."

„Er denkt an mich, wenn er da unterwegs ist."

„Das schätzen wir auch so ein."

„Wenn du zurück in London bist, nimm bitte Kontakt zu Lars auf und sage ihm, dass ich ihn nicht vergessen habe, dass ich ihn eines Tages einladen werde oder ihn in Bayern besuchen komme. Mir fehlt seit dem Vorkommnis mit Martin einfach die Lust, die Ruhe und die Kraft, um Briefe zu schreiben. Aber ich möchte, dass nur du Kontakt zu ihm aufnimmst, keine anderer. Versprich mir das und teile dem Direktor mit, dass es mein Wunsch ist."

„Versprochen, Tom, so soll es sein."

„Ich danke dir."

Schweigen setzte ein. Ich wollte das Gespräch jetzt nicht weiterführen, Ich wollte meinen Gedanken und Erinnerungen nachgehen, einfach einen Moment der Ruhe haben. Tim kannte mich gut genug. Er wartete ab. Nach einer Weile lächelte ich Tim an und sagte: „In Ordnung, lass uns weiter reden. Was gibt es noch?"

„Wir glauben, dass es Dinge gibt, von denen du nicht wegkommst, die dich belasten. Willst du jetzt mit mir darüber sprechen?"

„Du hast in London immer gesagt, ich soll mich öffnen. Ich habe es getan. Und ich bin ruhiger geworden, ich wurde gar ein braver Schüler."

„Lars Schumann..."

„Ja, Tim. Bitte verzeih mir, wenn ich das Vertrauen nicht zu dir hatte. Aber ich brauchte einen Ruhepol außerhalb des Stützpunktes."

„Ich verstehe dich sehr wohl, Tom. Du musst keine Bedenken haben, dass ich dir deswegen böse bin. Das bin ich nicht. Willst du jetzt über die Dinge reden, über die du mit Lars gesprochen hast?"

„Nein, das will ich immer nicht. Ich spüre, dass Onkel Benjamin mir noch nicht alles erzählt hat über mich. Und solange das der Fall ist, werde ich ihm auch nicht entgegenkommen."

„In Ordnung, Tom, kann ich das Benjamin so ausrichten?"

„Ja, das kannst du."

„Aber über eines müssen wir uns im Klaren sein, jetzt sofort."

„Sprich."

„Bis dahin werden wir deine Psyche nicht in Ordnung bringen. Da kann sich Susan noch so sehr anstrengen. Bist du dir dessen bewusst?"

„Ja, dessen bin ich mir bewusst."

Ich wollte dieses Thema beenden und fragte Tim: „Ich freue mich, dass du da bist. Wie lange kannst du bleiben?"

Er verstand mich sofort und antwortete: „Eine Woche, Tom. Danach muss ich wieder nach London zurück."

„Seit das mit Martin passiert ist, habe ich mein Zimmer kaum verlassen. Nur zu den Unterrichtsstunden bin ich gegangen und zu Susans vergeblichen Therapiestunden. Soll ich dir einmal das Schloss zeigen? Anschließend können wir noch in den Park hinausgehen, ehe es Abendbrot gibt."

Nach einem weiteren Schluck aus seiner Colaflasche fragte mich Tim, warum ich mein Zimmer kaum verlassen hätte. Ich sah ihn einige Sekunden an und antwortete ihm: „Ich habe mich nicht getraut. Nur nachts, wenn alles ruhig ist im Schloss, alle schlafen gegangen sind, bin ich ab und zu hinausgegangen. Ich schäme mich für meine Tat."

„Tom, du musst endlich anfangen, dir vorher Gedanken darüber zu machen, was du tust, ehe andere Menschen durch dich zu Schaden kommen."

„Ich weiß. Aber nun lass uns das Schloss ansehen."

„Du lenkst vom Thema ab."

„Ja, das tue ich."

Tim bohrte nicht weiter in mich hinein. Wir leerten unsere Flaschen, standen auf und verließen mein Zimmer. Vor der Tür schaute ich nach links und rechts in den Gang hinein. Ich wollte wissen, ob jemand im Schloss unterwegs sei. Aber es war nicht der Fall. Die Jungs saßen um diese Zeit sicher in ihren Zimmern und waren in ihre Lehrbücher vertieft, oder sie hielten sich in der Bibliothek auf. In der oberen Etage war also niemand zu sehen. Ich schloss die Tür hinter mir und wir gingen gemeinsam die Treppe hinunter.

In der vom großen Kristalllüster erleuchteten Eingangshalle trafen wir auf Anny. Sie war gerade zwischen der Küche und dem Rittersaal unterwegs, um die Vorbereitungen für das Abendbrot zu organisieren. Als sie mich und Tim sah, stemmte sie ihre kräftigen Arme in die Hüften und rief uns zu: „Na, wen haben wir denn da? Einen neuen Schlossbewohner, Tom?"

Sie strahlte übers ganze Gesicht. Natürlich wusste sie ganz genau, wer unser Besucher war. Nur ich war wieder einmal ahnungslos geblieben. Aber die liebe Anny wollte die Gelegenheit nutzen, um mich etwas aufzumuntern.

„Das ist Captain Tim Damon aus London", sagte ich mit stolzer Brust. „Er war auf dem Stützpunkt mein Sportoffizier und ist ein prima Kerl."

„Jung, und hübsch ist er obendrein", meinte Anny und musterte Tim schmunzelnd von oben bis unten.

Spöttisch sagte ich: „Hände weg Anny, Tim ist schon vergeben. Er hat bereits eine Frau in London."

Tim lächelte in die kleine Runde und sagte an Anny gerichtet: „Guten Abend, schöne Frau."

Da fiel mir auf, dass ich andererseits Anny noch nicht vorgestellt hatte und sagte schnell an Tim gewandt: „Das ist Lieutenant Anny Brown. Sie ist unser Versorgungsoffizier im Schloss und kocht herrliches Essen."

„Sehr erfreut, Anny. Da bin ich schon auf das Abendessen gespannt. Ich habe nämlich großen Hunger mitgebracht."

Mit einem vorwurfsvollen Blick auf mich gerichtet, entgegnete sie: „Tim, du bekommst nur etwas zu essen, wenn du Tom mitbringst. Der war schon viel zulange nicht mehr bei den gemeinsamen Mahlzeiten im Rittersaal dabei."

Erneut wurde mir das Gespräch unangenehm. Am liebsten wäre ich einfach weitergelaufen. Aber das konnte ich so nicht tun, es wäre respektlos.

Tim antwortete: „Wenn du mir einen Platz neben Tom reservieren kannst, bringe ich ihn gerne mit."

„Dafür werde ich sorgen, Jungs. Lewis sitzt sonst rechts von Tom an der Tafel. Er wird sich woanders hinsetzen in den nächsten Tagen. Auf der linken Seite sitzt ja Martin. Und dieser Platz ist heilig."

„Kommt denn Martin zu den Mahlzeiten runter in den Rittersaal?", fragte ich völlig überrascht.

„Ja, Tom, das tut er. Und er wartet jede Mahlzeit sehnsüchtig darauf, dass du erscheinst. Aber du tust es nicht."

Ich brauchte einige Zeit, um das eben Gehörte zu verarbeiten. Keiner hatte mir gesagt, dass Martin an den gemeinsamen Mahlzeiten wieder teilnimmt. Erneut ließ man mich in Ungewissheit, dabei hätte mir gerade das Wissen über diesen Fakt so viel bedeutet.

„Tom, lass uns das Schloss ansehen und anschließend in den Park gehen", hörte ich Tims Stimme, wie aus der Ferne.

„Ja, du hast recht, Tim, lass uns gehen", antwortete ich und wir machten uns auf den Weg.

Ich zeigte Tim unser schönes Schloss, den Wintergarten, die angrenzende Terrasse mit den Tischen, Stühlen und Sonnenschirmen, die er ja schon, nur wusste ich es wieder einmal nicht, bereits kannte. Danach gingen wir weiter in den Park.

In der Sicherheitszentrale machte Robert Susan auf einen der vielen Monitore aufmerksam und sagte: „Schau mal, Tom hat sein Zimmer bereits zum späten Nachmittag verlassen."

Sie trat heran, blickte auf den Bildschirm und sagte: „Es braucht keiner von euch den beiden zu folgen. Tim schafft das schon. Schließlich ist es ihm auch gelungen, Tom aus seinem Zimmer zu holen. Und wenn ich bedenke, dass er nicht einmal zwei Stunden hier ist, so frage ich mich, wie er das angestellt hat."

„Ich denke mal, dass Tom ihm ein gewisses Vertrauen entgegen bringt, genau das, was er uns noch verwehrt. Aber es ist ihm auch kaum zu verdenken, so wie wir uns angestellt haben. Hoffentlich geht es nun wieder bergauf mit ihm. Es war eine gute Idee, jemanden aus London kommen zu lassen."

„Ja, Captain Damon ist ein guter Vertrauter von Tom geworden in den letzten Jahren", antwortete Susan tief betroffen. Robert hatte es auf den Punkt gebracht.

Ich lief mit Tim durch den Park und wir unterhielten uns über die gemeinsamen Zeiten auf dem Stützpunkt und über die feierliche Überreichung meines Offizierspatents. Als wir die Allee hinuntergelaufen und am Schlossteich angekommen waren, setzten wir uns ins Gras, zündeten uns eine Zigarette an und unterhielten uns weiter. Es tat mir gut. Ich fühlte mich wohl und ich war erleichtert.

Nach einiger Zeit fragte ich Tim, ob er dafür sorgen könne, dass ich Martin besuchen kann. Ich hätte keinen Zugang mehr zu ihm, die Verbindungstür sei für mich gesperrt. Er antwortete mir, dass er sich für mich einsetzen werde, aber nichts versprechen könne.

Natürlich hatten wir die Zeit verpasst. Als wir ins Schloss zurückkamen, saßen alle schon an den langen Tafeln. Auch Martin saß an seinem Platz. Er schaute verwundert zu uns. Ich vernahm ein leichtes Zucken bei ihm und einen kurzen unsicheren Blick zu Onkel Benjamin. Benjamin nickte ganz leicht mit seinem Kopf, kaum jemand bekam es überhaupt mit. Zum ersten Mal sah ich seit diesem Vorfall im Park meinen Bruder wieder außerhalb seines Krankenlagers. Auch für mich war es auch nicht einfach. Nur musste ich im Gegensatz zu Martin keine Angst vor ihm haben. Ich blieb im Türrahmen stehen und sah mich kurz nach Tim um. Er stand seitlich hinter mir.

„Ich möchte euch etwas sagen", begann ich und blickte mich erneut nach Tim um.

„Auf der Fahrt nach Thüringen, die ich vor einigen Wochen unternahm, ist mir etwas Unangenehmes passiert. Ich wurde von den deutschen Kollegen angehalten. Sie behandelten mich nicht gut. Aber durch das Gespräch mit ihnen wurde mir klar, dass Martin die ganze Zeit über versucht hatte, mir etwas sehr Wichtiges und Entscheidendes über mich zu sagen. Anstatt ruhig auf ihn zuzugehen und ihn zu fragen, was er mir denn so Wichtiges erzählen wolle, bin ich nach dieser Begegnung mit den Deutschen wütend gewesen und habe ihn geschlagen, als ich ins Schloss zurückkam. Das tut mir sehr leid. Aber er ist auch auf so eine sanfte Art und Weise auf mich zugegangen. Das ertrage ich nicht mehr. In meiner Kindheit habe ich das gemocht. Aber meine Kindheit ist vorbei.

Ich habe in Deutschland einen sehr guten Freund durch einen Verkehrsunfall verloren. Wir wollten gemeinsam auf die Offiziersschule gehen..."

Ich merkte, wie es mich würgte und drehte mich mit bereits feuchten Augen zu Tim herum. Er kam einen Schritt näher, fasste mich aber nicht an. Als ich in die Runde der Anwesenden sah, bemerkte ich, wie sich Benjamin und Susan leise aber aufgeregt unterhielten. Ansonsten herrschte absolute Stille im Rittersaal und alle hatten aufgehört zu essen.

„...und dann gibt es da noch etwas, was ich euch heute Abend erzählen möchte: zu dieser Zeit hatte ich auch eine Freundin. Sabine hieß sie und ich hatte sie sehr lieb. Ich wollte sie heiraten. Sabine erwartete ein Baby von mir. Ein Junge sollte es werden. Wir hatten sogar schon einen Namen für ihn. Felix sollte er heißen. Aber meine Freundin ist eines Tages während der Schwangerschaft in Ohnmacht gefallen und nie wieder erwacht."

Ich seufzte und erste Tränen liefen mir über die Wangen.

„Und noch etwas sollt ihr wissen. Ich wurde auf der Polizeischule von Mitschülern böse schikaniert, misshandelt und fast zu Tode geschlagen. Durch diesen Vorfall kam ich nach England und habe dort auch studiert. Den Grund dafür habe ich nicht gekannt. Den hat mir Benjamin erst vor Kurzem mitgeteilt. Viel zu spät. Aber darüber habe ich mich mit meinem Onkel und Susan schon unterhalten. Es war ein Fehler von ihnen.

Nun wisst ihr die Dinge, die an der Polizeischule vorgefallen sind. Es gibt dort keinen mehr, der sie euch sagen, euch erklären kann. Denn derjenige, der Einzige, der es überhaupt könnte, ist tot.

Nun endlich weiß ich, wer ich bin und, dass ich Verwandte hier im Schloss habe. Ich werde nie wieder meine Hand gegen meinen Bruder erheben. Ich will ihn lieben, ich möchte mit ihm zusammen sein. Und ich rate jedem hier oder sonst wo auf dieser Welt, uns in die Quere zu kommen oder auch nur zu versuchen, sich zwischen uns zu stellen."

Ich taumelte und Tim hielt mich kurz fest. Alle waren von ihren Plätzen aufgestanden. Onkel Benjamin kam mit einem Glas Rotwein auf mich zu. Er reichte es mir.

„Tom, wir haben nicht gewusst, dass du einen guten Freund in der Polizeischule hattest und ihn verloren hast. Wir haben auch nichts von deiner Freundin gewusst und von dem Kind, welches ihr erwartet habt. Wir haben dich all die Jahre beschützt und in der Polizeischule wähnten wir dich ebenfalls in Sicherheit. Aber wir haben versagt."

„Ich weiß, wo eure Informationslücke zu finden ist. Der Freund, von dem ich spreche, ist Leutnant Michael Beier. Ich weiß, dass er derjenige gewesen war, der innerhalb der

Schule von den deutschen Kollegen zu meinem Schutz eingesetzt wurde. Nur hat er durch unsere Freundschaft, die sich entwickelt hatte, viele Berichte vorenthalten. Das war ein Fehler von ihm, aber verurteilt ihn nicht. Und was Sabine betrifft, so hatte ich ihn gebeten, zu niemanden ein Wort darüber zu sagen. Er war der beste Freund, den ich jemals hatte und ich vermisse ihn sehr."

Ich hatte mich wieder gefangen, stieß mit Onkel Benjamin an und trank einen Schluck Rotwein.

„Ich möchte euch noch jemanden vorstellen", wandte ich mich wieder an die Schlossbewohner. „Der Herr neben mir ist Captain Tim Damon. Einige der jungen Lieutenants hier haben ihn ja bereits während ihres Studiums in Hereford kennengelernt."

Allgemeine Grüße wurden uns entgegengerufen. Ich nahm Tim und lief mit ihm zu meinem Platz an der Tafel.

Dort angekommen sagte ich zu Tim: „Das ist Martin, mein Zwillingsbruder. Aber sicher weißt du das schon viel länger als ich."

„Ja, ich weiß es, aber ich bin ihm noch nie begegnet. Es freut mich, dich kennenzulernen, Martin."

Dabei reichte er ihm die Hand und begrüßte ihn. Martin war sitzen geblieben. Er konnte sich noch nicht so gut bewegen. Und wenn er es tat, hatte er noch große Schmerzen.

„Es freut mich auch, dich endlich einmal zu sehen. Ich habe natürlich erfahren, von den Problemen, die ihr mit Tom während seines Studiums hattest. Und ich wäre so gern einmal nach London gekommen, um mit Tom zu reden. Aber ich durfte diese Reise nicht antreten."

Onkel Benjamin und Susan verabschiedeten sich nach kurzer Zeit. Sie hätten noch zu arbeiten, sagten sie. Das glaubte ich ihnen gerne, nach all den neuen Erkenntnissen, die sie von mir erhalten hatten. Ganz bestimmt glühten nun die Telefonleitungen zu Oberstleutnant Friedrich.

Auch Martin wurde von Herry und Katie bald wieder auf sein Zimmer gebracht. Seine Kraft reichte noch nicht für längere Geselligkeiten. Er schaffte es noch nicht einmal allein, die Treppe hinaufzusteigen.

Nach dem Essen begleiteten mich Tim und Aidan zu Martins Zimmer. Aidan öffnete die Tür. Herry war noch bei Martin und fragte, ob er uns alleine lassen solle. Ich verneinte dies und bat unseren Doktor zu bleiben. Martin hatte die Augen geschlossen und schien zu schlafen. Ich nahm mir einen Stuhl und stellte ihn seitlich an sein Bett. Als ich mich gesetzt hatte, sah ich ihn lange an. Herry und Tim standen daneben. Aidan war wieder gegangen, nachdem Tim ihm gesagt hatte, dass seine Anwesenheit nicht notwendig sei.

Dann legte ich meine Hand auf Martins Hand und sagte: „Ich werde dich nie wieder schlagen, das verspreche ich dir."

Martin öffnete die Augen und seine dunklen Augen sahen mich an: „Und andere Menschen auch nicht", sagte er.

Ich antwortete nicht darauf.

Nach einiger Zeit bat Martin Herry und Tim uns alleine zu lassen. Sie wechselten einen Blick, stimmten dann aber seinem Wunsch zu. Sie würden aber vor der Tür stehen bleiben.

Als wir alleine waren, sagte Martin, dass er mit mir nach London müsse. Ich sah ihn verwundert an und wollte meine Hand wegziehen.

Aber er hielt sie fest und sprach: „Tom, ich bin dein Bruder. Ich bin der letzte Mensch auf dieser Welt, der dir etwas Schlechtes antun will."

„Warum müssen wir dorthin? Ich war drei Jahren in London und in Hereford. Oder gibt es da immer noch etwas, was ich wissen muss und noch nicht weiß, ein weiteres Geheimnis um mich?"

„Ja, Tom, so ist es. Aber es ist eher ein Geheimnis zu unserer Familie. Und damit wird dann endgültig Schluss sein mit all den Geheimnissen. Denn weitere gibt es nicht."

Er schloss seine Augen wieder. Seine Kräfte waren wohl aufgebraucht. Ich verließ das Zimmer und bat Tim, der immer noch mit dem Doktor vor der Tür stand, mich alleine zu lassen, ich sei in Ordnung und Martin auch noch am Leben. Er stimmte zu. Herry ging noch einmal zu Martin hinein, um nach dem Rechten zu sehen und Tim verabschiedete sich und ging in sein Zimmer.

Nachdenklich verließ ich das Schloss und lief in den Park, hinunter zum Schlossteich. Dort setzte ich mich ins Gras und sah auf das Wasser. Der Mond spiegelte sich darin und die kleinen Wellen ließen ihn auf der Wasseroberfläche tanzen. Es war schön, diese beruhigende Natur anzusehen.

Als ich wieder im Schloss angekommen war, wollte ich noch einmal zu Martin. Erst als ich meine Finger auf den Sensor legte und die Tür sich nicht öffnete, wurde mir wieder bewusst, dass ich keinen Zutritt zu ihm hatte. Ich ging nach nebenan in mein eigenes Zimmer, duschte und legte mich schlafen.

Die Wochen waren vergangen, wir hatten Sommer und Tim war längst nach London zurückgeflogen.

Martin war wieder gesund, er hatte keine bleibenden gesundheitlichen Schäden davongetragen. Die Verbindungstür zwischen unseren Zimmern konnte wieder von beiden Seiten aus geöffnet werden. Aber meist blieb sie sowieso offen stehen.

An einem Abend kam Martin in mein Zimmer und fragte mich: „Tom, hast du Lust morgen einen ganz besonderen Sonnenaufgang in den Bergen anzusehen?"

Mir sollte es recht sein und so antwortete ich: „Na klar doch, können wir gerne machen."

„Dann stelle dir den Wecker. Wir werden schon um fünf Uhr morgens aufbrechen. Ich werde Anny fragen, ob sie uns in der Küche ein kleines Frühstück bereitstellen kann."

„Gut, ich brauche auf jeden Fall einen kräftigen Kaffee, ehe wir aufbrechen."

„Den kochen wir uns selber, Tom. Um diese Zeit muss

Anny nicht nur wegen uns so zeitig aufstehen."

„In Ordnung, dann werde ich so gegen halb fünf in der Küche sein."

Am nächsten Morgen starteten wir zur verabredeten Zeit mit den Motorrädern in die Berge. Auf einem Waldweg stellten wir sie ab und liefen zu Fuß weiter.

„Da hinten sind drei kleine Felsen, Tom. Lass uns auf einen hinaufsteigen. Du wirst überrascht sein, was du sehen wirst."

Als wir die Felsen erreicht hatten und den einen davon erklommen hatten, bot sich mir eine atemberaubende Sicht in die Ferne, über bewaldete Täler und Berge, egal in welche Himmelsrichtung ich mich drehte. Es war einfach wunderbar. Und eben zu dieser Zeit ging im Osten die Sonne auf, schob sich langsam aber beständig über den Horizont, als wolle sie über den Tellerrand sehen.

„Komm schnell wieder runter, Tom, und lass uns noch ein Stück weiterlaufen. Da gibt es noch einen größeren Felsen. Von dort aus müssen wir uns den Sonnenaufgang an-sehen."

Ich sah ihn schon von weiten. Er war bedeutend größer als die drei Felsen, wo wir eben waren. An der Südseite er-klommen wir den Felsen bis zur halben Höhe. Auf einem Absatz lehnten wir uns an die Felswand und schauten dann in Richtung Osten, wo mehr und mehr die Sonne aufging. Obwohl zu dieser Stunde noch ein kalter Wind wehte, spürte ich sehr schnell die wärmenden Sonnen-strahlen auf meinem Gesicht und schon nach kurzer Zeit musste ich meine Jacke auszuziehen. Auch der Felsen wurde sofort angenehm warm.

„Wie kann das sein, dass sich der Felsen so schnell erwärmt, Martin?"

„Wir befinden uns an einer Wetterscheide, beachte den Wind, Tom, spüre seine Veränderung."

„Was gibt es da zu spüren? Er bläst uns immer noch um die Ohren."

„Sei still, Tom. Halte einfach mal deinen Mund und schärfe deine Sinne. Dann wirst du merken, du wirst es fühlen, wie der neue Tag beginnt."

Nach einer Weile sagte Martin zu mir: „Und nun schaue in Richtung Süden. Siehst du den Berg da hinten in der Ferne? Er sieht aus, als hätte jemand eine Tüte Zucker oder Salz darauf ausgeschüttet."

„Ja, ich sehe ihn. Fast scheint es, als stünde da eine Pyramide, so gleichmäßig sind seine Wände."

„Und nun schließe deine Augen zu einem schmalen Spalt und blicke genau hin. Was siehst du, Tom?"

Ich tat, wie Martin mir sagte und war überrascht. Das konnte doch nicht wahr sein. Ich war völlig außer mir vor Begeisterung.

„Sag endlich, ehe dieses Schauspiel der Natur zu Ende geht, was siehst du?"

„Es scheint fast so, als wäre der Berg gänzlich aus Kristallen. Die Sonnenstrahlen werden reflektiert und zurückgeworfen, aber in eine ganz andere Richtung als sie auf den Berg treffen."

„Stimmt."

„Was ist da, Martin? Wie kann das sein?"

„Das ist Raureif. Er reflektiert die Sonnenstrahlen. Du wirst sehen, nicht mehr lange und diese Erscheinung ist zu Ende."

„Ja, wenn die Sonne die Raureifkristalle zu Wasser schmelzen lässt. Dann wird alles vorüber sein."

„Genau, so ist es. Und was spürst du noch?"

„Der Wind. Er ist gar nicht mehr kalt. Es ist als würde uns ein Föhn entgegen wehen. Und all das in so kurzer Zeit."

„Und nun schaue direkt in die Sonne. Was stellst du fest?" Ich tat, wie Martin sagte.

„Sie blendet gar nicht, Martin. Wie kann das sein?"

„Es liegt an den verschiedenen Luftschichten hier oben in den Bergen."

Noch eine Weile blieben wir auf dem Felsen stehen, ehe wir uns wieder auf den Rückweg machten. Es war ein wunderbares Erlebnis und mein Bruder hatte es mit mir geteilt. Ich war glücklich.

Wir unternahmen auch mit den anderen jungen Offizieren Ausflüge in die Berge. Oft blieben wir an den Wochenenden auch über Nacht draußen in der Natur. Wir spielten Tennis, Fußball und verbrachten die Schlossabende auf der Terrasse oder auf der anderen Seite im Vorhof bei unserer kleinen Bierstube. Es war eine schöne Zeit und auch mein Schmerz um Sabine, Felix und Michael wurde schwächer. Aber vergessen konnte und wollte ich sie nicht.

Noch immer hatte ich die Bilderrahmen mit ihren Fotos auf meinem Schreibtisch stehen und dort sollten sie auch bleiben.

Am Ende des Sommers 2007 gab es eine große Verabschiedungsfeier für William, David, Ethan, Adam, Georg und die anderen Schüler. Sie hatten ihre Weiterbildung erfolgreich beendet und gingen nach London zurück, um von dort aus in die verschiedenen Dienststellen abkommandiert zu werden.

Ab und zu kamen Briefe von Tim, welche ich gern und ausführlich beantwortete. In meinem letzten Brief schrieb ich ihm, dass ich bald mit Martin nach London käme und, dass ich mich freuen würde, ihn wieder zu sehen. Die Planung für diesen Besuch befand sich bereits im vollen Gange, wie er mir mitteilte.

Es war ruhig im Schloss geworden. Nun waren wir nur noch wenige Bewohner. Lediglich an Regentagen trafen wir uns zu den Mahlzeiten im Rittersaal, ansonsten zogen wir unsere Terrasse mit dem herrlichen Blick in den Park vor.

Martin und ich liehen uns bei Oliver oft Motorräder aus und fuhren in die nah gelegene Umgebung, über die Landstraßen, oder wir rasten über die Autobahn. Aber am meisten machte es im eigenen Park Spaß. Allerdings dauerte es nicht lange, bis uns Aidan einen Vortrag über Parkpflege hielt und Onkel Benjamin uns bat, etwas leiser zu fahren und die Motoren nicht immer so aufdröhnen zu lassen.

Wir zogen es vor, den Park aus der Liste unserer Aus-flugsziele zu streichen. Mir kam eine neue Idee. Der Vor-hof vom Schloss sollte das Ziel unserer Begierde werden. Ich brachte Martin bei, wie man Gummi auf den Asphalt macht. Er war hell begeistert davon, lernte schnell und schon nach einer Stunde sah unser Schlosshof vor den Garagen dementsprechend zerschunden aus. Nicht im geringsten dachte ich an eventuelle Folgen. Wir wollten einfach nur Spaß haben, einen Teil unserer Kindheit nachholen. Und wir hatten Spaß.

Oliver war an jenem Tag unterwegs und wir nahmen uns vor, ihm aus dem Weg zu gehen, wenn er zurückkommt. Nur wollte er uns nicht aus dem Weg gehen. Vorsichtig gingen wir an diesem Abend auf die Terrasse zum Abend-brot. Susan grinste. Onkel Benjamin drehte seinen Kopf in Richtung Park, so als wäre er gar nicht anwesend, Anny rollte mit den Augen und unser Doktor vertiefte sich schnell in sein Rotweinglas.

„Guten Abend, Jungs", sagte Oliver zu uns.

„Lauren hat euch zwei Overalls in die Zimmer gelegt, falls ihr die noch nicht gesehen habt. Die könnt ihr morgen anziehen und euch nach dem Frühstück bei mir melden."

Ich wagte einen kleinen aber aussichtslosen Versuch. „Warum denn das?"

„Der Platz vor den Garagen muss geschrubbt werden, und zwar so lange, bis keine schwarzen Gummispuren mehr zu sehen sind."

„Wer das wohl war?", fragte Martin.

Onkel Benjamin, der sich zu dem Gespräch gedreht hatte, fing nun auch an mit den Augen zu rollen und poltere heraus: „Und ich habe keine Ruhe zum Arbeiten gefunden."

„Aber warum hast du denn nicht mal etwas gesagt, Onkel?", fragte Martin.

„Ich habe gearbeitet", antwortete er ärgerlich.

„Die Arbeit hättest du doch unterbrechen können, um eine kurze Ansage zu machen."

„Martin!"

„Ja?", traute er sich noch zu fragen.

Onkel Benjamin gab auf und wandte sich wieder dem Park zu.

„Und neue Reifen könnt ihr morgen auch gleich noch aufziehen", meinte Oliver im ernsten Ton.

Wir standen nun doch mit gesenkten Köpfen da. Anny kam auf uns zu. Sie nahm in jeden ihrer starken Hände einen von uns und drückte uns an sich.

„Du solltest dich was schämen, Oliver. Die beiden haben ihre gesamte Jugend nachzuholen", schalt sie ihn.

Oliver versuchte sich zu verteidigen, indem er sagte: „Sie sind nun schon zweiundzwanzig Jahre alt."

Ich ballte meine Fäuste und Anny spürte das sehr wohl.

Sie tätschelte meine Hüfte und ließ uns los.

„Lieutenant Forker, folgen Sie mir mal in die Küche, sofort!"

Stille zog sich über die Terrasse. Anny lief los, Oliver

hinterher. Martin und ich setzten uns zu den anderen und Herry sagte: „Tom, entkrampfe dich. Oliver hat es nicht so gemeint."

Auch die anderen hatten meine Reaktion bemerkt und waren eher ängstlich als ernst geworden.

„Tom, so ist es. Du hast seinen Tonfall nicht bemerkt. Oliver meinte es nicht im Ernst", sagte Onkel Benjamin. Es war wohl wirklich so. Ich hatte es nicht mitbekommen, war nicht in der Lage gewesen, die Situation richtig einzuschätzen. Ich lockerte mich und wir fingen mit dem Abendessen an. Martin saß schon lange Zeit wieder bei den Mahlzeiten neben mir, das war sein gutes Vorrecht. Ich spürte regelrecht, wie ich mich an seiner Seite beruhigte.

Wenig später kamen Anny und Oliver zurück. Ich stand auf und ging auf Oliver zu. Stille am Tisch, kein Besteck klapperte mehr. Weingläser verharrten an der Stelle, wo sie sich zum Munde hin eben befanden.

„Es tut mir leid, Oliver, ich habe die Situation falsch eingeschätzt. Ich sollte dich eigentlich schon besser kennen", sagte ich zu ihm und reichte meine Hand. Er nahm meine Hand, drückte sie, zog mich an sich heran und klopfte mir kameradschaftlich auf die Schulter. Ich ließ ihn gewähren. „Allerdings benehmt ihr euch wie zwei Grünschnäbel", sagte Susan und lächelte uns an. Martin mehr als mich. Es wurde noch ein sehr fröhlicher und langer Abend im Schloss, auf unserer großen Terrasse.

Am nächsten Morgen meldeten wir uns bei Oliver. Auch

Robert und Aidan hatten auf ihren Wunsch hin die Zustimmung von Susan erhalten, uns helfen zu dürfen. Gemeinsam beseitigten wir die Spuren unser beider Ausgelassenheit und bastelten noch bis zum Mittag an den Motorrädern herum.

Am Nachmittag unternahmen Martin, Oliver und ich einen Ausflug mit dem Sportwagen. Oliver wollte uns einfach eine Freude machen. Er ließ uns auch mal fahren und aus dem CD-Player dröhnte Rammstein in voller Lautstärke. Keiner sprach mehr über den Gummi auf unserem Schlosshof.

In diesem Sommer verliebte sich Martin in Susan. Ich hatte ihm in einem Gespräch mitgeteilt, dass ich nicht der Richtige für sie sei, dass ich keinen Wunsch mehr auf eine eigene kleine Familie hege. Die Verbindungstür zwischen unseren Zimmern stand nun erneut nicht mehr immer offen. Mir machte das nichts aus. Ich freute mich für die beiden. Onkel Benjamin teilte mir eines Tages mit, dass ich im Herbst den Lehrgang noch einmal beginnen müsse, hatte ich doch diesen als Einziger nicht abgeschlossen. Ich hatte nichts dagegen, schließlich wollte ich eines Tages selber die jungen Offiziere unterrichten, da nun feststand, dass meine Zukunft innerhalb des Geheimdienstes als Dozent weitergehen sollte. Gutachten von Susan und vom medizinischen Dienst kamen zu dem Ergebnis, dass ich für den operativen Dienst als „nicht geeignet" eingestuft wurde.

Zum Ende des Sommers 2007, flogen Martin und ich nach London. Robert begleitete uns und Oliver fuhr uns alle zum Flughafen. Ich wusste nicht, welchem Zweck dieser Ausflug dienen sollte. Nur eines war mir klar: es wird eine Überraschung für mich geben, ein weiteres Glied in dem Puzzle um Tom Parker wird eingefügt. Inzwischen sah ich derartigen Anlässen relativ gelassen entgegen. Wusste ich doch, dass die Phasen der Verblüffung, des Nachdenkens und des Akzeptierens für mich unumgänglich sind.

Als wir den Parkplatz vor dem Terminal des Flughafens erreichten, musste ich an meine Ankunft hier vor einem Jahr denken.

Ich wandte mich an Oliver und fragte: „Weißt du noch?"

„Oh ja, wie sollte ich das vergessen", entgegnete er lächelnd. „Passt auf euch auf, Jungs, und kommt gesund wieder."

Ein gewisser Ernst lag in Olivers Antwort und seine Gesichtszüge waren auch nicht gerade entspannt. Ich nahm ihn am Ärmel und zog ihn ein Stück weg von Martin und Robert.

„Was ist los, Oliver? Was wird mich erwarten? Wird es etwas Schlimmes sein?", fragte ich ihn in sein rechtes Ohr flüsternd.

„Ich weiß nicht, worum es dieses Mal gehen wird, Tom. Ich bin nicht eingeweiht. Aber, auch wenn ich es wissen würde, dürfte ich es dir nicht sagen."

„Ich danke dir, Oliver", sagte ich, ließ ihn wieder los und wir gingen zu den beiden anderen zurück.

„Das werden wir bestimmt", antwortete Martin nun. „Wir haben ja Robert an unserer Seite. Außerdem werden wir in London nicht alleine unterwegs sein."

Wir verabschiedeten uns von Oliver und gingen an den Schalter zur Passagierabfertigung und checkten ein, wie ganz normale Touristen oder Dienstreisende.

Lediglich der Co-Pilot kam vor dem Start der Triebwerke zu uns. Er teilte uns kurz und knapp mit, dass wir nach der Landung bitte sitzen bleiben sollten, bis alle anderen Passagiere die Maschine verlassen hätten. Robert bat er für einen kurzen Moment ins Cockpit.

Als er zurück kam, sagte er: „Tim holt uns ab. Die Zentrale wollte unbedingt, dass du das erfährst, Tom, ehe das Flugzeug in den Himmel steigt. Sie meinten, es sei besser so."

Der Flug über einen Teil Deutschlands, über Holland und die Straße von Dover verlief reibungslos. Die Stewardessen flirteten unaufhörlich mit Martin und mir, und wir mit ihnen. Robert, der auf der anderen Seite des Ganges saß, rollte ab und zu mit den Augen und schüttelte den Kopf. Ihm taten wohl eher die Stewardessen leid, wusste er doch ganz genau, dass wir nur mit ihnen spielten. Andererseits waren auch sie Profis in ihrem Beruf. Also, was sprach gegen einen entspannten und lustigen Flug? Nichts.

Als alle Passagiere das Flugzeug verlassen hatten, fuhr wenig später ein kleiner Fahrzeugkonvoi vor.

Ich blickte zum Fenster hinaus und sah einen Jaguar XJ Super 8. Mein Herz schlug höher. Ein absoluter Traum stand da draußen für uns bereit. Nie hatte ich bisher ein edleres Auto gesehen. Aber dieser V8 hier war mir sehr wohl bekannt.

Aus dem ersten Auto kam Tim herausgesprungen und rannte auf die Gangway zu. Noch ehe wir uns aus den Sitzen erheben konnten, stand er schon im Gang und begrüßte uns freudig.

„Kleine Planänderung, Jungs, ein Befehl von Colonel Smith. Ihr übernachtet nicht im Hotel, sondern im Stützpunkt", empfing er uns freudestrahlend.

Ich wusste nicht, was ich sagen sollte. Ich war hoch erfreut.

An Martin gewandt sagte ich: „Da kannst du morgens mit mir ein paar Runden um den Sportplatz drehen. Dort gibt es noch Frühsport. Da geht es nicht so geruhsam und bequem in den Tag hinein, wie im Schloss."

Ich wusste, dass er ein Morgenmuffel war und dementsprechend böse war die Antwort in seinem Blick. Ihm war deutlich anzusehen, dass er das pompöse und bequeme Hotel vorgezogen hätte. Und mir ging durch den Kopf: Weichei.

Ich grinste ihn an und sagte: „Los, bewege dich Martin, dir wird es dort gefallen. Und wenn dich jemand ärgert, hast du ja mich an deiner Seite. Ich kenne mich dort aus und bin bekannt, wenn auch nicht immer von meiner besten Seite."

Tim trieb zur Eile an. Wir sollten unverzüglich die Gangway hinuntergehen und sofort in den Jaguar einsteigen. Die Militärpolizisten hatten ihre Fahrzeuge ebenfalls verlassen und sich, mit Maschinenpistolen in den Händen, in Stellung gebracht. Ja, dies war mein Revier, eindeutig. Hier würde ich Martin etwas beibringen können.

Ich wandte mich entschlossen an ihn und sagte: „Ich gehe voran und du folgst dicht hinter mir, ohne zu trödeln."

Er nickte nur. Nun war er es einmal, der sich unwohl fühlte. Er war noch nie in England, in London, und schon gar nicht in Hereford. Sein Studium ist anders verlaufen. Er war noch nie aus Deutschland herausgekommen.

Tim ging voran, dann wir beiden Jungs, gefolgt von Robert. Als wir die Gangway hinunterliefen, salutierten die Polizisten kurz. Tim stieg in den ersten Wagen ein, Martin und ich in den Jaguar, und Robert peilte den dritten Wagen an. Kaum saßen wir in den Polstern, die Türen waren zugeschlagen, als unser Wagen mit einem kräftigen Ruck, welcher uns noch tiefer in die Sitzpolster drückte, nach vorn schoss.

Vor uns lagen 145 Meilen. So richtig konnte ich nicht verstehen, warum wir diesen weiten Weg auf uns nahmen, waren doch direkt in London Zimmer für uns reserviert worden. Außerdem gab es unzählige konspirative Wohnungen und einige sehr schöne Gästehäuser, die der britische Geheimdienst in London unterhielt. Warum dann also diese lange Fahrt unternehmen?

Wir hatten ein fast wahnsinniges Tempo drauf. Für die Strecke benötigten wir gerade einmal zweieinhalb Stunden. Im Kreisverkehr bei Streeton Sugwas drosselten wir die Geschwindigkeit und fuhren das letzte kleine Stück normal, wie es andere Autofahrer immer tun müssen.

Als wir am Tor des Stützpunktes in Hereford ankamen, hatte ausgerechnet Evan Dienst. Gegen alle Vorschriften stieg ich aus dem Wagen - wir mussten vor dem Schlagbaum stoppen - und ging auf ihn zu. Er erkannte mich sofort wieder und lächelte mir entgegen.

„Evan", begrüßte ich ihn, „ausgerechnet jetzt hast du Dienst? Das ist eine Freude für mich."

„Hallo Tom, willkommen zu Hause."

„Ich bin hier nicht zu Hause, Evan. Ich weiß jetzt, wo mein Zuhause ist und von da komme ich her. Wenn du jetzt Dienst hast, mein Freund, dann hast du heute Abend dienstfrei. Wir sehen uns also im Mannschaftskasino?"

„Ich habe nichts anderes vor, Tom."

„In Ordnung, bis heute Abend."

„Geht klar, Tom, bis heute Abend."

Als ich wieder um den Wagen herum lief und schon fast einsteigen wollte, rief ich ihm noch zu; „Ich habe meinen Bruder mitgebracht."

„Deinen was?", fragte er verdutzt.

„Meinen Bruder. Ja, ich habe einen Bruder. Du wirst ihn kennenlernen."

Ich stieg wieder in den schwarzen Jaguar ein und die

Kolonne fuhr weiter zu den Quartieren.

Mit einem breiten Grinsen im Gesicht begrüßte uns Major Corner. „So sieht man sich also wieder, Tom Parker."

Ich drückte ihm fest und freundlich die Hand und antwortete: „Tom Burk, Herr Major. Ich habe endlich meine Familie gefunden. Aber das wussten Sie ja schon lange vor mir."

„Ja, das stimmt allerdings. Ich freue mich für dich. Und wie ich sehe, hast du deinen Bruder mitgebracht."

Martin war ausgestiegen und stellte sich dicht neben mich. „Darf ich Ihnen vorstellen, Major: mein Bruder, Lieutenant Martin Burk."

Martin knallte automatisch die Hacken zusammen und straffte seinen Körper. Zwei Sekunden lang geschah gar nichts, außer dass sich drei Augenpaare stillschweigend abwechselnd ansahen. Danach brachen wir in schallendes Lachen aus. Der Major nahm uns rechts und links an seine Seite, legte uns seine Hände auf die Schultern, und wir gingen in das Gebäude hinein.

Am frühen Abend liefen wir drei quer über den Sportplatz ins Mannschaftskasino, Robert, Martin und ich. Robert hatte von Tim Ausweise für uns erhalten, die uns als Besucher des Stützpunktes auswiesen. Diese sollten wir uns gut sichtbar an unserer Kleidung anbringen. Ich wusste, wie wichtig es ist, dass sie gesehen werden. Martin nicht. Ganz bewusst hatten wir keine Uniformen angelegt, da unser Besuch in London von privater Natur war.

An einem Fenster standen Major Corner und Colonel Smith und blickten auf den Sportplatz hinaus.

„Wie geht es Tom?", fragte der Major.

„Ich hatte dir ja schon berichtet, dass wir anfangs große Schwierigkeiten mit ihm hatten. Tom ist ein erwachsener Mann. Zulange haben wir gezögert, ihm die Wahrheit über sich selbst zu sagen. Und falsch angepackt haben wir die Sache obendrein. Aber das hat uns Tom doppelt und dreifach quittiert."

„Ich habe dir in einem Bericht mitgeteilt, dass es so kommen würde. Aber du hast ja nicht auf mich gehört, Benjamin. Du wolltest es mit der familiär-sanften Art versuchen."

„Ja, ich weiß. Ich hätte auf dich hören sollen, Herry. Aber nun ist er glücklich. Schau ihn dir nur an, wie souverän er über den Platz läuft. Er freut sich so sehr, einen Bruder zu haben. Und wehe, es kommt Martin einer in einer bösen Absicht zu nahe. Sofort baut er sich vor ihm auf und will seinen Bruder beschützen. Aber meist gibt es gar keinen Grund dafür. Außerdem kann sich Martin sehr gut selber wehren und ist zudem der bessere Diplomat, um Konflikte zu klären. Tom dagegen kann immer noch nicht richtig bestimmte Situationen einschätzen, in denen er sich mitunter befindet. Und er wird es wohl auch nicht mehr lernen. Zu tragisch waren all die Geschehnisse in der Polizeischule, von denen wir nun endlich erfahren haben. Und eigenartigerweise war es ausgerechnet Tom selber, der uns den Anstoß, den Hinweis, dazu gegeben hat."

„Er war einfach müde geworden und ihm war sehr wohl bewusst, dass er keine Antworten auf seine Fragen bekommen würde, wenn er euch nicht entgegen käme. Auch ich hatte unter seinen Wutausbrüchen zu leiden. Aber sieh mich an, meine Nase ist wieder in Ordnung."

„So einfach ist die Angelegenheit mit Max auch nicht. Sein Mitarbeiter hat ihn nicht umfassend über Tom informiert. Aber das erkläre ich dir ein anderes Mal, nicht jetzt. Lass uns diesen Anblick genießen."

Das Mannschaftskasino war bereits recht gut besucht und der Zigarettenrauch wurde durch die Deckenventilatoren gleichmäßig im Raum verteilt. Wir drei bahnten uns einen Weg durch die Soldaten zum Tresen. Von allen Seiten wurden wir in unserer zivilen Kleidung gemustert. Evan kam auf uns zu, als er uns erblickte, baute sich freudestrahlend vor uns auf und rief: „Achtung, Offiziere im Kasino!"

Martin zuckte zusammen. Mir war das sehr peinlich, denn wir wollten hier alte Freunde und Bekannte treffen und keinen Stubendurchgang durchführen. Alle Körper strafften sich und wandten sich uns zu. Mist, verdammter, auch das noch, dachte ich bei mir. Ich musste die Situation sofort klarstellen.

„Mein Name ist Lieutenant Tom Burk. Einige werden mich noch unter dem Namen Tom Parker kennen. Dies ist...", und dabei zeigte ich auf Martin, der neben mir stand, „...Lieutenant Martin Burk, mein Bruder. Und der Dritte in unserer Runde ist Sergeant Robert Fletscher. Wir sind privat hier auf Einladung von Major Corner. Ich weiß, dass es auf dem Stützpunkt auch ein Offizierskasino gibt, aber wir wollen den Abend heute mit Freunden verbringen. Wir wollen genauso ungezwungen und ausgelassen sein wie Sie. Also genießen Sie den Abend mit uns gemeinsam."

Daraufhin entspannten sich die Soldaten. Biergläser stießen aneinander, Zigaretten wurden geraucht, das allgemeine Stimmengewirr setzte wieder ein und der Ventilator an der Decke verteilte auch weiterhin gleichmäßig den Rauch.

Evan nahm uns mit zum Tresen und andere mir bekannte Soldaten kamen auf uns zu. Es wurde ein geselliger Abend, es gab viel zu erzählen an Neuigkeiten und Erlebten. Spät am Abend ließ sich auch Tim noch blicken. Ganz nebenbei erwähnte er, dass der morgige Tag für uns um acht Uhr mit dem Frühstück beginne und dass am Nachmittag die Besichtigung der Temple Church geplant sei. Robert nickte zustimmend, als kenne er das Tagesprogramm bereits.

Als Martin, Robert und ich am nächsten Tag in den Jaguar stiegen, bemerkte ich, dass die Militärkennzeichen gegen zivile Autokennzeichen ausgetauscht waren. Eine durchaus gängige Praxis. Die Sonne schien und der Himmel zeigte sich im strahlenden Blau. Unsere kleine Kolonne passierte das Tor des Stützpunktes und fuhr wieder in Richtung London. Es sollte also ein guter Tag werden, wünschte ich mir. Nach der Besichtigung der Temple Church würde ich mit Martin noch einen Stadtbummel machen, nahm ich mir vor.

Ich wandte mich an ihn und fragte: „Was hältst du davon, wenn wir noch etwas in der Stadt spazieren gehen? Wir könnten auch im The White Swan Abendessen gehen. Das Pub befindet sich nicht weit entfernt von der Temple Church. Er ist schon uralt und liegt in einer für London ruhigen Gegend. Die Autos könnten also an der Kirche auf uns warten."

„Das ist eine gute Idee, Tom, ich bin dabei."

„Darf ich auch mitkommen?", wandte sich fragend Robert an uns.

„Auf jeden Fall. Außerdem darfst du uns eh nicht aus den Augen lassen", erwiderte ich.

Der Soldat in Zivil, der uns fuhr, grinste in den Rückspiegel.

An der Temple Church angekommen, stiegen wir aus dem Jaguar und betraten die Kirche. Zu meiner Verwunderung wimmelte es nicht, wie sonst um diese Zeit üblich, von Touristen und anderen Besuchern. Aber ich machte mir keine weiteren Gedanken deswegen.

Robert, der als Letzter die Kirche betreten hatte, schloss hinter uns die Tür. Ich drehte mich um und sah ihn an.

„Warum schließt du die Tür, Robert?", fragte ich ihn. „Was hat das zu bedeuten?", wandte ich mich gleich darauf an Martin. Etwas misstrauisch schaute ich mich um. Aber ich konnte nichts Außergewöhnliches erkennen, außer, dass wir alleine waren.

„Weil wir für einen Moment allein sein wollen und dürfen", vernahm ich eine mir bekannte Stimme aus dem Inneren der Kirche.

Ich drehte mich in die Richtung, aus der ich die Stimme gehört hatte, und sah Onkel Benjamin. Im ruhigen Schritt kam er auf uns zu.

„Aber was hat denn das schon wieder zu bedeuten?", wandte ich mich erneut an Martin, der neben mir stand und bisher noch gar nichts gesagt hatte.

Er sah mich an und antwortete: „An diesem Ort werden alle Geheimnisse für dich ein Ende haben. Danach gibt es keine mehr. Du wirst am Ziel deiner Gedanken, deiner Ungewissheit und all deiner Fragen angekommen sein."

„Da bin ich aber gespannt und hoffe, dass du recht damit hast, Bruder. Ich möchte endlich zur Ruhe kommen."

„Das wirst du auch, Tom, an dieser Stelle, an diesem Ort", hörte ich die Stimme von unserem Onkel.

„Aber ich bin Atheist, ich habe mit dieser Kirche nichts zu tun und auch nichts Gemeinsames. Und ich habe nicht die Absicht, das zu ändern."

„Das glaubst du, aber dem ist nicht so. Lasst uns an diesen Tisch setzen. Es ist für jeden von uns ein Stuhl bereitgestellt."

Ich zählte vier Stühle um den Tisch herum und sah automatisch zu Robert, der noch etwas abseits von uns stand.

„Das hat seine Richtigkeit, Tom", sagte Martin und winkte

Robert zu uns heran.

Wir nahmen an dem Tisch Platz und Onkel Benjamin begann zu erzählen.

„Ich will mich so kurz wie möglich halten, möchte dich nicht übermäßig strapazieren, Tom. Außerdem muss die Kirche wieder für die Öffentlichkeit geöffnet werden, sonst wimmelt es hier bald vor lauter Presse, Fernsehsendern und so weiter."

„Wir hätten uns auch außerhalb der Besucherzeiten hier treffen können. Haben eure Planer und Protokollanten an diese Möglichkeit nicht gedacht?"

Ich bekam keine Antwort, lehnte mich auf meinem Stuhl zurück und sah unseren Onkel erwartungsvoll an.

„In dieser Kirche seid ihr beiden am 23. April 1985 zur Welt gekommen. Eure Eltern wurden zu dieser Zeit bereits von der UVF durch London gejagt. Bei eurer Mutter setzten schon die Wehen ein, als eure Eltern sich in einer fast ausweglosen Lage befanden. In die Zentrale konnten sie nicht kommen. Selbst in diesem Notfall war das unmöglich. Konspirative Wohnungen konnten sie auch nicht aufsuchen. Zu groß war die Gefahr, dass sie ihre Verfolger nicht mehr abschütteln konnten und somit einen unserer Treffpunkte verraten hätten. Außerdem war eure Mutter bereits sehr geschwächt. Aber euer Vater hatte noch andere Verbündete. Verbündete, die außerhalb des britischen Geheimdienstes standen und von denen eure Mutter nichts wusste. In seiner Verzweiflung, in seiner Sorge um eure Mutter und um euch, wagte er einen riskanten Schritt."

„Die Katholiken", fiel ich Onkel Benjamin ins Wort und sah ihn an. Ich spürte einen leichten Druck auf meiner linken Hand und sah Martin an. Er sah mich an. Und ich wusste: schweigen und weiter zuhören.

„Ja, die Katholiken", erzählte unser Onkel weiter, ohne sich von mir aus dem Konzept bringen zu lassen, „zu denen du auch gehörst, Tom."

„Aber...", sagte ich und spürte den Händedruck von Martin stärker werden. Ich musste ihn nicht erneut ansehen, um zu wissen, dass ich schweigend zuhören sollte.

„Dein Vater und seine Vorfahren waren treue Diener der katholischen Kirche."

„Das glaube ich dir nicht, Benjamin. Das ist nicht wahr! Ich bin Atheist!", entgegnete ich.

Meine rechte Hand ballte sich zur Faust, ich wollte aufspringen. Aber Martin hielt mich an der linken Hand zurück. So schnell, wie mein Zorn gekommen war, ging er wieder von mir. Es hatte jemand gewagt, mich zurückzuhalten. Mein Bruder, dem gegenüber ich nie wieder die Hand erheben durfte. Ich blickte ihn an und ließ mich wieder gänzlich auf dem Stuhl nieder. Allmählich beruhigte ich mich.

„Euer Vater hielt ein Taxi an und fuhr mit eurer Mutter kreuz und quer durch London. Erst als er sich sicher war, dass ihnen niemand folgte, bat er den Fahrer zur Temple Church zu fahren. Durch den Seiteneingang im Querschiff, für den er einen Schlüssel besaß, betraten sie die Kirche.

Wenig später wurdet ihr geboren.

Du bist ein gebildeter Mensch, Tom, und ich möchte dir in diesem kleinen Kreis einen Siegelring überreichen, der dir gehört und den später deine Nachfahren tragen sollen."

Erwartungsvoll sah ich meinen Onkel an. Er nahm aus der Tasche seiner Tweedjacke eine Schmuckschatulle und öffnete sie. Zum Vorschein kam ein massiver Siegelring. Er nahm meine Hand und streifte den Ring über meinen Ringfinger. Dabei sagte er feierlich: „Pauperes Commilitiones Christi Templique Salomonici."

Meine Lateinkenntnisse reichten aus, um diese Worte in meinen Gedanken zu übersetzen. Ich war sprachlos und bekam kein Wort heraus. Nun steckten auch Onkel Benjamin, Martin und Robert ihre Siegelringe an, sahen zu mir und nickten.

„Aber die Templer gibt es doch gar nicht mehr. Sie sind Papst Clemens V. einst zu mächtig, ihr politischer Einfluss zu stark geworden und ihr Reichtum war unermesslich. Dies war dem Papst ein Dorn im Auge, war es doch seinerzeit der Vatikan, der die politische Vorherrschaft für sich allein beanspruchte und diese immer wieder aufs Neue festigen musste. Und das war schon schwer genug. Auch Philipp IV., König von Frankreich, stand im erheblichen Maße in ihrer Schuld. Um an ihre Schätze zu kommen, klagte er sie der Ketzerei und der Sodomie an. Wenn ich mich recht erinnere, war der 13. Oktober 1307 der schicksalhafte Tag, an dem für die Templer unerwartet, im ganzen Land gleichzeitig die Verhaftungen begonnen und ihre Besitztümer beschlagnahmt wurden. Der damalige Großmeister der Templer, Jagues de Molay, ist im März 1314, nach jahrelanger Inhaftierung in Paris auf dem Scheiterhaufen hingerichtet worden."

Alle drei schauten mich erstaunt an.

Martin fasste sich als Erster. „Tom, woher weißt du das alles so genau?"

„Ich habe mich vor einigen Jahren damit beschäftigt. Die Geschichte hat mich interessiert. Ich fand sie faszinierend. Und um ehrlich zu sein, besitze ich noch heute ein Buch darüber. Ich habe es im Schloss in meinem Safe verschlossen, damit es niemand findet und über mich spottet", antwortete ich etwas verlegen.

„Und was den Tempel Salomons betrifft, nun ja, diesen gab es ja auch wirklich. König Salomon, Sohn König Davids, hatte ihn 957 vor Christi, in Jerusalem errichten lassen. Ich weiß auch, dass es in diesem Tempel Salomons einen sehr heiligen Raum gegeben hat, der als die irdische Wohnstätte von YHWH angesehen wurde – dem Gott aller Götter. König David war der Meinung, dass es nur einen Gott gibt. Und ich habe mir auch gemerkt, dass dieser heiligste Raum die Bundeslade enthielt. Allerdings wurde das Königreich nach dem Tod von König Salomon geteilt. Im Norden weiterhin Israel und im Süden Judha. Bei der Eroberung Israels durch die Babylonier wurde auch der Tempel Salomons, wenn ich mich richtig erinnere, so 586 vor Christi, zerstört und damit dieses Heiligtum. Allerdings nahmen die Babylonier auch Gefangene und unter ihnen waren Gelehrte. Und diese haben in Babylon Schriften verfasst, die uns bekannt sind als das „Alte Testament". Ich hoffe, ich habe jetzt nichts durcheinandergebracht. Wenn ja, dann verzeiht mir."

Mein Bruder starrte mich mit weit aufgerissenen Augen an. Onkel Benjamin und Robert sagten nichts. Sie schauten erwartungsvoll, wie das Gespräch zwischen den beiden Brüdern weiterging.

„Und? Weiter?", fragte mich Martin drängend.

„In Schottland, Portugal und in machen Teilen von Norddeutshland wurde der Befehl des Papstes zur Vernichtung der Templer nicht ausgerufen."

„Weiter, Tom! Was weißt du noch?", rief Martin.

Ich wurde zunehmend unsicher, leichte Wut stieg in mir auf. Warum löcherte mich mein Bruder mit Dingen, die mich bis vor einer halben Stunde nicht im geringsten interessiert hatten? Die mir eigentlich völlig egal waren, da sie mich nicht betrafen.

„Schrei deinen Bruder nicht so an", mischte sich nun doch unser Onkel ins Gespräch. „Was ist denn mit einem Mal in dich gefahren?"

„Er soll antworten, er soll es aussprechen!", schrie Martin weiter.

Ich packte ihn am Revers, zog ihn an mich heran, sodass sich unsere Gesichter fast berührten. Nicht mehr lange und ich würde meine Wut nicht mehr unter Kontrolle haben. Ich spürte es regelrecht.

„Was verdammt noch Mal willst du denn hören, Martin?

h nicht so auf die Folter!"

ᶜach, du weißt es, du kennst die Geschichte. Ich

ᶦeinem Munde hören!"

„ʋʋas willst du denn hören?"

„Das Ende der Geschichte."

„Es gibt kein Ende der Geschichte! Einige Templer flohen nach Schottland, wo sie nicht verfolgt wurden. Auch konnten einige Teplerfamilien nach Norddeutschland und nach Potugal entkommen. Der Orden existierte weiter. Und im Jahr 1314 entschuldigte sich Papst Clemens V. und sprach sie vom Vorwurf der Gotteslästerei frei."

Völlig außer Atem ließ ich Martin los und erstarrte. Das war es also, worauf Martin hinaus wollte. Ich sollte mir bewusst werden, dass der Templerorden nicht untergegangen war. Ich war völlig erschöpft.

„Wenn wir wieder in Deutschland sind, öffne ich dir die Tresorwand in meinem Büro, Tom. Dort wirst du umfangreiches Material zu der Geschichte und auch zu deiner Herkunft finden. Du kannst es jederzeit studieren", hörte ich Onkel Benjamin sagen.

Schweigend standen wir da. Ich musste erst einmal verarbeiten, was ich da gehört hatte und was geschehen war. Ich blickte zu meiner Hand. Und an meinem Ringfinger steckte der Siegelring. Es war also kein Traum gewesen, was ich eben erlebt hatte. Ich befand mich in der Wirklichkeit.

„Ich möchte gern mit Martin alleine sein", sagte ich nach einer mir lang scheinenden Ewigkeit, an unseren Onkel gewandt.

„Du weißt ganz genau, dass wir dir diesen Wunsch nur auf dem Stützpunkt erfüllen können, aber nicht hier in der Stadt."

„Ich möchte aber jetzt noch nicht zurück, ich will mit Martin in der Stadt spazieren gehen, möchte ihm dies und jenes zeigen."

„Wir müssen uns an das Protokoll halten."

„Ich pfeife auf das Protokoll. Lasst uns endlich einmal ganz normale Jungs sein."

„Das seid ihr aber nicht."

Nach einer Weile fügte Onkel Benjamin hinzu: „In Ordnung, Tom, gib mir eine Viertelstunde. Ich werde das gemeinsam mit Robert organisieren."

Gemeinsam lief ich mit Martin durch die City von London. Wir gingen in verschiedene Geschäfte, hatten aber keine Lust, irgendetwas zu kaufen. Natürlich wurden wir von einer Menge Frauen und Männern begleitet, die ich zum Teil kannte beziehungsweise die ich noch nicht kannte. Direkt neben uns lief Robert. Es war ein erdrückendes Gefühl.

Am frühen Abend gingen wir in den The White Swan. Ich hatte Appetit auf ein Pint Stout und einen guten Scotch. Martin ging es nicht anders.

An einem ruhigen Tisch nahmen wir Platz. Einige unserer Mitläufer nahmen an anderen Tischen Platz. Robert postierte sich unweit an der Bar. Mit der Zeit bemerkte ich, dass die Gäste das Pub nach und nach verließen. Aber es kamen keine neuen Gäste hinein. Das rief Unbehagen in mir auf. Was konnte der Wirt dafür, dass wir uns ausgerechnet seinen Pub ausgesucht hatten. Erneut fühlte ich mich wie in einem Käfig eingesperrt. Meine Stimmung begann zu schwinden, aber ich wollte auch an mir arbeiten.

„Martin, lass uns weiterziehen", sagte ich, nachdem wir unsere Getränke ausgetrunken hatten.

„Das ist nicht der Grund, warum du gehen willst."

„Das stimmt, Martin. Aber soll der Mann dafür bestraft werden, dass wir uns sein Lokal ausgesucht haben?"

„Er wird den Ausfall ersetzt bekommen."

„Für euch ist immer alles so einfach und so käuflich. Diese Menschen außerhalb eurer Welt sind keine Figuren auf einem Schachbrett – das sind Menschen. Menschen, die ein bescheidenes Leben führen und gar keine Ahnung von den schmutzigen Spielen haben, die wir tagtäglich auf dieser Welt spielen, nur um unsere Regierungen glücklich zu machen für ihre oftmals miese Politik. Jedenfalls ist mir die Sache unangenehm und peinlich obendrein. Der Wirt kennt mich von früher. Der The White Swan war eine meiner beliebtesten Stammlokale. Und auch das habt ihr mir nun verdorben. Ihr benehmt euch mit der Arroganz eines Elefanten im Porzellanladen. Fällt euch das gar nicht auf, Martin? Wieder einmal habt ihr schlecht recherchiert. Wollt alles über mich wissen und wisst bis heute doch so vieles nicht. Komm, lass uns zahlen und gehen."

„In Ordnung, gehen wir zu Robert an die Bar und begleichen die Rechnung", sagte Martin.

Ich hatte ihm wohl die Augen geöffnet von einem Leben, welches er in Wirklichkeit gar nicht kannte, nie kennengelernt hatte. An der Bar entschuldigte ich mich bei dem Wirt für die Unannehmlichkeiten, die er durch uns erfahren hatte, und gab ihm ein Trinkgeld, welches viermal so hoch war, wie unser dreier Rechnung. Martin wollte etwas sagen. Aber ich stieß ihm meinen Ellbogen leicht in die Seite und blickte ihm direkt in die Augen.

„Wohin soll es denn jetzt gehen?", fragte Robert.

„Zur Tower Bridge, Robert. Das wird unser letztes Ziel für heute sein."

Etwas unsicher sah er mich an und fragte weiter: „Du wirst aber nicht auf dumme Gedanken kommen, Tom?"

„Du kannst beruhigt sein, es wird nichts Schlimmes passieren."

Erneut setzte sich unser Tross in Bewegung. Bis in die späten Abendstunden stand ich mit Martin auf der Tower Bridge. Nur selten wechselten wir ein Wort. Die meiste Zeit sahen wir einfach nur auf die Themse hinunter und hingen unseren Gedanken nach.

„Warum mussten unsere Eltern so ein Leben führen, Martin?", fragte ich nach geraumer Zeit.

„Sie dienten der britischen Krone. Sie waren eben Soldaten, die in diesem Glaubenskrieg ihre Pflicht erfüllten."

„Und hast du dir schon einmal Gedanken darüber gemacht, aus welcher Sicht die Protestanten uns sehen?

Kämpfen sie nicht auch um Anerkennung ihres Daseins, um Akzeptanz und ein friedliches Miteinander?"

„Ein friedliches Miteinander wird es nicht geben."

„Warum nicht?"

„Weil es so ist."

„Nein, Martin, das bist nicht du, der mir diese Antwort eben gegeben hat. Das ist der Standpunkt der erzkonservativen Katholiken in diesem Land. Wie viele Jahrhunderte währt nun schon dieser Glaubenskrieg und..."

„Denk daran, wer du bist, Tom."

Ich lachte auf und entgegnete: „Bis heute Mittag war ich noch ein Atheist. Bis zu dem Moment wusste ich nicht einmal, dass ich getauft wurde. Glaubst du im Ernst, dass ich meine Anschauung von der Welt einfach so ändern kann? Martin, ich bin kein Computer, den man mit Nullen und Einsen umprogrammieren kann. Ich bin ein Mensch, ein denkender Mensch und ein gut gebildeter obendrein."

„Keiner will und wird dich von deinen Gedanken abbringen. Aber es gibt nun mal, wie in vielen Dingen des Lebens, verschiedene Ansichten. Lass mich dich korrigieren, lieber Bruder", sagte ich so ruhig, wie möglich. „Du meinst verschiedene Standpunkte und damit verbundene Betrachtungsweisen, welche zu diesen oder eben jenen Ansichten führen. Geh doch mal davon aus, dass du der Sohn eines Protestanten seist. Dein gesamtes Leben wäre anders verlaufen als es ist. Und du und ich, da ich nun doch katholischer Herkunft und bin, würden uns als Feinde gegenüberstehen."

„Ja, Tom, so wäre es."

„Aber wäre das denn nicht schlimm?!"

Ich erregte mich leicht, nahm mir aber vor, mich unter Kontrolle zu halten.

„Da gebe ich dir recht, es wäre verdammt schlimm."

„Aber warum sind dann die Menschen nicht vernünftiger, Martin? Soll ich dir die Antwort auf diese Frage geben?"

„Ich kenne die Antwort und ich weiß auch, was du sagen wirst. Aber bitte, welches ist die Antwort?"

„Wirtschaftliche und damit territoriale Interessen. Und da der liebe Gott leider nicht zur gleichen Zeit an allen Orten dieser Erde war, haben sich zudem auch noch verschiedene Glaubensrichtungen und Kulturen entwickelt."

„Tom, nun gehst du aber zu weit. Lass den lieben Gott aus dem Spiel."

„Was glaubst du denn, wer Gott ist, Martin?"

Meine Stimme wurde immer lauter. Ich schaute mich nach anderen Passanten um. Manche blieben in einiger Entfernung stehen und sahen uns an, andere liefen einfach weiter, und wiederum andere sprachen mit ihren Handgelenken.

„Dann sag es mir, Tom, wenn du es so genau weißt und allwissend zu sein scheinst."

„Jetzt wirst du unfair und zynisch, Martin. Wo bleibt denn auf einmal deine brillante Diplomatie? Aber lass mich weiterreden, unterbrich mich bitte nicht. Alle Menschen, Martin, alle! Gott ist ein göttliches Gemeinwesen und das Gemeinwesen sind wir Menschen – wir alle sind göttlich.

Und jede Glaubensrichtung, die sich entwickelt hat, seit Gedenken der Menschheit, hat ihren eigenen Gott. So ist das nun einmal. Und verdammt noch Mal, jeder soll seinem Glauben so frei nachgehen, wie er nackt zur Welt gekommen ist! Wir haben hier die Katholiken und die Protestanten, die seit Jahrhunderten im Glaubenskonflikt sind. In Asien sind sich in der Gegenwart die Zionisten und die Araber uneins in Bezug auf Territorien, Glauben, Anerkennung und Nichtanerkennung. Man müsste den Menschen außer mit einem x- und y-Chromosom mit einem weiteren Chromosom ausstatten. Einem Chromosom für die Friedfertigkeit. Als Zeichen nach dem Wunsch für einen völligen Neubeginn der Menschheit ist meiner Meinung nach die biblische Geschichte der Arche Noah aus dem Gebirge Ararat zu deuten. Nur hatte die den Fehler, dass die Menschen der Familie Noah nur das x- und y-Chromosom in sich getragen haben, eben ohne diesem wunderbaren weiteren Chromosom. Also war dieser Neubeginn auch von Anfang an zum Scheitern verurteilt, weil es keine neuen Menschen waren."

„Tom, du spinnst. Bist du noch bei Trost? Das ist ja hirnrissig, was du da von dir gibst."

„Ach ja? Ist es das? Ist es das wirklich? Sieh mich an, Martin! Sieh mir in die Augen!"

Ich schrie bereits. Martin hob seinen Arm und gab in die Nacht hinein ein Zeichen, an wen auch immer. Einer von unseren Begleitern würde es schon zu Kenntnis genommen haben und es richtig deuten.

„Ist es also hirnrissig, dass Millionen und Abermillionen Menschen auf dieser Welt, welche tagtäglich durch Kriege leiden müssen, in Frieden miteinander leben wollen? Denk mal darüber nach Martin. In einer ruhigen Stunde vor dem Kamin in unserer Bibliothek. Du wirst zu der Erkenntnis kommen, dass dein Bruder nicht spinnt, sondern lediglich ein Träumer ist. Ein Träumer nach einer anderen, einer friedlichen Welt."

„Tom", sagte er im ruhigen Ton. „Du hättest nicht Agent werden sollen, sondern Theologe oder Philosoph."

„Polizeioffizier wollte ich werden."

Wir sahen uns an und mussten schmunzeln. Aber es war ein trauriges Schmunzeln.

Neben uns hielten mit quietschenden Reifen der schwarze Jaguar und die Fahrzeuge der Militärpolizei. Zwei Dinge wurden mir zugleich bewusst: Gummi auf dem Asphalt - und andererseits, dass der Besuch Londons gemeinsam mit meinem Bruder, jetzt und hier, auf der Tower Bridge, wo ich einst so viel Ruhe und Entspannung fand, ein Ende hatte.

Erschrocken blieben Passanten stehen und verfolgten gespannt das Geschehen vor ihren Augen. Aus dem ersten Wagen stieg ein Captain aus. Er kam die wenigen Schritte von der Fahrbahn aus auf uns zu, grüßte kurz und sagte: „Lieutenants, bitte steigen Sie ein."

Wir stiegen ein und erneut setzte sich unsere Wagenkolonne in Bewegung, mit dem Ziel Hereford.

Auf meinem persönlichen Wunsch hin, blieben wir noch eine Woche auf dem Stützpunkt. Ich wollte meine Gedanken ordnen, mit meinem Bruder rauchend auf dem Rasen des Sportplatzes sitzen, während die Soldaten schwitzend Runde um Runde drumherum liefen. Ich wollte auch noch in der Nähe von Tim bleiben und mich abends im Mannschaftskasino mit den Freunden und Bekannten treffen. Und ich genoss diese Woche. Sie war für mich beruhigend, weil Martin bei mir war.

Natürlich konnten und wollten wir das Offizierskasino nicht meiden. Am Freitagabend trafen wir Doktor Braiten im Kasino. Er war im Gespräch mit anderen Offizieren, aber als er uns sah, kam er auf uns zu und wir setzten uns an einen der leeren Tische.

„Doktor Braiten, darf ich Ihnen meinen Bruder vorstellen? Das ist Lieutenant Martin Burk", sagte ich ganz stolz.

Martin sprang vom Stuhl auf und nahm Haltung an. Da wir wie üblich in Zivil auf dem Stützpunkt unterwegs waren, ließ er zum Glück das Salutieren sein. Ich rollte mit den Augen.

Doktor Braiten legte seine Hand auf Martins Unterarm und sagte: „Nicht so förmlich."

Martin lächelte leicht verlegen und setzte sich wieder.

„Martin, und das ist Major Doktor Thomas Braiten. Ich habe ihm sehr viel zu verdanken."

„Sie sind also Toms Bruder. Er hat sich immer einen gewünscht, ohne zu ahnen, dass er wirklich einen hat. Ich habe damals sehr gelitten, ihm nicht sagen zu dürfen, dass es Sie gibt, und war sehr froh darüber, dass er sich eines Tages mit dem Studenten Lars Schumann angefreundet hatte."

„Ja, ich weiß, Tom hat mir von ihm erzählt. Ich werde anfragen, ob ich ihn zu meiner Hochzeit einladen darf. Ich glaube, das würde Tom sehr freuen."

All dies sagte mein lieber Bruder in aller Ruhe so ganz nebenbei, als würde er in der Bäckerei drei Brötchen verlangen.

„Was? Du willst heiraten? Davon hast du mir noch gar nichts gesagt", platzte ich heraus.

„Doch, jetzt."

Seine Augen leuchteten wie bei einem kleinen Kind, welches im Kinderwagen an der Klapper spielt. Er wirkte so glücklich. Es war einfach schön, seine Freude anzusehen.

„Spiel nicht den Unschuldigen, seit wann habt ihr das schon geplant?"

„Seit jetzt."

„Quatsch, ihr wisst das doch schon viel länger, Susan und du."

„Nein, ehrlich, ich muss gar Susan noch den Heiratsantrag machen. Sie weiß noch nicht, dass ich sie heiraten will."

Ich gab meinem Bruder eine freundschaftliche Ohrfeige und sagte, an den Doktor gewandt: „Und? Doktor Braiten, da sehen Sie, was ich für einen Bruder bekommen habe."

„Ich denke, genauso einen, wie Sie sich immer gewünscht haben. Einen, der Sie auch mal zum Lachen bringt. Ich wünsche Ihnen auf jeden Fall alles Gute mit ihrer Familie, Tom. Und wenn Sie mich brauchen, dann scheuen Sie sich nicht, mich zu informieren."

„Versprochen, Doktor Braiten."

„Den Gedanken habe ich schon seit einiger Zeit", sagte Martin. "Nur habe ich mich bisher nicht getraut, Susan einen Heiratsantrag zu machen. Und ich dachte mir eben, vielleicht kann dir ja Tom dabei helfen, wenn er davon weiß."

„Und ich soll dir nun eine Brücke zu Susans Herzen bauen?"

„Die habe ich ja schon."

Tim kam ins Kasino und setzte sich zu uns.

„Stell dir vor, der Martin will heiraten", sagte ich.

Tim gratulierte ihm und im Laufe des Abends unsere Runde immer größer. Selbst die höheren Offiziere verließen ihre bequemen Ledersofas vor dem Kamin und kamen aus dem Rauchersalon zu uns herüber. Ein Abend, wie ich ihn auf dem Stützpunkt schon erlebt hatte, aber für Martin war das völliges Neuland und er gab seiner Verwunderung freien Lauf.

„Du bist hier nicht in Deutschland, Martin", sagte Tim nach einiger Zeit. „Entspanne dich."

„Ich bin entspannt und so erfreut über die Lockerheit, die hier herrscht. Das hätte ich gar nicht gedacht. Das ist ja bald wie bei uns im Schloss."

„Morgen ist wieder Dienst nach Vorschrift", meinte ein Colonel von der Luftwaffe und vergaß aber nicht im gleichen Moment seinen Whiskytumbler zu erheben und in die Menge der Offiziere hinein zu prosten.

Ein schöner und geselliger Abend ging zu Ende undMartin verlangte beim Abschied in den frühen Morgenstunden die Rechnung.

„Das ist aber billig hier", meinte Martin, als er auf die Rechnung sah.

„Vergessen Sie nicht, Lieutenants, dass Sie Major Braiten zu früher Stunde eingeladen hatte", entgegnete die Ordonnanz.

„Das ist nicht in Ordnung, Sergeant", gab ich zurück.

„Ich soll ihnen von Major Braiten ausrichten, Lieutenant Burk, dass Sie bitte die Einrichtung des Offizierskasinos ganz lassen sollen. Es würde anderenfalls keinen guten Eindruck auf Sie hinterlassen."

„Wir sind beide Lieutenants Burk. Wen meinen Sie, Sergeant?", fragte Martin.

Ich merkte, dass der Sergeant zunehmend verlegener wurde. Sicher erwartete er nun doch noch etwas Ärger. Langsam bewegte er sich in Richtung Telefon, welches auf der Theke stand.

„Er meint mich, Martin, ist das so schwer zu erraten?"

„Jawohl, Sie meinte ich, Lieutenant Parker."

Nun war es ganz aus bei ihm. Er erstarrte dort, wo er gerade stand.

„Entschuldigung, bitte verzeihen Sie. Mir ist aus Versehen ihr anderer Name herausgerutscht. Das wollte ich nicht", stammelte er verlegen.

So gutmütig ich konnte, entgegnete ich, wobei ich mich keinen einzigen Meter auf den Sergeanten zu bewegte: „Hören Sie mir gut zu. Tun Sie das?"

„Ja, das tue ich", entgegnete er mit zittriger Stimme.

„Gut so. Schenken Sie uns bitte noch drei Whisky in die Tumbler ein."

„Jawohl."

Als er die Tumbler gefüllt hatte, gingen wir auf seine Theke zu. Martin und ich nahmen uns jeder ein Glas. Ich nickte dem Sergeanten zu und richtete meinen Blick auf das dritte Glas. Er nahm es in die Hand.

„Und nun lassen Sie uns mit den Gläser anstoßen. Ich verspreche Ihnen, dass hier alles ganz bleibt", sagte ich und lächelte ihm zu.

Augenblicklich lockerte er sich und meinte etwas verlegen: „Nun ja, ich kenne Sie ja noch von früher. Sie haben schließlich drei Jahre lang hier studiert. Da ist so manches zu Bruch gegangen."

„Genau aus diesem Grund bin ich Ihnen auch nicht böse."

Er entspannte sich noch weiter.

„Bitte dritteln Sie die Rechnung. Wir sind drei Personen. Zwei Drittel der Rechnung übernehmen mein Bruder und ich, und nur ein drittel Major Braiten", sagte Martin.

Der Sergeant korrigierte die Rechnung, wir tranken gemeinsam noch ein half Pint. Danach verabschiedeten wir uns und gingen in unser Quartier.

Am nächsten Vormittag trafen wir Robert beim Frühstück.

„Tut uns leid, Robert, es ist ziemlich spät geworden. Ich hoffe, du hast gestern Abend nicht die ganze Zeit auf uns gewartet", fing Martin das Gespräch an.

„Nein, das habe ich nicht. Ich war im Mannschaftskasino und habe mit den Jungs vom Stützpunkt ein paar Pints getrunken. Einige haben gefragt, was wir denn für Typen seien, die sich hier bewegen, als seien sie zu Hause und dennoch kennt sie kaum jemand. Ich zeigte ihnen meinen Ausweis. Dann mischten sich einige andere von der Luftwaffe ein und meinten: „Den Tom, den kennen wir zur Genüge. Der kam damals in einem verdammt traurigen Zustand zu uns. Irgendeiner muss ihn ganz schön verdroschen haben."

„Und ich kann mich noch erinnern, wie er seine ersten Laufübungen begonnen hatte und wir ihn aufzogen, weil er so langsam unterwegs war. Aber es dauerte nicht lange, da rannte er uns allen vorweg um den Sportplatz", sagte ein anderer Soldat.

„Und Ärger gab es auch dauernd mit ihm. Ständig hatte er sich mit anderen geprügelt", mischte sich ein weiterer ein.

„Der Doktor und Major Corner haben uns damals etwas erzählt über ihn, und dass wir ihn nicht provozieren sollen, er hätte sich nicht unter Kontrolle. Und einmal hat er sogar dem Major die Nase blutig gehauen."

„Das war so ungefähr mein Gesprächsthema gestern Abend", schloss Robert seinen Bericht.

Ich wusste, dass Robert kein Wort zuviel gesagt hatte. Martin sah mich schweigend an.

„Ja, Martin, da hast du die Bestätigung von dem, was man dir sicher von mir erzählt hat. Ich muss erst einmal vor die Tür gehen. Ich bin gleich wieder da."

„Tom, soll ich …?"

„Nein, bleib hier sitzen Martin. Ich bin gleich wieder zurück."

Ich ging raus und lief hinüber zum Sportplatz, stellte mich an die Bahnen, zog eine Zigarette aus meiner Schachtel und zündete sie an. Ich wollte einen Moment alleine sein. Die Erinnerungen an all die Ereignisse waren mit einem Mal wieder da. Ich sah sie klar vor mir, klarer als mir lieb war. Ich sah Sabine vor meinen Augen, Michael, und auch Frank Ahlbach.

Am Sonntag reisten wir wieder ab. Tim und ein paar Militärpolizisten in Zivil brachten uns zum Flughafen. Unsere kleine Kolonne durfte wieder direkt bis vor die Gangway fahren, ohne Passkontrolle, ohne Zollkontrolle.

„Tim, ich danke euch allen für die Gastfreundschaft. Ich möchte dich hiermit zu meiner Hochzeit einladen. Eine Karte bekommst du noch, wenn wir wieder zu Hause sind und ich gemeinsam mit meiner zukünftigen Braut die Einladungskarten schreiben werden", begann Martin die Verabschiedung.

„Ich danke dir, Martin. Ich werde garantiert da sein, versprochen."

„Kannst du bitte auch ganz offiziell Kontakt zu Lars Schumann aufnehmen? Ich würde mich freuen, wenn er auch dabei sein darf. Es sei denn, mein Bruder hätte etwas dagegen", sagte ich.

„Ich habe nichts dagegen. Dann kann ich ihn endlich mal kennenlernen, denjenigen, der dir damals so eine große Stütze gewesen war und für mich immer noch ein Unbekannter ist."

„Ich werde eine Sicherheitsprüfung beantragen. Wenn er diese besteht, dann wird man sicher eine Ausnahme machen."

„Ich danke dir, Tim", sagte ich. „Und du bringst deine Frau mit, wenn du darfst", fügte ich ihn ins Ohr flüsternd hinzu.

„Das wird auf jeden Fall klappen. Habe ich dir nie erzählt wo sie arbeitet?" Tim grinste mich an.

„Du verdammter Misthund."

„Du sollst nicht fluchen, Tom", meinte Martin.

„Ich darf das, ich bin Atheist, Bruder", entgegnete ich lachend. „Los, lass uns endlich in das Flugzeug steigen. Ich will nach Hause."

Martin, Robert und ich stiegen die Gangway hinauf und die Fahrzeuge fuhren wieder davon.

Eine schöne blonde Stewardess begrüßte uns und begleitete uns zu unseren Plätzen. Sie flötete mehr, als dass sie sagte: „Bitte schnallen Sie sich an, Gentlemans, wir werden sofort starten."

Da Martin auf dem Sitz zum Gang Platz genommen hatte und ich am Fenster, beugte sie sich zu Martin hinab und half ihm beim Schließen des Sicherheitsgurtes. Er genoss es sichtlich, seine Augen strahlten die Stewardess an, als wäre sie die Göttin Athene höchstpersönlich. Ich rollte mit den Augen und dachte: wie ungerecht doch alles ist. Der, der bald heiratet, wird umgarnt und die Singles werden nicht beachtet. Als die Stewardess gegangen war, sah Martin mich mit leuchtenden Augen an und wollte mir etwas sagen. Aber ich kam ihm zuvor.

„Sag jetzt bitte nichts, Brüderchen, halte einfach deinen Mund."

Er holte Luft und wollte etwas sagen.

„Ich sagte, du sollst jetzt nichts sagen, Martin. Das ist alles so ungerecht."

Und schon lachten wir los, sodass sich die anderen Passagiere nach uns umsahen. Auch die Stewardess blickte von ihrem Platz aus zu uns. Sie wusste ganz genau, was sie angestellt hatte.

Robert sah von der anderen Seite des Ganges ernst zu uns herüber und fragte nur: „Werdet ihr denn nie erwachsen?"

Natürlich wussten wir, dass wir uns albern verhielten. Und so senkten wir die Köpfe und griffen fast gleichzeitig zu ein und der gleichen Zeitschrift, obwohl noch andere in den Netzen unserer Vordersitze steckten.

Oliver holte uns mit der großen schwarzen Limousine am Flughafen ab.

Ich wollte unbedingt fahren. Ich war in so guter Stimmung, dass ich im Rausch der Geschwindigkeit die Autobahnmarkierungen an mir vorbeifliegen sehen wollte, als wären wir auf einem Kometen unterwegs. Nicht, dass Oliver langsam fuhr. Das war nicht der Fall. Aber ich wollte Gas geben, wollte das Gaspedal einfach bis zur Bodenplatte durchtreten.

„Es gibt zwei Möglichkeiten, Jungs", eröffnete ich mein Vorgehen. „Entweder ihr fahrt alleine zurück und erklärt Onkel Benjamin, warum ihr mich am Flughafen zurückgelassen habt oder Oliver lässt mich fahren."

Oliver sah mich fragend an.

Robert seufzte und Martin sagte an Oliver gewandt: „Tom ist nur sauer, weil sich die Stewardess nicht über ihn gebeugt und beim Anschnallen des Sicherheitsgurtes geholfen hat."

Dabei grinste er mich an, als sei er der große Gewinner gewesen. War er ja auch. Eigenartigerweise wollte die Stewardess von mir nichts wissen und umschmeichelte nur meinen Bruder. Ich war nicht sauer darüber, somit hatte ich Gelegenheit, noch einmal in Ruhe darüber nachzudenken, was in London alles geschehen war. Ich besaß also Urahnen, die Templer waren.

„Jungs, wann werdet ihr endlich erwachsen?", sagte Oliver kopfschüttelnd und warf mir den Autoschlüssel zu. Ich fing ihn auf und war glücklich. Martin und Robert nahmen auf dem Rücksitz Platz, nachdem wir unser Gepäck im Kofferraum verstaut hatten, Oliver stellte irgendeinen schrägen Sender ein und los ging die Fahrt.

Bereits auf der Zufahrt zum Schloss öffnete Oliver mit seinem Peilsender das schmiedeeiserne Tor. Ich fuhr um das Rondell mit den Rosen herum und hielt vor der breiten Treppe zum Haupteingang des Schlosses an. Die Begrüßung war herzlich. Anny und ihre Kolleginnen hätten die Terrasse für das Abendbrot vorbereitet, sagte sie, und drückte uns beide fest an ihren großen Busen.
„Ich dachte, die Jungs werden sicher ausgehungert sein und brauchen ein paar saftige Steaks vom Grill. Zwei Wochen waren sie fort von meiner guten Küche. Ihr habt bestimmt ein paar Kilo abgenommen. Ich spüre ja regelrecht eure Rippen."
Natürlich übertrieb sie maßlos, aber es war eben ihre Art, ihre Freude darüber zum Ausdruck zu bringen, dass wir wohlbehalten wieder zurück waren.
„Du bist eine Perle, Anny", sagte ich, als sie uns wieder losgelassen hatte.
„Seid ihr auch gesund wiedergekommen?" Doktor Dix kam uns entgegen und betrachtete uns.
„Herry, wir waren in London, inmitten der Zivilisation und nicht auf einer Safari in Afrika", meinte Martin und

entzog sich der Begutachtung durch unseren Doktor.

Nun standen auch Susan und Onkel Benjamin oben an der Treppe vor der großen Eingangstür. Ich ging auf Onkel Benjamin zu und drückte ihm fest die Hand.

„Ist alles in Ordnung, Tom?"

„Ja, alles bestens, Onkel. Es ist schön, dich wiederzusehen."

„Kommst du bitte kurz mit mir?", fragte er mich. Aber es war eher eine Aufforderung. Wir gingen in sein Büro. Onkel Benjamin goss uns einen Scotch ein und reichte mir ein Glas. Ich lief ans Fenster, sah in die untergehende Sonne und in den Park. Ich war glücklich. Der Onkel stellte sich neben mich.

„Hast du den Besuch der Kirche gut überstanden, Tom?"

„Du weißt bereits ganz genau, wie ich darauf reagiert habe. Robert hat dir doch bestimmt schon einen Bericht zukommen lassen", entgegnete ich und merkte sofort, dass ich so nicht reagieren wollte.

„Bist du wirklich in Ordnung, Tom? Ich habe in einem Bericht von deinem Gespräch mit Martin gelesen, als ihr auf der Tower Bridge ward."

„Ja, das bin ich, mache dir keine Sorgen. Ich habe Martin nur meinen Standpunkt gesagt. Es ist traurig und auch schlimm, dass UVF-Kämpfer unsere Eltern umgebracht haben, aber ich betrachte dennoch auch ihre Seite, ihre Betrachtungsweise und ihre geschichtliche Entwicklung. So viel Respekt sollten wir voreinander haben."

Ich stieß mit seinem Glas an, welches er in der Hand hielt,

und prostete ihm zu.

„Gut, Tom, dann gehe in dein Zimmer und mache dich frisch für den Abend."

Ich trank mein Glas mit einem großen Schluck aus, hob es noch einmal kurz zum Gruße an, ehe ich es auf seinen Schreibtisch stellte, und ihn dabei dankend anblickte.

Als ich mein Zimmer betrat, war die Verbindungstür zu Martin geschlossen. Verständlich nach zwei Wochen der Trennung. Susan und Martin mussten sich auf ihre Weise begrüßen. Ich öffnete ein Fenster, nahm mir meine gestopfte Pfeife und lehnte mich rauchend zum Fenster hinaus. Nicht mehr lange, und die Sonne würde am Ende des Parks untergehen. Ich genoss diesen Augenblick.

Als sie versunken war, schaltete ich das Licht in meinem Zimmer an, ging ins Bad und ließ mir Wasser in die Wanne ein. In Martins Zimmer hörte ich leise Stimmen. Ich freute mich für ihn, dass er und Susan zueinandergefunden hatten.

Als die Wanne fast voll war, nahm ich mir ein Glas und eine Flasche Rotwein, zog mich aus und stieg in das gut temperierte und schäumende Wasser. Es tat, so ganz entspannt, mit einem Glas Rotwein in der Hand, die Augen geschlossen und an nichts denkend.

Ich weiß nicht, wie lange ich so geschlummert hatte.

Auf einmal hörte ich Martins Stimme: „Wenn du das Glas noch schräger hältst, dann wirst du den Rotwein in die Wanne verschütten."

Ich machte die Augen auf und blinzelte meinen Bruder an. „Bin ich eingeschlafen? Wie spät ist es? Hoffentlich hat das Abendbrot noch nicht begonnen. Ich habe nämlich großen Hunger."

„Es ist noch eine Stunde Zeit bis dahin. Ich möchte mich mit dir unterhalten."

„Nun sag schon, was liegt dir auf dem Herzen, Bruder", eröffnete ich das Gespräch.

Ich spürte, dass er etwas loswerden wollte.

„Ich bin überaus glücklich. Susan ist eine so tolle Frau."

„Hast du ihr schon den Heiratsantrag gemacht?"

„Ja, das habe ich, gleich, nachdem wir in meinem Zimmer angekommen waren. Ich weiß, auch du bist Susan nicht abgeneigt."

„Das stimmt, aber du warst schneller und hast sie erobert. Und dabei soll es bleiben."

Ich sagte ihm nicht, dass ich Susan verstoßen hatte, dass ich nicht mehr in der Lage bin, eine eigene Familie zu gründen. Zu sehr hätte es ihn gekränkt. Ich hielt ihm mein Glas entgegen und wir stießen an.

Das Essen war im vollen Gange. Ich stand mit einer Flasche Bier in der Hand am Grill. Oliver und Aidan standen bei mir und wir unterhielten uns, als wir hörten, wie ein Löffel an ein Glas geschlagen wurde. Alle sahen in eine Richtung, zu Susan und Martin.

Ich strahlte vor Freude und Oliver sagte: „Was es nun

wohl zu hören gibt..."

Aidan gab ihm mit der flachen Hand einen leichten Schlag auf den Hinterkopf.

„Das weißt du doch ganz genau. Nicht Shakespeare, sondern Susan und Martin."

Ich sah sie beide an und meinte: „Ihr seid ja so unromantisch, schlimmer geht es gar nicht."

Sie grinsten mich an und wir konzentrierten uns auf das, was unweigerlich geschehen würde. Martin und Susan verkündeten offiziell, dass sie heiraten werden.

Anschließend gingen alle auf die beiden zu und gratulierten ihnen. Ich nahm meinen Bruder in den rechten und Susan in den linken Arm und sagte ihnen: „Ich wünsche euch alles Glück auf Erden und einen reichen Kindersegen."

Einige Zeit später ging ich auf Onkel Benjamin zu.

„Ich möchte mich gern mit dir, Martin und Robert unterhalten, jetzt."

Er sah mich verwundert an, entgegnete aber: „In Ordnung, Tom. Wir treffen uns in fünf Minuten in der Eingangshalle."

Unruhig ging ich in die Halle, setzte mich auf eine der mit Leder bezogenen Bänke und wartete. Als die anderen drei kamen, gingen wir in Onkel Benjamins Büro und schlossen die Tür. Wir nahmen vor dem Kamin Platz.

„Ich habe eine Bitte", fing ich an, kam aber ins Stocken und sah zu Martin, der in einem Sessel seitlich von mir saß. Doch ehe ich weiterreden konnte, sprach Robert.

„Benjamin, es geht um Lars Schumann. Tom möchte ihn gern zur Hochzeit seines Bruders einladen."

Ich sah zu Robert und sagte nichts.

Eigentlich sollte ich mich nicht wundern und fügte nur hinzu: „Ja, Robert hat recht. So ist es. Ihr wisst ganz genau, dass er mir damals in London sehr geholfen hat. Ich mag ihn und ich vertraue ihm. Und ich würde mich sehr freuen, ihn einmal einladen zu dürfen. Allerdings müssten das nun aus dem gegebenen Anlass Susan und Martin tun."

Erwartungsvoll richteten sich unsere Blicke auf Onkel Benjamin. Er sagte im ruhigen Ton mit einem leicht verschmitzten Lächeln im Gesicht: „Die Sicherheitsprüfung läuft bereits. Captain Damon hat mich schon über Toms Wunsch informiert."

Ich sprang auf, sah zur Decke hinauf, als ob ich somit Kontakt zu ihm hätte und rief: „Tim! Du gottverdammter Misthund. Kannst du denn nicht einmal etwas für dich behalten?"

„Warum sollten wir wertvolle Zeit verstreichen lassen, Tom?", entgegnete unser Onkel. „Solch eine Sicherheitsprüfung braucht seine Zeit."

Ich fühlte mich überrumpelt, ging zu Martin, zog ihn aus seinem Sessel hoch und sagte: „Komm, lass uns gehen, hier ist ja einer wie der andere und draußen auf der Terrasse gibt es wenigstens noch ein paar saftige Steaks."

Robert und Onkel Benjamin mussten herzlich lachen.

Mir war bewusst, dass es nur eine Formsache sei, zu klären, ob Lars zu Besuch ins Schloss kommen darf.

Überprüft hatten sie ihn schon vor Jahren, als sich in London unsere Freundschaft entwickelte. Er stellte kein Risiko dar, sonst hätte man bereits damals den Kontakt unterbunden. Soviel war mir klar.

„Na Jungs, die geheimsten aller geheimen Gespräche beendet?", fragte uns Susan, als wir wieder bei den anderen waren.

„Nicht ganz, liebe zukünftige Schwägerin. Lars Schumann ist dir ja sicher auch schon ein Begriff", zischte ich ihr entgegen.

„Tom, nun sei nicht so", versuchte sie einzulenken.

„Bin ich auch nicht", gab ich lächelnd zurück.

Natürlich beschwerte sie sich bei Martin, aber der tat so, als hätte er gar nichts mitbekommen. Susan rollte mit den Augen, wusste dass dieser Punkt an mich gegangen war, nahm Martin am Arm und gesellte sich zu den anderen.

Es war bereits nach Mitternacht und es wurde langsam kühl, als wir unseren Grillabend beendeten. Ein schöner Abend war es gewesen.

Die Planung der Hochzeit war im vollen Gange. Die Wochen vergingen und die Monate auch. Einladungen wurden versendet, Anny und Lauren saßen tagelang über der Menüplanung und den Bestelllisten. Nicht gerade eine einfache Aufgabe. Aber alle hatten vollstes Vertrauen in die beiden. Allerdings hielt ich mich in dieser Zeit von der

Küche eher fern. Ich wollte nichts damit zu tun haben.

Callum, verantwortlich für die Haustechnik und Lehrer des Fachbereiches Informatik, überprüfte gemeinsam mit Aidan die Sicherheitstechnik im Schloss und im Gelände. Außerdem wollten sie für den Hochzeitsabend eine besonders schöne Beleuchtung installieren. Das Schloss sollte an seiner Fassade angestrahlt werden. Im Park sollten entlang der Wege Fackeln leuchten. Aber sie verwarfen diese Ideen recht schnell wieder - zu dekadent. Die Entscheidung fand allgemeine Zustimmung. Keine Fassadenbeleuchtung, keine Fackeln entlang der Wege.

Susan und Robert nahmen sich die Sicherheitszentrale vor. Ihnen beiden war trotz des schönen Anlasses etwas unwohl zumute. Es würden auch Besucher zur Hochzeit kommen, die sonst keinen Zugang ins Schloss erhalten würden. Aus London wurde zusätzliches Wachpersonal geordert. Die Männer und Frauen sollten sogar schon in der nächsten Zeit eintreffen, um sich mit der Umgebung und den Gegebenheiten hier vertraut zu machen.

John, Lehrer für den Fachbereich Nachrichten und Aufklärung war in der Zeit der allgemeinen Vorbereitungen fast nie im Schloss. Selten, dass er einmal zu den Mahlzeiten erschien.

Etwas ruhiger ging es bei Herry und Krankenschwester Katie zu. Es war ja auch keiner krank zurzeit.

Ich half Oliver im Fuhrpark.

Und Martin, der zukünftige Ehemann, lief herum, wie ein aufgescheuchter Hahn. Alle amüsierten sich über ihn, ließen ihn aber nicht merken, dass sie es taten. Auf jeden Fall war es um ein vieles schwerer geworden, mit ihm ein vernünftiges Gespräch zu führen. Eine wirklich sinnvolle Aufgabe bekam er nicht.

Wenn Oliver nicht gerade mit dem Fuhrpark beschäftigt war, war er mit Onkel Benjamin unterwegs. Ich stellte keine Fragen dazu, nutzte ich doch diese günstigen Gelegenheiten, um mir ein Motorrad aus der Garage zu nehmen und in der Umgebung umherzufahren, ohne erst um Erlaubnis bitten zu müssen, ob ich es darf. Die Hauptsache für mich war, aus diesem Bienenschwarm zu entfliehen. Die anderen waren so mit ihren Aufgaben beschäftigt, dass sich keiner die Mühe machte, mein Verhalten zu kontrollieren oder auch nur zu fragen, wohin ich denn wolle. Ich fühlte mich unendlich befreit, befreit von den Zwängen des Kontrolliertwerdens.

Wenn man seit Jahren unter strenger Aufsicht lebt und jeden Schritt, den man tun will, erfragen, rechtfertigen und genehmigen lassen muss, dann ist es ein Aufschrei der Seele, wenn diese Fesseln eines Tages verschwunden sind, sich in Rauch aufgelöst haben, als hätte es sie nie gegeben.

Schon schnell stellten sich Übermut und Lebensfreude bei mir ein. Mir war, als könne die Welt mir nichts anhaben und die Menschen, die in dieser Welt lebten, erst recht nicht. Ich fühlte mich wie Gott - wie ein göttliches Wesen. Eines Tages rief mich Onkel Benjamin in sein Büro. Susan leistete ihm Gesellschaft.

„Tom, wir haben eine gute Nachricht für dich. Lars darf an der Hochzeit teilnehmen", eröffnete der Onkel das Gespräch.

„Das ist ja toll. Ich danke euch."

„Es wird zu der Hochzeit etwas eng im Schloss. Wir werden einige Übernachtungsgäste haben und das Sicherheitspersonal aus London muss auch untergebracht werden. Wenn du nichts dagegen hast, würden wir ein Feldbett in dein Zimmer stellen und Lars Schumann bei dir einquartieren. Ist dir das recht?", fügte Susan hinzu.

„Wir haben in London abwechselnd ein und das gleiche Bett geteilt. Lars hat nachts darin geschlafen und ich tagsüber, wenn er zur Vorlesung war. Da stört mich ganz bestimmt kein Feldbett in meinem Zimmer. Er ist mir ein guter Freund. Kann er schon ein paar Tage eher anreisen? Dann kann ich noch etwas Zeit mit ihm alleine und in Ruhe verbringen. Wir haben uns so lange nicht gesehen."

Onkel Benjamin legte die Stirn in Falten, sah zu Susan hinüber und sagte: „Nein, Tom, das wird nicht möglich sein."

Etwas enttäuscht blickte ich auf Susan und erhoffte mir von ihr Unterstützung. Aber es kam keine.

Dafür sprach Onkel Benjamin lächelnd weiter: „Ach, Tom, denkst du im Ernst, dass wir daran nicht gedacht haben? Die Arbeiten zur zusätzlichen Sicherung des Schlosses sind absolut intern und Lars Schumann gehört nicht einmal zum britischen Geheimdienst. Aber wenn du es akzeptierst, kann er nach der Hochzeit noch eine ganze Woche bei uns zu Gast sein."

Mich durchzog ein Schauer der Freude.

Ich blickte zu Susan und fragte sie: „Und du hast auch nichts dagegen?"

„Nein, Tom, das ist in Ordnung so."

Ich ging auf sie zu, nahm sie in meine Arme und drückte sie an mich, gab ihr einen Kuss auf die Wange und sagte: „Du bist die Beste."

Und an Onkel Benjamin gewandt: „Und du der Zweitbeste."

„Warum nur der Zweitbeste?"

„Weil du keine Frau bist, lieber Onkel." Ich grinste ihn an.

„Aber nun raus, wir haben noch viel Arbeit zu erledigen. Wir sehen uns später im Rittersaal zum Abendbrot. Nicht jeder hat gegenwärtig so viel Freizeit und Freiheit."

Ich legte meinen Kopf leicht schräg, kniff die Augen etwas zusammen, schaute ihm geradewegs in die Augen und sagte in einem leisen Ton: „Du kannst dir gar nicht vorstellen, in welchem Maße dein Neffe zum Leben erweckt ist, lieber Onkel."

„Oh doch. Schließlich häufen sich bei mir die Strafzettel wegen Geschwindigkeitsüberschreitungen. Und jedes Mal ist es ein und dasselbe Motorrad aus unseren Garagen."

Ein breites Grinsen zog über mein Gesicht und ich antwortete: „Werde glücklich damit. Ich bin es schon geworden."

Susan konnte sich ein Schmunzeln nicht verkneifen und Onkel Benjamin meinte: „Wenn du nicht sofort mein Büro verlässt..."

Ich nutzte die Gelegenheit, um schnell zu verschwinden. Glücklich verließ ich das Büro und suchte Martin, um ihn davon zu berichten. Ich fand ihn auf der Terrasse. Er saß an einem Tisch, vor sich ein Schreibblock und einen Stift.

„Was machst du hier, Martin?"

„Ich schreibe an meiner Rede."

„Was denn für eine Rede?"

„Na die Hochzeitsrede, Tom, du hast aber auch gar keine Ahnung."

Ich erstarrte und sagte: „Ich hatte auch nie die Gelegenheit dazu, an so etwas zu denken und das weißt du ganz genau."

„Entschuldige, Tom, ich hatte nicht daran gedacht. Es tut mir leid."

„Ich gehe in mein Zimmer und schreibe einen Brief an Lars Schumann. Er darf an der Hochzeit teilnehmen. Das ist es, was ich dir sagen wollte."

Die Wochen der Vorbereitungen verstrichen wie im Fluge. Aus London reiste zusätzliches Sicherheitspersonal an. Ich hatte keine Aufgaben erhalten und betrachtete somit das nun quirlige und etwas hektische Treiben im Schloss mit einer gewissen Gelassenheit. Am Vorabend der Trauung reisten die ersten Gäste an. Es wurde voll im Schloss, laut und unangenehm. Vorbei war es mit unserer himmlischen Ruhe. Ich befand mich in meinem Zimmer und las ein Buch, als mein Telefon klingelte. Ich nahm den Hörer ab.

„Möchtest du mit zum Flughafen fahren? Ich soll jetzt Lars Schumann abholen", vernahm ich Olivers Stimme.

„Darf ich denn mitkommen?"

„Ja, dein Onkel hat es genehmigt."

„In Ordnung, ich bin in fünf Minuten an den Garagen."

Ich lief ganz aufgeregt ins Bad, schaute in den Spiegel, ob dies oder jenes an mir noch zu verbessern wäre, bis mir schließlich bewusst wurde: es ist Lars, dem ich begegnen würde und nicht einem Mädchen zu irgendeinem Liebestreffen im Park. Ich rannte aus meinem Zimmer, die Treppe hinab und stieß prompt mit einer vollbusigen Dame mit Dutt und einer Kladde in der Hand zusammen. Mein Schwung war so groß, dass ich sie aus dem Gleichgewicht brachte, sie ins Taumeln kam und wir zusammen an der rückwärtigen Wand zum Halt kamen. Ich ruhte im wahrsten Sinne des Wortes im Busen der Natur.

Die Dame allerdings machte ein großes Geschrei und empörte sich lauthals. Sofort waren Sicherheitsleute da. Ich hatte mich inzwischen von der Dame gelöst und wollte eine Entschuldigung äußern. Aber sie war so geschockt über das Ereignis, dass sie sich einfach nicht beruhigen konnte.

„Das ist Lieutenant Tom Burk. Vor dem brauchen Sie keine Angst haben. Nur ist er mitunter etwas stürmisch im Schloss unterwegs."

Gott hat mir einen Engel geschickt, ging es mir durch den Kopf, als ich Susans weiche Stimme hörte. Sie würde mich vor dieser Furie retten, ganz bestimmt, da war ich mir sicher.

Die Sicherheitsbeamten entfernten sich wieder diskret, die Dame vor mir kam allmählich zu Luft. Nun war meine Gelegenheit gekommen.

„Entschuldigen Sie bitte, Madam, aber ich habe es etwas eilig gehabt."

Nun nahm sie mich erst einmal richtig wahr.

„Ach das ist doch nicht so schlimm, solch ein junger, strammer Mann. Da kann man verstehen, dass Sie etwas stürmisch sind", säuselte sie zur Antwort.

Eine alte Jungfer. Also war meine Einschätzung richtig gewesen. Nun, da sie wusste, dass sie einen stattlich und gut aussehenden jungen Mann vor sich hatte, wollte sie mich gar nicht mehr gehen lassen. Erneut rettete mich Susan in der Not - aus der Bedrängnis dieser Matrone.

„Tom, du solltest dich beeilen, sonst kommst du noch zu spät."

Ich zwängte mich an der Dame mit dem vollen Busen und dem Dutt auf dem Kopf vorbei, eilte zur Ausgangstür, gab im Vorbeigehen Susan einen Kuss auf den Mund und sagte: „Ich danke dir, mein Engel."

„Captain Johnson, wen von den beiden heiraten Sie denn nun eigentlich?", fragte die Dame vom Protokoll verwirrt.

„Auf jeden Fall den anderen, der ist nicht ganz so wild", gab Susan lachend zurück, ließ die Dame einfach stehen und ging ihrer Wege.

„Wo bleibst du denn? Wieso hat das so lange gedauert?"
„Fahr einfach los, Oliver. Ich bin mit der Protokollchefin zusammengeprallt. Zum Glück hat micht Susan gerettet." Oliver lachte und ich sagte: „Nur zu, immer amüsiere dich über mein Leid. Aber nun gib Gas, nur weg hier von all den komischen Fremden und dem Trubel drumherum."
Es herrschte starker Autoverkehr. Wir kamen zu spät am Flughafen an. Ich sah Lars am Ausgang stehen, sein Blick unsicher ging hin und her.
„Stopp den Wagen, Oliver. Siehst du diesen Kerl da drüben? Das ist Lars. Lass uns deine Nummer mit dem Parkschein durchziehen. So ein Student kann mal etwas Aufregung vertragen."
Natürlich war Oliver sofort für diesen Spaß zu begeistern. Er stieg aus, ich setzte mich hinter das Lenkrad und suchte mir eine Parklücke, von wo aus ich das Geschehen gut beobachten konnte.
Ich sah, wie Oliver vor Lars stand. Lars nickte. Nun würde Oliver sich vorstellen. Lars streckte seine rechte Hand aus. Ein Fehler, aber das konnte er nicht wissen. Oliver reichte ihm die Seinige und somit hatte Lars den Parkschein in der Hand. Lars blickte in seine Handfläche, und sein Blick suchte nun wohl nach dem nächstgelegenen Parkschein-automat. Oliver kam zum Wagen zurück und setzte sich auf den Beifahrersitz.
„Mal sehen, wie lange Lars braucht, bis er uns gefunden

hat", sagte ich.

„Das kann lange dauern. Ich habe ihm gesagt, er solle nach einem weißen Sportwagen Ausschau halten."

„Du bist echt gemein, wir sind doch mit der schwarzen Limousine hier. Er wird uns nie finden hinter unseren getönten Scheiben."

Wir grinsten uns an und ich setzte den Wagen in Bewegung. Dann sah ich Lars vor uns auf der Fahrbahn stehen. Er wusste nicht weiter. Unschlüssig blickt er nach rechts, nach vorn, nach links, nur nicht einmal nach hinten.

Langsam, so dass der Motor kaum Geräusche machte, fuhr ich mit dem Jaguar auf ihn zu und stupste ihn letztendlich leicht mit der Stoßstange in die Kniekehlen. Lars war zutiefst erschrocken und sprang hastig zu Seite. Sein Gepäck flog im hohen Bogen quer über den Parkplatz und landete auf und zwischen anderen Autos. Ich amüsierte mich köstlich.

Ich stieg aus und fragte ihn: „Stehst du immer mitten auf der Straße herum?"

„Tom, wo kommst du denn her? Ich suche einen weißen Sportwagen, aber nirgends ist einer zu sehen."

„Den wirst du hier auch nicht finden, der steht bei uns im Schloss in der Garage."

Oliver war ebenfalls ausgestiegen und kam auf uns zu. Als Lars ihn sah, ging ihm sofort ein Licht auf.

„Na, das ist euch ja bestens gelungen. Einen armen Studenten so zu verschrecken."

Oliver ging los, um das Gepäck von Lars einzusammeln.

Danach stiegen wir in den Wagen ein und Oliver fuhr wieder in Richtung Schloss.

Bereits unterwegs hatten Lars und ich uns viel zu erzählen. So bekamen wir gar nicht mit, wie schnell die Fahrt verging. Im Schloss angekommen, begrüßte uns Onkel Benjamin und Susan in der großen Eingangshalle. Lars war müde von der Reise und wollte sich etwas ausruhen. Wir gingen in mein Zimmer und erst zum frühen Abend wieder hinunter in den Rittersaal zum Abendbrot.

Lars kam aus dem Staunen gar nicht raus.

„Ja, Lars, hier wohne ich und hier ist mein Zuhause."

Unsere geheiligte Schlossordnung war völlig außer Kraft gesetzt. Keine Messingtöpfe, die sonst zum Abendbrot riefen waren zu hören, im Rittersaal nahm jeder dort Platz, wo gerade frei war, jeder kam zum Essen, wann es ihm seine Zeit zuließ. Von Martin war weit und breit nichts zu sehen.

„Nach dem Essen gehen wir in die Bibliothek. Ich möchte dir jemanden vorstellen", sagte ich zu Lars.

Ich hatte sie bei Onkel Benjamin im wahrsten Sinne des Wortes reservieren müssen, solch ein Trubel herrschte derzeit. Es war kaum zu glauben, aber in unserem Schloss wurde der Platz knapp. Als wir später in die Bibliothek kamen, war Martin bereits da. Ich stellte beide einander vor und Lars erzählte uns von seinem Abschluss an der Londoner Universität und von seinem beruflichen Start in einem großen Unternehmen in Bayern. Ihm gehe es gut und er sei nun im Bereich der Forschung tätig. Ich freute mich für ihn. Noch einige Zeit unterhielten wir uns, ehe wir aufbrachen. Müdigkeit machte sich bei uns bemerkbar, es war ein anstrengender Tag und morgen sollte die Hochzeit sein. Martin verabschiedete sich und ging zu Susan. Lars und ich gingen in mein Zimmer.

Martin wollte standesgemäß in seiner Uniform heiraten, also musste auch ich meine Uniform anlegen. Damit war allerdings verbunden, dass die eigentliche Trauung im Schloss stattfinden musste. Denn in unseren Uniformen konnten wir uns nicht in der Öffentlichkeit zeigen. Schließlich stand auf dem Messingschild an der einen Säule des schmiedeeisernen Eingangstors „Bundesverwaltungsfachschule" geschrieben. Als Lars mich sah, wie ich nach und nach meine Uniform anlegte, kam er aus dem Staunen nicht mehr heraus. Ich klärte ihn auf, dass ich im Rang eines Lieutenants sei, Martin ebenfalls und, dass dies unsere Galauniformen seien. Sie sind schön anzusehen und man fühle sich darin auch wie jemand Besonderes.
Lars trug einen anthrazitfarbenen Anzug. Als wir mit dem Anziehen fertig waren, begutachteten wir uns gegenseitig, befanden uns für toll, grinsten uns an und gingen hinunter in den Rittersaal zum Frühstück.

Die Dame vom Protokoll hatte zwei Assistentinnen mitgebracht, die sie in ihrer Arbeit unterstützten. Von einer dieser Assistentinnen wurden wir im Rittersaal begrüßt. Sie stellte uns die bereits anwesenden Gästen vor. Einige kannte ich. Lars erwähnte sie als einen sehr guten und vertrauten Freund der Familie. Er habe mit mir in London studiert. Dass wir in zwei völlig verschiedenen Welten unser Studium absolviert hatten, sagte sie nicht. Und es war auch nicht nötig, jeder der Anwesenden konnte sich das denken. Sie wünschte uns ein gutes Frühstück und zog sich dann diskret an den Eingang zum Rittersaal zurück, um weitere Gäste in Empfang zu nehmen.

Gegen zehn Uhr versammelten sich die Gäste in der Eingangshalle. Die Sitzgelegenheiten waren weggeräumt worden, um mehr Platz zu schaffen. Der große Lüster war eingeschaltet, die Lampen an den holzvertäfelten Wänden leuchteten ebenfalls. Es ging nicht im Geringsten britisch zu, ganz im Gegenteil. Im Vorfeld zu der Trauung hatte ich mich in der Bibliothek zum Thema Hochzeit etwas belesen. Eigentlich hätte die Prozedur ganz anders ablaufen müssen, als sie bei uns hier ablief. Aber mir war es egal, und dass im Schloss eh alles irgendwie anders ist, dürften auch unsere Gäste bereits mitbekommen haben. Einige wunderten sich sehr über unseren lockeren Ton untereinander. Das würde in London ein Ding der Unmöglichkeit sein. Dennoch war es für mich interessant, zu verfolgen, wie schnell unser Umgangston von den anderen angenommen wurde. Steifheit fiel von den Menschen ab und Fröhlichkeit zog an ihre Stelle. Es war eine wunderschöne Atmosphäre.

Susan trug ein weißes Hochzeitskleid und Martin seine Galauniform. Susan wurde von Onkel Benjamin die große Treppe hinab ins Erdgeschoss begleitet. Auch er trug seine Galauniform, im Rang eines Colonels. Gefolgt wurden sie von Martin und mir an seiner Seite. Ein Ave Maria erklang im Schloss. Erstaunte und freudige Gesichter blickten uns entgegen. Wenig später vollzog der Standesbeamte die Trauung, Susan und Martin steckten sich gegenseitig die Ringe an die Finger, sie küssten sich und waren unsagbar glücklich. Und ich war glücklich, die beiden vereint zu sehen, Susan, jetzt auch als Mitglied der Familie. Von nun an hieß sie nicht mehr Susan Johnson, sondern Susan Burk. Die Gratulationen nahmen ihren Lauf, Geschenke wurden überreicht und viele schöne Blumensträuße dazu. Nun wurde es doch etwas eng in der großen Halle. Alle kamen irgendwie in Bewegung. Keiner wusste, wohin mit all dem Zeug. Da hatte wohl unsere Dame vom Londoner Protokoll etwas versagt. Eilig nahmen sie und ihre Assistentinnen Geschenke und Blumen aus Susans und Martins Händen entgegen und verschwanden damit in der Bibliothek, um wiederzukommen und den Vorgang zu wiederholen. Ich amüsierte mich köstlich, zumal für die Dame mit dem Dutt kaum ein Durchkommen durch all die Menschen war. Sie war einfach zu dick.

Für das Mittagessen waren im Park mehrere Zelte aufgebaut worden, die Tische mit weißen Tischtüchern bedeckt, mit glänzendem Besteck, weißen Stoffservietten und Kristallgläsern eingedeckt.

Die Männer der Familie gingen auf ihre Zimmer und tauschten die Uniformen gegen leichte Anzüge. Natürlich gab es aus dem Dorf Neugierige, die einen Blick auf unser freudiges Treiben erhaschen wollten. Das war verständlich, bei all dem Rummel, der seit längerer Zeit bei uns herrschte. Und zudem hatten wir ja auch kaum etwas zu verbergen.

Als ich wieder runter kam, traf ich Lars etwas verloren im Wintergarten stehen. Für ihn war dies hier eine völlig fremde Welt. Und von unseren Leuten wusste keiner ihn so richtig einzuordnen. Aber er wurde toleriert. Wer sich in diesen Kreisen bewegt, gilt als unbedenklich. Sichtlich erleichtert sah er mich kommen und trat auf mich zu.

„Ich hoffe, du fühlst dich nicht allzu verlassen hier", sagte ich zu ihm.

„Doch, so ist es. Die Menschen sind mir alle fremd und ich weiß nicht, worüber ich mich mit ihnen unterhalten könnte. Aber nun bist du ja da, Tom."

„Du bist hier ein Außenseiter und Fremdling. Dass du hier sein darfst, spricht für dich. Und sei dir gewiss, ein jeder hier betrachtet dich eben aus diesem Grund mit Hochachtung. Nur wird es dir keiner persönlich sagen und spüren lassen. Aber nun lass uns in den Park gehen. Ich werde dich einigen Gästen vorstellen, die du gestern noch nicht gesehen hast."

„Bleibe aber bitte an meiner Seite, Tom."

„Was ist denn mit dir los, Lars? So schüchtern kenne ich dich gar nicht."

„Es liegt an dem Besonderen dieses Schlosses. Mich fröstelt gar ein wenig."

„Wenn ich doch mal nicht in deiner Nähe sein kann und du kommst dir einsam vor, dann gehe zu Lieutenant Forker. Den kennst du ja schon vom Flughafen und der Fahrt hierher. Geh auf ihn zu und frage ihn einfach, ob er ein Pint mit dir trinken würde. Er wird dich anlächeln und sagen: dann wollen wir mal."

Wir gingen in den Park und unterhielten uns mit den anderen. Ich merkte, wie sich Lars allmählich lockerte.

Vor dem Mittagessen hielt Martin eine kurze Rede und bedankte sich für all die Glückwünsche, die Geschenke und Blumen sowie für das Kommen seiner Gäste. Nach dem Essen verteilten sich die Anwesenden. Einige Damen formierten sich zu kleinen Gruppen. Sie genossen den herrlichen Tag im Freien bei Sonnenschein und blauem Himmel. Sie spazierten durch den Park oder saßen bei Gesprächen auf der Terrasse. Die Männer zogen sich eher ins Schloss zurück. Sie nahmen die Bibliothek in Beschlag und andere Räume, bei denen man eine Tür hinter sich schließen konnte. Aber es dauerte nicht lange, da wurden sie von der Protokollchefin und ihren Assistentinnen aufgespürt und egal welchen Dienstrang die Herren innehatten, wurden sie dezent darauf hingewiesen, dass sie zu einer Hochzeit eingeladen wurden und nicht im Dienst seien. Daraufhin lösten sich die Männergruppen auf und im Park wurde es geselliger durch deren Anwesenheit.

Ich lief mit Lars hinunter zu unserem kleinen Schlossteich. Auf dem Weg dahin trafen wir andere Gäste. Wir blieben kurz stehen und unterhielten uns mit ihnen. Am Teich angekommen, setzten wir uns auf eine der beiden Bänke und begannen abwechselnd zu erzählen, was sich in der letzten Zeit so alles ereignet hat.

„Hände hoch, oder ich schieße", hörte ich plötzlich eine Stimme hinter uns. Obwohl mir diese Stimme vertraut vorkam, schreckte ich zusammen und griff an meine linke Hüfte. Aber da war keine Pistole, niemand hier trug eine Waffe, abgesehen vom Wachpersonal. Auch Lars zuckte spürbar zusammen. Fast gleichzeitig drehten wir uns um, und blickten in das grinsende Gesicht von Tim.

Ich zog meine Augen zu einem schmalen Spalt zusammen und grinste frech zurück. Lars sagte gar nichts, ihm blieb die Sprache weg. Tim kam die restlichen Meter des Weges, die uns trennten, auf uns zugelaufen. Lars und ich standen auf. Ich freute mich, Tim zu sehen und auch Lars lächelte ihm nun zu.

Wir begrüßten uns und anschließend sagte Tim: „Ich habe uns ein deutsches Bier mitgebracht, lasst uns anstoßen."

„Oh ja, ein Bier ist genau das Richtige, davon habe ich heute noch gar keins bekommen", antwortete Lars und ich fügte hinzu: „Das ist hier auch kein Studentenklub, sondern eine Hochzeitsfeier, mein Lieber. Aber nun erzähle, Tim, wieso bist du denn auf einmal doch noch zur Hochzeit gekommen? Du hast zwar auf der Einladungsliste von Susan und Martin gestanden, aber dann hieß es, du könntest nicht kommen, du seist dienstlich verhindert."

„Du weißt ja, wie das bei uns ist. Da kann immer etwas dazwischen kommen."

„Ich freue mich, dich wiederzusehen, ganz ehrlich", sagte Lars und wir wussten, dass er es auch so meinte. Er blühte regelrecht auf und strahlte übers ganze Gesicht. Endlich konnte er sich mit jemandem unterhalten, den er von London her kannte.

„Colonel Smith hat sich dafür eingesetzt, dass es doch noch möglich wurde. Er wollte euch eine besondere Freude machen, nachdem eigentlich klar war, dass ich nicht kommen kann."

„Das ist ihm auch gelungen. Wirklich, es ist eine richtige Freude, dich hier zu sehen. Aber nun rücke schon die Bierflaschen raus, der Lars hat schon richtigen Durst darauf", sagte ich.

„Du musst mich nicht vorschieben, Tom. Du bist es doch, der gerne so schnell wie möglich einen Schluck nehmen möchte", sagte Lars.

„Du hast mich ertappt, Lars, so ist es", entgegnete ich lächelnd.

Tim setzte sich auf die andere Bank, wir tranken das kühle Bier und unterhielten uns. Die Zeit verging, wie im Fluge. Wir merkten gar nicht, dass der Nachmittag vorüber ging und die Sonne ihren unaufhaltsamen Lauf um uns herum genommen hatte.

„Ihr seid ja eine trollige Männergesellschaft", hörten wir

die sanfte Stimme von Susan sagen. Wir drehten uns um und blickten sie an, neben ihr stand Martin.

„Das Kaffeetrinken habt ihr schon verpasst und nun wollten wir euch wenigstens zum Abendbrot abholen, ehe ihr das auch noch verpasst und hungrig Zubettgehen müsst."

„Aber verstehe doch, Susan, es gab und gibt immer noch so viel zu erzählen", antwortete ich.

„Du musst dich nicht entschuldigen, Tom. Wer, wenn nicht wir, hätten ein größeres Verständnis für eure ganz private Männergruppe", sagte Martin.

Nun war es Tim, der etwas steif wirkte. Es lag am Rang von Susan.

Sie bemerkte es und sagte an Tim gewandt: „Tim, bring die beiden Jungs in Trab, schließlich bist du der Sportoffizier. Wir wollen gemeinsam zum Schloss laufen."

Langsam erhoben wir uns und machten uns auf den Weg, den kleinen Hang vom See hinauf zur Allee. Es war schön, hier zu laufen, die Sonne schien noch durch das Blätterwerk der Bäume. Nach ein paar Metern verließen wir die Allee und nahmen den Weg, der direkt zum Schloss führte. Zu unserer linken Seite Park, zu unserer rechten Seite Park, vorbei an unserem kleinen Fußballplatz, und vorbei am Tennisplatz.

Als wir am Schloss ankamen, fing es bereits an zu dämmern. Da es noch warm war am frühen Abend und auch kaum ein Lüftchen wehte, waren drei lange Tafeln auf der Terrasse aufgebaut worden. Es gab also keinen Grund, sich bei diesem schönen Wetter in den Rittersaal zurückzuziehen. Am Rande der Terrasse leuchteten Fackeln.

An der Stirnseite der mittleren Tafel nahmen Susan und Martin ihren Platz ein. Unser Onkel und ich saßen uns gleich neben ihnen an der Längsseite gegenüber. Neben Onkel Benjamin durfte Robert sitzen. Den Grund dafür kannten nur wir Männer der Familie Burk. Es spielte keine Rolle, dass Robert den Dienstgrad eines Sergeanten hatte, während Herry als Major, oder Callum als Captain, sowie weitere hohe Offiziere aus London, weiter unten an der Tafel saßen.

Diese Sitzordnung wurde von keinem infrage gestellt. Es gibt einfach Dinge, die werden nur registriert, aber nicht kommentiert. Und dabei wird gegenüber dem anderen auch in keiner Weise ein Groll gehegt. Ich war stolz darauf, dass Onkel Benjamin so entschieden hatte.

Neben mir durfte Lars sitzen. Aber sicher eher aus dem Grund, dass er sonst keinen der Anwesenden kannte und somit bei einem harmonischen Tischgespräch eher in Verlegenheit geraden wäre, als diesem einen angenehmen und wohltuenden Verlauf zu verleihen. Ich sah ihm an, dass er darüber sichtlich erleichtert war.

Bis spät in die Nacht hinein dauerte das Abendmahl, und erst als es dann doch etwas kühler wurde und die Damen nach ihren Schals und Stolas fragten, wurden die Tafeln aufgelöst.

Wir begaben uns in kleinen Gruppen, die sich erneut gebildet hatten und sich auch jetzt ständig auflösten und neu formierten, in den Wintergarten und die anderen Räume des Schlosses. Einige führten ihre Gespräche im Rittersaal weiter, eine Damengruppe war am Abend schneller als die Herren und nahm für sich die Bibliothek in Anspruch, worauf sich die doch etwas verdutzten Männer auf einen Wink von Oliver hin, in unseren kleinen Schlosspub zurückzogen.

Eigentlich war noch ein Feuerwerk geplant, aber Susan und Martin bestanden darauf, dass es nicht stattfinden sollte. Es ging so schon ziemlich dekadent zu und sie wollten nicht noch mehr Aufmerksamkeit im Dorf heraufbeschwören. Susan und John hatten sich auch dazu entschieden, die nähere Umgebung vom Schloss für die Öffentlichkeit nicht abzusperren. Gerade die Dorfbewohner sind es gewohnt, den Weg am Schloss vorbeizugehen. Auch unsere Wachmannschaft, die aus London gekommen war, verhielt sich locker und mischte sich unter die Gäste, anstatt sich steif am Tor oder anderen festen Standorten zu postieren. Sie waren ständig in Bewegung. So fielen sie vorübergehenden Spaziergängern gar nicht auf. Zudem waren sie allesamt keine Machotypen und Kraftprotze, sondern schlanke und vor allem bestens ausgebildete und intelligente Männer und Frauen.

Lars und ich gingen über den Vorhof in unseren Pub. Dort fanden wir auch Tim. Susan und Martin pendelten zwischen den einzelnen Räumlichkeiten hin und her.

In den frühen Morgenstunden verabschiedete sich das Brautpaar und zog sich zurück. Es graute bereits der Morgen, als sich auch Lars und ich auf mein Zimmer begaben.

Kurz vor Mittag wurden wir munter, zu spät, um am gemeinsamen Frühstück teilnehmen zu können.

Als wir die Treppe hinuntergingen, war es eigenartig ruhig im Schloss. Lauren kam uns in der Eingangshalle entgegen und fragte, ob sie mein Zimmer sauber machen dürfe.

„Lauren, gestern haben wir gefeiert und heute sollst du dich nicht gleich wieder in die Arbeit stürzen", sagte ich zu ihr und Lars ergänzte: „Da oben sieht es aus wie in einer Studentenbude. Und das wird sich sicher in der kommenden Woche nicht ändern. Es wäre verschwendete Mühe, dort Ordnung schaffen zu wollen."

„Dann kommt wenigstens mit mir in die Küche und esst etwas und trinkt einen frisch aufgebrühten Kaffee."

„Das tun wir gerne, ich zumindest habe einen Mordshunger", meinte Lars.

Sie lächelte uns an und ging voraus.

In der Küche empfing uns Anny. Sie wollte eben in den Rittersaal gehen, um die Vorbereitungen für das Mittagessen zu treffen. Doch als sie uns so sah, noch mehr oder weniger benommen von der letzten Nacht, machte sie kehrt, ging an den Herd und bereitete uns wunderbare Rühreier mit Schinken und Paprika zu.

„So, nun sind wir fast wieder unter uns. Die meisten Gäste sind bereits abgereist und Susan und Martin haben sich noch einmal zurückgezogen, um etwas auszuruhen. Sie werden dann zum Essen wieder bei uns sein. Setzt euch doch. Das ist also Lars. Dann komme mal her und lasse dich in Ruhe betrachten. Gestern war ja gar kein Herankommen an dich. Der Tom hat dich so sehr vereinnahmt, da hatte ich nicht die geringste Chance. Ich bin Anny, die Herrscherin über diese große Küche und somit verantwortlich für die Versorgung der Schlossbewohner."

„Tom hat schon von Ihnen erzählt. Er schwärmt regelrecht über das gute Essen hier und über eine gewisse Seele im Schloss", antwortete Lars.

Anny blickte mich erstaunt an. Lauren saß mit weit aufgerissenen Augen da. Ihr Blick haftete felsenfest an Lars.

Noch einige Zeit unterhielten wir uns und Lauren kam für Lars mehr und mehr ins Schwärmen. Sie wurde regelrecht rosa im Gesicht, immer wenn Lars ihren Blickkontakt erwiderte. Aber sie lebten in verschiedenen Welten. Lauren wusste das und Lars war sich dessen sicher auch bewusst.

„Lauren, wir können Klartext reden. Du bist eine Angestellte des britischen Geheimdienstes, Lars ist ein Zivilist. Ein Forschungsdoktor wird er eines Tages sein", sagte ich. Mich nervte der Flirt, der schon von Beginn an zum Scheitern verurteilt war. „Das passt nicht so richtig zusammen. In dieser Position wird Lars vom Sicherheitsdienst des Pharmakonzerns überprüft. Und glaube mir, die haben auch ihre Verbindungen, um die richtigen Informationen zu erhalten. Glaubst du im Ernst, die würden eine Ehefrau, die beim britischen Geheimdienst arbeitet, akzeptieren? Nie und nimmer. Und Lars würde seine Anstellung von heute auf Morgen verlieren. Also: wach auf, Lauren."

Lauren stand auf und verließ mit gesenktem Kopf die

Küche. Sie wolle die Vorbereitungen im Rittersaal zu Ende bringen, sagte sie uns. Ich hatte sie tief verletzt und es tat mir schon in diesem Augenblick leid. Aber sie hatte die Realitäten außer Acht gelassen.

„Was ist denn mit dir los? Reiß dich Mal ein bisschen zusammen", sagte Anny im strengen Ton. „Du benimmst dich wie ein Elefant im Porzellanladen, Tom!"

„Tom, hast du denn gar kein Feingefühl mehr? Sieht es derart kalt in deinem Herzen aus? Ich erkenne dich ja gar nicht wieder", fügte Lars hinzu.

Ich spürte Wut in mir aufkommen, eine Wut über mich selbst. Ich stand auf und ging hinüber in den Rittersaal.

„Lauren, bitte entschuldige, ich habe über meine Worte nicht nachgedacht."

„Ist schon gut, Tom, du musst dich nicht entschuldigen. Du hast ja recht. So ist es nun mal mit uns. Wir können uns nicht so entfalten, das Leben so leicht und unbeschwert genießen, wie es für andere Menschen möglich ist. Ich bin mir dessen bewusst. Und vielleicht bleibt ja einmal einer der jungen Lieutenants, die hier das zusätzliche Jahr Spezialausbildung absolvieren, im Schloss hängen und wird an der Schule als Lehrer tätig", fügte sie mit einem leichten und hoffnungsvollen Lächeln hinzu.

„Aber es war vorhin in der Küche zumindest taktlos von mir. Nicht nur dir, sondern auch Lars gegenüber."

„Das stimmt allerdings, aber ich nehme es dir nicht weiter übel. Wir wissen, dass du eine raue Natur in dir hast, ganz im Gegensatz zu deinem Bruder."

Nervös faltete sie eine Serviette in ihren zarten Händen. Sie tat mit wirklich leid.

„Sage mir bitte, wie ich es wenigstens etwas wieder gut machen kann."

„Lade mich heute Abend in den Schlosspub ein, wenn ihr dorthin gehen solltet. Auf ein Pint in aller Freundschaft."

„Gut, Lauren, wir laden dich heute Abend in den Pub ein, versprochen."

Wir lächelten uns an und wussten, dass alles wieder in Ordnung war.

„Hast du Lust eine Runde mit den Motorrädern durch die Gegend zu fahren?", fragte ich Lars wenig später. Er stimmte sofort zu.

„Können wir die Motorräder bekommen? Wir wollen einwenig in der Gegend herumfahren und sind zum Abend wieder da", fragte ich Oliver, ohne einen Gruß oder ein freundliches Hallo.

„Was ist denn mit dir los, Tom? Ist dir eine Laus über die Leber gelaufen?"

„Er hat sich wieder einmal daneben benommen und nun ärgert er sich über sich selbst", gab Lars anstelle von mir als Antwort zurück.

Dies brachte mich noch mehr in Rage. Ausgerechnet im Beisein von Lars musste mir erneut solch eine Entgleisung passieren.

„Bekommen wir die Maschinen nun, oder nicht?", wandte ich mich erneut an Oliver.

„Du kannst heute Abend nach dem Essen ein Pint von mir bekommen, aber die Motorräder bleiben in der Garage. In deinem Zustand lasse ich dich nicht durch die Gegend fahren", antwortete Oliver.

Ich drehte mich um und sagte dabei zu Lars: „Lass uns auf mein Zimmer gehen, das hat keinen Zweck hier", und lief einfach los.

Natürlich hatten Oliver und Lars noch einen vielsagenden Blick miteinander getauscht, so wie: kümmere dich um Tom. Ich spürte es regelrecht und das Schlimme an der Sache war, sie hatten recht. An der großen Eingangstür wartete ich auf Lars. Bei ihm wurde kein Fingerscan durchgeführt. Er konnte nur mithilfe eines Schlossbewohners hinein.In der Tür blieben wir stehen und ich sagte zu ihm: „So etwas passiert mir immer wieder. Ich will das nicht. Und schon in den nächsten Augenblicken tut es mir dann immer leid. Sage mir, woran liegt das? Was soll ich machen, damit dieses Böse Ich in mir verschwindet?"

Mittlerweile waren wir in die Eingangshalle gegangen und setzten uns dort in eine lederne Sitzecke.

„Tom, dieses Böse, wie du es nennst, wird immer in dir bleiben. Du bekommst es nicht raus aus dir."

„Aber ich will, dass es verschwindet, ich will nicht so sein. Gibt es denn gar keine Hilfe für mich?"

„Nein, die gibt es nicht aufgrund all deiner Erlebnisse. Es wird sie nie geben. Durch das, was dir widerfahren ist, hat sich das Böse in dein Wesen, in deinen Charakter, in deinen Geist, eingenistet und festgesetzt. Du wirst es nicht mehr losbekommen. Es sei denn, man pumpt dich mit Medikamenten voll. Aber das wäre auch keine ideale Lösung. Das Einzige, was dir etwas helfen kann, ist ein intaktes Umfeld hier im Kreise deiner Familie. Du hast deinen Bruder gefunden. Den Bruder, den du immer in deinen Wunschträumen hattest. Liebe ihn. Liebe deine Familie und all die Menschen, die in dieser kleinen Gemeinschaft um dich herum sind. Denn das ist deine Welt, deine ganz eigene kleine Welt."

„Ich bin ein guter Mensch, das weiß ich. Ich möchte diese Ausfälle nicht haben, ich hasse sie."

„Lass uns in den Teil des Parks gehen, der weniger bewirtschaftet wird. Dort darf der Rasen noch Wiese sein. Da wachsen schöne bunte Blumen. Ich will für Lauren einen Strauß pflücken."

„Das ist eine gute Idee."

Wir gingen durch den Wintergarten in den Park hinaus, schwenkten nach rechts ab zu den Wiesen. Es war ein schöner Tag geworden. Die Sonne stand hoch am blauen Himmel, keine einzige Wolke war zu sehen. Ich pflückte einen bunten Blumenstrauß für Lauren und unterhielt mich mit Lars über seine Forschungsarbeit. Viel verstand ich nicht davon, was er da tat, aber ich hatte ja auch nicht Chemie studiert. Es war schön, ihn hier zu haben, seine Nähe zu spüren und mit ihm zu reden.

Zum Mittagessen waren wir wieder im Schloss und fanden

uns im Rittersaal ein.

Nach dem Essen verabschiedeten sich die letzten der geladenen Gäste und traten ihren Heimweg an. Ein Bus war gemietet worden, um sie in einer Fahrt zum Flughafen zu bringen. Tim, Lars und ich halfen beim Verladen des Gepäcks. Auch die Wachmannschaft wurde wieder abgezogen und eskortierte bei dieser Gelegenheit den Bus. Lediglich Tim blieb noch einige Tage. Er hatte, da er in Deutschland bei der Hochzeit anwesend war, noch einen Auftrag erhalten.

Es zog wieder Ruhe ein im Schloss. Den Nachmittag nutzten Lars und ich, um uns auszuruhen. Wir gingen in mein Zimmer, legten uns hin und schliefen noch eine Runde.

Am frühen Abend gingen wir in die Bibliothek hinunter und lasen in Büchern, bis wir die Melodie der Messingtöpfe hörten. Ich eilte in mein Zimmer, nahm immer zwei Stufen der Treppe mit einem Mal, holte die Vase mit den bunten Blumen herunter und stellte sie auf den Platz, wo Lauren immer saß. Schnell ging ich wieder in die Bibliothek, um nicht gesehen zu werden und um Lars abzuholen. Er wollte noch ein Kapitel zu Ende lesen, und als wir danach in den Rittersaal kamen, waren wir die Letzten. Mehr oder weniger erstaunte und erwartungsvolle Blicke richteten sich auf uns. Lauren saß mit leicht rotem Kopf an ihrem Platz, vor ihr die Vase mit den Blumen.

„Nun ja, ich habe mich wieder einmal daneben benommen und dies soll die Entschuldigung an Lauren sein. Ich habe ihn gemeinsam mit Lars für Lauren gepflückt", sagte ich.

Es hätte eh keiner locker gelassen, alle erwarteten eine Erklärung, eine Deutung, für diesen schönen Sommerstrauß. Über Laurens Gesicht lief ein Lächeln – Blumen von Lars. Aber genau das wollte ich auch bezwecken mit meinen Worten.

„Und nach dem Abendessen nehmen wir Lauren mit in den Pub", fügte Lars in seiner Natürlichkeit hinzu, als wäre das stets Gang und Gäbe.

Es steckte immer noch etwas Studentisches in ihm, diese Lockerheit, dieses Selbstverständliche in Bezug auf: wir tun, was wir wollen – es ist unsere Freizeit. Die Männer blickten erstaunt zu Lars und fragten sich bestimmt: warum sind wir noch nie darauf gekommen?

Lauren wurde knallrot. Alle Blicke waren auf sie gerichtet. Man erwartete nun von ihr einen ergänzenden Kommentar, eine Erklärung eben, warum und wieso.

„Jetzt lasst mal das Mädel in Ruhe", ging Anny in den Angriff über, um Lauren eine Erklärung zu ersparen.

„Der Tom hat sich wieder einmal unmöglich benommen, das ist ja nun nichts Neues mehr, und entschuldigt sich mit diesem Blumenstrauß. Und dass wir Frauen auch mal in den Pub wollen, kann uns keiner verbieten."

Erneut erstaunte Gesichter bei den Männern dieser Tafelrunde. Nun wandten sich alle Blicke auf Oliver. Der saß da, hob seine Augenbrauen und zog die Schultern hoch, sagte aber nichts. Diese Geste reichte auch aus, um zu bestätigen, was Anny gesagt hatte. Allmählich verlor Lauren wieder ihre Röte aus dem Gesicht und ganz entspannt nahmen wir unser Essen ein.

Nach dem Abendmahl gingen wir gleich hinüber in den Pub. Es wurde ein schöner und lustiger Abend und ich stellte für mich fest, dass wir doch hin und wieder unsere Frauen aus dem Schloss einladen sollten. Das ist eine gänzlich andere Stimmung, als wenn sich nur Männer unterhalten. Nicht allzu spät zogen wir uns auf unsere Zimmer zurück und es war an diesem Tag beizeiten Nachtruhe im Schloss.

Am nächsten Morgen verabschiedeten sich nach dem Frühstück Susan und Martin. Sie traten ihre Hochzeitsreise an. Sie würden mit Oliver nach Binz fahren. Dort war für sie ein Apartmenthaus nahe den Dünen gemietet worden. Auch Tim begleitete sie. Das war also der Auftrag, den er erhalten hatte, der Grund, warum er am Vortag nicht mit der Wachmannschaft nach London zurückgereist war. Wir versammelten uns alle im Hof vor dem Schloss. Der schwarze Jaguar stand bereit. Wir wünschten ihnen eine gute Fahrt und schöne Tage an der Küste.

Wie ich später erfuhr, hat sie ab Berlin auch wieder ein Teil der Wachmannschaft begleitet. Wer sich nie in einer solchen Lage befunden hat, kann sich nicht vorstellen, wie Martin und ich unter dieser ständigen Aufsicht gelitten haben. Nächtelang haben wir uns in seinem oder in meinem Zimmer über dieses Thema unterhalten. Aber wir haben nie eine Lösung gefunden, die uns von dieser Aufsicht, von dieser Bedrängnis, von diesen Zwängen, des Gefesselt, Kontrolliert und Engesperrtseins hätte befreien können. Was konnten wir für unsere Eltern. Ebenso war es schon von Geburt an geplant, dass wir ihren Weg folgen würden. Und nie hat uns auch nur einmal jemand gefragt, ob wir das denn auch wollten. Eine Last ruhte auf uns, eine Last, die wir nie los geworden sind. Nur wer selbst ein Schutzbefohlener ist, kann die Enge in unserem Leben nachempfinden.

Leise sagte ich zu Lars: „Weißt du, was das bedeutet?"
„Nein, was denn?"
„Wir können die Garagen stürmen und uns all das ausleihen, was drinnen steht. Am besten wir machen dann eine Spritztour mit dem Sportwagen in die Umgebung. Den rückt Oliver gar nicht gerne raus. Aber nun hat er ja keinen Einfluss auf seinen Lieblingswagen."
„Das ist eine gute Idee, ich bin dabei", entgegnete Lars.
„Ehe ich es vergesse, Tom", hörte ich Oliver sagen, als er gerade in die Limousine einstieg: „Wenn ihr an die Motorräder wollt, dann müsst ihr euch an Aidan wenden. Er hat jetzt die Obhut und die Schlüssel für die Garagen." Schelmisch grinste er zu uns hinüber. Mein Blick ging zu Aidan. Er verzog keine Miene. Aber ich merkte sehr wohl, dass er sich ein Lachen verkneifen musste. Toll, da waren sich ja alle wieder einmal einig.
„Und der Sportwagen kommt heute Abend sauber und

ohne einen Kratzer in die Garage zurück."

Am liebsten wäre ich Oliver für diesen Satz an den Hals gesprungen und hätte ihn gleichzeitig als Dank umarmen können.

„Du hast also doch gehört, was ich vorhin zu Lars gesagt habe?"

„Nein, habe ich nicht, aber ich kenne deine Gedanken recht gut."

„Ich danke dir, Oliver, und versprochen, der Sportwagen kommt in einem Toppzustand zurück."

Allgemeines Lächeln ging durch die Runde der Versammelten. Ich schlang noch einmal meine Arme um Martin und drückte ihn fest an mich. Ich wollte ihn nicht mehr loslassen.

„Gib auf dich Acht, mein lieber Bruder."

„Sorge dich nicht, Tom. In einer Woche sind wir wieder zurück."

Mir rann eine Träne über meine Wange, eine Einzige nur. Martin strich sie mir aus dem Gesicht und sagte: „Reiß dich zusammen, Tom, du kannst es, wenn du willst."

Dann stiegen Susan, Martin, Tim und Oliver in den Jaguar. Langsam fuhren sie aus dem Schlosshof hinaus auf die Zufahrtsstraße, und bald waren sie unseren Blicken entschwunden.

Ich verbrachte noch schöne Tage mit Lars. Wir gingen wandern, streiften durch den Park und führten Gespräche mit den anderen, über Gott und alle Welt. Aber am liebsten hielten wir uns in der Küche bei Anny und Lauren auf.

Anfang August reiste Lars wieder ab. Seine Aufenthalts-genehmigung für das Schloss lief ab und unabhängig davon zog es ihn wieder in seinen Pharmakonzern zu seiner Forschungsarbeit. Nun war es noch ruhiger um mich herum geworden und ich nutzte die Zeit, um mich auf den Herbst vorzubereiten. Nicht mehr lange und die neuen jungen Lieutenants würden anreisen. Ein neues Jahr für die spezielle Weiterbildung dieser Agenten würde stattfinden. Und ich war erneut dabei. Etwas Vorlauf hatte ich bereits. So ging ich die Sache relativ ruhig an.

Ein Jahr später, im Spätsommer 2008 absolvierte ich die Weiterbildung, sogar mit Auszeichnung. Darüber freute ich mich sehr und in einer feierlichen Veranstaltung erhielten alle Teilnehmer dieses Jahrgangs ihre Urkunden ausgehändigt. Während ich im Schloss blieb, mussten die anderen Lieutenants in ihre Dienststellen zurückkehren.

Auch dieser Sommer verging und erneut kündigte sich mit starken Winden, dunklen Wolken am Himmel und dem einen oder anderen Regenschauer der Herbst an. Die Blät-ter der Bäume im Park verfärbten sich in bunte Farben und eines Tages begannen sie von den Bäumen zu fallen.

In diesem Zeitraum wurde Doktor Susan von Burgk zum Major befördert. Natürlich gab es zu diesem Anlass erneut eine große Feier im Schloss.

Ich nahm als Hospitant an den Unterrichtsstunden der

neu eingetroffenen Agenten teil. Nun betrachtete ich die ganze Sache von einer anderen Seite, von einer mir interessanten Seite. Die Zentrale in London hatte beschlossen, dass ich als zukünftiger Lehrer tätig werden solle. Mir war es recht, für den Außendienst als ungeeignet eingestuft, konnte ich dadurch bei Martin und Onkel Benjamin, bei Susan und all den anderen, die ich in den letzten Jahren liebgewonnen hatte, bleiben. Ich fühlte mich geborgen, ich fühlte mich wohl.

Bereits im Frühjahr des kommenden Jahres gab ich meine ersten eigenen Unterrichtsstunden. Zwar noch unter Aufsicht und den strengen Blicken von Callum und John, aber immerhin. Allerdings musste ich mich nicht lange ihren Blicken aussetzen, denn sie besuchten meine Unterrichtsstunden immer seltener, bis sie gar nicht mehr erschienen. Ich war zufrieden mit mir. Sie waren zufrieden mit meiner Arbeit.

So vergingen weitere zwei Jahre. Ich war nun 26 Jahre alt. Es war das Jahr 2011. Der Kontakt zu Lars war nie abgebrochen. Er hatte seine Doktorarbeit erfolgreich verteidigt und blieb der Forschung treu. Einmal in jedem Jahr besuchte ich Michaels Mutter. Wir gingen auf den Friedhof und ich legte ein Blumengebinde, welches ich zuvor bei Frau Hofrat bestellt hatte, auf das Grab, immer mit einer Trauerschleife, auf der nur ein einziges Wort stand: Tom.

Meine Gedanken waren während der Besuche bei Irmgard zugleich auch bei Sabine und Felix, der leider nie das Licht der Welt erblicken durfte. Felix wäre ein schöner Junge und ein guter Mensch geworden. Er wäre wohlbehütet im Kreise seiner Eltern aufgewachsen. Dafür hätte ich gesorgt. Gern wäre ich mehrere Tage bei Irmgard geblieben, aber ich konnte es nicht. Ich konnte es in ihrem schönen Haus, dem Garten mit dem Teich und den Goldfischen darin, und den kleinen Bäumen auf der Wiese, einfach nicht aushalten. Ich ergriff regelrecht die Flucht. Der Schmerz über den Verlust des Freundes aus der Polizeischule saß immer noch tief in mir und würde mich wohl auch nie verlassen.

Martin war der Einzige, der uns mitunter für längere Zeit verlassen musste. Oftmals war er für mehrere Wochen irgendwo in der Welt unterwegs. Fragen stellte von uns Zurückgebliebenen keiner. Martin war halt mal unterwegs und einige Zeit später wieder unter uns. Für uns war das alles Entscheidende, dass er zurückkam und dies in gesundem Zustand. Es war keine einfache Zeit für mich. Ständig waren meine Gedanken bei ihm, zu viele mir lieb gewonnene Menschen hatte ich bereits verloren. Und dem Allerwertvollsten, meinem Bruder, sollte, durfte, einfach nichts Schlechtes passieren. Aber ich hatte mich mittlerweile unter Kontrolle und keine gewalttätigen Ausfälle mehr.
Auch für Susan und für die anderen Schlossbewohner waren diese Zeiten, Zeiten der Anspannung. Schließlich lebten wir so eng aneinander und vertraut miteinander, dass man früher gesagt hätte: dort lebt eine Kommune. Ja,

wir waren schon eine kleine eigene Insel in dieser Welt. Das kann man nicht abstreiten.

Immer, wenn er von seinen Einsätzen zurückkam, war der folgende Tag nur für uns beide bestimmt. Selbst Susan, als seine Ehefrau, war dieser Tag nicht gewidmet. Sie verstand das. Sie wusste, dass in mir die größte Anspannung von allen Schlossbewohnern steckte. Also gönnte uns Susan diese ganz besonderen Tage, diese Abende und diese Nächte.

Wir jagten mit dem Sportwagen über die Autobahnen, fuhren mit den Motorrädern über Berge und durch Täler oder setzten uns neben den beiden Bänken am Schlossteich ins Gras und unterhielten uns. Oder wir blieben die Nacht über gänzlich aus, kehrten nicht ins Schloss zurück, sondern übernachteten irgendwo in den Bergen.

In den Wintermonaten zogen wir uns in die Bibliothek zurück, suchten irgendein altes Buch heraus und lasen abwechselnd daraus vor. Gern wählte ich auch Werke von Hermann Hesse, meinem Lieblingsschriftsteller. Gerade das „Glasperlenspiel" ist ein absolutes Meisterwerk der deutschen Literatur. Man muss es zwei Mal lesen, um den Inhalt, die Botschaft, dieses Romans überhaupt erfassen zu können und um den Vergleich zur damaligen Zeit zu erkennen. Aber meine Lieblingsbücher von Hermann Hesse sind „Narziß und Goldmund" und „Siddhartha".

Susan würde dies bestimmt aus psychologischer Sicht erklären können, aber ich wollte diese Erklärung gar nicht hören. Mir war es egal, wie meine Umwelt, meine Schwärmerei für diese Werke interpretierte. Für mich waren sie einfach feste Bestandteile in meinem Leben geworden und ich bin der festen Meinung, „Siddhartha" hat mir besonders geholfen, um mich in Einklang mit meiner Umwelt zu bringen. Es waren nicht Susans psychologische Sitzungen. Es war eben dieses Buch, welches ich immer wieder einmal las.

Nie störte uns jemand oder wagte es, auch nur zum Essen zu rufen. Es war unser Tag. Erst nachts, wenn uns dann doch der Hunger plagte, verließen wir die Bibliothek und gingen in die Küche, wohl wissend, dass Anny etwas für uns vorbereitet hatte. Dann saßen wir an dem großen Esstisch, der schien, als wäre er aus einem Stück gefertigt, aßen und freuten uns darüber, dass Martin gesund zurückgekommen war. Ein Scotch beendete solche Tage, ehe wir uns verabschiedeten und jeder in sein Zimmer zum Schlafen ging.

Natürlich brannten in den Wintermonaten überall im Schloss Feuer in den Kaminen, lichterloh, und es war somit sehr gemütlich.

Um einiges romantischer wurde es noch, wenn es draußen schneite, ein Schneesturm durch den Park peitschte, um das Schloss drumherum, mit seinen wirbelnden eisigen Kristallen, die mit ihrer Geschwindigkeit, mit der sie vom Winde durch die Luft getrieben wurden, den Eindruck von großer Kälte vermittelten.

Es klopft an der Glastür zum Wintergarten. Susan und ich drehen uns um. Oliver, gefolgt von Robert kommen auf uns zu.

Oliver sagt: „Martin landet in zwei Stunden. Wir fahren jetzt zum Flughafen. Benjamin haben wir auch schon informiert."

Über Susans Gesicht geht ein Lächeln und sie entgegnet: „Ich danke euch und wünsche euch eine gute Fahrt."

Ich selber stehe auf und begleite beide hinaus zu unserem schwarzen Jaguar. Er steht bereits vor der großen Eingangstür unterhalb der Stufen zum Rondell. Mir ist klar, dass sie nicht vor ein Uhr in der Früh zurück sein werden und ich sage: „Richtet Martin bitte aus, dass wir morgen unseren gemeinsamen Tag haben werden. Wenn er heute ins Schloss heimkommt, soll er sich zu Susan schlafen legen. Ich werde heute nicht mehr allzu lange munter sein, werde noch ein wenig in der Bibliothek lesen und dann beizeiten zu Bett gehen."

„Das werden wir tun, Tom. Wir sehen uns morgen."

Oliver und Robert steigen in den Wagen ein und fahren langsam auf das Tor zu, fahren auf die Zufahrtsstraße hinaus und schon bald ist von den Rücklichtern nichts mehr zu sehen. Das Tor schließt sich und ich gehe in den Wintergarten zu Susan zurück, setze mich, nehme mein

Glas Rotwein in die Hand und proste ihr zu.

„Sie sind unterwegs. Ich werde heute nicht warten. Ehe sie zurückkommen, ist Mitternacht vorüber. In der Bibliothek werde ich noch etwas lesen und dann in mein Zimmer gehen. Schlafe gut, Susan, und grüße Martin von mir."

„Lass uns noch gemeinsam unsere Gläser leeren, ehe du mich verlässt. Danach will ich mich auch auf unser Zimmer zurückziehen und dort auf Martin warten."

Ganz sacht lassen wir die Gläser klirren und wenige Zeit später gehe ich in die Bibliothek. Es ist schon still geworden im Schloss. Nur hier und da ist noch ein junger Agent unterwegs, meist mit einem Stapel Büchern unter dem Arm. Ich muss schmunzeln, welch ein vertrautes Bild.

Die Bibliothek ist leer, ich gehe zielstrebig auf ein Bücherregal zu und nehme das Buch „Lektüre für Minuten" von Hermann Hesse in die Hand. Im Kamin ist noch Feuer und ich setze mich in einen der Ledersessel und fange an zu lesen.

Ein Kuss auf meine Stirn weckt mich, das Buch von Hermann Hesse liegt neben mir auf dem Boden. Es ist mir aus der Hand gerutscht.

„Guten Morgen, Tom. Ich bin wieder da."

Mit diesen Worten holt mich Martin aus dem Schlaf.

Ich stehe auf, nehme ihn die Arme und sage: „Willkommen, Bruder. Wie spät ist es denn?"

„Es ist drei Uhr durch."

„Was, schon so spät? Du wolltest doch schon eher da sein."

„Wir mussten einen kleinen Umweg fahren, da ich noch etwas abzugeben hatte."

Da waren keine weiteren Fragen nötig. Ich würde sowieso keine Antwort bekommen. Ich hebe das Buch vom Fußboden auf und stelle es wieder in das Regal. Gemeinsam verlassen wir die Bibliothek. Das Feuer im Kamin ist auch schon erloschen.

In der oberen Etage angekommen, verabschieden wir uns. Martin geht zu Susan, ich gehe in mein Zimmer und nehme glücklich noch einen Scotch, öffne das Fenster, genieße die kalte Luft des frühen Morgens, die meinem Gesicht entgegenschlägt, und lächle in die Dunkelheit hinaus.

Am Vormittag gehe ich in aller Ruhe nach unten in den Rittersaal. Es ist Sonnabend, ein Tag, an dem kein Unterricht stattfindet. Einige Schüler sitzen da und frühstücken, auch unser Doktor, ist schon anwesend. Er unterhält sich angeregt mit John und Oliver. Ich grüße kurz, mache kehrt und gehe in die Küche.

„Na, auch schon auf den Beinen?", begrüßt mich Lauren.

„Ja, ich habe doch heute meinen freien Tag mit Martin. Er ist heute wiedergekommen, mitten in der Nacht um drei Uhr morgens."

„Da habe ich tief und fest geschlafen. Ich musste ja zeitig aus den Federn, um mich um das Frühstück für euch zu kümmern. Anny hat heute dienstfrei und ist in die Stadt gefahren. Aber setze dich erst einmal, ich bringe dir einen Kaffee."

„Und Hunger habe ich auch, Lauren. Was hast du denn Feines vorbereitet für alle, die übers Wochenende hier geblieben sind?"

„Nichts Besonderes, falls du das meinst, das Übliche nur."

„Mir genügt das Übliche, ich bin damit zufrieden. Morgens habe ich sowieso nicht großen Appetit auf besondere Dinge."

Lauren fragt: „Willst du gleich bei mir in der Küche frühstücken oder gehst du zu den anderen in den Rittersaal hinüber?"

„Hast du im Moment viel zu tun? Ich meine, so mit den Vorbereitungen für das Mittagessen?"

„Nein, dafür ist es noch etwas Zeit. Anny und ich haben gestern etwas vorgekocht für das Wochenende."

„Dann lass uns an den großen Küchentisch setzen und gemeinsam etwas essen."

Demonstrativ gehe ich auf den Tisch zu und setze mich nun endlich hin. Die ganze Zeit über habe ich noch an den Türrahmen gelehnt dagestanden.

„Ich decke den Tisch für uns zwei ein und du machst uns etwas Rührei mit Würstchen."

„Ja, gern", sagt sie, dreht sich zum Kühlschrank um, holt Eier und Würstchen heraus und fängt am Herd an zu hantieren. Schon bald erfüllt die Küche ein angenehmer Duft. Mein Magen fängt an zu knurren.

Wenig später sitzen wir uns gegenüber. essen und unterhalten uns. Ob der Winter dieses Jahr viel oder wenig Kälte mit sich bringen wird, wenig oder viel Schnee. Und schon sind wir bei Weihnachten und den gemütlichen Tagen im Schloss, dem großen Weihnachtsbaum in der Eingangshalle, der bis zum oberen Stockwerk hinaufreichen wird, mit Lichtern und silbernen Kugeln daran. Wir fangen an zu träumen, wie kleine Kinder es gern tun. Es ist ein wunderschöner Augenblick. Mit leuchtenden Augen sehen wir uns an.

Plötzlich klopft es an den Türrahmen. Wir blicken beide erschrocken und aus unseren Gedanken gerissen zur Tür und brauchen einen Moment, um von der schönen Welt der Kindheit zurück in die Gegenwart zu kehren. Da stehen Susan und Martin.

„Wie lange steht ihr denn schon da und hört uns zu?"

„Schon eine ganze Weile, Tom", sagt Susan lächelnd. „Wir wollten euch nicht stören."

„Und wenn du weiter so flirtest, verliere ich meinen Tag mit dir, Bruderherz", fügt Martin hinzu.

„Ich flirte nicht, Lauren und ich bereiten uns auf das Weihnachtsfest vor."

Martin kann nicht wissen, dass es wirklich an dem ist. Keiner sagt etwas. Alle Augen sind auf mich gerichtet. Laurens Gesicht überzieht eine leichte Röte.

Verlegen sitze ich auf meinem Stuhl und sage an Martin und Susan gerichtet: „Nein, da ist nichts, wirklich nicht. Wir haben uns nur unterhalten und geträumt."

Lauren kommt mir zur Hilfe.

„Setzt euch zu uns", sagt sie und steht auf. „Ich mache euch Rührei und Würstchen."

Ich stehe ebenfalls auf und hole zwei weitere Gedecke aus dem Schrank, während Susan und Martin am Tisch Platz nehmen.

„Schön, dass du wieder da bist, Martin. Immer wenn du fort bist, fehlt etwas im Schloss", sagt Lauren, um nur irgendetwas zu sagen, um die Stille in der Küche zu brechen.

Einer sieht den anderen abwechselnd an. Ich weiß sehr wohl, dass sich Martin nichts sehnlicher wünscht, als dass ich ein Mädchen finde, mit dem ich glücklich bin und Kinder bekomme. Aber das wird für ihn auf immer und ewig eine Wunschvorstellung bleiben, das wird es nicht mehr geben. Ich weiß es und habe es ihm auch gesagt. Aber er glaubt mir nicht.

„Ich freue mich ebenfalls wieder bei euch zu sein", antwortet er.

Wir frühstücken und unterhalten uns über Gott und alle Welt, nur nicht über Martins Dienstreise und auch nicht wieder über den zu erwartenden, hell erleuchteten und wunderschön geschmückten Weihnachtsbaum in unserer Eingangshalle.

„Was habt ihr beiden heute vor, habt ihr schon etwas geplant?", fragt Susan.

„Nein, wir haben uns heute früh, als Martin heimgekommen ist, nur kurz begrüßt und danach sind wir auf unsere Zimmer gegangen. Aber uns wird schon noch etwas einfallen", antworte ich.

„Wie soll denn das Wetter werden?", fragt Martin in

unsere kleine Runde hinein.

„In den Nachrichten haben sie gesagt, dass es ein sonniger Tag werden soll mit Temperaturen bis zu zwanzig Grad", wirft Lauren ein.

Natürlich hat sie längst Nachrichten gehört und weiß über das aktuelle Wetter Bescheid.

„Dann lasse uns mit den Motorrädern in die Berge fahren. Ich würde gern mal wieder die Serpentinen zur Burg hinauf fahren. In dem Wirtshaus dort oben können wir einkehren und zu Mittag essen. Und danach durchstreifen wir die Wälder", sage ich zu Martin.

„Sind denn die Maschinen frei, braucht sie kein anderer oder hat sie für sich reservieren lassen?", fragt er.

„Das haben wir gleich. Im Rittersaal sitzt sicher noch Oliver. Ich gehe hinüber und frage ihn einfach."

Und schon stehe ich auf und mache mich auf den Weg. Der Rittersaal ist leer, alle sind bereits gegangen. Ich gehe zurück in die Küche.

„Oliver ist nicht mehr da, keiner ist mehr da."

„Oh, dann wird es für mich Zeit, weiterzumachen", sagt Lauren und widmet sich wieder ihrer Arbeit.

„Ich piepse Oliver an, dann wird er sich bei mir melden", sagt Susan und kurze Zeit später meldet sich Oliver über die Sprechanlage.

„Oliver, hier ist Martin. Sind die Motorräder heute frei?"

„Leider nicht, drei der Schüler haben sie sich schon Mitte der Woche reserviert. Ich weiß, Tom und du, ihr habt heute euren Tag. Kann ich euch was anderes anbieten? Der

Sportwagen steht noch in der Garage, der Jeep und auch der Jaguar werden heute nicht gebraucht."

Ich habe keine Lust auf etwas anderes. Martin schaut mich fragend an. Ich schüttle mit dem Kopf.

„Oliver, wir melden uns dann noch einmal bei dir, Tom ist noch am Überlegen."

„Lasst euch Zeit, Jungs, ich bin im Pub, will noch etwas für den Abend vorbereiten. Einer unserer Schüler hat heute Geburtstag und sie möchten am Abend etwas feiern."

„In Ordnung, wir melden uns dann bei dir."

Susan sieht Martin etwas wehleidig an, mich dennoch beobachtend. Ich spüre es ganz genau und nehme mir vor, ruhig zu bleiben.

„Wir haben nicht genau gewusst, wann du kommst. Somit konnten wir für euch auch nicht die Motorräder reservieren."

„Es hätte auch schlechtes Wetter sein können. Dann wäre eine Ausfahrt mit den Maschinen auch kein Spaß geworden", füge ich hinzu.

„Was hältst du davon, wenn wir nach Leipzig fahren. Im Panometer ist die Ausstellung Amazonien. Rom und Dresden haben wir uns schon angesehen, aber noch nicht Amazonien. Da können wir unsere schwarze Katze über die Autobahn jagen. Und vielleicht können wir ein paar Polizisten von der Autobahn zur Weißglut bringen."

„Auf gar keinen Fall werde ich das genehmigen, Tom! Das weißt du ganz genau. Du bist keine zwanzig mehr, also benimm dich auch so."

Straffe Worte von Susan treffen mich und prallen an mir ab. Sie wäre sowieso nicht dabei.

„Lass mich doch mal einen Scherz machen, liebe Schwägerin", antworte ich derart grinsend, dass sie mir nun erst recht nicht glaubt.

Martin nickt und fragend blicken wir zu Susan.

„Benjamin ist nicht im Schloss. Er kann euch keine Genehmigung für eine so weite Ausfahrt geben."

„Du bist die Sicherheitschefin und stellvertretend für Onkel Benjamin verantwortlich. Gib du sie uns", sagt Martin.

„Ihr wisst, dass ihr nur im Umkreis von zwanzig Kilometern allein unterwegs sein dürft. Das ist die Entfernung, in der wir in der Lage sind, schnell zu reagieren, sollte euch etwas zustoßen."

„Wenn wir im Dorf von einem Auto angefahren werden, kannst du es auch nicht verhindern. Und das sind nur zwei Kilometer durch den Park hindurch", erwidere ich.

Im gleichen Moment ist mir klar, wie unpassend dieser Einwand ist. Aber recht habe ich dennoch. Und das weiß Susan.

„Ich werde euch diese Genehmigung nicht erteilen. Ihr wisst ganz genau, dass solche Ausfahrten für euch geplant werden müssen und dass ihr sie auch nicht alleine machen dürft."

Resigniert setze ich mich wieder an den Tisch und lege meinen Kopf in die Hände.

Martin dagegen steht auf und sagt: „Ich bin kurz im

Wintergarten", und geht.

Lauren kommt aus dem Rittersaal zurück und bemerkt die bedrückte Stimmung.

„Soll ich später wiederkommen?", fragt sie, die Hände voller Geschirr.

„Ja bitte, Lauren, wenn es deinen Arbeitsablauf nicht durcheinanderbringt", antwortet Susan.

„Nein, das brauchst du nicht, Lauren. Es sei denn, du drückst Susan das schwere Geschirr auf der Schwelle zur Küche in die Hand und machst wieder kehrt", sage ich.

Susan kocht. Ich ebenfalls. Lauren macht mit dem Geschirr kehrt.

Martin kommt in die Küche zurück und sagt: „Wir können die Motorräder doch bekommen. Die Jungs würden sie uns überlassen."

Ich blicke ihn an und entgegne: „Nein, Martin, das will ich nicht. Ich will nicht bevorzugt werden. Außerdem haben sich die Jungs doch auch auf ihre Ausfahrt gefreut. Diese Freude werde ich ihnen auf keinen Fall nehmen. Lass uns die Wandersachen anziehen und hier im Tal durch die Wälder streifen. Lauren macht uns bestimmt Lunchpakete für unterwegs zurecht. Und wenn sie keine Zeit dafür hat, dann mache ich sie selber."

Susan blickt zu Martin und Martin meint: „Ja, lass uns wandern gehen."

„Was hältst du davon, wenn wir am Abend zu den Schülern in den Pub gehen, zu der Geburtstagsfeier. Die würden sich bestimmt darüber freuen, wenn ihre Lehrer gratulieren und ein Pint mit ihnen trinken."

„Aber ich bin kein Lehrer", sagt Martin mit einem verschmitzten Lächeln im Gesicht.

Ich blicke zu Susan und stelle fest, dass auch ihr Gesicht sich wieder entspannt hat.

„Das spielt keine Rolle. Sie kennen dich und wissen, dass du zu den Schlossbewohnern gehörst", erwidere ich.

„Und mein Mann bist", ergänzt Susan, schlingt ihre Arme um Martin und gibt ihm einen Kuss auf den Mund.

Am Abend sind wir rechtzeitig wieder zurück, machen uns frisch und ziehen uns um. Die Verbindungstür von unseren Zimmern steht offen. So kann jeder zu dem anderen hinüberschauen, wieweit er ist. Martin braucht noch etwas Zeit, stelle ich fest. Er ist immer etwas langsamer als ich. Also stopfe ich mir noch eine kleine Pfeife, setze mich an den Schreibtisch, sehe zum Fenster hinaus und fange an zu rauchen. Nach ein paar Zügen nehme ich aus meiner Schreibmappe ein Karte mit einem bunten Blumenstrauß darauf, dargestellt in einer weißen Porzellangießkanne, und fange an zu schreiben.

Originaltext

Liebe Irmgard,
ich habe dich nicht vergessen.
Ich wünsche dir schöne Ostertage. Verbringe sie im Kreise deiner lieben Verwandtschaft und bleibe nicht

allein daheim sitzen.

Leider habe ich bis heute nichts in Erfahrung bringen können über Michaels damaligen Unfall und ich gestehe, es wird auch weiterhin aussichtslos sein. Damit müssen wir leben, aber das Leben geht weiter.

Kopf hoch und dir die allerliebsten Grüße. Tom

Ich stecke die Karte in einem Briefumschlag und erhitze Siegellack, um den Umschlag mit meinem Siegel zu schließen.

„Es duftet nach Portwein", ich höre plötzlich Martins Stimme neben mir. Ich habe ihn gar nicht kommengehört.

„Ja, das ist mein Tabak, er schmeckt recht gut und bringt den Duft eines guten Portweins ins Zimmer."

Schnell drücke ich noch mein Siegel in den heißen Lack, stehe auf und wende mich Martin zu.

„Lass dich ansehen, Großer. Ich will mich nicht mit dir blamieren."

Aber wie immer ist mein Bruder in einem tadellosen Zustand.

„Wo ist Susan, wir wollen sie doch mitnehmen?"

„Sie muss jeden Augenblick hier sein. Sie nimmt immer jede Stufe der Treppe einzeln. Das dauert länger als bei uns, die wir zwei Stufen mit einem Mal nehmen. Wir lachen. Und just in dem Moment geht nebenan die Tür auf, Susan kommt auf uns zu und fragt: „Was gibt es denn zu lachen, Jungs?"

Ich antworte spontan: „Wir Männer sind den Frauen überlegen."

Martin rammt mir seinen Ellenbogen in die Seite, Susan sieht uns verdutzt an, macht auf der Stelle kehrt und geht in ihr Zimmer zurück. „Und Männer werden immer Kinder bleiben", ist ihre kurze Antwort.

Dann schließt sie die Verbindungstür. Martin und ich machen uns auf eine längere Wartezeit gefasst. Gerade als ich uns zwei Whisky einschenken will, geht die Tür wieder auf. Erstaunt halte ich in meiner Bewegung inne und sehe zu Susan, Martin auch.

„Was ist mit euch? Erstaunt, dass es so schnell ging? Wir Frauen schaffen es immer wieder, die holde Männerwelt zu verblüffen. Das müsst ihr doch inzwischen begriffen haben", sagt sie lachend. „Du kannst deine Stirn wieder entfalten, Tom."

Ich sage nur: „Du Luder, du verflixtes Weibsbild", und schüttle den Kopf.

Martin hält sich gekonnt heraus und meint nur: „Wir sollten nun gehen."

Typisch Martin, der Diplomat eben. Eine Gabe, die mir nie gegeben sein wird.

Gemeinsam gehen wir in den Pub. Die Schüler sind bereits in fröhlicher Stimmung, es ist laut von ihren Stimmen, die im Kampf gegen Olivers Musikanlage stehen. Oliver steht hinter dem kleinen Tresen. Um ihn herum unser Doktor nebst Katie. Auch Callum und John, die anderen Lehrer,

Onkel Benjamin, der auch wieder im Schloss eingetroffen ist, sowie Anny und Lauren sind da. Nur Robert und Aidan fehlen. Einer von ihnen streift durch das Gelände und der andere schaut im Sicherheitsbüro auf die Bildschirme der Kameras. Schade eigentlich, aber nicht zu ändern.

Das Stimmengewirr wird noch lauter. Wir werden freudig begrüßt und die Feier geht weiter. Onkel Benjamin ergreift das Wort, beglückwünscht den jungen Lieutenant und hält eine kleine Rede. Auch wir wünschen ihm einer nach dem anderen alles Gute zum Geburtstag. Anschließend lassen wir die Gläser und Flaschen klirren, je nachdem, wer gerade was davon in seiner Hand hält.

Nicht viel später verabschieden wir uns von den Schülern. Mich würde es an ihrer Stelle auch stören, wenn ständig die Vorgesetzten bei einer privaten Feier dabei sein würden. Es geht in solchen Fällen doch nicht so locker zu, wie es eigentlich von den Feiernden gewollt wäre. Sie sollen aber ungezwungen feiern, wer weiß schon, was sie in ihrem Leben, in ihrem Beruf, noch alles erwarten wird. Da ist jede Minute Ausgelassenheit wertvoll.

„So, ihr beiden. Ich lasse euch jetzt alleine. Ein wenig müde bin ich doch von dem Tag", sage ich und verabschiede mich von Susan und Martin, als wir am oberen Treppenende angekommen sind.

„Schlaf gut, Tom, wir sehen uns morgen", antwortet Susan und zieht Martin in ihre gemeinsamen Zimmer hinein.

Ich muss lächeln und gehe in mein eigenes Zimmer.

Ein weiteres Jahr ist vergangen in unserer britischen Residenz mitten in Deutschland. Es ist das Jahr 2012. Mit siebenundzwanzig Jahren lehre ich nun an der sogenannten Bundesverwaltungsschule im Fachbereich von John, Nachrichten und Aufklärung. Es macht mir Spaß zu unterrichten. Manchmal denke ich, ich habe meine Berufung gefunden, obwohl ich ja eigentlich Polizeioffizier werden wollte und nicht Geheimdienstler.

Ja, die Polizei. Noch immer habe ich Kontakt zu Michaels Mutter und den werde ich auch nicht abbrechen. Wir schreiben uns Briefe. Briefe, die nun keiner mehr abfängt und mir vorenthält. Briefe, die mich erreichen und auf die ich antworten darf. Und ich tu es gern. Auch fahre ich jedes Jahr nach Thüringen und besuche Michaels Mutter. Spätestens auf dem Friedhof, wenn wir vor Michaels Grab stehen, wird mir unwohl zumute. Gern würde ich länger bei Irmgard verweilen, aber ich halte es einfach nicht mehr als zwei Tage aus. Ich kann es nicht erklären, warum das so ist, aber es ist so. Michaels Mutter tut mir dann immer leid, weil ich spüre, dass sie mich gern länger bei sich hätte. Aber es geht einfach nicht.

Diese Fahrt nutze ich auch immer, um an Sabines Grab vorbeizuschauen. Ja, mir ist es gelungen, herauszufinden, wo es sich befindet. Nicht in Thüringen selbst, aber gleich im benachbarten Bundesland. Und ich bin froh darüber, es gefunden zu haben. Kontakt zu ihren Eltern habe ich nie gehabt. Sie haben sich auch nicht nach dem Unfall nach mir erkundigt, wollten nicht wissen, wer ihrer Tochter vielleicht einst das Leben gerettet hat. Es war ihnen egal.

Es ist bereits August und die Temperaturen wollen dieses Jahr einfach nicht so richtig steigen. Die Sonne scheint selten, dafür sind am Himmel um so mehr Wolken zu sehen. Also begnügen wir uns mit um die zwanzig Grad Celsius. Dennoch hält uns das Wetter nicht davon ab, unser alljährliches Sommerfest auf der großen Terrasse zum Park hin zu feiern. Die Schüler sind in den Ferien und wir können etwas entspannen vom Schulalltag und all den anderen Aufträgen, die wir hier außerdem erledigen.

Fackeln umschließen die Terrasse, links ist eine Feuerstelle aufgestellt für den Fall, dass es am Abend beizeiten kühl wird. Auf der rechten Seite, dort wo die Mauer die Terrasse abgrenzt, steht der große Grill. Und in der Mitte haben wir eine lange Tafel aufgebaut, an der wir alle Platz haben. Die Türen vom Wintergarten stehen offen, und wir können gar im Freien das Plätschern des Wasserlaufes hören, wenn er in dem kleinen Teich sein Ende findet.

Ich habe im ersten Stock über der Terrasse mein Zimmer und habe ganz bewusst die Fenster offen stehengelassen. Ich mag den Duft von frisch gegrilltem Fleisch, auch wenn das Grillfest schon vorüber ist. Ich will den Geruch einfangen für die Nacht und dann träumen von all den Nächten, die ich in den Bergen verbracht habe, in völliger Dunkelheit, nur mit einem kleinen Lagerfeuer an der Schlafstätte.

Alle sind anwesend. Onkel Benjamin, Susan und Martin, Herry und Katie, Callum und John, Anny und Lauren, Oliver, Aidan und Robert. Und natürlich ich. Mehr Stammpersonal gibt es nicht im Schloss, aber dafür eine gut organisierte Mannschaft im Dienste ihrer Majestät.

Nach dem Essen lockert sich die Tafel auf, so wie jedes Mal. Einzelne Grüppchen bilden sich um dies oder jenes zu besprechen, sich über Literatur zu unterhalten, um über die spannendsten Momente des letzten angeblich so tollen Abendfilms zu streiten, oder um doch wieder über dienstliche Belange zu debattieren.

Callum und John ziehen sich in die Bibliothek zurück, Lauren, Katie und Susan schlendern durch den Park. Frauen wollen auch einmal unter sich sein und über Dinge des Lebens reden, die uns Männer, so ihre Meinung, eher nichts angehen.

Währenddessen wünschen sich Martin und Herry im Wintergarten mit einem Glas Rotwein in der Hand alles Gute für das kommende Schuljahr, wobei Martin mit dem Schulbetrieb gar nichts zu tun hat. Aber das ist egal, es geht um die Geselligkeit als solche. Der Rest der abendlichen Gesellschaft bleibt einfach auf der Terrasse an unserer langen Tafel sitzen und schwatzt über dieses und jenes.

Nach einer Weile verschwindet Robert in der Sicherheitszentrale, Oliver begleitet Aidan auf eine Runde um das Schloss und durch den Park.

Ich gehe mit Anny und Onkel Benjamin in die Küche. Wir holen Oliven, Käse und Weintrauben und den Pudding, den Lauren schon am Nachmittag zubereitet hat. Als wir wieder draußen ankommen, haben sich die einzelnen Grüppchen neu formiert, andere Gespräche werden geführt und es dauert nicht lange, sitzen wir alle wieder an der langen Tafel, genießen Wein und andere Leckereien und schwatzen bis in die tiefe Nacht hinein.

Kurz vor Ende unseres Sommerfestes, die erste Morgenstunde ist bereits angebrochen, fragt mich Oliver, ob ich ihn auf einer Fahrt begleiten will.

„Tom, hast du Lust heute mit mir nach Berlin zu fahren? Ich muss in der Botschaft Post abholen, die mit dem Kurier dort angekommen ist."

Ich blicke fragend zu meinem Onkel und danach zu Susan. Onkel Benjamin sagt: „Da sowieso kein Unterricht ist, fahre ruhig mit. Etwas Abwechslung tut dir auch einmal gut."

Ich schaue zu Susan. Sie lächelt mir zu und nickt. Ich spüre regelrecht, dass sie mir eine Freude machen möchte. Sie liebt mich noch immer, ich weiß es ganz genau, und hätte ich ihr damals nicht gesagt, dass ich nicht in der Lage bin, einen Bund der Ehe einzugehen, ich bin mir sicher, sie hätte mich auf jeden Fall geheiratet. Martin war für sie nicht der Auserkorene.

In Momenten, in denen ich daran denke, zieht sich mein

Herz für einige Augenblicke zusammen. Ich muss mich dann immer mit dem Oberkörper aufrichten, langsam atmen und die Luft in tiefen Zügen in mich aufnehmen, langsam wieder ausatmen und dennoch kommt es manchmal vor, dass mein Herz sticht. Das ist unangenehm, das tut weh. und ich versuche alles Mögliche, um eben in diesen Augenblicken allein zu sein, dass mich niemand sieht, keiner Fragen stellen kann, welche ich nicht hören möchte und die ich nicht beantworten will und auch nicht kann. Aber ich weiß, dass Susan mich längst durchschaut hat, dass sie weiß, was dieses Stechen in meinem Herz, diese Atemnot, zu bedeuten hat.

„Da hat dein Onkel völlig recht. Etwas Luftveränderung ist gar nicht so schlecht für dich", sagt sie.

Ich schaue zu Oliver und frage: „Welchen Wagen nehmen wir? Den Sportflitzer?"

Kaum habe ich meine Frage beendet, schaue ich verschmitzt zu meinem Onkel. Ich weiß, dass er uns nie und nimmer mit dem Sportflitzer nach Berlin in die Botschaft fahren lassen würde. Auch die anderen sehen zu Onkel Benjamin, die meisten müssen sich ein Lächeln verkneifen. Nicht so mein Onkel. Er legt die Stirn in Falten, zieht die Augenbrauen eng zusammen und grollt mir entgegen: „Nie und nimmer lasse ich euch mit diesem Wagen nach Berlin fahren. Was soll denn der Botschafter von mir denken, wenn ihr mit einem Sportwagen und quietschenden Reifen vorfahrt!"

„Wer hat denn etwas von quietschenden Reifen gesagt,

lieber Onkel?", frage ich.

Ich schaue mich an der Tafel um. Mehr und mehr haben die anderen damit zu kämpfen, ein Lachen zu unterbinden. Nur Onkel Benjamin blickt noch nicht ganz richtig durch.

Martin schaltet sich ein. „Tom, du sollst unseren Onkel nicht immer auf den Arm nehmen. Das gehört sich nicht. Hast du denn gar keinen Respekt vor dem Alter?"

Nun lachen doch alle in der Runde und auch Onkel Benjamin geht endlich ein Licht auf, dass ich ihn wieder einmal auf den Arm genommen habe. Er fühlt sich getroffen und brummelt, so wie alte Männer das eben in solchen Situationen tun, vor sich hin: „Ihr nehmt den Jaguar. Schluss, Aus, Ende."

Er ärgert sich etwas, dass er der Jugend auf den Leim gegangen ist. Aber das muss er aushalten. Auch uns wird es eines Tages so ergehen, auch wir werden eines Tages die Brummbären sein, wenn die Kinder von Susan und Martin uns auf den Arm nehmen, nur weil wir nicht mehr in der Lage sind, geistig mitzuhalten, weil unser Gehirn beginnt, langsamer zu arbeiten und die Jugend das Recht und den Anspruch hat, erwachsen und erhaben zu werden. Letztendlich ist das Leben ein Kreislauf und dann werden wir diejenigen sein, die der Jugend grollen.

Langsam stehe ich auf und gebe Martin, der mir heute gegenübersitzt, mit einem Blick ein Zeichen. Er steht ebenfalls auf. Wir gehen zu unserem Onkel, nehmen ihn rechts und links beim Arm und laufen in den nur spärlich erleuchteten Park. Vereinzelte Bemerkungen hören wir noch.

„Sie können dem alten Mann gar nichts Böses tun", „Sie lieben ihren Onkel", „Tom freut sich so sehr, dass er Martin und seine Familie gefunden hat", „Benjamin hat seine Neffen unsagbar lieb ..."

Dann sind wir weit genug weg und hören die Gespräche von der Terrasse nicht mehr. In einigem Abstand folgen uns Aidan und Robert. Wir sehen sie nicht, aber wir spüren, dass sie in unsrer Nähe sind. Am Schlossteich angekommen, sage ich zu Martin: „Wir wollen uns auf eine der beiden Bänke setzten, zu den Sternen schauen und eine Zigarette rauchen."

Wenig später glimmen in der Dunkelheit drei Zigaretten. Ich hatte meine Pfeife samt Tabak und Pfeifenbesteck auf der Tafel liegengelassen und eine Zigarette von Martin genommen.

„Ihr müsst mir eines versprechen", unterbricht nach einer langen Weile Onkel Benjamin die Stille, das Quaken der Frösche im Teich, das Zirpen der Grillen im Gras. Martin und ich blicken zu ihm und er erzählt weiter.

„Ihr müsst euch vertragen, ihr müsst euch lieb haben, ihr seid von einem Blut, ihr habt gemeinsame Eltern und ihr seid beide etwas Besonderes. Daran müsst ihr immer denken. Auch du, Tom, vergiss das nicht."

Er schlingt jeweils einen Arm um uns und zieht uns an sich heran.

„Meinst du unseren Ausflug in die Temple Church?", frage

ich ihn leise.

„Ja, das meine ich. Und dass eure Eltern Patrioten waren und für England ihr Leben gelassen haben und, dass es außerhalb unserer kleine Welt hier im Schloss immer noch Menschen gibt, die aus Rache nach euer beiden Leben trachten.“

Sofort geht mir durch den Kopf, dass auch irische Mütter und Väter Patrioten sind, die ein besseres Leben für ihre Familien und für das irische Volk erkämpfen wollen, frei von den Zwängen der englischen Krone und, dass dieser Glaubensstreit endlich ein Ende haben muss nach all den vielen Jahrhunderten, die er schon besteht.

Ich blicke hinter meinem Onkel zu Martin. Er wiegt leicht den Kopf hin und her und gibt mir einen flehenden Blick. Ich habe ihn verstanden, wende mich zurück, schaue wieder in die Sterne und sage nichts.

„Ich weiß, dass du den Konflikt zwischen den Katholiken und den Protestanten anders siehst als wir, Tom. Aber es gibt Vergangenes, auch wenn es heute und für immer wehtun wird. Du hast selbst genug Leid erfahren. Also lasst uns nun, in einer Phase des Waffenstillstandes, in einer Phase des friedlichen Miteinanders zwischen England und Irland, eine glückliche Familie sein. Versprich es mir. Martin, du auch.“

„Ja, ich verspreche es dir, lieber Onkel “, sagt Martin.

„Ich ebenfalls, Onkel“, sage ich und erneut glimmen drei Zigaretten in der Stille der Nacht beim Quaken der Frösche und beim Zirpen der Grillen.

„Vor einigen Jahren", fange ich an zu erzählen, als unsere Zigaretten erloschen sind, „als ich von Michaels Mutter erfahren hatte, dass Michael bei diesem ominösen Unfall ums Leben gekommen war, hatte ich ihr in einem Brief geantwortet:

Originaltext

Liebe Irmgard,
es gibt Dinge, die mental, also geistig und gedanklich im Gehirn vor sich gehen, die wir uns nicht erklären können. Ich glaube an die geistige Verbindung zu den Menschen, die ich liebe.
Als Michael und ich uns das erste Mal gesehen haben, blickten wir uns für Sekunden länger in die Augen, als es eigentlich üblich ist. Es war ein fester und tiefgehender Blick, bei mir und bei Michael auch. Ich war verwirrt. Ob in der Judohalle, beim Unterricht, in der Freizeit, mit oder ohne den anderen Polizeischülern, oder bei Einsätzen, wir haben uns immer verbunden gefühlt. Wenn wir nicht gerade unmittelbar miteinander zu tun hatten, so spürte ich allgegenwärtig Michaels Geist. Als ich ihn darauf angesprochen habe, sagte er mir, dass es ihm ebenfalls so geht. Mit unseren jungen Jahren standen wir vor einem Phänomen. Wir haben uns nicht erklären können, was da mit uns geschehen ist. Aber es war etwas Schönes.
Mit ganz lieben Grüßen. Tom

Ich verstumme und atme tief durch. Ich nehme wahr, dass Martin sich an meine Seite gesetzt hat und seinen Arm um meine Schulter legt. Er sagt nichts, er muss nichts sagen, ich verstehe ihn.

In einiger Entfernung nehmen wir das Knacken eines Funkgerätes wahr. Wenig später steht Aidan neben uns und sagt: „Im Schloss machen sie sich langsam Gedanken um euch, wo ihr bleibt. Es sind inzwischen zwei Stunden vergangen und es ist schon weit nach Mitternacht."

„Hilf mir bitte hoch, Aidan", sagt Onkel Benjamin, „wir wollen ins Schloss zurückgehen. Es soll sich keiner Sorgen um uns machen müssen."

In diesem Augenblick erscheint auch Robert. Er hat eine Decke bei sich, die er Onkel Benjamin über die Schultern legt. Gemeinsam treten wir den Rückweg ins Schloss an. Aidan gibt über Funk durch, dass wir unterwegs sind.

Martin tritt an meine Seite und sagt: „Bruderherz, lass uns etwas langsamer laufen, ich möchte mich noch mit dir in Ruhe unterhalten, ehe wir wieder bei den anderen sind."

Wir gehen langsamer als Aidan und Onkel Benjamin. Robert bleibt bei uns. Wir nehmen nicht den Weg direkt über die Wiesen, sondern laufen durch die Allee, rechts und links hohe Bäume, die mit ihren Kronen, den Ästen und Zweigen ein Dach über uns bilden. Nur vereinzelt ist der dunkle Himmel zu sehen, und einzelne Sterne, die durch das Blätterwerk funkeln. Es ist einfach schön. Ich warte geduldig, bis Martin zu sprechen beginnt. „Tom, ich freue mich, dass du bei mir bist, dass wir uns nach so vielen Jahren endlich gefunden haben, dass wir hier zusammen in dem Schloss arbeiten und leben können, gemeinsam mit meiner Frau Susan und Onkel Benjamin."

„Ich bin auch froh darüber, endlich am Ziel meiner Ungewissheiten angekommen zu sein. Es war schwer für mich, all die Jahre nicht zu wissen, wer ich bin und wer meine Familie ist. Warte hier. Ich renne schnell ins Schloss hoch und hole uns eine Flasche Rotwein. Ich bin gleich wieder da."

„Du bist verrückt, Tom", sagt Martin zu mir. „Aber gut, ich warte hier."

Ich renne den leicht ansteigenden Hang hinauf. Von rechts höre ich Aidan fragen, ob etwas nicht in Ordnung sei. Ich antworte ihm im Laufen, dass alles gut sei, ich für Martin und für mich nur noch eine Flasche Rotwein holen will. Eine Antwort höre ich nicht. Ich bin schon ein ganzes Stück an ihnen vorbei.

Atemlos komme ich im Schloss an. Anny, Lauren, Callum und Herry sind dabei aufzuräumen. Lauren sieht mich als Erste angerannt kommen. Erstaunt fragt sie mich, warum ich solch eine Eile habe. Nun schauen auch die anderen mir entgegen und verharren in ihren Aufräumarbeiten.

„Das wirst du gleich sehen, Lauren", sage ich, schnappe mir eine halbvolle Flasche Rotwein von der Tafel, zwei Kristallgläser dazu, mache kehrt, und bin schon wieder unterwegs zu Martin. Ich bin mir sicher, dass mir verdutzte Gesichter nachsehen. Aber eine Antwort zu geben, ist einfach nicht möglich, denn ich habe keine Zeit. Ich bin mir sicher, dass sie meine Handlung, und war sie auch nur von kurzer Dauer, richtig deuten werden.

„Wenn Tom eine Flasche Rotwein und zwei Gläser holt, dann brauchen wir uns keine Sorgen machen", sagt Herry.

Dann höre ich nichts mehr von ihnen, keine Stimmen dringen mehr an meine Ohren, denn ich bin schon weit über die Wiesen in den Park hineingerannt. Unterwegs treffe ich Onkel Benjamin und Aidan.

„Macht nicht all zu lange, Tom. Du willst mit Oliver nach Berlin fahren", sagt unser Onkel mahnend, als ich kurz bei ihnen Halt mache.

„In Ordnung, nur noch eine halbe Stunde", rufe ich ihm völlig außer Atem zu, und eile weiter in Richtung Allee.

„Na, war ich schnell?", frage ich strahlend Martin, als ich wieder vor ihm stehe und ihm ein Glas reiche.

„Superschnell. Aber an deine Pfeife hast du bestimmt nicht gedacht."

„Nein, habe ich nicht. Aber ich hoffe, du hast noch Zigaretten in deiner Packung."

„Drei Stück sind noch drin", stellt Martin fest, als er in seine Packung schaut. Wir verlassen die Allee und laufen ein Stück querfeldein über die Wiesen. An einem einzelnen großen Baum lassen wir uns nieder und ich fülle unsere Gläser mit Rotwein. Martin steckt zwei Zigaretten an und reicht mir eine davon. Ich danke und gemeinsam blasen wir den blauen Rauch unserer Zigaretten in die Nacht. Wir hören ein Feuerzeug klicken und Martin ruft in

die Nacht: „Rauche nicht so viel."
Eine Antwort bekommen wir nicht.

„Nun erzähle schon, Martin. Was liegt so Spannendes an, was du mir unbedingt noch erzählen willst?"
„Nichts liegt an, ich will nur die Nacht noch etwas mit dir verbringen, ehe ich zu Susan auf unsere Zimmer gehe. Schließlich bist du mein Bruder."
„Ja, das bin ich, und ich bin stolz darauf."
Wir stoßen mit den Gläsern an. Das helle Klirren des Kristalls schallt durch die Nacht, über die Wiesen, durch den Park. Wir hören auf den Klang und stoßen noch einmal an, nur um ihn zu hören, er ist so wunderschön, so hell und klar, als würde der Morgen dämmern und ein neuer Tag voller Freude und Sonnenschein beginnen.
„Das klingt wunderbar, Tom", sagt Martin zu mir, als der Klang verklungen ist.
„Das stimmt, so klar, so rein, so hell."
„Nun werde nicht albern." Martin lächelt mich an und fragt mich: „Wird Oliver dich fahren lassen?"
„Ich weiß es nicht, aber ich denke schon. Denn ich werde ihn lieb darum bitten."
„Aber rase nicht so. Ich möchte nicht, dass ihr an einem Baum endet und ich dich im Krankenhaus besuchen kommen muss, weil du dort mit gebrochenen Knochen liegst und den Schwestern mit deinen grünen Augen irgendwelche Hoffnungen machst, die du eh nicht erfüllen wirst."

„Keine Bange, Martin. Die einzige Frau, für die ich mich noch interessiert hätte, hast du mir weggeschnappt."

Ich stoße ihm leicht meinen Ellenbogen in die Seite. Martin kommt ins Taumeln, verschüttet seinen Rotwein und fällt dann doch noch zur Seite.

„Du bist einfach unverbesserlich, Tom. Der schöne Rotwein. Nun ist er verschüttet."

„Die Hauptsache ist doch, dass das Glas ganz geblieben ist, sonst hätte es Ärger mit Anny gegeben, wenn ein Kristallglas aus ihrer schönen und heiligen Sammlung fehlen würde."

Martin richtet sich wieder auf, ich stelle mein Glas beiseite und stoße ihn erneut um.

„He, Tom, was soll das?", fragt er mich lachend.

„Du wolltest doch mit mir alleine sein, nun vertrage auch die brüderliche Zweisamkeit."

Martin ruft in die Dunkelheit: „Robert, komme zu uns, der Tom ist wieder einmal unmöglich."

Wenig später ist Robert bei uns. Ich wische mit meinem sauberen Taschentuch den Rand eines Glases ab. Martin füllt die Gläser mit Rotwein und behält die Flasche in der Hand. Ehrwürdig stehen wir uns im Dreieck gegenüber. Ich muss immer noch lachen.

„Nun sei doch mal wieder etwas ernster, Tom. Wie soll ich einen Tost aussprechen, wenn du dauernd lachst. Da kann ich mich gar nicht konzentrieren."

So sehr Martin sich auch Mühe gibt, es wird nichts. Auch ich bin nicht in der Lage, einen vernünftigen Gedanken zu sammeln. Und will es auch gar nicht. Nicht jetzt. Es ist so schön, wie es ist.

Robert ergreift das Wort: „Auf euch, Jungs, auf alle in unserem Schloss Lebenden und auf die britische Krone."

Wir stoßen mit den guten Kristallgläsern von Anny und der Flasche aus Pressglas an und prosten uns zu. Der Klang ist nicht mehr so hell, so klar, so als würde der Morgen dämmern und die Vögel, die in den Bäumen im Park übernachtet haben, ihren allmorgendlichen Gesang beginnen, die Enten auf dem Teich mit Schnattern anfangen und die Grillen aufhören zu zirpen. Die Flasche stört.

„Das hat vorhin aber besser geklungen", sagt Robert.

„Ja, da hat die Flasche noch nicht mitgemacht", antwortet Martin.

Wir sind froh, wir sind glücklich, wir freuen uns, dass es uns in dieser Runde gibt. Roberts Funkgerät knackt. Kurz darauf hören wir Susans schelmische Stimme.

„Robert, wenn du mir nicht unverzüglich meinen Ehemann ins Schloss bringst, werden wir später ein ernstes Wörtchen miteinander zu reden haben."

Martin nimmt Robert das Funkgerät aus der Hand und spricht hinein: „Wenn du Robert drohst, meine über alles geliebte Susan, dann komme ich gar nicht heim. Dann übernachten wir drei im Park."

Deutlich hören wir, wie Susan nach Luft schnappt.

Ich nehme Martin das Funkgerät aus der Hand und sage: „Ausatmen, Susan, ausatmen."

Noch während ich die Sprechtaste gedrückt halte, lachen wir drei lauthals los.

„Ich kann euch auch abholen kommen. Dann werden wir ja sehen, wer zuletzt lacht, Tom."

„Wow, im dunklen Park Verstecken spielen. Das wird aber spannend", meint Martin.

Ich halte die Sprechtaste immer noch gedrückt. Die großen Scheinwerfer im Park gehen an und mit einem Mal stehen wir im wahrsten Sinne des Wortes im Flutlicht. Diese Runde geht eindeutig an Susan.

Martin nimmt das Funkgerät und sagt: „In Ordnung, Susan, wir geben uns geschlagen."

Wir sind sprachlos. Wieder einmal hat uns Susan mit ihrem weiblichen Scharfsinn geschlagen.

„So, wie immer, Jungs", kommt die Antwort zurück.

Ich knurre in das Funkgerät hinein.

„Nun aber im Ernst, kommt endlich ins Schloss zurück. Es ist schon fast früher Morgen."

Robert greift nach dem Funkgerät und spricht: „Susan, ich bringe die beiden jetzt zurück."

„Gut", sagt sie und das Licht im Park geht wieder aus.

„Da braucht ihr noch ein paar Jahre, ehe ihr Susan gewachsen seid", meint Robert und lächelt uns an.

Wir laufen los und sind wenig später im Schloss.

Am Vormittag klopft es an meiner Tür, viel zu zeitig für mich, der erst vor einigen Stunden zum Schlaf gekommen ist. Ich schaue auf meinen Wecker und dieser teilt mir mit, dass es gerade erst zehn Uhr ist.

Ich gähne und rufe vom Bett aus: „Wer ist da?"

„Hier ist Oliver. In einer Stunde ist Abfahrt oder du bleibst hier", ist die kurze Antwort, welche mich durch die Tür hindurch erreicht.

Mit einem Ruck richte ich mich auf, bin putzmunter und sage: „Gib mir bitte anderthalb Stunden, Oliver, bitte. Ich will noch duschen, Kaffee trinken und etwas essen."

„In Ordnung, aber um elf Uhr dreißig ist definitiv Abfahrt."

Ich stehe auf und gehe ins Bad unter die Dusche. Schon schnell wird mir klar, dass ich nicht Auto fahren kann, dass ich dazu nicht in der Lage sein werde. Ich taumele noch gewaltig von dem Rotwein in meinem Blut, von den Kopfschmerzen gar nicht erst zu sprechen und ärgere mich darüber, dass ich wieder einmal kein Ende gefunden habe. Leicht verstimmt ziehe ich mich an und gehe hinunter in den Rittersaal. Herry, Callum und Lauren sitzen an der Tafel und frühstücken noch. Ich wünsche allen einen guten Morgen, mache kehrt und gehe in die Küche. Dort treffe ich, wie erwartet, auf Anny.

„Na, Tom, hat dich der Oliver aus dem Bett gejagt?", fragt sie mich mit einem lieblichen Lächeln im Gesicht.

„Ja, das hat er und ich bin leicht sauer."

„Oh Gott, worüber denn?"

„Über mich selbst. Ich habe zu lange mit Martin und Robert im Park Rotwein getrunken. Und nun kann ich nicht Auto fahren. Ich hatte mich so darauf gefreut, mit dem Jaguar ordentlich Gas zu geben, so wie es sich für eine Raubkatze gehört."

„Aber da musst du doch nicht traurig sein, Tom. Du kannst doch dann auf der Heimfahrt fahren. Ich mache dir erst einmal einen ordentlichen Espresso. Willst du ihn hier trinken oder im Rittersaal?"

„Ich gehe in den Rittersaal zu den anderen, will mal hören, was es so Neues gibt."

„In Ordnung, ich bringe dir den Espresso nach. Geh nur."
Ich laufe wieder in den Rittersaal und geselle mich zu den anderen. Wenig später kommt Anny mit dem Espresso. „Die Wirkung wirst du aber erst nach einer gewissen Zeit spüren", meint sofort unser Doktor.

„Ich weiß, Herry. Aber besser dann als gar nicht."

„Bei euch ist es wohl wieder spät geworden, ehe ihr in eure Betten gefunden habt?", fragt mich Lauren und blinzelt mir entgegen.

Das ist genau, was ich jetzt nicht gebrauchen kann, ein freundliches, feminines Lächeln. Ich habe mit mir zu tun, dass ich wieder auf die Beine komme, dass ich meinen Kopf klar bekomme und mir nicht mehr übel ist. Aber die arme Lauren kann ja nichts dafür und so entgegne ich im freundlichen Ton: „Nein, nicht spät, Lauren, früh ist es geworden."

Callum schlägt mit der flachen Hand auf die Tafel, sodass das Geschirr klirrt, Lauren blickt etwas unbeholfen in unsere kleine Tafelrunde.

Herry steckt sich eine Pfeife an und Callum ruft aus: „Jung

müsste man noch einmal sein! Das wäre eine feine Sache."
Aus der Küche kommt Anny geeilt: „Was ist denn bei euch los?", fragt sie.

„Tom ist betrunken", sagt Lauren lakonisch heraus und rollt mit ihren Augen.

Ich bin entsetzt von ihrer Aussage, weil ich nur einen leichten Schwips habe und ganz und gar nicht betrunken bin. Ich stehe auf, gehe auf Lauren zu und ziehe ihren Stuhl zurück, samt Lauren. Sie fühlt sich in Gefahr, springt auf und nimmt Schutz hinter Anny, die ja breit genug dafür ist. Über die Schulter von Anny hinweg ruft sie mir zu: „Tom Burk, wehe du kommst mir näher. Ich werde in die Küche gehen, eine gusseiserne Bratpfanne holen und dir den Hintern versohlen. Und Anny wird mir dabei helfen."

Anny sieht verdutzt zu Lauren und dann wieder zu mir, sagt aber nichts.

Ganz gemächlich gehe ich zur Tür, stelle mich in den Eingang und frage Lauren: „Und wie willst du hier durchkommen, um dir eine Bratpfanne zu holen?"

„Das kann ja ein spannender Morgen werden", äußert sich Herry hinter einer dicken Wolke aus seiner Pfeife und Callum meint: „Lass die Jugend ruhig machen."

Ich komme mir fast vor wie in einer Shakespeare-Inszenierung. Anny und Lauren rücken mir gemeinsam näher. Lauren immer noch Deckung suchend hinter Annys breitem Rücken. Typisch Frauenzimmer, denke ich bei mir und meine Stimmung ist gar nicht mehr so siegessicher.

Callum sagt: „Na mal sehen, wer gewinnt, die geballte Frauenpower oder der schöne Jüngling."

Böse Blicke richten sich auf Callum. Die Mädels hätten lieber etwas Schmeichelhaftes über sich gehört. Ich dagegen bin bereits am Überlegen, ob ich mich geschlagen geben soll.

„Darf ich bitte in den Rittersaal? Ich möchte frühstücken", vernehme ich hinter mir Onkel Benjamins raue Stimme. Ich gebe auf.

Und schon höre ich die flötende Stimme von Susan: „Na, Tom, wieder einmal dabei, einen heroischen Kampf gegen die Damenwelt zu verlieren?"

Was zu viel ist, ist zu viel. Ich drehe mich um und will gehen. Onkel Benjamin drückt sich an mir vorbei, er will endlich frühstücken. Vor mir stehen Susan und Martin.

Ich will an ihnen vorbei, aber Martin sagt: „Warte, Tom, Susan will dir etwas geben."

Ich bleibe vor den beiden stehen und spüre, wie gespannt Anny und Lauren näher kommen. Es ist eindeutig die weibliche Neugierde, was sonst.

Susan reicht mir eine kleine Flasche Coca Cola und sagt: „Wir wünsche dir eine gute Fahrt, Tom."

Unwillkürlich greife ich nach der Flasche. Schallendes Gelächter ertönt hinter mir im Rittersaal. Ich drehe mich um und blicke in lachende Gesichter, knurre kurz und bahne mir den Weg zum Haupteingang.

Oliver sieht mich kommen und sagt: „Du bist ja schon da. Wir haben doch noch eine halbe Stunde Zeit."

„Lass uns fahren, Oliver, die halbe Stunde machen wir an der nächsten Tankstelle Halt. Ich will noch frühstücken."

Ich steige in den Jaguar ein, Oliver schüttelt verwundert den Kopf, steigt ebenfalls ein und wir fahren los. Wir haben Sonnenschein und blauen Himmel. Vom Wetter her wird es zumindest ein guter Tag. Ich ärgere mich immer noch über mich selbst und im gleichen Atemzug wird mir aber auch bewusst, wie gut es mir im Schloss geht, wie geborgen ich mich hier fühlen kann.

„Was hat dir denn die Stimmung am Morgen verdorben?", fragt Oliver.

„Ich habe mal wieder eine Schlacht gegen die Mädels verloren."

Er blickt kurz zu mir herüber und grinst mich an.

„Nun erzähle schon, was ist passiert?

Ich erzähle von der Nacht, und wie mich Susan mit der Flasche Cola „Schach matt" gesetzt hat und ich erzähle ihm von der Geschichte aus dem Rittersaal, die allem vorangegangen war.

„Na, da hast du ja in kurzer Zeit ganz schön einstecken müssen."

„Nun ja, ganz so schlimm ist es nun auch wieder nicht. Ich werde es überleben."

Oliver lächelt mir zu. „Klassik oder Rock?"

„Nach Country ist mir zumute. Das ist genau das Richtige für die Landstraße. Und wenn wir auf der Autobahn sind, können wir ja Klassik hören."

„Gut, so machen wir das", sagt Oliver und legt eine CD von

Jonny Cash ein. An der ersten Tankstelle halten wir.

Ich bestelle mir ein herzhaftes Essen, denn ich habe richtigen Hunger. Oliver nimmt sich nur ein Stück Kuchen und einen Kakao. Er hat schon im Schloss gefrühstückt. An der Kasse will Oliver bezahlen. Ich schiebe ihn dezent beiseite, gebe der Kassiererin meine Kreditkarte und sage zu Oliver: „Du kannst in Berlin bezahlen. Dort ist es etwas teurer als hier."

Die Kassiererin ist mit dem Abrechnen fertig, wir bedanken uns bei ihr und nehmen an einem Tisch am Fenster Platz. Die Sonne scheint durch die großen Fenster hinein und wärmt angenehm den Raum. Nach einer Dreiviertelstunde bin ich fertig mit essen, ich hatte mir noch etwas nachgeholt, so groß war mein Hunger gewesen, daher hat es etwas länger gedauert als gedacht.

„Und, wie sieht es aus? Kannst du schon fahren, Tom?"

„Nein, lieber nicht Oliver. Wir müssen ja der deutschen Polizei nicht negativ auffallen. Wenn du mich auf der Rückfahrt fahren lässt, reicht das völlig aus."

„In Ordnung, dann lasse uns starten."

Wir räumen den Tisch ab, verabschieden uns bei dem Personal und fahren wieder los. Auf der Autobahn lege ich die 7. Sinfonie von Dmitri Schostakowitsch ein und wir gleiten gemütlich dahin. Es ist ein entspanntes Fahren mit dem großen Hubraum, den wir unter der Motorhaube haben. Wir pegeln uns bei einhundertvierzig Kilometer je Stunde ein und es kommt einem vor, als würden wir nur achtzig fahren.

Wir sind in der Botschaft angemeldet, unser Auto mit dem deutschen Kennzeichen ist an der Wache registriert. Oliver fährt hinein und hält vor dem zweiten Tor. Hinter uns schließt sich das Tor zur Straße. Ich lasse die Seitenscheibe hinab und an das Auto tritt ein Captain.

„Captain Stones, Ihre Ausweise bitte."

Oliver reicht mir seinen Diplomatenpass. Ich suche nach meinem, finde ihn aber nicht. Captain Stones blickt kurz zu seinen Wachsoldaten und im Nu ist unser Auto umstellt. Oliver wird nervös.

„Tom, wo hast du denn deinen Ausweis?"

„Ich finde ihn nicht", sage ich, „eigentlich wollte ich nach dem Frühstück noch mal auf mein Zimmer hochgehen. Aber ich bin nicht zum Frühstücken gekommen. Die Mädels hatten ja nichts Besseres zu tun, als mich wieder auf den Arm zu nehmen und mich zu necken."

Oliver will zu seinem Telefon greifen, sicher um unseren Mann in der Botschaft anzurufen.

Captain Stones sagt im freundlichen Ton: „Sir, Sie dürfen jetzt nicht telefonieren."

Oliver legt den Telefonhörer wieder in die Halterung des Autos zurück. Endlich habe ich mein Portemonnaie in der Hand. Ich nehme meinen Dienstausweis heraus, reiche ihn durch das Autofenster und sage: „Lieutenant Tom Burk. Bitte entschuldigen Sie, Captain Stones. Ich habe in der Eile meinen Diplomatenpass im Schloss vergessen."

Er sieht mich an und meint: „Mit dem Dienstausweis sollten Sie aber nicht in der Gegend herumfahren,

Lieutenant."

„Ich weiß, ich war in Eile und habe den Pass einfach vergessen."

Captain Stones nimmt Haltung an und salutiert. Seine Wachsoldaten ziehen sich von unserem Auto zurück. Kurz darauf öffnet sich das zweite Tor und wir fahren in die Botschaft hinein.

„Das kann doch nicht wahr sein", meldet sich Oliver ernsthaft zu Wort. „Du hast deinen Pass vergessen? Einfach so?"

„Nun schimpfe nicht mit mir. Ja, so ist es. Er ist in meinem Jackett, welches ich anziehen wollte."

Oliver schüttelt mit dem Kopf. Am Eingang der Botschaft klappt es besser. Die Posten sind bereits informiert. Oliver zeigt seinen Pass und ich meinen Dienstausweis.

Unser Mann vom Geheimdienst begrüßt uns und ich bekomme gleich einen Dämpfer. „Wo haben Sie denn Ihren Pass, Lieutenant Burk?"

Mir reicht es und ich antworte etwas trotzig: „Der ist im Schloss, sonst hätte ich ihn ja vorzeigen können."

„Ach ja? Wer hätte das gedacht."

„Jeder, der logisch denken kann", gebe ich zurück und bekomme im gleichen Moment einen bösen Blick von Oliver zugeworfen.

„Kommen Sie mit in mein Büro, Lieutenant Forker. Ich möchte Ihnen das Dossier überreichen."

Auch ich setzte mich in Bewegung.

„Sie, Lieutenant, können hier auf der Bank im Korridor

warten."

Ich setze mich auf die Bank und weiß ganz genau, dass ich es mir selber zuzuschreiben habe, dass ich in diese Situation gekommen bin. Ich bin sauer auf mich. Nach einer viertel Stunde kommen sie lachend aus dem Büro heraus. Der Mann verabschiedet sich bei Oliver und sagt freundlich zu mir: „Grüßen Sie ihren Onkel Benjamin von mir, Tom. Und eine gute Heimfahrt euch."

Verdutzt starre ich ihn an und frage. „Wer sind Sie, Sir?"

„Ich bin der, der dich seit deiner Geburt kennt, den du aber nie gesehen hast." Er lächelt mich dabei an.

Ich bleibe wie verwurzelt stehen.

Oliver zieht mich leicht am Ärmel meines Hemdes und sagt: „Komm, Tom, wir müssen jetzt gehen."

Langsam drehe ich mich um und folge Oliver. Am Treppenansatz blicke ich noch einmal zurück. Aber den Mann, der mich schon immer kennt, sehe ich nicht mehr. Er ist bereits verschwunden. Ich frage Oliver nicht, wer der Mann ist. Ich würde eh keine Antwort bekommen.

Auf dem Parkplatz der Botschaft frage ich Oliver, ob ich fahren darf. Lächelnd schmeißt er mir den Autoschlüssel zu. Ich fange ihn, öffne den Jaguar mit einem Knopfdruck, wir steigen ein, ich drücke den Starter, stelle das Automatikgetriebe ein und nähere mich dem zweiten Eingangstor. Als es sich öffnet, rolle ich langsam zum ersten Tor weiter. Captain Stones steht neben unserem Auto, beugt sich hinab und salutiert leger an seiner Schirmmütze. Ich tippe mir kurz an die rechte Schläfe, lächle ihm zu und sage: „Bis zum nächsten Mal.“

Das Tor öffnet sich und ich fahre zügig hinaus.

Wir kommen gut voran durch den Berliner Großstadt-verkehr. Auch jetzt, am Nachmittag, ist noch schönes Wetter. Die Sonne scheint und der Himmel leuchtet blau. Auf der Autobahn in Richtung Süden gebe ich kräftig Gas. Erneut halten wir an einer Tankstelle an. Ich suche und finde einen Parkplatz in der Nähe des Eingangs zum Res-taurant und parke den Jaguar in Fahrtrichtung ein. Oliver bleibt im Auto sitzen. Er bleibt bei dem Dossier in der schwarzen Ledertasche. Von innen verriegelt er das Auto wieder. Ich hole zwei Pappbecher mit Kaffee und gehe zur Kasse. Dort sitzt ein blondes Mädchen und lächelt mir schon von weiten entgegen. Ich drehe mich um, um zu sehen, ob sie gar einen anderen meint, jemanden, der hinter mir steht oder läuft, und den sie vielleicht kennt. Aber da ist niemand. Also meint sie mich. Sie sagt mir, was ich zu zahlen habe und ich reiche ihr meine Kre-ditkarte. Dabei berühren sich unsere Fingerspitzen. Mein Herz schlägt schneller. Sie lächelt mich immer noch an.

„Guten Tag“, sage ich, nur um überhaupt etwas zu sagen und lächele dabei leicht verlegen zurück. Ich versinke in Gedanken.

Die Kassiererin reicht mir meine Kreditkarte zurück und sagt: „Ist Ihnen nicht gut, mein Herr?“

Nun schaut sie eher besorgt zu mir auf.

„Nein, nein, alles in Ordnung. Ich war nur kurz in Gedanken."

„Ein tolles Auto fahren Sie."

„Wie bitte? - ach so ja, ein tolles Auto ist das," stammele ich zurecht.

Die Kassiererin ruft eine Kollegin und bittet sie, die Kasse zu übernehmen. Sie kommt aus ihrem Kassenbereich herum, nimmt mich sanft am Arm und führt mich in den Waschraum vor den Herrentoiletten.

„Sie sehen auf einmal so blass aus. Ist Ihnen nicht gut", fragt sie erneut und öffnet den Kaltwasserhahn.

„Das Auto gehört nicht mir, das kann ich mir gar nicht leisten. Es gehört der Firma. Ich bin nur der Fahrer", entgegne ich.

Sie lächelt weiter und betupft mit einem feuchten Tuch meine Stirn. Mir ist immer noch nicht klar, was mit mir geschehen ist.

Energisch wird die Tür aufgestoßen. Oliver steht mit einem Mal vor uns, die rechte Hand unter seinem Jackett. Verdutzt fragt er: „Was ist denn hier los?"

„Dem Herrn war an der Kasse schlecht geworden. Dabei sind unsere Preise gar nicht so hoch", antwortet die Kassiererin.

Unwillkürlich muss ich lächeln. Was für ein niedliches Mädchen. Wenn sie nur wüsste, wen sie vor sich hat. Sie würde vor Angst zittern oder gar die Flucht ergreifen. Sie ist so natürlich, so unbedarft und sicher auch ahnungslos von der großen weiten Welt und all dem, was alles in dieser geschehen kann.

„Mir ist kurz taumelig geworden, aber es geht schon wieder. Die junge Dame hat mir geholfen", sage ich zu Oliver. Noch immer betupft sie mir mit dem kalten nassen Tuch meine Stirn. Oliver entspannt sich. Ich nehme ihre Hand von meiner Stirn, danke ihr und stelle das Wasser ab.

„Sie sind noch so jung und sehen so wunderbar aus. Ihre kräftige Statur, die Augen und ihr gut geschnittenes blondes Haar..."

Nun verfällt sie in Träumereien und mir ist bewusst, dass ich dem ein Ende bereiten muss. Sanft streiche ich ihr mit einer Hand über die Wange und sage: „Ich danke Ihnen. Wir müssen nun weiter fahren. Haben Sie recht herzlichen Dank."

Wir kommen aus dem Waschraum raus, und der Restaurantleiter steht vor uns, die Arme in die Seiten gestemmt.

„Was ist denn hier los? Wie kommen Sie darauf mit den Gästen auf Toilette zu gehen?", schimpft er los.

Das Mädchen läuft rot an und senkt den Blick.

„Fahren Sie das Mädchen nicht so an. Mir ist schlecht geworden und die junge Dame hat sich um mich gekümmert. Nun geht es mir wieder gut. Sie haben ausgezeichnetes Personal. Wenn alle ihre Mitarbeiter so reagieren, dann Hut ab vor Ihrer guten Personalführung."

Ich schmiere ihm Honig um den Mund, obwohl ich ihn viel lieber am Kragen packen würde. Ich fahre weiter und komme vielleicht nie wieder an diese Tankstelle zurück. Aber das Mädchen hat hier ihren Job, für sie muss ich etwas tun.

Der Restaurantleiter entkrampft sich. Nun lächelt er uns mit seinem geschultes Dienstlächeln entgegen.

„Oh, Entschuldigung, meine Herren. Kann ich sonst noch etwas für Sie tun?", nimmt er mein Lob auf.

„Nein danke, recht herzlichen Dank", sage ich und wir begeben uns in Richtung Ausgang.

Er umschwänzelt uns, bis wir den Kassenbereich erreicht haben, dort, wo noch immer unser Kaffee steht.

„Der Kaffee geht aufs Haus, meine Herren. Das ist doch selbstverständlich. Bei den Unannehmlichkeiten, die Sie hatten."

Der Kaffee ist inzwischen kalt geworden. Es fällt dem gastronomischen Profi nicht auf, wie auch, er hat uns glücklich zu machen. Und dass beansprucht ihn voll und ganz. Mir wird schlecht, was für ein unangenehmer Mensch. Ich will hier raus.

„Machen Sie sich keine Sorgen, mir war nur etwas schlecht geworden und nun bin ich wieder wohlauf."

Ich lege ihm gar meine Hand auf die Schulter, so als Zeichen der besten Freundschaft, während er uns zur Tür begleitet.

Endlich an der frischen Luft, entspanne ich mich wieder. Leider sehe ich das schöne Mädchen nicht noch einmal, so sehr ich mich auch bemühe, sie hinter den Fenstern noch einmal zu erblicken.

„Wo hast du eigentlich die schwarze Ledertasche mit dem Dossier, Oliver?", frage ich leicht erschrocken.

„Sie liegt hinten im Kofferraum, im Tresor."

„Aber du hättest nicht gleich deine Pistole umschnallen müssen."

„Konnte ich denn wissen, was da drinnen los ist? Warum du so lange brauchst, um zwei Becher Kaffee zu kaufen?"

„Du hast recht, Oliver, entschuldige bitte."

Ich lächle ihn an, lege den Gang ein und wir fahren los. An dem nächsten WC halte ich an, gehe in den Waschraum, kippe den Kaffee in den Ausguss und wasche mir die Hände. Schon nach drei Minuten sitze ich wieder bei Oliver im Wagen und die Fahrt geht weiter.

„Ist alles wieder in Ordnung, Tom?", fragt mich Oliver.

„Jetzt ja", entgegne ich und trete freudig das Gaspedal durch, sodass der Jaguar förmlich einen Sprung nach vorne macht. Wir werden in die Polster gedrückt und im Nu sind wir bei zweihundert Kilometer in der Stunde. Oliver legt eine CD von Rammstein ein und ich gebe noch mehr Gas. So macht Autofahren Spaß. Unbekümmert rasen rasen weiter.

Im Rückspiegel sehe ich ein Fahrzeug mit Blaulicht blinken.

„Sieh mal in den Rückspiegel, Oliver. Den müssen wir durchlassen und freie Fahrt gewähren", sage ich.

„Dann nimm das Gas zurück und wechsle auf die rechte Spur."

Ich gehe auf einhundertzwanzig Kilometer je Stunde zurück, setze den rechten Blinker und ordne mich in die rechte Fahrbahn ein. Ein Zivilwagen überholt uns. In der Heckscheibe leuchtet ein Schild auf „Bitte folgen. Polizei".

Das Tempo wird weiter gedrosselt. Wir folgen dem BMW. Auf dem nächsten Parkplatz kommen wir zum Stehen und ein Polizist in gelber Weste kommt an die Fahrerseite. Der andere Polizist platziert sich an Olivers Seite und notiert nebenher unser Nummernschild. Ich drücke die Knöpfe und beide Scheiben gehen herunter.

„Oliver, du musst das übernehmen. Ich habe ja nicht einmal einen gültigen Pass bei mir", sage ich.

„In Ordnung. Und du sagst kein Wort, kein noch so kleines Wörtchen möchte ich von dir hören. Das ist ein Befehl, Tom."

„Ja, in Ordnung, Oliver", sind meine letzten Worte und ich schweige.

Der Polizist an meiner Seite stellt sich ordentlich vor, mit Dienstgrad, Namen und Dienststelle.

Dann fragt er: „Wissen Sie, warum wir Sie angehalten haben?"

„Ja", entgegne ich, „wir sind sicher zu schnell gefahren." Und augenblicklich wird mir bewusst, dass ich meinen Mund halten sollte. Automatisch ziehe ich den Kopf ein und blicke zu Oliver. Der rollt mit den Augen.

„Genau. Bitte geben Sie mir Ihren Führerschein, die Fahrzeugpapiere und Ihren Personalausweis."

Einen deutschen Führerschein habe ich und die Zulassung ist auf die Bundesverwaltungsfachschule ausgestellt. Aber mein Pass liegt im Schloss. So höflich ich kann, sage ich zu dem Polizeioffizier: „Wenn Sie bitte auf die andere Seite gehen könnten und mit meinem Kollegen reden."

Er schaut mich verdutzt an. In diesem Moment reicht mir Oliver seinen Diplomatenausweis herüber. Ich halte ihn dem Polizisten vor das Gesicht, gebe ihn aber nicht aus der Hand.

Oliver fragt: „Dürfen wir bitte aussteigen und die Sache erklären?"

„Gut, steigen Sie beide aus und kommen auf die rechte Seite ihres Autos."

Kurz darauf stehen wir zu viert da und Oliver erklärt.

„Er hat leider seinen Diplomatenpass zu Hause liegen lassen."

„Aber Sie müssen sich doch ausweisen können", sagt der Polizist.

„Ich habe doch meinem Pass dabei", meint Oliver.

„Das stimmt, Sir, aber in Deutschland muss jeder ein gültiges Ausweisdokument bei sich tragen."

Der zweite Polizist geht zu dem BMW zurück und telefoniert.

„Sie haben völlig recht und ich kann mich an dieser Stelle nur für meinen Kollegen entschuldigen", spricht Oliver weiter.

„Die Entschuldigung nehme ich an, aber das reicht nicht ganz aus, Sir."

„Darf ich kurz telefonieren?", fragt Oliver.

„Selbstverständlich, Sir."

Oliver geht ein Stück beiseite und telefoniert mit dem Schloss, mit Susan. Ich merke es an dem Telefonat.

Als er fertig ist, kommt er zu uns zurück und sagt zu mir:

„Tom, zeige dem Polizeioffizier deinen Dienstausweis."

Ich greife in mein Portemonnaie, zeige meinen Ausweis und sage: „Ich bin Lieutenant Tom Burk."

Der andere Polizist kommt zurück und sagt: „Der Wagen ist in Ordnung und die beiden Herren haben diplomatische Immunität."

„Dennoch sind Sie zu schnell gefahren. Haben Sie es eilig? Benötigen Sie Unterstützung?"

„Nein", sage ich. „Es war Übermut, dass ich zu schnell gefahren bin. Ich nehme die entsprechende Strafe gern entgegen."

„Wir können Sie nicht für dieses Verkehrsdelikt bestrafen, Sir. Aber denken Sie bitte auch an die anderen Verkehrsteilnehmer. Deren Sicherheit sollte Ihnen genauso wichtig sein, wie ihre eigene."

„Stimmt, da haben Sie recht. Ich werde nun langsamer fahren. Bitte entschuldigen Sie nochmals", entgegne ich freundlich.

„Dann wünschen wir Ihnen noch eine angenehme Weiterfahrt."

Der Polizist salutiert beim Abschied. Auch ich nehme automatisch meine rechte Hand in die Höhe. Der Polizist schmunzelt. Ich lächele zurück.

Die Polizisten fahren weiter. Oliver steckt sich eine Zigarette an, ich stopfe mir eine kleine Pfeife. Wir rauchen und sehen uns den einige Meter weiter auf der Autobahn vorbeifahrenden Verkehr an. Oliver gibt mir einen leichten Klaps auf den Hinterkopf.

Ich wende mich Oliver zu und frage: „Wenn ich meine Geschichte einmal aufschreiben würde, würde sie mir jemand glauben?"

„Es kommt nicht darauf an, ob sie jemand glaubt oder nicht. Es ist deine Geschichte und du für dich allein, wirst sie immer in dir tragen. So tragisch und aufregend sie auch verlaufen ist."

Am späten Nachmittag erreichen wir das Schloss. Es ist immer noch ein schöner Tag, das Wetter ist uns hold.

Das schmiedeeiserne Tor steht offen, wir wundern uns. Aber dann sehen wir im Hof vor der Treppe zur großen Eingangstür ein Krankenwagen und ein Notarztwagen. Unser Jeep steht auch im Hof, die Hecktüren noch geöffnet, vor der Ladekante auf dem gepflasterten Boden ist eine Blutspur zu sehen.

Ich starre auf die Fahrzeuge. Mein Herz beginnt zu rasen. Ich würge den Jaguar ab und bleibe mitten im Rondell stehen. Oliver und ich steigen aus und versuchen zu begreifen, warum die Rettungswagen vor dem Schloss stehen. Was uns aber noch viel mehr erschreckt, ist unser eigener Jeep. Etwas verständnislos sehen wir uns an, kommen aber zu keiner Lösung. Dann wird es hektisch.

Anny kommt aus dem Schloss heraus und bleibt wie erstarrt vor der Tür stehen, als sie uns erblickt. Sie reißt eine Hand vor ihren Mund, will nichts sagen und dann schreit sie doch heraus: „Oh Gott, sie sind zurück. Sie sind schon da, oh mein Gott!"

Hinter ihr erscheinen Susan und Aidan. Susan hat gerötete Augen, Aidan ein blutverschmiertes Hemd. Auch sie bleiben kurz stehen. Anny schreit weiter. So kenne ich sie gar nicht, sie, die eigentlich immer beherrschte gute Seele des Schlosses, und mir wird augenblicklich klar, dass etwas Schlimmes, etwas Außergewöhnliches im Schloss vorgefallen sein muss. Ich blicke zu Anny, ganz klar: sie hat einen Schock erlitten. Oliver steht noch wie versteinert neben mir. Er sagt kein Wort. Susan und Aidan laufen an Anny vorbei und Aidan ruft uns entgegen: „Oliver, halte den Tom zurück! Er darf nicht zum Krankenwagen!"

Sie kommen auf uns zugeeilt. Sie wollen mir den Weg abschneiden, ich spüre es, ich weiß es. In diesem Moment setzen sich die Rettungswagen in Bewegung. Die Blaulichter gehen an und mir wird eiskalt zumute. Ein heftiger Schmerz geht mir in diesem Augenblick durch mein Herz, ich verkrampfe mich, lege eine Hand auf mein Herz, es tut so unendlich weh. Es rast und pocht, als wolle es mir aus meiner Brust springen. Ich kann mich nicht rühren. Ein kurzer Moment der Ohnmacht ist es nur, ich merke, wie mich Oliver am Arm festhält. Es tut immer noch weh, sehr weh, das Herz in meiner Brust.

Noch ehe Susan und Aidan uns erreicht haben, reiße ich mich von Oliver los, mit der Kraft eines Wahnsinnigen. Oliver hält nur noch den Ärmel meines Hemdes in der Hand. Die Rettungswagen haben das Rondell halb umrundet. Ich mache einen Schwenker und renne quer durch das Rosenbeet. Ich spüre nicht den Schmerz der Dornen an meinen Waden, ich merke nicht, wie ich mir die Beine aufritze an den Dornen, ich spüre nicht das warme Blut, das mir von den Waden zu den Füßen runterläuft.

Die Rettungswagen haben das Tor passiert. Ich habe sie nicht erreicht. Ich bin mitten im Rosenbeet in den Zweigen hängengeblieben, gestürzt und habe mir auch noch die Arme und die Hände aufgeritzt, als ich den Fall abstützen wollte. Mein Blut sickerte aus den Wunden, die Rettungswagen erhöhen ihre Geschwindigkeit. Nur einen kurzen Moment sehe ich ihnen hinterher, dann rappele ich mich auf, eile los und erreiche das Tor. Ich sehe sie auf der Allee in Richtung Hauptstraße fahren. Schon ertönen die Sirenen. Ich renne los, renne durch den kleinen Wald vor unserem Schloss. Wenn ich Glück habe, bin ich schneller als die Krankenwagen, denn die Straße macht einen großen Bogen um den kleinen Wald. Ich habe den kürzeren Weg. Hinter mir höre ich Schritte, eilige Schritte. Ich blicke mich kurz um und sehe Aidan, Callum und Susan. Sie rennen mir hinterher. Immer noch höre ich die Sirenen in meinem Ohren, meine Knie werden weich, ich falle hin. In meinen blutverschmierten Händen stecken Nadeln von den hohen Kiefern, die hier in diesem kleinen Wald stehen. Sie können nichts dafür. Es ist ganz natürlich, dass sie von den Bäumen fallen. Und es ist ganz natürlich, dass sie in meinen offenen Wunden schmerzen. Ich rappele mich erneut auf, versuche die Nadeln von meinen Händen zu reiben, renne weiter und komme keuchend am anderen Waldende auf die Straße. Was ich sehe, lässt mich zusammensinken - die Rücklichter der Krankenwagen, das flackernde Licht der Blaulichter.

Es ist ruhig geworden. Sie haben nun freie Fahrt, die Sirenen sind abgestellt. Und es ist auch um mich herum ruhig geworden, in mir ruhig geworden.

Aidan, Callum und Susan sind bei mir angekommen und hocken sich zu mir nieder. Susan nimmt meine blutende Hand. Sie weint.

Mit zittriger Stimme frage ich: „Was ist passiert?"

Susan ist nicht in der Lage ein Wort zu sagen.

Callum antwortet: „Martin ist verunglückt."

Susan weint noch lauter. Ich glaube Callum kein Wort.

„Was ist passiert?", frage ich erneut in die Runde. Susan schüttelt den Kopf, wendet sich ab und will gehen. Aidan ist ihr behilflich. Sie ist zu schwach, selber zu laufen.

„Callum, lieber Callum, bitte sage mir die Wahrheit. Was ist passiert?"

„Auf Martin ist geschossen worden. Zwei Lungendurchschüsse. Es muss operiert werden, und zwar schnell."

Im ersten Moment sage ich gar nichts, der Schock ist zu groß. Ich starre Callum einfach nur an. Mein Blick geht ins Leere, ich sehe Callum nicht wirklich und brauche einige Zeit, um verstehen, was ich eben gehört habe. Ich kann nicht denken, an gar nichts denken.

Nach einiger Zeit nehme ich Callum, der vor mir hockt, wieder wahr. Langsam nur kommen mir die Worte über die Lippen. „Oh mein Gott! Wo ist das geschehen?"

„Unten im Park, er war auf der Allee mit Susan spazieren."

„Sind denn nicht Aidan oder Robert bei ihnen gewesen?"

„Doch, Robert war bei ihnen. Allerdings wie immer, in einem gewissen Abstand. Er konnte nicht so schnell eingreifen, wie es in dieser Situation nötig gewesen wäre."

Er hat recht, was will man als Mensch Abwehrendes tun, wenn eine Kugel durch die Luft schießt und man es nicht vorher weiß, dass sie in jenem Moment durch die Luft geflogen kommt. Zu hoch ist die Geschwindigkeit eines solchen Geschosses, da gibt es keine Chance zu reagieren.

„Lass uns ins Schloss zurückgehen, Callum. Ich möchte mir die Wunden säubern."

Etwas verdutzt sieht er mich an. Es ist meine innere Ruhe, mit der er nicht gerechnet hat. Er hilft mir beim Aufstehen und wir kehren ins Schloss zurück. Mein Blick gleitet nach rechts und links durch den kleinen Wald. Er ist glasig, und doch nehme ich vor lauter Nebel vor meinen Augen nichts wahr, außer Callum neben mir und den Weg vor uns. Ungefähr hundert Meter vor uns laufen Susan und Aidan. Callum gibt per Funkgerät durch, dass wir auf dem Rückweg sind. Wir passieren das Eingangstor, laufen um das Rondell herum, steigen die Stufen zur Eingangstür hinauf und erreichen die große Eingangshalle. Obwohl es noch taghell ist, leuchtet hoch oben an der Decke der Kristallleuchter. Schwester Katie ist schon da. Soeben hat sie Susan noch eine Beruhigungsspritze gegeben. Aidan bringt Susan auf ihr Zimmer hoch.

„Komm her, Tom", sagt sie im ernsten Ton. „Ich will mir deine Wunden ansehen."

Ich setze mich auf das große Ledersofa, Katie zieht mir mit einer Pinzette die Dornen und die Nadeln aus dem Gesicht, aus den Händen und Armen, die Dornen aus den Beinen. Ich verspüre keinen Schmerz, auch nicht, als sie meine Wunden mit Jod behandelt. Während Katie mich verarztet, kommt Lauren mit einer Tasse Tee.

Sie reicht sie mir und sagt: „Trink das, Tom. Der Tee wird dir guttun."

Allmählich kehren meine Gedanken zurück. Ich registriere, was geschehen ist. Ich verliere meinen glasigen Blick, er wird klarer und klarer. Meine Gesichtszüge werden ernst. Ich weiß nicht, was Lauren in den Tee hineingegeben hat, außer etwas Kandiszucker und ich will es auch gar nicht wissen. Aber sicher ist etwas zur Beruhigung darin, ganz bestimmt. Ich fange an, den Tee zu trinken, Katie legt mir einen Verband nach dem anderen an und Onkel Benjamin nimmt neben mir auf dem großen Ledersofa Platz.

„Erzähle, lieber Onkel, was ist geschehen. Ich werde auch nicht ausrasten."

„Captain Palmer und Sergeant Fletscher sind unten im Park, sperren den Tatort ab und sichern Spuren. Major Dix ist mit ins Krankenhaus gefahren. Sergeant Carver ist von Major von Burgk zurück und hat soeben die Sicherheitszentrale besetzt. Major Burk ist momentan nicht in der Lage, Dienst zu leisten."

„Onkel. Onkel, bitte wache auf", sage ich, blicke in seine Augen und schnipse mehrmals laut mit den Fingern vor seinem Gesicht.

„Wer ist denn hier im Schloss zurzeit der ranghöchste Offizier?", frage ich in die Runde.

„Dein Onkel", antwortet Callum.

„Callum, siehst du nicht, dass der Onkel gar nicht in der Lage ist, das Zepter in die Hand zu nehmen?", frage ich vorwurfsvoll. „Wer kommt dann, wer ist der Nächste?"

„Susan", antwortet Lauren.

„Susan liegt oben im Bett und muss sich beruhigen. Was ist nur mit euch los? Und ihr wollt ausgebildete Agenten sein? Das kann doch nicht wahr sein!"

Meine anfängliche Ohnmacht über das Ereignis weicht dahin, ich spüre Wut in mir aufsteigen.

„Callum, inzwischen ist mir selber klar geworden: du bist der ranghöchste Offizier, der noch klar denken kann, und sicher John. Aber der ist im Park beschäftigt. Übernimm du das Kommando, bring Ordnung in das Schloss hinein und fordere Unterstützung aus London an!", sage ich.

Es war, als hätte ich den Notschalter betätigt. Auch Onkel Benjamin verliert nun seine Lähmung und kommt zu sich. Er wendet sich an Callum und sagt, er soll sich mit der Botschaft und mit London in Verbindung setzen. Er soll einen kurzen Bericht über das Geschehene übermitteln, Kriminaltechniker und zusätzliches Wachpersonal anfordern. Callum begibt sich zu Aidan in die Sicherheitszentrale und nimmt seine Arbeit auf. Mit einem Mal ist die verkrampfte Förmlichkeit wie dahingeschwunden. Der im Schloss übliche Umgangston setzt sich bei allen wieder durch. Katie ist fertig damit, mich zu verarzten und sagt: „Ich gehe nach oben und bleibe bei Susan. Falls mich jemand braucht, dann ruft mich in ihrem Zimmer an."

Anny, die ihren Schock zum Glück ebenfalls überwunden hat, schickt Lauren in die Küche. Sie soll sich dort weiter um den Ablauf kümmern. Regelmäßige Mahlzeiten seien gerade in Stresssituationen besonders wichtig.

Sie als Offizier, bleibt vor Onkel Benjamin stehen und sagt: „Benjamin, wir müssen uns bewaffnen. Wir sind angegriffen worden und wir sind eine militärische Einheit und zurzeit ganz allein auf uns gestellt. Diejenigen, die das Attentat auf Martin ausgeführt haben, könnten noch in der Nähe sein und noch andere Dinge geplant haben. Und darauf müssen wir vorbereitet sein."

„Du hast recht, Anny. Lasst uns in die Waffenkammer gehen", sagt Onkel Benjamin.

Gemeinsam gehen wir, die noch in der Empfangshalle sind, in die Waffenkammer und nehmen unsere Dienstwaffen aus dem Tresor. Auch Lauren und Katie werden gerufen, um ihre Pistolen in Empfang zu nehmen. Aidan und Robert sind sowieso rund um die Uhr bewaffnet.

„Ich fahre mit dem Krad in den Park und bringe John seine Pistole", meldet sich Oliver zu Wort.

„In Ordnung, tu das, Oliver. Und danach würde ich dich und Anny bitten, Aidan zu unterstützen. Er ist momentan allein im Schloss. Lasst euch von ihm sagen, was zu tun ist, auch wenn er lediglich den Rang eines Sergeanten hat. In diesem Fall übertrage ich ihm die Befehlsgewalt."

Ein leichtes Lächeln geht über die Gesichter der Offiziere. Aber Onkel Benjamin hat recht. Beide rücken in Richtung Sicherheitszentrale ab.

„Ich saß in meinem Büro und habe Schreibarbeiten erledigt. Plötzlich hörte ich zwei schnell aufeinanderfolgende Schüsse", beginnt Onkel Benjamin zu erzählen. „Ich stand auf und blickte zum Fenster hinaus, konnte aber nichts Ungewöhnliches sehen. Robert meldete sich über Funk und sagte, dass Martin angeschossen wurde. Ich solle so schnell wie möglich den Doktor zur Allee in den Park schicken. Schnell lief ich in die Bibliothek. Ich wusste, dass John und Herry den Nachmittag nutzen wollten, um in alten Büchern zu lesen. Als ich in die Bibliothek kam, standen beide vor den Fenstern und blicken in den Park hinaus. Ich berichtete kurz, was geschehen war. Sie eilten hinaus, nahmen sich den Jeep aus der Garage und fuhren in den Park. Aidan hatte bereits das Tor geöffnet, als er sah, dass die beiden zu den Garagen rannten.

Wie ich später erfuhr, hat Herry Martin sofort luftdichte Kompressen auf Brust und Rücken gedrückt und Druckverbände angelegt. Aidan hat den Notarzt gerufen, als wir über Funk von den Lungendurchschüssen erfuhren. Martin verlor schon bald das Bewusstsein. Gemeinsam hoben sie ihn in den Jeep und legten ihn vorsichtig auf die hintere Ladefläche. Langsam kamen sie durch den Park zum Schloss hinaufgefahren. Es waren qualvolle Minuten für mich. Als sie den Schlosshof erreichten, waren der Krankenwagen und der Notarztwagen bereits da. Martin wurde sofort in den Krankenwagen verlegt und die beiden Ärzte und ein Sanitäter nahmen ihre Arbeit auf.

Nur wenig später kamt ihr auf den Hof gefahren und wir

waren mit einem Mal alle wie gelähmt. An dich hatten wir bis dahin noch gar nicht gedacht, Tom."

„Ja, das habe ich an der Reaktion von Anny gemerkt, als sie uns sah. Grauenvoll, das Entsetzen in ihrem Gesicht."

Callum kommt zu uns und berichtet, dass unsere Botschaft in Berlin Personal schickt, ein Hubschrauber sei bereits gestartet.

„Der Weg ist kürzer, als von London aus. Die Berliner werden ungefähr in vierzig Minuten bei uns eintreffen. Die Agenten, die in unserer nächsten Nähe im Einsatz sind, habe ich über die aktuelle Lage im Schloss in Kenntnis gesetzt und ihnen den Befehl erteilt, sich in die Umgebung des Schlosses zu begeben. Sie werden sich früher oder später bei uns melden und Berichte erstatten. Zudem habe ich Kontakt zu unseren deutschen Kollegen aufgenommen. Bis die Berliner da sind, müssen wir den Tatort weiter absichern. Das Kommando hat ein gewisser Captain Stones. Ich habe eine Namensliste erhalten und werde sie gleich an Aidan weiterreichen."

„Ist es nicht paradox?", sage ich. „Vor ungefähr drei Stunden erst haben Oliver und ich uns von Captain Stones verabschiedet. Er war der diensthabende Offizier der Botschaftswache. Wir haben uns noch angelächelt und ich habe zu ihm gesagt: bis zum nächsten Mal. Wenn ich gewusst hätte, unter welchen Umständen dieses nächste Mal sein würde und ich gewusst hätte, wie schnell es dazu kommen würde – ich hätte diesen Satz nie gesagt."

Ich schüttele leicht den Kopf und weiß, dass ich traurig sein werde, ihn durch solche Umstände wiederzusehen.

„Ich danke dir, Callum. Richte bitte Lauren aus, sie soll die Zimmer für die Berliner noch einmal überprüfen, ob auch alles in Ordung ist. Und teile bitte Anny mit, dass wir bald ein paar Leute mehr im Schloss sein werden. Wie viele Personen stehen insgesamt auf deinen Listen, Callum?"

„Von der Botschaft kommen acht Mann. Allerdings können wir den Hubschrauber nicht einfach so vor neugierigen Augen verstecken. Das wird ein Problem werden, für welches wir noch eine Erklärung für die Bevölkerung finden müssen."

„In Ordnung. Und wie viele Agenten aus der Umgebung sind im Einsatz?"

„Laut meiner Liste sind es vier. Sie ermitteln unabhängig voneinander."

„Wer führt sie?", fragt der Onkel.

„Sobald sie sich mit den ersten Ergebnissen im Schloss melden, liegt die Befehlsgewalt bei dir, Benjamin", sagt Callum.

„Ich werde mit John zusammenarbeiten. Er ist in diesem Fall, bei dem es mich als Verwandter persönlich betrifft, objektiver in der Einschätzung der Lage, als ich es sein werde. Er ist auch ein Mann mit jahrelanger praktischer Erfahrung. Meine Aufgaben dagegen sind mit den Jahren immer administrativer geworden und Unterricht gebe ich schon lange nicht mehr. Richte bitte John aus, dass ich ihm die Führung der Agenten übertrage, er mich aber bezüglich der Ermittlungen auf dem Laufenden halten soll. Ich denke, es ist besser so. Sobald die Berliner da sind und Aidan von ihnen unterstützt wird, soll Anny wieder in die Küche gehen. Dort wird es viel zu tun geben. Richte ihr das bitte aus. Ich werde mich in mein Büro zurückziehen und dort erreichbar sein."

„In Ordnung, Benjamin", sagt Callum und verschwindet.

Onkel Benjamin und ich gehen in sein Büro.

„Willst du auch einen Whisky, Tom?"

„Nein danke, ich möchte nüchtern bleiben. Aber trink du ruhig einen Schluck. Er wird dir guttun", entgegne ich.

Er wendet sich seiner Bar zu und schenkt sich ein. Mit dem Glas in der Hand geht er zum Fenster und blickt in den Park hinaus. Ich nehme auf einem der Ledersessel vor seinem Schreibtisch Platz. Onkel Benjamin stellt das Whiskyglas unberührt ab und setzt sich ebenfalls.

„Wie konnte das nur passieren?"

Er stützt die Ellenbogen auf die Schreibtischplatte und legt seinen Kopf in die Hände.

„Wir sind unachtsam gewesen. Wir haben uns in Sicherheit gewogen, wohlgefühlt in unserem Schloss, zu wohl, viel zu sicher. Wir haben vergessen, dass der Friede nicht von Dauer sein kann. Wir wollten in unserer kleinen heilen Welt nichts mehr davon wissen. Zumindest ist es mir so gegangen", sage ich.

„Du sprichst für dich allein, Tom. Wir alle wissen, dass du eine andere Auffassung hast, dass du die UVF und ihre

Kämpfer in Schutz nimmst vor unserer Argumentation. Aber du hast unrecht. Unermüdlich haben Susan und ich weiterhin die Situation beobachtet. Auch uns kam die lange Zeit der Stille unheimlich vor. Nur konnten wir trotz aller Bemühungen nicht erfahren, woher uns die Gefahr bedroht. Unsere Agenten im Umfeld haben versagt. Sie sind ihrer Arbeit müde geworden, wo doch bisher nie etwas Ernsthaftes passiert ist."

„Ihr hättet sie auswechseln sollen nach einer gewissen Zeit."

„Das haben wir, kein Agent ist länger als zwei Jahre mit dieser Tätigkeit beauftragt worden."

„Dann war es eben ein Jahr zu viel oder die Agenten haben einfach schlecht gearbeitet."

„Verurteile sie nicht. Du hast nie im operativen Dienst gearbeitet, Tom."

Es klopft an der Tür. Onkel Benjamin betätigt den Türöffner auf der Schreibtischplatte. Aidan kommt herein, einen Zettel in der Hand, und weiß nicht so richtig, mit welchen Berichten er anfangen soll. Ihm ist sichtlich unwohl zumute.

„Nun, was gibt es, Aidan. Erzähle, früher oder später muss es ja doch heraus", sagt Onkel Benjamin und blickt ihn an.

„Einer unserer Agenten da draußen hat sich gemeldet."

„Und?"

„Da ist etwas gewaltig schief gelaufen."

Ich sitze wie auf Kohlen, spitze meine Ohren und kann einfach nicht mehr im Sessel sitzen bleiben. Ich stehe auf und gehe auf Aidan zu.

„Tom, halte dich zurück", höre ich die strenge Stimme meines Onkels.

Aidan weicht einen Schritt vor mir zurück. Vor mir, es ist kaum zu fassen. Er hat regelrecht Angst zu sagen, was er sagen muss. Ich bleibe vor ihm stehen und schaue ihn ruhig an.

„Die Sache ist Folgende: einer unserer Agenten hat sich gemeldet. Aber was er mir mitgeteilt hat, ist nicht gut. Er hat berichtet, dass die deutschen Kollegen seit längerer Zeit Kenntnis von einem Kommando der UVF haben, welches sich schon einige Zeit in Deutschland aufhält. Sie sind ihm auf den Fersen, haben aber nicht ermitteln können, welches Ziel sie haben. Zudem haben sie das Kommando vor drei Tagen aus den Augen verloren."

„Das ist doch unglaublich", sagt Onkel Benjamin, als Aidan eine Pause einlegt.

„Allerdings hat unser Agent über einen Verbindungsoffizier in Erfahrung gebracht, dass es heute am späten Nachmittag einen Zugriff gegeben hat."

„Und? Weiter Aidan", drängt mein Onkel.

„Nun ja, der Fakt ist jener, dass der Zugriff in unserer Nähe stattgefunden hat."

Onkel Benjamin springt von seinem Sessel auf. Obwohl dieser schwer ist, kippt er mit einem lauten Poltern um.

„Ich werde mich unverzüglich mit den deutschen Kollegen in Verbindung setzen. Tom, du gehst auf dein Zimmer und rührst dich nicht von der Stelle. Nein, noch besser, du gehst hinunter in den Bunker und schließt dich ein."

Entsetzt drehe ich mich meinem Onkel zu.

„Das ist nicht dein Ernst! Mein Bruder kämpft in irgend-einem Krankenhaus mit dem Leben, Killer laufen draußen herum, und ich soll ihn alleine lassen?"

„Herry und Robert sind bei ihm."

„Ach ja? Was für ein Kämpfer, unser lieber Doktor. Das kann doch nicht wahr sein, Onkel!"

Ich komme in Rage.

„Wann war denn Herry das letzte Mal im Keller auf dem Schießstand? Wie waren denn seine Ergebnisse? Und wie sieht es mit seiner Kondition aus? Du kannst doch Martin nicht alleine lassen, nur mit dem Herry und Robert! Der Doktor ist ja nicht einmal bewaffnet."

Aidan will etwas sagen, aber ich gebiete ihm mit einem strengen Blick, zu schweigen.

„Tom, wir waren alle völlig überrascht und ...", sagt er dann doch.

„Ihr ward der Situation nicht gewachsen. Als Oliver und ich im Schloss ankamen, seid ihr fast kopflos herum-gelaufen."

„Tom, du hast recht, wir waren nicht Herr der Lage."

„Ich wäre mit Sicherheit auch erstarrt gewesen. Ich hege keinen Groll, gegen niemanden hier im Schloss. Aber ich fahre jetzt zu Martin. Und keiner wird mich davon ab-halten."

„Nimm wenigstens Oliver mit, Tom. Wer weiß, ob du in deiner Aufregung überhaupt Auto fahren kannst."

„Ich kann, lieber Onkel. Und ich werde Martin von dir grüßen."

Langsam gehe ich zur Tür, bleibe im Türrahmen stehen, drehe mich um und sage: „Möge der liebe Herrgott uns beistehen oder wer auch immer uns helfen kann."

Danach verlasse ich das Büro, gehe in mein Zimmer und hole meinen Pass aus dem Tresor.

Der Hof ist leer. Ich gehe auf den Jaguar zu und steige ein. Ich starte den Wagen und fahre mit quietschenden Reifen um das Rondell. Oliver kommt aus der Sicherheitszentrale herausgestürzt. Aber ehe er mich erreicht, habe ich das Tor schon passiert und fahre auf der Allee in Richtung Ort. Schnell erreiche ich die Landstraße, schalte die Scheinwerfer ein und gebe kräftig Gas.

Es ist Erntezeit und die Traktoren mit ihren langen Hängern schleichen auf der Landstraße entlang. Da nützt mir auch der leistungsstarke Jaguar nichts, ich komme einfach nicht zum Überholen. Fast bin ich schon am Verzweifeln, ich will zügig vorankommen, schnell bei Martin sein, aber es geht nicht. Ich nutze die Gelegenheit, greife zum Telefonhörer in der Mittelkonsole und wähle Herrys Nummer an. Er meldet sich auch sofort und ich frage ihn, in welches Krankenhaus sie gefahren sind und wo ich sie dort finden kann. Er sagt es mir und ich programmiere das Navigationsgerät.

Kaum bin ich damit fertig, sehe ich eine Lücke im Gegenverkehr, eine Möglichkeit den Traktor mit seinen Hängern vor mir zu überholen. Ich setze den linken Blinker, schere aus und gebe Vollgas. Die Reifen des Jaguars rauchen und hinterlassen eine schwarze Gummispur. Als ich wieder auf meiner Fahrspur bin, wird mir übel. Da ist der nächste Traktor vor mir, der ebenfalls langsam auf der Landstraße daherrollt.

Plötzlich höre ich Sirenengeheul. Ich sehe in den Rückspiegel, sehe auf- und ableuchtende Scheinwerfer und ein Blaulicht flackern. Erst in diesem Moment wird mir klar, dass auch unsere Fahrzeuge für den Ernstfall mit hoheitlichen Rechten ausgestattet sind. Ich überlege, ob es angebracht ist, das Blaulicht aus dem Handschuhfach herauszunehmen und aufs Dach des Jaguars zu setzen. Ich kann mich nicht entscheiden. Schließlich habe ich keine Genehmigung dafür erhalten. Der andere Wagen kommt schnell näher. Vor mir sehe ich bereits die Fahrzeuge nach rechts ausweichen und der Gegenverkehr wird auch langsamer und fährt sehr rechts an der Fahrbahn. Fast schon steigt in mir erneut Verzweiflung auf. Und nun hält der Traktor vor mir auch noch an. Das kann doch nicht wahr sein, wo ich es doch so eilig habe. Ich muss ebenfalls stoppen - hinter diesem verfluchten Traktor. Verärgert schlage ich mit beiden Fäusten auf das Lenkrad und lasse auch meinen Kopf darauf fallen.

Der Wagen mit Blaulicht ist plötzlich auf meiner Höhe. Er bremst stark ab. Ich sehe nach links und bin verdutzt. Der Wagen, der da neben mir steht, ist einer unserer Jeeps. Hinter dem Steuer sitzt Oliver. Er nickt mir kurz zu und gibt wieder Gas.

Ich habe keine Zeit in das Handschuhfach zu greifen und nach dem Blaulicht zu greifen. Ich schalte zu meinen ohnehin schon leuchtenden Scheinwerfern die Warnblink-anlage an, schere hinter dem mir so verhassten Traktor aus und gebe Gas. Den Schalter für meine Sirene betätige ich. Wenigstens etwas, denke ich mir. Erleichterung er-fasst mich mit einem Ruck, gar ein Lächeln kommt auf mein Gesicht. Ich bin glücklich - glücklich darüber, end-lich zügig voranzukommen, schnell bei Martin sein zu können.

In der Stadt haben wir anfangs Glück. Unsere Ampeln ste-hen auf Grün. Aber bei unserer Geschwindigkeit können wir nicht lange von der grünen Welle profitieren. Diese ist nur für Autosfahrer, die brav ihre fünfzig Kilometer in der Stunde einhalten. Wir sind fast doppelt so schnell unter-wegs.

Oliver bremst nur kurz aber dafür scharf vor den roten Ampeln ab. Er kommt nicht richtig zum Stehen, und schon gibt er wieder Gas, mich mit dem schwarzen Jaguar im Schlepp.

An der nächsten Kreuzung, wir haben immer noch die rote Welle an der Ampel, sehe ich von der linken Seite einen Krankenwagen kommen, mit Blaulicht und Sirene. Oliver fährt seinen gewohnten Stil. Für mich wird der Abstand zu gering, ich ahne es, ich weiß es. Meine Reifen quietschen. Vor der Kreuzung komme ich zum Halten und lasse den Krankenwagen passieren.

Ich habe meine Sirene immer noch an, trete das Gaspedal

durch und meine Reifen quietschen und rauchen erneut.

Oliver hat seine Geschwindigkeit verringert. Er will mich wieder im Schlepp haben. Schon bald habe ich ihn eingeholt und wir rasen gemeinsam weiter. Die ersten Hinweisschilder auf das Krankenhaus sind am Straßenrand zu sehen. Ich schalte die Sirene aus und auch Oliver betätigt sie nur hin und wieder mal kurz, wenn ein Autofahrer im Weg ist. Ich bleibe an Oliver dran.

Wir sind im Krankenhaus angekommen. Ich schalte meine Warnblinkanlage aus. Oliver hat sein Blaulicht immer noch leuchten. Ich fahre ihm in Schrittgeschwindigkeit hinterher. Vor der Chirurgie kommen wir zum Halten. Ich atme tief durch und bleibe sitzen. Ich kann mich nicht bewegen, obwohl ich es will. Aber es geht nicht. Mein Hemd ist schweißnass.

Meine Fahrertür öffnet sich.

Oliver steht vor mir, beugt sich in den Jaguar hinein und sagt: „Tom, wir sind da. Willst du nicht aussteigen?"

„Ich will, aber ich kann nicht."

Ich versuche meine Beine zu bewegen, es geht einfach nicht. Apathie hat mich erfasst.

„Gib mir bitte eine Zigarette, Oliver. Ich brauche noch eine kleine Weile."

Er reicht mir seine Schachtel und sein Feuerzeug. Fast mechanisch greife ich danach und stecke mir eine Zigarette an. Im Rückspiegel nehme ich zwei Polizeiwagen wahr, die neben mir anhalten.

Einer der Polizisten, die aussteigen, kommt gleich auf

meinen Wagen zu und sagt zu Oliver: „Hier können sie nicht parken."

Sofort bin ich wieder munter und will aussteigen.

Oliver schlägt von außen meine Autotür wieder zu und sagt: „Du bleibst erst einmal sitzen, Tom. Und rührst dich nicht von der Stelle, bis ich dich hole. Ich kläre das mit den Beamten."

Ein BMW kommt angerollt, hält und es steigen zwei Männer aus. Oliver redet mit dem Polizisten. Die beiden Männer aus dem BMW gesellen sich dazu und halten Oliver und dem Polizisten Ausweise vor die Nase. Oliver greift in die Innenseite seines Jacketts und weist sich ebenfalls aus.

Kurz darauf kommt er zu mir zurück und sagt: „Die Polizisten sind zum Schutz von Martin hier. Die deutschen Kollegen haben sie angefordert."

Ich nicke und nehme noch einen tiefen Zug von meiner Zigarette.

„In Ordnung, Oliver, ich komme gleich nach", sage ich und bleibe im Auto sitzen.

Die anderen gehen alle hinein, hinein in die chirurgische Klinik, wo mein Bruder mit zwei Löchern in der Lunge liegt und um sein Leben kämpft. Ich spüre nun, wie meine Hände schmerzen. Die Verbände, die Katie mir angelegt hat, sind stellenweise mit Blut durchtränkt. Ich nehme die Verbände ab und betupfe damit meine Handflächen. Auf keinen Fall will ich wie ein Schwerkranker vor meinen Bruder treten. Schlimm genug bin ich schon durch die

Wunden im Gesicht entstellt. Meine linke Hand blutet nicht mehr, aber meine rechte. Ich ziehe ein Taschentuch aus der Hosentasche und nehme es in die rechte Hand. Langsam steige ich aus und gehe in die Klinik. Gleich am Eingang steht ein Polizist und greift nach seiner Waffe, als er mich sieht. Aber ich bin schneller. Ich gehe energisch auf ihn zu, nenne meinen Dienstgrad, meinen Namen, und halte ihm meinen Ausweis vor die Nase. Er entspannt sich und gibt den Weg frei. Nicht ganz so einfach komme ich weiter. Eine Schwester steht plötzlich vor mir und fängt sofort an zu kreischen. Sie sieht meine Wunden, sie sieht meine Pistole an der linken Hüfte, das blutige Taschentuch in meiner Hand und hört einfach nicht auf zu kreischen. Laut scheppernd geht ein Tablett mit Geschirr zu Boden. Ich hole tief Luft und bleibe einfach stehen. Es wird nicht lange dauern, und wir sind nicht mehr nur zu zweit auf dem Gang. Irgendetwas zu ihr zu sagen, hat eh keinen Sinn. Sie ist geschockt von meinem Anblick. Ich warte einfach nur ab.

Mit gezogener Pistole kommt Oliver aus einem Zimmer gestürzt, gefolgt von den beiden deutschen Kollegen.

Hinter mir höre ich den Ruf: „Halt, stehen bleiben! Die Hände hoch!"

Die Polizisten, geht es mir durch den Kopf, und ich merke, dass Wut in mir aufsteigt. Ich nehme die Hände nicht hoch, aus Trotz, bleibe aber stehen, mir gegenüber, die nun nicht mehr kreischende, aber dafür mit großen Augen auf mich starrende Krankenschwester, ebenfalls regungslos. Oliver ist schnell dabei, die Lage aufzuklären. Der Polizist entschuldigt sich.

Ich drehe mich um und sage: „Sie tun nur Ihre Pflicht."

Der Polizist lächelt leicht verlegen und steckt seine Waffe in den Halfter. Andere Schwestern, die neugierig auf den Gang gekommen sind, kümmern sich um ihre Kollegin, die zwar keinen Laut mehr von sich gibt, aber getröstet werden muss. Ich gehe auf Oliver zu.

„Wo ist Martin?", frage ich ihn.

„Er wird bereits operiert. Herry ist bei ihm im OP-Saal, gleich hier nebenan."

„Ich möchte hinein."

„Das geht nicht, Tom. Das weißt du ganz genau."

„Was hat Herry dir schon gesagt?"

„Nichts. Er war bereits im OP, ich konnte noch nicht mit ihm reden."

„Ich bleibe hier davor stehen, bis sie mit Martin wieder herauskommen", sage ich im ernsten Ton und nehme eine Haltung ein, die Oliver sehr gut kennt.

„Tom, versuche ruhig zu bleiben. Auch wenn es dir schwerfällt", sagt er fürsorglich zu mir und berührt leicht meinem Arm. Ich lasse ihn gewähren.

Einer der deutschen Kollegen kommt auf uns zu, in den Händen zwei Kaffeebecher. Einen davon reicht er Oliver, mich ignoriert er fast gänzlich.

Dann fragt er: „Und Sie sind also sein Bruder?"

„Jawohl, ich bin Tom Burk. Und für Sie Lieutenant Burk, und nicht anders", zische ich hinterher.

Oliver nimmt mich erneut leicht am Arm.

„Ruhig bleiben, Tom", sagt er sanft.

„Genau, Sie sollten sich etwas unter Kontrolle halten, junger Mann. Sie sehen ja auch nicht gerade salonfähig aus."

Ich trete direkt vor ihn, unsere Nasen berühren sich fast. Böse blicke ich ihm in die Augen. Er weicht einen Schritt zurück. Oliver hält mich fester. Der Kaffeebecher in der Hand des deutschen Kollegen schwappt über. Es liegt nicht an mir, ich habe ihn nicht berührt. Er zittert, so einfach ist das zu erklären. Langsam streiche ich ihm mit meiner blutigen Hand über die Wange. Seine Augen beginnen wirr hin und her zu flackern. Endlich hat er den Blickkontakt zu Oliver gefunden. Der Druck von Olivers Hand an meinem Arm wird immer fester. Er sieht Oliver um Hilfe bittend an. Was für eine jämmerliche Gestalt, ich spüre regelrecht seine Angst.

Dann sage ich, ihm das Blut auf seiner Wange im Gesicht verreibend: „Das ist Krieg. Und der hätte vermieden werden können, wenn Sie gewissenhafter gearbeitet hätten."

„Aber ...", versucht er sich zu rechtfertigen, japst aber nur noch nach Luft und sinkt in sich zusammen. Meine Faust in seinem Magen ist schneller gewesen, als er antworten konnte. Geschickt greife ich nach seinem Kaffeebecher, ehe er ganz am Boden liegt und trinke einen Schluck heißen Kaffee. Ich fühle mich etwas besser.

Der andere Deutsche erscheint und sieht seinen Kollegen gekrümmt dastehen.

Noch ehe er bei uns ist, sagt Oliver im energischen Ton:
„Sie sollten ihren Kollegen etwas zügeln. Wir sollten alle
Respekt vor der entstandenen Situation haben und gemeinsam retten, was noch zu retten ist."
„Sind Sie Lieutenant Tom Burk?"
Er kommt auf mich zu und reicht mir die Hand.
Ich halte meine Hand hoch und sage: „Entschuldigen Sie
bitte, aber ich kann Ihnen nicht die Hand reichen. Ich bin
in ein Rosenbeet gestürzt."
Er zieht seine Hand zurück und stellt sich vor.
Danach sagt er: „Tut mir leid, was mit Ihrem Bruder geschehen ist. Wir werden seitens unserer Behörde eng mit
Ihnen zusammenarbeiten, um die Täter zu stellen."
„Ich danke Ihnen. Aber viel besser wäre es gewesen, wenn
unsere Geheimdienste im Vorfeld besser miteinander gearbeitet hätten."
Ein leichter Vorwurf nur. Aber er gibt mir recht. Den Polizisten gibt er ein Zeichen der Entwarnung. Er nimmt seinen Kollegen und geht mit ihm in ein angrenzendes
Zimmer. Ich wende mich Oliver zu und sehe in seinem
Gesicht auch mir gegenüber einen leichten, aber schwindenden Vorwurf.
„Der Schlag hätte nicht sein müssen, Tom."
„Ich weiß", antworte ich und Oliver belässt es dabei.

Die Stunden vergehen. Wir erfahren nichts aus dem OP-Saal. Ab und zu gehe ich mit Oliver auf den Parkplatz und
wir rauchen eine Zigarette. Er hält den Kontakt zum

Schloss und berichtet, dass es nichts zu berichten gibt.

In mir schwindet die Kraft. Ich fühle mich fade, ausgelaugt und willenlos. Ich mag keinen Streit mehr, nicht mit den Polizisten, nicht mit den beiden deutschen Agenten. Ich versuche ihnen aus dem Weg zu gehen, wenn ich auf dem Weg zur Toilette bin oder auf dem Weg zum Kaffeeautomaten, um für Oliver und mich einen Kaffee im Pappbecher zu holen.

Es fängt allmählich an zu dämmern, es wird dunkel draußen und die Nacht bricht herein. Ich werde unruhig, mein Herz beginnt wieder zu rasen. Ich weiß nicht, ob es an dem vielen Kaffee liegt oder an meiner inneren Unruhe. Mir ist es auch egal. Ich fühle mich nicht wohl, mir wird schwindlig.

Dann geht endlich die Tür zum OP-Saal auf. Herry und zwei andere Ärzte kommen heraus. Ich stehe fast mechanisch auf, stehe wie eine Steinsäule mitten im Gang, sehe den drei Ärzten entgegen. Ihre Kittel sind blutgetränkt, die Gummihandschuhe immer noch blutverschmiert.

Ich weiß es. Ich sehe es. Ich sehe es Herry, den ich kenne, ganz deutlich an. Sie müssen nichts sagen. Ich spüre es durch das Stechen in meinem Herz. Es ist ein bösartiges Stechen, ein Stechen, welches unheimlich wehtut. Ich zucke vor Schmerz und greife mir an mein Herz. Ich wende mich Oliver zu, der neben mir steht. Nun sind auch die beiden Ärzte bei uns und Herry stützt mich von der linken Seite. Er sagt nichts, er hält mich nur fest und drückt mich gleichzeitig fest an sich heran.

Langsam setzen wir uns in Bewegung. Die beiden Polizisten, die am OP-Saal postiert sind, gehen ein wenig beiseite, machen uns Platz. Ihr Köpfe sind gesenkt. Wir gehen weiter.

Ich will nicht weitergehen, aber ich gehe weiter. Der Saal ist menschenleer, kein Arzt ist mehr zu sehen, keine OP-Schwester, kein Anästhesist, niemand. Nur Martin liegt auf dem OP-Tisch, mit einem weißen Tuch bedeckt, bis zum Gesicht, von den Füßen bis zum Hals.

Oliver und Herry lassen mich langsam los. Ich halte mich mit der linken Hand am Rand des OP-Tisches fest und taste mich allmählich vom Fußende zu Martins Gesicht voran. Meine Beine sind steif und schwer wie Blei geworden. Jeder Schritt kostet mich viel Kraft - Kraft, die ich gar nicht mehr habe. Dafür bedeckt kalter Schweiß meine Stirn und mich fröstelt.

Seine Augen sind geschlossen. Nie wieder werden mich seine fröhlichen dunklen Augen ansehen. Er atmet nicht mehr und nie wieder werde ich den Klang seiner Stimme hören.

Ich sehe auf meine Hände. Sie bluten nicht mehr. Langsam nähern sich meine Finger seinem Gesicht. Meine Fingerspitzen berühren seine Haut. Das tut gut - es tut mir sehr gut und zugleich weiß ich, dass es das letzte Mal ist, dass ich meinem geliebten Zwillingsbruder berühren darf, seine Wärme in mich aufnehmen, seinen Körpergeruch tief einatmen kann.

Mein Herz rast noch schneller. Mir wird erneut schwindelig. Ich streiche ihm über seine Brauen, von der Nasenwurzel nach außen hin, immer und immer wieder. Ich beuge mich zu ihm herunter und küsse seine Stirn. Eine erste Träne fällt herab und vermischt sich mit dem Blut meiner Hände. Ich sehe mich Hilfe suchend um, und da sehe ich es schon, das weiße Leinentuch, welches mir Herry bereits reichen will. Ich greife nach dem Tuch und wische Martin die blutige Wange sauber. Danach breche ich ohnmächtig zusammen.

Als ich wieder zu mir komme, strahlt Sonnenschein in mein Zimmer.
„Guten Morgen, Tom", höre ich Olivers Stimme.
Er sitzt auf einem Stuhl neben mir und blickt mich freundlich an.
„Guten Morgen, Oliver. Wir sind sicher noch im Krankenhaus."
„Ja, so ist es."
„Ich weiß, ich bin ohnmächtig geworden. Aber warum sind wir nicht ins Schloss zurückgefahren?"
„Herry und die anderen Ärzte haben einen sehr hohen Blutdruck bei dir festgestellt. Dein Puls hat gerast, wie ein D-Zug. Also sind wir sicherheitshalber hier in ärztlicher Obhut geblieben."
„Ist Herry auch noch hier?"
„Nein, er ist noch in der Nacht mit dem Jeep ins Schloss zurückgefahren. Er will Susan und Benjamin selber die Nachricht über Martins Tod überbringen. Aber Robert ist

hiergeblieben.“

„Hole ihn bitte rein.“

„In Ordnung.“

Robert kommt in das Zimmer und ich frage ihn sofort:

„Wo wird mein Bruder begraben, Robert?“

„Das weiß ich nicht. Das sind Dinge, um die sich Herry nun kümmern muss in Absprache mit der Familie.“

„Ich gehöre auch zur Familie.“

„Das stimmt, also wo soll Martin begraben werden?“

„Auf der kleinen Insel in unserem Schlossteich. Dort wird er sich wohlfühlen und kann ganz in meiner Nähe sein.“

„Ich werde deinen Wunsch an Benjamin übermitteln.“

„Wie geht es Susan. Hast du etwas von ihr gehört?“

„Es geht ihr wieder etwas besser. Als Herry in der Nacht mit der Nachricht ins Schloss zurückkam, war sie wohl doch relativ gefasst.“

„Das glaube ich gern. Sie ist eine starke Frau.“

„Eines möchte ich dir allerdings noch sagen: Susan ist schwanger.“

Ich schlage meine Augenlider nieder und denke: oh Gott, das kann doch nicht wahr sein. Nach ein paar Atemzügen werfe ich die Bettdecke zur Seite, stehe auf, gehe ins Bad und mache mich frisch. Nach einer halben Stunde komme ich wieder raus. Oliver hat in der Zwischenzeit eine junge Schwester gerufen. Sie wartet bereits geduldig auf mich.

„Mein Beileid, Sir. Es tut mir so leid, was Ihnen widerfahren ist.“

Sie steht immer noch an der Tür mit dem Verbandszeug in den Händen und zittert.

Ich blicke ihr in die Augen und sage: „Sie sollten aufhören zu zittern, sonst können Sie die Verbände nicht anlegen."

Ich gehe langsam auf sie zu und will sie begrüßen. Aber sie läuft vor mir davon.

„Tom, sie hat Angst. Merkst du denn das nicht?"

„Wieso? Ich verstehe das nicht."

„Deine Wunden sind durch das Duschen aufgeweicht und aus einigen fließt bereits wieder Blut. Du merkst es nicht einmal."

Es ist jetzt neun Uhr morgens und vor nicht einmal siebzehn Stunden bin ich noch glücklich gewesen, bin ich mit Oliver aus Berlin zurückgekommen.

„Soll ich die Schwester jetzt wieder reinholen?"

„Ja, bitte", sage ich, gehe ans Fenster, blicke in den Garten und denke an Martin. Einige Zeit später klopft es an der Tür.

Ich drehe mich um und sehe eine stämmige Schwester im mittleren Alter hereinkommen. Sie schaut mich gutmütig an und kommt langsam auf mich zu.

Ich sage: „Entschuldigen Sie bitte, ich wollte der jungen Schwester bestimmt nichts tun."

„Ist schon gut. Sie hat ihren Schreck überwunden. Kommen Sie, setzen Sie sich auf den Stuhl. Ich will mir Ihre Wunden ansehen und neue Verbände anlegen."

„Ich möchte gern am Fenster sitzen, in die Sonne und in den blauen Himmel sehen."

„Dann stellen wir den Stuhl einfach ans Fenster, das ist kein Problem."

Oliver stellt den Stuhl ans Fenster, ich nehme Platz und die Schwester beginnt mit der Begutachtung meiner Wunden.

„Ich habe mich heute nicht rasieren können, Schwester. Da sind noch zu viele Wunden von den Dornen in meinem Gesicht. Ich bin gestern in ein Rosenbeet gefallen", sage ich zu ihr, während sie mich ansieht, ab und zu mit dem Kopf hin und her wiegt und wohl überlegt, wo sie mit ihrer Behandlung beginnen soll.

„Es sieht verdammt männlich aus, Sir", entgegnet sie mir, nachdem sie mit ihrer Begutachtung fertig ist, und lächelt mich an.

Obwohl mir nicht im geringsten zum Scherzen zumute ist, will ich dennoch höflich sein und sage: „Echt, gefällt es Ihnen so?"

„Aber sicher doch. Ich finde, jeder Mann sollte einen Dreitagesbart tragen. Das sieht einfach toll aus."

Ich streiche mir vorsichtig über die Wangen und spüre meine kurzen Bartstoppeln.

„Nun ja, drei Tage ist er noch nicht", sage ich.

Sie greift nach meiner Hand, mit der ich immer noch in meinem Gesicht herumtaste. Behutsam legt sie ihre Hand auf meine Hand. Es tut gut, unheimlich gut, diese zarte, warme Hand. Ich greife mit meiner anderen Hand danach. Sie zieht ihre nicht weg. Sie blickt in meine Augen, so als ob sie etwas, was tief in mir ist, suchen und ergründen.

„Sie sind ein guter Mensch, Sir. Ich spüre es ganz deutlich."

„Danke, Schwester", entgegne ich.

Ich will noch mehr zu ihr sagen, aber es geht nicht. Kein weiteres Wort kommt über meine Lippen.

Neue Verbände sind nicht mehr notwendig. Nur hier und da legt sie ein neues Pflaster auf die Wunden, das genügt. Meine Wunden im Gesicht betupft sie mit einem Mittel, als würde ich mir Rasierwasser ins Gesicht einreiben. Es tut höllisch weh, aber ich versuche tapfer zu sein.

„Damit keine Infektion in die Wunden kommt, Sir", sagt sie und lächelt mich an.

Als sie fertig ist, danke ich und sehe ihr hinterher, als sie das Zimmer wieder verlässt. Ich ziehe meine restlichen Sachen an und schnalle meine Dienstwaffe an der linken vorderen Beckenseite fest. Ich mag es nicht, wenn die Waffe hinter dem Beckenknochen hängt. Das ist unbequem beim Sitzen. Außerdem will ich Bruchteile von Sekunden schneller an der Waffe sein als ein möglicher Gegner und nicht erst hinter mich in den Holster greifen müssen. Oliver verschwindet im Bad, um sich ebenfalls zu duschen.

„Ich hole uns einen Kaffee, Oliver. Der wird uns gut tun", rufe ich ins Bad hinein.

„In Ordnung, Tom."

„Soll ich mitkommen?", fragt mich Robert.

„Das ist nicht nötig. Hier wimmelt es von Sicherheitsmännern. Was soll da schon passieren?"

Ich bin verwundert über mich. Wieso bin ich nur so entspannt? Das kann nicht in Ordnung sein. Ich kenne mich. Das bin nicht ich, nie und nimmer. Ich bin mir sicher, dass früher oder später die Explosion in mir kommen wird. Ich bin mir aber nicht sicher in welchem Ausmaß. Und das ist es, wovor ich Angst habe, unheimliche Angst. Ich bin froh, dass Oliver und Robert bei mir sind, Menschen, die mich ganz genau kennen und auch einzuschätzen wissen. Langsam öffne ich die Tür und spähe in den langen Flur hinaus. Ein Polizist steht vor der Tür, ein anderer sitzt an der Wand gegenüber meinem Zimmer auf einem Stuhl. Er steht sofort auf und nimmt Haltung an. Es sind andere Polizisten als am gestrigen Abend. Zwei junge Hüpfer erst, vielleicht im selben Alter, wie ich es damals an der Polizeischule gewesen bin. Der eine im Rang eines Polizeimeisters, der andere bereits im Rang eines Kommissars.

Ich nicke beiden freundlich zu, winke der straffen Haltung, die sie angenommen haben ab, und trete an den Kommissar heran.

„Wie alt sind Sie, Herr Kommissar?"

„Ich bin zweiundzwanzig Jahre alt, Sir", antwortet er und strafft sich erneut. Ich lächle ihn an, in Gedanken bin ich aber weit weg, weg an einem Ort in Sachsen, an einem Ort, wo ich einst glücklich war, einem Ort, wo einst auch meine Odyssee begonnen hat.

„Möchten Sie auch einen Kaffee, meine Herren?", frage ich

nach einigen Sekunden des gedanklichen Entschwindens. Der Polizeimeister nickt eifrig, seine Augen leuchten in Erwartung auf einen heißen aufmunternden Kaffee, blickt dann aber verstohlen zu seinem Vorgesetzten.

Diesem schaue ich lächelnd ins Gesicht, sodass er nur eine Antwort geben kann.

„Wenn es Ihnen nichts ausmacht, Sir. Sehr gern, wir danken Ihnen."

Er gibt mir den Polizeimeister zum Tragen der Kaffeebecher mit und hält selber die Stellung vor meiner Zimmertür. Ich laufe mit dem jungen Polizeimeister den Flur entlang. Schwestern und Ärzte kommen uns entgegen, grüßen mit einem Kopfnicken, manche bekommen auch ein Wort des Grußes über ihre Lippen, den ich selbstverständlich erwidere. Einige bleiben vor uns stehen und drücken mir ihr Beileid aus, nehmen meine Hand zu ihren Worten. Am Kaffeeautomaten kläre ich ihn auf.

„Ich wollte auch einmal Polizist werden und war sogar auf einer Polizeischule. Aber mein Weg ist dann doch anders verlaufen. Daran musste ich vorhin denken, als ich Sie anlächelte."

Er läuft erneut rot an und will sich entschuldigen.

Ich komme ihm zuvor und sage: „Nicht nötig. Da nehmen Sie die drei Kaffeebecher."

Er greift nach ihnen und kurze Zeit später habe auch ich zwei Kaffeebecher in der Hand und wir laufen zu meinem Zimmer zurück.

„Und wie wollen Sie mich jetzt verteidigen?", frage ich ihn.

Nun ist er es, der mich anlächelt und entgegnet: „Ich werfe dem Täter den heißen Kaffee ins Gesicht und habe somit Zeit, meine Pistole zu ziehen."

Ich sage: „Aha", und wir laufen weiter.

„Macht es Ihnen etwas aus, auch vier Kaffeebecher zu tragen, Sir?", fragt er mich nach ein paar Metern.

Ich schaue ihn an und meine: „Eine gute Idee, damit ersparen Sie sich bestimmt Ärger bei dem Kommissar."

Er reicht mir zwei weitere Becher und verschwörerisch laufen wir weiter. Vor dem Zimmer reiche ich dem Kommissar einen Kaffee und gehe in mein Zimmer hinein. Oliver ist fertig, steht am Fenster und schaut in den blauen Himmel. Robert sitzt auf einem Stuhl.

„Lasst uns nach dem Kaffee aufbrechen. Ich will hier raus", sage ich zu ihnen.

„Martin ist bereits im Schloss. Er ist im Rittersaal aufgebahrt. Er wird auf der kleinen Insel im Schlossteich bestattet. Aber erst, wenn du wieder da bist und in Ruhe Abschied von ihm genommen hast. Ich habe eben mit Benjamin telefoniert."

Ich stelle den Becher mit dem Kaffee, der in meiner Hand mehr und mehr zu zittern beginnt, auf der Fensterbank ab und frage Robert: „Wird denn keine Autopsie durchgeführt?"

„Das ist bereits erfolgt, Tom", antwortet er mir und blickt ebenfalls zum Fenster hinaus, hinaus in den blauen Himmel.

Ich weiß, er kann mich jetzt nicht ansehen, nicht in meine

Augen blicken. Ich bin ihm nicht böse darüber, ich kann ihn sehr gut verstehen und mir würde es an seiner Stelle nicht anders ergehen.

"Lasst uns fahren, jetzt, sofort."

„In Ordnung, ich gebe den beiden Polizisten Bescheid. Sie haben den Auftrag uns ins Schloss zu eskortieren", antwortet Oliver.

Kurze Zeit später verlassen wir die Unfallklinik. Der Polizeimeister läuft vor mir und bahnt den Weg frei. Oliver und Robert sind an meiner Seite und hinter uns läuft der Kommissar, danach die beiden deutschen Kollegen. Wir steigen in die Fahrzeuge ein und rollen los. Da ich nicht selber fahre, sehe ich an der Hausfassade hinauf, will so Abschied nehmen von diesem Ort, einem Ort, der mir erneut tiefen Schmerz bereitet hat, einem Ort, den ich nie wieder aufsuchen werde, nie wieder aufzusuchen vermag. An vielen Fenstern kann ich Gesichter sehen, die uns verstohlen nachsehen.

„Stopp!", sage ich abrupt zu Oliver, sodass er sofort ohne nachzudenken hart auf das Bremspedal tritt. Ich öffne die Tür des Wagens und springe hinaus. Renne zu den Stufen des Einganges und nehme immer gleich zwei zugleich. Hinter mir höre ich aufgeregte Stimmen und schnelle Schritte. Aber ich bin schneller. Ich renne in den ersten Stock hinauf und reiße eine Zimmertür auf. Nun steht sie mit dem Rücken zum Fenster und ich eile auf sie zu und sinke vor ihr auf die Knie.

Ich schaue zu ihr auf, in ihr mütterliches Gesicht, in ihre sanftmütigen Augen und schluchze: „Warum wir, Schwester, warum wir? Wir hatten nur ein so kurzes gemeinsames Leben und das war am Anfang auch nicht einfach, weil es so viele Fragen gab und keine Antworten."

Ich habe sie mit meinen kräftigen Armen fest umschlossen und sie streichelt mir mein blondes Haar.

„Und meine Mutter und mein Vater sind auch viel zu früh gestorben. Und ..."

Hinter mir höre ich laute Rufe und dann hastigen Atem. Flehend schaue ich die Schwester an.

Ärzte, Schwestern und Pfleger stehen plötzlich in dem Zimmer. Oliver, Robert, die beiden Polizisten und die deutschen Kollegen natürlich auch.

„Lassen Sie uns bitte allein, meine Herren. Mir wird nichts geschehen. Er wird mir nichts Böses tun. Ich spüre es. Er will nur sein Herz ausschütten."

Ein Arzt sagt: „Wenn Sie etwas benötigen, Oberin, dann klingeln Sie. Wir sind für Sie da."

Daraufhin gehen alle, auch meine Begleiter, meine Beschützer, meine Aufseher. Robert wird sicher sogleich mit dem Schloss telefonieren, dass wieder einmal etwas nicht nach Plan verläuft und wir uns verspäten werden. Aber das ist mir egal.

„Sie sind die Oberin des Krankenhauses?", frage ich völlig verdutzt.

Noch immer knie ich vor ihr und halte sie fest.

„Ja, ich bin die Oberin, das stimmt. Und ich werde dir zuhören, ganz gleich, wie lange es dauert."

Ich erzähle ihr meine Lebensgeschichte, und als ich fertig bin, ist es längst dunkle Nacht. Der Mond ist aufgegangen und am Himmel leuchten wieder die Sterne.

Erschrocken darüber, dass es schon so spät geworden ist und ich es gar nicht mitbekommen habe, sage ich zum Schluss: „Und nun habe ich Ihre kostbare Zeit gestohlen. Es tut mir so leid, das wollte ich nicht. Ich habe gar nicht gemerkt, wie die Zeit vergangen ist."

„Du hast mir meine Zeit nicht gestohlen. Aber ich kann nicht deine Mutter sein, weil ich nicht deine Mutter bin."

„Habe ich mir das gewünscht?"

„Ja, das hast du."

Mein Kopf ruht noch in Ihrem Schoß, ich spüre ihren ruhigen rhythmischen Atem und nehme ihn in mich auf bis in die weitesten Winkel meines kalten Herzens.

Langsam stehe ich auf. Es geht schwer und es tut weh. Erst allmählich muss sich das Blut wieder seinen Weg in meine Beine, in meine Füße bahnen und die Lymphflüssigkeiten wieder ihren Weg durch meinen Körper finden. Die Oberin hält mich fest, damit ich nicht zusammensacke, hält mich fest, bis ich wieder auf eigenen Beinen stehen kann. Etwas verlegen darüber lächele ich sie an.

„Sie wären eine wunderbare Mutter."

„Glaubst du an Gott?", fragt sie mich.

„Nein, Oberin, ich bin Atheist. Aber ich weiß, dass wir alle göttliche Wesen sind, egal wie unser Leben verläuft. Ich kenne die Zehn Gebote. Ich weiß, dass ein Mensch dem anderen kein Leid zufügen darf. Die Gesellschaft macht uns zu dem, was wir werden. Von Geburt her sind alle Menschen gleich und diese Tatsache ist etwas Wunderbares, etwas Göttliches."

„Also besitzt du doch einen Glauben."

„Das streite ich nicht ab. Nur weiß ich nicht, in welcher Glaubensrichtung er zu finden ist."

„Er steckt tief in deiner Seele. Er ist fest in dir. Ein jeder Mensch besitzt ihn, ob es ihm bewusst ist oder nicht."

„Ja, so wird es sein, auch wenn es für mich schwer zu verstehen ist", antworte ich.

„Auch der göttliche Glauben ist schwer zu verstehen, weicht doch unser tagtägliches Leben stetig davon ab."

„Sie sind eine weise Frau."

Sie lächelt mich an und sagt: „Ich bin, wer ich bin."

Ich streichle mit meiner Hand über ihre Wange und küsse sie auf die Stirn. Ich will nicht gehen, ich will nicht fort von ihr, aber dennoch muss es sein.

„Und du wärst deinen Eltern ein ehrbarer Sohn. Ich weiß, dass du ein guter Mensch bist, viel zu schade, für diese Welt. Aber du kannst es dir nicht anders aussuchen."

Ich weiß, sie hat recht. Ich weiß, sie kann an meinem Leben nichts rückgängig machen und sie kann es auch nicht ändern. Aber ich bin froh darüber, dass ich noch einmal zu ihr zurückgekommen bin. Zurückgekommen bin, um ihre Nähe zu spüren, um mich ihr zu offenbaren.

„Ich danke Ihnen, Oberin, und wünsche Ihnen noch ein gutes Leben", sage ich zum Abschied, und er fällt mir schwer.

„Das wünsche ich dir auch, mein Sohn."

Und nun sehe ich auch Tränen in ihren Augen und ich weiß, sie hat in meine Zukunft gesehen.

Langsam nur, die Füße sind mir wie mit Blei beschlagen, verlasse ich das Zimmer und werde draußen von Oliver, Robert und den beiden Polizisten in Empfang genommen. Es sind immer noch die Gleichen, wie am Vormittag. Dennoch blicken sie mich nicht verärgert an. Nur die beiden deutschen Kollegen wirken sichtlich genervt.

„Wir können jetzt fahren", sage ich mit hängendem Kopf und laufe los ohne auf eine Reaktion von irgendjemanden zu warten. Wieder überholt mich der junge Polizeimeister und führt das Geleit an, zu den Autos, die vor der Klinik bereitstehen. Ich drehe mich nicht noch einmal um und sehe auch nicht noch einmal zu den Fenstern hinauf. Aber ich weiß, sie steht wieder da. Steht da und schaut mir nach. Ich spüre es.

Oliver fährt, Robert sitzt neben ihm, ich sitze hinten. Vor uns der Zivilwagen von der Polizei, hinter uns der Wagen der deutschen Kollegen. An der dritten roten Ampel steigt der Kommissar aus und kommt auf unseren Jaguar zu.

Oliver lässt das Seitenfenster etwas herunter und der Kommissar sagt nur kurz: „Wir dürfen. Ich habe die Genehmigung soeben über Funk erhalten."

Oliver nickt ihm zu, beugt sich herüber, öffnet das Handschuhfach und holt das Blaulicht heraus. Er setzt es aufs Wagendach und schließt das Fenster. Auf dem schwarzen Mercedes vor uns blitzt bereits unruhig das blaue Licht, auf dem Wagen der deutschen Kollegen ebenfalls. Kurze Zeit später ertönen die Sirenen und wir fahren weiter.

Ein Schauer durchfährt mich, mich fröstelt und ich bitte Oliver, die Heizung anzuschalten. Er tut es, ohne zu fragen. Vorbei rasen wir, vorbei an all den wartenden Autos vor den roten Ampeln, vorbei an all den Fahrzeugen, welche uns Platz gemacht haben. Ich will das nicht, ich will niemand Besonderes sein. Wie schön und unbeschwert war doch meine Kindheit als Tom Parker. Ich hätte Gärtner werden sollen anstatt Polizist. Dann wäre ich Frank Ahlbach nie begegnet und ich hätte glücklich weiterleben können, als Tom Parker.

Der Funk in unserem Jaguar geht hin und wieder. Eine absolute Seltenheit. Eine verdammt brenzlige Lage muss entstanden sein, denn sonst herrscht bei uns absolute Funkstille. Wir nutzen andere Kommunikationswege, wenn wir unterwegs sind. Mir wird nicht wärmer bei diesem Gedanken und ich frage mich, was denn nun schon wieder los sei. Robert greift nach dem Funkgerät und bestätigt irgendetwas. Ich weiß nicht was, ich habe nicht darauf gehört, es ist mir auch egal. Kurze Zeit später tauchen hinter uns zwei weitere Fahrzeuge mit Blaulicht auf. Ich sehe sie im Rückspiegel näher kommen und blicke fragend zu Oliver.

„Was hat das zu bedeuten, Oliver? Was sind das für Fahrzeuge?

„Das ist in Ordnung, Tom", versucht Robert mich zu beruhigen. „Das sind unsere eigenen Leute. Ich habe es eben über Funk mitgeteilt bekommen. Sie werden uns von hinten aus absichern."

„Wieso denn das? Was ist denn schon wieder los, sag es mir. Sieht es wirklich so schlimm aus?"

„Ja, Tom. Das ist leider der Fall. Sie werden keine Ruhe geben, bis sie auch dich erwischt haben. Sie sind in unserer Nähe."

„Aber wieso ich, wieso Martin? Wir können doch nichts dafür, was unsere Eltern getan haben. Ich habe nichts gegen das irische Volk und ich habe nichts gegen die Protestanten! Ich habe keinen Glaubenskrieg gegen sie geführt. Ich kann sie allerdings sehr wohl verstehen in ihrem Kampf. All das Leid, welches sie erfahren haben, all die toten Männer, Frauen und Kinder. Es ist der reinste Wahnsinn. Du kennst meine Meinung dazu, Robert, und ..."

Oliver schaut für einen kurzen Augenblick nur, zu hoch ist unsere Geschwindigkeit, leicht genervt in den Rückspiegel.

„Aber sie wissen nicht, dass du so denkst", sagt Robert. „Und glaube mir, ihnen ist es auch egal, wie du denkst, wie du fühlst, dass du dich in ihre Lage hineinversetzen und sie auch akzeptieren kannst. Sie wollen sich an eurer Familie rächen für das, was eure Eltern vor vielen Jahren für Großbritannien getan haben. Nur das zählt. Wann begreifst du das endlich?"

„Das ist Irrsinn, der reinste Irrsinn! So will ich nicht leben."

Ich werde wütend, meine Stimme wird laut.

„Tom, bleibe ruhig, rege dich nicht schon wieder auf."

„Ich rege mich aber auf! Ich will damit nichts zu tun haben. Wir haben so viele Kanäle offen. Sagt ihnen doch, wie
ich denke, lasst es sie endlich wissen, dann werden sie
mich und meine Familie in Ruhe lassen."

„Das haben wir bereits vor Jahren getan. Sie werden es
nicht tun."

Und mit einem Mal fällt es mir wie Schuppen von den
Augen. Ich erstarre.

„Womit hat sich Martin bei seinen Auslandseinsätzen
beschäftigt? Wo war er unterwegs? War er in Irland?
Wenn ja, was hat er dort gemacht? Was waren seine
Aufträge? Ist er gar der Grund dafür, dass sie uns immer
noch nachstellen und gar kein Racheakt aus vergangenen
Zeiten, aus den Zeiten unserer Eltern? Sondern dafür, was
Martin getan hat?"

„Ich weiß es nicht."

„Du willst es nicht wissen, Robert. Und ich dachte, uns
vereint noch viel mehr!"

„Schweig, Tom, und schreie nicht so herum. Das bringt
doch nichts. Ich weiß es wirklich nicht und Oliver weiß es
auch nicht. Du weißt doch, wie das Spiel gespielt wird.
Außerdem bist du ein Träumer."

„Ein Spiel nennst du das also. Mir wird schlecht, Robert.

Das hätte ich nicht von dir gedacht. Es geht um Menschenleben, um Frieden und glückliche Familien, um Kinder, die nach der Schule Fußball spielen oder zum Ballettunterricht gehen sollten, anstatt zu irgendwelchen Waffen greifen zu müssen, weil ihre Eltern nicht in der Lage sind, ihren Hass zu begraben. Halte bitte an, Oliver."

„Unmöglich kann ich jetzt anhalten, Tom. Und das weißt du ganz genau."

„Ich habe etwas gesagt, Oliver."

„Und ich habe jetzt ganz bestimmt nicht die Nerven dafür, mit dir darüber eine Diskussion zu führen, Tom."

Ich löse meinen Sicherheitsgurt. Sogleich fängt es im Auto an zu piepen. Oliver sperrt die Türen über die Zentralverriegelung ab. Und fast flehend wendet er sich mit seinen Worten an mich: „Tom, bleibe vernünftig, bitte."

Mir wird schwindelig, meine Gedanken gleiten zurück zu der Oberin. Bevor ich in Ohnmacht falle, sehe ich, wie Robert zum Funkgerät greift.

Als ich wieder zu mir komme, parkt unser kleiner Konvoi von fünf Wagen an einer Tankstelle. Keine weiteren Fahrzeuge sind zu sehen, außer einem Krankenwagen und einem Notarztwagen. Es ist dunkel an der Tankstelle, kein Blaulicht leuchtet, und auch die Tankstelle ist in Dunkelheit gehüllt. Nur im Verkaufsraum leuchtet etwas Licht, aber nicht viel, sicher nur die Notbeleuchtung.

„Er kommt wieder zu sich", höre ich jemanden sagen.

Ich blinzle mit den Augen und sehe einen Notarzt vor mir

hocken. Ich sitze immer noch in unserem Jaguar. Mein Oberkörper liegt frei. Sofort hält mir der Arzt sein Stethoskop an die Brust und horcht. Oliver erscheint und meine beiden treuen Polizisten auch. Sie wollen nach mir sehen, wollen wissen, wie es mir geht.

„Ich muss mal auf Toilette", sage ich und steige aus dem Jaguar. Noch schwanke ich ein wenig, aber der junge Polizeimeister greift sofort nach mir und ist mir bei den ersten Schritten behilflich. Er sieht wehleidig aus und ich weiß, dass ich daran schuld bin.

„Dann können wir jetzt weiter machen", sagt der Kommissar und begibt sich, als ich wieder allein stehen kann, mit seinem Kollegen zu dem Zivilwagen.

Andere Männer umringen mich. Ich kenne sie nicht, weiß aber genau, dass es nicht die deutschen Kollegen sind, sondern unsere eigenen Leute. Sie schauen düster aus. Sicher sind sie sauer darüber, dass sie mitten in der Nacht noch einen Einsatz erhalten haben. Sie begleiten mich in das Tankstellengebäude. Hinter dem Tresen steht ein älterer Mann und sieht unsicher zu uns hinüber und dann verlegen wieder weg. So als wisse er nicht, wie er sich verhalten soll. Mir tut er leid. Er traut sich nicht, mich richtig anzusehen. Bestimmt weiß er mich nicht einzuschätzen, so eskortiert von zwei düster dreinblickenden Männern. Ich sehe auch noch nicht besonders gut aus. Wunden im Gesicht, an den Armen, hier und da ein Pflaster an den Händen – aber dennoch eine Pistole im Holster. Wer soll daraus schlau werden, ohne die dazu gehörenden Umstände zu kennen.

Ich lächle ihm zu, so als wolle ich ihm zu verstehen geben, dass diese Situation nicht bedrohlich für ihn ist. Zugleich geht mir durch den Kopf, dass dies ganz und gar nicht der Fall ist. Diejenigen, die mich jagen, müssten nur Kenntnis darüber erhalten, wo ich gerade bin. Dann wäre es durchaus aus mit dem Frieden an dieser Tankstelle. Dann würde hier im wahrsten Sinne des Wortes ein Inferno ausbrechen. Der Blick des Tankwartes bleibt entsetzt und ängstlich zugleich.

Robert bleibt draußen und telefoniert. Oliver ist bei ihm.

Als ich mit meinen Begleitern aus der Toilette wieder rauskomme, stehen die beiden deutschen Kollegen am Kaffeeautomat und unterhalten sich. Ich will auf den Tankwart zugehen, will ihm sagen, dass er sich nicht fürchten muss, will ihm zu verstehen geben, dass ich ein guter Mensch bin, dass er keine Angst vor mir haben muss. Aber ich werde von unseren beiden Agenten daran gehindert. Nun schreckt er erst recht zusammen und will sich hinter seinem Tresen verkriechen. Das hebt nicht gerade meine Stimmung. Wie können die Jungs nur so taktlos handeln. Der arme alte Mann. Energisch befreie ich mich von den Handgriffen an meinen Oberarmen. Ich bleibe stehen, wende mich an den Tankwart und sage aus einiger Entfernung zu ihm: „Ich möchte mich für die Unannehmlichkeiten entschuldigen."

Er möchte gerne antworten, sein Mund steht schon offen, aber er bringt kein Wort heraus. Seine Lippen zittern. Er nickt nur mit seinem Kopf. Ich bleibe noch ein paar Sekunden stehen und schaue ihn an. Dann wende ich mich ab und gebe den beiden Agenten zu verstehen, dass wir weitergehen können. Die deutschen Kollegen folgen uns mit ihren Kaffeebechern in der Hand.

Draußen steigen wir in die Autos ein, die Motoren laufen bereits. Kein Blaulicht wird eingeschaltet, keine Sirene ertönt. Ich schaue mich noch einmal um. Die Tankstelle bleibt im Dunklen der Nacht, kein Mensch kümmert sich um den verwirrten alten Mann. Wir rasen mit sehr hoher Geschwindigkeit die Landstraße entlang.

„Die Polizei hat die Straßen für uns gesperrt, damit wir endlich einmal im Schloss ankommen", sagt Oliver.

Ich entgegne: „Was kann ich denn dafür, dass ich ohnmächtig geworden bin."

„Nichts, aber es reicht, Tom."

Mir reicht der Tag auch und ich antworte: „Das ist kein Grund mit einhundertdreißig die Landstraße entlang zu rasen."

„Die Straße ist gesperrt."

„Trotzdem, ..."

„Kein Trotzdem! Wir fahren jetzt nach Hause und das so schnell wie möglich. Weißt du eigentlich, was hier los ist, Tom?!", fährt Oliver mich an.

So habe ich ihn noch nie erlebt, ich bin schockiert, ich bin dermaßen überrascht, dass ich schweige, ich sage kein Wort mehr bis wir endlich das Schloss erreicht haben.

An der Zufahrtsstraße kommen wir kurz zum Stehen, werden aber sogleich von den dort postierten Polizisten durchgewunken. Wir fahren die Allee zum Eingangstor hinauf. Vor uns blitzt kurz das Blaulicht des Zivilwagens auf. Das Tor ist bewacht. Die Verstärkung aus Berlin ist eingetroffen. Ich sehe es an den Autokennzeichen der Fahrzeuge, die vor dem Schloss und teilweise im Schlosshof stehen. In dem kleinen Wäldchen, welches uns vom Ort trennt, laufen dunkle Gestalten herum.

Langsam rollt unser Konvoi in den Hof hinein, herum um das Rondell mit den Rosen, in die ich am Tag zuvor gestürzt war, und halten vor der großen Eingangstür. Onkel Benjamin steht auf der obersten Stufe der Treppe und blickt uns entgegen. Ich steige aus und gehe auf ihn zu. Vor ihm bleibe ich stehen und bin zu keiner menschlichen Regung bereit. Er sieht kraftlos aus, sein Gesicht ist eingefallen, er wirkt um viele Jahre gealtert. Er sieht regelrecht hilflos aus. Aber ich kann daran nichts ändern, bin unfähig ihm den Trost zu geben, nachdem er sich sehnt, der ihm wenigstens etwas inneren Frieden geben würde.

„Tom, wir ...“, beginnt er, aber ich hebe meine rechte Hand und er schweigt.

„Beantworte mir bitte nur eine einzige Frage, Onkel Benjamin. War Martin in seinen Auslandseinsätzen in Irland?“

„Ja.“

Ich gehe an Onkel Benjamin vorbei, die Holztreppe hinauf in mein Zimmer. Trotz der vielen Menschen, die sich nun hier aufhalten, ist es relativ still im Schloss.

Im Zimmer angekommen stopfe ich mir eine Pfeife, fülle ein Kristallglas halb voll mit Whisky, gehe zum Fenster, öffne es und stecke meine Pfeife an. Sie tut gut, diese frische Nachtluft. Im Park sind vereinzelte Lichter eingeschaltet, Menschen in kleinen Gruppen laufen herum. Wenig später klopft es an meiner Tür und Anny kommt mit einem Tablett Essen herein.

„Tom, du musst etwas essen", sagt sie und stellt das Tablett auf meinem Kamintisch ab. Ich drehe mich um, schaue sie an und sage nichts. Anny informiert mich über den aktuellen Stand im Schloss. Ich bleibe still und höre nur zu. Nach einiger Zeit geht sie, schweigend, mit hängendem Kopf. Ich habe sehr wohl ihre geröteten Augen gesehen. Sie muss sehr viel geweint haben. Ich fühle mich einsam, mir fehlt mein geliebter Bruder.

Meine Gedanken gehen zu Michael. Zu gern würde ich mich mit ihm unterhalten und ihm sagen, dass all die Menschen um mich herum, immer noch nicht die Symbolik meiner Worte, die ich mitunter wähle, kennen, sie nicht eindringen können in meine innerste Gedankenwelt und somit nicht in der Lage sind, meine Sprache zu verstehen. Allein mit meinem Bruder war ich auf dem Weg dahin, aber nicht weit genug, um sagen zu können: wir sind am Ziel angelangt. Sicher wäre es noch möglich geworden, wenn wir mehr Zeit zum gemeinsamen Leben gehabt hätten. Warum nur musste er dort weitermachen, wo unsere Eltern einst aufgehört haben, weil der Tod sie ereilte. Nun ist es auch ihm widerfahren.

Ich setze mich an meinen Schreibtisch, um einen Brief zu schreiben.

Originaltext

Liebe Frau Hofrat,
bald ist wieder ein Jahr vergangen und es jährt sich der Tag, an dem Michael seinen schlimmen Autounfall hatte, der 23. Juni.
Ich überweise Ihnen in den nächsten Minuten fünfzig Euro auf ihr Konto und möchte Sie höflichst darum bitten, erneut ein schönes aber bescheidenes Gesteck anzufertigen. Auch dieses Mal mit einer weißen Schleife und dem schwarzen Aufdruck: „Tom". Nicht mehr und nicht weniger, so wie in den Jahren zuvor.
Bitte legen Sie dieses Gesteck am Nachmittag des Vortages auf Michaels Grab. Dann wird sich Irmgard freuen, wenn sie am Todestag ihres Sohnes das Grab besucht. Und sie wird wissen, dass ich an sie denke und dass Michael mir nicht vergessen ist.
Ich möchte mich recht herzlich bei Ihnen bedanken und verbleibe wie stets mit freundlichen Grüßen.
Tom

In den frühen Morgenstunden, es ist noch dunkel, der Himmel sternenklar, der Mond nur eine schmale abnehmende Sichel, klettere ich aus dem Fenster, an der

Außenwand herab. Die alten Sandsteinblöcke mit ihren breiten Fugen sind wie geschaffen dafür. Es ist nicht das erste Mal, dass ich diesen Weg nehme. Hin und wieder habe ich aus Übermut diesen Weg gewählt, einfach nur, weil es mir Spaß gemacht hat. Unten angekommen stehe ich auf der großen Terrasse und laufe an den Sicherheitsleuten und den Kameras vorbei in den Park. Robert und Aidan sind weit und breit nicht zu sehen. Sie vermuten mich in meinem Zimmer und haben sicher andere Aufgaben zu erledigen oder sind ein paar Stunden schlafen.

Zur selben Stunde findet im Rittersaal eine Besprechung statt. Alle Offiziere des Schlosses nehmen daran teil. Weiter zugegen sind Captain Stones von der britischen Botschaft, der die zusätzlichen Wachkräfte befehligt, drei unserer aktiven Agenten aus dem Umland und zwei deutsche Kollegen. Die Besprechung wird durch das Klingeln des Telefons eines der deutschen Beamten unterbrochen.

Das Telefonat dauert nur zwei Minuten, dann sagt er: „Uns ist es gelungen, die Gruppe der UVF-Kämpfer ausfindig zu machen. Sie befinden sich auf dem Rückzug und haben Hamburg bereits erreicht. Dort werden wir sie von uns abfangen und verhaftet."

„Ist das wirklich die gesamte Gruppe oder fehlt ein Mitglied?", fragt Captain Palmer. Er will Gewissheit, dass die direkte Gefahr in unsere Umgebung vorüber ist.

„Ja, es sind alle fünf Mitglieder in unserem Visier. Wir haben zirka vierzig Mann im Einsatz. Der Zugriff soll sofort erfolgen, wenn sie den Hafen erreicht haben. Wir rechnen in der nächsten halben Stunde damit. Wir werden ständig über den aktuellen Stand informiert.“

Eine gewisse Erleichterung macht sich in der Runde bemerkbar, die unmittelbare Gefahr scheint vorüber zu sein.

Captain Palmer meldet sich zu Wort und sagt: „Wenn sich die Situation dementsprechend entschärft hat, dann sollten wir Tom die Dienstwaffe wieder abnehmen.“

„Da stimme ich voll und ganz zu“, meint Major Herry Dix. „Tom ist in sich gekehrt und ich kann noch nicht genau einschätzen, in welche Richtung sich sein Gemütszustand...“

Ein lauter Knall aus dem Park lässt ihn mitten in seinen Worten innehalten. Allen ist sofort klar: die Entscheidung, welche sie soeben treffen wollten, kommt zu spät. Captain Stones fasst sich als Erster, steht auf und teilt mit, dass er mit seinen Wachkräften von der Botschaft, den Park absuchen werde.

„Warten Sie noch einen Moment, Captain“, sagt Captain Steel. Ich rufe Sergeant Fletscher. Er kennt sich hier bestens aus und wird Sie begleiten.“

„In Ordnung, ich warte am Haupteingang auf ihn.“

„Nein, eben nicht. Der Schuss ist vom Park aus zu hören gewesen. Warten Sie im Wintergarten auf Sergeant Fletscher und nehmen Sie den Ausgang dort. Und nehmen

Sie Major Dix, unseren Arzt, mit."

Captain Stones nickt und verlässt den Rittersaal.

Colonel Smith wendet sich zu Major Burgk.

„Susan, lass uns in Toms Zimmer nach dem Rechten sehen."

Captain Palmer nickt ihnen zustimmend zu und sie verlassen ebenfalls den Rittersaal.

„Lieutenant Forker, begleiten Sie Captain Steel in die Sicherheitszentrale. Er wird Ihre zusätzliche Unterstützung brauchen. Ich möchte einen detaillierten Filmbericht all unserer Kameras aus dem Park", sagt Captain Palmer weiter.

Beide stehen auf und begeben sich in die Sicherheitszentrale.

„Lieutenant Brown, Sie bleiben hier im Rittersaal und kümmern sich um die eingerichtete Kommunikationstechnik. Ein Speisesaal ist das ja im Moment nicht mehr."

Sie nickt und macht sich sofort an die Arbeit, schließlich ist sie nicht nur eine Köchin, sondern ebenfalls eine ausgebildete Agentin.

„Wir bleiben ebenfalls hier, um die Kommunikation zu unserer Zentrale zu gewähren", sagt einer der deutschen Kollegen.

„In Ordnung, meine Herren, bleiben Sie hier und halten Sie mich auf dem Laufenden, was in Hamburg passiert."

An die eigenen aktiven Agenten gewandt, sagt Captain Palmer: „Sie bleiben bitte ebenfalls hier, ich möchte Sie zur besonderen Verfügung greifbar haben."

Sie stimmen dem zu und die Stabsarbeit im Rittersaal beginnt.

Die Scheinwerfer im Park und um das Schloss sind bereits eingeschaltet, als Sergeant Fletscher, Captain Stones und seine Leute auf der Terrasse stehen und eine kurze Lagebesprechung abhalten. Wenig später strömen sie fächerförmig aus und durchkämmen den Park.

„Ich wollte Ihnen nicht ins Wort fallen, Captain, aber ich bin der Meinung, wir können unsere Suche konzentrieren", sagt Lieutenant Brown.

„Sie haben völlig recht", antwortet Captain Palmer an sie gewandt.

„Sie müssen am Sportplatz vorbei hinunterlaufen, direkt zum Schlossteich. Geben Sie Sergeant Fletscher über Funk entsprechend Bescheid."

„In Ordnung."

Keine fünf Minuten sind seit dem Schuss vergangen. Keuchend kommt eine Gruppe der Suchenden am Schlossteich an. Da liegt Tom, in der Mitte seines petrolfarbenen Polohemdes ein feuchter roter Fleck, die Pistole noch in der Hand. Major Dix fühlt den Puls an seiner Halsschlagader, er beugt sich zu Toms Mund hinab, er will seinen Atem spüren, spürt aber nur seine eigene Verzweiflung. Captain Stones informiert über Funk den Rittersaal. Dort stockt Lieutenant Brown der Atem. Aber sie muss auch nichts sagen. Alle im Raum haben den Spruch durch das laut gestellte Funkgerät mitgehört.

Zur selben Zeit befinden sich Colonel Smith und Major Burk in Martin und Susans Zimmer. Das Zimmer von Tom haben sie leer vorgefunden, aber die Verbindungstür stand offen.

Auf Martins Schreibtisch liegt ein Brief. Das Tintenfass ist offen und die Feder noch nass von der grünen Tinte, mit der die beiden Brüder so gerne geschrieben haben. Daneben liegt ein schwerer Siegelring.

Von Sonnenaufgang bis -untergang strahlt er golden
auf das Haupt aller göttlicher Wesen,
deren Geist und Glauben sich
zum Guten als auch zum Bösen richten kann.

Der Circumpunkt ist am Himmel verborgen,
im Deckstein der Pyramide.

Bitte begrabt mich zusammen mit Martin in einem Grab.
Auf unserer kleinen Insel.
Dicht nebeneinander sollen wir ruhen,
auf dass wir gemeinsam zu Staub zerfallen.

Tom

Schlusswort

Manchen Orten in dieser Erzählung musste ich andere Namen geben und somit auch die Namen einiger Personen ändern.

Die Polizeischule habe ich wirklich besucht und die Geschehnisse haben sich auch größtenteils so ereignet.

Die Jahre danach, für einen Dienst im Bereich der Wirtschaftskriminalität und Wirtschaftsspionage, haben mein Leben erfüllt, auch wenn ich kein Polizeioffizier wurde, wie es einst mein großer Wunsch gewesen war.

Auch das Schloss hat es gegeben, indem ich einige Jahre gelebt habe und glücklich war. Unterricht habe ich allerdings in einem anderen Schloss gegeben.

Die Schmerzen über die Geschehnisse von damals, den Tod geliebter Menschen, die Gewalt, die ich ausgegeben habe und die, die ich erhalten habe, haben mich bis heute nicht ganz losgelassen. Mitunter gehen meine Gedanken zurück an diese Zeit.

Diese Geschehnisse von damals und meine Arbeit beim Dienst haben mich zu einem Menschen gemacht, der Fremden mit Argwohn entgegentritt - zu einem Menschen der Einsamkeit, obwohl ich doch so gern eine eigene kleine Familie gehabt hätte, mit vielen Freunden und Bekannten um mich herum.

Heute bin ich der Familie dankbar, in die ich durch einen

Zufall hineingeraten bin und in der ich, nicht gänzlich, aber im großen Maße, zur Ruhe gefunden und meine eigenen Gawalttätigkeiten im Laufe der Jahre unter Kontrolle bekommen habe.

Noch heute prägen ein Bild von unserem Schloss mit dem Rosenbeet, in welches ich einst hineinstürzte, meine Visitenkarten und meine Kreditkarte.